Le destin de Caliope

Un troublant secret

Une délicieuse trahison

OLIVIA GATES

Le destin de Caliope

Traduction française de
ROSA BACHIR

PASSIONS

HARLEQUIN

Collection : PASSIONS

Titre original :
CLAIMING HIS OWN

Ce roman a déjà été publié en 2014

HARPERCOLLINS FRANCE
83-85, boulevard Vincent-Auriol, 75646 PARIS CEDEX 13
Service Lectrices — Tél. : 01 45 82 47 47 - www.harlequin.fr
ISBN 978-2-2804-5265-6 — ISSN 1950-2761

Composé et édité par HarperCollins France. Achevé d'imprimer en décembre 2020.
par CPI Black Print - Barcelone - Espagne
Dépôt légal : janvier 2021.

FSC www.fsc.org
MIXTE
Papier issu de sources responsables
FSC® C108412

Pour limiter l'empreinte environnementale de ses livres, HarperCollins France s'engage à n'utiliser que du papier fabriqué à partir de bois provenant de forêts gérées durablement et de manière responsable.

Prologue

Dix-huit mois plus tôt

Caliope Sarantos fixait le bâtonnet dans sa main. Elle en était à son troisième test. Chaque fois, les deux lignes roses étaient apparues, flagrantes et irréfutables.

Elle était enceinte.

Pourtant, elle…

Une foule d'émotions conflictuelles déferlèrent sur elle de nouveau, lui serrant le cœur. Quelle que soit la décision qu'elle prendrait, cela bouleverserait son monde, et briserait sa liaison parfaite avec Maksim. Si elle-même ignorait comment réagir, comment Maksim allait-il…

Soudain, son cœur battit si fort qu'elle faillit chanceler.

Maksim était ici.

Comme toujours, elle ressentait sa présence avant même de l'entendre. Cette fois, ce ne fut pas la joie qui envahit tout son être, mais l'inquiétude. Lorsqu'elle lui aurait annoncé la nouvelle, plus rien ne serait pareil.

Il entra dans la pièce. C'était dans cette chambre qu'il lui avait enseigné ce qu'était la passion, et qu'il continuait de lui montrer que l'intimité et les plaisirs qu'ils partageaient étaient sans limites. Une passion incandescente brillait dans son regard de prédateur quand il avança vers elle, rejetant sa cravate et arrachant sa chemise comme si elle lui brûlait la peau. Il avait faim d'elle, comme toujours. Mais ce qu'elle allait lui annoncer étoufferait sans doute son désir impérieux.

Une grossesse, c'était certainement la dernière chose à laquelle il s'attendait.

Cela pourrait bien sonner le glas de leur liaison. Et ce pourrait être la dernière fois qu'elle le verrait.

Non, elle ne pouvait pas lui annoncer la nouvelle. Pas avant une ultime étreinte.

Un désir insensé monta en elle, consumant sa raison tandis qu'elle l'attirait sur le lit, déjà tremblante d'émotion. Les lèvres de Maksim fusionnèrent avec les siennes ; un grondement de plaisir vorace monta entre ses lèvres, attisant son excitation. Avant qu'elle puisse s'enrouler autour de lui, il la souleva, la cambra sur son bras tendu, faisant saillir ses seins désormais offerts. Exacerbant le désir qu'elle éprouvait, il les massa, attirant les tétons dans la chaleur humide de sa bouche, les suçotant avec une telle maîtrise que chaque aspiration la fit crier de plaisir. Puis, il glissa une main vers son ventre, et descendit jusqu'à son sexe chaud.

Juste au moment où elle poussait un autre cri, il glissa deux doigts entre ses replis intimes, et gémit en la découvrant si moite.

En quelques caresses à peine, il exacerba ses sens et lui donna un orgasme qui secoua son corps par vagues brûlantes. Puis, il la reposa sur le lit, se plaça entre ses jambes encore tremblantes, et posa ses talons sur ses épaules, pour explorer chaque once de son intimité avec ses mains et ses lèvres, jusqu'à ce qu'elle explose de nouveau.

— S'il te plaît, ça suffit, l'implora-t-elle. J'ai besoin de toi.

Il posa une main ferme sur son ventre, l'air impérieux.

— Laisse-moi me rassasier de ton plaisir. Ouvre-toi pour moi, Caliope.

Obéissant à son injonction, elle écarta les jambes, s'abandonnant totalement à lui. Il explora ses replis secrets, goûta l'essence de son désir et de son excitation, jusqu'à ce que le supplice devienne insupportable. Puis, comme s'il savait à quel moment exact elle atteindrait son point de rupture, il glissa sa langue en elle, et la libéra de son tourment. Elle poussa un cri rauque tandis que les convulsions la saisissaient de nouveau.

Alors, sans même lui laisser le temps de reprendre sa respiration, il allongea son corps perlant de sueur sur le lit. Elle retint son souffle, et l'onde de chaleur qui s'était dissipée resurgit dès que sa langue se mêla à la sienne.

Il unit leurs lèvres pendant des secondes enfiévrées avant de se détacher, rivant son regard au sien, plaçant son sexe engorgé à l'entrée de son intimité. Puis, avec un grondement d'abandon, il s'enfonça en elle.

Elle poussa un cri de plaisir sous l'effet de son invasion.

Il laissa échapper un râle tandis qu'il s'agenouillait entre ses jambes écartées, saisissait ses hanches et se glissait en elle jusqu'à la garde.

Sachant exactement comment plonger ses sens dans le chaos, il se retira, revint de nouveau, sans relâche, jusqu'à ce qu'elle respire par saccades et s'agite contre lui, exigeant qu'il mette fin à cet exquis tourment. Alors seulement, il libéra sa pleine puissance, coup de reins après coup de reins, suivant le rythme précis qu'elle préférait.

Il accéléra la cadence jusqu'à ce qu'elle gémisse et se cambre dans un soubresaut, s'écrasant contre lui pendant que le plaisir explosait en elle.

Elle l'entendit rugir, sentit son grand corps ferme frissonner, sa semence jaillir contre les parois de son sexe, éteignant l'incendie qui menaçait de la réduire en cendres. Elle s'accrocha à sa conscience, à lui, jusqu'à ce qu'il retombe sur elle, emplissant ses bras tremblants. Satisfaite et languide, elle sentit sa conscience vaciller.

Elle revint alors sur terre en haletant tandis que, toujours en elle, il se redressait, le souffle aussi court que le sien, les yeux brillants de satisfaction, les lèvres rougies et enflées par la bestialité de leur accouplement. Il était si viril, si plein de vie. Et il était… à elle.

Elle ne s'était jamais laissée aller à penser à lui de cette façon, mais c'était vrai.

Depuis leur rencontre, Maksim Volkov n'appartenait qu'à elle.

Elle avait entendu parler de lui bien avant de le connaître. Le célèbre magnat russe de l'acier, l'égal de son propre frère aîné Aristedes. Autrement dit l'un des hommes les plus riches et les plus puissants du monde. Il avait suffi d'un seul regard, à ce gala de charité un an plus tôt, pour qu'elle soit sûre d'une chose : cet homme mettrait son univers sens dessus dessous. Si elle le laissait faire.

Et elle l'avait laissé faire, sans réserve.

Elle se souvenait encore avec acuité de l'avoir autorisé à l'embrasser, au bout de quelques minutes à peine. Il avait pris possession de ses lèvres, glissé sa langue dans sa bouche haletante, et lui avait fait goûter le nectar de sa saveur, la transformant en une masse languide. Elle n'avait jamais imaginé pouvoir ressentir quoi que ce soit d'aussi intense, d'aussi grisant. Elle n'aurait jamais imaginé vouloir qu'un homme la domine de cette façon.

Après une heure, il l'emportait dans la suite présidentielle de son hôtel, sans qu'elle doute un seul instant de la suite des événements. Ce n'était qu'une fois dans sa luxueuse berline qu'elle avait recouvré assez de présence d'esprit pour lui annoncer qu'elle était vierge. Même si elle avait redouté un effet néfaste de cette révélation sur la magie de leur rencontre.

Elle n'oublierait jamais sa réaction.

Le feu dans ses yeux s'était embrasé, et il avait pris ses lèvres dans un baiser de pure possession.

Avant de démarrer, il avait promis :

— C'est pour moi un privilège sans pareil d'être votre premier amant, Caliope. Et je vais faire en sorte que ce privilège soit pour vous un plaisir inimaginable.

Il avait tenu parole, ô combien ! Cela avait été si puissant entre eux qu'ils avaient tous deux su qu'une aventure d'un soir était hors de question. Mais, l'exemple désastreux de ses propres parents et celui, décevant, de presque tous les couples qu'elle connaissait l'avaient amenée à croire que l'engagement était juste un piège, dans lequel elle n'avait pas la moindre envie de tomber.

Mais son désir pour Maksim avait dépassé le stade de la tentation, pour devenir une compulsion. L'intensité même de son besoin l'avait poussée à s'assurer à tout prix que leur liaison ne s'engage pas dans la mauvaise direction.

Alors, elle avait exigé d'emblée des règles strictes pour régir chacune de leurs rencontres. Ils se retrouveraient chaque fois que leurs emplois du temps respectifs le leur permettraient, aussi longtemps qu'ils partageraient le même niveau de passion et de plaisir, et qu'ils ressentiraient la même envie l'un pour l'autre. Mais une fois le feu éteint, ils se diraient « au revoir », et tourneraient la page.

Il avait accepté ses conditions, tout en prenant soin d'en ajouter une autre, non négociable. La fidélité.

Stupéfaite qu'il propose une relation exclusive, étant donné sa réputation de play-boy, elle n'avait fait que plonger davantage dans leur passion torride, jusqu'à se perdre elle-même. Elle s'était toujours demandé combien de temps cela pourrait durer entre eux. Même dans ses rêves les plus fous, elle n'avait osé espérer que leur liaison dépasse quelques semaines.

Pourtant, un an s'était écoulé, et le feu qui brûlait entre eux était plus puissant que jamais.

Elle ne pouvait pas le perdre. Elle ne le *voulait* pas.

Mais il fallait qu'elle lui dise.

— Je suis enceinte.

Elle fut elle-même surprise par son annonce brusque, et sentit son cœur s'emballer. Mais ce fut pis quand seul le silence suivit son annonce.

C'était comme si Maksim était devenu une statue de pierre. Tout était figé en lui, hormis ses yeux. Mais leur expression suffit à lui donner sa réponse.

Tout espoir qu'elle aurait pu nourrir — comme le fait que

cette grossesse puisse mener à une véritable relation — connut une mort aussi abrupte que douloureuse.

Alors elle eut l'impression d'étouffer sous le poids de Maksim. Percevant sa détresse, il se souleva en sursaut. Elle gémit tandis qu'il quittait son corps pour la dernière fois, sans doute.

Elle se redressa péniblement, attrapa les draps afin de se couvrir.

— Inutile de t'inquiéter. Cette grossesse, c'est mon affaire, tout comme c'est mon affaire d'avoir décidé de garder le bébé. J'ai seulement pensé que tu avais le droit de savoir. Et tu as le droit d'agir comme tu le souhaites face à cette nouvelle.

Son expression était d'une gravité absolue quand il se redressa à son tour, comme s'il s'extirpait d'un monceau de gravats.

— Il vaut mieux que je n'approche pas de ton bébé.

Les paroles qu'elle venait de prononcer avaient-elles fait penser à Maksim qu'elle souhaitait l'éloigner ?

Elle se força à murmurer une explication, à travers sa gorge serrée.

— C'est ton bébé aussi. Je serais heureuse que tu joues un rôle dans sa vie, quel qu'il soit.

— Je veux dire qu'il vaut mieux que je n'approche pas de ton bébé. Ou de toi, en tant que jeune mère. Je ne suis pas un homme fiable dans des situations de ce genre. Je donnerai mon nom au bébé, j'en ferai mon héritier. Mais je ne prendrai jamais part à son éducation.

Avant qu'elle puisse exprimer sa confusion face à ses déclarations contradictoires, il poursuivit :

— Mais je veux demeurer ton amant. Aussi longtemps que tu m'accepteras. Quand tu ne voudras plus de moi, je resterai à distance. Vous aurez tous deux mon soutien sans limites, toujours, mais je ne peux pas être impliqué dans votre vie quotidienne.

Il tendit le bras vers elle, la transperçant de son regard intense.

— C'est tout ce que je peux offrir. C'est ce que je suis, Caliope. Et je ne peux pas changer.

Elle fixa son regard féroce et comprit aussitôt une chose. Le mieux était de refuser son offre. Son instinct de survie lui commandait de le rayer de sa vie maintenant, sans attendre.

Mais elle ne pouvait même pas l'envisager. Quels que soient les dégâts à prévoir, elle n'était pas prête à sacrifier leur présent pour les éviter.

Alors, elle céda à ses nouvelles conditions.

Pourtant, au fil des semaines, elle continua de retenir son souffle, en se demandant si elle avait eu tort de succomber. Et raison de croire que la grossesse allait faire voler en éclats la perfection qu'ils avaient créée.

Elle le sentait s'éloigner, dans ses gestes, dans ses paroles. Mais il la déroutait en revenant chaque fois plus affamé.

Puis, alors qu'elle entrait dans son septième mois, plus déconcertée que jamais par leur relation, son monde cessa complètement de tourner quand Maksim… disparut.

- 1 -

Aujourd'hui

— Et il n'est jamais revenu ?

Cali fixa le beau visage de Kassandra Stavros. Il lui fallut plusieurs secondes avant de se souvenir que sa nouvelle amie ne pouvait pas parler de Maksim.

Après tout, Kassandra ne le connaissait même pas. Personne n'était au courant.

Cali n'avait parlé de leur liaison ni à sa famille ni à ses amis. Lorsque l'annonce de sa grossesse était devenue inévitable, Maksim était encore présent dans sa vie, mais elle avait refusé de révéler à son entourage l'identité du père de son enfant. Certes, elle s'était accrochée à l'espoir qu'il serait encore là après la naissance du bébé, mais leur situation était trop particulière, et elle n'avait eu aucune envie de l'expliquer à quiconque. Encore moins à sa famille grecque conservatrice.

Le seul qui ne l'aurait pas jugée, c'était Aristedes. En revanche, il aurait sans doute voulu écarteler Maksim. Littéralement. Quand il s'était retrouvé dans une situation similaire, son frère aîné avait fait tout ce qui était en son pouvoir et même au-delà pour être auprès de Selene et de leur fils, Alex. Il considérait qu'un homme qui n'assumait pas ses responsabilités familiales était un criminel. Aristedes aurait probablement infligé un châtiment exemplaire à Maksim pour avoir fui ses responsabilités. Et connaissant Maksim, cela se serait transformé en guerre.

Non qu'elle aurait toléré d'être considérée comme la

« responsabilité de Maksim » ou qu'elle aurait laissé Aristedes mener sa bataille à sa place. D'autant plus qu'il n'y avait pas de bataille. Quand elle avait dit à Maksim qu'il ne lui devait rien, elle le pensait. Quant à la colère d'Aristedes et des autres membres de famille, elle avait été indépendante bien trop longtemps pour s'en soucier. Elle ne laisserait personne se mêler de la façon dont elle menait sa vie, ou émettre une opinion sur son arrangement avec Maksim.

De toute manière, il avait disparu de la circulation. Tout ce que sa famille savait, c'était que le père de Leo n'avait été qu'une aventure, « rien de sérieux ».

Kassandra parlait d'un autre homme qui n'avait fait que passer dans la vie de Cali, lui aussi.

Son père.

La seule bonne action qu'il ait faite avait été de quitter sa mère et sa flopée d'enfants avant la naissance de Cali. Ses autres frères et sœurs, en particulier Aristedes et Andreas, étaient marqués à vie par l'exposition à sa négligence et à sa violence psychologique. Elle, au moins, y avait échappé.

— Non, répondit-elle enfin à Kassandra. Il est parti un jour, et on n'a plus jamais entendu parler de lui. Nous ne savons même pas s'il est encore en vie. Selon toute probabilité, il doit être mort depuis longtemps, sinon il aurait refait surface dès qu'Aristedes a gagné ses premiers milliers de dollars.

— Tu crois qu'il serait revenu quémander de l'argent ? Au fils qu'il a abandonné ?

— Tu ne peux pas imaginer qu'on puisse être aussi indigne, n'est-ce pas ?

Kassandra haussa les épaules.

— J'imagine que non. Mon père et mes oncles sont peut-être des patriarches grecs dominateurs, mais en réalité ce sont de vraies mères poules.

— Selon Selene, ils pensent que tu exacerbes leur instinct protecteur.

Kassandra gloussa.

— Selene t'a parlé d'eux, alors ?

Selene, qui était l'épouse d'Aristedes et la meilleure amie de Kassandra, lui avait parlé d'elle avant de les présenter l'une à l'autre, certaine qu'elles allaient former une fabuleuse équipe. Et elle avait eu raison. Mais leur véritable rapprochement datait de ces deux derniers mois, qui les avaient vues devenir petit à petit des amies proches. Cali s'en réjouissait. Elle avait besoin d'une femme à qui parler, du même âge qu'elle, avec le même tempérament et les mêmes intérêts. Or, Kassandra remplissait tous ces critères. Selene les remplissait aussi, mais depuis que Cali avait donné naissance à Leonidas, se retrouver avec Selene était devenu trop embarrassant.

Alors, Kassandra était un don du ciel. Si elles se connaissaient déjà assez bien, c'était la première fois qu'elles s'aventuraient sur le terrain familial.

Contente d'écarter la conversation de sa propre personne, Cali sourit à sa nouvelle confidente.

— Selene m'a seulement esquissé les grandes lignes, pour te laisser le soin de me fournir les détails amusants.

Kassandra s'installa plus confortablement sur le canapé. Ses cheveux splendides gorgés de soleil s'étalaient contre les coussins, et une lueur amusée brillait dans ses yeux vert opaline.

— Oui, j'ai manqué de respect envers les valeurs strictes, les attentes conservatrices et les espoirs traditionnels qu'ils plaçaient en moi. J'ai refusé de me marier, de donner à mon richissime époux une flopée de descendants parfaits, qui auraient pu suivre l'exemple brillant de mes frères et de mes cousins, et perpétuer le stéréotype romantique, quoique trompeur, du magnat grec tout-puissant.

Cali rit. Le sens de l'humour piquant de Kassandra réveillait le sien, presque atrophié au fil des mois.

— Ils ont dû avoir une syncope quand tu as quitté la maison à dix-huit ans et que tu as payé tes études grâce à de petits jobs. Et ensuite, tu as ajouté l'humiliation à la provocation, en devenant mannequin.

Kassandra sourit.

— C'est vrai, ils attribuent leurs problèmes de tension et de glycémie à mon comportement scandaleux. On aurait pu croire qu'ils se seraient calmés maintenant que j'ai trente ans et que j'ai abandonné ma carrière de mannequin de lingerie pour devenir styliste.

Kassandra plaisantait, puisqu'à trente ans elle était bien plus belle qu'à vingt. Simplement, elle était devenue si célèbre qu'elle préférait poser uniquement pour de bonnes causes. Et elle était en passe d'atteindre la même célébrité en tant que styliste. Cali se sentait privilégiée d'avoir joué un rôle majeur dans la promotion de son talent, via une série innovante de campagnes de publicité en ligne.

Les lèvres pulpeuses de Kassandra se retroussèrent.

— Il n'en est pourtant rien. Ils sont toujours en train de refaire les mêmes cauchemars sur les dangers que je dois affronter dans mon métier. Ils s'imaginent que la profession est peuplée de pervers et de prédateurs. Et ils se lamentent chaque jour davantage sur mon statut de célibataire, quand ils songent à ma beauté et à ma fertilité déclinantes. Trente ans pour les Grecs, cela équivaut à cinquante ans dans les autres cultures.

Cali s'esclaffa de nouveau.

— La prochaine fois qu'ils geindront, cite-leur mon exemple. Ils te remercieront de ne pas avoir complètement détruit leur statut social en ayant un enfant hors mariage.

— Je devrais peut-être faire comme toi, rétorqua-t-elle sur un ton espiègle. Puisque, apparemment, je ne trouverai jamais un homme assez exceptionnel pour que j'accepte de me laisser passer la corde au cou afin de perpétuer la lignée des Stavros. Sans parler du fait que vos adorables bambins, à Selene et à toi, réveillent mon horloge biologique.

Cali eut le cœur serré. Chaque fois que Kassandra l'associait à Selene, la comparaison était douloureuse. Selene avait conçu deux enfants, Alex et Sofia, avec l'amour de sa vie. Tandis qu'elle élevait Leo… seule.

— Devenir une mère célibataire, ce n'est pas une décision à prendre à la légère, murmura-t-elle.

Kassandra eut un regard compatissant.

— Et tu es bien placée pour le savoir. Je me rappelle comment Selene se débattait avant le retour d'Aristedes. Elle avait beau être fortunée, ce statut était un énorme fardeau. Avant de la connaître, je croyais que les pères jouaient au mieux un rôle périphérique durant les premières années de la vie d'un enfant. Mais ensuite, j'ai vu la différence, quand Aristedes est revenu dans la vie de Selene et d'Alex…

Elle étouffa un rire.

— Quoique ça ne soit pas un bon exemple. Nous savons toutes qu'il n'y en a qu'un comme lui sur terre.

Tout comme Cali pensait qu'il n'y avait qu'un Maksim. Ne serait-ce que pour son absence de caractéristiques banalement humaines.

Quoique, Aristedes autrefois semblait tout aussi inhumain. Dans son cas, les apparences avaient été à l'opposé de la réalité.

Cali poussa un soupir.

— Tu n'imagines pas à quel point je suis encore abasourdie parfois, de voir quel mari et quel père étonnant Aristedes s'est avéré être au final. Nous croyions qu'il était comme notre père, un raté sans cœur, à la différence près que lui a connu une réussite professionnelle phénoménale.

C'était lors d'une nuit précise qu'elle s'en était convaincue. La nuit où Leonidas — leur frère — avait perdu la vie.

Tandis que ses sœurs et elle s'étaient accrochées les unes aux autres, assommées par leur chagrin, Aristedes avait pris la situation en main. Avec une redoutable efficacité, il s'était occupé de la police, des funérailles, de la veillée, mais ne leur avait offert aucun réconfort. Il n'était pas resté plus d'une heure après l'enterrement.

C'était tout de même bien mieux qu'Andreas, qui n'était pas

venu du tout, et n'avait même pas évoqué la mort de Leonidas, ni à l'époque, ni après. Mais cela l'avait néanmoins convaincue qu'Aristedes était dénué de sentiments, comme leur père.

Depuis, elle avait compris qu'il était au contraire l'opposé de leur père, qu'il ressentait trop d'émotions, mais qu'il avait été si peu enclin à les montrer qu'il les avait exprimées dans le soutien qu'il avait prodigué à la fratrie depuis leur naissance. Depuis que Selene était entrée dans sa vie, il avait radicalement changé. Il était toujours impitoyable en affaires, mais sur un plan personnel, il était devenu plus ouvert, surtout avec sa famille et ses amis. Et avec Selene et leurs enfants, il était une vraie crème.

— Ton père était donc terrible à ce point ?

Cali prit une gorgée de thé, peu désireuse de parler de cet homme. Elle avait toujours été peu loquace à son sujet. Mais soudain, elle mesurait à quel point sa propre situation faisait écho à celle de ses parents.

Elle soupira pour tenter de dissiper son malaise grandissant.

— Son manque total de moralité et son égoïsme étaient légendaires. Il a fait un enfant à ma mère — Aristedes — quand elle n'avait que dix-sept ans. A vingt et un ans, c'était un charmeur incapable de garder un travail, qui ne s'était marié que parce que son père l'avait menacé de lui couper les vivres. Il s'est servi de ma mère et des enfants qu'il ne cessait de lui faire pour forcer mon grand-père à lui accorder une pension plus importante, qu'il dépensait pour lui seul. Quand cet homme est mort, il a empoché son héritage, et il a disparu.

Cali marqua un temps pour réguler sa respiration avant de reprendre.

— Une fois sa fortune dilapidée, il est revenu, sachant très bien que ma mère le nourrirait et prendrait soin de lui avec le peu d'argent qu'elle gagnait ou qu'elle obtenait des membres de sa famille. Mais ces derniers ont cessé de l'aider à partir du moment où ils ont compris que leur argent durement gagné allait à ce vaurien. Il entrait et sortait de la vie de ma mère, et de mes frères et sœurs, ajoutant chaque fois un autre enfant à sa progéniture, avant de disparaître de nouveau, puis de revenir un peu plus tard en lui jurant son amour et en se lamentant sur son sort.

A chaque mot, Kassandra semblait plus attristée.

— Et ta mère le laissait revenir, sans protester ?

Cali opina, de plus en plus mal à l'aise devant les similitudes que cette conversation soulignait.

— Selon Aristedes, elle ignorait qu'une autre vie était possible. Mon frère comprenait tout, il a été forcé de mûrir très tôt. Adolescent, il avait dû quitter l'école, et cumulait quatre petits boulots qui leur permettaient à peine de joindre les deux bouts. Lorsqu'il a eu quinze ans, notre père indigne a disparu pour la dernière fois, alors que j'étais encore dans le ventre de ma mère.

« Aristedes a continué à travailler sur les docks en Crète, et a gravi les échelons jusqu'à devenir l'un des plus grands armateurs du monde. Malheureusement, notre mère n'a pu assister qu'aux prémices de sa réussite, puisqu'elle est morte quand je n'avais que six ans. Aristedes nous a ensuite tous emmenés à New York, nous a obtenu la nationalité américaine, et nous a prodigué les meilleurs soins et la meilleure éducation que l'argent pouvait acheter.

« Mais il n'est pas resté, il n'est même pas devenu américain lui-même, sauf après son mariage avec Selene. Nous nous en sommes tous sortis, malgré les efforts de notre géniteur pour détruire nos vies. Au bout du compte, je suis très heureuse de ne pas l'avoir connu. »

Kassandra semblait abasourdie.

— C'est sidérant. Comment quelqu'un peut-il être si malveillant avec ceux qu'il est censé protéger ? En tout cas, il a tout de même fait quelque chose de bien, même si c'était malgré lui : il vous a engendrés, tes frères, tes sœurs et toi. Vous êtes tous formidables.

Cali se retint de lui dire qu'elle avait longtemps pensé

que seul Leonidas méritait cet éloge. A présent, elle savait qu'Aristedes le méritait aussi, mais elle avait le sentiment que ses trois sœurs, même si elle les aimait tendrement, avaient été plus ou moins contaminées par la passivité de leur mère. Quant à Andreas, le cinquième des sept enfants, c'était une énigme. Si elle se fiait à ses rares et réticentes visites, elle était encline à penser qu'il était bien pire que tout ce qu'elle avait cru au sujet d'Aristedes.

En ce qui la concernait, alors qu'elle avait cru ne pas se conformer à l'exemple de sa mère, elle se rendait compte qu'elle s'était peut-être fait des illusions.

Certes, les détails différaient, mais Cali avait agi avec Maksim comme sa mère avait agi avec son père. Elle s'était engagée avec quelqu'un tout en sachant que c'était une erreur. Ensuite, alors qu'elle aurait dû s'en aller, elle avait été trop faible pour s'y résoudre. Et c'était lui qui l'avait quittée.

Sa mère, au moins, avait eu une excuse. C'était une femme issue d'un milieu défavorisé, vivant en Crète, et qui n'avait même pas eu conscience de pouvoir aspirer à mieux. Cali, elle, était une femme américaine moderne, hautement éduquée, et totalement indépendante. Comment pouvait-elle justifier les actes et les décisions qui avaient été les siens ?

— Oh ! tu as vu l'heure ? s'exclama Kassandra en se levant d'un bond. La prochaine fois, mets-moi à la porte et ne laisse pas la vieille fille sans enfant, que je suis t'empêcher d'emmagasiner du sommeil pour résister aux réveils matinaux que t'impose Leo.

Cali se leva à son tour.

— Je préférerais passer la nuit à discuter avec toi plutôt qu'à dormir. J'ai désespérément besoin de parler avec une autre femme adulte, et d'aborder d'autres sujets que l'éducation d'un bébé.

Kassandra la serra dans ses bras, puis se dirigea vers la porte en gloussant.

— Tu peux m'appeler à n'importe quelle heure, en cas de besoin.

Après avoir convenu d'une réunion pour discuter de la prochaine phase de leur campagne publicitaire, Kassandra s'en alla et, sur le seuil de la porte en chêne de son appartement, Cali soupira en constatant qu'un profond silence s'était de nouveau installé.

Ce sentiment trop familier de tristesse, qui l'assaillait toujours quand elle n'avait pas de distraction, l'enveloppa comme un voile.

Elle ne pouvait plus se mentir : il ne s'agissait pas d'une dépression *post-partum* persistante. Toutes les souffrances endurées depuis un an n'avaient qu'une seule et unique cause.

Maksim.

Elle retourna dans son appartement, sans prêter la moindre attention à la décoration luxueuse ou aux aménagements qu'elle avait fait installer, afin de sécuriser l'environnement de son bébé. Comme d'habitude, elle se dirigea sans même s'en rendre compte vers la chambre de Leo.

Elle avança sur la pointe des pieds, même s'il n'y avait aucun risque qu'il se réveille. Après six premiers mois difficiles, Leo s'était heureusement mis à faire ses nuits. La suppression de la veilleuse l'y avait sans doute aidé. Elle n'avait maintenant que la lumière du couloir pour la guider, mais elle pourrait retrouver le chemin jusqu'à son lit les yeux fermés.

Tandis que sa vision s'ajustait, la silhouette adorée de Leo se précisa, et l'émotion lui noua la gorge, comme chaque fois qu'elle le regardait. La puissance de ses sentiments pour lui la prenait souvent de court.

Leo était d'une beauté si poignante, si terriblement parfaite, qu'elle vivait dans la terreur qu'il lui arrive malheur. Elle se demandait si toutes les mères s'angoissaient autant, dès que leurs enfants faisaient ou touchaient quelque chose, ou si elle était une névrosée que la naissance de Leo avait seulement permis de révéler.

Même si elle ne pouvait pas le distinguer clairement dans le noir, chacun de ses traits était gravé dans son esprit. Quiconque ayant connu sa liaison avec Maksim aurait compris tout de suite que Leo était son fils. Il était son portrait craché.

Ses cheveux avaient la même teinte unique d'acajou brillant, la même implantation, et deviendraient sans nul doute aussi épais et ondulés. Son menton présentait le même creux, sa joue gauche la même fossette.

La seule différence entre le père et le fils se trouvait dans leurs yeux. Ceux de Leo avaient la même forme en amande, mais c'était comme s'il avait mêlé les prunelles bleues de sa mère avec les yeux dorés de son père, pour créer la nuance la plus étonnante de vert olive translucide.

Elle se pencha et posa les lèvres sur la joue rebondie et soyeuse de Leo. Il gazouilla avec satisfaction, puis se tourna sur le côté, s'étirant bruyamment avant de replonger dans un sommeil encore plus profond. Elle déposa un autre baiser sur son visage avant de sortir.

Une fois la porte refermée, elle s'appuya contre. Mais au lieu de la dépression familière, un sentiment nouveau lui serra le cœur : de la colère contre elle-même.

Pourquoi avait-elle laissé à Maksim l'occasion de partir le premier ? Comment avait-elle pu être aussi faible ?

Elle avait pourtant senti son retrait. Alors, pourquoi s'était-elle accrochée à lui, au lieu de faire ce qu'elle-même avait voulu depuis le début ? Si le feu faiblissait ou s'éteignait, ils mettraient fin à leur liaison, sans se contenter des braises.

A sa décharge, Maksim l'avait déconcertée. Il l'avait poussée à espérer que ses doutes et l'éloignement qu'elle percevait n'étaient que le fruit de son imagination, puisqu'il revenait chaque fois plus affamé de désir.

Tout de même, ces moments avaient été chaotiques. Cela aurait dû la convaincre de mettre un terme à cette situation.

Mais elle s'était accrochée à sa promesse d'être là pour elle, même de manière impersonnelle et périphérique, et malgré son comportement lunatique. Elle avait donné à Maksim la possibilité de lui infliger un coup fatal lorsqu'il l'avait abandonnée. Une désertion dont elle ne s'en était pas remise, et dont elle pourrait bien ne jamais se remettre.

La rage contre elle-même monta comme un courant de lave pour changer de cible et se déverser sur lui.

Pourquoi avait-il fait une promesse qu'il n'avait aucune intention d'honorer, alors même qu'elle lui avait assuré qu'il ne lui devait rien ? Il avait fait pis que revenir sur sa parole. Une fois qu'il en avait eu assez d'elle, il l'avait gratifiée d'un « au revoir réticent ».

Non pas qu'elle ait compris, ou même simplement cru qu'il l'avait abandonnée pour de bon à l'époque.

Pensant qu'il devait y avoir une autre explication, elle avait tenté de le contacter dès le lendemain de sa disparition.

Le numéro qu'il lui avait donné avait été résilié. Ses e-mails étaient restés sans réponse. Aucun des associés de Maksim n'avait pu lui dire où il se trouvait. En dehors de ses acquisitions et de ses rachats de sociétés, rien ne permettait d'affirmer qu'il était encore en vie. Alors, elle avait dû affronter la vérité simple et irréfutable : il faisait de sérieux efforts pour se cacher, afin qu'elle soit dans l'impossibilité de le contacter.

Malgré tout, pendant des mois, elle n'avait pas réussi à accepter la réalité. Elle était devenue de plus en plus frénétique à chaque échec, même quand la logique lui disait que rien de sérieux ne pourrait arriver à Maksim sans que le monde entier le sache. Mais, idiote naïve qu'elle était, elle s'était persuadée que quelque chose de terrible lui était arrivé, sans quoi il ne l'aurait pas abandonnée puis ignorée de cette façon.

Quand elle avait enfin dû se rendre à l'évidence, elle avait cru devenir folle, en cherchant des réponses à cette seule question : pourquoi ?

Elle s'était dit que son éloignement épisodique était dû au fait que son ventre, de plus en plus arrondi, rendait sa grossesse trop réelle pour lui, interférant sans doute avec son plaisir, ou même la détournant d'elle.

Ses soupçons s'étaient affaiblis les fois où il était revenu, encore plus passionné. Mais après sa désertion, ils lui étaient apparus comme la seule explication plausible.

Au dernier stade de sa grossesse, une autre vérité lui était apparue, ajoutant à son tourment.

Elle était tombée amoureuse de Maksim.

Quand elle avait affronté cette évidence, elle avait enfin compris pourquoi il était parti. Il avait dû sentir le changement en elle, avant qu'elle en devienne elle-même consciente, et il avait dû le considérer comme un motif de rupture. Car lui ne changerait jamais.

Les derniers mois de sa grossesse avaient été terribles, mais ils n'étaient rien comparés à ceux qui avaient suivi la naissance de Leo. Aux yeux de tous, elle avait semblé aller parfaitement bien. Intérieurement, et malgré tout ce qu'elle se disait pour se rassurer — elle avait un bébé parfait, une belle carrière, une bonne santé, une famille aimante et une stabilité financière —, elle avait subi une véritable dévastation.

Ce n'était pas le poids de ses nouvelles responsabilités de mère qui l'avait submergée. Non, ce qui l'avait anéantie, c'était le besoin lancinant d'avoir Maksim auprès d'elle, pour la soutenir, lui donner des conseils. Elle avait désespérément besoin de partager Leo avec lui, les petites choses de sa jeune vie comme les grands événements. Elle aurait tant voulu s'extasier et s'émerveiller avec lui de chaque petit progrès accompli par Leo, de chaque nouveau geste, de chaque mot. Partager cela avec d'autres personnes que Maksim n'avait fait qu'accroître le manque.

Son état avait empiré au point qu'elle avait commencé à avoir l'impression qu'il se tenait tout près d'elle. Elle s'était mise à l'imaginer en train de la regarder, avec une passion incontrôlable dans les yeux. Plusieurs fois, elle avait même cru l'entrevoir, ne sachant plus que croire. Et chaque fois, ce mirage s'était dissous, lui donnant l'impression d'être quittée de nouveau. Ces sensations fantômes, le manque qui refusait de se dissiper, tout cela l'avait plongée en pleine confusion.

A présent, cela attisait sa fureur nouvelle. Mais la colère était de loin préférable au découragement, car elle lui donnait le sentiment d'être vivante. Pour la première fois depuis que Maksim était parti.

Elle en avait assez de se sentir engourdie à l'intérieur. Elle ne ferait plus semblant d'être vivante. Elle allait vivre de nouveau, et au diable tout ce qu'elle…

On sonna à la porte.

Son cœur tressauta quand elle vit l'heure sur l'horloge murale : 10 heures du soir. Qui cela pouvait-il bien être ? Tous ceux qui venaient la voir sonnaient d'abord à l'Interphone. A tout le moins, son concierge lui aurait téléphoné avant de laisser monter qui que ce soit.

Ce ne pouvait être que Kassandra. Peut-être avait-elle oublié quelque chose. Cali courut vers la porte, l'ouvrit sans regarder par le judas… et tout s'arrêta.

Son souffle. Son cœur. Le monde entier.

Dans les lumières tamisées du vaste couloir, il était là, immense et ténébreux, le visage éclipsé par l'ombre de la porte, ses yeux dorés luisant dans l'obscurité.

Maksim.

Tous ses sens furent en alerte. Son cœur battit à se rompre. L'air se bloqua dans ses poumons. Avait-elle pensée à lui de manière si obsessionnelle qu'elle l'avait fait apparaître ? Comme cela s'était produit si souvent après la naissance de Leo ?

La vision devant ses yeux se superposa au souvenir du visage qui était omniprésent dans sa mémoire. C'était le même visage, mais elle avait peine à le reconnaître. Sans pouvoir dire pourquoi. Elle se sentit vaciller, et une seule chose la maintint debout. L'intensité du regard qui se posait sur elle.

Puis un autre élément la frappa. La façon dont il était appuyé au chambranle de la porte, comme si lui non plus ne pouvait pas tenir debout, comme s'il était aussi affaibli en la voyant qu'elle l'était face à lui. Ses yeux parcoururent fiévreusement son visage, son corps, mettant ses nerfs à vif.

Puis, ses lèvres sculptées bougèrent avec difficulté, comme s'il souffrait. L'instant d'après, ce fut elle qui faillit s'effondrer au sol.

La mélodie sombre et évocatrice qui émanait de ses lèvres la submergea. Mais ce furent ses mots tremblants qui la paralysèrent.

— *Ya ocheen skoocha po tebyeh, moya dorogoya.*

Elle apprenait le russe avec ardeur depuis le jour de leur rencontre. Elle n'avait pas cessé, même après son départ, et n'avait fait une pause qu'à la naissance de Leo. Elle avait repris ses cours depuis trois mois. Pourquoi exactement s'était-elle tant investie ? Elle l'ignorait. Après tout, ce n'était qu'une chose de plus qui lui échappait.

Mais, peut-être avait-elle appris la langue de Maksim pour ce moment. Car elle avait compris ce qu'il venait de lui dire.

Tu m'as terriblement manqué, ma chérie.

- 2 -

Son esprit ne fonctionnait plus, songea Cali.

Non seulement elle voyait Maksim, mais elle l'entendait dire les mots qui avaient résonné dans son esprit, dans ses rêves comme à l'état de veille. Puis, pour parachever l'hallucination, il la prit dans ses bras, comme il l'avait toujours fait dans son imagination.

Mais il ne manifesta pas la même certitude que dans ses rêves, ni la détermination sans faille d'autrefois. Il tituba en tendant les bras vers elle. Ses mouvements non coordonnés, le besoin farouche qui émanait de lui et le contact de son corps contre sa chair tremblante ravivèrent son désir.

Puis elle se retrouva mêlée à lui, partageant son souffle, s'abandonnant à sa saveur, tandis qu'il la tirait du vide dans lequel il l'avait plongée, l'entraînant de nouveau dans son orbite.

Maksim... Il était de retour, comme elle l'avait rêvé chaque nuit, pendant une année blême et interminable. Il était de retour pour de bon.

Non, impossible. Car il n'avait jamais été là pour de bon. Elle avait accepté ce fait, dans le passé.

Mais elle ne l'accepterait plus. Elle ne pourrait plus le supporter.

Même si elle avait rêvé mille fois de reprendre leur liaison, c'était un désir impossible à assouvir. Trop de choses avaient changé. Elle avait changé. Or, lui avait affirmé qu'il ne changerait jamais.

Le moment de répit et de plaisir engourdissant prit lentement fin. Au lieu de se sentir revivre, elle étouffa dans ses bras, au point qu'elle dut lutter pour recouvrer son souffle.

Il la lâcha aussitôt, et retourna en chancelant vers le seuil.

— *Izvinityeh*... Pardonne-moi... Je ne voulais pas...

Il passa les mains dans ses cheveux, qui avaient poussé sur sa nuque. Un des nombreux changements qu'elle n'avait pas remarqués, et qu'elle remarquait maintenant.

Il semblait hagard. Il n'était plus que l'ombre de l'homme plein de vie qu'il avait été autrefois. Etrangement, elle le trouvait encore plus irrésistible ainsi. Cet apparent épuisement lui donnait envie de se blottir contre lui jusqu'à ce qu'ils ne fassent plus qu'un.

Dieu... Etait-elle vraiment en train de devenir comme sa mère ? Allait-elle suivre le même schéma destructeur ? Elle l'imaginait sans mal. Maksim la quitterait sans un mot, disparaîtrait au moment où elle aurait le plus besoin de lui, et reviendrait sans davantage d'explication, lui jurant qu'elle lui avait manqué. Et après un baiser époustouflant, elle lui offrirait, haletante, son âme et son cœur.

Non, hors de question. Il l'avait désarmée, car il avait fait irruption par surprise, au moment précis où il envahissait ses pensées. Mais elle ne répéterait pas cette erreur.

Maksim faisait partie de son passé. Et elle était bien décidée à ce qu'il y reste.

Malgré sa résolution, elle ne put que le dévisager tandis qu'il l'observait de sa hauteur prodigieuse, amplifiée par sa perte de poids.

— Tu ne m'invites pas à entrer ?

Son murmure rauque fut comme un coup de fouet.

— Non. Et avant que tu ne partes, je veux savoir comment tu es arrivé ici. Tu as menti à un locataire pour qu'il te laisse entrer, tu as intimidé le gardien ?

Il grimaça. Sans doute à cause de la note agressive dans sa voix.

— Je ne dirais pas que je n'utilise pas ce genre de procédés quand je veux vraiment quelque chose. Et j'aurais certainement eu recours à tout ce qui aurait pu me faire entrer ici. Mais en l'occurrence, je n'ai pas eu à mentir ni à contraindre qui que ce soit pour obtenir ce que je voulais. J'ai tapé ton code.

Son code ? Comment le connaissait-il ?

Autrefois, elle trouvait remarquable qu'un homme de son envergure se déplace sans gardes du corps et la laisse pénétrer dans son sanctuaire interne sans aucun vigile pour le protéger. Elle avait interprété cette attitude comme une manifestation de confiance.

Se serait-elle trompée à ce sujet aussi ? Ses mesures de sécurité étaient-elles si perfectionnées qu'elles en étaient indétectables ?

Il était logique que son service de sécurité dissèque la vie de quiconque entrait en contact avec lui, surtout celle des femmes avec lesquelles il avait des contacts intimes. Maintenant qu'elle y songeait, ses agents rassemblaient sans doute des informations sur ses conquêtes, à utiliser si elles dépassaient les limites. Il détenait sans doute un dossier sur elle, contenant tous les détails de sa vie, jusqu'à la marque de son shampoing. Et si…

— Je suis venu ici une fois, avec toi, dit-il d'une voix sourde.

Son commentaire interrompit ses projections enfiévrées.

Elle le dévisagea sans comprendre.

— Tu avais tapé ton code, ajouta-t-il.

Cette explication la dérouta encore plus.

— Tu veux dire que tu m'as regardée entrer mon code, et que tu as mémorisé les douze chiffres ? Jusqu'à maintenant ?

— Oui. Je me souviens de tout à propos de toi. De tout, Caliope.

Il posa le regard sur ses lèvres, comme s'il se retenait de prendre possession d'elles et que sa résolution faiblissait à chaque seconde.

Elle sentit ses propres lèvres pulser, son ventre se nouer d'excitation.

Il fit un pas, sans traverser le seuil. Ce qui la surprenait. Le Maksim qu'elle connaissait l'aurait prise d'assaut, certain de faire fondre toute résistance. Non pas qu'il en ait jamais rencontré aucune de sa part, mais c'était dans une autre vie.

— Laisse-moi entrer, Caliope. J'ai besoin de te parler.

— Et moi, je n'en ai aucune envie, rétorqua-t-elle.

Elle s'efforça de ne pas se laisser affecter par la vulnérabilité qu'elle décelait dans sa voix.

— Tu arrives un an trop tard, reprit-elle. Tu aurais dû t'expliquer avant de partir sans un mot. J'ai perdu tout besoin ou toute envie de te parler il y a neuf mois.

Il hocha la tête avec difficulté.

— Quand Leonid est né, acheva-t-il.

Même s'il employait la version russe de Leonidas, il connaissait donc le nom de son fils. Il connaissait aussi sans doute son poids, et le nombre de dents qu'il avait. Tout cela devait figurer dans le dossier qui la concernait.

— Ta déduction est superflue. Tout comme ta présence ici.

Il serra et desserra les poings, comme s'ils le démangeaient.

— Je ne vais pas prétendre que je mérite ton attention. Mais pendant des mois, tu m'as demandé l'explication de mon départ soudain. Tu la voulais tellement que tu m'as laissé des dizaines de messages et d'e-mails.

Alors, il l'avait délibérément ignorée et laissée devenir folle d'inquiétude, comme elle l'avait supposé !

— Puisque tu te souviens de tout, tu dois te souvenir de la raison de mes appels et de mes messages.

— Tu voulais savoir si j'allais bien.

— Et comme je constate que tu vas bien…

Elle marqua un temps de pause, et le regarda de pied en cap, dans son long manteau noir.

— Quoique… Je ne peux pas dire que tu aies vraiment l'air en forme. Tu ressembles à un vampire affamé qui essaie d'hypnotiser sa victime pour pouvoir la vider de son sang. Ou, si tu préfères une métaphore plus commune, tu ressembles à un cocaïnomane.

Elle savait qu'elle se montrait cruelle. Mais c'était plus fort qu'elle. Maksim resurgissait dans sa vie au moment précis où l'amertume avait balayé la tristesse et où la colère avait pris le dessus. Et le baiser qu'ils avaient échangé avait fait céder la digue contenant sa rancœur.

— J'étais… malade.

Son ton réticent et la façon dont ses yeux se baissèrent et ses cils touchèrent ses pommettes encore plus saillantes affolèrent son cœur.

Et s'il avait été vraiment malade pendant tout ce temps ?

Non. Elle n'allait pas réagir comme sa mère l'avait fait avec son père, à savoir lui trouver des excuses, jusqu'à ce qu'il finisse par la détruire.

Il releva les yeux vers elle.

— Tu n'es même pas curieuse de savoir pourquoi je suis parti ? Et pourquoi je suis de retour ?

Curieuse ? C'était un euphémisme. Spéculer sur les raisons de son départ avait bien failli la rendre folle.

— Non, je ne le suis pas. J'ai passé un accord avec toi dès le premier jour, en n'exigeant que deux choses : l'honnêteté et le respect. Tu n'as pas été honnête, puisque tu ne m'as pas dit que tu t'étais lassé de moi. Et tu aurais montré plus de respect à une fille ramassée dans la rue.

Il tressaillit comme si elle l'avait giflé, mais n'essaya pas de l'interrompre.

Sa réaction ne fit que raviver d'autres souvenirs douloureux, insufflant plus de dureté dans ses paroles.

— Tu m'as fuie comme si je t'avais harcelé, alors que tu savais qu'en recevant de tes nouvelles, j'aurais cessé de te contacter. J'ai arrêté quand tes activités l'ont confirmé à ta place et m'ont obligée à reconnaître la profondeur de ta cruauté. Tu as perdu tout droit à ma considération. Je me fiche de savoir pourquoi tu es parti, pourquoi tu m'as ignorée, et je n'ai pas le moindre désir de savoir pourquoi tu es de retour.

Il blêmit davantage à chacune de ses paroles. Quand il fut certain qu'elle avait terminé sa tirade, il poussa un profond soupir.

— Rien de ce que tu viens de dire n'est vrai. Peut-être ne pourras-tu jamais accepter les vraies raisons de mon comportement, mais elles étaient écrasantes pour moi à l'époque. C'est une longue histoire.

Avant qu'elle puisse rétorquer qu'elle ne voulait pas l'entendre, il ajouta d'une voix presque inaudible :

— J'ai eu un accident.

Cela la fit taire. Mais en elle, un chaos de questions, d'anxiété et de remords explosa.

Quand ? Comment ? Que s'est-il passé ? A-t-il été blessé ? A quel point ?

Elle reporta vivement son regard sur lui, l'inspectant fiévreusement. Elle ne vit rien sur son visage, mais peut-être que la pénombre masquait ses cicatrices. Et sur son corps ? Ce manteau sombre n'était peut-être pas destiné à masquer sa perte de poids. Et s'il cachait quelque chose de bien plus terrible ?

Incapable de supporter l'afflux de questions, elle le prit par le bras et l'attira à l'intérieur, sous la lumière du vestibule. Pour l'étudier de près.

Et son cœur se serra douloureusement. Seigneur ! Il avait tant maigri ; il semblait malade, émacié.

Et soudain, il s'effondra en gémissant. Avant que la peur ne la saisisse, il se releva et la porta dans ses bras.

Même dans son état, il semblait que cela ne lui demandait aucun effort. Comme chaque fois qu'il l'avait portée, elle eut l'impression d'être aussi légère qu'une plume, désirée, choyée. La bouffée de désir qui l'envahit et le soulagement de le revoir enfin alors qu'elle avait perdu tout espoir étaient si puissants qu'elle s'abandonna à son étreinte, débarrassée de toute tension et de toute résistance.

Sa tête roula sur l'épaule de Maksim, ses mains tremblèrent en le touchant. Comme autrefois. Il lui avait souvent dit qu'il adorait la sensation de son corps dans ses bras.

Il s'arrêta devant l'entrée du salon. Si elle avait pu recouvrer la voix, elle lui aurait dit de continuer jusqu'à sa chambre, de ne pas s'arrêter avant qu'ils soient peau contre peau, qu'elle se perde en lui. Et surtout, elle voulait examiner chaque centimètre carré de son corps, pour être rassurée sur son état.

Mais il la posa sur le canapé, s'agenouilla sur le sol à côté d'elle, et la regarda. Elle s'adossa contre les coussins, incapable de rassembler assez de forces pour se redresser.

Puis elle devina, à son regard intense, qu'il s'apprêtait à lui dire quelque chose de capital.

Il lui donna bien vite raison.

— Puis-je voir Leonid ?

Tout en elle se raidit. Son corps, son esprit, son cœur.

Et elle ne put que répondre :

— Quoi ?

Sincèrement, elle ne comprenait pas sa demande. Il lui avait affirmé qu'il ne voulait pas prendre part à la vie de Leo. Pourquoi voudrait-il le voir maintenant ?

— Je sais que j'avais dit ne vouloir aucun contact avec lui, répondit-il, comme s'il avait lu dans ses pensées. Mais ce n'était pas parce que je ne le voulais pas. Je croyais que je ne le pouvais pas, et que je ne le devais pas.

Les souvenirs de ces moments douloureux semblèrent l'assaillir de nouveau, avec l'immédiateté d'une nouvelle blessure.

— Tu as dit que tu n'étais « pas un homme fiable dans des situations de ce genre ».

Son visage se crispa.

— Tu t'en souviens donc…

Au lieu d'avouer qu'elle se souvenait de tout le concernant, comme il prétendait se souvenir de tout à son sujet, elle poussa un soupir.

— Comment oublier ?

— Je croyais qu'il valait mieux pour lui comme pour toi que je disparaisse de votre vie.

— La raison pour laquelle tu as cru cela fait-elle partie de ta « longue histoire » ?

— La raison est cette histoire. Mais avant que je m'explique, veux-tu bien me laisser voir Leonid ?

Seigneur, c'était vraiment en train d'arriver. Il était ici, et il voulait voir Leo. Mais si elle le laissait faire, plus rien ne serait jamais pareil. Elle en était certaine.

Elle chercha n'importe quelle excuse pour empêcher l'inéluctable.

— Il dort.

Son regard déjà assombri devint plus noir encore.

— Je ne ferai que le regarder, je ne le réveillerai pas, je te le promets.

— Tu ne verras pas grand-chose dans le noir, objecta-t-elle. Et je ne peux pas allumer la lumière. C'est la seule chose qui le réveille.

— Même si je ne peux pas le voir correctement, je le sentirai. Je sais déjà à quoi il ressemble.

Son cœur bondit. Avait-elle eu raison en pensant qu'il disposait d'un dossier sur eux ?

— Comment le sais-tu ? Tu nous fais suivre ?

Il la dévisagea, visiblement incapable de comprendre sa question.

— Qu'est-ce qui peut bien te faire penser une chose pareille ?

Elle l'observa avec méfiance et lui fit part de tous ses soupçons.

Il sembla plus perplexe à chaque mot.

— Tu as tout à fait le droit de croire le pire à mon sujet. Mais je n'ai jamais envahi ton espace privé. Si je devais te faire suivre un jour, ce serait pour ta protection, pas pour la mienne. Je n'avais aucune raison de craindre pour ta sécurité auparavant, puisque le seul danger aurait été de te montrer publiquement avec moi. Or, j'avais gardé le secret sur notre relation.

— Alors, comment sais-tu à quoi Leo ressemble ?

— Parce que je t'ai suivie.

Elle resta bouche bée.

— Vraiment ? Quand ?

— De temps en temps, articula-t-il difficilement, comme s'il lui était pénible de prononcer les mots. Surtout ces trois derniers mois.

Alors elle n'était pas devenue folle ! Toutes ces fois où elle avait cru ressentir sa présence, il avait bel et bien été là !

Les questions et la confusion déferlèrent sur elle. Pourquoi avait-il agi ainsi ? Pourquoi avait-il disparu quand elle avait perçu sa présence ? Pourquoi ne l'avait-il pas approchée ? Et pourquoi avait-il décidé de passer enfin à l'action ? Pourquoi, pourquoi, pourquoi ?

Elle voulait le bombarder de toutes ces interrogations, et avoir des réponses maintenant.

Mais celles-ci devraient attendre. Car elle était incapable de lui refuser l'accès à son fils. Son regard la suppliait assez, les explications viendraient plus tard. Il avait attendu trop longtemps.

Elle hocha la tête, tenta de se lever. Maksim se précipita pour la soutenir quand elle faillit retomber en arrière, écarquillant les yeux lorsque la tension qui faisait toujours rage entre eux les électrisa tous deux.

Comme malgré lui, ses mains lui prirent le visage en coupe, glissèrent autour de sa nuque, pour l'incliner vers le sien. Il gémit douloureusement son nom, comme pour la prévenir qu'il allait l'embrasser si elle ne disait pas « non ». Mais elle en aurait bien été incapable.

Dans un grondement de soulagement, il baissa la tête et prit ses lèvres dans un baiser compulsif.

Elle savait qu'elle aurait dû y mettre un terme, que rien entre eux n'avait été résolu et ne le serait jamais. Mais lorsque la langue de Maksim glissa sur la sienne, que son souffle se mêla au sien, elle fut, comme toujours, incapable de résister.

Elle s'abandonna à sa faim tandis que ses lèvres et ses dents savouraient la chair tremblante de l'homme qu'elle aimait, que sa langue lui plongeait dans la bouche, attisant le feu de son désir. Son corps se fit languide, se préparant à l'accueillir. Elle se souvint de leurs ébats fougueux, de la domination qu'il exerçait sur elle, des plaisirs qu'ils se donnaient. Il l'étendit sur le canapé et s'allongea sur elle. Elle s'agita contre lui, frottant ses seins enflés et ses tétons douloureux contre son torse ferme… Mais soudain, sans crier gare, il arracha ses lèvres des siennes, et s'agenouilla, les yeux écarquillés, l'air effrayé.

Il lui fallut plusieurs instants avant de se rendre compte que le gémissement qu'elle avait entendu n'était pas venu d'elle. Leo.

Ses gazouillis résonnèrent de nouveau, et elle se souvint du moniteur pour bébé. Elle en avait installé un dans chaque pièce.

Cette fois, quand elle tenta de se relever, Maksim l'aida. Elle n'aurait su dire lequel des deux avait les mains qui tremblaient. Elle, lui, peut-être eux deux.

Il s'effaça pour la laisser ouvrir la voie.

L'irréalité de la situation la submergea de nouveau quand elle approcha de la chambre de Leo, alors que la présence de Maksim envahissait tout son appartement. La dernière chose qu'elle avait imaginée un peu plus tôt, en allant voir Leo, était qu'une heure après Maksim serait là. Et qu'elle le conduirait pour la première fois jusqu'à son… jusqu'à *leur* fils.

Elle sentit sa tension augmenter à chaque pas. Enfin, elle ouvrit la porte, chancelante.

Elle se tourna vers lui.

— Il faut que tu sois calme. Leo est très sensible aux humeurs.

C'était d'ailleurs pourquoi il lui avait fait vivre six mois d'enfer. Il avait réagi à sa tristesse. Elle avait réussi à la canaliser par le sport et le travail, et à compartimenter ses émotions pour ne plus exposer Leo à leur toxicité.

— S'il se réveille, il ne faut pas qu'il te voie pour la première fois dans un tel état d'émotion.

Elle faillit gémir. Elle avait dit « la première fois » comme si elle pensait que cette rencontre serait la première d'une longue série. Alors que Maksim ne voulait sans doute le voir qu'une seule fois parce que… Elle ignorait pourquoi.

Inconscient du tourment qu'elle traversait, car il était sans doute trop occupé à composer avec le sien, il ferma les yeux, puis les rouvrit et hocha la tête.

— Je suis prêt.

Les nerfs à vif, elle marcha sur la pointe des pieds dans la chambre, Maksim sur ses talons. Elle espérait que Leo s'était rendormi. Vraiment, ce serait idéal si cette première et sans doute dernière visite se produisait pendant qu'il dormait. Sa tension retomba quand elle constata que Leo ronflait doucement.

Avant qu'elle puisse pousser un soupir de soulagement, elle oublia tout, même Leo, lorsque Maksim vint se poster à côté d'elle. Dans la pénombre, elle fixa son profil, le cœur battant. Elle n'aurait jamais imaginé qu'il… qu'il… Seigneur !

Son expression, l'émotion brûlante qui émana de lui quand il posa les yeux sur Leo… Un tourbillon de larmes surgit du fond de son âme. Dire qu'elle avait cru ses pleurs taris pour toujours.

Le visage de Maksim était un masque sublime de stupéfaction et de souffrance. On aurait dit qu'il regardait un miracle.

Et c'était vrai : Leo était un miracle.

— Puis-je… puis-je le toucher ?

Le murmure plein de respect la fit vaciller.

Il tourna vivement son regard vers le sien, et elle étouffa un cri. Dans le faible éclairage, elle vit ses yeux mouillés de larmes.

Maksim pleurait ? Comment était-ce possible ?

La gorge trop nouée pour répondre, elle hocha la tête.

Après avoir pris plusieurs inspirations, afin de se reprendre, il tendit une main tremblante vers le visage de Leo.

A l'instant où ses doigts touchèrent la joue de son fils, il retint son souffle si brutalement qu'elle eut l'impression de le voir recevoir un coup de poing dans le ventre. Elle eut le souffle coupé elle aussi. Et c'était avant que Leo appuie la joue contre la grande main de Maksim, comme un chat exigeant une caresse plus ferme.

Vacillant de manière visible à présent, à moins que ce ne soit elle, Maksim toucha la joue ronde et duveteuse de son fils, la caressant du pouce, sans se lasser, en respirant de manière saccadée comme s'il venait de courir un marathon.

— Tous les enfants sont-ils aussi stupéfiants ? chuchota-t-il d'une voix grave.

Ses mots n'étaient pas une exclamation émerveillée, ou une question rhétorique. C'était une vraie question.

Elle songea à garder le silence. La boule dans sa gorge menaçait de se dissoudre en sanglots, mais elle ne pouvait ignorer sa question, pas quand les yeux brillants de Maksim imploraient qu'elle lui réponde.

Rassemblant toute sa force pour ne pas s'effondrer, elle murmura :

— Tous les enfants le sont. Mais il semble que le lien que nous avons avec les nôtres nous amène à les aimer plus que tout au monde. Nous amplifions leurs atouts, minimisons leurs défauts, et supportons leurs caprices avec une endurance virtuellement infinie et irrationnelle.

Il l'écoutait, captivé, comme si chaque mot était une révélation pour lui. Mais son visage se ferma soudain. Ce brusque changement d'humeur la décontenança.

— « Irrationnelle »… , répéta-t-il d'une voix véhémente, presque effrayante.

Avant qu'elle puisse dire ou même penser quoi que ce

soit, il regarda Leo une dernière fois, retira sa main, et sortit brusquement de la pièce.

Elle le suivit, l'esprit en pleine confusion.

Qu'est-ce qui n'allait pas chez lui ? Voulait-il la rendre folle ?

Où voulait-il en venir ? D'abord, sa venue, ce déballage d'émotions qui ne lui ressemblait pas, puis cette réaction déchirante en voyant son fils pour la première fois… Tout cela pour finir par ce numéro de bête blessée ?

Etait-ce ce qu'il avait voulu insinuer quand il avait dit qu'il n'était pas homme à qui l'on pouvait faire confiance « dans des situations de ce genre » ? Souffrait-il d'un désordre bipolaire qui lui faisait souffler le chaud et le froid sans raison ? Cela expliquait peut-être ses fluctuations durant leurs derniers mois de liaison, sa désertion inexpliquée et son retour subit.

Elle le rattrapa dans le salon où il l'attendait, le visage sombre et distant.

Elle lui fit face, sentant la colère affleurer de nouveau.

— Je ne sais pas quel est ton problème, et je ne veux pas le savoir. Tu es venu ici sans y être invité, tu m'as prise par surprise avec quelques baisers, tu as réussi à me convaincre de te laisser voir Leo. Et maintenant, tu t'enfuis. Je veux que tu t'en ailles, et je ne veux plus jamais que tu reviennes ou je…

— Je suis issu d'une famille d'hommes violents.

Dire que son commentaire l'avait abasourdie serait un euphémisme.

Son esprit se vida. Cet aveu l'empêchait de penser ou de dire quoi que ce soit.

Il continua, de la même voix morne :

— Cela remonte sans doute loin dans mon ascendance, mais je sais que mon grand-père en était un, et que ce désordre a empiré à chaque génération, atteignant son comble avec mon père. Je me suis dit que cette folie coulait forcément dans mes veines, et que je serais le pire d'entre eux. C'est pourquoi j'ai toujours refusé d'avoir une relation sérieuse. Jusqu'à toi.

Elle ne put que le regarder, tremblante. Elle avait passé un an à chercher désespérément une explication. A présent, elle ne voulait plus savoir. Pas si l'explication était pire que l'abandon lui-même.

Mais elle fut incapable de l'interrompre. De toute façon, il ne se serait pas arrêté. Il semblait déterminé à tout lui révéler, une bonne fois pour toutes.

— Depuis le premier jour, poursuivit-il d'une voix teintée de mélancolie, je t'ai désirée avec une férocité qui me terrifiait.Alors, quand tu as stipulé que tu voulais une liaison temporaire et sans attaches, j'ai été soulagé. Je me suis dit que tu ne risquerais rien, tant que notre relation demeurerait superficielle. Mais les choses ne se sont pas déroulées comme prévu, et mon inquiétude s'est accrue en même temps que ma faim de toi. Je vivais dans la crainte de ma réaction, si tu me quittais alors que je n'étais pas prêt à te laisser partir. Mais au lieu de cela, tu es tombée enceinte.

Elle le dévisageait, les jambes chancelantes, sentant qu'il ne lui avait pas encore dit le pire.

Et c'était le cas.

— A mesure que Leo grandissait en toi, j'étais chaque jour un peu plus certain d'avoir eu raison de te dire que je sortirais de ta vie, et que je n'entrerais jamais dans la sienne. J'ai commencé à m'inquiéter pour toi chaque fois que tu étais hors de ma vue, je devais constamment lutter pour maîtriser mes impulsions, afin de ne pas t'étouffer. J'ai même essayé de rester loin de toi autant que possible. Mais je revenais plus avide encore, terrifié à l'idée que toutes ces émotions sans précédent puissent échapper à mon contrôle et se manifester par la violence. Alors je me suis forcé à te quitter, avant que tu mettes Leo au monde. Avant que je finisse par faire ce que mon père a fait après la naissance de ma sœur.

Il avait donc une sœur ?

— Il était de plus en plus instable. Il ne se passait plus un jour sans qu'il ne frappe ma mère, ou moi, ou nous deux.

Puis, un soir, quand Ana avait environ cinq mois, il est devenu complètement fou. Il nous a envoyés tous les trois aux urgences. Il nous a fallu des mois pour nous remettre de nos blessures. Sauf Ana. Elle a lutté durant une semaine, puis elle est morte.

- 3 -

Les mots de Maksim s'abattirent sur Cali comme une avalanche.

Elle resta là, bouche bée devant lui.

Son père a tué sa sœur. Alors qu'elle n'était qu'un bébé.

Et il craignait d'être capable de la même violence.

Etait-ce ce qui l'avait submergé, dans la chambre de Leo ? Cette violence « irrationnelle » envers des êtres sans défense ?

Une soudaine terreur la saisit.

Et s'il perdait le contrôle maintenant ? Et si…

Aussi soudainement qu'elle était montée, sa terreur retomba.

L'homme qui se tenait dans son salon, la regardant avec des yeux emplis de la même tristesse que celle dont elle souffrait depuis trop longtemps, n'était pas aux prises avec un accès de violence incontrôlable. Mais avec une angoisse écrasante.

Il craignait sa propre personne, et ce qu'il considérait comme son héritage. Cette peur semblait avoir gouverné toute sa vie. Il venait de lui dire que cela avait dicté chaque action et chaque décision dans sa relation avec elle. Les limites qu'il avait acceptées et la séparation qu'il leur avait imposée n'avaient en fait été induites par rien d'autre. Il avait cru les protéger, Leo et elle, de son potentiel de destruction.

Elle s'entendit demander :

— As-tu fait du mal à quelqu'un, un jour ?

— Oui, répondit-il d'une voix sourde.

Cet aveu aurait dû réveiller ses peurs, mais il n'en était rien. Et ce n'était pas parce qu'elle voyait du bien là où il n'y en avait pas, comme sa mère l'avait fait avec son père. Ou comme la mère de Maksim avait dû le faire avec son époux.

Simplement, elle ne pouvait ignorer son instinct, qui l'avait guidée toute sa vie et ne l'avait jamais trahie.

La seule fois où elle avait cru faire une erreur fondamentale, c'était avec Maksim. Mais ses explications venaient de lui prouver que son instinct ne l'avait pas trompée, cette fois-là non plus.

Dès le premier regard, elle avait senti qu'elle serait en sécurité avec lui. Mieux : protégée et défendue, à n'importe quel prix. Cette noblesse, cette stabilité et ce contrôle parfait qu'elle avait perçus chez lui — même au sommet de la passion — l'avaient conduite à lui faire une confiance totale, dès le premier jour.

Lorsqu'elle avança vers lui, il se tendit. Il était clair qu'il ne trouvait pas sa proximité bienvenue, alors qu'il venait de confesser sa honte et sa terreur. Ce devait être terrible de douter de soi-même à un niveau si fondamental. Comment avait-il pu vivre en pensant qu'il avait cette bombe à retardement en lui ?

Elle devait lui dire qu'elle avait toujours senti sa stabilité, sa fiabilité. C'était d'ailleurs pourquoi elle avait tant souffert de son abandon. Elle n'avait pas pu relier ce qu'elle ressentait avec les actes apparemment cruels de Maksim. Penser qu'elle s'était trompée à ce point à son sujet l'avait tourmentée autant que sa disparition.

Mais elle avait eu raison de lui accorder sa confiance. Aussi peu judicieux qu'aient été ses motifs, ils n'avaient qu'un but unique : les protéger, Leo et elle.

Il recula de quelques pas en la voyant avancer, l'implorant du regard de ne pas l'approcher. Pas tout de suite.

— Non, Cali. Si tu m'approches, je risque de perdre le contrôle.

En guise de réponse, elle s'arrêta, se laissa tomber sur le canapé pour l'inviter à s'asseoir à côté d'elle. Il obtempéra, à contrecœur, lui sembla-t-il.

— Ceux à qui tu as fait du mal n'étaient jamais plus faibles que toi.

C'était une affirmation, pas une question.

Dans son regard sombre, une lueur se réveilla.

— C'est vrai.

— Ils étaient tes égaux… — elle contempla ses épaules impressionnantes — … ou supérieurs à toi.

Il hocha la tête avec raideur, confirmant son hypothèse.

— Et tu n'as jamais été l'instigateur de la violence.

— Mais je ne me suis pas contenté d'éviter les attaques ou de défendre les victimes. Je n'étais apaisé que si j'infligeais des blessures aux assaillants.

— Etait-ce fréquent ?

Il fit un signe de tête affirmatif.

— Mon père m'a légué un autre héritage : le chaos de notre ville d'origine. Dans mon pays, certaines zones échappent à la loi commune, et le Gouvernement laisse les citoyens régler certains différends entre eux. L'utilisation de la force est la solution la plus acceptée. Je suis devenu expert en la matière.

— Alors, quand tu faisais du mal à d'autres, tu ne défendais pas seulement ta personne, mais aussi d'autres personnes. Tu agissais de façon responsable.

— J'étais trop violent. Et j'aimais ça.

Elle insista.

— As-tu perdu le contrôle ?

— Non. Je savais exactement ce que je faisais.

— Beaucoup d'hommes sont comme toi… des soldats, des protecteurs — capables d'une violence étonnante, ou même de tuer pour une cause, pour défendre les autres contre les agresseurs. Mais ces mêmes personnes sont souvent les hommes les plus doux avec ceux qu'ils protègent.

Il sembla plus déconcerté encore.

— Je savais que j'agissais pour la bonne cause. Mais avec l'histoire de ma famille, je craignais que cela signifie aussi que j'avais en moi un potentiel de violence, qui pouvait se libérer sans raison. Ma passion pour toi s'intensifiait d'heure en heure, mais la peur de moi-même a atteint un point critique, un soir précisément. Je t'attendais dans le lit, et tu es apparue dans un négligé de soie turquoise.

Sa gorge se noua. Elle s'en souvenait parfaitement : il s'agissait de leur dernière nuit ensemble.

Elle s'était réveillée, comblée par leurs ébats à la fois tendres et enfiévrés, et avait découvert qu'il était parti.

— Tu n'avais jamais été plus belle. Tu étais épanouie et rayonnante — ton ventre s'arrondissait de jour en jour, et tu le caressais tendrement en approchant de moi. Ce que j'ai ressenti à cet instant était si féroce que j'étais pétrifié. J'aurais été capable de porter à bout de bras des brutes de deux fois ton poids… ou de faire pis. Je ne pouvais pas risquer de voir ma passion pour toi s'exprimer dans une direction différente.

Des larmes piquantes lui montèrent aux yeux, menaçant de dévaler ses joues d'un instant à l'autre.

— Tu l'as bien caché.

Il ouvrit de grands yeux.

— Je n'avais pas besoin de cacher quoi que ce soit. Je n'ai jamais rien ressenti de violent avec toi. Mais la simple possibilité de perdre le contrôle de ma passion était un risque beaucoup trop important. Il faut que tu me croies. Il ne faut pas que tu t'angoisses rétrospectivement, à l'idée d'avoir été en danger sans le savoir.

Elle secoua la tête pour lui indiquer qu'il avait mal compris.

— Je voulais dire que tu as caché ta passion grandissante. Je n'ai jamais eu l'impression que tu éprouvais autre chose que ce que tu m'as toujours montré.

Il hocha lentement la tête.

— Ça, je l'ai caché. Et plus j'essayais de ne pas te montrer ce que je ressentais, plus cela s'accentuait en moi. Et si je ressentais cela alors que tu portais encore mon enfant, je ne pouvais pas risquer d'attendre de voir ce que j'éprouverais après ton accouchement.

Il avait dû vivre un cauchemar, à s'inquiéter continuellement de suivre le terrible exemple de son père.

— Les hommes violents ne s'inquiètent pas pour le bien-être de leurs victimes, Maksim. Ils leur reprochent de les avoir provoqués, disent qu'on les a poussés à bout. Ils ne vivent certainement pas dans la terreur de ce qu'ils pourraient faire. Tu n'as rien à voir avec ton père.

La douleur qui saisit le visage de Maksim l'émut profondément.

— Je ne pouvais pas en être certain, ni risquer de faire la moindre erreur.

— Parle-moi de lui.

Il inspira brusquement, comme s'il ne s'était pas attendu à cette requête et répugnait à parler de son père.

Pourtant, il céda.

— Il était possessif envers ma mère, et maladivement jaloux. Il jalousait même l'air qu'elle respirait, et chacun de ses moments loin de lui. A tel point qu'il était furieux de l'attention qu'elle accordait à ses enfants. Puis, un jour, il s'est persuadé qu'elle le négligeait à cause de nous, parce que nous n'étions pas de lui.

— Et c'est à ce moment qu'il… qu'il…

Il acquiesça.

— Après nous avoir roués de coups, il s'est empressé de nous conduire aux urgences. Le jour où il a appris que ma sœur était morte, il a traversé la rue et s'est laissé renverser par un camion.

Seigneur, le pire scénario d'horreur ! L'ampleur des souffrances traversées était inimaginable. Comment sa mère avait-elle survécu, d'abord à la violence de son mari, puis à la perte incommensurable causée par cette violence ? Avait-elle survécu d'ailleurs ? Sur le plan émotionnel, et psychologique, cela devait être quasi impossible.

— Quel… quel âge avais-tu à l'époque ? murmura-t-elle enfin.

— Neuf ans.

Assez grand pour comprendre pleinement la situation et en être marqué à vie. Il souffrait depuis bien trop longtemps.

— Et depuis, tu as peur de devenir comme lui.

Les yeux de Maksim s'emplirent de dégoût. Elle se retint de poser une main réconfortante sur sa joue. Ce n'était pas encore le moment. Si elle le touchait, ils ne s'arrêteraient pas à une simple caresse cette fois. Or, il devait aller au bout de sa confession.

— Ta mère ne s'était pas rendu compte qu'il était instable avant de l'épouser ?

— Elle m'a avoué avoir vu des signes pendant qu'il la courtisait. Mais elle était jeune et pauvre, et lui, riche, puissant et séduisant. Elle s'est rendu compte qu'il avait un problème la première fois qu'il l'a battue. Mais il se montrait toujours si bouleversé, si aimant ensuite qu'elle continuait de s'enfoncer plus profondément dans le piège de sa passion dérangée. C'était un cercle sans fin de peur et de maltraitance. Puis Ana est arrivée. Elle n'avait pas prévu cette grossesse.

Comme Cali celle de Leo. Encore un autre parallèle qui avait dû alimenter les projections effrayantes qu'avait pu faire Maksim.

— Elle a songé à avorter, tant elle avait peur que sa grossesse ne décuple sa violence. C'est d'ailleurs ce qui s'est malheureusement passé. La meilleure chose que ce type ait jamais faite, c'est de se jeter sous un camion. Mais après tout le mal qu'il lui avait infligé, cela arrivait trop tard.

— Se mettre devant ce camion l'a peut-être débarrassée du danger physique, mais qu'il ait apparemment renoncé à la vie pour expier ses péchés a dû la priver de la possibilité de le haïr.

Il écarquilla les yeux, comme s'il venait d'avoir une révélation.

— J'avais cru avoir disséqué le sujet un million de fois déjà, dit-il. Mais c'est une perspective que je n'avais jamais considérée. Il se pourrait que tu aies raison. *Bozhe moy…* tu as sans doute raison. L'ordure ! Même en se donnant la mort, il a réussi à la torturer.

Il ne faisait pas de doute que Maksim aimait sa mère et se sentait farouchement protecteur envers elle. Qu'il la défendrait au prix de sa vie, sans l'ombre d'une hésitation. Pour elle, c'était une preuve de plus qu'il se trompait sur lui-même.

— Qu'est-ce qui t'a fait penser qu'un jour tu deviendrais comme lui ? Alors que tu hais si profondément ce qu'il était ?

— Je pensais que le haïr ne m'éviterait pas nécessairement de devenir comme lui. Et les preuves d'abus de trois générations de Volkov étaient horriblement irréfutables. J'ai appris leur histoire plus tard, aussi n'ont-ils pas eu de conséquences pendant les années où j'ai été le plus influençable. J'ai pris la décision de ne jamais m'investir dans une relation la nuit où Ana est morte. Durant les trente années qui ont suivi, je n'ai pas remis ma décision en question, et je n'ai jamais ressenti le besoin d'être proche de quelqu'un. Et puis, tu es arrivée.

Il ne cessait de dire ce genre de choses. « Jusqu'à toi » « Et puis, tu es arrivé. » Comme si elle avait changé sa vie. Comme s'il l'aimait ?

Non. Il se montrait totalement honnête, et s'il l'aimait, il le lui aurait avoué.

— Je suis parti, déterminé à ne jamais revenir, alors même que tout ce que je voulais c'était rester auprès de toi, pour être le premier à porter Leo, afin d'être là chaque seconde à partir de sa naissance, pour lui et pour toi. Mais je ne pouvais pas supporter la sentence que je m'étais imposée. J'ai commencé à te suivre, comme un toxicomane prêt à tout pour assouvir son addiction. Je devais veiller à ce que Leonid et toi alliez bien, être près de vous pour intervenir si vous aviez besoin de moi.

Nous avions besoin de toi. J'avais besoin de toi, chaque seconde de l'année écoulée.

Mais elle ne pouvait pas le lui dire. Pas encore.

Pour l'heure, il avait répondu aux questions qui avaient rongé son esprit et son âme. Une seule demeurait à présent.

— Pourquoi réapparaître maintenant, alors que tu m'as fuie pendant des mois, chaque fois que je te remarquais ?

Il sembla sonné.

— Tu me voyais ? Je croyais avoir fait en sorte que tu ne me voies pas.

— Mais si. Je sentais ta présence.

La noirceur du passé tragique fut chassée par un élan de passion. Elle avait à peine pris conscience de ce changement radical en lui, quand il prit ses mains entre les siennes, les couvrant de baisers brûlants.

Elle était prête à se jeter dans ses bras à présent. Il captura son visage entre ses mains secouées de tremblements si forts qu'ils se transmirent à tout son corps.

— Ce marché que nous avons passé la première nuit, murmura-t-il contre sa peau frissonnante, et la déclaration que j'ai faite quand tu m'as annoncé être enceinte de Leonid…

Un coup de tonnerre résonna en elle. Il voulait revenir sur leur marché ?

— Je veux passer un nouveau marché. Je veux être le père de Leonid pour de bon, et de toutes les manières. Je veux devenir ton époux.

Maksim vit la stupéfaction se peindre sur le visage exquis de Caliope.

Bozhe moy… Comme ce visage lui avait manqué. Tout en lui répondait à ses goûts et à ses désirs en la matière, chaque angle et chaque fossette étant l'incarnation même de l'élégance, de l'harmonie et de l'intelligence. Comme il avait rêvé de revoir ces yeux plus bleus que le ciel, ces cheveux trempés dans l'or et le caramel, comme il avait voulu goûter chaque centimètre carré de cette peau gorgée de soleil, de ce corps fait pour la passion !

Son être même lui avait manqué, avec ses regards brûlants, son parfum, son contact, son désir.

Sa faim s'intensifiait de seconde en seconde. Ce n'était pas seulement parce qu'il avait été privé d'elle ou qu'il était rendu fou par la pensée de sa future extase. Il s'était senti constamment affamé, même lorsqu'il la possédait.

Cela expliquait pourquoi il s'était si peu fait confiance, face à l'intensité de son désir. Mais tout avait changé. Lui-même avait changé.

Comme sortant d'une transe, Caliope cligna les yeux, puis ouvrit les lèvres. Rien n'en sortit.

Sa demande l'avait choquée. Même s'il ne s'était pas attendu à une autre réaction, cela remuait le couteau qu'il s'était planté lui-même dans le ventre, quand il l'avait quittée.

Elle fit une autre tentative.

— Tu veux …

Elle s'interrompit, comme si elle n'arrivait pas à dire « m'épouser ».

— Tu veux m'épouser ? dit-elle enfin.

Il hocha la tête, la gorge trop nouée pour parler.

Elle déglutit difficilement.

— Excuse-moi si je n'arrive pas à comprendre, surtout après ce que tu viens de me dire. Pourquoi ce virage à cent quatre-vingts degrés ?

Soudain, ses yeux azur, qui ne l'avaient plus quitté depuis qu'il les avait croisés, s'écarquillèrent.

— Est-ce à cause de l'accident dont tu m'as parlé ? Cela a-t-il changé ta vision des choses ?

Il ne put que hocher la tête de nouveau.

— Tu veux bien me dire ce qui s'est passé ? Ou cela prendra-t-il des années avant que tu sois prêt à en parler, cette fois aussi ?

Incapable de rester assis sans la prendre dans ses bras, il se leva. Il savait qu'il devait lui révéler ce qu'elle avait le droit de savoir. Et tandis qu'elle le fixait, il vit une myriade d'émotions passer sur son visage à une vitesse vertigineuse.

Il réprima son envie de se jeter à ses pieds, pour la convaincre de tout oublier et leur permettre d'étancher leur soif mutuelle, tout simplement.

Elle s'adossa de nouveau contre le canapé, comme si elle se sentait incapable de recevoir le reste de ses confessions sans être soutenue.

Il ne savait par où commencer.

— Ne cherche pas comment tu pourrais me raconter les choses. Contente-toi de me les raconter.

Ses mots tranquilles le surprirent tellement que son cœur tressauta.

Malgré leur passion tempétueuse, il n'avait jamais eu le sentiment qu'ils avaient partagé quoi que ce soit d'émotionnel, de psychologique, et encore moins de spirituel. Il s'était demandé si c'était à cause de leur pacte, ou s'il n'y avait simplement rien entre eux, au-delà de cette alchimie addictive et inexorable.

Pourtant, à l'instant, elle avait deviné qu'il ne trouvait pas les mots pour raconter cette épreuve, qu'il cherchait un moyen d'adoucir la vérité.

Avait-elle toujours possédé cette capacité à lire en lui, sans l'utiliser, ou du moins sans la montrer, de crainte que cela n'aille à l'encontre de leur accord ? Ou avait-il si bien caché ses sentiments, comme elle l'avait dit, qu'il avait réussi à la tenir à distance ? Peut-être avait-elle souhaité se rapprocher de lui. Mais si tel était le cas, elle lui aurait sans doute demandé de modifier les clauses de leur marché. A moins qu'elle ne commence seulement maintenant à s'ouvrir à lui sur un plan sentimental, et plus seulement sexuel.

Cette dernière possibilité semblait la plus logique. Elle avait en effet fait preuve d'une compréhension qu'il n'avait pas estimé mériter, avait plaidé pour lui contre sa propre condamnation, avec raison et conviction. Alors que tout ce qu'il avait espéré, c'était se confesser, la supplier de lui accorder son pardon, demander à les voir Leonid et elle, autant qu'elle le lui permettrait.

Mais il n'avait pas respecté les humbles limites de ses espoirs. Un regard, et son avidité avait resurgi au premier plan. Il voulait tout d'elle.

Et puisqu'elle n'avait pas refusé sa demande en mariage d'emblée, il se prenait à espérer qu'elle dise « oui ». Mais il ne pouvait insister pour obtenir une réponse. Pas maintenant. Pas avant qu'il lui ait tout avoué.

Il inspira.

— Tu te souviens de Mikhail ?

Elle sembla surprise par sa question superflue. Elle connaissait très bien Mikhail, qui était son seul ami, le seul qui avait su pour Caliope et lui.

Chaque fois qu'ils étaient sortis en sa compagnie, il avait constaté que Mikhail et elle s'entendaient à merveille. Il avait ressenti une pointe de tristesse devant la facilité avec laquelle ils communiquaient. Il n'avait pas été jaloux, mais simplement déçu que malgré leur intimité intense, il ne puisse pas connaître la même chose avec Caliope.

Il n'y avait aucune attirance entre Mikhail et Caliope. Du moins, de son côté à elle. Car du côté de Mikhail… Eh bien, quel homme ne se sentirait pas attiré par sa féminité si débordante ? Mais être son ami, et aussi celui de Caliope, avait été la seule priorité de Mikhail.

Le regard de Caliope se fit méfiant.

— Comment pourrais-je l'oublier ? Même s'il a disparu de ma vie en même temps que toi, je me plais à penser qu'il était devenu mon ami, lui aussi.

— Il l'est devenu. Il l'était.

Elle sursauta à ce verbe — « était » — et le regarda, horrifiée. Il se força à prononcer les mots qui suivirent, malgré la douleur qui le tenaillait.

— Il est mort dans l'accident.

Le visage de Caliope se tordit, comme si elle avait reçu un coup de couteau. Puis, à mesure que la douleur de l'irrévocable montait en elle, il vit des larmes couler le long de ses joues devenues livides.

Il avait autrefois trouvé exquise la vue de ses larmes, quand il l'avait tourmentée par de trop longs préliminaires, puis l'avait dévastée en lui donnant un excès de plaisir. Mais ces larmes-ci étaient des larmes de chagrin, et elles lui déchirèrent le cœur.

Soudain, il vit la confusion se peindre sur ses traits.

— Tu veux dire que tu n'étais pas impliqué ? Mais tu as dit...

Il serra les dents.

— J'étais impliqué. J'ai survécu.

Les yeux mouillés, elle lui tendit la main. Pour lui témoigner la considération qu'elle lui avait refusée plus tôt. Son cœur le brûla comme s'il était empli d'éclats de verre en fusion.

Prendre sa main tremblante rendait leurs baisers bien pâles par comparaison avec ce simple contact volontaire. Suffoquant, il s'assit à côté d'elle.

Puis, il commença son récit.

— Mikhail aimait les sports extrêmes.

Elle acquiesça. Elle le savait, et cela l'avait d'ailleurs inquiétée.

— Quand j'ai vu que je ne pouvais pas le dissuader d'arrêter, je me suis joint à lui.

Mikhail lui avait conseillé d'annoncer à Caliope qu'il partageait son passe-temps. Il ne l'avait pas fait. Encore une faute dont il devrait répondre.

Il se força à continuer.

— Je vivais mieux ses performances quand je les partageais, pour être là si quelque chose se passait mal. Pendant des années, il a d'ailleurs semblé que rien ne pouvait lui arriver. Il était très pointilleux sur les mesures de sécurité et, je l'avoue, je trouvais ces activités libératrices et euphorisantes. Les partager a aussi renforcé notre lien d'amitié. Et puis, un jour, pendant un saut en parachute destiné à établir un record, mon parachute ne s'est pas ouvert.

Elle retint son souffle brusquement.

Parce qu'elle ne pouvait supporter de l'imaginer en péril ? Ou aurait-elle réagi de la même manière avec n'importe qui ?

A cet instant précis, il prit conscience que cette femme, qu'il désirait de tout son être, qui avait porté son seul fils, il ne la connaissait pas.

Il ne savait pas ce qui l'affectait, ce qui l'exaltait, ce qui provoquait sa colère, ce qui inspirait son bonheur, ce qui forçait son respect.

Pour l'heure, ses yeux étaient explicites, débordants de terreur ! Elle attendait qu'il finisse de lui parler de ce jour qui avait changé sa vie à jamais et qui avait signé la fin de celle de Mikhail.

Il poussa un soupir.

— Mikhail a fait une embardée pour venir à mon secours. Nous ne pouvions pas nous servir tous les deux de son parachute comme dans un saut en tandem, car il n'était pas équipé des crochets nécessaires. Nous approchions rapidement du moment où il serait trop tard pour ouvrir les parachutes, et je ne cessais de lui crier d'ouvrir le sien, que je me débrouillerais. Il refusait d'obéir, ce qui m'a obligé à le repousser. Mais il a plongé sur moi de nouveau, m'a attrapé, et a ouvert son parachute.

La main de Caliope trembla dans la sienne.

— La force de l'ouverture du parachute a causé un violent choc. Il s'était miraculeusement accroché à mon corps, avec ses jambes, puis il a réussi à me tenir fermement. Mais nos deux poids combinés nous faisaient descendre trop vite. Nous avons dérivé loin de notre point de chute prévu, et nous nous sommes retrouvés au-dessus d'une forêt. Je savais que nous allions tous les deux mourir, soit en nous écrasant au sol, soit en nous blessant aux arbres. Alors, je me suis débattu afin de me dégager, en priant pour que, moi parti, sa descente se trouve ralentie et lui permette de s'éloigner de la forêt. J'ai tiré sur mon propre parachute une dernière fois, et il s'est subitement ouvert. J'ai eu l'impression que la seconde d'après je m'écrasais sur la cime des arbres. Ensuite, c'est le trou noir.

Il s'interrompit, la gorge nouée par la souffrance, et par la réaction de Caliope devant son récit. Ses larmes avaient cessé de couler, mais ses yeux étaient horrifiés, sa respiration irrégulière.

Il avait cru qu'elle ne ressentait que du désir pour lui. Puis, quand elle était tombée enceinte, il s'était dit qu'elle ressentirait un sentiment plus profond pour lui, celui que toute femme éprouvait pour l'homme avec lequel elle partageait le lien puissant d'un enfant.

Mais aurait-elle éprouvé davantage ? Sa réaction semblait signifier qu'elle ressentait toujours quelque chose. Comment était-ce possible, après ce qu'il lui avait fait ?

L'explication la plus plausible était qu'elle réagirait ainsi avec n'importe qui. Il ne devait pas en tirer de conclusions hâtives. Et il devait surtout en finir avec cette torture.

— Il faisait nuit quand je suis revenu à moi. J'étais désorienté, sans parler de la douleur physique. J'avais les jambes brisées — fractures multiples, comme je l'ai appris plus tard — et des plaies ouvertes partout sur le corps. Il m'a fallu du temps pour comprendre ce qui s'était passé, et pour prendre conscience que j'étais coincé au sommet d'un arbre. J'avais si mal que j'ai songé à baisser les bras, et à rester là jusqu'à ce que je meure d'épuisement. La seule chose qui m'a poussé à essayer de descendre, c'était le besoin de savoir si Mikhail s'en était sorti indemne.

Le regard humide de Caliope se fit plus méfiant, comme si elle sentait qu'il se jouait là bien plus que la fin tragique dont il lui avait parlé.

— Mon téléphone était cassé, je ne pouvais même pas espérer que quelqu'un nous retrouve par mon signal GPS. Je pouvais seulement espérer que le téléphone de Mikhail fonctionne, que celui-ci aille bien ou que, du moins, il soit en meilleure forme que moi. J'oscillais entre conscience et inconscience, et il m'a fallu toute la nuit pour descendre la moitié de l'arbre. Ensuite, le jour s'est levé et je l'ai vu, dans une petite clairière, à quelques mètres de moi, à moitié recouvert par son parachute, si mal en point que…

Le souvenir déchira son esprit et son âme une nouvelle fois. Sa gorge se noua sous l'effet de la souffrance. En sanglotant, Caliope tendit les bras vers lui, le serrant de toutes ses forces.

Il n'avait pleuré que deux fois dans sa vie, à la mort d'Ana et à celle de Mikhail. Et dans les bras de Caliope, il sentit les larmes monter de nouveau. Plein de gratitude, il s'abandonna à sa compassion. Puis, il l'étreignit à son tour, absorba ses frissons, sentit sa chaleur envahir son être froid comme la pierre. Elle ne le poussa pas à continuer, voulant sans doute lui épargner de revivre les détails de ce jour funeste.

Mais il tenait à tout lui raconter. Il ne pouvait lui cacher aucun détail ni aucun secret. Plus maintenant. Cette fois, elle devait prendre une décision en toute connaissance de cause.

— J'ai enfin réussi à le rejoindre, mais je ne pouvais rien faire pour lui, à part le réchauffer, et lui promettre que je le sortirais de là. Mais il savait que seul l'un de nous en réchapperait. Je suis encore furieux que ce soit moi.

Il prit une inspiration tremblante tandis qu'elle resserrait son étreinte.

— Il m'a avoué qu'il avait dirigé son parachute vers moi, de peur que je m'écrase sur les arbres. Il m'a rejoint quand j'ai heurté les arbres et s'est placé devant moi, pour absorber le choc. Il s'est tué en me sauvant.

Un gémissement s'échappa des lèvres de Caliope quand elle enfouit le visage contre son torse. Ses larmes traversèrent le tissu des vêtements qu'il portait pour aller le brûler jusqu'à l'âme.

— Mais il n'a pas connu une mort rapide. Il s'est passé toute une journée avant qu'il me quitte. Je suis resté là, tenant son corps dans mes bras, tandis que la nuit tombait et que le jour se levait de nouveau, et j'ai prié pour mourir aussi. Je ne cessais de perdre conscience, pensant chaque fois que mon heure était enfin venue, mais je subissais chaque fois la déception de me réveiller de nouveau, de le trouver dans mes bras — et de revivre le choc de sa mort. Il s'est écoulé quatre jours avant que son signal GPS soit repéré.

Un autre sanglot déchirant s'échappa d'elle, secouant tout son corps. Il la serra plus fort contre lui, pour contenir son agitation.

— Je suis arrivé à l'hôpital à moitié mort, et les médecins ont mis des mois à me remettre sur pied. Dès que j'ai pu, je suis venu ici.

Elle leva des yeux mouillés de larmes vers lui.

— Et tu nous as suivis, Leo et moi.

Il hocha la tête.

— Quand l'accident a-t-il eu lieu ?

— Moins d'un mois après mon départ.

La main qu'elle avait posée sur son biceps trembla de manière convulsive.

— Je le savais. J'ai senti que quelque chose t'était arrivé. Mais quand j'ai entendu dire que tu concluais des contrats, j'ai cru que je me berçais d'illusions.

— Ce sont mes assistants qui ont conclu ces contrats, le secret sur mon état devant être gardé à tout prix pour éviter que la panique perturbe mes sociétés ou mes actionnaires. Mais tu sais maintenant que ce n'est pas à cause de l'accident que je ne t'ai pas répondu. Je comptais ne jamais te répondre, mais j'attendais tes appels, je relisais sans cesse tes messages, sans pouvoir m'en empêcher. Et le jour où tu as arrêté…

Il serra les bras autour d'elle. Il avait compté les jours jusqu'à son accouchement, et quand elle avait cessé de téléphoner, il avait deviné qu'elle avait donné naissance à son fils. Savoir que Leonid et elle se portaient bien avait été la seule chose qui lui avait permis de ne pas perdre l'esprit. Il avait continué d'espérer qu'elle recommencerait à appeler, après un temps, tout en espérant qu'elle ne le ferait jamais. Et cela avait été le cas. Elle l'avait abandonné, exauçant sa prière. Pourtant, cela l'avait détruit.

— Tu ne cessais de me réclamer : « Fais-moi simplement savoir si tu vas bien. » Mais qu'aurais-je pu te dire ? « Je ne vais pas bien. Ni physiquement ni mentalement. » ? « Et je n'irai jamais bien. » ?

Ses larmes s'arrêtèrent quand elle recula pour le regarder dans les yeux.

— Rien ne dit que les enfants maltraités deviennent forcément maltraitants, Maksim. Et rien ne prouve que tu as hérité de la violence de ton père. Tu n'as montré aucun signe de l'instabilité de tes aïeux, et certainement pas avec moi. Pourquoi devrais-je croire que tu pourrais te transformer en monstre, alors que ton propre comportement n'étaie cette peur en aucune manière ?

— Je ne pouvais pas prendre ce risque. Mais tout a changé.

Les yeux de Caliope, aussi beaux que des pierres précieuses, semblèrent songeurs.

— Parce que tu as affronté la mort et que tu as perdu ton seul ami ? Cela a-t-il modifié tes croyances sur toi-même ?

— Non. Ce n'est pas le fait d'avoir affronté ma mortalité. Ça provient du dernier jour avec Mikhail. Il m'a dit qu'il n'avait pas risqué sa vie pour moi uniquement en raison de notre amitié, mais aussi parce que, contrairement à lui, j'avais une famille qui avait besoin de moi… Leonid et toi, ainsi que ma mère. Il m'a fait promettre de ne pas gâcher la vie qu'il avait sauvée en se sacrifiant, et de vivre pour lui autant que pour moi. Plus je pensais à ce qu'il avait dit, pendant ma convalescence, et plus la haine que j'éprouvais envers mon père, et par extension envers moi-même, s'est dissipée. J'ai enfin compris que la peur qui me paralysait n'était pas une assez bonne raison pour rester loin de toi, la seule femme que j'aie jamais désirée, et de l'enfant que tu m'avais donné. Alors, me voilà. Mais je vais m'assurer que vous soyez tous les deux en sécurité, protégés de moi et de tous les dangers du monde.

Elle recula dans le cercle de ses bras, l'air sonnée.

Alors, il posa de nouveau la question.

— Veux-tu m'accepter comme mari et père de ton enfant, *moya dorogoya ?* Je veux vous donner, à Leonid et à toi, tout ce que je suis et tout ce que j'ai à offrir.

Ses yeux… *Bozhe moy…* Il n'aurait jamais espéré y voir une telle émotion. Etait-ce pour lui, ou était-ce le soulagement à l'idée de ne plus être une mère célibataire ?

Quoi qu'il en soit, il devait lui avouer une dernière chose. C'était le moins qu'il puisse faire pour elle.

Il prit sa main tremblante et la porta à sa joue, appuya les lèvres dans sa paume, avec l'impression qu'il allait de nouveau sauter d'un avion mais, cette fois, sans aucun parachute.

— Il y a une dernière chose que tu dois savoir, se lança-t-il enfin. J'ai eu une fracture crânienne, qui m'a causé un anévrisme traumatique. Aucun chirurgien ne voulait y toucher — il y a presque cent pour cent de risques que j'aie des séquelles ou que je meure s'ils y touchent — et personne ne peut prédire son évolution. Je peux vivre avec et mourir de vieillesse, ou il peut se rompre et me coûter la vie, à tout moment.

- 4 -

Maksim fixa les yeux de Caliope, et sentit un frisson glacé s'emparer de lui. On aurait dit que toute vie avait disparu en elle.

Il captura la main qui s'était figée sur sa joue.

— Je te l'ai dit pour que tu décides en connaissance de cause, mais tu n'as pas à t'inquiéter…

Elle retira la main, se dégagea de son étreinte et se leva maladroitement, reculant de quelques pas pour mettre de la distance entre eux.

Sans le regarder, elle prit la parole, dans un murmure râpeux, presque inaudible.

— Tu viens chercher l'absolution et le sanctuaire d'une famille toute prête, juste parce que ton accident a changé ta perspective et tes priorités. Et qu'attends-tu de moi ? Que j'accepte de te donner ce dont tu as besoin ?

Il voulut répondre, mais elle l'interrompit d'un geste de la main.

Elle se tourna enfin vers lui, la voix aussi inexpressive que le visage.

— En te fondant sur tes propres peurs, tu as pris la décision unilatérale de me rayer de ta vie, sans un mot d'explication, au moment où j'avais le plus besoin de toi. Et maintenant, tu es de retour, parce que tu as le sentiment que ta vie pourrait se terminer à tout moment, et que tu veux t'accrocher à tout ce que tu peux tant que tu le peux ? Ton égoïsme est-il donc sans limites ?

« Au moment où j'avais le plus besoin de toi. »

C'était la phrase qui l'avait le plus durement frappé dans tout ce qu'elle venait de dire.

Avait-il donc eu raison juste à l'instant, lorsqu'il avait espéré qu'elle avait ressenti plus que du désir pour lui ?

Il se leva, approcha lentement, comme s'il avait peur qu'elle s'enfuie.

— Je n'ai jamais imaginé que tu puisses avoir besoin de moi. Tu m'avais fait clairement comprendre que non, que tu n'étais avec moi que pour le plaisir. C'était une des raisons pour lesquelles je craignais mes réactions, puisque je commençais à avoir besoin de davantage, tandis que ce n'était pas ton cas. Si j'avais su…

— Qu'aurais-tu fait ? Qu'est-ce qui aurait changé ? Aurais-tu mis de côté les raisons « écrasantes » qui t'ont poussé à partir ?

Il plongea les mains dans ses cheveux.

— Je l'ignore. Peut-être t'aurais-je dit ce que je viens de te dire, et t'aurais-je laissé le soin de prendre une décision. Peut-être serais-je resté et aurais-je pris toutes les mesures possibles pour assurer ta sécurité.

— Quelles mesures aurais-tu bien pu prendre pour ne pas devenir le monstre que tu craignais de devenir à tout instant ?

— Sans doute certaines des mesures que je compte prendre maintenant. Comme de parler de mes craintes à Aristedes, pour qu'il garde un œil sur moi. Et avoir quelqu'un ici en permanence, pour intervenir si jamais je franchissais les limites.

Il la prit doucement par les épaules, s'attendant qu'elle s'écarte de nouveau. Mais elle n'en fit rien. Elle se contenta de le regarder, de ces yeux inexpressifs qui le perturbaient plus que toutes ses réactions jusqu'ici.

— Je savais que tu n'avais aucun intérêt pour les choses matérielles que je t'offrais, et j'ai cru que tu n'avais besoin de rien d'autre venant de moi. Me sentir inutile pour toi, puis être incapable d'être avec toi m'a donné le sentiment que ma vie n'avait pas de sens. Ce n'était pas conscient, mais j'ai peut-être suggéré ce saut record à Mikhail en souhaitant qu'il me mène à l'autodestruction.

— Au lieu de cela, tu as causé la mort de Mikhail. Et tu as fini avec une bombe à retardement dans la tête : une bombe réelle, qui surpasse la bombe psychologique que tu craignais de voir exploser à tout moment.

Il ne s'était pas attendu qu'elle se montre cruelle. Pas après qu'elle lui avait manifesté une telle compassion. Mais ses mots n'étaient cruels que parce qu'ils étaient vrais.

Il laissa retomber ses mains.

— Tout ce que tu as dit est vrai. Mais je ne cherche pas l'absolution, juste la rédemption. Je promets de tout faire pendant le restant de ma vie pour gagner ton pardon.

— Surtout qu'elle peut se terminer à tout instant.

Même s'il la méritait, sa franchise le blessa.

— Comme celle de tout un chacun. La seule différence entre les autres et moi, c'est que je suis conscient du danger, tandis que les autres ignorent ce qui est le plus susceptible de causer leur mort.

— Mais tu n'es pas seulement conscient d'un « danger », tu manifestes ses symptômes de manière plutôt claire.

Elle faisait sans doute allusion à son apparence. Il avait pourtant cru que ce ne serait pas le point sur lequel elle serait impitoyable.

— L'anévrisme est un danger silencieux et sans symptômes. Je suis loin d'avoir recouvré mon état normal, parce que je n'ai fait aucun effort pour surmonter les séquelles de mes blessures et de mes opérations. Mais à présent je…

— Non.

Le mot lui fit l'effet d'une balle dans le cœur. Il était si dur, si définitif.

Mais il fallait qu'il insiste, pour qu'elle lui donne une chance réelle de la convaincre.

— Caliope…

Elle l'interrompit encore plus brutalement.

— Non, Maksim. Je refuse ton nouveau marché.

— C'est une demande en mariage, Caliope.

Elle recula d'un pas, puis d'autre, lui donnant l'impression qu'elle serait à jamais hors d'atteinte.

— Tu peux appeler cela comme tu veux, ma réponse est toujours non. Et c'est définitif. Tu n'avais aucun droit de penser que tu pouvais trouver la rédemption à mes dépens.

— La rédemption que je recherche est *pour* toi. Je t'offre tout ce que je peux, ce dont tu as besoin, comme tu viens de l'avouer.

— J'ai seulement dit que tu étais parti au moment où j'avais le plus besoin de toi, pas que j'avais encore besoin de toi. Car ce n'est plus le cas. Si tu avais eu mes intérêts à cœur comme tu le prétends, tu ne serais pas revenu. La dernière chose dont nous ayons besoin, Leo et moi, c'est de ton influence instable dans notre vie. Tu n'avais aucun droit de m'imposer tes révélations, d'exiger ces choses de moi. Et maintenant, je te demande de faire comme si cette entrevue n'avait jamais eu lieu, et de continuer à rester loin de Leo et de moi.

Chaque mot s'abattait sur lui comme un fouet, la douleur s'accumulant jusqu'à ce qu'il soit engourdi. Mais comment aurait-il pu espérer quoi que ce soit de différent ?

En vérité, il n'avait pas espéré. Il était venu ici sans oser faire la moindre projection. Pourtant, la froideur de Caliope le choquait. Après avoir mis son âme à nu devant elle, il s'était imaginé qu'elle le rejetterait au moins avec douceur. Pas pour lui, mais parce qu'elle était ainsi. Il n'avait pas pensé qu'elle pouvait être si impitoyable. Et qu'elle le soit alors qu'il venait de révéler sa fragilité physique — chose qu'il ne pouvait contrôler — était encore plus douloureux.

Maintenant qu'il y songeait, c'était lorsqu'il avait parlé de son anévrisme que toute la sympathie de Caliope s'était évaporée. Et il fallait qu'il sache si ses observations étaient justes. Il espérait que non.

— Est-ce que tu me repousses parce que tu ne peux pas

me pardonner ? Ou parce que tu ne veux plus de moi ? Ou es-tu simplement rebutée par mon état physique instable ?

— Je n'ai pas besoin de te donner une explication à mon refus, tout comme tu ne m'en as donné aucune à ta disparition.

— Il fallait que je te dise toute la vérité, pour que tu prennes une décision en toute connaissance de cause.

— Merci pour cette considération, et j'ai pris ma décision en tant que telle. J'attends de toi que tu t'y conformes.

Il fit une dernière tentative.

— Si tu refuses à cause de mon état, je t'assure que cela n'aura jamais de conséquences sur Leo ou sur toi. Si tu m'acceptes comme époux et comme père de Leo, tu n'auras jamais à t'inquiéter de rien concernant ma vie ou ma mort.

— Arrête. J'ai dit « non ». Je n'ai rien de plus à ajouter.

Il plongea le regard dans le sien. Ses yeux brûlaient d'un feu terrible. Toute la compassion qu'elle lui avait montrée avait été impersonnelle. Peut-être n'avait-elle été qu'une expression de sa souffrance en apprenant la mort de Mikhail, et qu'elle l'avait partagée avec la seule autre personne au monde capable de comprendre cette souffrance. Tout ce qu'elle avait pu ressentir pour lui par le passé, il avait réussi à l'annihiler, et dans son état actuel, tout ce qu'il lui offrait maintenant n'était pas seulement déficient, mais lui faisait en outre horreur.

Et il ne pouvait pas lui en vouloir. C'était lui le fautif. Il n'aurait jamais dû oser espérer ce qu'il ne mériterait jamais.

Il la regarda tourner les talons d'un pas raide et se diriger vers la porte. Elle était en train de le chasser de chez elle.

Il la suivit, chacun de ses pas semblant l'amener plus près de la fin. Comme quand il l'avait quittée la première fois. Mais cette fois, c'était encore pis.

Elle ouvrit la porte, et ne le regarda pas quand il passa devant elle pour sortir de son domaine, en tant que banni à présent.

Il se retourna avant qu'elle ne referme la porte sur lui, appuyant la paume pour contrer sa hâte de se débarrasser de lui.

Dans son regard, il crut voir quelque chose qui ressemblait à de la peur.

L'instant d'après, cette émotion avait disparu. Seul un agacement froid se lisait sur son visage.

Mais il devait lui poser une dernière question.

— Je ne suis pas surpris par ton rejet, murmura-t-il d'une voix triste qu'il ne reconnut pas. Je ne mérite rien d'autre. Mais acceptes-tu au moins, aux conditions que tu voudras, de me laisser voir Leonid ?

Cali s'effondra sur son lit.

Elle avait tenu bon, jusqu'à ce qu'elle ait refermé la porte sur Maksim. Puis elle s'était effondrée. Saisie d'un haut-le-cœur, elle avait couru à la salle de bains et vidé ses entrailles jusqu'à ce qu'elle soit au bord de l'évanouissement.

Mais cela n'avait pas dissipé son malaise. Elle s'était traînée jusqu'à la douche, épuisée, et avait fait couler l'eau brûlante pour dissoudre ses larmes encore plus brûlantes.

Elle avait dit « non » à Maksim. Un « non » brutal, et définitif.

A cette pensée, chacun de ses muscles tressauta, son ventre se remit à trembler.

Les coups avaient été trop nombreux. Depuis le moment où elle l'avait trouvé sur le seuil de sa porte jusqu'au moment où il lui avait dit qu'il… qu'il…

Son esprit se bloqua une fois de plus, pour chasser l'information déchirante et se concentrer sur les informations moins terribles. Son retour inattendu, la raison pour laquelle il était parti, puis sa demande en mariage.

La première fois qu'il avait fait sa proposition, elle avait été sidérée et incrédule. Jamais elle n'avait imaginé pareille situation, pas même dans ses rêves les plus fous.

Mais lorsqu'il lui avait tout raconté et qu'il avait réitéré sa demande, sa réaction était passée de l'incrédulité à la joie. Elle avait été tout près d'accepter.

Puis, il lui avait annoncé la nouvelle de son anévrisme. Le fait qu'il pouvait disparaître en une seconde à tout moment.

Alors les souvenirs avaient rejailli, avec toute la brutalité et la désolation d'autrefois.

Aimer quelqu'un sans limites, découvrir qu'une épée de Damoclès pendait au-dessus de sa tête et le perdre brutalement, dans une douleur insoutenable… Rien qu'à l'idée de revivre pareille épreuve, elle avait l'impression que la panique enfonçait ses serres sanglantes et sombres dans son cerveau pour la vider de son énergie vitale.

Sa terreur s'était manifestée par de la colère. Contre Maksim, pour ce qu'il s'était infligé, et contre la fatalité qui avait pris la vie de Mikhail et brisé celle de Maksim. Alors, elle s'était déchaînée contre lui.

Plus il semblait déçu, plus elle s'était montrée dure.

Avait-il donc cru qu'elle serait assez folle pour accepter sa proposition ? Avait-il la moindre idée de l'étendue de son tourment et de ce qu'elle éprouvait ?

Elle avait cru qu'il avait perçu ses émotions profondes, et que c'était la raison pour laquelle il avait fui. A tort. Il avait été totalement inconscient de ses émotions, trop concentré sur ses propres besoins et peurs.

Elle l'avait aimé quand il n'était que son amant sans attaches. Jusqu'à quel point l'aimerait-elle, s'il devenait son mari au plein sens du terme ? Elle avait à peine survécu lorsqu'il l'avait quittée. Si elle le perdait pour de bon, elle ne pourrait le supporter.

Alors, par pur instinct de survie, elle avait refusé.

Mais elle avait dit « oui » à une autre demande. Le laisser voir Leo.

Elle ne pouvait l'empêcher de voir son fils. Surtout maintenant.

A présent qu'elle avait désamorcé son besoin de rédemption, qu'il ne se sentait plus lié par son devoir et son honneur, il verrait Leo, réveillé cette fois, et se rendrait compte qu'avoir un enfant dans sa vie, même de manière périphérique, était tout aussi éprouvant qu'il l'avait pensé au départ. Ce ne serait qu'une question de temps avant qu'il disparaisse de nouveau.

Et cette fois, elle serait heureuse de le voir partir.

Le plus tôt serait le mieux. Car même si son passage dans sa vie s'avérait bref, elle n'avait aucun espoir qu'il soit sans douleur.

Le lendemain, à 10 heures, elle venait de finir de donner son petit déjeuner à Leo lorsqu'on sonna à sa porte. Elle sursauta, et son cœur battit à coups redoublés.

Maksim. Il était d'une extrême ponctualité. Même si elle avait compté les heures depuis qu'il était parti la veille au soir, son arrivée la prenait de court.

Elle sortit Leo de sa chaise haute, le cala sur sa hanche et sourit avec indulgence tandis qu'il babillait son habituel charabia, désignant les objets d'un doigt enthousiaste pendant qu'elle s'approchait de la porte.

Même si elle marchait très lentement, de peur de tomber, Maksim ne sonna pas une deuxième fois. Elle l'imagina, attendant patiemment qu'elle l'accueille. Peut-être avait-il même envisagé l'éventualité qu'elle n'ouvre pas. A chaque pas, la tentation s'accrut de manquer à sa parole et d'ignorer Maksim, jusqu'à ce qu'il s'en aille pour de bon.

Mais elle ne pouvait pas lui faire cela. Elle espérait seulement qu'une seule visite satisferait sa curiosité, ou tout autre motif qui lui donnait envie de voir Leo. Dans le pire des cas, s'il demandait à jouer un rôle dans la vie de son fils, elle serait prête à négocier. Toutefois, elle espérait de tout cœur que ça ne soit pas le cas, au bout du compte.

Prenant une brève inspiration, elle sourit à Leo et le serra plus fort, comme pour le préparer à cette rencontre qui allait sans doute changer leur vie pour toujours.

Et elle ouvrit la porte.

En découvrant Maksim sur le seuil, elle fut, comme toujours, submergée par sa taille impressionnante et son aura puissante. Il semblait avoir passé une nuit blanche, à son instar, son air hagard le rendant toutefois encore plus séduisant. Il portait des vêtements légers, dans les tons de beige et ivoire, qui ne faisaient que souligner sa beauté.

Elle perçut son agitation. Pourtant, il la contenait superbement et feignait le calme pour le bien de Leo, ainsi qu'elle le lui avait conseillé. Il croisa brièvement ses yeux. La résignation assombrissait leur teinte or, mêlée à une intensité qui mettait toujours ses nerfs à vif. Puis il posa le regard sur Leo.

Si elle avait cru qu'il avait été ému devant Leo endormi, ce n'était rien à côté de l'émotion qui sembla le saisir à cet instant, tandis qu'il rencontrait le regard de son fils pour la première fois. C'était comme si tout son être était concentré sur lui, pour absorber chacune de ses nuances.

Et Leo le regardait aussi, à la fois captivé et fasciné.

Il n'était pas habitué à voir des gens, et ne rencontrait sa famille maternelle que de manière irrégulière. En présence d'étrangers, il se blottissait en général contre elle et les observait comme un chaton méfiant, bien à l'abri dans ses bras. C'était avec Aristedes qu'il avait montré le plus de méfiance, son oncle étant la personne la plus intimidante qu'il ait jamais vue. Mais il avait fini par s'habituer à lui. Il aurait donc dû réagir de façon très défavorable devant Maksim, puisqu'il était encore plus intimidant qu'Aristedes.

Or, ce fut tout le contraire. Sa fascination pour cet être immense, impressionnant et inconnu, qui le regardait comme si rien d'autre n'existait au monde paraissait absolue. C'était la première fois qu'il réagissait de façon si ouverte, si sereine avec quelqu'un, comme s'il sentait que Maksim était différent de tous les autres. Elle pouvait presque toucher le lien du sang qui les unissait.

Soudain, Maksim approcha, avec une telle intensité dans le regard qu'elle voulut d'instinct s'appuyer contre le mur.

Quand Leo émit un cri strident, elle lui caressa le dos pour l'apaiser, s'apprêtant à intimer à Maksim de ne pas tester les limites de l'acceptation inaccoutumée de Leo.

L'instant d'après, celui-ci poussa d'ailleurs un nouveau cri, mais cette fois c'était un son de plaisir indubitable. Puis, il sourit, dévoilant ses six petites dents.

Elle éprouva de la nervosité, teintée de soulagement. Mais ce n'était rien face à l'effet de ce sourire sur Maksim. On aurait dit qu'un souffle pouvait le renverser, tandis qu'il observait le visage rose et poupin de Leo.

Puis, comme s'il touchait une étoffe sans prix, il tendit une main tremblante pour caresser Leo avec douceur. Il l'avait déjà touché, lorsqu'il était endormi. Ce même geste, avec l'accord de Leo, devint extraordinaire. C'était comme si un lien se forgeait sous ses yeux.

— *Bozhe moy,* Caliope, comment se fait-il que je n'aie jamais remarqué à quel point les enfants sont stupéfiants ? Ou est-ce parce que c'est notre fils que je le considère comme un miracle ?

Son cœur trembla devant l'émerveillement qui transparaissait dans sa voix rugueuse. Lorsque Maksim avait prononcé « notre fils » avec une révérence contenue, une expression de plaisir mêlé de douleur avait traversé son visage.

Elle n'avait pas de mots pour répondre à sa question, qui n'en était pas vraiment une. C'était juste l'expression de cet émerveillement spontané qu'elle aurait voulu si souvent partager avec lui.

— Puis-je le porter ?

Son murmure rauque et hésitant fit monter des larmes du plus profond de son âme.

On aurait dit qu'il lui demandait quelque chose de tellement immense qu'il avait peu d'espoir d'en être réellement digne. Pourtant, il osait quand même poser la question, alors qu'il semblait craindre de lui demander un sacrifice aussi important que le don d'un organe vital.

Elle secoua la tête tandis qu'il posait les yeux sur elle.

— Ce n'est pas à moi de décider. S'il le permet, tu peux.

Maksim hocha la tête tandis que ses yeux rougis se reportaient sur Leo, demandant à son bébé le privilège de sa confiance.

— Puis-je te porter, *moy malo* Leonid ?

Mon petit Leonid. Il parlait comme si Leo pouvait le comprendre ou, du moins, percevoir la douceur de sa requête.

La seconde suivante, Maksim retint son souffle, tout comme elle. Leo tendait les bras, ouvrant et refermant ses petites mains, exigeant que Maksim se hâte de s'exécuter.

Celui-ci regarda ses propres mains, comme s'il ne savait qu'en faire, puis déglutit, leva les yeux vers son fils et lui tendit les bras.

Un frisson secoua le grand corps de Maksim tandis que Leo se jetait dans ses bras, et qu'il recevait le petit corps souple, entre hésitation et agitation.

Elle laissa échapper un gémissement. Leo n'avait pas hésité, n'avait pas eu besoin de son encouragement avant de se jeter dans les bras de Maksim. Il l'avait reconnu. Il n'y avait pas d'autre explication possible.

Son contrôle ne tenait plus qu'à un fil, et ce qu'elle vit ensuite le brisa : des larmes dans le regard de prédateur de Maksim, accompagnant un sourire qu'elle n'aurait jamais cru voir sur ses lèvres, un sourire d'une douceur et d'une tendresse indicibles. Il n'y avait plus moyen de retenir ses propres larmes à présent.

Elles coulèrent le long de ses joues quand elle s'appuya contre le mur pour ne pas s'effondrer, regardant cette rencontre se dérouler entre les deux personnes qui constituaient son monde. Le père et le fils étaient si semblables, si absorbés par leur entrevue, qu'elle sentit son cœur se briser d'émotion.

Maksim portait Leo avec un bras, tandis que son autre main le parcourait avec émerveillement. Leo se laissait volontiers faire, lui-même occupé à explorer son père avec le plus grand intérêt, touchant son visage, examinant ses cheveux et ses vêtements. Maksim s'abandonna à cette découverte, l'air plus touché à chaque contact qu'elle ne l'aurait cru possible.

Elle n'avait jamais imaginé que cette rencontre aurait lieu un jour, aussi ne l'avait-elle jamais visualisée. Même quand elle avait promis à Maksim de le laisser voir Leo, elle s'était refusé à anticiper sa réaction, et encore plus celle de Leo. Toute projection aurait créé de la terreur ou de l'attente, et ces émotions l'auraient dépassée. Mais cette scène surpassait tout ce qu'elle aurait pu rêver. Cette première rencontre ne pouvait pas être aussi éphémère qu'elle l'avait espéré, et avoir pour seul décor le seuil de sa porte.

Alors, elle murmura :

— Entre, Maksim.

Caliope avait donné sa journée à Rosa, la nourrice de Leo, dans la perspective de la visite de Maksim. Elle avait pourtant pensé qu'il ne resterait pas plus d'une heure ou deux mais, de nouveau, il dépassa toutes ses attentes.

Durant les deux premières heures, il avait perdu ses inhibitions devant Leo, s'était mis à l'aise et s'était inséré sans effort dans leur routine quotidienne.

Le reste de la journée s'écoula d'une manière idéale, avec une aisance et une joie grandissantes.

Certes, il y eut beaucoup de moments de tension dans la journée, en raison de la sensualité qu'ils devaient réprimer, mais la présence de Leo leur facilita la tâche.

De temps en temps, elle se rendait compte qu'elle retenait son souffle. Elle s'attendait que quelque chose aille de travers et brise l'harmonie de leur réunion. Mais rien n'arriva.

Maksim laissait Leo faire ce qu'il voulait avec lui, à tel point qu'elle dut bientôt le prévenir qu'il devrait le cadrer, si Leo allait trop loin ou en demandait trop. Son fils testait encore jusqu'où il pouvait aller, et il fallait lui enseigner les limites à ne jamais franchir. Même si Maksim n'était que de passage dans leur vie, elle ne tenait pas à ce qu'il perturbe, même de manière involontaire, l'équilibre dont l'atteinte lui avait coûté tant d'efforts.

Elle s'attendait que Maksim oppose un argument, mais il la surprit en écoutant volontiers ses conseils et en les mettant aussitôt en pratique.

Elle l'observa souvent pendant cette journée, en se demandant comment il avait bien pu avoir peur de lui-même. Elle ne pouvait l'imaginer différent de cet être stable, indulgent, infiniment patient qu'elle avait sous les yeux. Son père avait-il jamais possédé aucune de ces qualités, avant de les perdre ?

Non. Un homme aussi lunatique ne pourrait jamais feindre ou connaître une telle stabilité, même durant un temps limité. A chaque moment qui passait, sa certitude se renforçait : Maksim n'était pas comme son père.

Leo, en revanche, était tout le portrait du sien. Elle remarquait de nouvelles ressemblances, qui s'ajoutaient à celles qui l'avaient tourmentée pendant l'année qui venait de s'écouler. Des expressions du visage, des inclinations de la tête, des regards, et même des sourires. Car, pour la première fois, elle voyait de vrais sourires sur le visage de Maksim.

Il se révélait un élève incroyablement doué. Dans tout ce qu'il faisait pour Leo, il suivait ses instructions à la lettre et les mettait en œuvre avec le plus grand soin. Il semblait ravi de l'assister dans sa tâche. Bientôt, Leo exigea que son nouvel esclave fasse les choses à la place de sa mère.

Plus d'une fois, elle voulut dire à Maksim de tempérer son enthousiasme, sous peine de s'épuiser très vite à ce rythme. Mais elle s'avisa qu'il n'y avait rien de mal à ce qu'il goûte à la nouveauté. Puisque son attrait ne durerait guère.

Après avoir donné à Leo le dîner qu'elle lui avait appris à préparer, il s'assit sur le sol avec son fils et l'autorisa à grimper sur lui, comme un lion laisserait faire son petit.

Et bientôt, Leo commença à s'essouffler, et s'endormit sur son torse.

Maksim resta alors sans bouger. Il n'osa même pas tourner son regard vers elle, alors qu'elle était assise sur le canapé, à quelques centimètres de lui.

Lorsqu'il bougea les lèvres et qu'aucun son n'en sortit, elle eut pitié de lui.

— Tu peux bouger, murmura-t-elle. Rien ne le réveillera maintenant.

Comme il ne répondait pas, elle ajouta d'une voix plus forte :

— Tu peux parler, tu sais.

Le murmure de Maksim fut à peine audible.

— Tu en es sûre ?

— Certaine. Après six mois à dormir par tranches de quinze minutes, jusqu'à ce que je sois quasi bonne pour l'asile, il s'est mis à dormir comme un loir pendant toute la nuit.

— Tu veux dire que je peux me lever, chuchota-t-il, et le porter dans son lit, sans risquer de le réveiller ?

— Tu pourrais le faire voltiger qu'il ne se réveillerait pas.

Il fallut encore un instant avant que Maksim se risque à bouger, et il le fit avec la même prudence que s'il désamorçait une bombe. C'était si drôle qu'elle éclata de rire.

Enfin, il se leva, et la suivit lentement jusqu'au lit de Leo, sous ses rires amusés.

Dès qu'elle eut refermé la porte de la chambre, elle fut ramenée à la terrible réalité. Maksim n'était là que de façon temporaire, et elle refusait qu'il en soit autrement, pour le bien de tous. Elle sentait néanmoins son désir s'embraser, et il était clair qu'il connaissait le même tourment. Elle pouvait sentir ses yeux sur elle, alors même qu'elle lui tournait le dos, maintenant que la présence de Leo ne retenait plus leur sensualité.

Mais elle ne pouvait pas agir en fonction de leur envie mutuelle.

Il la suivit en silence jusqu'à la porte, sans même lui souhaiter « bonne nuit » quand il sortit de l'appartement.

Elle trembla de soulagement et de déception quand elle

poussa la porte, mais il se retourna, en la sondant de ses yeux d'ambre.

— Puis-je avoir un autre jour, Caliope ?

Son cœur bondit de joie. Mais elle ne pouvait en tenir compte. Elle devait refuser. C'était le choix le plus raisonnable.

Ces heures lui avaient coûté plus qu'elle ne l'avait prévu. Une journée aussi parfaite était la pire chose qui aurait pu lui arriver. Une autre journée semblable ne ferait qu'aggraver la situation.

Cependant cet homme qui l'implorait de lui accorder un autre jour avec son enfant avait déjà tant perdu ! Et il continuait de vivre avec une telle douleur et une telle incertitude. Elle avait toujours su qu'elle n'avait rien à craindre en présence de Maksim, et il venait de lui prouver que Leo était en sécurité à côté de lui. Elle avait déjà opposé un refus définitif à sa demande en mariage. Mais c'était son fils, et il ne l'avait pas abandonné, contrairement à ce qu'elle avait cru.

De toute façon, cette perfection finirait par s'altérer. Leo étant un enfant débordant d'énergie, il allait forcément fatiguer Maksim. Peut-être pas en une journée, mais sous peu. Et quand Maksim reprendrait la place qu'il avait initialement voulu occuper dans sa vie, Leo serait trop jeune pour se souvenir de cette proximité éphémère.

Ce serait elle qui se débattrait avec ses besoins et ses peurs. Mais ce n'était pas une raison pour refuser à Maksim de voir son enfant, tant qu'il éprouvait le besoin d'être proche de lui.

Serrant les poings pour lutter contre l'envie de l'attirer contre son corps, elle répondit d'un hochement de tête.

Il attendit malgré tout une confirmation verbale.

Consciente qu'elle allait le payer cher, mais incapable de faire autrement, elle murmura :

— Oui.

- 5 -

Cali avait accordé à Maksim la journée qu'il avait demandée. Mais il y avait eu un problème. Il en avait demandé une autre. Elle la lui avait accordée aussi, en se promettant que ce serait la dernière. Mais à la fin de cette journée, elle avait accepté, le souffle court, de le laisser revenir encore. Et encore. Et encore.

Dix semaines s'étaient écoulées maintenant. Et Maksim était devenu une présence constante et totale dans la vie de Leo et la sienne.

A chaque minute qui passait, elle savait qu'elle était en train de causer des dommages irréparables en laissant la situation perdurer. Mais elle n'avait pas réussi à y mettre un terme, ou à revenir au statu quo qui avait précédé le retour de Maksim.

Avant qu'il ne réapparaisse, elle n'avait pas été heureuse, mais elle s'en sortait bien. Avec Maksim qui partageait le quotidien de Leo, l'épaulant autant qu'elle le lui permettait et offrant plus qu'elle ne l'aurait jamais cru possible, elle se rendait compte de tout ce qu'elle avait manqué. Elle craignait de ne plus pouvoir se passer de lui.

Certes, elle aurait toujours la force de continuer seule, si besoin était. Seulement, elle ne voulait plus être seule.

Il fallait bien l'admettre, elle avait perdu la tête pour avoir laissé Maksim envahir sa vie de nouveau. Et maintenant celle de Leo, qui se réveillait chaque jour en attendant Maksim et qui, souvent, s'endormait dans ses bras. Elle continuait de se rassurer en se disant que même si Leo était devenu dépendant de la présence de Maksim, il était bien trop jeune pour être affecté de manière permanente si Maksim disparaissait de leur vie, pour une quelconque raison.

En ce qui la concernait en revanche, il était déjà trop tard.

Elle s'était infligé une blessure indélébile pendant ces dix semaines en sa compagnie.

Même si elle avait faim de lui avec une férocité qui la mettait dans un état de perpétuelle excitation, elle était assez raisonnable pour apprécier sans cesse de nouvelles facettes de sa personnalité. Elle découvrait en permanence des choses chez lui, qui forçaient son respect pour l'être humain, quand autrefois elle n'avait eu d'estime que pour l'homme d'affaires. Il lui avait dit qu'il découvrait ces choses sur lui-même en même temps qu'elle.

Lui non plus n'avait pas imaginé pouvoir être avec elle sans la toucher, se satisfaire de simplement lui parler, de discuter de tout, d'aborder tous les sujets majeurs. Même quand ils se disputaient, c'était stimulant et euphorisant, et il n'essayait jamais de la forcer à adopter ses positions ou ne dénigrait les siennes. Il écoutait plus qu'il ne parlait, semblait apprécier tout ce qu'elle avait à dire, et admirait ses choix et ses pratiques, que ce soit dans sa carrière ou avec Leo.

Et elle se surprit régulièrement à souhaiter que ce ne soit pas le cas, à souhaiter qu'il la contredise et l'exaspère, de n'importe quelle façon. Comment pourrait-elle se libérer de son emprise, quand il était aussi merveilleux sur tous les plans ? Elle préférerait qu'il commence à dépasser les limites, et à empiéter sur son espace vital. Ce serait tellement plus facile s'il devenait odieux ou suffisant. Ou s'il pouvait déclencher un conflit à l'issue duquel elle pourrait le chasser de sa vie sans remords.

Mais, maudit soit-il, Maksim n'en fit rien.

Pis, ce n'était plus seulement elle et Leo qui avaient été piégés dans sa sphère d'influence. Sa famille et ses amis aussi faisaient désormais partie de l'équation insoluble.

Oui, elle leur avait parlé de lui. Il lui avait été impossible de cacher la présence de Maksim dans sa vie, cette fois.

Quand ses proches avaient insisté pour connaître les détails, elle avait simplement répondu qu'ils avaient eu une liaison, qu'il avait eu un accident grave et qu'une fois remis sur pied, il était venu voir Leo.

Même avec ce récit laconique, leurs réactions en apprenant son identité avaient été variées et extrêmes.

Les femmes étaient stupéfaites, ravies — voire un peu envieuses — et décontenancées. Elles considéraient Maksim comme le plus beau parti du millénaire et ne pouvaient concevoir qu'elle ne cherche pas à l'attraper dans ses filets, alors qu'il semblait si désireux de se laisser prendre.

Les hommes pensaient qu'elle était folle de ne pas être déjà Mme Volkov, ou du moins de ne pas faire en sorte que Leo porte le nom de son père.

Selene, qui avait trouvé un autre beau parti du millénaire et vécu une histoire similaire à la sienne, pensait que ce n'était qu'une question de temps avant que Maksim et Cali ne vivent leur propre conte de fées. Mais c'était Kassandra qui avait eu l'analyse la plus perspicace de la situation, convaincue qu'il y avait bien plus en jeu que ce que son amie avait accepté de révéler.

A l'opposé, Aristedes s'était montré très hostile, après avoir découvert que Maksim avait su pour Leo dès le début et qu'il était tout de même parti : plus rien ne lui avait fait bonne impression. Ni le fait que Maksim soit de retour, ni ce qu'il leur offrait à Leo et elle, à savoir un accès de plein droit à ses biens, à son nom et à son temps. Pour son frère, cette année durant laquelle elle avait dû se battre seule était impardonnable. Et Maksim aurait beau tout faire pour racheter sa désertion, cela n'effacerait jamais son ardoise. Ce fut seulement en le menaçant de couper les ponts et de lui interdire de voir Leo qu'elle avait pu obtenir la promesse qu'il n'agirait pas de façon impulsive.

— Maksim t'a-t-il dit qu'il était venu me voir, hier ?

Elle sursauta au son de la voix grave.

Aristedes. Il était là, devant elle.

Elle n'avait même pas remarqué qu'il était entré dans son luxueux salon, où elle était venue voler quelques moments de solitude avant le dîner. Elle se répéta la phrase qu'il venait de prononcer, et son cœur se serra de désarroi.

Maksim ne lui avait rien dit.

La gorge soudain sèche, elle ne put que secouer la tête. Qu'avait donc fait Maksim ?

Aristedes s'assit à côté d'elle.

— Il voulait « discuter » avant que nous ne nous rencontrions pour la première fois dans un cadre familial.

Aristedes et Selene les avaient invités à un de leurs habituels dîners familiaux, et sa belle-sœur avait insisté pour que Cali et Leo soient accompagnés de Maksim. Elle avait d'abord décliné l'invitation : qu'ils le croisent chez elle était une chose ; qu'ils aient toute une soirée pour le soumettre à la question en était une autre.

Selene n'ayant pas voulu accepter son refus, Cali avait été forcée de lui dire que Maksim finirait fatalement par sortir de sa vie et de celle de Leo. S'il s'impliquait trop dans leur existence, son départ n'en serait que plus difficile et déplaisant. Selene lui avait alors fait valoir que si elle voulait en effet que Maksim sorte de sa vie, la meilleure façon d'obtenir ce résultat était d'exposer Maksim à sa famille grecque. Une soirée avec eux serait la meilleure façon de le faire fuir.

Consciente que Selene persisterait jusqu'à obtenir satisfaction, Cali avait cédé à contrecœur. Cela dit, elle n'avait pas le moindre espoir que le scénario de Selene se réalise. Si elle en croyait ces dix dernières semaines, elle était convaincue que Maksim supporterait d'être taillé en pièces par une meute de chiens enragés pour être à leurs côtés. Alors il pourrait bien survivre à un interrogatoire en règle.

Peut-être devrait-elle laisser Aristedes se charger de lui, après tout.

Quoique. Elle doutait que même les représailles de son frère tout-puissant soient suffisantes. Non seulement Maksim était assez puissant lui-même pour résister à tout châtiment qu'Aristedes pourrait lui infliger, mais elle avait le sentiment qu'il serait heureux de se soumettre à sa vengeance. Il considérerait sans doute cela comme un hommage à Leo et à elle, une pénitence pour la période pendant laquelle il n'avait pas été là pour eux.

— Tu ne vas pas me demander ce qu'il a dit ?

Elle lui lança un regard noir.

— Je suis sûre que tu ne vas pas m'épargner les détails. Sinon, tu ne serais pas assis ici à côté de moi. Tu ne fais rien de manière innocente.

— L'opinion que j'ai de toi se confirme chaque jour.

Même si son ton était léger, il y avait une foule d'émotions dans les yeux couleur acier de son frère. La fureur contre l'homme dont ils parlaient, l'envie de la protéger, l'amusement devant sa désinvolture et sa perspicacité tandis qu'il sondait son âme, pour découvrir la vérité qu'elle cachait.

— Tu es la personne la plus secrète que j'aie jamais rencontrée. Quand tu veux cacher quelque chose, impossible de deviner ce que c'est. Je savais que tu détenais un secret depuis plus de deux ans, pourtant même quand j'ai mené l'enquête, j'ai fait chou blanc. Comment tu as pu me cacher quelque chose d'aussi important que Maksim, je ne le saurai jamais.

— Tu as enquêté sur moi ? s'indigna-t-elle.

Il hocha la tête, l'air ironique.

— Tu crois que je laisserais ma petite sœur garder un secret pareil sans m'inquiéter ?

— Tu veux dire sans t'en mêler, rétorqua-t-elle, agacée. Alors, quelles étaient tes théories ? Que j'étais impliquée dans une activité criminelle, ou victime d'une terrible addiction ?

— Cela aurait-il été loin de la vérité ? N'étais-tu pas impliquée avec un dangereux scélérat et, d'après ton comportement inhabituel et la longueur de votre relation, sérieusement dépendante de lui ?

Aristedes était particulièrement perspicace et sans détour. Mais il se trompait sur un point.

— Maksim n'a jamais été un dangereux scélérat. Quant à mon prétendu comportement inhabituel, n'importe quelle femme te dira que c'est le fait de ne pas avoir de relation avec lui, alors que j'en avais l'occasion, qui aurait été incompréhensible, pas le contraire.

Aristedes fit la moue. A l'évidence, il n'appréciait pas de l'entendre vanter l'attraction que Maksim exerçait sur les femmes, à commencer par elle.

— Aussi irrésistible que tu l'aies trouvé à l'époque, Maksim Volkov est certainement le dernier homme que j'aurais espéré te voir fréquenter. Il n'est pas du genre à se fixer.

Elle eut un rire moqueur.

— N'est-ce pas une chance que je ne le sois pas non plus ?

— Et pourtant, tu as eu un enfant avec lui.

— Je ne l'ai certainement pas planifié, et je n'ai jamais considéré cela comme un prétexte pour un mariage éternel.

Il eut l'air perplexe.

— Alors, comment définis-tu ta situation pour l'instant ? Comment la vois-tu évoluer ?

— Pourquoi faudrait-il qu'elle mène quelque part ? J'aurais attendu de toi que tu t'abstiennes de faire référence aux bonnes mœurs. Les gens peuvent avoir un enfant sans qu'il y ait rien d'autre entre eux.

— Mais ce n'est pas ce que Maksim pense. Ou veut.

Mon Dieu, que lui avait dit Maksim ?

Soudain, elle comprit. Aristedes, maudit soit-il, était en train de la manipuler pour la pousser à lui demander ce que Maksim lui avait révélé.

Elle le transperça du regard, afin de lui faire comprendre qu'il ne s'en tirerait pas si facilement.

Dans ses yeux gris orageux brillait une lueur amusée et confiante. Aristedes savait qu'il obtenait toujours ce qu'il voulait.

— Alors, est-ce que ton homme aime les fruits de mer ?

Surprise par le changement de sujet abrupt, et par le fait qu'il ait appelé Maksim « son homme », elle marqua une pause avant de réagir.

Puis, elle donna une tape sur son bras puissant.

— Finalement, je préférais quand tu étais un iceberg. Maintenant que tu as développé un sens de l'humour, tu le manies comme une arme.

— Tu veux dire qu'il n'aime pas les fruits de mer ?

Sa réplique faussement innocente lui valut une autre tape sur le bras.

Il étouffa un petit rire.

— Pour cette fois, j'aurai pitié de toi, parce que je suis magnanime…

Elle leva le bras d'un air menaçant, et il recula, les mains levées.

— … et parce que ta menotte faussement délicate est piquante comme une méduse.

Il se tut, et elle sentit son cœur trembler d'impatience.

Enfin, il poussa un soupir appuyé.

— Rien, dit-il. Il ne m'a absolument rien dit. Tu l'as bien préparé.

Sa tension retomba, mais une incertitude demeurait. Aristedes était peut-être en train de la faire marcher, pour qu'elle lui délivre des informations. De sa part, rien ne l'étonnerait.

— Il m'a donné sa propre version de ce que tu nous as raconté. Rien de plus. Il a dit qu'il ne se trouvait aucune excuse pour t'avoir abandonnée, et que si j'estimais juste de le punir pour cela, il se soumettrait — ce sont ses mots — à toutes mes exigences.

Il eut un sourire sardonique, comme s'il savourait l'idée de prendre Maksim au mot et de lui proposer un bon vieux duel.

— Puis il m'a expliqué dans le détail à quel point il se

sentait engagé envers Leo, et a ajouté que si tu étais d'accord, il voulait lui donner son nom — et que même dans le cas contraire, vous deux auriez tous les droits sur tous ses biens, qu'il soit en vie ou mort.

Elle eut l'impression que son cœur était pris dans un étau.

— C'est bien plus que ce que je t'ai dit.

Aristedes haussa les épaules, n'étant visiblement pas de cet avis.

— Il ne m'a pas donné une once d'information sur ce qui s'est passé entre vous dans le passé, ni aucun commentaire sur le présent et encore moins une projection pour l'avenir.

— Qu'est-ce que tu trouves si difficile à comprendre ? Nous avons eu une liaison, qui s'est terminée et qui a eu pour conséquence la naissance d'un enfant. A présent, Maksim est de retour parce qu'il veut assumer ses responsabilités envers son fils, et qu'il veut être en bons termes avec la mère de son fils.

Aristedes afficha une moue ironique.

— Il veut être très intime avec la mère de son fils. Ne prends pas la peine de nier, je sais reconnaître les symptômes quand un homme désire une femme à tel point que c'est une douleur physique constante. Je vois mes symptômes en lui.

Il poussa un soupir.

— Hélas ! je ne suis pas bon psychologue avec les femmes, et avec toi, encore moins. Cela dit, je sens que votre attirance est réciproque. Alors, quel est le problème ? Est-ce dû à ta philosophie anti-mariage et anti-engagement à long terme ?

Pour un peu, elle l'aurait l'embrassé de lui avoir offert cette porte de sortie.

— Oui.

— Menteuse.

Elle haussa les épaules.

— Tu peux penser ce que tu veux, Aristedes. L'important, c'est que je suis une adulte, même si tu es incapable de me voir comme telle, et que les choses entre Maksim et moi sont telles que je le désire. Quand ce sera fini…

— Est-ce pour cela que tu es si opposée à renouer avec lui ? rétorqua-t-il, le regard grave. Tu penses qu'il va te quitter de nouveau, comme notre père l'a fait ? S'il ose, je t'en fais le serment, je l'écorcherai vif.

— Eh bien, merci pour cette image charmante, Aristedes. Mais non merci. S'il s'en va, c'est son droit. C'étaient les conditions initiales de notre liaison. Et puis, s'il décide qu'il vaut mieux s'en aller, alors il serait effectivement préférable pour nous qu'il ne soit pas là. Donc cesse de t'inquiéter, tu veux ? Laisse-moi diriger ma vie comme je l'entends, et ne me fais pas regretter d'avoir accepté votre invitation, ou de t'avoir dit qu'il était le père de Leo.

— Tu ne me l'as pas dit, mais Leo étant son portrait craché, il aurait fallu être stupide pour ne pas le voir.

— Si tu interviens, je te transperce le cerveau.

— Y a-t-il une raison pour laquelle tu menaces mon mari de lobotomie ? gloussa Selene qui les rejoignait. Il se trouve que j'adore son cerveau comme il est.

Soudain, des images terribles jaillirent dans l'esprit de Cali. Des images de Maksim, le crâne ouvert, des chirurgiens explorant son cerveau.

— Dis-moi, qu'a-t-il fait cette fois ?

Cali s'était suffisamment reprise pour entendre la question de Selene.

Poussant un soupir visant à dissiper son agitation, elle prit la main de sa belle-sœur.

— Ton mari fait la même chose que toi. Vous voulez tous les deux m'observer avec Maksim — pour juger de la profondeur de notre relation, et pour essayer de nous influencer. Et vous allez arrêter tout de suite, sinon j'emmène Leo et vous laisse examiner et sonder Maksim seul autant que vous voulez. Et vous ne me reverrez plus tant que vous ne promettrez pas de bien vous comporter.

Selene posa une main apaisante sur la sienne.

— Hé ! détends-toi. Nous ne ferons rien du tout.

Selene adressa un regard à la fois doux et ferme à Aristedes, pour qu'il corrobore ses dires. Comme toujours, celui-ci céda aussitôt. C'était stupéfiant de voir cette force implacable se soumettre, par pur amour, aux souhaits de sa bien-aimée.

Maksim montrait autant de révérence envers elle, d'ailleurs.

Sur ces entrefaites, il entra dans l'immense pièce, répandant son aura puissante et affolant son cœur. Non seulement il riait avec les autres invités — la famille et les proches amis de Cali —, mais il tenait également Leo contre lui.

Les voir ensemble était, comme toujours, la forme de torture la plus exquise.

Il était précédé de celle qui était désormais son admiratrice la plus inconditionnelle, à savoir la nourrice de Leo. Au cours des dix semaines passées, Rosa en était venue à croire, comme Leo, que le soleil se levait et se couchait quand Maksim l'ordonnait.

Quand Cali avait constaté que Rosa était tombée dans l'idolâtrie, celle-ci l'avait regardée d'un air incrédule et avait simplement répondu : « Et cela vous étonne ? »

Cali regarda Maksim parler à l'oreille de Leo, comme s'il lui confiait un secret. Elle savait qu'il persuadait leur fils de laisser Rosa l'emmener, en lui expliquant qu'il avait quelque chose à faire dans un endroit où les enfants ne pouvaient pas être présents, et qu'il reviendrait dès que possible auprès de lui.

Elle n'aurait su dire qui était le plus réticent à quitter l'autre : Leo, qui se frottait les yeux et allait à contrecœur dans les bras de Rosa, ou Maksim, qui semblait confier son propre cœur à la nourrice. Rosa et Leo suivirent les autres nourrices qui emmenaient les enfants dans le domaine d'Alex et Sofia, pendant que les adultes convergeaient vers la salle à manger.

Maksim se tourna dans sa direction, et elle fut happée par son regard, malgré la distance. C'était une bonne chose qu'elle soit encore assise, sinon son sourire carnassier l'aurait renversée.

Il approcha d'elle tel un loup aux yeux d'or, afin de lui servir d'escorte durant le dîner. Elle lui tendit une main froide et moite, et se leva sur ses jambes tremblantes. Il rayonnait de vitalité et de virilité.

Durant les dix dernières semaines, il s'était rétabli de manière spectaculaire, comme si le simple fait d'être avec Leo et elle lui insufflait une énergie et une joie de vivre sans limites. Il s'était métamorphosé sous ses yeux avides, au point de surpasser sa beauté et sa vigueur d'hier.

Tandis qu'il reculait une chaise à son intention, elle sentit tous les regards se braquer sur elle.

Dès qu'ils furent tous installés, Selene fit signe au traiteur de commencer à servir le dîner. Un silence absolu régna pendant que le premier plat fut servi, tous les convives étant occupés à observer le couple qu'ils formaient. Elle fit mine de remuer sa soupe de fruits de mer, intensément consciente de la présence de Maksim à côté d'elle, qui acceptait la situation avec une sérénité totale.

Priant pour qu'ils commencent enfin à manger, ou à parler — ou à faire n'importe quoi d'autre que de surveiller sa respiration —, elle poussa un soupir de soulagement quand Melina, l'aînée de ses sœurs, finit par briser le silence.

— Alors, Maksim…

Melina le regardait d'un air à la fois émerveillé et perplexe, se demandant sans nul doute comment sa petite sœur s'y était prise pour se dégoter un si beau parti qui, de surcroît, était prêt à se plier en quatre pour Leo et elle.

— … vous êtes un magnat de l'acier.

Maksim posa tranquillement sa cuillère et pencha la tête vers Melina.

— Je travaille dans le domaine dans l'acier, oui.

— Ça, c'est l'euphémisme de l'année, intervint Christos, le mari de Melina. Volkov Iron and Steel Industries fait partie des cinq plus grands producteurs d'acier mondiaux, et c'est le leader dans le secteur de l'acier russe.

Maksim posa un regard tranquille sur Christos.

— Vos informations sont à jour.

Christos eut l'air très satisfait de lui.

— Oui, j'ai lu des choses sur vous. Je suis très impressionné par la croissance que vous avez réussi à atteindre durant ces dix dernières années, grâce à une modernisation continue de vos machines de production, sans parler de votre intégration dans l'économie globale. Et avec les difficultés économiques actuelles, votre succès est encore plus remarquable.

— Et cela signifie que vous êtes multimillionnaire, c'est ça ?

La question venait de Phaidra, la sœur numéro deux.

Christos eut un rire ironique.

— Multimilliardaire, Phai, comme notre Aristedes ici présent. Peut-être même est-il plus riche.

— Tu veux dire que tu ne connais pas la valeur exacte de nos fortunes respectives, Christos, pour décider qui est le plus grand de nous deux ? ironisa Aristedes.

Christos lui sourit, manifestement époustouflé d'être en présence d'hommes tels que son beau-frère et l'« homme » de sa belle-sœur, comme Aristedes avait appelé Maksim.

— Difficile à dire quand vous ne cessez d'échanger vos places sur la liste.

— Mais il s'agit d'une fortune indécente, dans les deux cas, intervint Thea, sa dernière sœur. Pour changer de sujet, Maksim, allez-vous donner votre nom à Leo ?

Cali recouvra enfin la voix.

— Taisez-vous, tous ! Vous ne pouvez pas contrôler vos gènes de Grecs trop curieux et essayer de ne pas mettre le nez dans les affaires des autres, pour une fois ? Abstenez-vous au moins devant les personnes concernées !

— Tu veux dire qu'on peut cancaner dans votre dos ? demanda Thea pour plaisanter.

— Tant que je ne sais rien, vous pouvez vous en donner à cœur joie.

— Si seulement tu nous donnais des réponses directes,

intervint Phaidra, nous n'aurions pas besoin de ce genre de procédés.

Melina acquiesça.

— Oui, rendez-nous service. Donnez-nous simplement les informations que nous voulons, et vous aurez la paix.

Cali laissa retomber sa cuillère dans son bol.

— Bon, ça suffit. Je n'ai pas invité Maksim ici pour que vous puissiez le disséquer et…

— Ça ne me dérange pas, objecta-t-il d'une voix tranquille.

Elle se tourna vers lui, médusée.

— Mais qu'est-ce que tu racontes ? murmura-t-elle. Ne les encourage pas, sinon c'est toi qu'ils mangeront au dîner.

— Tout va bien, Cali. Laisse-les satisfaire leur appétit. J'ai l'habitude. Les Russes ne sont pas moins directs ou moins curieux de connaître en détail la vie de tous ceux qui les entourent, que ce soit des proches ou des étrangers. Je me sens tout à fait dans mon élément.

— Tu veux dire que les Russes sont aussi indiscrets et exaspérants que les Grecs ? Seigneur, quel genre de gènes avons-nous transmis à Leo ?

Aristedes s'éclaircit la voix.

— Je voulais juste vous faire savoir que nous pouvons entendre cette tentative ratée de discussion en aparté, lança-t-il, de l'amusement dans la voix. Et que la soupe est en train de refroidir.

Cali quitta le regard insupportablement serein de Maksim pour se tourner vers son frère, dont l'air narquois était tout aussi insupportable.

— Oh ! tais-toi, Aristedes ! Et vous tous, ajouta-t-elle à l'intention des autres convives, mangez, et cessez de le harceler. Sinon, je le jure…

Elle s'interrompit, ne trouvant pas de châtiment adéquat pour les menacer.

— Sinon quoi, Cali ? lui demanda Thea. Tu vas nous gratifier d'un de tes petits numéros ?

Phaidra se tourna vers Maksim.

— Est-ce qu'elle vous a déjà dit ce qu'elle faisait autrefois, quand nous ne cédions pas à ses caprices d'enfant gâtée de la famille ?

Maksim se pencha, tout ouïe.

— Non. Racontez-moi.

Tandis que ses sœurs et son frère se battaient pour raconter l'anecdote la plus « hilarante » — c'est-à-dire « humiliante » de ses jeunes années, la conversation devint de plus en plus animée. Avec son humour pince-sans-rire, Maksim fit rire la tablée lui aussi et bientôt, tout le monde parla en même temps, riant à gorge déployée. Même Aristedes fut porté par la gaieté étonnamment débridée de la réunion. Et elle se retrouva contaminée à son tour.

Il était plus d'1 heure du matin quand ils se levèrent de table, étreignant Maksim comme s'il était l'un des leurs. Puis, Cali patienta avec Aristedes et Selene pendant que son « homme » allait chercher Leo et Rosa. Il revint en portant leur fils, paisiblement endormi, et ses affaires, sous les objections continues de Rosa.

Tandis qu'on échangeait des salutations, elle regarda les deux hommes se serrer la main, et eut envie de rire, de pleurer et de trépigner tout à la fois.

Le regard d'Aristedes promit à Maksim qu'il le punirait s'il fuyait ses responsabilités une nouvelle fois, et le hochement de tête de Maksim semblait dire qu'il se soumettrait à tout ce qu'Aristedes lui infligerait si, pour une raison ou une autre, il ne répondait pas à ses devoirs. Le pacte qu'ils passèrent en silence était si évident pour elle, comme il devait l'être pour Selene d'ailleurs, que c'en était à la fois drôle, émouvant et exaspérant.

Ils prirent enfin congé et, après avoir déposé Rosa, Maksim reconduisit Cali à son appartement. Comme il en avait pris l'habitude, il les accompagna Leo et elle jusqu'à sa porte, et la suivit lorsqu'elle mit Leo au lit. Puis, sans essayer de s'attarder, il retourna dans le vestibule.

Avant de sortir, il se tourna vers elle. Dans la lumière douce, ses yeux avaient la couleur de l'or en fusion.

— Merci pour cette soirée avec ta famille, Caliope. J'ai vraiment apprécié leur compagnie.

Elle hocha la tête. Contre toute attente, elle aussi avait vraiment passé une bonne soirée. Et cela ne faisait qu'ajouter à son désarroi et à son inquiétude.

— Ils t'aiment tous beaucoup.

Elle les aimait aussi et ne pouvait imaginer sa vie sans eux.

Elle poussa un soupir.

— Ce sont des casse-pieds qui se mêlent de ce qui ne les regarde pas.

— C'est une bénédiction d'avoir des frères et sœurs qui veulent le meilleur pour toi, même si tu dois supporter ce que tu perçois comme des intrusions. J'ai toujours rêvé d'avoir des frères et sœurs, ajouta-t-il avec un profond soupir.

Elle sentit son cœur se serrer très fort.

Voulait-il dire ce que…

Mais avant qu'elle aille au bout de sa pensée douloureuse, il écarta sa frange, et parcourut son visage de son regard brûlant.

Elle crut qu'il allait la prendre dans ses bras et la libérer de sa lutte, en mettant un terme à son tourment en lui donnant ce qu'elle désirait tant.

Mais il se contenta de la regarder avec des yeux qui lui dirent à quel point il réprimait son désir. Et qu'il n'agirait pas selon ce désir, sauf sur invitation explicite de sa part.

Enfin, il reprit la parole.

— Accepterais-tu de venir en Russie avec moi, Caliope ?

- 6 -

Maksim vit l'onde de choc passer sur le visage de Caliope. Pour elle, sa requête semblait sortie de nulle part.

Pour lui aussi d'ailleurs.

Elle s'apprêtait à répondre quand il la devança.

— Ma mère y vit. Cela signifierait tant pour moi, si elle pouvait voir son petit-fils.

A la mention de sa mère, le refus qu'elle avait sans nul doute été sur le point de formuler sembla coincé dans sa gorge.

Elle déglutit, et sa peau au teint de miel prit une jolie teinte pêche.

— Mais en Russie !

Il attendit que l'idée chemine dans son esprit.

— Et tu proposes que nous partions tout de suite ? demanda-t-elle.

Soulagé de constater qu'ils n'étaient plus dans une zone de conflit mais de négociation, il tira profit de l'avantage qu'il avait sur elle.

— Ce serait si merveilleux pour elle d'assister au premier anniversaire de son petit-fils.

Il lui fallut un instant pour prendre conscience de toutes les implications de cette date d'une importance majeure.

Puis, elle s'exclama :

— C'est dans deux semaines !

— Un voyage en Russie ne devrait pas durer moins que cela.

— Si c'est juste pour l'anniversaire de Leo, nous pouvons ne partir qu'un ou deux jours avant.

Il avait une furieuse envie de la prendre dans ses bras, de

la plaquer contre lui, de l'embrasser éperdument jusqu'à ce qu'elle dise « oui » à tout ce qu'il demanderait. Au lieu de quoi il serra les poings, réprimant ses désirs, comme il le devait désormais.

— Je suis certain qu'elle apprécierait de passer autant de temps que possible avec Leo, et je suis sûr qu'elle adorerait organiser la fête d'anniversaire dans sa maison.

Elle écarquilla les yeux.

— Sa maison ? Ce n'est pas la tienne aussi ?

— Je ne vis pas avec elle, non.

— Alors, où vis-tu ? Quand tu ne voyages pas pour affaires et que tu n'es pas à l'hôtel ?

— Si tu me demandes si j'ai une maison, la réponse est non.

Il faillit ajouter qu'il ne voulait d'une maison qu'avec elle. Et Leo. Il aimerait qu'ils partagent un foyer, tous les trois.

Mais c'était impossible. Cali lui avait déjà dit qu'elle ne voulait pas de ce foyer. Et elle était tout à fait en droit de refuser. Son premier et son dernier devoir était de les protéger Leo et elle de son instabilité potentielle, et de sa possible mort prématurée. Il devrait lui être reconnaissant — et il l'était d'ailleurs — qu'elle le laisse passer du temps avec eux. Il ne devrait pas en demander plus.

Mais ce qu'il était censé ressentir et ce qu'il ressentait étaient deux choses bien distinctes. Il feignait d'être raisonnable et serein, alors que la frustration le rendait fou.

Considérant le sujet clos, Cali revint au premier sujet et à l'embarras qu'il provoquait chez elle.

— C'est si soudain, Maksim… Je ne suis pas prête. J'ai du travail…

— L'essentiel de ton travail se trouve sur ton ordinateur, et tu peux travailler n'importe où. Je m'assurerai que tu aies régulièrement la paix et le calme dont tu as besoin.

— Mais Leo…

— Pendant que tu travailleras, il sera avec moi, et avec

ma mère. Elle a beaucoup d'employés. Nous emmènerons Rosa aussi.

La teinte pêche de ses pommettes fonça encore.

— On dirait que tu as déjà pensé à tout.

Non, il improvisait. Mais cela ne rendait pas moins féroce son besoin de les emmener Leo et elle auprès de sa mère, pour qu'ils apprennent à se connaître avant qu'il…

Chassant ces pensées morbides, il haussa les épaules, espérant avoir l'air calme et ouvert, pour ne pas effrayer Cali.

— Pas vraiment. Je viens seulement d'y penser.

Elle eut l'air sceptique.

— Tu veux dire que tu n'avais jamais prévu d'emmener Leo voir sa grand-mère auparavant ?

Non, et c'était effectivement très étrange. Alors qu'il réfléchissait à sa question, la vérité lui apparut soudain.

— Non, jamais. Je ne planifie plus rien à l'avance.

Ses pupilles se dilatèrent, noyant la teinte azur de ses yeux dans un puits noir. Elle se rappelait sans doute pourquoi il ne prévoyait plus rien.

Il n'avait pas reparlé de son état, depuis sa confession. Et comme la présence de Caliope et de Leo lui avait procuré une énergie et une vitalité sans limites, il avait presque tout oublié de son anévrisme. Il se sentait si invincible maintenant que la plupart du temps, il n'arrivait pas à croire qu'il ait le moindre problème. Mais, comme les médecins l'avaient dit, c'était un danger silencieux.

A cet instant, le tourment muet de Caliope était plus insupportable que le fait d'avoir cette « bombe à retardement » dans la tête, comme elle l'avait appelée. Il devait éloigner ses pensées des ténèbres.

Pour ce faire, il fallait lui redonner le sentiment de maîtrise dont son état de santé, si incontrôlable, la privait.

— Ou plutôt, je fais toujours des projets, mais seulement au travail. Avec Leo et toi, je ne peux pas, puisque ce n'est pas à moi de décider.

Comme il l'avait espéré, la terrible noirceur qui s'était abattue sur elle se dissipa.

Elle baissa les yeux tandis qu'elle réfléchissait à sa demande, l'éventail de ses cils masquant son regard et ses pensées. Il sentit ses lèvres le picoter tant il avait envie de les poser sur ses cils épais et soyeux, ses joues sculptées, son nez élégant, ses lèvres aussi douces que des pétales de rose. Un seul regard sur ces lèvres lui donnait une farouche envie de prendre possession d'elles, de mêler sa langue à celle de Caliope, de goûter sa saveur, de répondre à ses désirs. Il les sentait, aussi féroces que les siens. Mais il savait qu'elle n'y succomberait pas. Le prix était trop élevé pour elle, maintenant qu'elle avait Leo à prendre en compte.

Il le comprenait et l'acceptait. Contenir son désir était un effort douloureux, mais il avait su dès le début que s'il franchissait les limites dont elle avait besoin, elle lui claquerait la porte au nez. Et il était prêt à tout supporter, pour avoir ce qu'elle lui accorderait, qu'il s'agisse d'elle ou de Leonid.

Mais, à présent que l'idée avait pris racine, il n'était plus le seul concerné. Il s'agissait aussi de sa mère. Et il décida de s'en servir comme d'un argument, puisque c'était vrai.

Il releva le menton de Caliope du bout de l'index, et plongea le regard dans ses yeux troublés.

— Je n'estimais pas avoir le droit de te demander cela auparavant, quand je pensais que tu n'accepterais ma présence dans votre vie que de façon temporaire. Je ne pouvais pas risquer de parler de Leo à ma mère, alors que je pouvais le perdre à tout moment, si tu me retirais mon droit de visite officieux. Mais si tu penses ne pas me le retirer, ou si, au moins, tu acceptes que ma mère fasse partie de la vie de Leonid, alors laisse-moi t'emmener auprès d'elle.

— Maksim, ne…

Devant son objection hésitante, il avança son meilleur argument.

— J'ai toujours pensé que rien ne pourrait compenser toutes

les souffrances de ma mère. Mais s'il y a une chose qui peut panser ses plaies et apaiser sa peine, c'est Leo.

Elle n'avait pas pu dire « non ».

Comment l'aurait-elle pu, quand Maksim avait invoqué sa mère ?

En fait, elle se sentait honteuse qu'il ait dû le faire, qu'elle n'ait pas elle-même songé à cette femme et à son droit de connaître Leo, qui était son seul petit-fils. Elle savait que Tatjana Volkova était vivante, mais elle avait évité d'en apprendre davantage à son sujet. Ce que Maksim lui avait dit de sa mère avait été si traumatisant qu'elle avait évité de penser à elle, pour ne pas se laisser engloutir par ce que cette femme avait enduré.

Non seulement Leo était le seul autre descendant de Tatjana, mais elle était la seule aïeule qu'il avait. Il avait le droit de la connaître, et Tatjana, en tant que grand-mère, plus de droit envers Leo que n'importe quel membre de la famille de Cali.

Il avait été impossible de dire « non » à Maksim. Et elle n'aurait pas pu essayer de gagner du temps. Le moment choisi était chargé de sens. Un premier anniversaire constituait une étape que la mère de Maksim ne pouvait manquer. Et Cali avait également accepté de se rendre en Russie en avance, pour laisser à la grand-mère de Leo la joie de préparer cet événement.

Cela signifiait qu'elle n'avait pas guère le temps de se retourner, tandis qu'elle faisait quelques valises pour les deux semaines que Maksim avait prévues. Le lendemain matin, elle se retrouvait à parcourir la moitié du monde, accompagnée de Leo et de Rosa, en direction d'un endroit qu'elle n'avait jamais visité ou envisagé de visiter : la patrie de Maksim.

Le vol à bord de son jet privé fut une expérience unique. Elle était habituée au luxe haut de gamme, grâce à sa réussite professionnelle et à la richesse exceptionnelle d'Aristedes.

Mais c'était la prévenance de Maksim qui dépassait tout ce qu'elle avait pu imaginer. Elle protesta devant le déluge de petites attentions dont il les gratifiait tous les trois, même s'il demeurait ferme avec Leo quand il le fallait, le surveillant avec ce parfait mélange d'indulgence aimante et de discipline inflexible.

Elle ne pouvait donc prétexter qu'il allait faire de Leo un enfant gâté pour exiger qu'il cesse de les choyer autant. Maksim avait souligné que puisque Rosa et elle étaient des adultes responsables, il ne risquait pas de les gâter. Elles devraient donc se contenter de s'asseoir et d'apprécier ses efforts.

Elle ne pouvait parler à la place de Rosa, mais en ce qui la concernait, il avait tout à fait tort. Il la gâtait, au point qu'elle ne pouvait plus imaginer la vie sans lui.

Et, l'idiote autodestructrice qu'elle était avait seulement affiché la même résistance symbolique que chaque fois, ces dix dernières semaines, avant de finir par céder et savourer ses attentions et sa présence.

Et voilà où cela l'avait menée. En Russie.

Une heure plus tôt, ils avaient atterri dans un aéroport privé. Ils se trouvaient à présent dans la limousine qui les attendait au pied de l'avion, et se dirigeaient vers la maison de Tatjana. Rosa et Leo étaient installés dans la deuxième rangée de sièges de la limousine, tandis que Maksim et elle avaient pris place à l'arrière.

Et pour couronner le tout, la ville de Russie centrale qu'ils traversaient s'appelait Arkhangelsk. *Archange*.

N'était-ce pas approprié qu'elle soit la ville d'origine de l'archange assis à côté d'elle, qui jouait pour l'heure les guides ?

— La ville est traversée par la Dvina, près de l'embouchure qui donne sur la mer Blanche, commença-t-il en désignant le fleuve qu'ils longeaient. Notre cité s'étend sur plus de quarante kilomètres le long de ses berges et dans les îles de son delta. Quand Pierre le Grand a ordonné la création d'un chantier, la cité est devenue le port principal de la Russie d'alors. Mais le tsar a ensuite décrété que tout le commerce marin international devrait être transféré à Saint-Pétersbourg, ce qui a mené au déclin d'Arkhangelsk. Le décret a été annulé quarante ans plus tard, mais le mal était fait.

Elle posa le regard sur le large trottoir de pierre le long du fleuve, essayant d'imaginer la cité à l'époque de la Russie impériale. Elle avait le sentiment que l'endroit n'avait guère changé. La ville de l'Ancien Monde dégageait une atmosphère authentique, et les traces de sa longue histoire tumultueuse marquaient chaque arbre, chaque pierre, chaque brique.

— Alors, est-ce que l'économie d'Arkhangelsk a survécu avant que tu ne la remettes d'aplomb ?

Manifestement flatté par l'intérêt qu'elle lui portait, il hocha la tête.

— Oui, en quelque sorte. A la fin du XIXe siècle, le chemin de fer jusqu'à Moscou a été achevé, et le bois est devenu un produit d'exportation majeur. Il y a quinze ans, la ville était essentiellement un centre des industries forestière et piscicole.

Elle l'observa, s'émerveillant une nouvelle fois devant sa beauté, devant la puissance et la noblesse gravées dans chacun de ses traits.

— Jusqu'à ce que tu surgisses et que tu la transformes en siège pour les plus grandes entreprises du fer et de l'acier de la Russie.

Il fit la moue.

— Cela signifierait que j'aurais remplacé l'industrie du bois et de la pêche par celle de l'acier, alors que j'ai en fait ajouté cette industrie à celles déjà existantes.

— Et tu as amené les deux autres à progresser avec un succès inimaginable.

Il haussa les épaules. Maksim ne fanfaronnait jamais.

— J'ai lu des articles sur ton action, insista-t-elle. Les gens ne disent plus que cette ville porte le nom de l'archange Michel, considéré jadis comme le protecteur de la cité, mais le tien, puisque tu es un bienfaiteur bien plus efficace.

Ses yeux brillèrent d'émotion. Ce n'était pas de la fierté pour ses accomplissements gigantesques, qu'il traitait avec un pragmatisme presque indifférent. Sa satisfaction semblait due au fait qu'elle avait enquêté sur ses succès, et qu'elle les avait trouvés dignes d'admiration. Apparemment l'opinion qu'elle avait de lui comptait bien davantage pour lui que ses propres succès.

Cette réaction explicite, chaque fois qu'elle louait ses actions ou complimentait sa personne, lui procurait toujours une émotion poignante.

Se rendre compte qu'il avait besoin de son approbation était à la fois délicieux et déchirant. Elle avait manqué tant d'occasions de lui montrer la haute opinion qu'elle avait de lui pendant l'année qu'ils avaient partagée ! Elle avait été si occupée à lui cacher la profondeur de ses sentiments qu'elle ne lui avait pas rendu justice, de peur qu'il ne la soupçonne de l'aimer et que cela ne change tout. A présent qu'elle avait cessé de faire semblant et qu'elle exprimait librement son estime pour lui, ils se retrouvaient dans une situation impossible.

Elle reporta son regard vers le décor de cette ville subarctique resplendissante, drapée dans une fine couche de neige immaculée en ce début de novembre. Mais elle n'en vit presque rien tant elle se débattait contre un nouvel accès de regret et de chagrin.

Après quelques minutes de silence, Maksim reprit la parole et lui relata des anecdotes captivantes sur la ville et la région.

Puis ils s'engagèrent sur une route étroite bordée d'arbres, dont les branches nues s'entrelaçaient au-dessus de leur tête pour former une voûte végétale.

— Nous sommes arrivés, annonça-t-il d'une voix grave.

A ces mots, son cœur s'accéléra.

Le moment était venu. Elle allait rencontrer la mère de Maksim et pénétrer plus avant dans son monde.

Tempérant son agitation, elle regarda par la vitre tandis qu'ils passaient un portail en fer forgé de près de dix mètres de haut et rehaussé de feuilles d'or, qui s'ouvrait sur un parc luxuriant. Elle avait déjà visité des palaces splendides avec des parcs aussi vastes, mais c'étaient des sites touristiques. Jamais elle n'avait vu propriété privée de pareille ampleur.

Le parc semblait s'étendre à l'infini. Des sentiers en pierre de taille sinuaient à travers des parterres de fleurs, et des haies soigneusement taillées se croisaient à angle droit ou en diagonale, ponctuées de statues de marbre à chaque intersection, et bordées de buissons taillés en sphères ou en cônes ainsi que d'immenses vasques en mosaïque, avant de converger vers un pavillon circulaire.

— Il s'agit de la partie « française » du parc, expliqua Maksim. A la fin du XIXe siècle, le goût de la noblesse russe a évolué, ce qui explique le décor que nous allons traverser maintenant.

Dès que la limousine passa le pavillon, Caliope comprit ce que Maksim voulait dire. Le changement était flagrant et correspondait davantage à son goût que la géométrie parfaite qu'elle venait de voir. Ils étaient à présent dans un jardin anglais, version idéalisée de la nature, avec des chemins sinueux, des tunnels de végétation, des futaies pittoresques, des pelouses et des pavillons. Avec la neige qui le recouvrait, le parc ressemblait à un paysage de conte.

Elle se tourna vers lui, émerveillée.

— Cet endroit est stupéfiant. L'as-tu acheté pour ta mère quand tu as fondé ton entreprise ?

— Non, c'est ici que j'ai grandi.

Elle resta abasourdie.

— C'est le domaine de ta famille ?

Encore ce haussement d'épaules tendu. Elle savait maintenant ce que cela signifiait : il répugnait à aborder le sujet.

— C'est une longue histoire, commença-t-il avant de s'adoucir soudain. Le domaine porte le nom de *Skazka*.

— *Skazka*, répéta-t-elle lentement. *Conte de fées*. Très approprié. En effet, on dirait un décor de conte de fées.

— De conte horrifique, peut-être. Du moins, autrefois.

Une ombre passa sur son visage. Il repensait sans doute au temps où son père était encore en vie.

— A présent, c'est seulement l'endroit que ma mère considère comme son foyer.

Soudain, elle vit ses yeux s'illuminer.

— Tu ne m'as jamais dit que tu parlais le russe ! *Skazka* n'est pas un mot si commun que cela, ce qui signifie que tu connais davantage que les bases.

Elle avait gardé cela pour elle jusqu'à présent, se réjouissant de comprendre ses exclamations spontanées et ses mots affectueux.

Sentant qu'il était temps de révéler son secret, elle esquissa un sourire hésitant.

— J'ai commencé à l'apprendre quand nous avons…

Elle s'éclaircit la voix, embarrassée.

— … commencé à nous fréquenter.

Son regard s'attarda sur elle, se fit brûlant, comme s'il découvrait une nouvelle facette de sa personnalité et que cela attisait ses appétits.

Elle s'attendit qu'il essaie de lui faire avouer qu'elle avait appris le russe pour lui. Mais, comme toujours, il se montra imprévisible.

La caresse légère de son doigt sur sa joue laissa un sillage brûlant sur sa peau, aussi brûlant que son regard.

— Alors, tu comprenais donc tout ce que je te disais…

Elle opina. Le visage de Maksim afficha une expression indéchiffrable. Puis, il rompit le contact.

— Et voici la demeure, annonça-t-il avec un geste de la main.

Elle reporta son regard sur l'endroit qui avait été le théâtre du drame l'ayant conduit à l'autodestruction, causant cette réaction en chaîne qui pouvait encore faire exploser leur vie.

L'édifice était imposant, majestueux. Erigée dans un style néoclassique, avec des influences grecques, la maison était si immense qu'elle devait abriter des dizaines de chambres. Un crépi aux tons beige et crème couvrait la façade extérieure où un portique à colonnes offrait une large rampe menant à la porte d'entrée. S'il servait pour les voitures aujourd'hui, il avait dû être destiné aux chariots, à l'époque de sa construction.

Dès que la limousine s'arrêta devant la porte, Maksim descendit, et elle attendit qu'il vienne lui ouvrir sa portière. Il couvrit avec soin Leo, déjà endormi, puis le sortit de la voiture, dans son siège-auto.

Quelques instants plus tard, ils quittaient le froid piquant et entraient dans la maison bien chauffée. Elle observa le vestibule de près de dix mètres de hauteur, aux murs recouverts de marbre et aux colonnes rappelant celles du portique.

Sans même s'arrêter, Maksim les conduisit dans une pièce de réception, dotée d'une cheminée stylisée et d'un poêle orné de carreaux colorés. La décoration et les meubles reflétaient les traditions artistiques de la Russie à l'époque où la maison avait été construite. Tout semblait flambant neuf. Maksim avait sans nul doute fait restaurer la demeure pour qu'elle retrouve sa splendeur d'antan.

Une fois de plus, elle se demanda pourquoi il avait pris cette peine, alors que cet endroit n'abritait que des souvenirs terribles.

Elle chassa toute spéculation de son esprit, tandis que Maksim les conduisait en silence vers une autre pièce de réception, décorée de tapisseries représentant des scènes champêtres. Entre les tapisseries, de hautes fenêtres donnaient sur le lac et les jardins. Et devant l'une de ces fenêtres, le dos tourné et inconsciente de leur présence, elle était là, la mère de Maksim.

D'une soixantaine d'années, c'était une femme très grande. Ce devait être d'elle que Maksim avait hérité sa taille prodigieuse. Ou peut-être la tenait-il de ses deux parents. Vêtue d'un tailleur-pantalon fluide de couleur crème, orné d'exquises touches de dentelle sur le col et sur les poignets, Tatjana Volkova ressemblait à une duchesse de l'époque des tsars, avec d'épais cheveux châtains relevés en un chignon lisse et élégant, et une silhouette sculpturale.

— *Mamochka.*

Cali sursauta, Maksim avait employé le terme le plus affectueux en russe pour dire « mère », et l'avait murmuré avec une tendresse infinie.

Le mot eut le même effet sur sa mère, qui bondit et fit volte-face. Elle resta figée pendant un court instant, tout comme Cali. Puis, elle se précipita vers eux.

A côté de Maksim, Cali retint son souffle tandis que Tatjana approchait, en s'émerveillant de la ressemblance frappante entre Maksim et sa mère.

Puis, avant même de s'en rendre compte, elle se retrouva dans ses bras, et Tatjana l'étreignit avec la ferveur d'une mère qui avait enfin retrouvé sa fille depuis longtemps perdue.

Cali s'abandonna au besoin de cette femme d'exprimer ses émotions physiquement. Elle devina que Tatjana avait longtemps cru qu'elle n'aurait que Maksim au monde, et Cali était la raison pour laquelle elle avait désormais davantage : un petit-fils.

Quand Tatjana recula enfin, elle la tenait toujours par les épaules, et ses yeux noisette, d'une teinte plus sombre que ceux de Maksim, étaient brillants de larmes.

— Caliope, ma chère, merci infiniment d'être venue me voir ! J'apprécie infiniment votre geste, et je suis vraiment navrée de vous avoir fait faire tout ce chemin. Je voulais prendre le premier avion pour aller vous retrouver dès que Maksim m'a parlé de Leonid et de vous, mais mon fils a insisté pour ce soit vous qui veniez tous jusqu'à moi.

— Tu as peur de l'avion, *mamochka*, intervint Maksim. Et il n'y avait pas de raison de te faire subir un long trajet, même en ma compagnie.

Cali acquiesça.

— Vous ne devez rien faire qui vous mette mal à l'aise.

Leo est assez grand pour prendre l'avion, et c'est un plaisir de venir vous voir.

Tatjana l'étreignit et l'embrassa de nouveau, pleurant de plus belle tandis qu'elle reculait. Puis elle reporta son attention sur Maksim ou, plus précisément, sur le petit être qu'il portait.

— *Bozhe moy,* Maksim… *On vam, kogda vy byli yego vozrasta.*

Mon Dieu, Maksim… C'est toi, quand tu avais son âge.

Cali sentit sa gorge se nouer et les larmes jaillir de ses yeux. L'expression de joie angoissée qui saisit le visage de Tatjana était déchirante d'intensité, exactement comme celle de Maksim l'avait été.

Elle savait que Leo était aimé par toute sa famille maternelle. Mais Maksim et Tatjana étaient les seuls qui l'aimeraient plus que leur vie, exactement comme elle.

Elle toucha Tatjana, passant une main apaisante le long de son bras gracile, la voix moins assurée qu'elle ne l'avait espéré.

— Réveillez-le.

— Je ne peux pas, il a l'air de dormir si paisiblement, on dirait un ange.

Cali afficha un sourire tremblant.

— Et il sera infernal s'il dort davantage. Il a dormi pendant presque tout le voyage, et s'il ne se réveille pas maintenant, il ne dormira pas cette nuit. Je vous assure, je préférerais que son rythme ne soit pas perturbé. Alors, allez-y, réveillez-le.

Tatjana essuya ses larmes.

— Voulez-vous le faire ? Je ne veux pas qu'il prenne peur en voyant une étrangère à son réveil.

Tatjana avait raison. Cali voulait que leur première rencontre se déroule à la perfection, alors pourquoi risquer un embarras initial ?

Mais elle avait une meilleure idée, qui plairait davantage à Tatjana : que ce soit Maksim qui réveille Leo.

Elle se tourna vers lui, qui comprit aussitôt la demande

explicite dans son regard. La gratitude qu'elle lut en retour dans le sien faillit bien l'aveugler.

Il posa le siège sur le sol, s'agenouilla à côté de Leo, l'embrassa sur le front et les joues, puis lui chantonna de sa voix la plus aimante et la plus émouvante :

— *Prosypat'sya, moy lyubimaya…* Réveille-toi, mon Leonid adoré.

Des larmes brûlantes montèrent aux yeux de Cali devant la puissance de l'amour que Maksim portait à leur fils. Elle savait que cet amour prospérait chaque jour davantage. Elle adorait aussi la façon dont Maksim lui parlait en anglais et en russe, pour s'assurer que Leo parle couramment les deux langues. Il l'incitait à lui parler en grec, pour que leur fils connaisse chaque part de son héritage. Même si le grec ne lui venait pas naturellement, puisqu'elle n'avait vécu que six ans en Crète, elle avait accédé à sa requête. Et Leo prononçait déjà des mots dans les trois langues.

Leur fils s'agita, s'étira bruyamment et cligna les yeux en regardant son père. Maksim mit tout son cœur dans son sourire tandis qu'il caressait doucement la tête duveteuse de son fils, le plaisir se lisant sur son visage tandis que Leo tendait les bras et s'accrochait à son cou, blottissant sa petite tête contre son torse puissant.

Elle entendit un sanglot aigu et crut qu'il venait d'elle. La profondeur du lien que le père et le fils avaient développé ces dernières semaines ne manquait jamais de la submerger d'émotion.

Mais c'était Tatjana qui pleurait de manière incontrôlable. L'angoisse saisit Cali à l'idée que Leo voie sa grand-mère pour la première fois dans cet état.

Mais Maksim ne semblait pas inquiet. Il se déplaça avec Leo, qui fut aussitôt attentif, et avança vers sa mère, en parlant à son fils de cette façon douce et confidentielle qu'il ne réservait qu'à lui.

— Je veux te présenter quelqu'un qui t'aime autant que je t'aime.

Elle aurait pu jurer que Leo avait compris, et même qu'il avait acquiescé d'un hochement de tête. Puis, elle le vit reporter son attention sur la femme en pleurs.

Elle retint son souffle, guettant la réaction de son fils. Pendant de longues secondes, quand Leo fut à portée de bras de Tatjana, il se contenta de l'observer, tandis qu'elle sanglotait de plus belle. Il avait le regard brillant de curiosité, et sa petite bouche rose formait un « oh ! » de surprise.

Puis, Tatjana murmura :

— *Ya mogu derzhat' vas, moy dragotsennyye serdsta ?*

Puis-je te porter, mon cœur précieux ?

Leo regarda ses bras tendus, l'air songeur. Il se tourna vers Maksim, puis vers Tatjana, comme s'il avait remarqué leur ressemblance et comprenait qui elle était. Puis il sourit enfin.

L'instant d'après, il quitta les bras de Maksim pour se blottir dans ceux de Tatjana. Avec un halètement audible, sa grand-mère le serra fort, et ses sanglots les secouèrent tous deux. Leo poussa alors un cri de joie avant de l'étreindre à son tour.

Apparemment, il avait compris que ses larmes n'étaient pas des larmes de chagrin mais de bonheur, et il réagissait en conséquence.

Cali constata que ses propres larmes coulaient à flots, elles aussi, puis elle se retrouva là où elle rêvait d'être chaque seconde de la journée : dans les bras de Maksim, tout contre son cœur.

Elle leva les yeux vers lui, et constata qu'il la couvait du regard.

Il la serra contre lui.

— *Spasiba, moya dorogoya.* Merci pour Leo, pour tout.

Ses larmes redoublèrent tandis qu'elle se blottissait contre lui, n'ayant pas de mots pour exprimer sa propre gratitude, pour ces instants et pour la famille que Leo et elle avaient maintenant. Et mêlée à toute cette joie, il y avait la terreur que tout cela ne soit que temporaire. Les yeux de Maksim lui disaient qu'aucun mot n'était utile, qu'il comprenait son émotion. Puis, la serrant plus fort, il reporta son regard aimant vers sa mère et son enfant, savourant ces moments poignants.

Elle s'appuya contre son épaule puissante, inquiète de savoir comment tout cela finirait.

Et, quand. Car rien d'aussi parfait ne pouvait durer. Alors comment allait-elle survivre ensuite ?

- 7 -

Maksim soupira en regardant par la fenêtre de sa chambre.

Ce n'était pas réellement la sienne, mais la suite qu'il occupait quand il séjournait ici. Son ancienne chambre d'enfant, il l'avait adjointe à une pièce de réception que sa mère utilisait pour les réunions hebdomadaires de ses divers comités d'intérêt public. Sa mère avait attribué à Caliope et Leonid la suite face à la sienne.

Il avait failli changer de chambre.

Etre constamment près de Caliope durant la journée était une chose qu'il pouvait savourer et supporter. En revanche, durant la nuit, la sentir si proche, la visualiser dans ses rituels nocturnes était une pure torture.

Le premier soir, il était resté allongé dans son lit, en s'imaginant qu'il pouvait l'entendre se doucher, sentir la vapeur s'élever pour envelopper son corps voluptueux, la mousse glissant de façon tentante sur chacune de ses courbes, chacun de ses creux, l'eau ruisselant le long de son corps. Puis, il l'avait visualisée en train de sécher ses cheveux, de laisser retomber leur masse brillante sur ses épaules, d'appliquer une lotion sur sa peau veloutée, d'enfiler une nuisette de soie, avant de se glisser entre ses draps avec un soupir de plaisir. Toutes ces choses qu'il avait faites avec elle si souvent, pendant toute une année magique. Des plaisirs exquis qu'il n'aurait plus jamais le privilège de connaître.

Il s'était réveillé le corps douloureux, anéanti, avec l'intention de se terrer quelque part à l'autre bout de la maison. Mais lorsque Cali était sortie de sa chambre au même moment, lui offrant un sourire joyeux, il avait compris que s'il avait supporté toutes les frustrations et cette souffrance, c'était pour pouvoir connaître un moment tel que celui-ci.

Son précédent séjour remontait à six mois, quand il avait enfin cédé aux demandes inquiètes de sa mère. Il avait tout essayé pour remettre cette visite à plus tard, pour éviter qu'elle le voie en si piteux état.

Comme il l'avait craint, elle avait été horrifiée, mais elle avait pensé qu'il était simplement dévasté par la mort de Mikhail. Et il s'était bien gardé de la détromper. Ainsi, elle avait eu l'espoir qu'il sorte un jour de ce puits de remords sans fond, et qu'il recouvre la santé. Il n'avait même pas envisagé de lui dire la vérité.

Et puis un miracle s'était produit. Il avait retrouvé Caliope, et même si elle avait refusé de reprendre leur relation, elle l'avait laissé entrer dans la famille qu'elle formait avec Leo. Au-delà de toutes ses attentes, elle lui avait offert une intimité qu'il n'aurait jamais cru pouvoir connaître avec elle, ou avec quiconque en dehors de Mikhail.

Elle était devenue son amie, son alliée, quand autrefois elle n'avait été que son amante. Chaque minute avec elle lui faisait mesurer tout ce qu'il avait manqué avec elle dans sa vie. Il ne pouvait s'empêcher de songer que leur relation pourrait être bien plus profonde, si elle le laissait franchir cette dernière barrière et replonger dans la passion, comme autrefois.

Mais il ne le lui demanderait jamais. Ce qu'elle lui offrait était déjà beaucoup, plus que suffisant. Les dix dernières semaines avaient été un paradis dont il n'avait jamais osé rêver et ne serait jamais digne. Il ne pouvait toujours pas croire que tout cela était réel.

Or, c'était pourtant le cas. Par la fenêtre, il les observait. Ils parlaient, riaient, se réjouissaient d'être ensemble. Caliope, Leonid et sa mère. Les trois êtres qui faisaient battre son cœur, qui constituaient son monde et façonnaient son âme.

Ces deux dernières semaines, il s'était souvent retrouvé

submergé par une émotion et une gratitude telles qu'il en oubliait de respirer. Leonid et Caliope s'étaient attachés à sa mère au-delà de tous ses espoirs. L'attachement instantané de Leonid avait été le moins surprenant. Ce bébé sensible et brillant avait compris sur-le-champ ce que Tatjana était pour lui : une extension du père qu'il avait accepté et réclamé depuis le tout premier instant. Mais c'était le plaisir que Caliope montrait à fréquenter sa mère qui menaçait parfois de noyer son cœur sous une vague d'émotion.

Autrefois, lors d'une de leurs discussions intimes au coin du feu, elle lui avait confié qu'elle n'avait jamais vraiment eu de mère. La sienne n'était plus que l'ombre d'elle-même quand Caliope était née, et elle était morte quand la fillette n'avait pas encore six ans. A présent, Maksim avait le sentiment que, avec Tatjana, Caliope trouvait la présence et l'influence maternelles qui lui avaient manqué et qu'elle avait désirées sans même le savoir. Et sa mère semblait considérer Caliope comme la fille qu'elle avait perdue.

Pour ajouter à la perfection de ce séjour, le premier anniversaire de Leonid tombait le lendemain. Maksim n'avait eu que les trois derniers mois de cette précieuse première année, et il regrettait chaque minute qu'il avait gâchée et perdue, en n'étant pas là pour Caliope et leur fils. Mais il ne les quitterait plus désormais. Jusqu'à sa mort.

Même s'il vivait chaque seconde avec eux comme si c'était la dernière, il priait pour que ce jour arrive le plus tard possible. Néanmoins, il avait pris ses dispositions, pour eux tous, juste au cas où. Et maintenant que l'avenir de Cali et de Leo était assuré, il pouvait faire des projets comme s'il n'avait pas cette épée de Damoclès au-dessus de sa tête. Il avait maintenant toute raison de croire qu'il vivrait aussi longtemps qu'il était possible sur le plan humain. Il ne s'était jamais senti plus vivant, plus robuste. Son énergie atteignait des sommets, et il devenait plus vigoureux chaque jour, comme si sa volonté de vivre était enfin née. Avant Caliope et Leonid, il avait seulement eu le désir de survivre, de pulvériser les obstacles et de poursuivre son ascension. Mais il n'avait pas réellement vécu. Sans eux, il n'avait rien eu pour emplir son cœur et faire que tous ses succès vaillent la peine.

Il poussa un soupir en les contemplant, et se laissa envahir par la pure beauté et la magie de cette image.

Il les aimait tant, tous les trois.

Il ne sut pas combien de temps il resta là, accumulant d'autres souvenirs inestimables, avant de se lever enfin. Il avait des projets pour la journée, et il ferait mieux de s'y atteler s'il voulait avoir le temps de tous les réaliser.

Il courut vers le jardin, et tandis qu'il approchait du trio, les deux femmes se tournèrent vers lui, impatientes de le voir. Qu'avait-il donc fait pour mériter un tel bonheur ?

S'il ne l'avait jamais mérité par le passé, tout allait changer à présent. Il savourerait chaque seconde de leurs bonnes grâces et les leur rendrait au centuple.

Son regard se porta d'abord sur sa mère. En dépit de toutes les épreuves qu'elle avait subies, elle était toujours restée forte, stable, égale et, la plupart du temps, étonnamment lumineuse. Désormais, elle irradiait de joie. Et tout cela grâce à Leonid. Et à Caliope.

Puis il observa Leonid, ce petit miracle qui le faisait toujours fondre sous l'effet d'un million d'émotions, la moitié sublime, l'autre moitié effrayante. Il ignorait comment les parents survivaient au fait d'aimer leurs enfants et de s'inquiéter pour eux à ce point. Mais il apprenait, avec le soutien constant et les conseils de Caliope. Comment son propre père avait-il pu lui faire du mal ? Il préférerait qu'on lui coupe les bras plutôt que de toucher à un cheveu de Leonid.

Oui, à présent, il en était certain, il n'avait pas une once de la violence de son père en lui. Non parce que son épreuve l'avait transformé, mais parce que cette violence n'avait jamais été en lui, tout simplement. Sa terreur provenait désormais de sources extérieures. La vie présentait de multiples dangers, et l'idée que Leonid puisse y être exposé le pétrifiait.

Pourtant, malgré les peurs constantes qui ne quittaient plus sa conscience, il ne changerait rien. Il voulait être le père de Leonid, lui offrir la vie la plus sûre, la plus heureuse, la plus accomplie possible.

Enfin, il s'attarda sur le centre de son univers. Celle qui possédait son âme et son cœur. Caliope.

Comment était-il possible qu'elle soit plus belle chaque jour ?

Son sourire radieux rivalisait avec le soleil lumineux de l'automne russe. Son teint naturellement hâlé rayonnait dans l'air froid, ses cheveux aux nuances or et caramel brillaient et ondulaient sous la douce brise, et ses yeux azur brûlaient du plaisir de le voir. Ses lèvres, rougies et humides, se fendirent pour révéler des dents blanches et adorablement irrégulières, dans un sourire d'une beauté à fendre le cœur. Il se raidit aussitôt, comme il le faisait toujours quand il pensait à elle. Quand elle était si près de lui, comme à cet instant, contenir son désir était presque une tâche impossible.

Heureusement, Leonid se jeta contre lui, exigeant son attention.

Il se pencha pour prendre son fils dans ses bras, ému par la confiance totale qu'il lui manifestait. Il faillit succomber, revenir au plan initial de leur journée, émaillé d'activités avec le quartette qu'ils formaient — ou plutôt le quintette, si l'on incluait Rosa.

Mais cette journée serait celle de Caliope. Elle était ici depuis deux semaines et n'avait presque rien vu en dehors des limites du domaine. Il voulait qu'elle explore sa patrie en sa compagnie, qu'elle découvre une part de lui qu'elle ne connaissait pas encore. Ainsi ferait-elle de cette terre un véritable foyer pour lui. Jusqu'à maintenant, il l'avait seulement considérée comme son pays de naissance, et le siège de ses opérations.

Il donna un baiser à Leonid, puis leva les yeux et constata

que Caliope et sa mère les observaient, émues par l'image du père et du fils ensemble.

Il embrassa de nouveau Leonid sur la tête.

— *Moy dorogy,* je dois emmener ta *mamochka* pour une visite que tu n'es pas encore en âge d'apprécier, alors tu dois rester ici avec ta *babushka*, Tatjana, et ta *nyanya*, Rosa, jusqu'à notre retour. Mais je te le promets, demain sera tout à toi, puisque tu auras un an.

Le sourire de Caliope s'effaça.

— Il peut venir, objecta-t-elle. Je suis sûre qu'il adorera. Il aime tout ce que nous faisons ensemble.

Khorosho. Bien. Il avait craint qu'elle n'oppose un refus absolu à sa proposition. Mais elle refusait seulement de laisser Leonid.

Caliope se tourna vers sa mère, et s'il en croyait son intuition, le sourire qu'elle afficha était un peu top enjoué.

— Nous pouvons tous venir. Ce serait formidable, une petite excursion tous ensemble. Je vais même aller chercher Rosa.

Ne tak khorosho. Pas si bien. En fait, c'était pis que si elle avait dit « non ». Elle essayait de ne pas se retrouver seule avec lui.

Tandis qu'il cherchait une manière décente de dire qu'il aurait aimé se retrouver seul avec Caliope, sa mère intervint :

— J'ai besoin de Rosa pour régler les derniers détails de la fête de demain. Et pour une fois, vous allez me laisser faire toute seule. Quant à vous, Caliope, vous devez sortir des limites de cette propriété. Et Leonid s'ennuiera à mourir dans les sites touristiques, il transformera votre sortie en cauchemar.

Elle lui prit Leonid des bras et s'enfuit presque, avant que Caliope puisse réagir, lançant par-dessus son épaule tandis que Leo poussait un cri de joie :

— Allez, ouste !

Caliope resta coite pendant quelques secondes, puis se tourna vers lui, le sourcil arqué.

— Tu avais tout planifié, il me semble.

Il sourit devant son air mi-accusateur, mi-amusé.

— Avec ma mère ? Non. Elle comprend vite, voilà tout. Elle devait attendre avec impatience que je me comporte enfin en hôte digne de ce nom.

Dans ses yeux turquoise brillait une lueur malicieuse.

— Si tel était le cas, pourquoi ne t'a-t-elle pas poussé à le faire avant ?

— C'est la mère la plus progressiste du monde, et elle n'interférerait jamais dans ma vie, même si elle en brûlait d'envie. Mon seul défaut à ses yeux idolâtres, c'est mon manque de savoir-vivre.

Poussant un soupir, elle lui emboîta le pas.

— J'étais de cet avis, mais il s'avère que tu n'es pas si mal, au fond.

— Mes aptitudes sociales ont souffert d'une atrophie de plusieurs années, et j'essaie de me remettre.

— Dans ce cas, ta guérison est phénoménale.

Son cœur bondit. Il était devenu dépendant de ses louanges, lui qui autrefois n'avait jamais prêté attention à l'opinion d'autrui.

Elle lui avait pardonné au point de reconnaître ses efforts pour s'améliorer et de souligner ses succès. Submergé par la gratitude, il lui prit la main et la porta à ses lèvres.

Au halètement qui souleva la poitrine de Caliope, Maksim brisa immédiatement le contact, craignant qu'elle considère cela comme une violation de leur pacte tacite. Il ne pouvait risquer de gâcher la relation qu'ils avaient miraculeusement développée.

Feignant un sourire détendu, il tenta de dissiper la tension.

— Je suis honoré par ton opinion concernant mes efforts, *moya dorogoya*.

Il ne cessait de l'appeler « ma chérie », c'était plus fort que lui. Elle devait s'imaginer qu'il voulait simplement dire « ma chère », puisqu'il l'employait avec Leonid aussi, mais ils étaient tous deux ses chéris. Ses seuls amours.

Cependant, quand elle afficha un sourire moins ouvert

qu'un peu plus tôt, il se maudit d'avoir succombé au besoin d'exprimer physiquement ses émotions. Insufflant autant de décontraction feinte que possible dans son propre sourire, il l'aida à grimper dans sa Maserati, puis brisa le silence en lui commentant les endroits qu'ils traversaient.

A la demande expresse de Cali, il passa par le siège et les usines de Volkov Iron and Steel Industries, après l'avoir emmenée visiter les grands monuments de la ville. Il eut l'impression de redécouvrir les lieux à travers son regard appréciateur. Elle lui dit qu'elle n'avait jamais rien vu d'aussi moderne et d'aussi vaste. Comme d'habitude, son approbation était primordiale pour lui.

Tandis que le soleil commençait à décliner, et pendant qu'ils approchaient du dernier site touristique sur sa liste, elle détourna soudain le regard de la route pour l'observer.

— Tu ne lui as rien dit.

A sa mère. A propos de l'accident.

Ce n'était pas une question. Néanmoins, il répondit :

— Non.

— Je ne veux pas être indiscrète, mais le nom de Mikhail est venu dans la conversation hier, et il était clair qu'elle ne savait pas que tu étais impliqué dans l'accident. J'ai juste besoin de savoir ce que tu lui as dit, pour ne pas commettre d'impair si le sujet resurgit.

Après avoir garé la Maserati, il se tourna vers elle, pour clarifier un point.

— Tu ne seras jamais indiscrète. Tu as le droit de tout connaître de moi.

Une émotion profonde, teintée de surprise, assombrit le regard de Cali.

Elle ne savait donc pas qu'elle avait tous les droits sur lui ? Ou alors, les refusait-elle ?

Il se força à sourire.

— En tout cas, merci de t'en inquiéter. Je lui ai raconté la même histoire, j'ai juste évité de parler de moi. Elle aimait

Mikhail comme un fils, et elle a souffert de sa disparition autant que moi. Je ne pouvais tout simplement pas aggraver la situation.

— Alors, elle ne sait pas…

C'était la première fois qu'elle faisait allusion à son anévrisme, même si elle semblait incapable de prononcer le mot. Si elle abordait le sujet, cela voulait dire qu'elle y pensait. Evidemment, elle devait y penser.

Elle leva la main, pour lui épargner de répondre.

Mais il tenait à ce qu'elle sache.

— Non, elle n'est pas au courant de mon état.

Le soupir qu'elle lâcha semblait chargé d'un soulagement douloureux.

— Je m'en réjouis. Elle paraît si heureuse maintenant.

— Et c'est grâce à toi.

Elle secoua la tête.

— C'est grâce à Leo.

— Et à toi. Je sais déceler quand ma mère est courtoise, comme à son habitude, et quand elle est impliquée émotionnellement. Je peux te dire qu'elle te considère comme sa fille, et pas seulement comme la mère de son petit-fils.

Ses yeux si bleus dans lesquels il rêvait de se perdre s'embuèrent.

— N'est-ce pas trop tôt pour cela ?

— Le temps n'a rien à voir avec ce que l'on ressent pour quelqu'un.

Elle hocha lentement la tête.

— Tu as raison. Et je suis heureuse que tu me dises cela, car j'éprouve le même sentiment envers elle. C'est une excellente chose pour Leo, de voir que sa famille est si unie. Je crois qu'il le sent, et qu'il s'épanouit.

— C'est une excellente chose pour toi, surtout, et pour elle. Vous deux, vous méritez d'entretenir ce lien spécial, indépendamment de toute considération, et je me réjouis de le voir s'approfondir chaque jour.

Elle répondit d'un signe de tête prudent. Pour s'empêcher de fondre sur ses lèvres si sérieuses, il annonça :

— A présent, voici la dernière étape de ma visite guidée. Le plus vieux bâtiment d'Arkhangelsk.

Quelques minutes plus tard, ils entraient dans la tour principale du Gostiny Dvor — la cour des Marchands —, et Caliope, comme toujours, le bombarda de questions.

Il était ravi de la voir si captivée. Elle en savait déjà beaucoup sur son pays, autant que ce que l'on pouvait glaner sur internet, mais elle ne cessait de poser des questions auxquelles seul un autochtone pouvait répondre, pour approfondir ses connaissances.

Il répondit volontiers tandis qu'ils traversaient le long et imposant complexe de bâtiments.

— Cet endroit était la raison d'être d'Arkhangelsk à la fin du XVIIe et au XVIIIe siècle. A cette époque, Arkhangelsk générait plus de la moitié des exportations du pays. Nous, les Russes, nous aimons les grands bâtiments, alors le statut de la ville à l'époque nécessitait de construire un édifice imposant. Il a fallu seize ans pour le bâtir à l'équipe de maçons allemands et néerlandais. Et ce centre de négoce à tourelles était destiné à devenir la plate-forme de tous les échanges entre l'Europe et la Russie.

Tandis qu'ils entraient dans une autre partie du monument, il continua son récit.

— Tout arrivait et partait depuis ce réseau de dépôts. On importait des étoffes de luxe européennes comme le satin et le velours, et l'on exportait le lin, le chanvre, la cire et le bois. Mais quand Pierre le Grand a conquis la côte balte et transféré la capitale à Saint-Pétersbourg, l'essentiel du commerce a été redirigé là-bas, et Arkhangelsk a été abandonné. A la fin du XXe siècle, au plus fort du déclin communiste, la plupart des bâtiments se sont dégradés et ont été démolis. Après la chute de l'empire soviétique, l'endroit, en ruine, a été choisi pour abriter un musée de l'histoire locale. Pendant longtemps, sa restauration est restée en suspens, faute de fonds.

— Jusqu'à ce que toi, l'archange d'Arkhangelsk, tu utilises ta baguette magique et lui redonnes sa splendeur d'autrefois.

— Comment l'as-tu su ? s'étonna-t-il. Je suis sûr que ce n'est pas sur internet.

Elle lui adressa un regard satisfait.

— Je suis douée, voilà tout.

Ne pouvant s'en empêcher, il souligna la fossette malicieuse sur sa joue droite.

— C'est vrai dans tous les domaines.

Pendant un instant, il crut qu'elle allait l'attirer contre elle pour un baiser qu'elle brûlait autant que lui de partager, il en était sûr.

Mais elle se détourna, faisant mine de regarder autour d'elle avant de reporter son regard sur lui, une fois son désir sous contrôle.

— Alors, comptes-tu me nourrir, ou essaies-tu de me faire perdre le poids que j'ai pris avec les festins que nous concocte Tatjana depuis que nous sommes arrivés ?

Réprimant sa propre faim, il suivit son pas tandis qu'ils sortaient du complexe.

— Je vais te nourrir, bien sûr, répondit-il avec un sourire. Mais pour moi, tu es encore plus parfaite ainsi.

La chaleur qui embrasa les yeux de Cali faillit le réduire en cendres, mais elle l'étouffa bien vite.

— Merci, sauf que je ne suis pas de ton avis. Alors emmène-moi dans un endroit qui sert des menus légers.

En chemin vers le restaurant, elle lui raconta des anecdotes familiales amusantes, et fit de même pendant tout le repas. Il semblait que beaucoup de choses avaient changé entre eux, et qu'en même temps tout était demeuré à l'identique.

Ils restèrent à table pendant des heures, puis il l'emmena pour une virée en voiture jusqu'à la proche ville de Severodvinsk. Aux abords de la cité, il gara la voiture au meilleur endroit possible, puis attendit, un sourire aux lèvres, la réaction de Caliope.

Pendant quelques instants, il n'y en eut aucune. Elle était trop occupée à discuter de l'anniversaire de Leonid, à lui dire à quel point elle était heureuse qu'il fasse venir sa famille et ses amis par avion pour assister à la fête. Puis elle écarquilla les yeux.

— Une aurore boréale ! s'exclama-t-elle.

Il sourit de plus belle quand elle poussa un cri d'excitation et se redressa, l'air émerveillé, pour admirer ce spectacle de la nature qu'elle découvrait.

Il l'observa tandis qu'elle se balançait à chaque mouvement des lumières célestes. Les rideaux brillants, telles des cascades chatoyantes d'émeraudes, de rubis, de saphirs et de diamants, ondulaient. Ils semblaient danser au rythme d'une musique inaudible, tout comme Caliope qui bougeait devant chaque vague, chaque boucle de lumière traversant le ciel, initiée par de soudains rayons de soleil.

Il lui fallut longtemps avant de pouvoir détacher les yeux de ce spectacle.

— J'avais entendu dire que les aurores boréales étaient spectaculaires, j'avais vu des photos et des vidéos, mais c'était bien en deçà de la réalité. C'est indescriptible.

Il acquiesça, ravi de son enthousiasme.

— En effet, et celle-ci est plus spectaculaire que d'habitude. Elle a dû décider de jouer un spectacle unique rien que pour toi.

Elle fit l'une de ses adorables grimaces.

— Mais bien sûr, même si c'est dû en fait au ciel exceptionnellement dégagé, aux vents solaires plus forts ou à je ne sais quoi.

— Ça, c'est l'explication scientifique. Mais pourquoi maintenant, et si subitement ? Elle n'a commencé à se montrer que lorsque tu l'as remarquée et que tu as commencé à l'observer.

— Alors, qu'est-ce que tu suggères ? Que les ondes de

mon plaisir ont poussé les vagues magnétiques à causer ce phénomène ?

— Tes ondes sont électriques et magnétiques. Alors, qui sait ?

Elle médita ses paroles tandis que les myriades d'émissions lumineuses se reflétaient dans ses prunelles.

— Oui, concéda-t-elle avec un sourire. Qui sait ? Je suis assez enchantée pour faire en sorte qu'elle se montre pour moi.

Elle se cala dans son siège pour continuer à admirer le spectacle, puis se tourna brusquement vers lui, l'air désemparé.

— Leo aurait adoré ça ! Il aurait été aux anges.

— La saison va durer encore trois mois. Nous l'emmènerons une autre fois, après nous être assurés qu'il a fait une bonne sieste dans l'après-midi pour être bien réveillé pour le spectacle. Ce soir, je voulais que tu te détendes, que tu t'amuses et que tu sois toi-même, et non la mère de Leonid.

Elle s'adossa à son siège, et fit une moue.

— A t'entendre, je n'ai pas de vie en dehors de lui.

— Tu n'as que ton travail. Tu n'as pas de récréations, pas de moments de détente.

— Tu ne t'es pas regardé ! rétorqua-t-elle.

— Si, justement, et je n'ai pas aimé ce que j'ai vu. Aucun de nous n'a à travailler si dur, à présent.

— Qui travaille dur ? Je travaille à peine depuis… Eh bien, depuis ton retour. Et maintenant que j'y pense, toi non plus, en fait.

— En effet, j'ai presque tout arrêté depuis trois mois, concéda-t-il. Mais je pensais que tu travaillais plus dur que jamais, pour compenser tout le temps que nous passions ensemble.

— Tu veux rire ? En dehors des sorties qui durent toute la journée, et des tonnes d'activités en plein air que tu organises toujours, c'est même un miracle que j'aie le temps de prendre un bain.

Une image d'elle dans son bain jaillit dans son esprit, et

provoqua une brusque tension dans son entrejambe. Mais la tendresse que Caliope éveillait en lui était tout aussi forte. Il voulait s'assurer qu'elle s'épanouissait sur tous les plans.

— Tu n'avais qu'à me dire que je t'empêchais de travailler.

— Et qu'aurais-tu fait ? objecta-t-elle, une lueur malicieuse dans le regard. Ne me dis pas que tu serais venu moins souvent, et que tu aurais écourté tes visites. Je crois que tu en aurais été incapable. En fait, je pense que tu as accompli un exploit en t'abstenant de camper dans mon salon pour être avec Leo vingt-quatre heures sur vingt-quatre.

— Ce n'était pas seulement Leo que j'avais bien du mal à quitter, *moya dorogoya,* confessa-t-il d'une voix rauque.

Toute trace de légèreté disparut du visage de Cali.

— Mais je me serais débrouillé pour que ton travail n'en pâtisse jamais. Ne sais-tu pas désormais que je ferais tout pour m'assurer que tu aies tout ce dont tu as besoin, tout ce que tu veux et à quoi tu aspires ?

Ses yeux devinrent des puits noirs encerclés d'un feu azur tandis qu'elle se mordillait la lèvre et opinait. Elle savait qu'il disait vrai.

Mais savait-elle qu'elle signifiait tout pour lui ?

Il s'apprêtait à le lui dire, à lui avouer qu'il l'aimait, qu'il vénérait jusqu'à la poussière qu'elle foulait. Mais son regard l'en dissuada. Elle semblait presque perdue. Et lui avouer ses sentiments ne ferait que la mettre dans une position encore plus intenable.

Alors, il se tut, lui prit simplement la main et s'adossa à son siège, en faisant mine d'observer le phénomène magique dans le ciel. Bientôt, elle l'imita, et ils passèrent une heure à regarder le spectacle en silence, jusqu'à ce qu'elle lui demande de rentrer.

Maksim se tenait sous le jet d'eau dru et brûlant, espérant que ses sens s'engourdiraient, et que son excitation baisserait suffisamment pour éviter que quelque chose de vital en lui n'éclate. Comme son anévrisme.

Ce n'est pas drôle, Volkov. Il savait que la pression psychologique n'avait rien à voir avec la possibilité que cette bombe à retardement explose. Si elle le décidait un jour, elle se déchaînerait en une fraction de seconde. Pour l'heure, c'était son cœur qui pourrait bien voler en éclats.

Ce soir, Caliope l'avait désiré. Chaque fibre de son être lui disait qu'elle le désirait depuis leur première nuit. Mais tout à l'heure, seul et libre de toute distraction, son désir pour lui avait failli le tuer. Jusqu'à ce qu'ils se séparent dans le couloir.

S'il allait la trouver maintenant, l'attirait dans ses bras et l'entraînait dans sa suite, il était sûr qu'elle s'embraserait aussitôt. Elle le supplierait de prendre possession d'elle, sauvagement, jusqu'à ce qu'elle sanglote de plaisir.

Mais il ne pouvait pas. Pas si elle ne venait pas le voir comme elle le faisait autrefois, de son propre gré. Alors, même s'il la désirait désespérément, il ne pouvait pas abuser du pouvoir d'attraction qu'il exerçait sur elle.

Si rien ne changeait, il vivrait un enfer pour le reste de sa misérable existence — une existence qu'il ne pouvait qu'espérer voir durer, pour le bien de Leonid — et essaierait de trouver un moyen de supporter la torture d'avoir Caliope si près de lui.

Pour l'heure, c'était peine perdue. Son corps restait raide après les assauts de son désir acharné, que ni l'eau brûlante ni l'eau glacée n'avaient calmé. Il se rinça les cheveux, qu'il portait longs depuis que Caliope avait dit qu'elle les adorait ainsi, les écarta de devant ses yeux, en songeant aux fois où elle l'avait fait pour lui, jusqu'à ce qu'il ne puisse plus supporter les sensations fantômes de ses mains passant sur…

— Maksim.

Il ferma les yeux plus fort. Mais il entendait toujours la voix de Cali qui l'appelait. Avec le même ton qu'autrefois. Intime. Sensuel. Avide.

— Maksim.

Voilà que cela le reprenait. Cette fois pourtant, cela semblait vraiment réel.

Conscient qu'il allait le regretter, il ouvrit les yeux pour dissiper l'illusion. Et, à travers le jet puissant et le verre embué de la cabine, il la vit. Caliope.

Comme sortant des profondeurs d'un rêve, il ouvrit la porte.

Elle était réellement là. Contre la porte close couleur ivoire, sa silhouette se détachait, moulée dans une nuisette de satin et de dentelle, et un peignoir azur d'un ton plus foncé que ses yeux, exactement comme il l'avait imaginée dans ses fantasmes.

Ses sens se déchaînèrent si fort qu'il faillit fondre sur elle. Mais il devait attendre qu'elle lui dise ce qu'elle attendait de lui.

Pendant un instant d'une incroyable intensité, elle riva son regard au sien, puis baissa les yeux vers son corps. Elle grimaça quand elle vit les cicatrices encore visibles de son accident, haleta devant la preuve de son excitation, puis revint vers son visage.

Il entendit à peine son murmure par-dessus le bruit de l'eau.

— Je ne pouvais plus attendre.

Elle avança vers lui, hâtant le pas pour venir se jeter contre lui sous le jet de la douche.

Il faillit perdre l'équilibre sous la force de son élan, parvenant à peine à rester debout, et la dévisagea, sidéré. Etait-ce un rêve ou la réalité ?

En guise de réponse à sa question, elle grimpa sur lui, l'enlaça, le forçant à la plaquer contre le mur de marbre.

La main qu'il avait posée derrière sa tête et le bras sur son dos absorbèrent le choc à la dernière seconde. Ils restèrent ainsi pendant des secondes infinies, pantelants, corps et regards mêlés. Et il vit toutes les émotions qui se peignaient sur son visage et dans les profondeurs de ses prunelles : les souvenirs, le manque, le désir… tout.

Puis, elle plongea les mains dans ses cheveux, comme il en avait rêvé juste à l'instant, et guida ses lèvres vers les siennes. Elle les prit d'assaut, et quand il s'abandonna à sa ferveur, paralysé par les sensations et par l'incrédulité, elle gémit de frustration et lui mordilla la lèvre, assez fort pour le faire réagir.

Un grondement monta en lui tandis qu'il la reposait à terre et lui retirait sa nuisette détrempée, pour l'avoir nue contre lui, enfin. Elle écrasa ses seins enflés, ses tétons dressés contre son torse et frotta fiévreusement son ventre ferme contre son érection dure comme de l'acier.

Avant que son esprit soit dépassé, il s'agenouilla pour la débarrasser de sa dernière barrière, une fine bande de dentelle turquoise. Mais tandis qu'il commençait à faire honneur au festin de sa chair si longtemps désirée, elle agrippa de nouveau ses cheveux, l'obligeant à se relever. Tremblante à présent, elle se plaqua contre lui et enroula les jambes autour de sa taille. Elle sanglotait, et les stries de ses larmes se mêlèrent à l'eau qui ruisselait sur son visage.

— J'ai besoin de toi en moi maintenant, Maksim. Maintenant.

— Caliope, *moya serdtse*…

Il ne reconnut pas la voix de la bête qui avait lâché ces mots, proclamant qu'elle était son cœur. Il était au bout de sa résistance. Au diable la finesse et la maîtrise de soi. Elle avait anéanti son contrôle par sa demande enfiévrée.

Mêlant leurs bouches, il saisit ses hanches, glissa son sexe entre ses replis brûlants, et fut aveuglé par un déferlement de plaisir tandis que son intimité s'ouvrait pour lui. La passion rugit tandis qu'elle s'abandonnait, frissonnante, prête à être envahie et satisfaite.

Mais pendant qu'il se glissait plus loin en elle, elle lui mordilla la lèvre, encore plus fort cette fois.

— Je ne pourrai pas supporter la lenteur ou la douceur. Donne-moi tout, toute ta force et ton avidité. Dévaste-moi, achève-moi.

Il aurait retenu ses battements de cœur plutôt que lui refuser ce qu'elle réclamait. Soutenant son regard brillant de larmes, il la pénétra d'un coup de reins dur et puissant. Ses replis chauds et humides cédèrent devant son invasion, et il regarda avidement l'émerveillement, le choc et le plaisir se peindre sur son superbe visage, lui arrachant des cris déchirants.

Ce premier assaut l'avait propulsé tout au fond d'elle, et il appuya le front contre le sien, poussant un long gémissement, tant les sensations étaient fortes.

— Caliope, enfin, *moya dusha,* enfin…

— Oui ! Maksim, vas-y, prends tout de moi, donne-moi tout de toi ! Tu m'as tant manqué, je devenais folle sans toi…

N'y tenant plus, il ondula frénétiquement en elle, dans son fourreau aussi exquis et étroit qu'autrefois, même après qu'elle lui avait donné Leonid. La sensation que son long exil prenait fin lui fit perdre la tête. Il se retira et replongea de nouveau, sans relâche, transformant ses gémissements en cris de plus en plus stridents. Elle s'agita contre lui tandis que son sexe soyeux se contractait autour du sien avec une force qu'il ne connaissait que trop bien, qu'il avait désirée jusqu'à la folie. Le signe avant-coureur de son orgasme.

Il augmenta la cadence jusqu'à la dévaster de ses coups de reins frénétiques et puissants. Elle se mit à convulser, contractant tout son corps autour de lui. Ses cris se muèrent en un seul cri continu, qui fut étouffé lorsque les spasmes du plaisir la secouèrent de part en part.

Il attendit que ses frissons et ses larmes cessent, puis il l'acheva, comme elle le lui avait demandé, la pénétrant avec une ivresse ultime, déversant sa semence dans une extase douloureuse, qui se mua en un plaisir déchirant.

Elle s'affaissa dans ses bras, languide, rassasiée, tandis que lui pouvait à peine tenir debout. Il s'affaissa en la maintenant dans son étreinte. C'était comme si elle avait été faite pour ses bras.

Son esprit cessa de fonctionner lorsqu'elle mêla sa langue à la sienne, dans un duel langoureux et apaisant. Il avait cru qu'il avait eu faim d'elle. Il avait eu tort. Il s'était éteint sans elle. Et il venait de revenir à la vie.

Plus tard, bien plus tard, il libéra ses lèvres pour la regarder. Elle laissa retomber sa tête en arrière contre son épaule, les yeux pleins de satisfaction.

Puis elle remua ses lèvres enflées des baisers échangés, et sa voix adorée tinta dans une mélodie poignante.

Il lui fallut un instant pour prendre conscience de ce qu'elle avait dit.

— Veux-tu m'épouser, Maksim ?

- 8 -

Maksim regarda le visage rougi de Caliope, ses yeux enivrés, et se demanda s'il avait perdu l'esprit.

S'il avait eu le temps de songer à ce que la visite de Caliope signifiait pour lui, il n'aurait pas osé espérer plus que le fait de se voir enfin accepté comme amant. Alors, il ne pouvait pas avoir entendu ce qu'il voulait entendre. Puisqu'il n'avait même pas espéré l'entendre.

Cela signifiait que c'était réel. Elle était sérieuse.

Une question emplit son esprit. Mais il ne pouvait pas la poser tout de suite. Il devait d'abord les sortir de là.

Il ferma les robinets, puis la porta dans ses bras pour sortir de la douche. Après l'avoir séchée, il la porta jusqu'au lit. Elle se laissa volontiers faire, telle une féline se délectant des bons soins de son maître.

Une fois qu'il fut assis à côté d'elle, noyant sa peau dorée sous ses caresses et son visage sous ses baisers, il lui posa enfin la question qui le taraudait.

— Pourquoi ? Qu'est-ce qui a changé ?

Elle recula pour le regarder. Et l'expression de ses yeux la surprit. Ils semblaient sombres, et tristes.

— Non, *Bozhe moy*, je t'en prie, non. Je ne peux pas supporter que tu ressentes ne serait-ce qu'un instant de tristesse. Je n'ai pas besoin d'explications. Je n'ai pas besoin de savoir quoi que ce soit de plus, maintenant que tu es ici, dans mes bras.

Elle lui prit le visage entre les mains et sonda son regard.

— Mais j'ai besoin que tu comprennes pourquoi j'ai dit « non », pourquoi je t'ai tenu à distance ces trois derniers mois.

Elle marqua une pause, et inspira en tremblant.

— C'était à cause de Leonidas.

Son frère décédé, dont elle avait donné le nom à Leonid.

Sentant que ses révélations allaient la faire souffrir, il songea à l'interrompre. Mais il sentait aussi qu'elle avait besoin de se décharger de ce poids. Alors, il posa les lèvres contre sa paume et hocha la tête, l'encourageant à poursuivre.

— Je n'ai jamais beaucoup parlé de ce qui s'est passé, parce qu'avant nous ne nous attardions pas sur nos vies respectives, et parce que c'était encore trop douloureux. Leonidas était le plus proche de moi en âge, et sur tous les plans. C'était mon seul ami. Mon Mikhail.

Quand il la sentit vaciller, il passa des mains apaisantes sur son dos. Elle continua d'une voix plus sourde.

— Lui aussi aimait les sports extrêmes, mais plutôt ceux qui demandaient beaucoup d'efforts physiques. Il faisait un décathlon lorsqu'il s'est fait une sévère fracture du genou gauche. A l'hôpital, on a découvert des tumeurs sur son tibia et son fémur. Il avait longtemps cru que ses douleurs étaient dues à un excès d'entraînement. Les examens ont révélé une forme extrêmement grave d'ostéosarcome.

Son cœur tressauta. Il savait maintenant où elle voulait en venir. Il la serra plus fort, comme pour dissiper le chagrin qu'elle avait ressenti pour le frère qu'elle avait le plus aimé au monde.

— Nous avons dit à tout le monde qu'il souffrait d'une simple fracture. J'étais la seule à savoir que lors de son opération, on retirerait les tumeurs, pour tenter de sauver sa jambe. Mais le cancer était déjà à un stade avancé, avec des métastases aux poumons. On nous a dit que s'il subissait des traitements agressifs, il avait environ cinquante pour cent de chances de survivre. Je l'ai convaincu de se faire soigner, puisqu'il était robuste et pouvait supporter les traitements, et je lui ai promis que je serais auprès de lui pour le soutenir. Lorsqu'il a accepté, j'ai emménagé chez lui. Il a commencé les traitements, qu'il a supportés aussi bien que nous pouvions l'espérer.

Ses yeux s'embuèrent. Son corps semblait vibrer de désespoir au souvenir de cette terrible épreuve.

— Malheureusement, un an plus tard, une autre tumeur a été décelée. Cette fois, il n'y avait pas de moyen de sauver sa jambe. Et ses chances de survie étaient bien plus minces. Quand nous avons quitté l'hôpital, il m'a dit qu'il voulait être un peu seul, et qu'il rentrerait plus tard. Au bout de deux heures, la police m'a téléphoné. Il venait d'avoir un accident de voiture fatal.

C'était si douloureux de lire le choc dans ses yeux, comme si elle revivait cette perte de nouveau.

— J'avais cru disposer d'encore un peu de temps avec lui. Mais il était parti soudainement, et toutes les émotions que j'avais réprimées depuis la découverte de son cancer — la douleur, la peur, l'anxiété constante — se sont abattues sur moi tout d'un coup. L'idée que tous ces traitements douloureux n'avaient servi à rien était très dure à accepter. Pendant des mois, je ne savais même pas si j'allais un jour sortir de ce trou noir. Et puis je t'ai rencontré.

Quand elle lui avait raconté la violence psychologique que sa mère avait subie avec le père qu'elle n'avait jamais connu, il s'était imaginé que cela seul expliquait son besoin de ne pas nouer de liens émotionnels. Mais cette révélation donnait une dimension bien plus profonde à son état d'esprit d'alors. Elle l'avait rencontré à la suite d'un deuil majeur, qui lui donnait un besoin aigu de proximité tout en la lui rendant redoutable.

Le remords le saisit de nouveau, plus fort que jamais.

— Et je t'ai exposée à davantage de détresse, quand je t'ai abandonnée, et je n'ai rien arrangé en revenant avec, dans mon sillage, encore plus d'angoisse et d'incertitude.

Elle cessa soudain de pleurer, et un air de détermination et de conviction chassa la douleur de son visage adoré.

— Non, Maksim. A présent, je comprends que tes problèmes semblaient en effet insurmontables à l'époque, et je ne pense pas que m'en parler nous aurait permis de résoudre nos difficultés pour autant. Nous avions l'un et l'autre besoin de traverser cette épreuve pour nous connaître mieux nous-mêmes, et pour découvrir ce que nous signifiions l'un pour l'autre, pour le meilleur ou pour le pire.

Se sentant toujours indigne de son amour et de son pardon, après tout ce qu'il lui avait fait subir, il se redressa.

— J'ai compris pourquoi tu as refusé ma demande en mariage. Je représentais un trop grand risque, sur tous les plans, et tu avais des priorités. Mais je n'imaginais pas que derrière ton refus se cachait une telle blessure personnelle, une telle terreur. Maintenant que je le sais, je n'arrive pas à comprendre pourquoi tu as soudain changé d'avis.

Elle s'assit à son tour, déesse de volupté, avec ses seins pleins et généreux, sa taille fine, ses cuisses longues et lisses, ses cheveux soyeux qui encadraient d'élégantes épaules. Il sentit son corps aussitôt réagir, et dut attraper les draps pour cacher son excitation, en se maudissant de réagir ainsi de façon si inopportune. C'était de son soutien que Caliope avait besoin, pas de son désir.

Mais elle blottit son corps contre le sien, et posa une main contre son cœur, transformant son excitation en désarroi.

— Il n'y a rien de soudain là-dedans, murmura-t-elle. J'ai refusé cette nuit-là, parce que je croyais pouvoir retourner à mon ancienne vie, et élever Leo sans toi. Mais je ne pouvais pas m'en tenir à mes résolutions, et je t'ai laissé revenir. A présent, il est indéniable que tu fais partie de notre famille. *Ya lyublyu tebya... nye magoo zheet byes tebya... Je t'aime et je ne peux pas vivre sans toi*, Maksim. Alors, veux-tu m'épouser, *moy lyubov ?* Tu as déjà dit que je t'appartenais.

L'entendre l'appeler son amour, et avouer qu'il possédait son cœur, sa vie, était au-delà de ce qu'il pouvait supporter.

Seigneur, qu'avait-il fait ?

Il avait rêvé de redevenir son amant, mais il n'aurait jamais cru qu'elle s'offrirait à lui sans réserve. Il n'avait toujours voulu que le meilleur pour elle, et pour Leo.

— Et si tu avais raison de refuser ma demande ? Si le pire qui te soit jamais arrivé était mon retour dans vos vies ? Si ça se trouve, quelque chose va m'arriver.

Elle endigua le flot de ses doutes et de son inquiétude par un baiser fougueux.

— Je t'aimais déjà de tout mon être avant que tu ne partes. C'est pourquoi ton départ m'avait dévastée. Et je t'aime davantage à chaque instant depuis ton retour. S'il t'arrive quoi que ce soit, que nous soyons mariés ou pas, cela me détruira quoi qu'il en soit. Alors, crois-moi, tout ce que j'ai réussi à faire en te gardant à distance, c'est nous priver de l'intimité que nous pouvons nous offrir, en nous laissant la douleur sans le plaisir.

Son corps se tendit, comme sous une pluie de coups. Imaginer Cali souffrir était insupportable. Il voulait l'aimer, mais il ne voulait pas qu'elle souffre de la douleur de l'aimer au même degré, et de vivre dans la peur de le perdre.

Comme si elle avait suivi le fil de ses pensées, elle tira doucement sur ses cheveux, l'empêchant de se faire d'autres reproches.

— Comme tu l'as dit le soir de ton retour, aucun être ne sait combien de temps il va vivre, ou de combien de temps il disposera avec l'être aimé. Tout ce que nous pouvons faire, en tant que mortels, c'est tirer le meilleur parti de ce qui nous est offert. Or, tu es la meilleure chose qui me soit jamais arrivée. Tu es aussi le meilleur père que je connaisse, tu surpasses même Aristedes.

Il oscilla entre le bonheur d'être aimé de Caliope et sa terreur à l'idée qu'elle soit dépendante de lui.

Mais c'était lui qui s'était créé ce dilemme impossible. Elle l'aimait déjà autant qu'il l'aimait, et il la ferait souffrir, qu'il accepte la proximité et l'engagement qu'elle désirait maintenant, ou qu'il les maintienne dans le statu quo. Il avait été idiot de ne pas mesurer les risques, de penser qu'ils pouvaient partager tant de moments sans tomber dans un abîme d'addiction. C'était lui le responsable. Alors, désormais, il n'avait d'autre solution que lui donner tout ce qu'elle voulait. Lui offrir chaque seconde de sa vie, chaque étincelle de son être.

Comme il le faisait déjà.

A présent, elle avait besoin qu'il lui donne une réponse affirmative. Et qu'il lui fasse oublier cet excès d'émotion.

Il se força donc à sourire.

— Mieux que le légendaire Aristedes, vraiment ? Bien sûr, tu n'es pas du tout partiale.

Il se réjouit de voir un sourire espiègle illuminer son visage.

— Pas le moins du monde. Il est à un cheveu de toi, mais tu es l'indétrônable numéro 1.

Elle le poussa sur le dos, et s'allongea sur lui, appuyant son corps chaud contre le sien.

— A partir de maintenant, dit-elle, entre nous, ce sera pour le meilleur et pour le pire, que je t'épouse ou pas, la réponse « non » est inutile. Alors, je te le demande une nouvelle fois, *moy serdste.* Epouse-moi.

Il la regarda avec adoration.

— *Pozhaluista, moy lyubov… S'il te plaît, mon amour*, dis « oui », insista-t-elle d'une voix douce.

Comment pouvait-il dire quoi que ce soit d'autre ?

— Oui, *moy dusha,* oui. Je suis tout à toi, fais ce que tu veux de moi.

Il se redressa et l'allongea sous son corps, pour qu'il puisse prendre place entre ses jambes qui s'écartaient volontiers.

Des larmes de bonheur brillèrent dans ses yeux tandis qu'elle se cambrait, prête à être possédée.

— Dès que possible ?

— Que dirais-tu de demain ? murmura-t-il contre ses lèvres, tout en se glissant en elle.

Le double choc de sa proposition et de son invasion lui arracha un cri profond.

Avec l'extase déjà peinte sur son visage, elle s'enroula autour de lui, l'emmenant plus loin en elle.

— Oui, gémit-elle.

Caliope n'arrivait toujours pas à le croire.

Elle s'était rendue dans la chambre de Maksim la veille au soir sans trop réfléchir.

Elle n'avait pu rester de loin de lui plus longtemps, voilà tout. Rien de ce qui s'était passé — leurs ébats, ses confessions, sa demande en mariage — n'avait été prémédité. Non seulement elle n'avait pas réfléchi à des arguments passionnés pour le convaincre de l'épouser, mais elle n'avait même pas cherché à se convaincre elle-même d'abord. Elle était simplement allée vers lui et avait pris cette décision qui pouvait tout changer.

Quoique. Son destin avait changé pour toujours dès l'instant où elle avait croisé son regard, dans cette salle de réception, trois ans plus tôt. La seule différence à présent, c'était qu'elle était enfin en paix avec cet état de fait.

Si elle ne pouvait pas être avec lui, elle ne se contenterait de rien de moins.

Elle passa devant l'un des miroirs baroques ornant les murs de la demeure, et aperçut son reflet.

Elle grimaça. Il était on ne peut plus évident qu'elle avait à peine survécu à une nuit de possession sauvage avec son loup russe aux talents inégalés.

Tout en elle était enflé et douloureux ; même ses hanches ondulaient d'une façon qui indiquait la dévastation dont elle avait été l'objet. A sa propre demande. Elle avait voulu que Maksim la domine et l'achève de plaisir. Et il avait accédé à sa requête, au-delà de ses espérances.

Ils n'avaient pas dormi une seconde, mais qu'importait ? La fougue dont Maksim avait fait preuve la garderait éveillée pendant une bonne semaine. Elle se sentait plus alerte et plus dynamique qu'elle ne l'avait jamais été.

Après qu'ils avaient fait l'amour pour la cinquième fois, ils avaient enfin repris un peu leur souffle. Et elle avait commencé à regretter d'avoir accepté un mariage immédiat.

Craignant qu'à l'avenir leur anniversaire de mariage soit supplanté par l'anniversaire de Leo, elle avait proposé de garder leurs invités quelques jours, et d'organiser le mariage à la fin de la semaine.

Mais il avait insisté, arguant qu'ils n'avaient pas besoin d'une date spécifique, chaque année, pour célébrer leur mariage, puisqu'il le fêterait chaque jour avec elle. Et elle y avait consenti.

Ils allaient donc se marier ce jour-là.

A 6 heures du matin, Maksim était allé tout préparer. Elle lui avait donné carte blanche, puisqu'elle n'avait aucune exigence. Tout ce qu'elle voulait, c'était lui montrer qu'il était tout pour elle. Et afficher publiquement leur amour.

Elle avait déjà vu Maksim pleurer, mais la veille au soir, ses larmes avaient coulé à flots. Les siennes aussi, d'ailleurs, surtout lorsqu'il lui avait demandé d'annoncer elle-même l'heureuse nouvelle, en commençant par sa mère.

Il voulait que ce soit elle qui offre à sa mère ce qui, il le savait, serait le plus cadeau que quiconque puisse lui offrir, après Leo : une épouse pour son fils. Une belle-fille. Une fille tout court.

Elle avait rendez-vous à 18 h 30 avec Tatjana, dans la salle où elles avaient prévu d'organiser la fête d'anniversaire de Leo, et où aurait également lieu leur mariage. C'était son fils qui avait pour ainsi dire choisi le lieu : la salle de bal, ou plutôt la « galerie des glaces ». Il s'amusait tant devant ces murs peints et ornés d'innombrables miroirs qu'il y restait des heures chaque jour. Il sautillait et se tournait pour s'observer sous tous les angles, puis se roulait par terre pour observer les fresques au plafond. C'était également ici qu'il avait franchi une étape des plus importantes : il y avait effectué ses premiers pas, quelques jours après leur arrivée à Arkhangelsk.

La salle était un excellent choix, puisque c'était la pièce la plus grande et la plus somptueuse de la demeure. Mais avec la liste des invités de Tatjana, apparemment tous les habitants d'Arkhangelsk, ils auraient besoin de davantage d'espace. Peut-être même de toute la maison

Elle accéléra le pas pour traverser la demeure, avec l'impression une fois de plus de plonger dans le passé, s'attendant presque à croiser des silhouettes de l'époque impériale.

Elle parcourut les derniers mètres au pas de course, avant d'entrer enfin dans la salle de bal.

La vision qui l'accueillit fit battre son cœur, comme toujours. Tatjana et Leo étaient si parfaits ensemble. Cali se félicitait chaque minute d'avoir accepté ce séjour, qui leur avait permis de tisser des liens aussi forts qu'uniques. Rosa, qui faisait désormais partie intégrante de la famille, était ravie d'être ici, elle aussi, et avait apparemment trouvé l'amour de sa vie, en la personne de Sasha, le chauffeur et garde du corps de Maksim.

Les choses ne pouvaient pas être plus parfaites.

Dès que cette pensée lui traversa l'esprit, elle frémit d'appréhension.

Une telle perfection pouvait-elle durer ?

— Caliope, *moya dorogoya !*

La voix joyeuse de Tatjana la tira de ses sombres pensées. Cali les rejoignit, Leo et elle, en courant.

Durant les quinze minutes qui suivirent, Tatjana ne lui laissa guère l'occasion de dire quoi que ce soit, car elle l'abreuva de détails concernant les préparatifs de la fête d'anniversaire, puis elle sollicita son opinion sur le choix des couleurs, le menu, et les plans de table.

Leo s'ennuya bientôt, et Rosa l'emmena vers son espace réservé, que Maksim avait transformé en paradis des enfants.

Puis, Tatjana emmena Caliope dans son endroit favori, à savoir le grand salon. Il était orné de tableaux et d'objets qui semblaient relater la gloire et la longue histoire de la famille Volkov. Une histoire dont Maksim ne lui avait pas dit grand-chose.

Il s'était montré aussi prolixe sur le pays et la région qu'avare en détails familiaux.

D'après ce qu'il lui avait appris de son père et de son grand-père, elle comprenait ses réticences. Elle avait d'abord pensé que ce n'était pas une bonne idée d'en savoir plus qu'elle n'en savait déjà. Mais à présent, elle avait le sentiment qu'elle avait besoin de glaner autant d'informations que possible, pour connaître chaque facette de lui. Elle avait tenté d'aborder le sujet plusieurs fois, mais il avait toujours esquivé la discussion avec ingéniosité.

A présent, elle se trouvait avec la seule autre personne susceptible de lui transmettre les connaissances dont elle avait besoin. Restait à formuler sa demande. Si elle posait la question sans ambages, elle donnerait l'impression d'être indiscrète sur des sujets que Maksim n'avait pas jugé bon de partager avec elles. Ce qui, bien sûr, serait effectivement le cas.

Mais où avait-elle la tête ? Elle devait d'abord parler à Tatjana du mariage, et non essayer de découvrir les secrets de famille Volkov !

La mère de Maksim lui tendit une assiette de *pirojki*, des petits pâtés en croûte succulents farcis au fromage et aux pommes de terre, et un bol de crème aigre-douce que les Russes utilisaient copieusement.

Cali lui rendit la pareille en servant le thé, puis commença :

— Tatjana…

Sans se rendre compte qu'elle l'interrompait, Tatjana demanda :

— Maksim ne vous a guère parlé de son père, n'est-ce pas ? Ou de mon mariage avec lui. En dehors du fait que c'était une relation violente qui s'est achevée de manière terrible.

Eh bien. Avait-elle transmis sa curiosité brûlante à Tatjana par télépathie ?

Elle ne put que secouer la tête en guise de réponse.

Tatjana soupira.

— Cela me fait de la peine qu'il ne puisse ni pardonner ni oublier.

Cali reposa les *pirojki,* soudain incapable d'avaler quoi que ce soit.

— Est-ce concevable de pardonner ou d'oublier quand tant de mal a été commis ? Je me suis demandé comment vous avez fait pour survivre, lorsqu'il m'en a parlé la première fois. Mais maintenant que je vous connais, je sais que vous êtes la personne la plus forte que j'aie jamais rencontrée, et que vous pouvez tout endurer. A la façon dont vous parlez de votre défunt mari, je sens que vous, au moins, lui avez pardonné. Et je me demande comment vous y êtes parvenue.

— Je veux vous l'expliquer, pour que vous puissiez mieux comprendre Maksim. Mais pour cela, je dois d'abord vous raconter mon histoire.

Cali hocha la tête, et même ce petit mouvement lui demanda un effort.

— J'ai rencontré Grigori lorsque j'avais vingt ans et lui vingt-neuf. Je travaillais dans l'une des scieries de la ville, qu'il était venu visiter avec son père, le gouverneur de la région, pour apprendre les bases du poste qu'il occuperait, comme son père et son grand-père avant lui, des officiels soviétiques de haut rang. Nous avons eu le coup de foudre.

Elle marqua une courte pause, puis reprit :

— Malgré les principes d'égalité du communisme, une ouvrière pauvre et un jeune homme issu de ce que l'on considérait alors comme la nouvelle caste dirigeante de la Russie soviétique, ce n'était pas une union acceptable. Mais il a remué ciel et terre, il s'est battu contre son père et sa famille pour être avec moi. Même si, parfois, j'étais perturbée par sa véhémence, j'étais inexorablement attirée par lui. Et il semblait être un prince charmant pour la jeune fille que j'étais.

Elle prit une gorgée de thé pour inciter Cali à faire de même.

Assise au bord de sa chaise, celle-ci avala une gorgée brûlante, avec l'impression qu'elle venait de plonger dans une autre ère.

Tatjana poursuivit.

— Puis nous nous sommes mariés. Pendant des années, je n'ai pu concevoir d'enfants. Tout le monde le poussait à me quitter, sous prétexte que j'étais non seulement d'un rang très inférieur au sien, mais stérile par-dessus le marché. Je crois qu'il pensait que la stérilité venait de lui, et il est devenu de plus en plus maussade, surtout qu'il ne cessait de s'élever socialement, en même tant que ses responsabilités augmentaient. Au bout de cinq ans, j'ai quand même fini par tomber enceinte. Je crois qu'il a toujours eu des doutes infondés sur la paternité de Maksim.

Etait-ce ce qui l'avait poussé à maltraiter sa femme et son fils ? Il avait cru qu'elle l'avait trompé et trahi pour concevoir un enfant, et qu'elle l'avait obligé à élever le fruit de son infidélité comme son propre fils ?

— Les violences avaient commencé avant la naissance de Maksim. Mais ensuite, elles sont devenues habituelles.

Sa théorie ne tenait donc pas. Cette ordure avait toujours été un monstre instable.

— Mais c'était une époque terrible. Nous traversions la pire phase de la guerre froide, et la situation générale était très difficile en Russie. Avoir un mari qui me frappait mais qui, par ailleurs, m'offrait ainsi qu'à ma famille tout le confort matériel semblait une broutille, en comparaison de ceux qui n'avaient ni foyer, ni emploi, ni nourriture. Et j'étais peu expérimentée pour mon âge, ayant vécu une existence totalement protégée : j'ignorais que je pouvais aspirer à mieux.

Exactement comme la mère de Cali. Elle mesura une fois de plus à quel point les femmes aujourd'hui prenaient pour acquis tous les droits et les pouvoirs qu'elles avaient gagnés depuis à peine cinquante ans.

— Après la naissance de Maksim, Grigori a été promu vice-gouverneur, un poste pour lequel, il s'en est vite rendu compte, il était totalement inapte. Mais il ne pouvait l'avouer sans risquer de déshonorer son père — et lui-même — à jamais. Il savait ce qui arrivait à ceux que l'on jugeait inadéquats dans la hiérarchie. Il a lutté, mais la situation n'a fait qu'empirer avec le temps. Les rapports sur ses erreurs et les enquêtes sur ses échecs ont commencé à s'accumuler, et lui-même s'est laissé aller.

Cali dut se mordre la langue. Si Tatjana pensait qu'elle allait susciter sa compassion pour le vaurien qui avait fait tant de mal à Maksim, qui l'avait presque poussé à détruire leur relation, elle allait être déçue.

Inconsciente des pensées de Cali, Tatjana continua.

— Il a commencé à s'en prendre à moi plus souvent, mais quand Maksim a grandi et qu'il a commencé à me défendre, Grigori a retourné sa colère contre lui. Je crois qu'il était plus convaincu chaque jour que Maksim ne pourrait pas le détester ainsi s'il était vraiment de lui. Puis, un jour, malgré toutes mes précautions, je suis de nouveau tombée enceinte. J'ai songé à avorter, mais je n'en ai pas eu la force, et j'ai dû annoncer ma grossesse à Grigori. Sa paranoïa s'est aggravée, mais il n'a perdu définitivement la tête que lorsqu'il a appris son renvoi du poste de vice-gouverneur, à peine cinq mois après la naissance d'Ana. Nous avions un mois pour quitter la résidence, afin de laisser la place à son remplaçant. Le jour où nous devions partir, il est devenu fou furieux, m'accusant d'être la cause de sa malchance, d'avoir gâché sa vie avec mes deux bâtards et… vous connaissez la suite.

Oui, elle la connaissait. A présent, elle détestait le père de Maksim avec une énergie redoublée. Elle avait beau essayer, elle ne pouvait tout bonnement pas comprendre comment Tatjana parvenait à rester si équilibrée, après tout ce qu'elle avait subi.

Tatjana soupira.

— A présent, je peux vous parler de Maksim et de moi. Lorsque nous sommes sortis de l'hôpital, nous n'avions ni foyer ni famille. Mes parents étaient morts, je n'avais pas de frères et sœurs, et la famille de Grigori ne voulait pas entendre parler de nous. Mon mari s'était fait beaucoup d'ennemis dans la ville, et ses échecs avaient fait boule de neige.

Elle soupira de nouveau, le visage empreint de tristesse.

— Toute la ville semblait aller à vau-l'eau. J'ai exercé tous les emplois que j'ai pu trouver, inconditionnellement soutenue par mon cher Maksim. Il étudiait, travaillait, et faisait pour moi plus que ce qu'un adulte aurait fait. Je ne crois pas que j'aurais survécu sans lui.

« Puis, l'Union soviétique s'est effondrée, et le chaos a régné pendant longtemps. J'avais presque peur que Maksim ne se soit tourné vers le crime, quand il revenait à la maison, couvert d'écorchures et de bleus. En réalité, il défendait les gens démunis contre les criminels qui les exploitaient. Et au lieu de travailler dans l'une des usines locales, il avait le projet d'introduire une nouvelle industrie dans la région, et de fonder sa propre entreprise. Il a choisi l'acier. Mais il devait apprendre les bases du métier, alors nous sommes allés nous installer à Magnitogorsk, le centre de l'industrie de l'acier en Russie. Il a gagné sa vie tout de suite, et n'a cessé de prospérer chaque jour un peu plus. A vingt-cinq ans, il était déjà millionnaire. Il nous a alors ramenés ici, pour fonder *Volkov Iron and Steel Industries*, et m'a acheté cette maison. »

Caliope n'essayait plus de retenir ses larmes. Elle imagina Maksim enfant, puis adolescent, et jeune homme, en train de se battre dans des circonstances sociales, politiques et financières plus que difficiles, luttant pour sa mère et tous ceux qui avaient besoin de sa force, de son courage et de son intelligence supérieurs. Non seulement il avait surmonté toutes les difficultés, mais il avait connu un succès phénoménal. Son admiration pour lui n'avait plus de limites.

Dire que cet homme d'exception lui appartenait !

Mais il restait une chose qu'elle ne comprenait pas.

— Pourquoi vouliez-vous racheter l'endroit où vous aviez tant souffert tous les deux ?

Les yeux de Tatjana, si semblables à ceux de Maksim, s'emplirent de tendresse.

— Parce que la plupart de mes souvenirs ici se rattachent à mon fils adoré. Et à mes parents. Après avoir fait mon deuil, quand la douleur a commencé à s'apaiser, j'ai éprouvé le besoin de retrouver ces précieux souvenirs.

— Et Maksim ? Le fait que vous viviez ici n'a-t-il pas compliqué ses visites ?

— Je sais bien que pour lui les bons souvenirs ne compensent pas les mauvais. Mais ce n'est pas seulement la nostalgie familiale qui m'a donné envie de revenir. J'ai une responsabilité envers les citoyens de cette ville, qui m'ont soutenue dans mes pires moments et qui ont pâti de la mauvaise gestion de Grigori. Je voulais leur fournir autant d'emplois que possible, et accomplir ma part du travail pour développer la ville sur le plan culturel et social, tandis que Maksim se chargeait de la dimension économique.

Cela expliquait beaucoup de choses. Maintenant, elle comprenait enfin pleinement comment il était devenu l'homme qu'elle aimait et respectait de toute son âme.

A présent, il était temps d'annoncer à Tatjana la merveilleuse nouvelle.

Mais cette dernière n'avait pas fini. Elle reposa sa tasse et prit les mains de Cali dans les siennes, l'air solennel.

— Je sais que Maksim a toujours porté en lui la peur de manifester la même violence que son père, mais je vous assure, Caliope, il n'a rien à voir avec son père ou avec ses ancêtres. Pendant les pires épreuves, il a toujours gardé le contrôle de lui-même et n'a jamais manifesté l'instabilité de Grigori, pas même un instant. En fait, il devient plus stable sous la pression.

Une foi maternelle farouche passa sur son visage.

— Alors, vous n'avez absolument rien à craindre, assura-t-elle d'une voix pleine de conviction. Maksim préférerait mourir plutôt que de lever la main sur plus faible que lui. Jamais il ne ferait de mal à ceux qu'il aime.

Cette fois, ce fut Cali qui serra les mains de Tatjana, dans le but de la rassurer.

— Je le sais, Tatjana. J'en suis absolument certaine.

— Alors, pourquoi ne l'épousez-vous pas ?

Alors, c'était donc là le but de son récit ? Sa future belle-mère voulait la convaincre d'épouser son fils ?

Une grande joie la saisit, et elle afficha un sourire éclatant.

— Qui a dit que je ne l'épouserais pas ? Je vais l'épouser. Aujourd'hui même !

- 9 -

Après que Cali eut annoncé à Tatjana que le mariage aurait lieu le jour même, et que celle-ci se fut remise de sa surprise, sa future belle-mère n'essaya même pas de la convaincre de reporter la cérémonie pour avoir plus de temps pour se préparer. Selon elle, le mariage aurait dû avoir lieu trois ans plus tôt, et ne devait pas être reporté d'une seconde supplémentaire. Et puis, ils avaient encore douze heures, soit beaucoup de temps pour quelqu'un qui avait l'habitude d'organiser des fêtes.

Cali ne doutait pas que Maksim et sa mère, qui lui avaient promis chacun un mariage digne des tsars, pouvaient accomplir des merveilles.

Non pas qu'elle se soucie du style de la cérémonie. Elle voulait seulement que sa famille et ses amis soient là pour la voir échanger ses vœux avec Maksim, même vêtue d'un jean, s'il le fallait. Tout ce qui comptait vraiment, c'était qu'elle devienne au plus vite Caliope Volkova…

Caliope Volkov… Elle aimait ça. Non. Elle adorait ça. Et elle était ravie que Leo devienne Leonidas Maksim Volkov.

Cependant, elle envisageait de changer le nom de Leo en Leonid, comme Maksim l'appelait. Pour rendre hommage à Leonidas, et en même temps faire honneur aux origines de Leo. Maksim avait refusé tout net, disant qu'il cesserait de l'appeler Leonid si elle pensait qu'il préférait cette forme, et qu'il l'employait seulement parce qu'elle était plus naturelle pour lui. Il était honoré qu'elle ait donné le nom de son frère et meilleur ami à leur fils, et tenait à ce que cela reste ainsi.

N'ayant pu trouver de compromis, ils s'étaient mis d'accord pour laisser Leo décider quand il serait grand.

Mais ce n'était pas le moment de penser aux prénoms. A présent, il était temps de plonger dans le tourbillon des préparatifs.

— Alors, ton homme est si pingre qu'il veut réunir deux grands événements en un ?

Cali sortit en trombe de la salle de bains quand elle entendit cette voix grave et taquine, et poussa un cri de joie en découvrant Aristedes, Selene et leurs deux enfants sur le seuil de sa suite.

Malgré sa fatigue, elle courut vers le quatuor, et les noya sous ses baisers et ses étreintes.

Tandis qu'elle portait Sofia et lui roucoulait à l'oreille à quel point elle lui avait manqué, et à quel point son cousin Leo était impatient de jouer enfin avec une enfant de son âge, Aristedes continua ses taquineries.

— J'ai déjà entendu parler d'anniversaires doubles ou de mariages doubles, mais l'anniversaire d'un bébé et le mariage de ses parents le même jour, c'est une première.

Selene lui pinça le menton avec tendresse.

— Cesse de jouer au grand frère tatillon.

Aristedes posa un regard indulgent sur son épouse.

— Il s'agit de ma petite sœur. Bien sûr que je vais surveiller chaque respiration de ce loup de Sibérie et le tenir pour responsable de chaque sourire de ma sœur. Et si jamais je vois ne serait-ce qu'une larme…

Selene fit la moue.

— Tu veux qu'on parle des torrents de larmes que tu as provoqués chez moi ?

— C'était avant notre mariage.

Selene haussa un sourcil élégant.

— Et maintenant, tu te tiens à carreau, car je n'ai pas un,

mais trois frères grecs surprotecteurs et impressionnants qui surveillent chacun de tes gestes et te tiennent pour responsable de chacun de mes sourires.

— Si tu crois que tes frères ont le moindre…

— Doucement, Aris.

Selene l'attira et lui donna un baiser rieur.

— Je te taquinais, pour que tu oublies Maksim.

Devant l'air choqué de son époux, Selene se tourna vers Cali et lui adressa un clin d'œil.

— Son humour connaît toujours des ratés, mais je travaille sur la question.

Cali s'esclaffa.

— Jusqu'ici, tu as fait un travail formidable. Avant toi, nous ne pensions pas qu'il ait le moindre humour. Nous ne pensions même pas qu'il était humain !

— Comme ton homme, tu veux dire ? ironisa Aristedes.

Il serra Selene contre lui, tout en gardant un œil sur Alex, qui avait grimpé sur le lit de Cali et jouait avec les objets jonchant sa table de chevet.

Selene gloussa.

— Bientôt, nous allons découvrir que ton homme et le mien sont en fait des jumeaux séparés à la naissance.

Cali éclata de rire.

— Remplace simplement russe par grec, et tout ce que tu dis sur l'un pourra s'appliquer à l'autre.

Aristedes fit la moue, de façon moins moqueuse cette fois.

— Heureusement pour ton homme, il a enfin fait ce qu'il fallait. Et il t'a convaincue en un temps record.

— Tu as tort sur les deux sujets, puisque c'est moi qui lui ai demandé de m'épouser, et que ces trois mois m'ont paru une éternité.

Un éclair glacial traversa les yeux d'acier d'Aristedes.

— Tu veux dire que c'est toi qui as tenté de lui passer la corde au cou ?

Elle leva la main dans un geste d'apaisement.

— Primo, calme-toi, Aris, comme Selene te l'a dit. Deuxio, personne ne passe une corde au cou de personne. Tertio, il m'a demandée en mariage le soir de son retour, et c'est moi qui ai refusé, mais il a promis malgré tout de dédier son existence à Leo et à moi. Hier, j'ai compris que nous n'avions pas de vie sans lui. Mais sachant qu'il ne me demanderait plus jamais de l'épouser, pour ne pas exercer de pression sur moi, je l'ai demandé à mon tour en mariage.

L'air toujours sceptique, Aristedes gronda dans sa barbe.

— Il vaudrait mieux pour toi que ce soit la vérité, Cali.

La soupçonnait-il de présenter le même profil de victime que leur mère, dont leurs sœurs avaient, à un degré ou à un autre, hérité ?

Elle soutint son regard avec assurance.

— Ça l'est. Je ne suis absolument pas du genre à me bercer d'illusions.

Il sonda ses yeux, comme pour juger de la véracité de ses dires.

— Tant que tu es sûre de toi…, concéda-t-il enfin.

— Je le suis.

Elle lui confia Sofia, qui s'était blottie contre son cou et s'était endormie, et alla chercher Alex. Une fois qu'elle lui eut mis ses deux enfants dans les bras, elle le poussa vers la sortie.

— Maintenant, je vais t'emprunter ta femme, pendant que tu vas chercher Melina, Phaidra, Thea et Kassandra.

— Tu nous as demandées ?

Cette voix joyeuse était celle de Thea. L'instant d'après, elle apparut devant la porte, suivie de leurs deux sœurs. Elles portaient toute la même robe que Selene : une superbe création de satin bleu pastel, au décolleté bateau sans manches, avec une taille cintrée et un bas évasé, le tout rehaussé de fils d'or. Ce qui signifiait qu'elles allaient jouer les demoiselles d'honneur. L'émotion la saisit une fois de plus.

— Ça, c'est du service rapide, n'est-ce pas ? plaisanta Kassandra.

— Vous lisez dans mon esprit, répondit Cali.

Elle se précipita vers elles et les attira à l'intérieur, puis se tourna vers Aristedes.

— Va voir ce que Maksim a prévu pour toi pendant la cérémonie, mais sois sage, sinon je le dirai à Selene.

Aristedes poussa un soupir faussement résigné, l'embrassa sur la joue, puis embrassa sa femme sur les lèvres.

Alors qu'il s'éloignait, elle le retint par le bras.

— Est-ce qu'il est là ?

Il pinça les lèvres.

— Andreas ? Je l'aurais écorché vif s'il n'était pas venu.

— Heureusement pour lui, comme ça, je n'aurai pas à le faire cette fois. Il ne serait pas venu s'il ne s'agissait que de l'anniversaire de Leo, mais, comme il l'a dit tout seul, même un vaurien comme lui ne manquerait le mariage de sa petite sœur sous aucun prétexte.

Ce n'était pas exactement l'enthousiasme qu'elle aurait espéré de la part de son frère, mais tout ce qui comptait, c'était qu'Andreas soit là. Tout le monde était donc là.

Ses yeux s'embuèrent, sa poitrine se serra, comme souvent ces derniers jours, apparemment.

— Maintenant, dépêche-toi, lui enjoignit Aristedes, et prépare-toi pour que je puisse te donner en mariage. Et, mesdames, ne vous laissez pas emporter par l'habillage au point d'oublier l'heure et de nous faire attendre trop longtemps.

— Nous n'avons pas le temps, se lamenta Cali avant de refermer la porte sur son frère pour étouffer ses rires exaspérants.

Puis, elle se retourna vers ses compagnes.

— Attendez de voir ce que Maksim m'a envoyé en guise de robe de mariée. J'ai même peur de l'approcher, alors la porter, vous imaginez ! Et dire que j'ai renvoyé les coiffeuses et les maquilleuses que Maksim a engagées pour m'aider, pensant que je m'en sortirais.

— Si je me fie à ses ressemblances avec Aris, dit Selene

en souriant, je parie qu'il leur a demandé de rester, au cas où tu changerais d'avis.

— Il a envoyé un plan B, souligna Melina en se désignant du doigt.

— Oui, acquiesça Phaidra. Il nous a à peine saluées, puis nous a pratiquement ordonné de courir te rejoindre pour nous occuper de toi.

— A quoi pensais-tu quand tu as renvoyé ces professionnelles ? la réprimanda Thea. Depuis quand tu t'y connais en maquillage et en coiffures sophistiquées ? Tu n'y as jamais recours, avec ton teint et tes cheveux si parfaits que c'en est dégoûtant.

Cali soupira tandis qu'elles se dirigeaient vers le dressing.

— Tes gentils compliments mis à part, c'est la raison pour laquelle je ne voulais pas de leurs services. Un maquillage et une coiffure sophistiqués m'auraient transformée. Or, je ne voulais pas que Maksim découvre une femme qu'il ne connaît pas devant l'autel. Mais lorsque j'ai vu la robe de mariée et ses accessoires, j'ai failli m'évanouir.

Elle alluma la lumière.

— Vous allez comprendre.

Bien évidemment, ce fut Kassandra qui reconnut le chef-d'œuvre et mesura tout ce qu'il représentait.

— C'est la robe de l'impératrice Alexandra Feodorovna Romanova ! s'exclama-t-elle.

En effet. Maksim lui avait déniché la robe de la dernière tsarine de Russie, rien de moins. Elle l'avait reconnue grâce à ses recherches intensives sur l'histoire de la Russie.

Kassandra secoua la tête, l'air incrédule.

— Ce doit être une réplique. L'incrustation de satin sur le corsage, sous la broderie, était rouge sur l'originale. Celle-ci est… — elle se tourna vers Cali — de la couleur exacte de tes yeux.

Cali sentit ses yeux s'embuer une fois de plus, en songeant

à tout le mal que Maksim s'était donné pour elle, en un temps si bref.

— Je l'ai pensé au début, mais je ne voyais pas comment il aurait pu faire faire une réplique en dix heures. L'explication la plus plausible, et la plus folle, c'est qu'il ait fait retoucher l'originale pour moi.

— Mais… mais… Il n'a pas pu faire ça !

Kassandra semblait sur le point de défaillir rien qu'à cette perspective. C'était un tel sacrilège, pour la styliste qu'elle était.

— Cette robe, si c'est la vraie, est une relique. Il n'aurait pas pu la faire retoucher, en aucune circonstance. Et comment aurait-il pu mettre la main dessus, d'ailleurs ? Seigneur, Cali, mais qui est cet homme que tu vas épouser ?

— Un homme très, très influent, ma chère, répondit Selene.

Kassandra s'avança, ébahie, pour examiner de près la fameuse robe, bientôt rejointe par les autres.

Selene était restée à côté de Cali.

— Il n'y a que toi qui m'entendras, puisque ces dames ont l'esprit occupé. Je ne serais pas étonnée que Maksim ait obtenu une telle pièce. Tout est possible avec nos hommes d'exception.

Kassandra se tourna vers elle, l'air stupéfait.

— L'ouvrage est parfait, mais je peux détecter les endroits où l'incrustation azur recouvre le satin rouge d'origine. C'est bien la robe authentique.

Cali frissonna.

— Alors j'avais raison d'avoir peur de la toucher.

— En dehors du fait qu'elle n'a pas de prix, comment l'enfile-t-on ? demanda Thea. Je ne vois ni fermetures Eclair ni boutons.

— En effet, on dirait qu'il n'y a aucun moyen d'entrer dedans, renchérit Phaidra.

— Bien sûr que si, intervint Kassandra avec l'assurance d'une experte. Et c'est une bonne chose que tu aies décliné le maquillage, Cali, parce que j'aurais eu un ulcère en craignant que tu ne fasses une tache sur ce chef-d'œuvre unique.

Elle toucha la lourde pièce chargée d'histoire avec le plus grand respect et l'observa dans les moindres détails.

— Vous autres, asseyez-vous ici, ordonna-t-elle en indiquant les banquettes de brocard de l'autre côté de la pièce. Je vais aider Cali à entrer dans cette robe. Ensuite, le spectacle pourra commencer.

Selene fit une courte révérence.

— C'est toi la patronne, Kass.

Melina se courba devant Kassandra, les bras tendus.

— C'est une déesse, tu veux dire. Elle a créé ces robes de demoiselles d'honneur, dans la teinte exigée par Maksim, en moins de trois heures !

Imitant leur sœur, Thea et Phaidra s'inclinèrent devant Kassandra, qui toucha leur tête, l'air magnanime, puis toutes éclatèrent de rire.

Reprenant un peu son sérieux, Kassandra déclara :

— A dire vrai, je n'aurais jamais rien pu réaliser dans un délai aussi court. J'ai choisi le modèle, mais c'est la baguette magique de Maksim qui a fait ajuster et livrer les robes chez vous à temps.

Tandis que les yeux de Cali s'emplissaient de larmes et que ses sœurs se pâmaient devant la galanterie de son fiancé, Kassandra les enjoignit de nouveau à aller s'asseoir.

Manifestement ravie de ne pas avoir à manipuler la robe de mariage de Cali et de pouvoir rester assises comme à un défilé, elles s'empressèrent de suivre les directives de Kassandra, pendant que Cali la suivait au pas de course dans le vestiaire.

Dix minutes plus tard, elle contemplait son reflet, interdite. Elle avait bien fait de refuser une coiffure et un maquillage professionnels. Avec sa seule robe, elle semblait totalement transformée. Le chef-d'œuvre de satin blanc moulait son corps comme s'il en était une extension. Le corsage au décolleté ovale dévoilait ses épaules, et formait un V qui descendait jusqu'à la taille cintrée. Les longues manches évasées s'ouvraient sur toute leur longueur, exposant ses bras chaque fois qu'elle les bougeait. Le bas de la robe, en forme de cloche, était agrémenté d'une traîne de trois mètres de long, qui s'accrochait à la taille sous de légers plis de tulle.

Le corsage, orné de la nouvelle bande de satin azur, était bordé de fleurs en fil d'argent, et les bordures des manches et de la traîne, ainsi que le milieu du corsage et de la jupe étaient entièrement brodés de complexes guirlandes d'or. Un panneau de velours doré descendait sur l'avant, rehaussé de boutons de perles et de diamants. Le *kokochnik*, la coiffe russe qui faisait office de voile, était habillé d'une exquise dentelle immaculée présentant les mêmes motifs.

Cali laissa échapper un soupir. Elle avait peine à en croire ses yeux.

— Je ne pense pas que j'aurais pu entrer dedans sans toi, Kass.

— En revanche, je suis certaine que Maksim saura comment t'en faire sortir, lança Kassandra en riant.

Soudain, elle eut l'air inquiète.

— Tu te souviens comment nous l'avons enfilée, pour pouvoir lui dire de quelle manière s'y prendre en cas de difficultés ? S'il est frustré parce qu'il n'arrive pas à te déshabiller et qu'il abîme la robe, j'aurai…

— Oui, tu auras un ulcère.

— Un ulcère, c'est pour les taches de maquillage, ironisa Kassandra. Mais pour une vraie déchirure ? Rien de moins qu'une rupture d'anévrisme.

Cali sentit son cœur cogner douloureusement dans sa poitrine.

De toutes les choses qu'elle aurait pu dire, pourquoi Kassandra avait-elle choisi celle-là précisément ? Ce n'était sans doute rien de plus qu'une coïncidence. A moins que le destin lui fasse passer un message à travers son amie…

Non, c'était ridicule ! Les gens employaient ce genre d'expressions tous les jours. Elle se montrait trop sensible, voilà tout.

Malgré ce raisonnement, son sourire était tremblant quand elle rencontra le regard de Kassandra dans le miroir.

— Devrions-nous laisser mes sœurs m'aider pour la coiffure et les accessoires ?

— Oui, elles peuvent nous aider pour tous les accessoires non fragiles. Et demandons à Phaidra de te faire un chignon relevé, comme celui qu'elle porte. Cela ira parfaitement avec ta tenue.

La réaction des autres confirma qu'elle était totalement transformée. Ses sœurs, surtout Melina, eurent les larmes aux yeux en découvrant que le bébé de la famille ressemblait à une impératrice. D'ailleurs, elle allait bel et bien devenir une impératrice du Nouveau Monde, puisque son fiancé était un empereur de l'industrie et du commerce.

Tandis qu'elles se rassemblaient autour d'elle, Kassandra les empêcha de la prendre dans leurs bras, pour éviter que leur maquillage et leur parfum ne tachent la robe. Taquinant Kassandra sur sa nouvelle obsession, elles commencèrent à parer Cali des bijoux qui, selon Kassandra, avaient été créés pour cette robe, en particulier la splendide couronne d'or blanc, sertie de perles et de diamants.

Enfin, le moment était venu. Elle allait épouser Maksim.

Elle sortit de la suite aussi vite que la robe le lui permettait, tandis que les autres essayaient de porter sa traîne. Elles renoncèrent bientôt pourtant, car elle marchait si vite que la traîne volait derrière elle sur le sol de marbre.

Elles durent néanmoins la retenir à l'entrée de la salle de bal pour qu'elle ne s'étale pas de tout son long. Alors elle se força à marcher comme si elle n'était pas au comble de l'excitation et de la nervosité.

Lorsqu'elle entra dans la salle, elle eut l'impression de la découvrir pour la première fois. La pièce avait été transformée en un décor digne des temps les plus somptueux de la Russie impériale. Les murs dorés brillaient sous les lumières combinées des lustres de cristal et d'or et des projecteurs dirigés vers les fresques du plafond, qui se reflétaient sur le sol, pour lui conférer brillance et féerie.

Le long des murs, on avait installé des tables immenses, laissant le reste de la pièce vide, hormis l'allée centrale, délimitée par une bande de satin. Les tables étaient couvertes de nappes en organza, qui avaient pour motif le symbole du domaine — un croisement entre un phénix et un aigle aux ailes déployées. Tatjana lui avait dit que la luxueuse vaisselle provenait d'un service en porcelaine de Sèvres que Napoléon Bonaparte avait offert au tsar Alexandre Ier. Seules trois cents personnes étaient déjà installées, les autres invités devant arriver ensuite, pour la fête d'anniversaire.

Parmi ceux qui étaient présents, Cali chercha d'abord une personne en particulier. Andreas.

Il lui était difficile de croire que son frère s'était déplacé pour ce mariage, alors qu'il ne l'avait pas fait pour l'enterrement de Leonidas.

Elle n'eut pas à chercher longtemps. Il n'était pas assis avec les autres, mais se tenait à l'écart, près de l'entrée, seul. Et, comme toujours, il ressemblait à un prédateur à peine domestiqué, ses cheveux et ses yeux noirs renforçant le côté sombre qui émanait de lui.

Il rencontra son regard, mais ne sourit pas. En revanche, il leva la main et la posa sur son cœur.

Elle fut sonnée. Elle adorait Andreas, mais ne l'avait jamais compris, n'avait jamais su s'il éprouvait quelque chose pour qui que ce soit. Ce simple geste disait tout ce qu'il n'avait jamais dit. Il l'aimait — et aimait sans doute le reste de sa fratrie, aussi — de sa façon détachée et impénétrable.

Malheureusement, elle n'avait pas la possibilité de s'arrêter pour savourer ce moment rare. Elle dut lâcher son regard et avancer.

Ce fut Tatjana qui attira son attention ensuite. Elle était majestueuse dans sa robe satin et or qui avait, selon elle, appartenu à l'une des grandes-duchesses de Russie. Portant une tenue somptueuse provenant de la garde-robe de Tatjana, Rosa se trouvait derrière elle, avec un Leo ravi dans un costume bleu vif et or, l'air si absolument adorable que le cœur de Cali s'emballa d'émotion.

Elle évita de regarder vers le fond de la salle. Elle savait que Maksim s'y trouvait, car il inondait toute la pièce de sa présence puissante. Elle percevait son influence jusque dans les tréfonds de son être. Elle le garderait donc pour la fin, car il lui serait impossible de regarder ailleurs, une fois qu'elle aurait posé les yeux sur lui.

Resplendissant dans son smoking, Aristedes s'avança vers elle et prit son bras en souriant devant son air émerveillé.

Tandis qu'ils marchaient sur l'allée de satin bleu roi, jonchée sur ses côtés de pétales de rose blancs et or, il chuchota :

— Ton homme a organisé cette petite fête en un temps record. Du moins j'espère que c'est le cas, et que ce n'est pas ainsi qu'il comptait fêter l'anniversaire d'un bébé d'un an.

Elle voulut lui répondre, mais n'y parvint pas. Elle avait le souffle coupé. Seules ses jambes continuaient de fonctionner, comme en pilotage automatique. Car elle avait enfin regardé vers le bout de l'allée. Vers Maksim. C'était un miracle qu'elle soit encore debout.

Il portait le même costume impérial que Leo, mais elle avait du mal à en déterminer l'origine. Ses épaules et son torse semblaient encore plus imposants dans cette veste trois quarts bleu vif, de quelques tons plus foncée que l'incrustation de satin de sa robe. L'habit était brodé de fils d'or, et orné de cordons horizontaux reliant la rangée de boutons dorés qui se fermaient sur sa poitrine massive. Les pans s'écartaient à la taille pour révéler un pantalon de satin blanc au liseré d'or, glissé dans des bottes de cuir bleu marine et brun.

Lorsque, enfin, elle posa le regard sur son visage, elle faillit tomber à genoux.

Ses longs cheveux acajou étaient noués en queue-de-cheval. Cette coiffure stricte dévoilait son front, soulignait les angles de son visage nettement dessiné, la forme en amande de son regard félin, la dureté sensuelle de sa bouche.

Il était d'une indicible beauté. Et il avait l'air affamé. Elle se sentit dévorée à distance, tandis que son propre corps se préparait à être possédé. Comment allait-elle survivre à l'attente ?

Puis ils arrivèrent devant lui, sur l'estrade à cinq marches drapée de satin. Ce fut seulement lorsque Aristedes la lâcha qu'elle se rendit compte qu'elle l'avait serré très fort.

Il tendit la main à Maksim, qui lui donna l'une de ces accolades masculines pleines de réserve.

— Rendez-la heureuse, Volkov, entendit-elle marmonner Aristedes.

Le sous-entendu « sinon, gare à vous », était on ne peut plus clair.

Heureusement qu'elle n'avait mis aucun maquillage, sinon elle l'aurait gâché par ses larmes en entendant la réponse de Maksim :

— Je vis pour la rendre heureuse, Sarantos.

Les deux hommes les plus importants de sa vie se séparèrent avec un dernier regard entendu. Puis Aristedes plaça la main de Cali dans celle de Maksim et descendit de l'estrade.

Dès l'instant où son fiancé prit sa main, tout se passa comme dans un brouillard féerique.

Maksim l'attira contre lui, comme s'il avait peur qu'elle disparaisse, pendant qu'un prêtre en habit richement décoré récitait les vœux de mariage d'abord en russe, puis en anglais. Une fois qu'elle les eut répétés après lui, un autre homme s'avança, prit la place du prêtre et récita les vœux en grec.

Ne pouvant plus gérer ces pics d'émotion, elle ne put que fixer Maksim, le regard débordant d'amour et de gratitude. Il la serra plus fort, les yeux brûlant d'une passion si forte qu'elle sentit son âme se consumer.

Une fois qu'ils eurent échangé leurs vœux et se furent donné un baiser éperdu, il la maintint en équilibre, car elle tenait à peine sur ses jambes, et fit signe à quelqu'un dans l'assemblée.

Quelques instants plus tard, Rosa monta sur l'estrade, portant Leo qui débordait d'excitation. Il se jeta dans leurs bras à tous les deux, mais ce fut Maksim qui eut le réflexe de l'attraper.

Les tenant Leo et elle contre son cœur, il s'adressa aux invités :

— Tout homme cherche un but dans la vie. S'il est béni, il le trouve et peut y consacrer son existence. J'ai été béni au-delà de toute mesure. A toi, mon épouse, l'amour de ma vie, Caliope Sarantos Volkova, et à toi, mon fils et héritier, Leonidas Sarantos Volkov, je donne tout, à vous qui possédez déjà mon cœur et mon âme.

Tous se levèrent à l'unisson, les acclamant et levant leurs verres pour porter un toast à la famille, et Cali éclata enfin en sanglots, blottissant le visage contre le torse de Maksim, pendant que Leo sautait des bras de son père et poussait des cris enthousiastes, comme s'il avait conscience qu'ils vivaient un moment capital de leur vie.

Le sentiment d'être sortie son corps, qui l'avait saisie depuis le début de la journée, ne fit que s'accroître pendant que les festivités se poursuivaient, mêlant celles du mariage à celles de l'anniversaire. Maksim l'emmena saluer leurs invités, puis ils sortirent de la salle de bal. Elle découvrit que les autres pièces de la maison étaient emplies de tables pour les autres invités, tandis que les enfants s'amusaient dans le domaine merveilleux de Leo.

Il lui sembla qu'elle rit avec sa famille, parla en russe avec les amis de Tatjana, plaisanta avec les associés de Maksim, qui voulaient savoir comment elle avait fait fondre cet iceberg. Elle prit part au *khorovod*, danse folklorique russe en cercle que sa famille transforma à la fin en *pidikhtos*, la version crétoise de cette danse.

Puis elle serra et embrassa une suite infinie de gens, dont elle ne se remémora que les membres de sa famille, en particulier Andreas, qui avait promis de lui rendre visite un jour.

Puis, Maksim la porta dans ses bras, et l'emmena dans

une aile de la propriété qu'elle ne connaissait pas encore. Regardant par-dessus son épaule, elle vit Kassandra et Selene courir pour les suivre. Kassandra expliqua avec des gestes qu'elles venaient pour l'aider à retirer sa robe. Apparemment, elle avait pris Maksim à part et l'avait convaincu de la recruter pour cette tâche.

Dans une suite que Maksim avait fait luxueusement décorer pour leur nuit de noces, il la reposa à contrecœur à terre, remercia Kassandra et Selene, puis lui chuchota à l'oreille qu'il l'attendait et gagna la chambre.

Une fois qu'elles l'eurent aidée à ôter la robe, Kassandra rangea cette dernière avec mille précautions, pendant que Selene lui donnait un paquet posé jusqu'alors sur la table basse. Après l'avoir prise dans leurs bras, les deux femmes disparurent, la laissant seule dans ses dessous de dentelle et ses sandales à talons aiguilles.

Les mains de Cali tremblaient quand elle ouvrit le paquet, que Kassandra avait sans doute apporté à la demande de Maksim. A l'intérieur, elle découvrit la tenue la plus érotique qu'elle ait jamais vue.

Frémissant d'impatience, elle l'enfila à la place de son ensemble de lingerie. La création de rêve, en dentelle extensible blanc perle et satin moulait ses seins dans un décolleté vertigineux, et mettait en valeur ses courbes comme aucune autre tenue.

Impatiente de voir la réaction de Maksim, elle se sentit frissonner intérieurement. Elle espérait qu'il ne s'était pas changé, puisqu'elle avait passé toute la soirée à rêver de lui ôter son costume. Même si une part d'elle souhaitait qu'il se soit déjà dévêtu, tant elle avait hâte de sentir sa peau sous ses mains et ses lèvres.

Elle entra dans une chambre aux couleurs or et azur, éclairée par une myriade de chandelles. Maksim se trouvait au fond de la pièce, ne portant plus que son pantalon blanc. Tout son corps se tendit lorsqu'il la vit, tel celui d'un prédateur affamé qui venait de repérer sa proie.

Elle faillit tomber à genoux quand il murmura dans un grondement :

— *Moya zhena... nakonets.*

Mon épouse. Enfin.

Maksim regarda la vision incandescente devant lui. Son épouse. Il avait passé la nuit précédente à se perdre en elle. Au lieu de la rassasier, cela n'avait fait qu'exciter la bête en lui.

Pendant toute la cérémonie, il avait perçu le même désir chez Cali, la même envie de continuer à rattraper leurs longs mois de séparation et d'abstinence. Il avait eu l'intention de l'attirer dans les profondeurs de la passion dès l'instant où elle était entrée, pour lui donner ce dont elle avait besoin. L'envahir, l'achever, mourir en elle.

Mais ensuite, elle s'était avancée, et il l'avait appelée « mon épouse »... et en prononçant ces mots, il avait enfin pleinement enregistré leur sens.

Elle était son épouse.

Et le sentiment qu'il éprouvait à présent était effrayant. Si effrayant qu'il réveilla d'anciennes peurs, qui s'abattirent sur lui et le paralysèrent.

Elle aussi s'était figée, mais comme il n'approchait pas, elle se mit à avancer vers lui, l'air céleste. Il en regretta presque d'avoir demandé à son amie de lui trouver une tenue pour faire honneur à sa beauté. Kassandra avait trop bien choisi.

Enfin, elle fut tout contre lui, passant des mains et des lèvres enfiévrées sur sa peau brûlante, le dévorant des yeux, frottant son corps contre le sien, l'attirant sur le lit, l'entraînant sur elle. Elle ouvrit les jambes pour l'accueillir en elle, ondulant avec frénésie, exigeant qu'il entre en elle, la chevauche, lui donne du plaisir, l'emplisse de tout son être.

Elle tira fort sur ses cheveux lorsqu'elle arracha le ruban

qui les retenait. Une douleur délicieuse attisa encore sa ferveur à peine contenue.

Puis, elle plongea les doigts dans sa chevelure pour amener son visage vers le sien. Il plaqua les lèvres contre les siennes, si douces et parfumées, tandis qu'elle murmurait dans sa bouche :

— *Moy muzh.*

Tous ses sens furent en alerte. *Mon mari.*

Et elle l'avait dit en russe. Le fait qu'elle ait appris sa langue, et si bien, pour lui l'emplissait d'une gratitude qui était presque un supplice.

Il tenta de se relever, de contenir sa réaction, mais elle le pressait de se hâter, de la prendre maintenant, maintenant, et ses suppliques étaient autant de coups de marteaux qui anéantissaient sa volonté. Le corps adoré de Cali trembla sous le sien, son visage chéri frissonna.

Bientôt, il n'y tint plus. Il la désirait trop. Il voulait tout. Tout. Tout de suite.

Le grondement qu'il émit le surprit lui-même quand il enfonça les dents à la base de son cou. Elle sursauta et rejeta la tête en arrière, pour qu'il puisse mieux la mordre. Et il la mordit. Il était à deux doigts de perdre la raison.

Le regard fiévreux qu'elle posa sur lui annihila toute possibilité de contrôler sa passion.

— Montre-moi à quel point tu me désires, Maksim.

Sa voix résonna dans son cerveau, sombre, profonde. Sauvage.

— Marque-moi au fer rouge de ta possession, continua-t-elle, scelle notre pacte éternel, donne-moi tout et prends tout de moi.

Avec un grondement de reddition, il libéra ses boucles soyeuses du chignon qu'il avait rêvé de défaire toute la soirée, et elle poussa un cri de capitulation.

Il se releva pour retirer son pantalon et lui arracher la nuisette de dentelle et de satin qui le rendait fou. Il poussa un soupir de soulagement quand il découvrit qu'elle ne portait rien dessous. Ses doigts se glissèrent entre ses replis secrets avant de pénétrer au cœur de son intimité. Elle était moite, prête à l'accueillir.

Aveuglé par le désir de la chevaucher, il enroula les cuisses autour de sa taille, l'étendit sur le lit avec un râle de désir conquérant et plongea en elle jusqu'à la garde.

Ils se cambrèrent tous deux, bouche bée, stupéfaits par la puissance de cet instant. Par le plaisir presque insupportable qui irradia dans leurs deux corps. Chacune de leurs unions semblait plus captivante, plus brûlante, plus puissante que la précédente. Chaque fois.

Son rugissement brisa le silence quand il se retira. Elle le retint dans le fourreau humide, chaud et étroit de son sexe, enfonçant les ongles dans ses fesses et poussant des cris de frustration pour exiger qu'il revienne. Alors, il revint en elle, et le plaisir explosa de nouveau. Le cri qu'elle poussa transperça son être. Il la pénétra fort, de plus en plus fort, jusqu'à ce que ses cris de plaisir deviennent sourds et torturés.

Puis, elle se cambra, se frotta contre lui, convulsa dans un rythme effréné et inexorable, criant son nom, les yeux ruisselants de larmes de plaisir.

Il alla et vint en elle, sans relâche, jusqu'à ce qu'il soit à son tour parcouru de tremblements. L'emprise qu'elle avait sur lui était absolue. Il gronda son nom tandis qu'il connaissait de nouveau la libération profonde et absolue qu'il n'avait connue qu'avec elle, secoué de spasmes de pure extase, faisant jaillir sa semence dans ses profondeurs, jusqu'à ce qu'il ait l'impression de s'être dissous en elle.

Il tenta de se retirer. Mais elle resserra les jambes autour de lui, afin de le retenir prisonnier.

— Il y aura d'autres nuits, beaucoup d'autres, promit-il contre ses lèvres. Repose-toi maintenant. Tu es debout depuis quarante-huit heures, et je t'ai poussée au-delà des limites de l'endurance humaine.

Elle soupira lascivement.

— Je ne peux dormir que si tu restes en moi. Je ne peux me rassasier de toi, *moy dorogoy muzh*.

— Ni moi de toi, jamais.

Elle contracta alors son sexe autour du sien, lui arrachant un gémissement.

— Tu me mets au supplice, mais tu verras, quand tu seras reposée, je te conduirai au-delà de la folie.

Pour répondre à sa menace érotique, elle étendit les bras par-dessus sa tête, cambra son corps de rêve, et pressa les seins contre son torse avec un doux gémissement. Encore secoué des spasmes de sa jouissance électrisante, il l'obligea à s'étendre sous lui, la serra dans ses bras, et sentit ses tremblements faire écho aux siens.

— Offre-moi tes lèvres, *moya zhena*.

Tandis qu'elle lui donnait ce dont il avait besoin, ses lèvres se figèrent sur les siennes, la fatigue prenant le dessus sur elle.

Alors qu'elle s'abandonnait enfin au sommeil, totalement confiante dans ses bras, il comprit.

Les peurs qui s'étaient réveillées en lui étaient totalement infondées. Même au plus fort du désir, la tendresse et le don de lui-même s'étaient infiltrés en lui. Ses sentiments n'étaient pas forgés par l'égoïsme et la dépendance, mais nourris par le besoin d'embellir la vie de Caliope, d'être la source de son épanouissement. Son plaisir résidait dans le fait de lui appartenir.

La serrant plus fort, il s'abandonna au bonheur de ne faire plus qu'un avec elle, sur tous les plans.

Et pour la première fois de sa vie, un sentiment de paix l'envahit.

- 10 -

Cali s'étira, pour s'extirper des profondeurs de la félicité.

Elle aurait voulu ne jamais refaire surface, et rester pour toujours allongée sur son grand loup de Sibérie.

Depuis leur mariage, quatre mois plus tôt, elle avait pris l'habitude de s'endormir ainsi, après des nuits toujours plus enfiévrées.

Elle devait pourtant se lever. Elle avait promis à Tatjana de passer la journée avec elle. Du moins, c'était ce qui lui semblait. Après une nuit de plaisirs insensés entre les bras de Maksim, elle n'était même plus sûre de savoir où elle se trouvait.

Elle dut ouvrir les yeux pour s'assurer qu'ils étaient bien de retour en Russie. Ils étaient rentrés la veille au soir, après un séjour à New York pour y acheter un nouvel appartement.

Elle avait cru que cette demeure était devenue leur maison, mais elle s'était aussi sentie chez elle, lors de leur première nuit dans leur appartement new-yorkais. Si elle avait eu des doutes auparavant, elle en était désormais certaine : elle se sentirait chez elle n'importe où, tant qu'elle aurait Maksim à ses côtés.

Elle se redressa, appuyant les paumes sur son torse musclé pour contempler sa splendeur.

Incroyable. Ce mot résumait tout. Chaque moment, chaque jour avec lui. Parfois, elle se surprenait encore à douter que ce soit vraiment la réalité, et se demandait si elle s'habituerait un jour à son époux parfait, à leur couple parfait.

Mais pourquoi le devrait-elle, après tout ? Et comment pourrait-elle s'y habituer de toute façon ? C'était impossible.

Elle ne pouvait rien y faire, et ne *voulait* rien faire, hormis vivre dans un état d'émerveillement perpétuel.

Alors qu'elle le regardait, son cœur tressauta et sa respiration se bloqua, jusqu'à ce qu'elle la mêle à celle de Maksim. Alors, elle avança le visage vers le sien.

Au contact de ses lèvres, il sourit les yeux clos et murmura :

— *Lyublyu tebya.*

Elle attrapa sa précieuse promesse dans un baiser à pleine bouche.

Il s'agita aussitôt, déjà excité. Il lui rendit son baiser, puis prit les commandes.

Elle gémit de plaisir quand il l'allongea sur le dos et s'enfonça en elle.

— Je t'aime encore plus, Maksim.

— Il est impossible que tu m'aimes davantage, *moye serdtse.* Je t'ai attendue toute ma vie, et je t'ai aimée au premier regard.

Elle se cambra et s'ouvrit à lui.

— Même chose pour moi.

Il s'agenouilla et se positionna devant son sexe moite, l'obligeant à rester immobile en la tenant par les cheveux, comme elle aimait qu'il le fasse, avant de la prendre d'assaut avec ardeur.

— *Niet,* je suis plus vieux, alors non seulement je t'aime davantage, mais je t'aime depuis plus longtemps.

Elle cria, saisie par le plaisir brûlant de ses mots et de son sexe en elle. Leur désir était toujours trop fort au départ. Il ne leur fallait que quelques baisers, quelques coups de reins effrénés pour qu'ils convulsent dans les bras l'un de l'autre, emportés par un plaisir absolu.

Lorsque l'extase qu'il lui procura l'eut totalement anéantie, il s'étendit sur le dos et l'entraîna sur lui, encore tremblante de satisfaction.

Elle leva la tête pour contempler sa beauté, tandis qu'il poussait un soupir de béatitude.

— Tu es content de toi, n'est-ce pas ? Tu penses détenir le titre de l'amant le plus amoureux et le plus ancien.

— Si cela te froisse, tu peux me persuader de te décerner le même titre dans la catégorie « intensité ». Pour la catégorie « durée », hélas ! je ne peux rien faire. Etant une jouvencelle, tu n'es tout simplement pas crédible.

Elle enfonça les mains dans la chevelure épaisse aux reflets acajou qu'il avait laissé pousser pour elle, et qui lui arrivait maintenant aux épaules. Elle tira dessus d'un geste brusque, sachant qu'il aimait quand elle se montrait abrupte.

— Sais-tu ce qu'il advient des loups arrogants, même s'agissant de spécimens uniques ?

Il s'étira avec une langueur provocatrice.

— *Da*, ils sont punis, en recevant encore plus d'amour et de plaisir.

— C'est bien vrai.

Elle fondit sur lui pour dévorer ses lèvres séductrices, le tourmenta et attisa son désir, au point qu'il dut la supplier de le chevaucher. Et elle s'exécuta. Durement, longuement, jusqu'à ce qu'ils crient tous deux de plaisir.

Ensuite, la peau encore frémissante, elle le laissa l'entraîner jusqu'à la douche, où ils passèrent un temps interminable à se choyer mutuellement.

Ils venaient de sortir de la salle de bains quand on frappa à leur porte.

Elle s'extirpa ses mains gourmandes de Maksim et sauta dans ses vêtements.

— Leo ! Vite, enfile quelque chose.

Il ramassa son jean, sans se départir de son sourire.

— Notre fils sait choisir son moment. Il nous laisse le temps de nous repaître l'un de l'autre avant de venir nous rejoindre pour jouer.

Elle le pressa de s'habiller d'un coup de coude, et il se glissa avec difficulté dans son jean, tandis qu'elle se précipitait vers la porte.

Dès qu'elle l'ouvrit, Leo entra en trombe sans même la regarder. Elle rit. Son petit garçon si malin refusait de prendre le risque qu'elle dise à Rosa de l'emmener jouer. Et puis, il était venu voir son papa, son plus grand admirateur et compagnon de jeu favori.

Elle échangea quelques mots avec Rosa, pour établir le programme de la journée, puis se tourna vers ses deux hommes, et sourit devant le merveilleux tableau qu'ils formaient.

Leo sautillait, les bras tendus, attendant que son père le porte. Maksim se contentait de le regarder.

Et elle sentit son sourire se figer. Quelque chose n'allait pas, mais elle ignorait quoi. Quelques secondes plus tard, elle comprit.

C'était la façon dont Maksim regardait Leo, comme… comme si…

Comme s'il ne le connaissait pas.

Pis, c'était comme si Maksim ne savait même pas qui Leo était, ni où il était, ni qui il était.

Une terreur glacée s'empara d'elle. Son cœur si serein une seconde plus tôt fut plongé dans le chaos.

— Maksim ?

Il leva les yeux vers elle, et ce qu'elle vit dans son regard faillit figer son cœur. L'horreur. Le désarroi.

Puis il s'effondra comme une masse. On aurait dit que chacun de ses muscles avait lâché, que ses os s'étaient liquéfiés.

— Maksim !

Son cri déchirant résonna dans sa poitrine et dans sa tête. Se jetant vers lui, elle le rattrapa et ralentit sa chute avant qu'il ne tombe sur Leo. L'urgence lui avait insufflé une force décuplée.

En frissonnant, elle s'écroula sous le poids de son époux, trop lourd pour elle, écartant de justesse Leo qui s'était figé, l'air plus surpris et plus effrayé à chaque seconde. Il était en train de se rendre compte que ce n'était pas un jeu. D'un instant à l'autre Maksim allait… allait…

Elle appela Rosa à la rescousse.

Cali s'entendit parler avec la voix d'une autre, rapide, machinale.

— Donnez-moi mon téléphone, prenez Leo, ne dites rien à Tatjana, et allez chercher Sacha. Vite.

Elle avait imaginé cette catastrophe un millier de fois. Ne laissant rien au hasard, Maksim lui avait enseigné les mesures précises qu'elle devrait prendre si le pire survenait. Cette terreur constante avait été la seule chose qui avait pollué son esprit et rongé son énergie. Mais plus le temps passait, sans le moindre signe d'alerte, plus elle s'était mise à espérer que la catastrophe n'arriverait jamais.

Or, elle était bel et bien arrivée.

Son anévrisme s'était rompu.

Les yeux secs comme des pierres, rivés à ceux de Maksim, grands ouverts et vides, elle appela le numéro d'urgence médicale. Comme prévu, on lui assura qu'un hélicoptère arriverait en quelques minutes. Les spécialistes qu'il avait choisis se tiendraient prêts au centre médical.

Ensuite, elle patienta, devint folle à force d'attendre, toucha le fond. Son cœur était depuis longtemps en lambeaux, et s'il battait encore, c'était uniquement parce que celui de Maksim continuait de cogner puissamment sous ses bras tremblants. Le reste de son corps était inerte. Sentir sa vigueur disparaître et son être s'éteindre la terrifiait à un point inimaginable. Ses yeux, le miroir de son âme magnifique, s'étaient vidés de tout ce qui le constituait. Puis, la situation empira.

Une lueur passa dans son regard, une émotion puissante et terrible qui répandit sa noirceur au point d'éclipser l'or de ses prunelles. On aurait dit de l'angoisse. Non, du regret. Puis il bougea les lèvres, dans une macabre parodie de son habituelle grâce. Sa voix aussi était déformée, provoquant d'autres bouffées de panique.

Elle crut l'entendre dire « *Izvinityeh* ».

Pardonne-moi.

Puis, les yeux de Maksim se fermèrent.

Alors elle cria, sans plus pouvoir s'arrêter.

Elle ne cessa de crier que lorsque les ambulanciers arrivèrent. A présent qu'il y avait quelque chose à faire, des mesures à prendre, un revirement s'opéra en elle, coupant court à l'hystérie provoquée par l'impuissance. Et elle se remit à suivre le plan qu'elle avait répété maintes fois.

Elle lui parla pendant tout le temps qui fut nécessaire à l'installation du matériel de réanimation, durant le court vol jusqu'au centre médical de premier ordre qu'il avait fait construire dans la ville. Elle lui donna toutes les bonnes nouvelles qu'elle put : ses signes vitaux étaient bons, il était en état de choc et son corps était mou, mais il ne montrait aucun signe de paralysie, ce qui aurait pu indiquer des dommages neurologiques. Elle lui assura qu'elle était là, et qu'elle ne quitterait jamais son chevet, qu'il devait se battre, pour Leo, pour sa mère. Mais surtout pour elle.

Car elle ne pouvait vivre sans lui.

Puis ils arrivèrent à l'hôpital, et la machine parfaitement huilée qu'il avait mise en place quelques mois plus tôt s'ébranla. Cali courut à côté de son chariot pendant qu'on le conduisait dans la salle d'opération, mais suivant les instructions de Maksim, les médecins refusèrent de la laisser entrer ou même regarder l'opération depuis la galerie.

Pour ne pas perdre un temps précieux à discuter leur décision, elle céda, mais refusa de se rendre dans la salle d'attente. Elle s'effondra devant la salle d'opération, où l'homme qui possédait son cœur et son âme aurait le cerveau ouvert et se battrait pour rester en vie. Elle devait être aussi proche de lui que possible. Ainsi, il sentirait sa présence, et elle pourrait lui transmettre sa force pour le garder en vie, le guérir.

Assise par terre, elle se mit à pleurer. Et se rendit compte qu'elle n'avait jamais vraiment pleuré auparavant. Cette fois, elle pleurait si fort qu'elle avait l'impression de sentir ses entrailles se déchirer, sa conscience voler en éclats, son être se dissoudre et s'échapper d'elle sans qu'elle puisse jamais juguler le flot de ses larmes. Seuls Maksim et sa guérison pourraient l'arrêter avant qu'il ne soit trop tard.

Pendant le tourment sans fin de l'attente, elle enregistra, quelque part dans sa conscience déformée, qu'Aristedes et Selene étaient là. Leur présence même lui rappela douloureusement que les minutes qu'elle avait comptées continuaient de défiler. Maksim était en salle d'opération depuis plus de douze heures maintenant.

N'ayant pas réussi à la relever, ils s'assirent à côté d'elle, respectant sa souffrance, tentant de l'absorber par leur solidarité silencieuse.

— Madame Volkova.

Cette voix, elle l'aurait reconnue entre mille.

Le neurochirurgien de Maksim.

Elle se leva d'un bond. Mais ses jambes refusèrent d'obéir, et elle s'effondra avec un cri douloureux. Aristedes la rattrapa aussitôt, Selene vint pour l'aider à la transporter.

Dès qu'elle put sentir de nouveau ses jambes, elle se dégagea et tituba vers le Dr Antonovich. C'était à elle, et à elle seule d'entendre et de supporter la nouvelle. Tout comme Maksim était à elle seule.

Le Dr Antonovich prit rapidement la parole, comme s'il avait peur qu'elle ne l'agresse s'il n'allait pas assez vite.

— L'opération s'est déroulée sans incident. M. Volkov est en soins intensifs à présent, où il restera pendant les deux prochaines semaines, sous surveillance permanente.

Vivant. Il était vivant ! Il avait survécu à cette catastrophe qui avait jeté son ombre terrible sur leur vie.

Mais…

— Dans quel état est-il ?

Le Dr Antonovich tenta de lui prendre le bras, pour la

soutenir alors qu'elle vacillait. Elle secoua la tête. Elle avait seulement besoin de réponses, de faits sur lesquels s'appuyer.

Avec un hochement de tête, il répondit :

— Durant sa dernière visite de contrôle, il y a six mois, l'anévrisme était encore logé là où une opération n'aurait causé que de sérieuses lésions au cerveau, voire le décès. Mais, depuis, il s'est étendu vers le bas, ce qui a causé sa rupture, et nous a permis de tenter une nouvelle forme de traitement par endoscopie, une approche non invasive par voie nasale. Je suis heureux de vous annoncer que l'anévrisme a été retiré avec succès, et l'artère totalement réparée.

Elle avait écouté ses paroles avec avidité, mais cela ne lui disait toujours pas à quoi s'attendre.

— Et le pronostic ?

— Puisque son anévrisme était post-traumatique, M. Volkov n'avait pas d'autres faiblesses sous-jacentes dans ses vaisseaux, aussi les risques de récidive sont-ils nuls. C'est une très bonne nouvelle, car c'était la rupture de l'anévrisme d'origine qui nous inquiétait. Pour vous dire la vérité, au vu de l'état général de M. Volkov pendant les mois suivant son accident, j'avais peu d'espoir qu'il survive à une rupture. La dernière fois qu'il est venu, il y a six mois, il avait montré peu de progrès physiques. Mais l'homme que j'ai opéré aujourd'hui était la personne la plus robuste que j'aie jamais vue. Si je devais émettre une hypothèse, je dirais que vous êtes la véritable raison de cette amélioration spectaculaire.

Maksim lui avait dit que Leo et elle étaient un élixir magique, qu'être avec eux — avec elle — l'avait revitalisé, lui avait donné de nouvelles capacités et une force sans limites. C'était d'ailleurs pour cela qu'elle avait baissé sa garde, croyant que rien ne pouvait plus lui arriver.

— Qu'est-ce que son état général a à voir avec son pronostic vital ? demanda-t-elle d'une voix étouffée.

— Tout. En dehors de son état neurologique après la rupture, c'est ce qui oriente le pronostic. En tant que chirurgien qui a affaire presque exclusivement à des accidents cérébraux, je ne donne jamais de chiffres optimistes. Mais étant donné l'état physique exceptionnel de M. Volkov, si les deux semaines à venir se déroulent sans incident, je pense qu'il a plus de quatre-vingt-dix pour cent de chances d'être totalement guéri.

Elle saisit brusquement le médecin, lui enfonçant les doigts dans le bras.

— Que puis-je faire ? Dites-moi qu'il y a quelque chose à faire.

Il retira doucement ses mains, et lui prit le bras à son tour.

— Vous pouvez continuer à faire exactement ce qui l'a remis sur pied de façon si miraculeuse. Et une fois qu'il sera sorti de la période postopératoire délicate, vous pourrez tous les deux oublier cette phase douloureuse de votre vie.

Ses larmes, qui ne s'étaient pas arrêtées pendant leur conversation, redoublèrent.

— Quand puis-je le voir ?

Le chirurgien esquissa un petit sourire.

— M. Volkov a laissé des instructions. Vous et tous ceux que vous autoriserez pouvez lui rendre visite, jour et nuit, tant qu'aucune raison médicale ne l'interdit. Vous pouvez même rester avec lui en soins intensifs.

Elle lui saisit de nouveau le bras.

— Je… je peux ?

— Oui. Il a fondé cet hôpital et, à notre demande, il n'a cessé de l'améliorer en nous fournissant des équipements à la pointe de la technologie. La seule chose qu'il ait jamais demandée en échange était que s'il avait un jour besoin de nos services, nous faisions en sorte que vous puissiez rester auprès de lui pendant sa convalescence, si c'était ce que vous vouliez.

Elle éclata en sanglots, submergée par son amour pour Maksim et par sa peur de le perdre.

— Je veux… Seigneur, oh seigneur… je veux… je ne veux rien d'autre au monde… Je vous en prie.

Les trois premiers jours, Cali resta au chevet de Maksim nuit et jour, comptant ses respirations, surveillant ses battements de cœur et ses ondes cérébrales. Il n'y avait aucun changement. Ses signes vitaux restaient forts et réguliers, mais il n'avait pas repris conscience.

Seule la pensée que ce sommeil était artificiel lui permit de ne pas devenir folle. Il avait été endormi pour permettre à son cerveau de se remettre plus facilement durant cette phase sensible. Le Dr Antonovich prenait toutes les précautions, comme elle l'avait supplié de le faire, même si cela l'angoissait terriblement de voir son Maksim inerte.

Etonnamment, il semblait parfait. L'opération non invasive avait laissé ses cheveux intacts, et l'on aurait dit qu'il dormait paisiblement, comme s'il était en parfaite santé.

Le quatrième jour, on l'autorisa à le réveiller. Pendant une heure le matin, et une autre le soir.

La première fois qu'il ouvrit les yeux, elle faillit mourir de peur. Le regard vide qu'il posa sur elle la pétrifia. Elle imagina une amnésie… ou pis.

Puis, il sembla la reconnaître. Avant que la jubilation ne la saisisse, l'émotion l'envahit, et les larmes qui n'avaient cessé de couler se déversèrent soudain en torrents. Elle l'embrassa sans pouvoir s'arrêter, l'assura de son amour, lui disant qu'elle serait toujours à ses côtés, qu'elle ne le quitterait jamais, et que ce n'était qu'une question de temps avant qu'ils retrouvent leur vie d'avant.

Il ne répondit rien pendant tout le temps qu'elle parla, jusqu'à ce qu'elle soit terrifiée par l'idée qu'il soit dans l'incapacité de parler. A la fin, il marmonna qu'il était simplement fatigué, puis, l'air apathique, détourna la tête et ferma les yeux. Elle doutait qu'il se soit endormi. Il resta ainsi jusqu'à ce que les infirmières viennent le replonger dans son sommeil artificiel.

Quand elle eut raconté au Dr Antonovich la réaction étrange de Maksim, il répondit qu'il était naturel d'être un peu sonné et absent au sortir d'un coma. Quand elle objecta qu'il n'avait été ni l'un ni l'autre, mais juste froid, le médecin avait simplement répondu que le cerveau était un organe imprévisible. Selon lui, elle devrait être patiente, laisser Maksim aller à son propre rythme, ne pas s'inquiéter, et surtout ne pas lui laisser percevoir son anxiété.

Déterminée à suivre les conseils du chirurgien, elle se dit que ses impressions étaient infondées. Maksim allait bien sur le plan neurologique. Et c'était plus que suffisant. S'il lui fallait une éternité pour se remettre de son épreuve presque fatale, elle attendrait volontiers.

Et il se remit, beaucoup plus vite que son chirurgien ne l'avait espéré. Les deux semaines en soins intensifs furent ramenées à une seule. Tout le monde, à commencer par Tatjana et Leo, vint lui rendre visite pendant ses heures de réveil, à sa demande. Puis il fut transféré dans une suite normale, et la sédation fut limitée à la nuit, avant d'être bientôt supprimée totalement. La semaine suivante, le chirurgien ne vit aucune raison de le garder à l'hôpital, et le laissa sortir avec une liste d'instructions pour les soins et le suivi de contrôle à domicile.

Pourtant, Maksim était sombre et ne montrait de joie qu'avec sa mère et son fils. Avec eux, il était presque comme autrefois. Cali ne cessait de se dire qu'elle se faisait des idées, et que même si ce n'était pas le cas, il avait sans doute une très bonne raison d'agir ainsi.

Il était amaigri, irritable, et venait de survivre à une crise presque fatale, qui avait dû l'ébranler profondément. Mais il ne pouvait rien montrer de tout cela à Tatjana et à Leo. Il n'avait même pas révélé son état à sa mère, de peur qu'elle ne s'inquiète, et ferait tout pour lui assurer qu'il était guéri. Il ne prendrait pas non plus le risque de marquer l'esprit impressionnable de Leo en laissant son stress post-traumatique s'exprimer devant lui.

Avec elle, en revanche, il pouvait laisser son véritable état transparaître, sans avoir à jouer la comédie, et il pouvait compter sur elle pour le comprendre.

Car elle le comprenait. Seulement, il lui manquait. Il lui manquait affreusement.

Il était présent, sans l'être vraiment. Il lui parlait, surtout en présence d'autres personnes, et parfois elle sentait son regard sur elle, mais dès qu'elle se tournait, avide de recréer un lien avec lui, il détournait ls yeux, la renvoyant dans un abîme de frustration.

Pourtant elle persévérerait. Indéfiniment s'il le fallait. C'était la promesse qu'elle lui avait faite.

Elle resterait à ses côtés, pour le meilleur et pour le pire. Aussi longtemps qu'elle vivrait.

Trois mois après que Maksim était sorti de l'hôpital, la résolution de Cali commença à fléchir.

Au lieu de s'améliorer, ne serait-ce que légèrement, les choses ne faisaient qu'empirer.

Elle en avait eu la preuve deux semaines plus tôt, lorsque le Dr Antonovich avait autorisé Maksim à reprendre toutes ses activités normales, sans exception. C'était comme s'il l'avait sorti d'une prison qu'il mourait d'envie de quitter. Il avait sauté dans le premier avion pour un voyage d'affaires. Seul.

Certes, il avait téléphoné régulièrement ces deux dernières semaines pour les rassurer, mais il n'appelait sur le portable de Cali que lorsque sa mère ne décrochait pas. Et même dans ce cas, il ne lui disait rien de personnel, encore moins d'intime, s'enquérant simplement de Leo ou lui demandant de le lui passer.

Le jour supposé de son retour, elle était à court de motifs plausibles pour expliquer son attitude. Elle ne pouvait que tirer la conclusion qui s'imposait.

Maksim l'évitait.

Et pour la première fois depuis leur rencontre, elle redouta de le voir, de rencontrer son regard. Ou plutôt, de le voir fuir son regard une énième fois.

Quelques minutes plus tard, il entra dans le salon, où tous étaient réunis pour l'accueillir. Et le voir fut comme un coup de poignard au cœur.

Il avait perdu du poids depuis sa rupture d'anévrisme, ce qui était compréhensible. Mais ce n'étaient pas seulement ses vêtements trop amples qui étaient douloureux à voir.

Il avait aussi coupé ses cheveux.

Ils étaient maintenant encore plus courts que lors de leur première rencontre — presque ras.

Elle se sentit catapultée dans le passé, mais dans un passé plus douloureux encore. A l'époque, ses yeux étaient brûlants de désir ; à présent ils étaient d'une neutralité glaçante.

Elle courut tout de même pour l'accueillir, mais ce ne fut que pour sentir la douleur s'aiguiser dans son ventre quand il s'extirpa de ses bras, prétendant répondre à la demande d'attention de Leo. Elle se rassit, maintenant son sourire en place uniquement pour son fils et sa belle-mère, jusqu'à ce que Leo s'endorme et que Tatjana prenne congé pour aller se coucher. Avec un bref « bonne nuit », Maksim s'en alla à son tour.

Alors elle atteignit son point de rupture.

Il fallait qu'elle sache où était le problème, sans quoi elle allait perdre la raison.

Se forçant à le suivre, même si elle craignait une autre rebuffade, elle approcha de la suite dans laquelle il s'était installé à la sortie de l'hôpital, prétextant qu'il souffrait d'insomnies et ne voulait pas la déranger.

Elle entra sur la pointe des pieds et le trouva assis, dans l'espace salon, les coudes sur les genoux, la tête entre les mains, ses larges paumes couvrant son visage. Ses épaules, qui semblaient maintenant plus petites, étaient affaissées. On aurait dit l'image de la défaite.

Elle sentit son cœur bondir.

Un élan protecteur monta en elle, et la poussa à courir vers lui, pour tenter de lui faire oublier ce qui l'accablait. Il leva alors brusquement la tête quand elle approcha, et l'espace de quelques instants, elle le vit dans ses yeux. Son tourment.

Poussant un cri de douleur, elle le serra fort et ne recula que pour prendre son visage entre ses mains tremblantes et le couvrir de baisers, en prononçant son nom dans une litanie saccadée.

Au bout de quelques instants à peine, il recula, prit ses mains et les retira de son visage. Son cœur se serra devant ce rejet sans équivoque.

— Je ne suis pas prêt pour ça.

« Ça » ? Sa proximité ? Ses émotions ? Qu'entendait-il par « ça » ?

Elle retira ses mains des siennes et sentit une décharge de cette tristesse devenue familière la parcourir.

— Le Dr Antonovich a dit que tu pourrais présenter des sautes d'humeur pendant quelque temps.

Il se leva.

— Je vais très bien.

— Tu as subi un traumatisme majeur, et une opération de ton organe le plus vital. Il est normal que tu ne te remettes pas aisément.

— Il m'a dit que tout allait bien. Il n'y a aucun problème chez moi. Ce n'est pas parce que je ne suis pas prêt pour le sexe que j'ai un problème.

Cela lui fit l'effet d'une gifle.

— Je n'ai pas dit cela, rétorqua-t-elle sourdement. Je ne te demande pas, et je n'attends pas de sexe de ta part. Je veux juste…

— Tu veux juste me toucher et m'embrasser. Tu veux être proche de moi, exprimer tes émotions, comme j'ai exprimé les miennes depuis mon retour jusqu'à la rupture de mon anévrisme.

Sa voix se durcit.

— J'ai essayé de te montrer que je ne veux plus rien de tout cela, mais tu refuses de saisir le message.

— D'accord. Je comprends…

— Non, tu ne comprends pas, rétorqua-t-il. Tu ne veux pas comprendre.

Elle ravala un sanglot, ne pouvant supporter cette dureté à laquelle elle n'avait jamais été exposée.

Puis, elle se souvint.

— Le Dr Antonovich a dit qu'il y avait un risque que ta personnalité change…

— Il n'y a pas de changement. C'est moi. Le vrai moi.

Ses paroles s'abattirent sur elle comme un bulldozer. Tout s'expliquait enfin.

— Tu veux dire que ce n'était pas le vrai toi auparavant ? Depuis ton accident ? Depuis ton retour ?

Son silence était la plus éloquente des réponses.

— Tu veux dire que quand tu m'as quittée, c'était parce que tu ne voulais plus rien avoir à faire avec moi ? continua-t-elle. Ensuite, tu as eu ton accident, et l'idée que tu pouvais mourir à tout moment t'a rendu vulnérable, et a suscité en toi un besoin d'intimité, pour te prouver que tu étais en vie ? Ou pis, cet anévrisme appuyait sur ton cerveau, provoquant ton changement de personnalité radical. Et une fois traité, tu es redevenu le vrai Maksim, celui qui ne m'aimait pas, qui m'avait abandonnée sans un regret ?

Son regard sinistre indiquait qu'il détestait entendre cela. Parce que c'était la vérité. Parce qu'il se sentait terriblement mal, mais qu'il ne pouvait rien y changer. Il ne pouvait se forcer à l'aimer alors qu'il ne ressentait plus rien.

Son amour pour elle avait été induit par son traumatisme crânien. A présent que ses séquelles avaient disparu, il avait été guéri de cet amour.

Il fallait qu'elle l'entende de sa propre bouche.

— Veux-tu que je m'en aille ?

Soudain, le regard de Maksim s'assombrit, comme si tout en lui venait de s'éteindre et de mourir.

— Je… pense que ce serait mieux, en effet.

Elle avait eu de l'espoir, jusqu'à ce que les mots aient franchi ses lèvres.

Tout son être fut saisi par une souffrance si aiguë qu'elle ploya sous sa force.

Il restait une chose encore. Non que cela change quoi que ce soit, mais il fallait juste qu'elle l'en informe.

— Je suis enceinte.

Il hocha la tête avec difficulté, comme si lui aussi avait à peine assez de force pour la soutenir.

— Je sais.

Il savait ? Personne n'avait remarqué qu'elle avait perdu du poids. Mais il la connaissait intimement, comme il ne voulait plus la connaître.

— Ce que je t'ai dit il y a deux ans tient toujours.

Concernant le fait de subvenir à ses besoins et à ceux de son enfant. Ses enfants à présent.

Elle redeviendrait une mère célibataire, non pas d'un, mais de deux enfants. Après avoir connu le bonheur d'élever leur fils avec lui.

— Pourquoi es-tu revenu ? s'exclama-t-elle dans un cri de douleur. Pourquoi ne m'as-tu pas simplement laissée dans l'ignorance, au lieu de me faire connaître le bonheur que nous pourrions avoir ?

Sans la regarder, il répondit d'une voix râpeuse :

— Je ne peux pas changer le passé, mais c'est mieux pour notre avenir, Caliope. Je sais que tu n'as besoin de rien, mais les enfants et toi, vous aurez des droits sur tout ce que je possède, et je vous offrirai mon soutien total, de toutes les manières que tu autoriseras. Si tu me laisses encore être le père de Leo, et du bébé quand il sera né, tu n'auras pas à me voir. En fait, je préférerais ne plus te voir.

Son cœur déjà en miettes fut pulvérisé.

— M'as-tu jamais aimée, Maksim ?

Il se rassit lourdement sur sa chaise, rejeta la tête en arrière et ferma les yeux.

— Ne remue pas le couteau dans la plaie, Caliope. Ne t'inflige pas cela.

— Il le faut. Je dois trouver un sens à tout cela, sinon je vais devenir folle.

Il rouvrit les yeux, la regarda avec une infinie tristesse, mais ne dit rien.

Non. Il ne l'avait jamais aimée.

Il n'y avait plus rien d'autre à ajouter. A ressentir. A espérer.

Elle tourna les talons et s'éloigna.

Une fois devant la porte, elle se sentit obligée de se retourner.

C'était fou de voir à quel point il ressemblait à l'homme qu'elle aimait. L'homme qui l'avait aimée. Alors même que cet homme n'avait jamais existé.

— Depuis que tu m'as parlé de ton anévrisme, je vivais dans la peur de te perdre. Maintenant que je t'ai perdu, je suis heureuse que ce ne soit pas parce que la mort t'a enlevé, même si j'ai l'impression d'être veuve.

Et elle dit au revoir à l'homme qui n'avait jamais existé, au bonheur, à l'amour, et à tout ce qui était empli d'espoir et de beauté et qu'elle ne connaîtrait jamais plus.

De retour dans sa suite, elle entra dans la douche et resta sous le jet puissant d'eau brûlante puis glacée, provoquant des frissons jusqu'au tréfonds de son être.

Elle ferma les yeux très fort, pour faire venir les larmes, pour qu'elles atténuent un peu cette pression insupportable. Mais rien ne vint. Elle avait pleuré sa dernière larme ; elle serait désormais privée à tout jamais du soulagement des pleurs.

Des vagues de désespoir faillirent l'écraser. Elle trembla si fort qu'elle ne put bientôt plus tenir debout, et s'affala sur le sol de marbre.

Elle resta là longtemps. Peut-être des heures.

Enfin, elle sortit de la douche, s'habilla, fit ses valises et embarqua pour New York avec Leo et Rosa.

Dix-huit heures plus tard, elle entra dans l'ascenseur de son ancien immeuble, seule. Elle avait confié Leo à Rosa pour la nuit.

Elle était à bout, et ne voulait pas exposer encore une fois son fils à son angoisse. Il l'avait perçue durant le vol, et avait pleurniché durant la majeure partie du trajet. Il avait sans doute également senti qu'elle l'emmenait loin de son père.

Oh ! elle ne les séparerait pas ! Maksim rendrait visite à Leo, et il pourrait le voir chaque jour, s'il le souhaitait. En dépit de tout le reste, une chose était indéniable : Maksim aimait son fils. Cela n'avait rien à voir avec ce qu'il ressentait, ou plutôt ne ressentait pas pour elle. Ce lien père-fils n'était pas dû à son anévrisme, aussi avait-il survécu à sa guérison.

C'était son amour pour elle qui avait été si superficiel, si artificiel, qu'il avait disparu d'un coup de scalpel.

La sonnerie de l'ascenseur la fit sursauter. Elle sortit en titubant, les yeux rivés au sol. Il lui faudrait vendre l'appartement. Il était chargé de trop de souvenirs. Elle devait effacer Maksim de son existence, si elle voulait avoir un espoir de survivre.

Mais elle leva les yeux… et le trouva devant elle.

Assis à côté de sa porte, il se leva en la voyant. Elle sentit ses jambes fléchir. Il se précipita pour l'empêcher de s'effondrer au sol.

Elle le dévora des yeux quelques instants, malgré elle, avant que la raison ne reprenne le dessus.

— Leo n'est pas avec moi.

— Je sais. Je suis ici pour te parler.

Prise de panique, elle se dégagea avec frénésie.

— Non ! Non, non, non. Tu ne peux pas continuellement me reprendre, me mettre en pièces, me rejeter, puis m'imposer tout cela de nouveau. Je ne te laisserai pas faire. Jamais. Plus jamais.

Les mots de Caliope s'abattirent sur Maksim comme des éclats de verre, transperçant son cœur et son cerveau.

Mais il devait continuer. Il fallait qu'elle comprenne.

Prenant les clés de ses mains engourdies, il ouvrit sa porte, et l'entraîna à l'intérieur.

— Il faut que je te parle, Caliope. Après cela, tu n'auras plus jamais à me revoir.

La défaite et le désespoir dans ses yeux lui firent regretter une fois de plus de n'être pas mort sur la table d'opération.

— C'est toi qui ne veux pas me voir, Maksim. Tu es revenu à ta vraie nature, mais je suis la même personne, celle qui t'a toujours aimé et qui ne peut cesser de t'aimer. J'aimerais qu'il existe une procédure médicale qui m'empêcherait d'éprouver des sentiments, mais même s'il y en avait une, je ne pourrais pas y avoir recours, à cause de Leo et du bébé. Tu as dit que tu préférais ne pas me revoir, et tu avais raison. Je ne peux pas te revoir. Rien que de penser à toi, je deviens folle. Te regarder remplit mon cœur de chagrin. Si tu veux que tes enfants aient une mère et non une épave, reste loin de moi.

Il méritait tout cela, et plus encore. Mais il devait aller au bout de sa démarche.

Il l'attrapa par le bras quand elle se détourna.

— La première fois, je t'ai quittée sans un mot. Cette fois, il faut que je t'explique.

— Je ne veux pas de tes explications. Je me fiche de savoir pourquoi tu es en train de me tuer. Ça ne changera rien au fait que tu me tues.

— Caliope…

Elle recula d'un pas mal assuré.

— Soit, c'était exagéré. Je ne vais pas mourir. Je vais recouvrer mon équilibre, et aller de l'avant. Pour moi-même, ainsi que pour mes enfants.

Il serra les poings, pour s'empêcher de la prendre dans ses bras.

— C'est ce que je veux que tu fasses. Aller de l'avant, et oublier.

— Tu n'as pas à me dire ce que tu veux ! cria-t-elle d'une voix étranglée par les sanglots. Tu n'as pas le droit de prétendre que tu te soucies de mon avenir. Je ne veux pas tourner la page, et je ne veux pas oublier. Si cela pèse sur ta conscience, je ne peux rien pour toi. L'homme que j'aime existe ici — elle frappa du poing sa poitrine — et ici.

Elle donna un autre coup contre sa tempe, et tout son corps trembla.

— Lui habite mes sens et mes réflexes, lui fait partie de chacune de mes cellules. Même si tu n'es plus cet homme, tu ne peux pas me l'enlever pour que le nouveau toi ait bonne conscience.

Son propre tourment s'exprima dans un gémissement douloureux.

— J'étais conscient tout le temps, après m'être effondré, Caliope.

Elle s'interrompit, l'air sonnée.

Il poursuivit.

— Pendant tout le trajet jusqu'à l'hôpital, jusqu'à ce qu'ils t'obligent, selon mes instructions, à rester en dehors de la salle d'opération, j'ai tout vu, tout ressenti. J'étais horrifié par ce que cela t'a fait quand je me suis effondré. Je n'avais jamais vu quelqu'un de si dévasté, je ne savais pas que l'on pouvait souffrir de façon si absolue, si terrible. Et j'ai pris conscience de ce que je t'avais fait. J'ai été bien plus égoïste que tu ne m'as accusé de l'être, en t'impliquant dans cette relation vouée à la destruction, dans laquelle j'avais le bonheur de ton amour aussi longtemps que je vivrai, alors que je te laissais l'angoisse de ma mort et la malédiction de mon souvenir.

Elle écarquilla ses yeux emplis de larmes.

— Le Dr Antonovich dit qu'il est sûr à plus de quatre-vingt-dix pour cent que je suis totalement guéri, mais il y a encore un risque pour que je ne le sois pas. Et je ne peux supporter de te faire vivre dans une terreur constante, en attendant que je m'effondre de nouveau, alors que la prochaine fois, je pourrais ne pas m'en sortir.

Ses larmes s'arrêtèrent soudain. Tout en elle sembla se figer.

Puis un murmure s'échappa de ses lèvres.

— Tu veux dire que tu m'aimais ? Que tu n'as jamais cessé de m'aimer ?

Impossible de nier à présent.

— Je t'aime depuis le premier jour. Je ne pense pas pouvoir cesser de t'aimer, même si on m'enlevait le cerveau entier.

Cette fois, la voix de Cali fut plus audible tandis que son regard se faisait plus pénétrant.

— Et tu as décidé qu'il valait mieux pour moi que je te perde pendant que tu étais encore en vie ? C'est pour ça que tu t'es renfermé après ton opération ? Pour que j'éprouve de la rancœur envers toi et que je souffre moins si tu mourais ?

Il opina avec prudence. L'impression angoissante qu'il avait tout gâché l'envahit.

— Alors, pourquoi m'as-tu suivie jusqu'ici, si tu voulais tant me voir partir ?

Il poussa un soupir.

— Je voulais que tu me quittes dans la colère et l'indignation, avec l'intention de m'oublier. Mais au lieu de cela, tu étais anéantie, sans aucun espoir de te remettre de moi. *Bozhe moy*, ces dernières choses que tu as dites, le fait de devenir folle de ne pas savoir, d'avoir l'impression d'être veuve. Ce que tu viens de dire, que tu m'aimerais quoi qu'il arrive…

Il se sentait totalement perdu, ne sachant plus ce qu'il était venu faire ou comment il pouvait bien la pousser à se sauver elle-même.

Néanmoins, il fit une nouvelle tentative.

— Je ne pouvais pas t'abandonner une nouvelle fois sans explication. Je ne pouvais supporter que tu continues à penser que je ne t'aimais pas. Je t'aime à la folie, Caliope. J'aime notre famille, notre vie, à tel point que cela me coupe le souffle. Mais je ne peux pas t'exposer de nouveau à un chagrin de cette ampleur.

Quelques longues secondes s'écoulèrent, puis le murmure qu'elle émit ressembla davantage à la Caliope qu'il connaissait.

— Une dernière question. Si c'était moi qui étais blessée ou diminuée, tu m'abandonnerais ?

— Caliope, *niet*...

Elle insista.

— Si tu savais que je pouvais mourir à tout moment, abandonnerais-tu un seul jour avec moi, vivrais-tu le temps qui me reste loin de moi, pour t'épargner l'angoisse que tu ressentirais si je mourais pendant que nous étions ensemble ?

Des larmes acides lui montaient aux yeux.

— Je donnerais ma vie pour être auprès de toi, répondit-il d'une voix brisée et râpeuse. Un mois. Un jour. Une heure. Et, du moment que tu m'aimes, rien ne m'éloignerait jamais de toi, quoi qu'il advienne.

— Eh bien moi, il y a quelque chose qui m'éloigne de toi, alors que je t'aime et que j'ai besoin de toi. Et ce quelque chose, c'est toi. Toi qui ne cesses de me priver de toi.

Et soudain, il comprit. Non seulement il avait échoué dans sa mission, mais il avait refermé le piège sur lui et sur elle.

— *Bohze moy,* Caliope, mourir ou, pis, être infirme, c'est de loin préférable à l'idée de te faire souffrir. Mais quoi que je fasse, je vais finir par te blesser, et j'ai pensé...

Il poussa un profond soupir.

— Je ne sais plus ce que j'ai pensé. Tout semblait logique dans ma tête quand j'essayais de te détourner de moi. Et puis, j'ai vu et ressenti la réalité de ta douleur, et j'ai su qu'elle ne disparaîtrait pas parce que je te pousserais à me quitter.

Il s'interrompit et la regarda, désemparé. Il l'aimait tant que cela le dépassait, le désarmait.

Elle l'attira doucement contre elle, dans le paradis de ses bras aimants, l'éloignant de toutes ses peurs et de son incertitude.

— Alors accepte ton destin, Maksim : être à moi pour le restant de notre vie, quelle qu'en soit la durée. Sois follement heureux et humblement reconnaissant, comme je le suis, pour chaque seconde que nous passons ensemble. Cesse de vouloir m'épargner une douleur future, car cela ne ferait que me blesser maintenant et pour toujours. Aime-moi de nouveau, et laisse-moi revivre.

A ces mots, les dernières entraves de son angoisse cédèrent, et toutes les barrières insurmontables de ses peurs s'effondrèrent.

Il la serra fort.

— Je ne pourrai jamais cesser de t'aimer. Je ne cesserai jamais de t'aimer, même après mon dernier souffle. Tu es mon souffle, tu es dans chacune de mes cellules. Mon cœur bat au rythme de ton nom, mes sens réclament ton être. Je suis à toi, et je te supplie de ne jamais me laisser partir.

Cette fois, elle versa des larmes de joie, qui trempèrent son torse et apaisèrent son âme.

— Je ne t'ai jamais laissé partir. Je me suis accrochée à toi de toutes mes forces, mais c'est toi qui ne cessais de me quitter chaque fois que ton esprit chevaleresque et ton penchant pour le sacrifice sont entrés en jeu.

— Si jamais je m'égare encore un jour, dans un nouvel accès de stupidité, frappe-moi sur la tête et ramène-moi dans tes bras.

Elle afficha un sourire empli d'un amour si vibrant qu'il appuya la tête contre sa poitrine et laissa ses larmes couler.

Elle posa des mains tremblantes sur sa tête et caressa ses cheveux.

— Je pourrai te frapper sur la tête, mais difficilement te ramener là où est ta place. Tes cheveux sont trop courts.

Il rit.

— Mes cheveux repousseront, jusqu'à la taille si tu le souhaites.

— Oh ! cette idée me ravit !

Elle s'appuya contre lui.

— Et, Maksim, je veux, j'ai envie… besoin de toi. Durant ces trois mois sans toi, je suis passée par tous les stades du manque.

— Puis-je consacrer les trente prochaines années à racheter

mon crime majeur, consistant à t'avoir tourmentée trois mois pour rien ?

— Disons « cinquante », et nous serons quittes.

Sentant qu'il venait d'échapper de justesse à un éternel enfer, il l'emmena au lit, où ils se retrouvèrent bientôt réunis, peau contre peau, en espérant qu'ils ne soient plus jamais séparés.

Désormais, il savait que toute angoisse latente ne ferait qu'intensifier leur union, leur ferait apprécier davantage chaque seconde vécue ensemble. La vie avait une fin, mais leur amour ne mourrait jamais.

Quand le tourbillon de la passion décrut, après une longue nuit de plaisirs sauvages, il s'appuya sur un coude, caressant ses fesses et remontant vers son dos, en s'émerveillant devant sa beauté.

— Peut-on aller chercher notre petit lion maintenant ?

Rassasiée et satisfaite, elle se cambra avec sensualité.

— Oui ! Il est malheureux sans son papa. Et, Maksim…

— *Da, moya dusha ?*

— Si notre bébé est un garçon, je veux l'appeler Mikhail. Si c'est une fille, Tatjana Anastasia.

Il enfouit le visage dans son cou.

— Tu vas vraiment me tuer par un trop-plein d'amour.

— Je veux te faire vivre comme tu n'as jamais vécu.

— C'est le cas. Sans toi, je survivais. Avec toi, je suis vivant. Je ne pense pas pouvoir trouver assez de façons de te remercier et de te montrer à quel point je t'aime.

— Quand tu ne me prouvais pas ton amour en me quittant, tu faisais des merveilles.

Se sentant plus que comblé, il caressa sa joue.

— Pour m'avoir montré le bien qui était en moi, pour m'avoir donné le meilleur de toi, pour m'aimer même quand je te rendais la tâche impossible, pour ne m'avoir jamais abandonné jusqu'à ce que je comprenne, je te promets de faire encore plus de merveilles.

Ses yeux, semblables à des fragments de ciel, débordèrent de larmes d'adoration.

— Je veillerai à ce que tu tiennes ta promesse. Et je m'accrocherai à toi. Plus jamais je ne te laisserai partir.

— Plus jamais, *moya zhena, moya dusha,* promit-il. Plus jamais, ma femme, mon âme. Cette fois, nous sommes ensemble pour toujours.

ELIZABETH LANE

Un troublant secret

Traduction française de
ANDRÉE JARDAT

PASSIONS

HARLEQUIN

Titre original :
IN HIS BROTHER'S PLACE

Ce roman a déjà été publié en 2013.

- 1 -

Santa Fe, New Mexico

La main de Jordan se crispa sur son téléphone portable.

— Vous êtes certain de ce que vous avancez ? demanda-t-il.

— Vous seul pouvez le savoir, monsieur Cooper, répondit le détective privé d'une voix métallique. Un rapport détaillé vient de vous être envoyé en express. Vous y trouverez le certificat de naissance de l'enfant, une copie d'archives de l'hôpital, l'adresse de la mère et quelques photos prises à son insu. Lorsque vous aurez le dossier en main, vous pourrez en tirer vos propres conclusions. Néanmoins, si vous voulez que nous poursuivions l'enquête…

— Ce ne sera pas nécessaire, merci. Je vous ferai parvenir votre règlement dès que j'aurai reçu les documents.

Agacé, il mit un terme à la conversation en claquant sèchement le clapet du portable. Le dossier lui parviendrait d'Albuquerque d'ici à une heure. Si son pressentiment se confirmait, il aurait de quoi faire voler en éclats l'ordre bien établi de son petit monde.

Il alla se poster à une fenêtre de son bureau pour contempler les terres du ranch qui s'étendaient à perte de vue. Au loin, la chaîne montagneuse Sangre de Cristo brûlait des couleurs flamboyantes de cette fin novembre.

Cette terre appartenait à sa famille depuis plus d'un siècle et, lorsque sa mère ne serait plus là, il en deviendrait l'unique héritier. Sauf si le rapport confirmait ce qu'il soupçonnait déjà.

Sans rompre le fil de ses pensées, il quitta son poste d'observation. Il n'était pas trop tard pour revenir en arrière. Lorsque le rapport lui parviendrait, il pourrait le jeter au feu sans même l'ouvrir ou le passer à la déchiqueteuse. En revanche il aurait beau faire, rien n'effacerait le souvenir d'Angelina Montoya ni ce qu'elle avait fait à sa famille.

Son regard se posa sur le mur le plus éloigné, où étaient encadrées quelques photos de famille. La plus grande montrait deux jeunes garçons souriant au-dessus de la truite arc-en-ciel qu'ils exhibaient fièrement devant l'objectif.

Ils se ressemblaient tellement qu'on avait le plus grand mal à les discerner. C'était lui, et son jumeau Justin.

Lorsque cette photo avait été prise, ils étaient encore inséparables. Trois ans plus tard, Justin était tombé fou amoureux d'Angelina, serveuse dans un restaurant mexicain chic du quartier de la Plaza. Sa détermination à vouloir l'épouser avait été à l'origine de la brouille qui avait divisé la famille.

Convaincus du fait que la jeune femme n'était qu'une opportuniste avide d'argent, ses parents et lui avaient tout mis en œuvre pour séparer le couple. Jamais il n'avait eu l'occasion de se réconcilier avec son frère car, alors qu'il pilotait lui-même son Cirrus SR 22, Justin s'était écrasé dans les montagnes de l'Utah, la veille de l'anniversaire d'Angelina.

La douleur avait précipité leur père dans la tombe et fait de leur mère une femme dépressive et aigrie. Quant à Angelina Montoya, elle avait tout simplement disparu de la circulation ; jusqu'à la semaine dernière où, quatre ans après le drame, il était tombé par hasard sur son nom. Une heure plus tard il était en contact avec le meilleur détective privé de l'Etat. Et, aujourd'hui, il était sur le point d'obtenir la confirmation de ce qu'il savait déjà : Angelina lui avait volé son frère mais également… son neveu.

— Tu as bien travaillé, Lucas, dit Angelina en reportant toute son attention sur le dessin que lui tendait fièrement son fils.

— C'est notre famille, expliqua l'enfant en montrant du doigt les trois silhouettes en bâton esquissées sur une feuille de papier d'ordinateur. Le plus petit bonhomme, c'est moi, et la dame avec les grands cheveux noirs, c'est toi.

— Et qui est-ce, là, en haut ? s'enquit Angelina bien qu'elle connaisse la réponse d'avance.

— C'est papa qui est au ciel. Il veille sur nous, comme tu me l'as dit.

— C'est exact, mon chéri. Veux-tu que nous accrochions ton dessin sur le Frigidaire, avec les autres ?

— D'accord.

Son chef-d'œuvre serré contre lui, Lucas trottina jusqu'à la minuscule cuisine. Angie refoula une bouffée d'émotion. Ce n'était pas facile de vivre avec le souvenir permanent de Justin, mais elle avait fait le choix de donner à son fils l'impression que son père était présent malgré tout. Dans ce but, elle avait posé un portrait de Justin sur sa table de chevet et un album de photos sur une étagère à sa portée. La plupart des clichés représentait Justin seul ou en sa compagnie. Aucun membre de la famille Cooper ne figurait dans l'album. Après les humiliations que ces gens lui avaient fait subir, elle avait rompu les ponts avec eux, en particulier avec Jordan.

C'était lui qui, le jour de son anniversaire, était venu lui annoncer le décès de Justin. Il n'avait pas dit grand-chose mais son comportement était éloquent. Comme lorsque, des semaines plus tôt, les Cooper lui avaient proposé cinquante mille dollars pour qu'elle quitte Justin. Si elle avait accepté, Justin serait encore en vie.

Elle n'oublierait jamais le dédain qu'elle avait lu dans son regard. Comment deux frères à l'apparence si semblable pouvaient-ils être si différents ?

Justin était chaleureux et aimant, toujours prêt à rire et à pardonner. Jordan, en revanche, renvoyait l'image d'un homme froid, calculateur, enclin à critiquer. Et surtout manipulateur. Elle était bien placée pour le savoir.

La sonnerie de l'entrée interrompit le fil de ses pensées.

— J'y vais ! cria Lucas.

— Surtout pas, mon bonhomme, dit-elle en soulevant son fils de terre pour le prendre dans ses bras.

Si leur petit appartement était confortable, l'environnement n'était pas des plus rassurants. Aussi s'était-elle donné pour règle d'envoyer son fils dans sa chambre lorsqu'on venait frapper à leur porte. Si sa petite société de conception de sites Web continuait à progresser, elle pourrait envisager de louer une maison dans un quartier plus sûr, mais jusque-là…

La sonnerie retentit de nouveau. Elle installa Lucas sur son tapis de jeux et referma la porte derrière elle avant de se diriger vers la porte.

Jordan se figea au bruit des pas qui se rapprochaient, et soudain il douta du bien-fondé de sa démarche. N'aurait-il pas mieux fait d'envoyer quelqu'un à sa place pour ce premier contact ?

Non, décida-t-il fermement. C'était à lui d'affronter ce qui l'attendait derrière cette porte. A lui encore qu'incombait la tâche de perpétuer la mémoire de son frère — si, toutefois, Angie s'était suffisamment radoucie pour qu'il réussisse à lui faire entendre raison…

Il retint sa respiration lorsque la porte s'ouvrit de la largeur que permettait la chaîne de sécurité.

Des yeux couleur café bordés de longs cils le dévisagèrent ostensiblement. Il les vit s'agrandir de stupeur, puis exprimer toute la méfiance du monde.

— Que veux-tu, Jordan ?

La voix rauque teintée d'un léger accent sud-américain raviva ses souvenirs.

— Pour commencer, j'aimerais bien entrer, dit-il.

— Pourquoi ? demanda-t-elle sans esquisser le moindre geste d'invitation.

Force était de constater qu'elle ne s'était pas radoucie.

— Je ne te parlerai pas tant que tu me laisseras derrière cette fichue porte.

— Je ne vois pas ce que nous pouvons avoir à nous dire.

Jordan n'avait jamais été un ange de patience. L'entêtement d'Angelina le mit un peu plus à l'épreuve.

— Tu as le choix, Angie. Soit tu me laisses entrer et nous discutons comme deux personnes civilisées, soit je hurle suffisamment fort pour ameuter tout le quartier. Sache que je ne partirai pas tant que je ne t'aurai pas dit ce pour quoi je suis venu.

Il marqua une pause avant d'ajouter d'une voix moins dure :

— Qui sait ? Peut-être que ce que j'ai à dire te plaira.

Il se prépara à une réponse cinglante mais, au lieu de ça, elle referma le battant. Il attendit en silence. Quelques secondes s'écoulèrent avant qu'il n'entende la chaîne de sécurité glisser sur son rail. La porte s'ouvrit de nouveau lentement sur elle.

Avant d'entrer, il parcourut du regard l'intérieur de l'appartement. Le salon avait beau être lumineux et propre, les murs fraîchement repeints et le canapé décoré de coussins aux couleurs vives, il n'en demeurait pas moins que l'endroit était exigu.

Il avait pu constater que le bâtiment ne bénéficiait d'aucun système de sécurité et que n'importe qui pouvait y entrer comme lui-même l'avait fait. Sans compter les bandes d'adolescents désœuvrés qui traînaient dans les rues ainsi que les graffiti qui recouvraient les murs des façades. Si c'était le mieux qu'elle pouvait s'offrir, c'était la preuve qu'Angelina devait avoir du mal à joindre les deux bouts.

Et où était son fils ? Jordan ne voyait aucun indice de la présence d'un enfant, ici. Sauf cet exemplaire de *Goodnight*

Moon posé sur la table basse… Angie avait dû le mettre en sécurité, bien sûr. Et c'était sans doute la raison pour laquelle elle s'était montrée si réticente à lui ouvrir.

Tandis qu'il pénétrait à l'intérieur, Angie entra dans son champ visuel. Elle était vêtue d'un T-shirt noir et d'un jean délavé qui, malgré leur simplicité, mettaient ses formes en valeur. Ses cheveux d'un noir de jais cascadaient sur ses épaules en boucles soyeuses. Ses pieds étaient nus, et les ongles de ses orteils délicats vernis d'un rose discret.

Qu'elle était belle ! Il avait été séduit bien avant que son frère ne tombe amoureux d'elle, et bien après aussi. Vite, il refoula le souvenir du moment d'égarement qu'il avait connu avec elle dans sa voiture, le goût de ses larmes, la douceur de ses lèvres, l'excitation provoquée par ses courbes harmonieuses sous ses mains fébriles. Une erreur colossale qu'il n'avait jamais cherché à répéter… Mais oublier une femme comme Angie était plus facile à dire qu'à faire.

Il s'éclaircit la voix avant de demander :

— Tu ne m'invites pas à m'asseoir ?

— Il y a de la place sur le canapé, rétorqua-t-elle, mal à l'aise.

S'il était facile d'imaginer qu'elle aurait préféré s'installer sur une chaise face à lui, l'exiguïté des lieux ne lui laissait d'autre choix que de s'asseoir par terre ou à côté de lui. Elle opta finalement pour le bras du sofa, aussi loin de lui qu'elle le pouvait.

Il changea de position pour lui faire face. Il ne pouvait lui reprocher de se méfier de lui, mais il fallait qu'elle l'écoute. Pour Justin.

Et aussi parce que, s'il pouvait aider le fils de Justin et la femme que celui-ci avait aimée, il pourrait enfin être en paix avec lui-même. Justin lui pardonnerait peut-être, de là où il se trouvait.

Il n'avait pas changé. Angie scruta les yeux de Jordan, d'un gris métallique, ses mâchoires carrées et volontaires, ses mèches indisciplinées. A la seconde où elle l'avait vu, lui qui ressemblait tant à l'homme qu'elle avait aimé, les battements de son cœur s'étaient accélérés.

— Comment m'as-tu retrouvée ? demanda-t-elle.

— Via internet, mais c'est un pur hasard. Ton nom apparaît sur un site Web que tu as conçu pour une boîte d'imprimerie. La curiosité m'a poussé à aller sur ton propre site ; et là, j'ai pu voir une photo de toi travaillant sur ton ordinateur. J'ai remarqué que tu n'étais pas seule.

Son sang se figea dans ses veines. C'était un voisin qui avait pris cette photo. Au dernier moment, Lucas s'était approché de si près qu'on pouvait le voir, partiellement, de dos.

Une peur insidieuse l'envahit. Par simple précaution, elle aurait pu procéder à des retouches. Comment avait-elle pu se montrer aussi négligente ?

Pourtant, ce cliché ne pouvait pas avoir suffi à Jordan pour qu'il retrouve sa trace. La colère monta en elle au moment même où elle comprit.

— Tu m'as fait suivre, c'est ça ?

Jordan serra les dents.

— Où est-il, Angie ? Où est Lucas ?

— Tu n'as pas le droit de me le demander ! s'écria-t-elle, sur la défensive. Lucas est mon fils, tu m'entends ? *Mon* fils !

— Mais il est aussi le fils de mon frère, rétorqua Jordan. J'ai une copie de l'extrait de naissance où il apparaît que tu as déclaré Justin comme étant son père. Je suppose que c'est vrai.

La peur qui l'étreignait monta d'un cran.

— J'ai fait ça pour Lucas. Pour qu'un jour, il sache. Mais Justin…

Elle s'interrompit pour refouler la vague d'émotion qui la submergeait.

— Justin n'a même pas su que j'étais enceinte. Je comptais le lui annoncer le jour de mon anniversaire.

— Donc, vous ne vous êtes pas mariés. Même pas secrètement.

— Non. Tu n'as pas à t'inquiéter, Jordan. Je n'ai aucun droit sur votre précieuse fortune ou sur quoi que ce soit d'autre. Aussi, va-t'en et laisse-nous seuls.

Elle chercha sur ses traits une trace d'émotion mais son visage était de marbre.

— Tu aurais dû nous prévenir, dit-il. Tu imagines un peu ce que cela aurait signifié pour mes parents de savoir que Justin avait laissé un fils ?

— Vos parents me détestaient ! Comment aurais-je pu exposer mon bébé à des sentiments aussi affreux ?

— Je veux le voir.

Non ! Son cœur se mit à cogner dans sa poitrine. Elle n'avait pas eu le temps de préparer son fils à une telle situation.

— Je ne pense pas..., commença-t-elle, malheureusement trop tard.

Elle entendit la porte de la chambre s'ouvrir et le bruit de petits pas feutrés dans le couloir. Manifestement, Lucas en avait eu assez d'attendre et avait décidé d'évaluer la situation par lui-même. Impuissante, elle le regarda s'avancer et jeter un coup d'œil furtif à leur visiteur.

Ses grands yeux noisette s'écarquillèrent de surprise. Puis son petit visage s'éclaira d'une joie immense.

— Papa, tu es revenu !

« Papa » ?

C'était la dernière chose à laquelle Jordan s'était attendu — voir fondre sur lui cette petite boule d'énergie qui lui enlaça les jambes. Un sentiment d'impuissance l'envahit. Lucas le prenait-il vraiment pour Justin ?

Il interrogea Angie du regard mais elle semblait sous le choc.

— Il a une photo de Justin, dit-elle lorsqu'elle se fut

ressaisie. Je lui ai expliqué que son papa était au ciel, mais il est si jeune…

Ses mots se perdirent dans un murmure tandis qu'elle quêtait un signe de compréhension.

D'une main ferme, Jordan se libéra de l'étreinte du petit garçon puis l'installa sur la table basse avant de le détailler tout à loisir.

S'il avait pu douter que Lucas était le fils de Justin, ses doutes se dissipèrent instantanément. A l'exception du teint mat hérité de sa mère, Lucas avait tout des frères Cooper. Le nez droit, le menton creusé d'une fossette, jusqu'à l'épi de cheveux planté sur le sommet du crâne.

Copie conforme de Justin, et donc de lui-même, cet enfant aurait pu tout aussi bien être le sien.

Lucas le contemplait avec vénération, son petit menton tremblait un peu, comme s'il sentait que quelque chose n'allait pas. Peut-être se demandait-il pourquoi son père ne semblait pas plus heureux de le voir.

Jordan réprima l'envie de se lever et de partir. Il n'était pas habitué à la présence d'enfants et, pour être franc, il ne les aimait pas plus qu'il ne les comprenait. Mais dans ce cas précis, vu la situation, il fallait bien qu'il réagisse.

— Ecoute-moi, Lucas. Je ne suis pas ton père. Je suis ton oncle Jordan, le frère de ton père. Nous nous ressemblons beaucoup, c'est tout. On est jumeaux, tu comprends ?

Une larme roula sur la joue du petit garçon.

Désemparé, Jordan jeta un coup d'œil à Angie. Ses traits délicats révélaient une peine immense. A la seconde où il l'avait revue, il s'était demandé ce qu'il éprouverait à embrasser ses lèvres sensuelles. Un jour, il l'avait su… à son grand regret.

— Viens ici, Lucas, dit-elle tendrement.

Elle serra fièrement son fils contre elle et toisa Jordan.

— Tu ne m'as toujours pas donné la raison de ta venue, déclara-t-elle d'un ton glacial.

Il poussa un profond soupir. Par où commencer ? Le discours

qu'il avait répété durant le trajet lui semblait soudain empesé et arrogant, mais il n'avait rien de mieux en tête.

— C'est une obligation morale que je dois à mon frère, commença-t-il. Justin aurait voulu que son fils bénéficie de tous les avantages que l'argent peut offrir : un bel endroit où vivre, une bonne éducation, des opportunités sociales et culturelles. Bref, des avantages que tu ne peux pas lui donner.

Choquée autant qu'offusquée par de tels propos, elle serra son fils un peu plus étroitement.

— Je peux lui donner de l'amour ! Et lorsque mon affaire se sera développée, je pourrais lui offrir un autre style de vie. Si tu t'imagines que je vais accepter un *cent* de ton argent…

— Je ne suis pas venu te parler d'argent, Angie.

Il vit un éclair de terreur passer dans son regard horrifié. Le croyait-elle capable de comploter pour lui enlever son fils ?

Ressentant inconsciemment la détresse de sa mère, Lucas commença à geindre.

— S'il te plaît, Angie. Ecoute-moi. Je suis venu pour vous inviter toi et Lucas, je dis bien tous les deux, à venir vivre au ranch. Ce n'est pas la place qui manque et chacun pourrait garder son indépendance. Tu pourrais même continuer à travailler, si tu y tiens. Quant à Lucas…

— Je t'arrête tout de suite, objecta-t-elle avec raideur. C'est hors de question.

Lucas se mit à gigoter nerveusement, au bord des larmes.

— Laisse-moi finir. Tu pourras alors prendre une décision.

Avec un soupir, elle posa son fils à terre.

— Va dans ta chambre, lui dit-elle. Si tu es sage, ce soir nous ferons du pop-corn et nous regarderons des dessins animés.

Elle attendit qu'il ait disparu pour se tourner vers Jordan et lui faire face.

— A quoi t'attendais-tu en venant me faire cette proposition ? Ta mère m'adressait à peine la parole alors que Justin était encore en vie. Me savoir dans sa maison, même avec

Lucas, lui serait insupportable. Sans parler de ce que moi-même j'éprouverais !

Jordan secoua la tête.

— Il y a deux ans, après la mort de mon père, elle est allée vivre dans une maison de retraite en ville. Elle disait qu'elle ne remettrait jamais les pieds au ranch, qu'elle jugeait trop empli de souvenirs douloureux.

— Tu vis là-bas tout seul ?

Pensait-elle à la même chose que lui ? Tous les deux seuls dans cette maison la nuit, une fois Lucas endormi…

Il chassa cette vision avant que son imagination débridée ne s'en empare et ne l'entraîne vers des zones interdites. Car il avait beau avoir toutes les raisons de détester cette femme, il ne lui aurait pas déplu de l'attirer dans son lit. Mais ce fantasme ne se réaliserait jamais : elle le haïssait de l'avoir embrassée, tout comme il se haïssait lui-même.

— On n'est jamais seul dans un ranch avec le personnel qui va et vient sans arrêt. Tu aurais une voiture, enchaîna-t-il. Tu serais libre d'aller et venir comme bon te semblerait.

Elle baissa les yeux sur ses mains mais, dans le silence pesant qui régnait entre eux, il sut deviner la question qu'elle n'osait pas poser.

— Tu ne me verrais pas beaucoup, précisa-t-il. Je passe entre trois et quatre jours par semaine à mon bureau qui se trouve en ville. Par ailleurs, je voyage beaucoup et, même quand je suis au ranch, je ne recherche pas forcément la compagnie.

A ses joues légèrement empourprées, il vit qu'elle l'avait écouté. Pas difficile de deviner ses pensées… D'ailleurs, il était dans le même état d'esprit depuis l'instant où il l'avait vue.

Il prit une profonde inspiration.

— Je vais être très clair, Angie. Si c'est moi qui t'inquiète, sache que je n'ai pas l'intention d'oser le moindre geste déplacé à ton égard. Tout ce que je veux, c'est offrir ce qu'il y a de mieux au fils de mon frère.

Piquée au vif, elle releva fièrement le menton.

— Si c'est vraiment ce que tu veux, alors va-t'en et laisse-nous tranquilles.

Il résista avec peine à l'envie de la prendre par les épaules et de la secouer pour lui faire entendre raison.

— Bon sang, Angie ! Regarde un peu autour de toi. Dans un environnement pareil, ton fils ne peut même pas aller jouer dehors. Pense à la vie qu'il aurait au ranch : des terres à perte de vue, des animaux, des gens tout prêts à l'accueillir et à veiller sur lui…

— Non ! s'exclama-t-elle violemment. Je ne vais pas rester assise à t'écouter me dire que je suis incapable d'élever mon enfant moi-même, avec mes propres ressources ! Cet appartement n'est pas luxueux, certes, mais au moins je le paie sans l'aide de quiconque. Ecoute-moi bien, toi aussi. Mes parents étaient ouvriers agricoles, qui plus est immigrés. Pour pouvoir élever dignement leurs enfants, ils trimaient du lever au coucher du soleil. Il nous arrivait de dormir par terre et de ne pas avoir assez à manger. Mais ils ont toujours refusé la charité, tout comme je n'accepterai jamais la tienne.

Jordan avait de plus en plus de mal à contenir son impatience. Qu'est-ce qui clochait chez cette femme ? Ne comprenait-elle pas qu'il ne s'agissait pas d'aumône ? Lucas avait autant de droits sur le ranch que lui.

— Il ne s'agit pas de charité, dit-il d'un ton sec. Lucas est le fils de mon frère et, à ce titre, il a le droit de…

— Il a le droit d'apprendre la valeur du travail ainsi que la satisfaction de gagner sa vie par ses propres moyens, coupa-t-elle tout aussi sèchement. Ça, au moins, je peux le lui donner.

Elle se leva, tremblante d'indignation.

— Aussi, tu peux repartir d'ici avec ta proposition. Non seulement nous n'avons pas besoin de ton aide mais nous n'en voulons pas.

Il se leva à son tour. Elle lui arrivait au menton mais il la sentit capable de lui arracher les yeux. Le moment était venu de battre en retraite.

— Très bien. Je ne peux pas te forcer mais si toutefois tu changeais d'avis…

— Je ne changerai pas d'avis.

Sans ajouter un mot, il sortit et referma la porte derrière lui. Il entendit de nouveau la chaîne glisser sur son rail et le bruit du loquet qu'elle verrouillait.

Que faire ? Angie faisait preuve d'une fierté qu'il admirait, mais elle avait eu tort de refuser son offre. Lucas méritait d'avoir sa chance, et cela relevait de sa responsabilité. Il revit son petit visage radieux de bonheur lorsqu'il avait cru voir son père. Maintenant, il savait qu'il ne pourrait pas lui tourner le dos aussi facilement. Alors, même s'il ne pouvait forcer Angie à accepter sa proposition, il allait au moins s'assurer qu'elle aurait un moyen de le joindre au cas où elle changerait d'avis.

Dans un soupir, il sortit une carte de visite de son portefeuille et inscrivit au dos son numéro de téléphone personnel. Il la glissa sous la porte. Elle allait probablement la déchirer, mais c'était une opportunité qu'il ne pouvait laisser passer.

Il y avait en jeu bien plus que la fierté d'une femme.

Il y avait en jeu bien plus qu'Angelina Montoya ne le saurait jamais.

- 2 -

Entortillée dans ses draps, Angie fixait les rayures inégales que formait sur les murs la lumière filtrant à travers les stores bon marché. Elle entendit le bruit d'une moto qui s'éloigna dans un vrombissement infernal.

La carte de Jordan était posée sur sa table de nuit. Elle aurait dû la déchirer en mille morceaux ou, mieux, la brûler. Elle n'aurait pas besoin de le contacter puisqu'elle n'avait aucune intention d'accepter son offre. Elle et Lucas se débrouillaient très bien tout seuls. Ils avaient un toit au-dessus de leur tête, de quoi manger à leur faim et s'habiller convenablement. Elle avait même de quoi mettre quelques litres de carburant dans sa vieille Toyota, qu'elle utilisait à l'économie.

Pourtant, au fil des heures, le doute s'insinuait plus profondément en elle. Et si son affaire ne marchait pas comme elle l'espérait ? S'ils tombaient malades, elle ou Lucas ? Et si, un jour, elle ne gagnait plus suffisamment d'argent pour pouvoir payer les études de son fils ?

Mais pis, comment réagirait Lucas lorsqu'il saurait que la famille de son père était fortunée et que sa mère avait préféré l'élever dans la pauvreté plutôt que d'accepter leur aide ?

Jordan lui avait fait une offre qui pouvait mettre un terme à ses angoisses. Alors, pourquoi avait-elle refusé ?

Pourquoi ?... Comme si elle ne le savait pas !

Le souvenir de ce jour de l'an fatidique lui revint avec précision. Justin et elle s'étaient rendus à une soirée organisée par une amie d'université. Jordan les avait rejoints plus tard, seul.

Au moment où ce dernier était arrivé, Justin était déjà ivre et ne semblait pas indifférent aux avances grossières de leur amie, récemment divorcée. Lorsque, quelques minutes plus tard, elle les avait trouvés enlacés — autant que débraillés — dans la cuisine, elle n'avait pas pu le supporter.

Elle s'était dirigée vers la porte et avait croisé Jordan sur le seuil. Il venait d'arriver. En dépit de leur animosité réciproque, il lui était apparu comme son sauveur. Poussée par le désespoir, elle lui avait demandé de la raccompagner chez elle.

Il ne lui avait demandé aucune explication. Il l'avait aidée à enfiler son manteau et l'avait entraînée vers sa Mercedes. Elle se souvenait avec acuité de la chaleur qui régnait dans l'habitacle, par contraste avec le froid intense qui sévissait dehors.

Tandis qu'elle bouclait sa ceinture, elle s'était sentie sur le point de s'effondrer. Le matin même, le test de grossesse qu'elle avait effectué s'était révélé positif. Elle avait passé le reste de la journée sous le choc. Quand allait-elle annoncer la nouvelle à Justin ? Après la scène dont elle venait d'être témoin, qu'était-elle censée faire ?

Tandis qu'elle essuyait furtivement une larme, Jordan lui tendit un paquet de mouchoirs en papier.

— Désolé, avait-il marmonné. J'aime mon frère mais, quand il a bu quelques verres de trop, il peut se comporter comme un parfait crétin.

Elle s'était recroquevillée sur elle-même, silencieuse, et avait donné libre cours à ses larmes. Parfois, la grossesse rendait certaines femmes plus émotives, disait-on. Elle en avait la preuve. Lorsque Jordan se gara devant son appartement elle avait épuisé sa réserve de mouchoirs.

Il avait arrêté le moteur puis s'était tourné vers elle.

— Ça va aller, Angie ? avait-il demandé d'une voix étonnamment douce.

Elle avait levé son visage vers la lumière, révélant ses yeux gonflés et les sillons noirs que son mascara avait tracés sur ses joues. La gorge nouée, elle n'avait pas pu prononcer le moindre mot.

Et, soudain, elle s'était retrouvée dans les bras de Jordan, redoublant de larmes.

D'abord, il l'avait tenue légèrement contre lui et avait promené ses lèvres sur ses cheveux tout en lui murmurant des paroles réconfortantes.

L'odeur virile de sa peau l'enveloppait tout entière d'une aura chaleureuse et rassurante. Elle s'était laissée aller entre ses bras puissants, attentive à son souffle tiède contre son oreille.

Elle n'aimait pas Jordan Cooper mais, ce soir-là, elle avait eu besoin de lui, et beaucoup plus qu'elle n'aurait pu l'envisager une heure plus tôt.

Ce revirement était-il dû à une poussée d'hormones ou au comportement blessant de Justin ? Elle ne le saurait jamais. Mais, même aujourd'hui, elle ne pouvait nier le fait qu'elle avait eu sa part de responsabilité dans ce qu'il s'était passé ensuite.

Elle lui avait offert ses lèvres entrouvertes. S'il lui avait paru naturel qu'il l'embrasse, en revanche, elle ne s'était pas attendue à une explosion de désir aussi violente et instantanée qu'un feu de forêt.

Tandis qu'ils approfondissaient leur baiser, Jordan l'avait enveloppée plus étroitement de ses bras. Elle avait laissé échapper de petits gémissements de plaisir et plongé les mains dans ses cheveux épais.

Puis, lorsque les doigts de Jordan s'étaient glissés sous son manteau pour caresser ses seins à travers la soie fine de sa robe, des vagues successives de volupté avaient déferlé en elle comme autant de sensations exquises. Le souffle court, elle s'était ouverte à lui, exigeant plus.

… Jusqu'à ce qu'elle finisse par entendre la petite voix intérieure qui lui soufflait que Jordan n'était même pas un ami.

Jordan le fourbe, l'opportuniste, qui était prêt à tout pour briser le lien qui l'unissait à son frère. Il avait en tête de coucher avec elle puis de tout raconter à Justin qui ne manquerait pas de rompre sous le coup de cette double trahison.

Et elle, pauvre idiote, avait failli tomber dans le panneau !

— *Non !*

Elle s'était écartée de lui brutalement et l'avait giflé, avant de sauter de la voiture en l'injuriant copieusement. Quant à lui, il n'avait esquissé aucun geste pour la retenir, ni ne s'était lancé à sa poursuite tandis qu'elle traversait la rue à pas précipités.

Le lendemain matin, Justin était venu frapper à sa porte avec un bouquet de fleurs et des excuses. Pourtant, et malgré leur réconciliation, elle avait hésité à lui parler de sa grossesse. Et, bien sûr, elle s'était bien gardée de lui avouer ce qu'il s'était passé dans la voiture de Jordan.

Après cet incident, elle n'avait plus revu son beau-frère. Sauf ce triste jour, celui de son anniversaire, lorsqu'il était venu lui annoncer la disparition de Justin…

Et aujourd'hui.

Angelina se retourna dans son lit. Jordan avait toujours agi selon ses propres motivations. Quelles étaient donc celles qui l'avaient poussé à venir frapper à sa porte ?

Que voulait-il ? Pas elle. Un homme aussi puissant, aussi séduisant que lui n'avait aucun problème à avoir toutes les femmes qu'il désirait. Elle le soupçonna de vouloir exercer un contrôle légal et financier sur le fils de son frère, et peut-être même sur elle. Quoi qu'il en soit, elle avait été folle de se prêter au jeu car, en matière de manipulation, cet homme était un champion.

Elle ne lui ferait jamais confiance. Point.

D'ailleurs, elle n'était même pas certaine de se faire confiance à elle-même.

Du parking, lui parvint soudain un bruit de cavalcade accompagné d'injures proférées à voix haute. Un coup de feu résonna, suivi de deux autres. Pis, une balle vint s'encastrer dans le linteau d'une des fenêtres ; une autre dans le chambranle de la porte d'entrée.

— Maman, j'ai peur.

Lucas se tenait immobile sur le seuil de la chambre, son ours en peluche serré contre lui.

— Baisse-toi ! hurla-t-elle en bondissant hors de son lit. Tout de suite !

Elle le protégea de son corps et le plaqua au sol. Une nouvelle balle fit voler la vitre en éclats et alla se loger dans le matelas.

Une éternité plus tard — ou peut-être une minute —, elle entendit hurler les sirènes des véhicules de police. Si des rixes entre gangs étaient monnaie courante dans ce quartier, jamais encore elles n'avaient eu lieu aussi près de chez elle.

Lové contre elle, Lucas était secoué de sanglots convulsifs.

— La police arrive, mon chéri. Reste tranquille, nous serons bientôt en sécurité.

Et ce ne seraient pas des paroles en l'air, elle en faisait le serment ! Elle allait emmener son fils loin d'ici, son trésor, et lui offrir la vie décente qu'il méritait ; même si cela impliquait de conclure un pacte avec le diable !

Déterminée, elle alluma sa lampe de chevet, prit la carte de Jordan et composa son numéro.

Depuis le balcon où elle se tenait, Angie contemplait les terres du ranch Cooper. Les rayons du soleil couchant projetaient leurs couleurs incandescentes sur les murs de brique séculaires. Le bruit d'une fontaine se mêlait au cri lointain d'une caille du désert.

Elle était déjà venue ici. Mais toute à la douleur d'avoir perdu Justin elle avait oublié à quel point cet endroit était enchanteur. Justin lui avait parlé du temps, de l'argent et de l'énergie que sa mère avait consacrés à l'historique *hacienda*. Tout ici respirait la perfection. Des poutres somptueuses qui supportaient les toits aux tapis chimayo en passant par les poteries pueblo, d'un prix inestimable, et les deux toiles signées Georgia O'Keefe, qui flanquaient de part et d'autre la grande cheminée en pierre.

Aujourd'hui, Jordan vivait seul dans cette immense demeure. Avait-il conscience de toute cette beauté autour de lui ou, du moins, de sa valeur ? Et, d'ailleurs, qu'est-ce qui faisait courir Jordan Cooper ?

La nuit précédente, lorsqu'elle lui avait téléphoné, il avait décroché à la première sonnerie mais il lui avait répondu d'un ton si brusque qu'elle avait pensé qu'il n'était pas seul. Aux premières lueurs de l'aube, un pick-up s'était garé devant chez elle et deux hommes venus du ranch en étaient sortis. En moins d'une heure, ils avaient emballé les jouets de Lucas, son ordinateur ainsi que tous leurs effets personnels. Puis ils avaient repris la route, suivis d'Angie au volant de sa voiture.

A leur arrivée, Marta, la gouvernante, leur avait servi une assiette de *quesadillas*. Elle les avait ensuite conduits à leur chambre, située au premier étage, où leurs cartons les attendaient déjà. Son accueil avait été courtois, mais distant.

Il n'allait pas être facile de vivre dans cette maison où tout le monde la considérait comme l'ennemie. Mais Lucas semblait heureux d'être ici, et elle lui devait bien de faire en sorte que ça marche.

Jordan ne s'était pas manifesté. Il lui avait bien promis de la laisser en paix, mais un mot de bienvenue aurait été rassurant.

Tandis que la nuit tombait, elle se sentit dans la peau d'une intruse indésirable.

Du seuil où il se trouvait, Jordan observait Angie qui se tenait contre la balustrade en fer forgé. Elle portait une robe bustier toute simple assortie de chaussures plates. Un cardigan blanc la protégeait de la fraîcheur du soir.

L'espace d'un instant, il se surprit à vouloir gommer le passé et à tout recommencer, comme s'il venait de la rencontrer pour la première fois.

Il fit un pas dans la lumière pour manifester sa présence.

— Tu es là, dit-il après s'être éclairci la gorge. Le dîner est prêt. Où est Lucas ?

— Il a juste pris un bol de céréales et il dort depuis une

heure. La journée a été longue et éprouvante pour un petit bonhomme de cet âge.

— Le déménagement s'est bien passé pour lui ?

Elle eut un petit rire forcé.

— Il n'aurait pas été plus excité si je l'avais emmené à Disneyland.

— Et toi ?

— Il ne s'agit pas de moi, rétorqua-t-elle. Si je suis ici, c'est uniquement pour mon fils.

— Je ne t'ai pas fait cette proposition pour te punir, Angie. De quoi as-tu besoin ?

— De temps, peut-être. Je tiens à préciser que tu n'es pas obligé de t'occuper de moi. Je suis une grande fille, Jordan, et je peux me débrouiller seule.

Ils avaient atteint l'escalier en pierre qui conduisait au patio. Tandis qu'elle le précédait, il huma le parfum qu'elle laissait dans son sillage, une fragrance légèrement fleurie qui aiguillonna ses sens et le projeta dans le passé.

Que s'était-il passé, au juste, cette nuit-là, dans sa voiture ? Il avait simplement voulu la réconforter, mais la situation avait dérapé. Il la désirait tellement que, pris de court, il n'avait rien pu faire d'autre sinon répondre à ses avances.

La gifle magistrale qu'elle lui avait administrée lui avait remis les idées en place. Ce camouflet, il l'avait bien mérité et, depuis, il se l'était tenu pour dit. Pourtant, malgré toute sa bonne volonté, le souvenir de cette étreinte ne l'avait plus jamais quitté. Et d'ailleurs, le mal était fait, il n'y avait aucun moyen de revenir en arrière.

— Je te dois des excuses pour t'avoir réveillé cette nuit, dit-elle. J'aurais dû attendre le matin, mais après une frayeur pareille…

— Tu as bien fait, au contraire. En fait, tu ne m'as pas réveillé. J'étais… occupé.

— Oh !

Ce n'était qu'une simple exclamation mais elle était lourde de sens, il le percevait très bien.

— J'aurais dû venir vous aider mais j'avais une affaire importante à régler en ville. Je viens juste de rentrer.

— Les affaires, répéta-t-elle en secouant la tête. Justin disait toujours que c'était la grande passion de ta vie. Il ajoutait aussi qu'il était très difficile de te faire sortir de ton bureau pour que tu acceptes de passer un peu de temps en famille.

Ils venaient d'entrer dans la partie centrale de la maison, qui était aussi la plus ancienne. Le salon n'avait pas été éclairé mais un flot de lumière provenait de la porte de la salle à manger, restée ouverte.

— Il n'y a pas qu'une façon de s'intéresser à sa famille, se justifia-t-il. Si je ne m'étais pas occupé des affaires, nous serions en train de vendre parcelle après parcelle et, à l'heure où je te parle, ce domaine ne serait plus qu'une immense étendue de petits lotissements.

Il s'interrompit. Il n'avait aucune envie de parler de tout cela.

— Tu as faim ?

— Plus que ça, je dirais même que je suis affamée.

Il se força à sourire. La présence d'Angie rouvrait de vieilles blessures dont, il en était sûr, elle devait souffrir aussi. Ils jouaient tous deux un rôle et faisaient comme si le passé n'existait pas. Mais combien de temps encore s'écoulerait-il avant que les masques ne tombent ?

La table immense, taillée à la main dans du bois massif, rappelait l'époque où le ranch accueillait une foule de convives. Ce soir-là, Angie et Jordan étaient seuls, installés à l'extrémité la plus proche de la cuisine. Ils dînèrent d'une paella accompagnée d'une salade verte et arrosée d'un verre de vin rouge.

Carlos, le neveu de Marta qui s'était occupé du service, s'était montré cordial. Mais il n'était pas là quatre ans auparavant, se rappela Angie, et il y avait peu de probabilités que Justin et lui se soient rencontrés.

Son regard glissa vers Jordan. Elle n'avait jamais eu aucune difficulté à distinguer les deux jumeaux, sans doute grâce à leur différence de caractère et d'attitude. Pourtant, ce soir-là, avec Jordan qui faisait des efforts désespérés pour être agréable, la ressemblance était troublante.

Si ça n'avait été le malaise ambiant qui régnait entre eux, elle aurait pu se croire en présence de Justin.

— Je n'ai aucun rendez-vous demain, dit-il. J'ai pensé que Lucas aimerait que je lui fasse faire le tour du ranch. Tu es la bienvenue, évidemment.

N'était-il donc plus résolu à garder ses distances ? se demanda-t-elle. Mais elle renonça à argumenter. Lucas, elle le savait, adorerait cette sortie.

— Moi non plus, je n'ai aucun rendez-vous pour demain, dit-elle.

— Je sais que tu montes un peu à cheval. J'ai pensé, pour toi et Lucas, à une vieille jument docile qui serait tout à fait adaptée. Nous pourrions aller pique-niquer près des sources, qu'en dis-tu ?

— Pourquoi pas ?

Voilà bien le Jordan qu'elle connaissait, celui qui prenait tout en main. Il n'avait pas douté une seconde qu'elle allait accepter. Tout le contraire de Justin, qui avait pour habitude de lui soumettre des tas d'idées, puis de la laisser régler les détails.

Un silence pesant s'installa entre eux. Pour le briser, elle saisit le premier sujet qui lui passait par la tête.

— Je suis étonnée que tu ne sois pas encore marié.

— Je l'ai été. Il y a trois ans. Inutile de préciser que ça n'a pas marché.

— Puis-je te demander pourquoi ?

— Elle voulait une vie sociale, je ne pensais qu'à travailler. Je voulais que nous fondions une famille, elle ne pensait qu'à s'amuser. Elle a fini par rencontrer quelqu'un qui lui correspondait mieux que moi.

Il marqua une pause pour prendre une gorgée de cabernet.

— Je ne peux pas lui en vouloir. Huit mois après nous être mariés, nous étions tous les deux d'accord pour nous séparer.

— Tu voulais fonder une famille ? Toi ? demanda-t-elle, étonnée.

— Après la mort de Justin, j'ai cru que je devais à mes parents de perpétuer le nom des Cooper. Mais ce n'était pas une bonne idée. Si je n'avais pas la patience d'être un bon mari, comment aurais-je pu avoir la patience d'être un bon père ?

Le sang d'Angie se glaça. Etait-ce la raison pour laquelle il avait emmené Lucas ici ? Parce qu'il voyait en lui un héritier direct ?

Quel fardeau monstrueux pour un petit garçon ! Comment n'avait-elle pas deviné ce que Jordan complotait ? Il ne pensait pas à Lucas. Il cherchait juste un moyen pratique de se décharger de ce qu'il estimait être son devoir.

Qu'en était-il d'elle ? Prévoyait-il de la rayer du tableau ? Et si elle rencontrait quelqu'un et souhaitait se marier ? Se battrait-il contre elle pour garder l'enfant de son frère ?

Sa première réaction fut de l'affronter, mais elle y renonça. Elle venait juste d'arriver, une confrontation n'était sûrement pas une bonne idée. Mieux valait attendre et observer… Alors, elle saurait prendre la décision qui s'imposait ; même si cela signifiait emmener son enfant loin d'ici.

Elle baissa les yeux sur son assiette à moitié vide, tout son bel appétit envolé.

— Je vais aller rejoindre Lucas, dit-elle en se levant. Je crains qu'il ne se réveille et qu'il n'ait peur.

— Je t'accompagne, annonça-t-il en se levant à son tour.

— Ce n'est pas la peine. Finis de dîner.

Sans attendre de réponse, elle traversa le salon plongé dans la pénombre et se dirigea vers l'escalier.

— Angie ! Attends !

Quelque chose s'écrasa au sol au moment où elle heurtait une console. Sa première pensée alla au prix de l'objet qui s'était brisé par sa faute. D'aussi loin qu'elle s'en souvienne, Meredith Cooper ne dépensait jamais moins de huit cents dollars pour chacune de ses chères poteries.

Ce ne fut qu'ensuite qu'elle réalisa qu'elle s'était blessée. Elle ressentit une douleur lancinante au niveau du genou qui avait violemment cogné l'angle du meuble. Elle se laissa tomber sur un repose-pieds tout proche.

— Tout va bien ? demanda Jordan venu s'accroupir auprès d'elle.

— Je paierai les dégâts, dit-elle entre ses dents. Peu importe le prix et le temps qu'il me faudra mais…

— Ne t'inquiète pas pour ça, ces fichues poteries sont très bien assurées. Laisse-moi plutôt jeter un coup d'œil à ta blessure.

Il alluma une lampe et revint inspecter son genou. Le contact de ses doigts sur sa peau nue enflamma Angie instantanément. Mon Dieu, il était trop près d'elle… L'odeur de ses cheveux et le souffle de sa respiration lui envoyaient des ondes électriques dans tout le corps.

— Tu as pris un bon coup. Accroche-toi à moi, nous retournons dans la cuisine chercher un pack de glace.

— C'est inutile. Je t'assure, tout va bien.

Elle avait besoin de s'éloigner ; de fuir cet homme qui lui faisait battre le cœur.

— Ne bouge pas. J'en ai pour une minute.

Dès qu'il fut hors de vue, elle se remit péniblement debout et, en boitant, traversa la pièce avant de gravir les marches.

Lucas dormait dans ce qui avait été le lit de son père, la masse de son épaisse chevelure formant une tache sombre sur l'oreiller. Elle le contempla un long moment, pleine d'amour, le cœur chaviré. Petit être innocent, il n'avait plus qu'elle pour la protéger !

Elle voulait le meilleur pour lui, mais comment pourrait-elle savoir avec certitude si les choix qu'elle faisait étaient les bons ? Etait-il plus en sécurité ici, loin des règlements de comptes, des sirènes de voiture de police, des tirs perdus en pleine nuit ? Ou serait-ce mieux de le tenir éloigné de son oncle, cet homme froid et calculateur dont elle ignorait encore les motivations profondes ?

Les cartons contenant ses affaires étaient empilés près de son lit. Elle avait déballé ses vêtements mais avait prévu de terminer le rangement le lendemain. Prise d'une frénésie subite, elle se surprit à ouvrir les boîtes et à les fouiller dans la pénombre jusqu'à trouver un objet à la forme ovale protégé par une feuille de Plexiglas. Un objet qui lui était si cher…

La lune brilla à travers la vitre, éclairant doucement le visage de Justin. Du bout d'un doigt, elle effleura sa bouche qui souriait. C'était cet homme, le père de son fils, et non pas l'imposteur qui se cachait derrière le même visage. Elle tâcherait de se le rappeler, de même qu'elle ferait en sorte que Lucas n'oublie pas, lui non plus.

Elle plaça la photo sur la table de chevet de façon à ce que ça soit la première chose qu'il voie à son réveil. Puis, après un dernier regard à son fils endormi, elle sortit de la pièce sur la pointe des pieds.

- 3 -

Jordan prenait son café dans la cuisine lorsqu'un petit elfe au visage tout chiffonné fit son apparition dans la pièce. Son T-shirt rayé était à l'envers et les lacets de ses baskets défaits.

Il scruta Jordan un long moment avant de demander :

— Tu n'es *vraiment* pas mon papa ?

— Je ne suis *vraiment* pas ton papa, répondit Jordan en essayant d'ignorer ses propres émotions. Je suis ton oncle Jordan, et c'est comme ça que tu peux m'appeler. Je parie que tu t'es habillé tout seul, ajouta-t-il après l'avoir détaillé de la tête aux pieds. Où est ta maman ?

— Elle dort.

Il balaya la pièce de ses grands yeux noirs, si semblables à ceux de sa mère.

— J'ai faim.

Jordan se leva de sa chaise. Marta ne prenait son service qu'à 8 heures, soit dans une heure. Il ne pouvait décemment pas laisser un enfant attendre la faim au ventre aussi longtemps.

— Qu'est-ce que tu aimes ? demanda-t-il.

— Les pancakes.

— Très bien. Je vais voir ce que je peux faire.

Après avoir réuni les ingrédients et les ustensiles nécessaires, il s'activa aux fourneaux. Les trois premières crêpes, qui avaient collé à la poêle, finirent à la poubelle. Il eut plus de chance avec les trois suivantes qu'il jugea plus présentables.

Lucas les considéra en silence avant de secouer la tête.

— Qu'y a-t-il ? s'enquit Jordan.

— Maman les fait en forme d'ours. Je veux un ours.

Bon sang ! Pourquoi fallait-il qu'Angelina le laisse seul avec son fils ?

— Alors, il faut que tu m'aides. Comment dois-je m'y prendre pour faire des pancakes en forme d'ours ?

— Comme ça, expliqua Lucas en formant une tête et des oreilles avec ses petits doigts. Normalement, la tête est plus grosse et ils sont tous attachés.

« Je rêve », marmonna Jordan tandis qu'il versait une louche de pâte dans la poêle et s'appliquait à donner la forme voulue à ses créations.

— Comment les trouves-tu ? demanda-t-il en faisant glisser les pancakes dans l'assiette de l'enfant.

— Pas aussi beaux que ceux de maman, mais tu feras mieux la prochaine fois.

Jordan y ajouta une pointe de beurre et du sirop d'érable puis lui servit un grand verre de lait. Ensuite seulement, il se rassit pour terminer son café devenu tiède.

Le fils de Justin.

Une prise de conscience subite suscita en lui un flot d'émotions contradictoires.

Cet enfant, ainsi que sa mère, allaient déranger l'organisation méticuleuse de sa vie. Les avoir ici en permanence n'allait pas être facile. Mais s'il pouvait faire quelque chose pour rembourser la dette terrible qu'il avait envers sa famille…

— Lucas Montoya ! Je t'ai cherché partout !

Angie se tenait sur le seuil, vêtue d'un T-shirt et d'un jean qu'elle avait visiblement enfilés à la hâte. Elle était pieds nus, n'avait pas pris le temps de se coiffer et ses yeux lançaient des éclairs.

Même ainsi, elle était terriblement sexy, et il en eut le souffle coupé. Mais il se reprit aussitôt. Ce qu'elle avait dit l'avait frappé : elle n'avait pas donné à Lucas le nom de famille de son père. Il n'allait tout de même pas l'accepter et, tôt ou tard, qu'elle le veuille ou non, il rétablirait les choses.

— Oncle Jordan m'a fait des pancakes en forme d'ours,

annonça Lucas en adressant à sa mère un sourire dégoulinant de sirop.

— Vraiment ? répliqua-t-elle, les sourcils froncés. Ce n'était pas la peine, Jordan. J'ai préparé le petit déjeuner de mon fils chaque matin depuis sa naissance et il n'y a aucune raison pour que cela change.

Elle le fusillait du regard comme s'il avait tenté de kidnapper son enfant. Le message était clair : il avait franchi la ligne rouge.

— J'étais là et il avait faim, expliqua-t-il sommairement. Assieds-toi, je vais t'en préparer pour toi aussi. Les veux-tu normaux ou en forme d'ours ? Je sais faire les deux.

— Je ne prendrai que du café et je vais aller le chercher moi-même.

— Je t'en prie. Les tasses se trouvent sur la deuxième étagère. As-tu dit à Lucas que nous allions faire une promenade à cheval ce matin ?

— Une promenade à cheval ? Comme les vrais cow-boys ? demanda Lucas, émerveillé.

— Nous verrons, répondit Angie qui s'assit à table et versa un nuage de crème dans son café. Pour le moment, je veux que tu finisses ton petit déjeuner puis que tu montes te laver et faire ton lit. D'accord ?

— D'accord. Tu vas voir comme je vais aller vite !

Rapide comme l'éclair, il finit son assiette et se rua vers l'escalier. Satisfaite, Angie prit sa tasse et lui emboîta le pas.

Jordan la suivit des yeux. Elle était une bonne mère, aimante, ferme et protectrice. Jusque-là elle avait réussi le pari, difficile, d'élever seule son enfant. Mais Lucas était un Cooper et, en tant que tel, il avait droit à tout ce que leur argent et le ranch avaient à lui offrir. Seulement, il ne s'agissait pas là d'un engagement à court terme. Le fils de Justin ne serait majeur que dans quinze ans et pour l'instant Angie en avait la garde légale. Elle avait parfaitement le droit de repartir avec son fils et de s'installer où bon lui semblait. Elle pouvait même rencontrer quelqu'un, l'épouser et autoriser son mari à adopter Lucas.

Jordan ne pouvait prendre le risque de laisser une telle chose se produire. Il lui faudrait faire appel à un bon avocat pour l'aider à ancrer Lucas dans la famille Cooper. La procédure prendrait du temps, surtout si Angie choisissait de lui mettre des bâtons dans les roues. Pour l'heure, il n'avait donc d'autre choix que de la rendre heureuse, de sorte qu'elle n'ait pas envie de quitter le ranch.

S'il n'avait pas le pouvoir de faire revivre Justin ou de revenir sur les événements tragiques dont il était en partie responsable, du moins avait-il celui de replacer son fils dans la famille à laquelle il appartenait.

Une façon comme une autre d'assurer sa rédemption.

A 9 heures, tous trois étaient en selle. La jument que Jordan avait choisie pour Angie allait d'un pas lourd. Lucas, installé sur les genoux de sa mère, gloussait de plaisir, doutant encore d'être sur un vrai cheval.

Le chemin qu'ils avaient emprunté serpentait sur des collines bordées de pins parasols, pour descendre jusqu'à un large ruisseau où yuccas et genêts mêlaient leurs couleurs sur des saillies couleur tuile.

Pour l'avoir déjà effectué, Angie savait que ce chemin allait se rétrécir pour déboucher sur une cascade dégringolant le long de la paroi d'un canyon.

La dernière fois qu'elle avait pris ce chemin c'était avec Justin. Ils avaient pique-niqué puis fait l'amour sur une couverture qu'ils avaient pris soin d'emporter. Aujourd'hui c'était Jordan qui cheminait à son côté sur un superbe cheval à la robe alezan, qui avait été le préféré de Justin.

Son genou tuméfié lui rappela la main de Jordan remontant le long de sa jambe. Sur le coup, elle n'avait pas vraiment remarqué à quel point ce geste était intime. L'intensité de ce qu'elle avait éprouvé à ce moment précis la choqua. Elle se chercha vainement des excuses. Justin n'était plus de ce monde et derrière ce visage bien-aimé se trouvait un homme très différent.

Vêtu d'un jean délavé et d'une chemise western, un Stetson vissé sur la tête, il était d'une décontraction qu'elle ne lui connaissait pas. Il chevauchait sa monture comme s'il avait commencé à l'âge de Lucas, ce qui était probablement le cas.

Ils se parlaient peu, laissant au petit garçon le soin de meubler la conversation. Il s'adressait surtout à Jordan et lui posait des questions auxquelles celui-ci répondait avec une patience étonnante.

— Tu es un vrai cow-boy, oncle Jordan ?

— Moi non, mais il y en a plein de vrais au ranch. Ils prennent soin du bétail et des chevaux.

— Je peux être un cow-boy, moi aussi ?

— En tout cas, tu peux jouer à l'être, comme moi.

— Je pourrais avoir un cheval ?

— Lucas, gronda Angie, c'est très impoli de quémander.

— Pour avoir ton propre cheval, il faudra que tu sois assez grand pour pouvoir t'en occuper toi-même. Cela risque de prendre un peu de temps, en revanche, tu es assez grand pour avoir un chien.

— Un chien ! s'exclama le petit garçon, au comble de l'excitation.

— Seulement si ta maman est d'accord, bien sûr.

— Nous en reparlerons plus tard.

Angie fusilla Jordan du regard. Ce n'était pas le fait que Lucas ait un chien qui la dérangeait. Il adorerait ça, elle le savait. C'était juste le fait que Jordan l'ait proposé à son fils sans même la consulter !

Elle allait devoir lui parler sérieusement. Il fallait qu'il comprenne que sa décision de s'installer au ranch ne signifiait pas pour autant qu'elle le laisserait gérer sa vie et celle de Lucas comme il l'entendait. Il n'en avait pas le droit.

C'était pour la sécurité de Lucas qu'elle avait accepté de vivre sous le même toit que lui et qu'elle se forçait à se montrer courtoise à son égard. Mais elle ne se laisserait pas prendre au jeu du « gentil oncle Jordan ». Et, surtout, elle ne baisserait pas sa garde.

Quatre années s'étaient écoulées, mais elle ne lui faisait toujours pas confiance.

L'occasion d'aborder ce sujet épineux se présenta à Angie après le déjeuner. Ils avaient étalé une couverture sur l'herbe, au pied de la cascade où ils s'étaient régalés d'*empanadas* et de cookies préparés par Marta. Si la présence de Lucas les avait retenus d'aborder des sujets personnels pendant le repas, pour l'heure il dormait paisiblement, blotti contre elle.

— Il semble que nous soyons là pour un bon moment, commenta Jordan.

Il s'adossa contre un rocher et croisa ses longues jambes au niveau des chevilles.

— J'en ai bien peur. Mais si nous le réveillons maintenant il va être d'une humeur massacrante.

— Nous ne pouvons pas prendre un tel risque, n'est-ce pas ?

Il esquissa un sourire amusé si semblable à ceux de son frère qu'elle en eut la gorge nouée d'émotion.

— Au sujet de ce chien…, commença-t-elle.

En guise de réponse il haussa un sourcil étonné.

— Nourrir les espoirs de Lucas avant même de m'en parler n'est pas loyal, dit-elle à voix basse. Pire, c'est sournois ; parce que si je refuse, c'est moi qui passerai pour la méchante.

Son visage resta de marbre alors qu'il demandait :

— Pourquoi refuser ? Un compagnon de jeu ne peut qu'être bon pour lui.

— Peut-être. Mais ce n'est pas à toi d'en juger. Je suis sa mère et moi seule peux décider quand il sera capable de s'occuper d'un chien.

— Il est le fils de mon frère, répliqua-t-il en fixant sur elle un regard dur. A ce titre, je n'ai peut-être pas mon mot à dire sur le sujet ?

— Le fils de ton frère ! railla-t-elle. Tu le connais depuis moins d'une semaine. Comment peux-tu savoir ce qui est bon pour lui ? Où étais-tu lorsqu'il est né ? C'est toi qui l'as changé, nourri, qui l'a bercé lorsqu'il passait des nuits entières à pleurer ?

Une bouffée de vive émotion l'empêcha d'aller plus loin. Elle refoula avec peine les larmes qui lui montaient aux yeux.

— Angie, je n'ai fait que lui proposer d'avoir un chien.

— Oui, mais maintenant il ne va penser qu'à ça. Tu aurais dû me le demander d'abord, répéta-t-elle. Je lui aurais dit d'attendre un peu.

— Pourquoi attendre ? Un chien l'aiderait à mieux s'intégrer dans son nouvel environnement.

Elle baissa les yeux sur son fils endormi.

— Il est déjà parfaitement intégré. Mais imagine un peu que nous ne restions pas. As-tu la moindre idée de la difficulté que nous aurions à louer un appartement avec un chien ? Sans compter que Lucas aurait le cœur brisé si nous devions nous séparer de la pauvre bête.

— Pour quelle raison ne resteriez-vous pas ? Je t'ai dit de considérer cette maison comme la tienne, comme la vôtre.

Angie sentit tout le poids d'une angoisse écrasante s'abattre sur elle. Elle secoua la tête.

— Cela peut te paraître égoïste, Jordan, mais je ne renoncerai pas à ma propre vie pour élever Lucas ici. Et si des opportunités me conduisent ailleurs, je ne partirai pas seule. Il est bien évident que je n'abandonnerai jamais mon fils.

— Mais il n'y a aucune raison pour que tu ailles chercher d'autres opportunités ailleurs, insista-t-il. Quant à ta vie personnelle, je ne te demande pas d'y renoncer. Tu peux te rendre en ville quand tu le souhaites, te faire de nouveaux amis. Au fait, j'ai prévu de donner une soirée au ranch ce week-end.

— Je vois déjà le tableau ! rétorqua-t-elle d'un ton narquois. Et j'entends aussi les commentaires : c'est elle, la pauvre fille du *barrio* qui s'est fait mettre enceinte par Justin…

Elle vit la bouche de Jordan se pincer et s'empressa d'enchaîner pour l'empêcher de riposter.

— Et toi ? Tu pourrais facilement te remarier, avoir des enfants. Lucas et moi deviendrions alors indésirables. Ta femme ne voudrait certainement pas de nous dans sa maison.

— Bon sang, Angie ! Pourquoi rends-tu les choses aussi difficiles, alors que…

Il laissa sa phrase en suspens lorsqu'il vit Lucas s'étirer puis ouvrir les yeux.

— Coucou, oncle Jordan. C'est l'heure de rentrer à la maison ?

— C'est toi qui décides, mon petit gars.

— Je peux monter avec toi sur ton cheval ?

Jordan interrogea Angie du regard.

— C'est à ta mère de décider.

— C'est d'accord, dit-elle sèchement.

Elle s'empressa de rassembler les affaires du pique-nique pour cacher à son fils son visage contrarié. Jordan aurait pu inventer n'importe quelle raison pour refuser. Au lieu de ça, il lui faisait encore une fois jouer le mauvais rôle ! Il excellait dans l'art de la mettre dans la position de l'empêcheuse de tourner en rond.

Jordan fit monter Lucas sur le devant de la selle avant de s'installer derrière lui. Un large sourire éclaira le visage du petit garçon. Angie soupira. Elle venait de perdre une bataille mais elle ne perdrait pas la guerre.

Jordan passa la soirée enfermé dans son bureau à étudier des dossiers en attente. Il avait espéré voir Angie pour le dîner, et peut-être même l'entendre faire amende honorable ; mais lorsqu'il s'était rendu dans la salle à manger la table n'avait été dressée que pour une personne.

Interrogé, Carlos l'avait informé qu'Angie travaillait sur son ordinateur. Elle était descendue un peu plus tôt prendre un plateau pour son fils et elle.

Le message était clair. Il avait franchi les limites à ne pas dépasser. D'abord, en proposant un chien à Lucas sans lui en avoir parlé au préalable ; ensuite, en essayant de se justifier. S'il ne voulait pas qu'elle boucle ses valises et s'en aille, il avait tout intérêt à lui présenter des excuses, à genoux même, s'il le fallait.

Aller la trouver dans sa chambre ? Non, ce n'était pas une bonne idée, elle avait besoin d'un espace privé où se sentir en sécurité et s'isoler de lui.

Mais pourquoi la journée avait-elle pris une telle tournure ? Il n'avait proposé cette sortie que pour lui faire plaisir, et voilà qu'elle se montrait aussi hérissée qu'un cactus ! Il savait bien que le vrai problème n'était pas le chien. C'était Justin.

Les souvenirs affluèrent. Il revit le poing de son frère s'abattre sur sa joue puis la porte qu'il refermait violemment derrière lui. Si seulement il avait pu prévoir ce qui allait arriver…

Malheureusement, il n'avait pas le pouvoir de changer le passé. Il avait juste celui de se projeter dans l'avenir du mieux qu'il pouvait. Et pour cela il avait besoin de Lucas.

Peut-être devrait-il jouer cartes sur table avec Angie et tout lui déballer. Mais non, c'était trop risqué. Si elle apprenait la vérité sur les circonstances de la mort de Justin et sur la part de responsabilité qu'il avait dans cette tragédie, elle lui tournerait définitivement le dos. Elle partirait avec son fils séance tenante.

Il était un peu plus de 22 heures lorsque Angie redescendit son plateau dans la cuisine. Elle alluma le néon qui se trouvait au-dessus de l'évier puis lava leurs couverts avant de les disposer sur l'égouttoir.

Elle eut envie d'aller prendre l'air dans le patio et, au moment de s'asseoir sur un banc en pierre, laissa échapper un petit gémissement de douleur. Elle n'était pas montée à cheval depuis des années et les muscles de ses cuisses le lui rappelaient douloureusement. Malgré la fatigue intense, elle ressentait le besoin de réfléchir un peu avant d'aller se coucher.

Seul le bruit de la vieille fontaine brisait le silence de la nuit. Derrière les murs de brique un croissant de lune brillait au-dessus des montagnes. Un vent léger soufflait, annonçant les prémices de l'automne.

— C'est beau, n'est-ce pas ?

S'élevant de l'ombre, le timbre de voix de Jordan fit s'accélérer les battements de son cœur.

— J'ai vu de la lumière dans la cuisine, précisa-t-il. Tu cherchais quelque chose ?

Elle secoua la tête en guise de réponse.

— J'espérais te voir au dîner. Surtout que je comptais te présenter des excuses pour le manque de tact dont j'ai fait preuve ce matin.

Des excuses de la part du tout-puissant Jordan Cooper ? Tous ses sens se mirent instantanément en alerte.

— Je travaillais, répliqua-t-elle. Mes clients attendent de moi que je tienne leur site Web à jour.

— Tu travailles trop.

Tout en parlant, il avait posé ses mains sur ses épaules et entrepris de masser le bas de sa nuque endolorie. Une petite voix lui souffla d'être vigilante : Jordan ne faisait jamais rien sans un but bien précis. Tant qu'elle ne saurait pas exactement ce qu'il avait en tête, elle n'accepterait aucune faveur venant de lui. Ce qui signifiait qu'elle devait se soustraire à ce massage divin. Mais, au lieu de ça, elle ferma les yeux et s'abandonna à ses mains expertes. Un pur bonheur…

— C'est bon ?

Sans attendre de réponse, il positionna ses mains plus bas, entre les omoplates.

— Mmm..., ronronna-t-elle.

— Je peux te proposer quelque chose d'encore meilleur pour te détendre. La piscine a été vidée en prévision de l'hiver, mais derrière ce mur se trouve un Jacuzzi.

Comme elle avait envie de se couler dans un bouillonnement d'eau chaude ! Mais elle devait être prudente, il valait mieux prévenir que guérir.

— C'est-à-dire que...

— Tu n'as pas de maillot ? Pas de problème. Ma mère avait prévu un dressing où les invités pouvaient piocher maillots de bain et peignoirs dans une grande malle. Tu vois, tu n'as plus d'excuses. Va te changer pendant que je mets le Jacuzzi en marche.

Elle était en train de commettre une erreur, se dit-elle en fouillant dans la malle. Chaque minute passée en compagnie de Jordan la rendait un peu plus vulnérable. Il était si semblable à Justin et en même temps si différent !

La plupart des maillots qui se trouvaient là semblaient tout droit sortis des années 1940. Elle finit par trouver un deux-pièces noir dont le bas lui parut être à la bonne taille mais le haut beaucoup trop grand. Tant pis ! Elle mettrait son T-shirt rose par-dessus son soutien-gorge.

Elle se débarrassa de son jean et de sa culotte et enfila le slip de bain. Après quelques secondes d'hésitation, elle dégrafa son soutien-gorge qui alla rejoindre la pile de ses vêtements. Un peignoir en éponge blanc à la main, elle suivit l'allée pavée qui contournait les murs du jardin.

Evidemment, les Cooper avaient fait les choses en grand. Le Jacuzzi avait été taillé dans la roche de façon à former une grotte. D'un côté, des plantes grasses conféraient à l'endroit une note exotique. De l'autre, on avait une vue époustouflante sur la chaîne montagneuse. Un petit vent frisquet ridait la surface rosée de l'eau.

Après avoir posé son peignoir sur un tabouret, elle s'immergea avec délice dans l'onde chaude.

C'était tout simplement paradisiaque…

Un sourire béat aux lèvres, elle ouvrit les yeux. C'est alors seulement qu'elle vit qu'elle n'était pas seule. De l'autre côté du Jacuzzi se trouvait Jordan, qui la regardait en souriant.

- 4 -

— J'ignorais qu'il s'agissait d'une petite sauterie, dit sèchement Angie.

Sa voix était tendue. Elle était sur la défensive. Elle devait penser qu'il était venu pour la séduire.

Mais ce n'était pas du tout son intention. Quand il lui avait fait cette proposition, il n'avait eu en tête que deux choses : son bien-être, et la possibilité d'avoir, enfin, une discussion courtoise qui ne se terminerait pas par des haussements de voix ou des claquements de porte.

Mais à la voir ainsi, avec ses boucles dégoulinant d'eau et son T-shirt rose qui lui collait à la peau, des images érotiques lui traversèrent l'esprit. Il était temps de détendre un peu l'atmosphère.

— Aurais-je dû nous préparer des margaritas ? plaisanta-t-il en souriant. Si ça te dit, ce sera avec plaisir…

— Pas pour moi, merci. Ce Jacuzzi est stupéfiant. Je ne me souviens pas de l'avoir déjà vu avant.

— C'est moi qui l'ai fait installer pour ma mère. Pour soulager son arthrite.

Mais elle n'avait même pas eu l'occasion de l'utiliser une fois ; elle avait déménagé peu de temps après.

— Comment était Lucas après la balade à cheval ? demanda-t-il. T'a-t-il dit s'il s'était bien amusé ?

— Il n'a parlé que de ça ! De ça et d'avoir un chien.

Elle repoussa ses cheveux en arrière, et avec ce geste ses seins jaillirent au-dessus du niveau de l'eau. Ses tétons durcis pointaient sous le mince tissu de son T-shirt et il en fut troublé. Une montée de désir l'enflamma.

Voilà qui n'était pas prévu au programme. Certes, il avait toujours été attiré par elle et aurait volontiers saisi l'occasion de l'attirer dans son lit, mais elle avait été la fiancée de son frère. Et à l'exception de leur moment d'égarement dans sa voiture, il avait toujours su contrôler ses pulsions.

Mais aujourd'hui, elle était là, près de lui, belle, sexy, libre… et pourtant toujours aussi insaisissable. L'ironie de la situation le rendait fou.

Il jura en silence. L'approcher serait l'occasion de lui donner raison : elle ne pourrait jamais lui faire confiance. Mais elle était si désirable…

— Tu as gagné cette manche, Jordan. Lucas ne me laissera pas en paix tant qu'il n'aura pas son chien. Mais je te préviens, si tu recommences ce petit jeu sans me…

— J'ai compris. Nous pourrions aller chercher un chien la semaine prochaine et lui faire la surprise. Je connais quelques bons chenils.

— Aller chercher un chien dans un chenil ? Alors qu'il y a tant de pauvres bêtes abandonnées dans les fourrières ? N'y pense même pas ! J'emmènerai Lucas demain et le laisserai choisir lui-même. Et c'est moi qui paierai les droits d'adoption, s'empressa-t-elle de préciser. C'est ça ou rien.

— Tu préfères vraiment un bâtard à un pure race ?

— Jordan Cooper, j'ignorais que vous étiez aussi snob, le taquina-t-elle.

Son regard malicieux lui donnait un air si sensuel qu'il réprima avec peine le soupir de désir qui lui montait à la gorge. Il brûlait de s'approcher d'elle jusqu'à la toucher, de caresser sa peau satinée…

— Nous n'avons pas terminé le massage commencé dans le patio, dit-il d'une voix rauque.

Lorsqu'il s'approcha et qu'il la fit pivoter vers lui, elle ne chercha pas à le repousser. Ne lui avait-il pas fait la promesse de ne pas avoir de geste douteux ?

Il entendit le léger soupir d'aise qu'elle poussa lorsqu'il se remit à masser sa nuque fine. Mais derrière cette fragilité apparente, il le savait bien, se cachait une vraie lionne. Angelina Montoya était une femme au caractère bien trempé. Il ferait bien de ne pas l'oublier. Ni à cet instant présent, ni dans les jours à venir.

Angie retint un gémissement de plaisir lorsque les mains expertes de Jordan descendirent plus bas, entre ses omoplates. Ce qui avait commencé comme un innocent massage prenait la tournure de caresses sensuelles.

Depuis quatre ans que Justin était mort elle n'avait jamais fréquenté d'autres hommes. Dans un premier temps parce qu'elle souffrait, ensuite parce qu'elle était trop occupée à gagner sa vie et à s'occuper de son fils. Elle avait presque oublié tout ce qu'un homme pouvait lui faire ressentir.

La pression de ses doigts, tour à tour marquée puis plus légère, lui envoyait des ondes électriques au creux des reins et dans le bas du ventre. Et la chaleur qu'elle sentait entre ses cuisses ne devait rien à l'eau du Jacuzzi.

Elle allait perdre le contrôle, elle ne pourrait pas résister…

Et si elle disait quelque chose, n'importe quoi, pour briser la tension sexuelle qui montait entre eux ? Mais son esprit se refusait à former des mots. Elle laissa sa tête retomber en arrière tandis que ses seins se gonflaient de désir. Quel effet cela lui ferait-il si les mains de Jordan s'aventuraient sous son T-shirt ? Allait-il le faire ? Mais surtout, *voulait*-il le faire ?

Le souffle court, elle sentit ses doigts atteindre le bas de son T-shirt puis se glisser dessous pour malaxer avec délicatesse le creux de ses reins. Son cœur se mit à battre la chamade lorsqu'il remonta le long de son dos… pour s'arrêter brusquement.

— Voilà. Le massage est terminé, annonça-t-il d'une voix qui avait retrouvé toute son assurance.

Il s'éloigna d'elle. Décontenancée, elle se retourna et le fixa dans la pénombre.

— Je t'ai fait une promesse, Angie, et je n'ai pas l'intention de la rompre. Et maintenant, au lit. Il est tard et demain je dois enchaîner les rendez-vous.

Les joues en feu, elle sortit de l'eau et s'enveloppa du peignoir qu'elle avait laissé à proximité. Jordan, lui, n'avait pas esquissé le moindre geste.

— Tu ne vas pas te coucher ?

— Dans une minute mais vas-y, ne m'attends pas.

C'est alors qu'elle comprit. Le massage avait fait son petit effet sur lui aussi. D'une façon qui était difficile à cacher pour un homme.

Tout en resserrant le nœud de sa ceinture, elle regagna le dressing d'un pas vif.

Comment avait-elle laissé pareille chose se produire ? s'interrogea Angie.

Allongée dans son lit, elle était en proie à un flot d'émotions contradictoires.

A la seconde où elle l'avait rencontré, Jordan Cooper s'était révélé son ennemi. Il s'était opposé à ses fiançailles avec Justin et, sans doute comme les autres membres de sa famille, la tenait pour responsable de la tragédie. Avec raison, d'ailleurs. Car si elle avait accepté le chèque que Jordan lui avait brandi sous le nez, Justin serait encore en vie.

Jordan avait donc toutes les raisons de la détester.

Aujourd'hui, elle vivait sous son toit et possédait quelque chose qu'il voulait pour lui : le fils de Justin. Déjà, il s'immisçait insidieusement dans la vie du petit garçon, et ce dernier, trop avide de l'amour d'un père, n'était pas loin de tomber sous sa coupe.

Et elle ? Etait-elle aussi sous sa coupe ?

Son massage *amical* n'avait visé qu'à susciter le désir en

elle pour le faire retomber d'une façon si brutale qu'elle en était restée déconcertée. A présent, tout était clair : Jordan savait exactement ce qu'il faisait.

Comment avait-elle pu oublier l'épisode de la voiture ? Là encore, elle n'avait été qu'un jouet entre ses mains. Toujours, il se servirait d'elle pour atteindre un but bien précis. Dans le passé, c'était pour l'éloigner de son frère ; aujourd'hui pour l'avoir près de lui afin de mieux influencer son fils.

Lucas aimait la vie au ranch et flottait sur un petit nuage à l'idée d'avoir un chien. L'emmener loin d'ici pour renouer avec une vie médiocre aurait sur lui des effets dévastateurs. Elle voulait offrir à son enfant la chance d'avoir une vie meilleure. Elle le lui devait. Mais cela ne signifiait pas pour autant se laisser mettre à l'écart et permettre à Jordan de prendre le dessus !

Ce soir, il avait cherché à gagner sa confiance puis l'avait poussée au désir juste avant de se rappeler sa prétendue promesse. Le pire c'était que, cette fois, elle était seule responsable de ses actes. Elle ne pouvait s'en prendre qu'à elle-même. Jordan avait allumé en elle le feu du désir. Sa ressemblance avec Justin aurait pu expliquer cela mais elle savait, au plus profond d'elle-même, qu'il n'en était rien.

Ce soir-là, dans le Jacuzzi, ce n'était pas à Justin qu'elle avait pensé.

Jordan gara sa Mercedes dans l'allée peu avant 16 h 30. Son cœur se mit à cogner dans sa poitrine lorsqu'il vit que la vieille Toyota d'Angie n'était pas là. Avait-il poussé le bouchon trop loin ? Avait-elle fait ses valises et quitté le ranch avec son fils ?

Il éprouva un vif soulagement lorsqu'il se rappela qu'elle devait emmener Lucas choisir son chien. Au moment où il sortait de sa voiture, il vit la vieille berline bleue remonter en cahotant le chemin qui conduisait au ranch.

Il faudrait qu'il lui remplace cette vieille guimbarde. Les

pneus étaient lisses et le moteur prêt à rendre l'âme. Mais pire, Angie et Lucas n'étaient pas à l'abri d'un accident. Seulement, si elle se montrait aussi entêtée pour changer sa voiture qu'elle l'avait été pour accepter l'idée du chien, il aurait du mal à la convaincre qu'il voulait simplement les savoir en sécurité.

Il revit Sunny, le magnifique golden retriever que Justin et lui s'étaient partagés alors qu'ils étaient enfants. Il aurait tant aimé trouver un animal similaire pour Lucas ! Mais l'insistance d'Angie l'avait emporté. Quel genre de chien un petit garçon de trois ans avait-il pu choisir dans une fourrière ? Il n'allait pas tarder à le savoir.

Il se tint à l'écart tandis qu'Angie sortait de la voiture pour aller défaire la ceinture de sécurité de son fils. Une fois libéré, Lucas courut vers Jordan, sa petite main fermement agrippée à une laisse en plastique rouge.

— Regarde, oncle Jordan ! s'exclama-t-il avec fierté. Il s'appelle Rudy.

Le chiot qui se trouvait au bout de la laisse était un drôle de compromis entre le pur bâtard et le chien de race. Avec son pelage blanc et noir, ses oreilles tombantes et son long museau, il avait des allures de chien de chasse.

— Viens ici, Rudy, ordonna Lucas en tirant sur la laisse.

L'animal lança des regards apeurés autour de lui avant de ramper vers son nouveau maître. Il avait les yeux les plus tristes que Jordan ait jamais vus.

— Ils allaient le piquer, expliqua Angie en réponse à son regard interrogateur. Lucas l'a sauvé d'une mort certaine. Si un animal a besoin d'amour, c'est bien celui-ci.

Il exhala un profond soupir. Le chiot n'était certes pas de toute beauté mais Angie avait l'air si heureuse ! Il eut envie de la prendre dans ses bras et de l'embrasser jusqu'à la rendre folle de désir.

— Nous ne savons pas trop d'où vient Rudy, dit-il plutôt. Que dirais-tu d'aller lui donner un bon bain avant de le sacrer maître des lieux ? Emmène-le dans le garage pendant que je me change et que je vais chercher une bassine.

Il n'avait pas proposé à Angie de les aider mais lorsqu'il revint, muni de la bassine, d'un savon et d'une vieille serviette de toilette, elle était là, vêtue d'un jean élimé et chaussée d'une paire de tongs roses. Ils remplirent la cuvette d'eau chaude rapportée de la cuisine. Puis, accompagnée de son fils, elle alla chercher le chien. Ils revinrent un instant plus tard, Rudy collé aux jambes de son petit maître comme une moule à son rocher, ses yeux couleur chocolat emplis de terreur. La pauvre bête devait penser sa dernière heure arrivée.

Lorsque Jordan voulut le soulever de terre, il se recroquevilla sur le sol et se mit à pousser des gémissements plaintifs. S'il avait été victime de maltraitances, mieux valait le laisser aux mains plus douces d'Angie ou de Lucas. Mais il ne voulait pas prendre non plus le risque de les voir se faire mordre.

— Approche, mon garçon, dit-il à Lucas.

Il plaça alors une main sous l'arrière-train décharné de l'animal puis il le souleva tout en douceur pour le mettre dans la bassine. Aussitôt dans l'eau, le chiot se mit à frétiller comme une anguille tout en hurlant à la mort.

Jurant entre ses dents, Jordan tenta de l'immerger un peu plus mais il ne réussit qu'à le faire aboyer de plus belle.

— Laisse-moi t'aider, lui proposa Angie. Lucas, reste en arrière.

Elle saisit le savon et commença à frotter les flancs de l'animal qui, n'ayant probablement jamais connu l'eau de sa vie, se débattit encore, les éclaboussant de la tête aux pieds. Elle éclata d'un rire cristallin qui l'enchanta.

Justin avait dit qu'il était tombé amoureux d'elle le jour où il l'avait entendue rire.

Devant la bonne humeur ambiante, Lucas se mit à glousser, écho lointain du rire de sa mère. Ignorant son avertissement, il vint se placer entre eux. A présent, lui aussi était trempé. Entre le chien qui tentait d'échapper à ses « tortionnaires », les éclaboussures et leurs vêtements dégoulinant d'eau, le bain avait tourné à un numéro de cirque. Lui aussi se surprit à éclater de rire. Et c'était bon. Sacrément bon, même.

Toujours riant, ils réussirent à rincer Rudy, à le sortir de la bassine et à le frictionner rapidement. Ils le laissèrent ensuite dans le garage avec un vieux coussin, une gamelle remplie de croquettes et une autre d'eau.

— Tu crois qu'il va être bien, là ? s'enquit Lucas d'un air inquiet.

— Mais oui, répondit-il. Demain, nous tâcherons de lui trouver une niche. Mais pour l'instant que diriez-vous d'aller nous sécher et de manger quelques toasts au fromage, accompagnés d'un bon chocolat chaud ?

Marta était sortie faire des courses mais personne mieux que lui ne savait les préparer.

Le soleil déclinait à l'horizon et un petit vent frais soufflait de l'ouest. Une fois à l'intérieur, il alluma un feu dans la cheminée et rapprocha les fauteuils en cuir de l'âtre. Laissant Angie et Lucas profiter de la chaleur bienfaisante, il se rendit dans la cuisine.

Il coupait du fromage en fines lamelles lorsqu'il entendit la voix d'Angie derrière lui.

— Je peux t'aider ?

— Tu peux t'occuper du chocolat, si tu veux. Le cacao est dans le placard, le lait dans le Frigidaire.

En fait, il n'avait pas vraiment besoin d'aide mais il aimait l'idée de la voir s'affairer à ses côtés. Comme lorsqu'ils avaient baigné Rudy. Cela faisait bien longtemps que la maison n'avait pas retenti de rires joyeux !

Depuis la disparition de Justin.

— Que fait Lucas ? demanda-t-il. Il peut rester seul ?

— Il s'est écroulé de fatigue. Et s'il se réveille, il saura parfaitement où nous retrouver. Je voudrais te remercier de nous avoir aidés pour le chien, ajouta-t-elle. Lucas est déjà fou de cette petite bête.

Il disposa sur le gril les toasts fourrés de fromage avant de répliquer :

— C'est ce qui importe.

— Je tenais aussi à te dire que tu as été exceptionnellement gentil cet après-midi, dit-elle en donnant un tour de cuillère au liquide chaud.

— « Exceptionnellement » ?

Il posa une main au creux de ses reins. La cuillère cliqueta dans la casserole quand il fit pivoter Angie vers lui pour la fixer droit dans les yeux.

— Je ne suis pas un monstre, Angie. Crois-moi, je fais de mon mieux pour que Lucas et toi vous sentiez ici chez vous.

Il continuait de la regarder. Elle ne fit aucun geste pour le repousser. Son visage n'était qu'à quelques centimètres du sien et ses lèvres humides entrouvertes. Le désir d'embrasser cette bouche offerte était plus qu'il n'en pouvait supporter. Il prit son menton entre ses doigts et leva son visage vers lui. Mais déjà, elle lui échappait.

— Tu vas faire brûler les toasts, dit-elle en s'emparant d'une spatule.

D'un mouvement leste du poignet elle les retourna.

— Autant mettre les choses à plat tout de suite, Jordan, dit-elle. Je sais que nous avons un… passé dont nous n'avons pas à nous glorifier. Lorsque Justin et moi nous sommes fiancés, tes parents et toi avez tout fait pour nous séparer. Tu es allé jusqu'à me proposer de l'argent pour que je le quitte. As-tu la moindre idée de ce que j'ai pu ressentir à ce moment-là ? Ce n'est pas pour autant que je vais te mentir et nier qu'il existe une sorte d'alchimie entre nous. Mais il ne doit rien se passer si tu attends de moi que je reste ici. Nous avons chacun un passif trop lourd. Tôt ou tard, il resurgirait.

— Angie, je ne voulais pas…

Il n'allait tout de même pas s'excuser pour quelque chose qu'ils désiraient tous les deux. Et il avait suffisamment d'expérience pour savoir quand une femme voulait être embrassée.

— Laisse-moi terminer. Tu m'as emmenée ici parce que je suis la mère de Lucas. Mais je suis aussi la personne responsable de la mort de Justin car si j'avais rompu avec lui il serait vivant. Souviens-toi de ça la prochaine fois que tu seras tenté de franchir les limites.

Il prit ses mots en pleine figure. Cela faisait donc quatre ans qu'elle portait ce lourd fardeau ; qu'elle aussi s'accusait de l'accident de Justin. Elle méritait de connaître enfin la vérité. Mais en parlant, il prenait le risque de la voir boucler ses valises et de partir pour ne plus revenir. Sans compter qu'elle ne lui pardonnerait jamais une telle trahison.

Il aurait tellement voulu pouvoir lui dire qu'il comprenait ; qu'il partageait cette culpabilité avec elle. Mais avouer ne ferait qu'aggraver les choses.

Le silence qui pesait encore entre eux fut rompu par l'arrivée de Lucas qui dit d'une voix tout ensommeillée :

— Mmm... ça sent bon ! Tu as des Chamallow, oncle Jordan ?

— Non. Mais je vais noter d'en acheter.

Il plaça l'assiette de toasts sur un plateau pendant qu'Angie remplissait trois grandes tasses du chocolat onctueux. Ils mangèrent devant le feu, bercés par le bruit de la pluie qui frappait contre les carreaux.

C'était un moment agréable qui donna à Jordan l'impression d'être en famille. Sauf qu'il sentait la tension encore vive qui émanait d'Angie. Elle avait raison, bien sûr. Reprendre là où ils s'étaient interrompus quatre ans auparavant serait le meilleur moyen de briser le fragile équilibre qui régnait entre eux et de faire resurgir un passé douloureux. Désormais, il ne leur restait plus qu'à aller de l'avant ; en toute amitié, si possible.

Aussitôt son repas achevé, Lucas s'était de nouveau endormi, épuisé par les émotions de la journée. Angie se leva pour le prendre dans ses bras.

— Il est encore tôt, mais je vais le coucher.

— Si tu veux revenir, tu es la bienvenue.

Comme il l'avait prévu, elle fit non de la tête.

— Merci, mais j'ai du travail en retard.

— Ne te couche pas trop tard.

Il se leva et commença à rassembler la vaisselle éparse. Et soudain, sans la présence d'Angie et de Lucas, la maison lui sembla trop grande, trop calme. Pour échapper à cette solitude, il enfila un imperméable et alla faire un tour dehors.

Cela lui rappela qu'il n'avait pas appelé Whitney depuis des jours. Depuis quelques mois, il entretenait avec cette jolie blonde une relation purement physique, et qu'il n'avait aucune intention de prolonger dans le temps. D'autant moins qu'elle commençait à devenir possessive et exigeante. Pour le moment, il pouvait encore la calmer d'un simple coup de fil.

Il hésita à composer son numéro puis finit par remettre son téléphone portable dans la poche de son jean. Elle attendrait demain. Il serait alors en ville et l'inviterait à dîner à La Fonda. Sans compter qu'elle figurait sur la liste de ses invités et qu'elle s'attendait certainement à passer la nuit au ranch. Avec Angie dans les parages, c'était encore un problème épineux qu'il allait devoir résoudre.

Il leva les yeux sur les fenêtres du premier étage. La chambre de Lucas était plongée dans l'obscurité contrairement à celle d'Angie. Il l'imagina, courbée sur le clavier de son ordinateur, travaillant dur pour gagner sa vie et celle de son fils. Elle aurait pu mener une vie oisive si elle l'avait voulu, il le lui avait assez répété. Mais Angie Montoya était une femme pleine de fierté, qui tenait à son indépendance.

Et si, des années plus tôt, il l'avait soupçonnée d'être une opportuniste guidée par l'appât du gain, il savait aujourd'hui qu'il s'était trompé.

Il rentra en traînant les pieds et passa un long moment dans son bureau à étudier la comptabilité du ranch. Lorsqu'il eut fini, il était suffisamment fatigué pour aller se coucher.

Pourtant, avant de regagner sa chambre, il décida de passer par le garage jeter un coup d'œil sur Rudy qui, probablement trop effrayé pour manifester sa présence, n'avait pas aboyé durant toute la soirée.

La pluie avait cessé de tomber, imprégnant l'air de sa fraîcheur humide. Lorsqu'il passa sous la fenêtre de la chambre d'Angie, il vit qu'elle était maintenant dans le noir. Il l'imagina blottie dans son lit, ses longs cheveux soyeux déployés sur son oreiller, ses lèvres aussi douces que celles d'un enfant endormi…

Arrivé devant le garage il s'étonna de voir que la porte était entrouverte.

— Rudy ?

Mais où était-il passé ? Il siffla tout bas et prit la lampe torche du crochet où elle était suspendue, puis balaya de son faisceau lumineux chaque recoin de la pièce. Aucun signe de Rudy.

Il se força à raisonner clairement. Il ne pouvait s'être échappé, une courte passerelle reliant l'arrière du garage au patio. Le petit chien devait forcément se trouver dans les parages.

Animé par un soudain pressentiment, il gravit les marches qui menaient à la porte-fenêtre de la chambre de Lucas. Ce soir, elle n'était pas verrouillée.

Voilà qui était étrange. Inquiet, il l'ouvrit et se glissa furtivement à l'intérieur. Lucas dormait profondément. Couché sur la descente de lit, Rudy, alerté par le bruit, leva la tête et dressa les oreilles. Jordan aurait juré qu'il l'avait entendu grogner.

— Tout va bien, mon vieux. Continue à veiller sur ton petit maître, chuchota-t-il.

Attendri, il ressentit une bouffée de tendresse qui lui noua la gorge. Les enfants lui avaient toujours été indifférents, mais la vue de ce petit être innocent le remuait au plus profond de lui-même.

Avant de ressortir, il promena le faisceau de la lampe dans la pièce. Tout était en ordre, les vêtements rangés dans l'armoire, les livres sur les étagères, les jouets dans une malle.

Alors qu'il dirigeait la lampe vers le lit, un détail le figea sur place : son frère lui souriait depuis le cadre où il se trouvait.

Justin le gentil, celui que tout le monde aimait.

Même mort, il se dresserait toujours entre lui et cette famille qui ne serait jamais la sienne.

- 5 -

Angie avait tenté par tous les moyens de se défiler et de trouver un prétexte pour ne pas assister à la soirée donnée par Jordan, mais celui-ci n'avait rien voulu entendre.

Il avait insisté sur le fait qu'elle et Lucas faisaient partie de la famille et que cacher leur présence ne ferait que susciter de sales rumeurs. Plus tôt les gens connaîtraient la vérité sur leur présence au ranch, plus tôt ils accepteraient la situation — et Lucas.

Sans doute avait-il raison, se dit-elle alors qu'elle vérifiait son reflet dans un miroir.

La tenue qu'elle avait choisie — robe bustier noire, stilettos rouges et créoles argent — était parfaitement adaptée à ce genre de soirée. Mais malgré son apparente assurance, elle avait l'impression d'être sur le point d'être jetée dans la fosse aux lions. Elle n'appartenait pas au monde des Cooper et n'en ferait probablement jamais partie mais, pour assurer l'avenir de son fils, elle se devait d'essayer de donner le change.

D'après ce que lui avait dit Jordan, la plupart des invités étaient des hommes d'affaires, associés ou collaborateurs, et des employés. Parmi les autres, il y avait aussi des amis de Justin qu'elle connaissait vaguement.

Elle regarda avec une nervosité croissante la cohorte de voitures de luxe qui remontaient l'allée principale. Peut-être n'était-il pas trop tard pour disparaître.

Le bruit de petits coups frappés à sa porte restée entrouverte la fit sursauter. Décidément, la perspective de cette soirée la rendait on ne peut plus anxieuse…

— Tu es prête ? s'enquit Jordan.

— C'est une erreur, Jordan. Les gens vont jaser.

— Et alors ? Crois-moi, après la surprise générale, ils passeront très vite à autre chose. Au fait, tu es ravissante.

Elle fit mine d'ignorer le compliment.

— Ce n'était pas la peine que tu te déranges. Je suis tout à fait capable de me rendre seule dans la salle de réception.

— Pour te cacher dans un coin ? Toi et Lucas méritez mieux que ça, Angie.

Elle tenta de refouler la boule d'angoisse qui s'était formée dans sa gorge.

— Au fait, sais-tu où il est ?

— Dans le salon. Il visionne des vidéos avec Carlos et Rudy, trop heureux de pouvoir se gaver de pizzas, de pop-corn et de limonade. Si tu n'es pas passée le voir d'ici là, Carlos a pour consigne d'aller le coucher à 21 heures.

— Merci, dit-elle, sincèrement reconnaissante.

Jordan et elle étaient tombés d'accord sur le fait que Lucas ne participerait pas à la soirée. L'annonce de son existence allait créer suffisamment de remous comme cela : Mon Dieu, Justin avait laissé un fils ! Elle ne pouvait que trop bien imaginer les réactions des invités, et ne tenait pas à ce qu'il soit exhibé devant ces gens. En proie à l'anxiété, elle s'engagea dans l'escalier, et si Jordan n'avait pas posé une main ferme sur sa taille, elle aurait battu en retraite.

La majorité des invités était déjà arrivée. Au nombre d'une quarantaine, ils allaient et venaient grignotant des canapés et sirotant des cocktails tout en devisant de sujets sans doute de la plus haute importance.

Mais quand elle fit son apparition à côté de Jordan, elle vit tous les yeux se braquer sur eux. Et les conversations se turent instantanément pour faire place à un silence religieux.

— Souris, lui conseilla-t-il. Nous ne nous rendons pas à un enterrement.

Elle afficha un sourire forcé, tout en marchant avec précaution sur ses hauts talons qui pouvaient la trahir à tout instant. En plus, elle avait peur de tomber ! Mieux valait s'agripper au bras de Jordan, même si ce geste n'allait pas manquer de provoquer la plus vive excitation…

Une fois au bas des marches, il saisit au passage une coupe de champagne qu'il lui tendit. Elle n'en prit qu'une petite gorgée, bien décidée à garder la tête froide tout au long de la soirée.

— Chuck, je te présente Angie Montoya, la fiancée de mon frère Justin, dit-il à un homme entre deux âges, aux cheveux grisonnants. Angie et son fils vivent ici maintenant, au ranch.

Toute la vérité tenait dans ces deux petites phrases. L'homme murmura un salut poli avant de se tourner vers d'autres invités.

Des variations sur ce même thème se répétèrent une demi-douzaine de fois, les réponses allant de la politesse froide à une curiosité contenue. Au bout d'un moment, Angie prit Jordan à l'écart.

— Je suis sûre que ça va bien se passer maintenant, affirma-t-elle. Tu peux me laisser et te consacrer à tes invités.

— Ça va aller ?

— Oui, je te dis. Va.

Tout en sirotant son champagne, elle resta immobile près de la toile de Georgia O'Keefe qui représentait un buisson de daturas en pleine floraison. Il fallait qu'elle mate sa tentation grandissante de fuir. Qu'elle ne soit pas lâche mais au contraire qu'elle leur prouve, à tous ces snobs, qu'elle pouvait très bien tirer son épingle du jeu toute seule.

En parcourant la pièce du regard, elle reconnut quelques visages de l'époque passée avec Justin, mais la plupart lui étaient étrangers. Une jolie blonde, toute en jambes, parée d'une élégante robe en jersey fluide, se tenait serrée contre Jordan. Elle riait, une coupe de champagne à la main. Il semblait apprécier sa compagnie. Elle se rappela le coup de fil tardif qu'elle lui avait passé il y a quelques jours depuis son ancien appartement. Lorsqu'il avait répondu, elle avait eu l'intuition qu'il n'était pas seul et qu'elle le dérangeait. Une pointe douloureuse lui vrilla le cœur.

Etait-ce de la jalousie ? Ridicule.

Jordan ne lui appartenait pas et, en outre, il avait déjà une vie privée avant qu'il ne la retrouve. Pourquoi les choses changeraient-elles ?

— Angie ? Mon Dieu, mais c'est bien toi !

L'homme qui venait de l'interpeller était un grand échalas aux cheveux d'un blond cendré tirant sur le roux. Il avait été un ami de Justin. Elle fouilla désespérément sa mémoire pour se rappeler son nom. Travis ? Non, Trevor. Voilà, il s'agissait de Trevor Wilkins.

— Cela fait longtemps, dit-elle prudemment.

Encouragé, il s'approcha un peu plus d'elle.

— Tu avais complètement disparu après le décès de Justin. Je me suis souvent demandé ce que tu étais devenue.

— Je suis devenue mère. Mais si tu as été attentif à ce qui s'est dit ce soir, tu dois déjà le savoir.

— J'en ai entendu parler, en effet. En tout cas, être maman te va bien. Tu es plus belle que jamais.

Seigneur ! Ce type était-il en train de la draguer ?

Elle chercha à lui échapper en se renfonçant dans l'angle de la cheminée mais, aussitôt, il combla l'espace qui les séparait encore. Il se tenait maintenant si près qu'elle pouvait sentir sur son visage son haleine chargée de whisky. Elle chercha Jordan du regard mais il était occupé à discuter avec un groupe de personnes, la blonde toujours accrochée à son bras.

— Tu sais, Angie, j'en ai toujours pincé pour toi, dit Trevor. Avec Justin disparu et Whitney, là-bas, qui espère mettre le grappin sur Jordan, je me dis que toi et moi…

— Ce que j'aimerais vraiment, moi, c'est retrouver quelques têtes connues, dit-elle, consciente de se raccrocher à n'importe quel prétexte. Tu pourrais m'accompagner.

— Bien sûr, acquiesça-t-il en lui offrant son bras. Ils seront tous très contents de te revoir. Et, plus tard, nous pourrions…

— Plus tard, je m'occuperai de mon fils, qui a trois ans. Pour le moment, il est le seul homme de ma vie.

Tandis qu'il regardait Angie se déplacer au bras de Trevor, Jordan éprouva un petit pincement au cœur. Dans un premier temps, il avait pensé qu'elle cherchait à lui échapper, mais visiblement il avait fini par la rallier à sa cause. Pour l'heure, elle bavardait gaiement et paraissait totalement heureuse.

Whitney le rappela à l'ordre en caressant son avant-bras du bout de son index parfaitement manucuré. Si elle ne manquait pas d'attraits, son acharnement à vouloir être le centre d'intérêt permanent commençait à agacer sérieusement Jordan. Ignorant ses minauderies, il essaya de se concentrer sur ce que disait Len Hargrove, l'avocat qui défendait depuis toujours les intérêts de la famille Cooper.

— Si j'ai un conseil à vous donner, Jordan, c'est de prendre votre temps. Avant d'aller plus loin, assurez-vous d'abord que Lucas est bien le fils de Justin. Je ne vous apprendrai rien en vous disant que cette femme a pu monter cette histoire de toutes pièces dans le but de tirer avantage de la situation.

— Tirer avantage de la situation ? rétorqua Jordan qui commençait à s'impatienter. Sachez que ce n'est pas elle qui m'a contacté, c'est moi. Et lorsqu'elle a appris que j'avais retrouvé sa trace grâce à un détective privé, elle m'a fichu à la porte. Sachez aussi que si elle a accepté de venir vivre ici c'est seulement après une rixe de quartier qui avait mis la vie de son fils et la sienne en danger. C'est cela que vous appelez « tirer avantage de la situation » ?

Face à tant de véhémence, l'homme de loi prit une mine perplexe.

— Je comprends la compassion que vous éprouvez, mais ne pouvez-vous au moins envisager un test ADN ?

— Pour prouver quoi ? Ce que je sais déjà ?

— Mieux vaut être certain.

Jordan pensa à Angie et au mal qu'il lui ferait s'il lui demandait une preuve de la paternité de Justin.

— *Je* suis certain. J'affirme que cet enfant est le fils de mon frère ; et j'estime que le chapitre est clos.

— Et votre mère ? insista Len. Que pense-t-elle de tout ça ?

— Elle n'est pas encore au courant.

Le doute s'empara soudain de Jordan. Tôt ou tard il faudrait bien qu'il règle le problème avec sa mère. Si la santé de Meredith déclinait, elle avait néanmoins toute sa tête et demeurait la représentante légale des Cooper. Leur avenir dépendait donc de sa décision d'accepter ou non, au sein de sa famille, Lucas et Angie.

Angie, qu'elle tenait toujours pour responsable de la mort de Justin.

— Jordan, sois un amour ; accompagne-moi au bar. J'ai une envie terrible de margarita.

La voix rauque de Whitney rompit le fil de ses pensées. Cette fois, il se plia de bonne grâce à ses desiderata. Cela lui permettait d'échapper à un sujet trop sensible qui n'aurait dû être évoqué qu'à l'abri des oreilles indiscrètes.

Tandis qu'ils se rendaient au bar, il put apercevoir Angie qui discutait avec un groupe de ses anciens amis. Malgré la nervosité qu'il était le seul à deviner, elle semblait plutôt à l'aise.

Il remarqua aussi la main possessive que Trevor avait placée sur son dos. Ce salaud n'avait pas perdu de temps ! Mais après tout, de quoi se mêlait-il ? Angie était une grande fille. Il n'avait pas le droit de lui dicter sa conduite.

Il sentit contre son oreille l'haleine chargée d'alcool de Whitney. Elle entendait bien passer la nuit au ranch, évidemment. Mais il n'était pas d'humeur à vouloir seulement du sexe, et elle ne pouvait pas lui offrir davantage. Se libérer d'elle serait une bénédiction ; mais à condition qu'elle ne souffre pas. Il avait déjà fait assez de mal comme ça dans le passé.

Et aujourd'hui, avec Angie et Lucas sous son toit, ce passé revenait régulièrement le hanter.

Angie se réveilla en sursaut. Après quelques secondes de confusion, elle comprit qu'elle se trouvait sur l'un des canapés du salon.

Les chiffres digitaux du téléviseur indiquaient 23 h 25. Le salon, déserté, était plongé dans l'obscurité, la télé éteinte, le plateau rapporté en cuisine.

Tout lui revint d'un coup. La façon dont elle s'était excusée, deux heures plus tôt, pour aller s'assurer que Carlos avait bien couché Lucas à l'heure qu'on lui avait indiquée.

Après avoir passé plusieurs heures perchée sur des talons vertigineusement hauts, elle avait ressenti le besoin impérieux de les retirer. Elle s'était ensuite pelotonnée au milieu des coussins moelleux, prévoyant de retourner dans la salle de réception quelques minutes plus tard. Au lieu de ça, elle avait dormi pendant deux heures d'un sommeil de plomb.

Ses chaussures à la main, elle sortit de la pièce sur la pointe des pieds. Les invités étaient partis, la maison était de nouveau plongée dans le calme et l'obscurité. L'unique source de lumière provenait de la chambre de Jordan.

Résolue à ne pas le déranger, Angie continua à marcher d'un pas feutré dans la pénombre. Elle venait d'atteindre l'escalier lorsqu'une voix féminine, agacée, lui parvint.

— Il ne s'agit pas de nous, Jordan ! Il s'agit d'elle. Je t'ai bien vu, toute la soirée. Tu n'as pas quitté des yeux cette traînée !

Manifestement, c'était d'elle que la femme parlait en termes si peu élogieux !

— Baisse le ton, veux-tu ? dit Jordan d'une voix visant à la calmer. Angie n'a rien à voir dans tout ceci. J'essaie de faire ce que je pense être juste pour le fils de Justin, c'est tout.

— Tu parles ! J'ai bien vu comme tu l'as défendue. A un moment, j'ai même cru que tu allais cogner sur ce pauvre avocat. Cette sale *chiquita* est en train de te rouler dans la farine, comme elle l'a fait pour ton frère !

— Ça suffit ! gronda Jordan d'une voix sourde. A présent, je te conseille de partir avant que nous ne prononcions des mots qui pourraient dépasser notre pensée et que nous pourrions regretter par la suite.

— Très bien, je m'en vais. Et crois-moi, tu n'es pas près de me revoir ! Mais avant, laisse-moi te dire une chose, Jordan Cooper : cette fille te détruira, comme elle a détruit Justin.

Sur ces mots, Whitney sortit en trombe de la pièce et claqua violemment la porte derrière elle. Angie se tapit un peu plus dans l'ombre alors que la blonde en furie passait devant elle sans la voir. Quelques secondes plus tard, un bruit de moteur suivi d'un crissement de pneus lui confirma qu'elle avait bel et bien quitté le ranch.

Bouleversée, Angie ne sut trop quoi penser de ce qu'elle venait d'entendre. Jordan était attiré par elle, il le lui avait clairement prouvé. Mais la femme blonde était allée plus loin en accusant Jordan de l'avoir défendue, de vouloir jouer un rôle dans sa vie.

Même si c'était vrai, tout cela avait-il vraiment de l'importance, puisqu'elle avait décidé qu'il ne se passerait rien entre eux ?

Aveuglée par les larmes, elle se hâta vers sa chambre.

— Angie ?

Elle se retourna. Jordan se tenait en bas des marches.

— Tu as entendu ?

Elle opina, regrettant de ne pouvoir disparaître sous terre.

— Je suis désolée, ce n'était pas mon intention, dit-elle. Je me suis endormie dans le salon et j'étais en train de remonter dans ma chambre. Nous pourrions faire comme si je n'avais rien entendu, conclut-elle dans un petit rire qui sonnait faux.

— Redescends, s'il te plaît.

Sa voix basse et grave lui envoya des frissons dans tout le corps. Renonçant à ses bonnes résolutions, elle alla le rejoindre.

Ils restèrent face à face au pied de l'escalier. Même dans la semi-obscurité, Jordan voyait les larmes qui perlaient à ses yeux.

— Tout est ma faute, dit-elle dans un murmure. Je n'aurais jamais dû venir ici.

— Rien de ce que tu as entendu n'est ta faute, Angie. De toute façon, Whitney et moi étions au bord de la rupture. J'attendais juste le bon moment.

— Mais toutes ces choses horribles qu'elle a dites… que je te détruirai, comme j'ai détruit Justin.

Il réprima avec peine l'envie impérieuse de la serrer contre lui.

— Tu n'as pas détruit Justin, Angie. Ce n'est pas toi qui pilotais cet avion.

— Je n'aurais jamais accepté ton argent, Jordan, mais j'aurais dû mettre un terme à ma relation avec ton frère, hoqueta-t-elle. J'aurais dû lui dire que je ne voulais pas me mettre entre lui et sa famille. J'aurais fait n'importe quoi pour le sauver !

— Tu ne pouvais pas deviner la suite des événements. Aucun de nous n'aurait pu.

Il sentit la lame froide de la culpabilité s'enfoncer profondément en lui. Tous deux avaient aimé Justin mais ce n'était pas Angie qui l'avait laissé tomber. C'était lui.

A présent, les larmes ruisselaient sans retenue sur ses joues. Emu, il la prit dans ses bras. A ce moment précis, il avait besoin d'elle comme elle de lui. Et cela ne faisait pas l'ombre d'un doute.

Elle se blottit contre lui comme un enfant cherchant du réconfort après un cauchemar.

Des souvenirs doux-amers affluèrent à sa mémoire : le goût fruité de ses lèvres, la chaleur de ses seins sous ses mains fébriles, la douceur satinée de sa peau sous sa jupe…

Il avait eu envie d'elle à la seconde où il l'avait vue en compagnie de son frère et, quatre ans après, il la désirait toujours autant. Pour preuve, son sexe durcissait sous l'effet de ce simple contact. Il ne souhaitait plus qu'une chose : la posséder et se perdre profondément en elle.

— Jordan… j'ai besoin de…

Il scella sa bouche d'un baiser qui devint plus profond aussitôt qu'il sentit qu'elle vibrait de la même frénésie. Du bout de la langue, il dessina le contour de ses lèvres, l'agaçant jusqu'à lui tirer de petits gémissements de plaisir. Ivre de désir, elle se hissa sur la pointe des pieds pour placer ses hanches à la hauteur de son membre en érection.

Il plaqua ses mains sur les fesses joliment rebondies d'Angie, puis commença à se frotter à elle. Il eut à peine conscience du bruit que firent ses escarpins quand elle les laissa tomber au sol.

Cette nuit lointaine, dans sa voiture, ils avaient réussi à s'interrompre avant de perdre totalement le contrôle. Mais là, rien ni personne ne pourrait plus les arrêter.

Jordan souleva Angie de terre et la porta jusqu'à sa chambre, toute proche. Un vertige délicieux s'empara d'elle tandis que le sang affluait à ses tempes et qu'elle repoussait les faibles protestations que le bon sens lui soufflait.

Comment avait-elle pu oublier le désir qui déferlait sur vous comme une lame de fond, emportant tout sur son passage ? Elle désirait cet homme de tout son corps, de toute son âme. Elle sentit ses mains descendre la fermeture Eclair de sa robe puis dégrafer son soutien-gorge en dentelle. Le contact de ses doigts sur sa peau nue lui envoya une onde brûlante qui se répandit dans tout son corps. Alors, de ses mains impatientes, elle lui arracha les boutons de la chemise, qui tombèrent au sol en cliquetant.

Dans un état second, elle sentit qu'il la reposait au sol, qu'il lui ôtait sa robe et faisait glisser son soutien-gorge le long de ses bras. Unis par le même désir frénétique, ils basculèrent sur le lit. Vêtue de son seul string noir, allongée, impatiente, elle le regarda retirer sa chemise puis son pantalon, et enfin son boxer short d'où jaillit son sexe bandé, aussi dur et lisse qu'une colonne de marbre.

Ni l'un ni l'autre ne parlait, comme s'ils savaient que les mots ne feraient que compliquer les choses.

Des frissons de plaisir parcoururent Angie tout entière lorsque Jordan s'allongea sur elle. Elle eut une seconde d'hésitation. Serait-elle à la hauteur de cet homme si expérimenté ? Et si elle se ridiculisait à ses yeux ?

Vite, elle chassa ses doutes pour l'attirer un peu plus contre elle. Elle l'entendit gémir tandis qu'il enfouissait son visage entre ses seins et se grisait de l'odeur musquée de sa peau.

Elle laissa sa tête rouler sur le côté pendant qu'il la repoussait en arrière et promenait ses mains sur son ventre plat. Elle ferma les yeux pour jouir totalement de ses caresses expertes, de ses doigts qui, à présent, faisaient rouler son slip le long de ses cuisses et se faufilaient dans le triangle de ses boucles brunes. Au comble de l'excitation, elle se plaqua un peu plus étroitement contre lui, exigeant plus.

Répondant à son désir, la bouche de Jordan descendit le long de son ventre pour s'attarder sur son sexe moite. Perdue dans un tourbillon de volupté, elle retint sa respiration lorsqu'il posa ses lèvres sur son sexe, et commença à lui prodiguer la plus divine des caresses.

Elle jouit en quelques secondes, des spasmes de plaisir déferlant dans tout son corps. Elle était prête pour lui ; prête à le recevoir.

Il prit le temps d'enfiler un préservatif avant de la pénétrer puissamment. Le plaisir qu'elle ressentait était si intense qu'elle en oubliait de respirer. Et pourtant… C'était Jordan qui était en elle. Son vieil ennemi. Jordan qui lui faisait l'amour mais qui ne l'aimait pas. Elle ne se faisait aucune illusion à ce sujet. Il ne s'agissait pour lui que d'assouvir un désir intense ; un fantasme qu'il nourrissait depuis longtemps.

Ses pensées se dissipèrent alors qu'il commençait à bouger en elle. Elle planta ses ongles dans son dos musclé et le laissa l'entraîner dans une danse frénétique qui l'emporta bien loin de la réalité.

Et lorsqu'il la porta au comble du plaisir, ses lèvres formèrent son nom en silence.

« Jordan… Jordan… »

Aiguillonné par le désir, il s'enfonça un peu plus en elle avant de jouir à son tour.

Quant à elle, submergée par une vague de tendresse qu'elle ne pouvait contrôler, elle le serra entre ses cuisses et le berça doucement tandis qu'ils revenaient lentement sur terre.

Aucune parole ne fut échangée. Dans la pénombre, Angie ne le vit pas lui sourire mais elle sentit ses lèvres se poser une dernière fois sur les siennes. Avant qu'il ne roule sur le côté et ne s'endorme d'un sommeil profond.

- 6 -

Allongée dans la pénombre, Angie écoutait Jordan dormir. Sa respiration régulière était parfois interrompue par de légers ronflements qu'elle aurait pu trouver réconfortants si elle n'avait eu conscience d'avoir commis une grossière erreur.

Dans l'intérêt de Lucas, elle avait accepté de vivre une relation platonique avec Jordan mais, cette nuit, dans ses bras, ses bonnes résolutions avaient fondu comme neige au soleil.

Et maintenant ? Avec Lucas à ses côtés, il était hors de question qu'elle devienne la maîtresse régulière de Jordan et qu'elle prenne le risque de se faire surprendre par son fils.

Elle s'amusa à imaginer Jordan lui demander de l'épouser, toujours dans l'intérêt de Lucas, bien sûr. Lorsqu'il était venu la trouver quatre ans plus tôt pour la dissuader d'épouser Justin, il avait évoqué des tas de raisons : ses origines, sa position sociale, sa pauvreté, son ambition, même. Tout cela était toujours d'actualité. Sans aucun doute, Jordan veillerait sur elle, la protègerait, envisagerait probablement une relation purement sexuelle avec elle. Mais il ne la demanderait jamais en mariage.

Elle s'appuya sur un coude pour l'observer. Paisiblement endormi, il n'avait plus rien de l'homme cynique et arrogant qu'il pouvait être. Mais même en cet instant de plénitude, elle devait garder à la mémoire qu'elle ne pourrait jamais lui faire totalement confiance. Et plus longtemps elle resterait là, dans son lit, plus grande serait la tentation d'oublier. Pour sa tranquillité d'esprit, il lui fallait s'éloigner de lui. Sur-le-champ.

Elle se leva et chercha ses vêtements à tâtons. Elle remit son soutien-gorge et enfila sa robe froissée par-dessus, renonçant à chercher sa culotte qui se trouvait quelque part entre les draps. Puis, sur la pointe des pieds, elle regagna le hall et monta l'escalier.

Une fois dans sa chambre, elle alla jeter un coup d'œil sur Lucas. Au bruit pourtant léger qu'elle fit en entrant dans la pièce, Rudy leva la tête et battit l'air de sa queue avant de se rendormir.

Lucas dormait d'un sommeil paisible, le vieil ourson en peluche de son père serré contre lui. Angie sentit sa gorge se serrer. Son petit garçon était si heureux ici ! Comme s'il avait senti, dès le premier jour, qu'il appartenait à ce monde. Même si cette vie faite de privilèges était l'héritage d'un père qu'il n'avait jamais connu.

Son regard se posa sur la photo de Justin. Sa vie avait basculé le jour où elle avait appris sa mort. Et là, elle avait le sentiment de l'avoir trahi encore une fois.

Pourquoi avait-elle agi ainsi ? Pourquoi avait-elle franchi la limite à ne pas dépasser ? Elle avait beau être formidablement attirée par Jordan, ce n'était pas une raison pour céder à cette attirance ! Il y avait tout de même plus en jeu que ses propres désirs ! Par ailleurs, elle ne serait jamais pour lui qu'une conquête de plus. Où allait-elle trouver la force et le courage de lui faire face, maintenant ?

Le mieux serait sans doute d'établir de nouvelles règles et de garder désormais ses distances.

Elle essuya de la main les larmes qui perlaient à ses yeux et se fit une promesse. Quel que soit le prix à payer, elle serait forte. Elle prouverait, à elle mais aussi à Jordan, que cette nuit n'avait pas compté.

Lorsque Jordan se réveilla aux premières lueurs de l'aube, il ne fut pas étonné de voir qu'Angie n'était plus là. Elle était partie pour être près de son fils. Il n'avait pas la moindre idée de ce qu'elle pouvait bien ressentir après cette nuit. Quant à lui, il était en proie à la plus profonde confusion.

Il jura tout bas avant de rejeter les couvertures pour se lever. Lorsqu'il aperçut la culotte en dentelle d'Angie sur le drap, à côté de lui, il se revit la lui retirer et se placer entre ses cuisses.

Il n'avait rien prémédité. Les choses s'étaient faites naturellement et il n'en éprouvait aucun remords — au point que, si elle se trouvait là en ce moment-même, il n'aurait eu aucun scrupule à lui faire de nouveau l'amour.

Malheureusement, la situation n'était pas aussi simple. Il avait fait à Angie une promesse qu'il avait rompue. Qu'elle ait été consentante ne changeait rien au problème. Elle avait toutes les raisons d'être en colère et, si elle décidait de boucler ses valises, il ne pourrait lui en vouloir.

Si elle décidait de rester, en revanche, l'ambiance risquait d'être tendue, voire pesante. Angie allait avoir besoin de prendre ses distances, tout comme lui.

Il ressentit un besoin impérieux d'air pur et d'exercice physique. Roulant sur lui-même, il s'empara du téléphone et composa le numéro de son bureau pour demander à son assistante de reporter à la semaine suivante les rendez-vous prévus pour la journée.

Avec l'hiver qui approchait, le travail n'allait pas manquer. Entre le bétail à conduire aux pâturages, les clôtures à réparer et le foin à rentrer, une paire de bras supplémentaire serait la bienvenue.

Fort de ces bonnes résolutions, il prit une douche puis enfila un jean et une paire de bottes. Une chevauchée matinale allait l'aider à y voir plus clair. Ensuite, seulement, il pourrait envisager de repartir avec Angie sur de meilleures bases.

Mais avant de quitter la maison, il avait un coup de fil important à passer.

— Est-ce que mon papa était aussi gentil qu'oncle Jordan ?

Angie qui, à quatre pattes, essayait de récupérer sous le lit une des baskets de Lucas, retint son souffle. Cette question lui fit l'effet d'une gifle. Elle prit plus de temps qu'il n'en fallait pour attraper la chaussure avant de se relever.

— Ton père était très gentil mais d'une façon différente, finit-elle par répondre.

— Comment ? insista Lucas, son petit visage assombri.

— Ton papa adorait faire rire les gens. Tout le monde l'aimait.

— Et oncle Jordan, il aime pas faire rire les gens ?

— Ton oncle Jordan préfère être sérieux, répondit-elle, consciente que ses réponses ne satisfaisaient pas la curiosité d'un petit garçon de trois ans.

Lucas fronça les sourcils tout en enfilant ses chaussettes.

— Tu pourrais te marier avec oncle Jordan, comme ça il deviendrait mon papa.

— Je ne pense pas que Jordan ait envie de m'épouser, répliqua-t-elle avec raideur.

— Pourquoi ?

— Parce qu'il aime donner des ordres et que je n'aime pas en recevoir, improvisa-t-elle.

— Et papa ? Il donnait des ordres ?

— Pas trop. Allez, maintenant, enfile tes baskets. Rudy a passé toute la nuit avec toi, il a besoin de sortir.

Ils ne virent aucun signe de la présence de Jordan. Elle en fut soulagée car, encore sous l'emprise de ses caresses, elle n'était pas en mesure de l'affronter.

Jordan ressentait-il la même chose ? Il s'était montré si passionné, si fougueux, lui qui — elle le connaissait assez pour l'affirmer — n'était pas du genre à se laisser emporter par ses émotions.

Elle regarda son fils lancer un bâton à Rudy qui s'empressa d'aller le chercher. Il faisait frisquet en cette matinée radieuse de novembre ; au loin, les monts Sangre de Cristo étiraient leurs cimes couronnées de neige. Justin aurait voulu que son fils grandisse dans un cadre aussi somptueux.

Les odeurs alléchantes provenant de la cuisine leur apprirent que le petit déjeuner était prêt. Elle aurait aimé pouvoir continuer à préparer elle-même les repas pour son fils mais elle avait dû se plier à la volonté de Marta qui ne tolérait personne sur son territoire.

Une fois douchés, ils allèrent s'installer à table, où seul le joyeux babil de Lucas rompait le silence embarrassant qui régnait entre les deux femmes.

— Marta, tu l'as connu, mon papa ?

Marta, qui nettoyait le comptoir, se raidit imperceptiblement. Pourtant, elle répondit avec gentillesse à la question du petit garçon.

— Bien sûr. Il avait à peu près ton âge lorsque je suis venue travailler ici.

— Comment il était ? Tu as une photo de lui ?

— Tu lui ressembles beaucoup. Ton oncle Jordan a des photos qu'il pourra te montrer. Mais aujourd'hui il est parti aider les vachers.

Angie se demanda si ces mots lui étaient destinés. Visiblement, Jordan avait décidé de ne pas se montrer. Tout comme elle, peut-être redoutait-il une confrontation. Ce qui lui rappela qu'elle avait trouvé ses escarpins devant sa porte alors qu'elle les avait laissés près de la chambre de Jordan.

Etait-ce lui qui les avait placés là, ou bien sa gouvernante à qui rien n'échappait ?

Peu lui importait la réponse, elle ressentait le besoin impérieux de sortir de cette maison. Elle et Lucas pourraient aller rendre visite à sa cousine Raquel, qui vivait en ville et les avait invités pour l'anniversaire de son fils ? Cette petite sortie lui ferait le plus grand bien.

— Qu'est-ce qu'il aimait faire, mon papa ? demanda encore Lucas en chipotant ses œufs brouillés.

— Il aimait jouer à des jeux, répondit Marta de bonne

grâce. Mais ce qu'il préférait par-dessus tout, c'était taquiner les gens. Ce n'était jamais méchant.

Sa voix se fêla tandis qu'elle ajoutait :

— Tout le monde l'aimait.

— Et oncle Jordan, tu le connaissais aussi ?

— Bien sûr, puisque ton papa et lui étaient frères.

— Oncle Jordan, il aimait taquiner les gens, comme papa ?

Marta haussa les épaules et se remit à astiquer son comptoir.

— Ton oncle Jordan, tout ce qu'il aime, c'est monter ses chevaux.

— A qui je ressemble le plus ? voulut encore savoir le petit garçon.

— A toi-même, répondit Angie en reposant sa fourchette. Et maintenant, dépêche-toi de finir tes œufs. Je voudrais te faire couper les cheveux avant d'aller à la fête d'anniversaire de ton cousin Ramon. Tu en as bien besoin.

Lorsqu'ils furent prêts à partir, il n'était pas loin de 10 heures. Angie avait calculé qu'il lui restait juste assez de liquide pour payer la coupe de son fils, quelques litres de carburant et un petit cadeau pour Ramon. Heureusement, elle attendait un virement en ligne qui devait être crédité sur son compte le lendemain.

Une fois Lucas attaché dans son siège auto, elle démarra le moteur de sa vieille voiture. Au moment où elle sortait du garage, un semi-remorque vint se garer dans l'allée, bloquant le passage. Elle appuya sur la pédale de frein, coupa le contact et sortit de sa voiture.

Elle put voir, sanglé sur la remorque, un 4x4 noir, flambant neuf, le tout dernier modèle luxueux que des spots publicitaires vantaient à la télé. Le conducteur s'était sans doute perdu et cherchait son chemin.

— Puis-je vous aider ? s'enquit-elle en s'approchant.

— Je cherche Mlle Angelina Montoya. C'est vous ?

— Oui, mais je…

— Veuillez signer là, je vous prie, que je puisse décharger le véhicule.

L'homme lui tendit un bloc-notes et un stylo.

— Vous trouverez le titre de propriété sur le siège passager avec le manuel d'emploi. Les clés sont sur le contact.

— Attendez un peu, dit-elle en repoussant la main de l'homme. Il doit y avoir une erreur.

— Il n'y a aucune erreur possible. Ce véhicule a été acheté et payé ce matin par M. Jordan Cooper. Il m'a dit de vous le livrer dans l'heure et de reprendre votre vieille voiture. Il est là ?

— Non.

Elle se mit à trembler d'indignation. Si Jordan pensait l'acheter avec son 4x4, il se trompait lourdement sur son compte !

— Il y a eu un malentendu, assura-t-elle au livreur. Repartez avec cette voiture et rendez son argent à M. Cooper, moins les frais de livraison, bien sûr.

Sa voix tremblait, elle aussi. Elle crut qu'elle allait se mettre à pleurer. Comment Jordan avait-il pu lui faire un coup pareil après avoir passé la nuit avec elle ?

— Mais M. Cooper m'a dit…

— Et moi je vous dis de m'enlever cette voiture de là ! cria-t-elle au chauffeur médusé. Je n'en veux pas et je ne vous laisserai pas enlever la mienne.

Ses jambes se mirent à vaciller tandis que le livreur descendait l'allée en marche arrière. En voulant lui faire un cadeau de cette valeur, Jordan essayait-il d'acheter sa reconnaissance, ou bien de la récompenser pour services rendus ? Dans les deux cas, elle perçut sa manœuvre comme une gifle magistrale.

Elle pivota et regagna sa voiture. Elle irait en ville et ferait ses courses, comme prévu. Mais lorsque Jordan rentrerait, elle serait là pour l'accueillir. Il était temps qu'il mette un terme à ses petits jeux pervers.

Le vent qui avait redoublé de force annonçait les prémices d'une violente tempête de neige. Jordan remonta le col de sa veste en peau retournée et dirigea son cheval derrière le troupeau. L'élevage n'était pas l'activité principale du ranch, mais les cinq cents têtes que comptait le troupeau assuraient un revenu supplémentaire et permettaient de maintenir les traditions.

Coupant à travers la pente broussailleuse, il rabattit les retardataires vers le troupeau. Il aurait aimé vivre l'époque où l'élevage du bétail constituait un boulot à plein temps ; où les cow-boys passaient des journées entières à cheval et ne mettaient pied à terre que pour manger un bout de viande autour d'un feu de camp. Au lieu de ça, dans une semaine il aurait de nouveau endossé son costume-cravate pour reprendre les activités financières de l'entreprise ; activités qui permettaient au ranch de ne pas être déficitaire.

Pour l'heure, Angie avait dû réceptionner la livraison de sa nouvelle voiture, juste à temps pour se rendre en ville. Il aurait dû lui en parler d'abord mais, avec l'annonce de la tempête, il n'avait pas voulu prendre le risque de la voir sillonner les routes avec sa vieille guimbarde.

La connaissant, il espérait juste qu'elle ne lui prêterait pas de mauvaises intentions. Car, lui, tout ce qu'il voulait, c'était que Lucas et elle soient en sécurité.

Il avait pensé à elle toute la matinée. La tenir entre ses bras avait été un pur bonheur. La seule perspective de la revoir suffisait à rallumer en lui le feu de la passion. Mais, il le savait, elle n'était pas femme à accepter une relation fondée uniquement sur le sexe. Elle avait beaucoup trop de classe pour cela. Sans parler du fait qu'elle comptait beaucoup pour lui.

Au gré de ses pensées, il avait même songé à l'épouser. Ce serait la façon la plus simple d'envisager un avenir serein pour Lucas et le moyen le plus sûr de la garder à ses côtés. Puis il y avait renoncé, tant les probabilités d'un échec étaient nombreuses. Pour commencer, il n'avait pas l'étoffe d'un mari. La brièveté de son premier mariage en était la preuve flagrante. Ensuite, et malgré la nuit passée avec elle, il n'avait aucune raison de croire qu'elle l'aimait. Troisième raison, et pas des moindres, sa mère, qui n'accepterait jamais au sein de sa famille la femme qu'elle tenait pour responsable de la mort de Justin.

Mais la plus importante de toutes restait la vérité qu'il gardait secrète et qui pesait sur lui comme un énorme bloc de granit. Ce secret, s'il venait à être découvert, tuerait sa mère aussi sûrement qu'elle ferait fuir Angie à jamais.

Après avoir fait couper ses cheveux à Lucas et acheté un ballon de foot pour Ramon, Angie prit la direction de la maison de Raquel.

Son mari, Antonio Vargas, tenait un restaurant où Angie avait travaillé un temps comme serveuse. C'était là qu'elle avait rencontré Justin. La maison du couple, confortable, se trouvait à quelques rues du restaurant.

Tandis qu'elle regardait son fils jouer avec son cousin et ses jeunes invités, elle se rappela que les Vargas aussi faisaient partie de la famille de Lucas. Un héritage fait de musiques et de rires associés à tout un monde coloré et chaleureux. Elle ne pouvait pas plus couper son fils de cet univers-là que de celui, fait de privilèges, que lui avait légué son père.

— Tu comptes donc rester au ranch ? s'enquit Raquel.

De quelques années plus âgée qu'Angie, elle lui était pourtant très proche. Elle avait gardé de ses quatre grossesses quelques kilos de trop qui n'enlevaient rien à son charme et à sa séduction.

— Difficile à dire, répondit Angie. Pour l'instant, c'est ce qui me semble être le mieux pour Lucas. Il aime tant sa vie, là-bas ! En ce qui me concerne… je ne sais pas, ajouta-t-elle, au bord des larmes.

Le regard scrutateur de Raquel la dévisagea.

— Qu'y a-t-il, *querida* ? C'est Jordan ? C'est parce qu'il te rappelle trop Justin ?

— Non, non. Ce n'est pas ça du tout. Pendant des années j'ai cru que Jordan me détestait, mais ce n'est pas le cas. Il est gentil, généreux, mais il veut tout contrôler. Parfois, j'ai l'impression qu'il veut m'enlever Lucas. D'un jour à l'autre, je ne sais pas comment réagir face à lui.

Elle s'interrompit pour regarder son fils tenter de marquer un but.

— Ce matin, par exemple, il a fait livrer au ranch un 4x4 à mon nom. J'ai demandé au chauffeur de le retourner chez le concessionnaire.

— Pour l'amour du ciel, mais pourquoi ? Ta voiture est une épave dangereuse.

— Comment aurais-je pu accepter, Raquel ? Ç'aurait été comme si…

Elle secoua la tête, incapable de poursuivre.

— Me cacherais-tu quelque chose ?

— Hier soir, après une soirée donnée au ranch… Il venait de se disputer avec sa petite amie et, une chose en entraînant une autre, nous nous sommes retrouvés dans son lit.

Elle refoula la bouffée d'émotion que ce souvenir provoqua en elle.

— Je me suis ridiculisée, Raquel.

— Aucune importance, décréta Raquel d'un ton péremptoire, ce qui est fait est fait. Et puis, tu as vécu comme une nonne pendant trop longtemps.

Elle esquissa un sourire complice.

— C'était bon ?

— Mieux que ça, même, répondit Angie, les joues en feu.

— Tu es amoureuse de lui ?

— Amoureuse de Jordan ? Grands dieux, non ! Jordan Cooper est l'homme le plus arrogant, le plus manipulateur, le plus exaspérant que j'aie jamais connu ! Et maintenant… maintenant, je n'ose même plus le regarder en face. Je te jure, si ce n'était pour Lucas, je ferais mes valises et partirais sur-le-champ.

— T'enfuir ne résoudrait rien, *querida*. Tout ce que tu peux faire est d'affronter le problème et d'être honnête avec toi-même. Laisse parler ton cœur, c'est la seule façon de savoir ce que tu veux vraiment.

Après ces mots, elle avait besoin de réfléchir, et aller chercher le gâteau d'anniversaire était un bon prétexte pour se retrouver seule quelques instants.

Raquel avait raison, se dit-elle. Mais laisser parler son cœur ne ferait qu'aggraver les choses. Autant se montrer lâche et éviter de croiser Jordan. Il finirait par capter le message.

Il faisait nuit lorsque la fête se termina. Des nuages menaçants venus de l'ouest apportaient une odeur de neige. Elle frissonna de froid tandis qu'elle bouclait la ceinture de sécurité de Lucas. Pourquoi n'avait-elle pas pensé à emporter des manteaux chauds pour tous les deux ?

« Parce que ce matin, se dit-elle, tu n'avais pas la tête au temps qu'il faisait. Ce matin, tes pensées tournaient exclusivement autour de Jordan. »

Au moment où elle s'engageait sur l'autoroute, Lucas dormait déjà. Des flocons de neige, aussi petits que des grains de sable, saupoudraient le pare-brise. Elle mit les essuie-glaces en marche. Si le système de dégivrage était tombé en panne l'hiver dernier, le chauffage, lui — Dieu merci —, marchait encore. Elle se faufila sur la file de droite et ralentit. Avec ses pneus lisses, elle ne pouvait prendre le risque de rouler à vive allure sur l'asphalte glissant. Une file ininterrompue de voitures la dépassa, recouvrant ses vitres de neige fondue.

Par temps clair, il fallait quarante minutes pour atteindre le ranch. Ce soir, il y avait fort à parier qu'il lui faudrait plus de temps que ça. Pourvu que Lucas ne se réveille pas avant qu'ils n'arrivent à la maison…

La maison. C'était donc ce que le ranch des Cooper était devenu ?

Elle fixa la route, regrettant presque d'avoir refusé le cadeau providentiel de Jordan. Si elle avait accepté, Lucas et elle seraient en sécurité. En cas d'accident, elle seule serait responsable.

Comme si ses pensées avaient été prémonitoires, un bruit anormal, semblable à celui d'une alarme d'incendie fêlée, se fit entendre. A peine eut-elle le temps de se ranger sur la bande d'arrêt d'urgence que le moteur rendit l'âme.

Elle enfonça le bouton qui commandait les feux de détresse, priant pour que les lumières soient visibles des automobilistes. Avec un peu de chance, une patrouille de police s'arrêterait pour l'aider. Sinon, il faudrait qu'elle se sorte de là toute seule.

— Maman, qu'est-ce qu'il y a ? demanda Lucas en s'étirant. C'était quoi, ce bruit ?

— La voiture est tombée en panne, mon chéri. Ne bouge pas, je vais essayer de trouver une solution.

Elle eut beau tourner et retourner la clé dans son contact, rien ne se produisit. Il ne lui restait plus qu'à appeler quelqu'un, mais un coup d'œil sur son portable l'informa que la batterie était faible. Elle aurait de la chance si elle arrivait à joindre un seul et unique correspondant ! Quoi faire ? Composer le numéro des urgences ? Mais il ne s'agissait pas d'une question de vie ou de mort.

Elle pourrait téléphoner aux Vargas, mais, à l'heure qu'il était, Antonio devait se trouver au restaurant. Et il n'était pas question de demander à Raquel de laisser ses enfants pour venir lui porter secours.

Elle pourrait aussi attendre qu'une âme charitable vienne à son aide. Mais la nuit était froide. Sa batterie ne tiendrait pas indéfiniment, et, sans feux de détresse, comment les autres automobilistes pourraient-ils deviner qu'elle était là et, qui plus est, qu'elle avait besoin de secours ?

Il ne lui restait qu'une option : tenter de joindre Jordan.

Elle chercha sa carte dans son sac et, lorsqu'elle l'eut trouvée, composa son numéro. Elle retint son souffle tandis que la sonnerie retentissait une fois, deux fois…

« Je t'en prie, Jordan, supplia-t-elle en silence. Décroche. »

- 7 -

Jordan était rentré à la nuit tombante, juste avant que la neige ne se mette à tomber. Il était épuisé et transi de froid mais au moins avait-il la satisfaction de ne pas devoir prendre le volant. Un repas chaud, une bonne douche, voilà ce à quoi il aspirait.

Tandis qu'il approchait de la porte, il vit Rudy foncer dans sa direction. Que faisait-il dehors, tout seul, à cette heure-là ? Il imaginait mal Lucas laisser son petit chien adoré dans le froid et la neige.

Lorsqu'il entra dans la cuisine, le visage inquiet de Marta l'alerta instantanément.

— Où est Angie ? demanda-t-il.

— Elle est partie en ville avec Lucas ce matin. Il est tard. Ils devraient être rentrés depuis longtemps, à l'heure qu'il est.

— Le concessionnaire lui a fait livrer sa nouvelle voiture ?

— Oui, mais elle n'en a pas voulu. Ils sont partis dans la vieille Toyota.

Jordan jura entre ses dents. Il aurait dû savoir qu'elle était trop fière pour accepter un tel cadeau ! Si quelque chose leur était arrivé dans cette tourmente…

Le bourdonnement de son téléphone portable interrompit ses pensées sinistres.

— Jordan ?

La voix d'Angie lui parvint comme à travers un filtre, si lointaine qu'il pouvait à peine l'entendre. Il comprit quand même qu'elle était en panne quelque part sur la route.

— Ne quitte pas. Je pars tout de suite. Où es-tu ?

Seul un silence pesant lui répondit. Il tenta de la rappeler. En vain. Son fichu téléphone devait être dans le même état que sa voiture ! Aussitôt qu'il l'aurait retrouvée, il dirait deux mots à Angelina Montoya, il s'en faisait la promesse solennelle !

Du moins, s'il la retrouvait à temps.

Il avait pris un des pick-up du ranch. Sur le siège arrière se trouvaient des couvertures chaudes et des encas préparés par Marta.

Tandis qu'il roulait, les scénarios les plus tragiques lui traversèrent l'esprit. Il s'imagina la voiture d'Angie écrasée au fond d'un ravin ; ou bien Angie et Lucas morts de froid, peut-être blessés, sans aucune aide ; ou pis, à la merci de criminels qui auraient croisé leur route.

Il fallait réfléchir calmement s'il voulait les retrouver, mais bon sang, il était si inquiet ! Bien qu'elle n'ait pas eu le temps de lui indiquer où elle se trouvait, il pouvait supposer qu'elle était en route pour le ranch ; ce qui impliquait qu'elle se trouvait en sens inverse et que, s'il ne ralentissait pas, il risquait de la rater.

Avait-elle pensé à allumer ses feux de détresse, au moins ? La bande d'arrêt d'urgence était étroite et le risque de se faire heurter par un autre véhicule important.

Il appela la police routière mais on lui répondit qu'aucune Toyota bleue en détresse n'avait été signalée. On lui promit de lancer une alerte, malheureusement sans garantie de résultat : avec les mauvaises conditions climatiques les patrouilles allaient être débordées.

A mi-parcours, il la repéra enfin ! La vieille berline, stationnée de l'autre côté de la route, était sur le bas-côté. Il fit demi-tour dès qu'il le put et alla se garer derrière elle. La peur au ventre, il remarqua qu'aucune silhouette ne se détachait derrière les vitres.

Où étaient-ils ? Allaient-ils bien ?

Laissant ses phares allumés, il descendit du pick-up et se dirigea vers la Toyota. L'angoisse augmentait à chacun de ses pas. Aucun signe de vie ne lui parvenait du véhicule.

Ce n'est qu'en enlevant la neige qui recouvrait le pare-brise qu'il les vit, blottis l'un contre l'autre sur le plancher du côté du siège passager.

Grâce à Dieu, ils étaient sains et saufs.

Depuis l'habitacle du pick-up où régnait une douce chaleur, Angie regardait Jordan pousser sa Toyota sur un remblai où elle ne pourrait provoquer aucun accident.

Il avait à peine prononcé quelques mots pendant qu'il enveloppait Lucas dans une couverture puis l'installait dans son siège auto. Mais il ne faisait pas l'ombre d'un doute qu'il parlerait, à un moment ou à un autre. Et elle le laisserait dire ce qu'il avait sur le cœur, consciente du fait qu'elle était entièrement responsable de cette mésaventure qui aurait pu leur coûter la vie, à elle et à son fils.

Elle lui jeta un coup d'œil par-dessus son épaule. Il avait grignoté un cookie avant de s'écrouler de fatigue. Mais tout à l'heure, dans la voiture, son petit garçon grelottait encore de froid et de peur. C'était son rôle de veiller sur lui et de le protéger, et elle avait failli à sa mission.

Elle vit Jordan revenir vers eux, le visage fermé. Elle n'aurait pas longtemps à attendre pour entendre les reproches qu'il avait à lui faire.

— Je suis désolée, dit-elle la première, une fois qu'il eut démarré.

— Tu peux, en effet, rétorqua-t-il, les yeux rivés à l'asphalte. Prendre la route avec une voiture pareille… Tu as eu vraiment beaucoup de chance qu'il ne vous arrive rien de grave. Peux-tu m'expliquer pourquoi tu as renvoyé la voiture que j'avais fait livrer au ranch pour toi ?

Une larme roula sur sa joue.

— Tu sais bien pourquoi.

— Je voulais simplement que Lucas et toi soyez en sécurité. Et pour cela, j'ai choisi ce qu'il y avait de mieux. Est-ce si grave ?

La détermination d'Angie à accepter les reproches avec humilité vola d'un coup en éclats.

— Ce qui est grave, c'est de ne pas m'en avoir parlé avant. Figure-toi que je n'ai pas l'habitude de recevoir un cadeau de cinquante mille dollars, surtout de la part d'un homme avec qui je…

Elle laissa sa phrase en suspens, incapable d'aller plus loin.

— C'est pour ça que tu n'en as pas voulu ? Parce que nous avons couché ensemble ? Tu t'es imaginé que c'était une sorte de « gratification » ? Mais enfin, Angie…

— Qu'étais-je censée penser ? Pour le bien de Lucas, je veux bien essayer de faire en sorte que notre petit arrangement fonctionne mais je ne veux pas être achetée. De même que je ne veux pas être ta « favorite ».

— Je ne peux pas le croire, répliqua-t-il en ralentissant. Je n'ai jamais essayé de t'acheter, Angie. Ni toi, ni aucune autre femme, d'ailleurs. Ta sécurité et celle de Lucas, voilà quelles étaient mes seules motivations.

Elle scruta son profil sévère, l'esprit en ébullition.

— Si c'est vrai, alors j'ai une proposition à te faire, finit-elle par dire.

— Je t'écoute.

— Tu as raison sur un point, j'ai besoin d'un véhicule plus sûr. Aussi, un de ces jours, tu pourrais m'emmener chez un concessionnaire et choisir un 4x4 d'occasion, plus modeste que le monstre que tu m'avais acheté.

— Angie, je peux me permettre de t'offrir une voiture neuve.

— Et moi, je tiens absolument à la payer moi-même. En revanche, si tu veux bien, tu pourrais m'avancer l'argent et je te le rembourserai. Il doit bien y avoir de petits boulots à faire au ranch. Je ne sais pas, moi… nettoyer la grange, graisser les selleries…

— Ne sois pas bête.

Son trait d'humour semblait l'avoir radouci, et elle en fut soulagée.

— Serais-tu capable de t'occuper de la comptabilité du ranch ? proposa-t-il après quelques minutes de réflexion.

— Tout à fait. Je gère déjà celle de ma propre société.

— Alors ce travail est pour toi, si tu le veux. Moi, je n'ai pas vraiment le temps de m'en occuper. Ton aide me serait très précieuse.

— Tu es sérieux ? Tu ne fais pas ça juste pour moi ?

— Pas du tout. Je serai ravi de me décharger sur toi d'une partie de cette corvée. Mais nous en reparlerons demain, après une bonne nuit de sommeil.

A cette seule perspective, Angie sentit s'accélérer les battements de son cœur. S'imaginait-il qu'elle allait passer une autre nuit dans son lit ?

— Puisque nous y sommes, autant clarifier autre chose, dit-il, comme s'il avait lu dans ses pensées. J'ai adoré la nuit que nous avons passée ensemble et j'espère que toi aussi. Mais ça n'a été qu'un bon moment. Tu seras la bienvenue quand tu le souhaiteras mais n'attends rien d'autre de moi. Quant à ta tirade stupide sur le fait que je ferais bien de toi ma « favorite », comme tu dis…

Elle se sentit rougir violemment. Etait-ce une insulte ? Dans ce cas, il aurait la monnaie de sa pièce.

— En ce qui me concerne, rétorqua-t-elle d'une voix faussement désinvolte, cette nuit n'a jamais existé. Et puisque nous en sommes à mettre les choses à plat, il y a quelque chose que tu dois comprendre. Lucas est *mon* fils, pas le tien. Si notre accord ne fonctionne pas et que je décide de partir, mon enfant partira avec moi. Je ne te laisserai pas me l'enlever.

Elle lui lança un regard à la dérobade. Elle se rendit compte qu'elle l'avait blessé, exactement comme elle l'avait voulu.

Dans ce cas, pourquoi regrettait-elle les mots qu'elle venait de prononcer ?

Un silence pesant flotta entre eux avant que Jordan n'y mette un terme.

— Nous avons tous les deux à cœur les intérêts de Lucas. Essayons donc de nous faire confiance afin de faire les bons choix.

— Très bien, acquiesça Angie sans trop bien comprendre le sens de ses paroles.

En effet, cette réponse pouvait être perçue de différentes manières. Entre autres, elle pouvait très bien signifier que Jordan envisagerait de l'évincer pour élever Lucas lui-même. S'il l'imaginait capable d'abandonner son fils, pour quelque raison que ce soit, c'est qu'il avait encore beaucoup à apprendre sur le chapitre de l'amour maternel !

Quelle mère avait été Meredith Cooper ? se demanda-t-elle avec curiosité. Elle avait le souvenir d'une femme au comportement altier, toujours impeccablement habillée et coiffée, fière de sa maison chargée d'histoire, de son mariage prestigieux et de sa progéniture idéale.

Elle l'avait traitée avec une froideur qui confinait au dédain. Tôt ou tard, elle apprendrait que la femme qui lui avait enlevé Justin vivait sous son toit, et mieux valait se préparer au pire.

Pourrait-elle compter sur Jordan pour la soutenir face à son implacable mère ? Angie détailla une nouvelle fois ses traits taillés à la serpe qui se détachaient sur la vitre enneigée. Il savait comment s'y prendre pour obtenir ce qu'il voulait et il tenait de sa mère son caractère bien trempé. Mais leur confrontation risquait de s'avérer difficile.

Lorsqu'elle aperçut les lumières de la maison, elle ressentit une immense lassitude l'envahir. Pour l'heure, tout ce qu'elle souhaitait, c'était d'aller coucher Lucas et de se glisser entre ses draps aussitôt après.

Jordan délivra Lucas de sa ceinture de sécurité et le porta délicatement dans ses bras.

— Où est Rudy ? demanda le petit garçon, d'une voix ensommeillée.

— Dans la véranda. Je l'emmènerai dans ta chambre lorsque tu seras couché.

Il monta l'escalier, chargé de son précieux fardeau et suivi d'Angie.

— A partir de là, je peux prendre le relais, décida-t-elle d'une voix qui n'entendait pas être discutée.

— Très bien. Je vais chercher le chien.

Il lui passa Lucas avant de s'éloigner sans dire un mot. Elle était si fatiguée qu'elle n'arrivait même plus à penser. Pourtant, elle se souvint qu'elle ne l'avait pas remercié de s'être porté à leur secours, peut-être même de leur avoir sauvé la vie. Quand il reviendrait, s'il revenait, elle remédierait à cela. Car il y avait de fortes chances pour qu'il en ait assez d'elle pour la soirée.

Lucas venait tout juste de s'endormir lorsqu'elle entendit tourner la poignée de la porte. Celle-ci s'ouvrit juste assez pour pouvoir laisser passer Rudy qui trottina jusqu'à la descente de lit et s'y recroquevilla, comme à son habitude.

Puis la porte se referma doucement et elle entendit le bruit des pas de Jordan décroître dans le couloir. Sur une impulsion, elle se précipita vers la porte et l'ouvrit à la volée.

— Jordan…

Sa voix n'avait été qu'un murmure, mais il l'avait entendue. Elle vit ses épaules s'affaisser sous le poids de la fatigue.

Refermant la porte derrière elle, elle s'avança vers lui.

« Quoi encore ? », se demanda Jordan qui n'aspirait qu'à aller se coucher.

— Fais vite, grommela-t-il. Je suis mort de fatigue.

Timide, elle restait à distance, belle et sexy malgré la journée éprouvante.

— Je n'en ai pas pour longtemps. Je voulais juste te remercier. Il aurait pu nous arriver n'importe quoi sur cette route et tu es venu aussitôt que je t'ai appelé. Tu t'es comporté en véritable héros, ajouta-t-elle pour détendre l'atmosphère.

Il réprima avec peine l'envie impérieuse de la prendre dans ses bras et de l'embrasser jusqu'à ce qu'elle demande grâce. Avait-elle seulement la moindre idée de l'enfer qu'elle lui avait fait vivre ? C'est seulement cette nuit qu'il avait réalisé à quel point il tenait à eux.

Il fallait à tout prix ne pas céder au désir qu'il ressentait pour elle, et regagner sa chambre au plus vite… cette femme le rendait fou.

— Va dormir, dit-il. Demain sera un autre jour.

— Très bien.

Comme elle semblait hésiter, c'était à lui de se montrer ferme et de partir, tant qu'il le pouvait.

— Bonne nuit, Angie.

Sans savoir comment, il trouva la force de lui tourner le dos et de s'éloigner d'une démarche assurée. Une fois arrivé en haut de l'escalier, il entendit sa porte se refermer.

Surtout, il fallait ne pas se retourner… et se concentrer sur ce qui l'attendait le lendemain, plutôt que sur les images du corps voluptueux d'Angie entre ses bras. Demain, il lui confierait les dossiers comptables en cours puis il l'emmènerait en ville acheter sa voiture. Une voiture bien à elle, qu'elle pourrait garder si elle décidait de le quitter.

Une fois dans sa chambre, Angie retira son pull et son jean. Elle avait beau être épuisée, son cœur battait toujours la chamade.

Avait-elle commis une erreur en s'élançant à la suite de Jordan pour le remercier ? S'il ne s'était pas montré franchement amical avec elle, elle avait néanmoins capté quelque chose dans son regard qui l'avait troublée à l'extrême. C'était comme si chaque partie de son corps se rappelait la nuit passée avec lui et brûlait d'impatience, de passion, de désir.

« Tu seras toujours la bienvenue, lui avait-il dit. Mais sans attaches et seulement si tu le veux. »

Depuis que Jordan les avait prononcés, ces mots ne cessaient de la narguer. Etait-ce vraiment ce qu'elle désirait, une autre nuit de sexe débridé avec lui, libérée de toute attache sentimentale ?

« Es-tu amoureuse de lui ? »

Cette fois, c'était la voix de Raquel qui lui revenait. Mais elle connaissait la réponse. Elle avait aimé Justin éperdument, de tout son cœur, de toute son âme. Ce qu'elle ressentait pour Jordan ressemblait à … A quoi d'ailleurs ? Un désir purement physique ?

« Tu seras toujours la bienvenue. »

Elle resta immobile, tremblante de désir. Ce serait si facile d'aller le rejoindre pour apaiser ce feu qui la brûlait de l'intérieur.

Une main sur la poignée de la porte, elle laissa son bras retomber le long de son corps. Une autre visite à Jordan ne ferait que la dévaloriser un peu plus à ses yeux, et elle en serait humiliée. A part un plaisir éphémère, rien de bon ne pourrait sortir d'une telle relation.

Avec un profond soupir, elle enfila sa chemise de nuit avant de se glisser entre ses draps. Elle attendait des choses de la vie : un foyer, des frères et sœurs pour Lucas, un mari aimant.

Autant de projets qui ne se réaliseraient pas avec Jordan Cooper.

- 8 -

Alors qu'il arrivait sur le parking de la maison de retraite où vivait Meredith, Jordan commença à se préparer mentalement à la confrontation qui l'attendait. Il aurait pu la reporter indéfiniment mais il préférait ne pas mentir à sa mère plus longtemps.

La Peralta était un établissement luxueux de Santa Fe. Situé un peu en retrait de Canyon Road et à quelques minutes à pied du centre-ville, ce complexe sécurisé était composé de petites résidences d'architecture hispanique ainsi que de nombreux patios et de jardins parfaitement entretenus.

Il ne restait plus trace de la neige abondante qui était tombée la semaine précédente. Il passa devant le centre de remise en forme, les courts de tennis et le foyer qui proposaient des activités dont se désintéressait totalement Meredith. Il s'inquiétait de la voir sombrer dans la dépression mais elle refusait tout contact avec les gens et même de consulter un médecin. Meredith Cooper avait fait le choix d'être malheureuse et de le rester.

Parvenu au deuxième étage, il appuya sur le bouton de la sonnette. Elle lui ouvrit, mais seulement après avoir vérifié sur l'écran de l'Interphone qu'il s'agissait bien de son fils.

— Bonjour, Jordan.

Comme toujours, elle était impeccablement coiffée et habillée, et ses ongles fraîchement manucurés. Son balcon surplombait un petit lac bordé de joncs où les oiseaux migrateurs venaient trouver refuge avant de reprendre la route du sud. Mais les rideaux toujours tirés empêchaient les visiteurs de profiter d'une si belle vue.

Il traversa la pièce et lui prit la main, car Meredith avait inculqué à ses enfants un certain sens des conventions. Chez les Cooper, on ne s'embrassait pas.

— Comment s'est passée cette semaine, maman ?

— A peu près bien, répondit-elle en haussant ses épaules frêles.

— Que dirais-tu d'aller déjeuner à La Fonda ? Il fait beau et j'y ai réservé une table. Je vais chercher ton manteau.

En guise de réponse, elle lui lança un regard noir.

— Te rappelles-tu qu'aujourd'hui c'est l'anniversaire de la mort de ton père ? Comment peux-tu seulement penser à aller au restaurant ?

En fait, il avait oublié. Sa seule préoccupation avait été de sortir sa mère de cette suite lugubre pour l'emmener dans un endroit où il leur serait plus facile de discuter.

— Je peux te conduire au cimetière, si tu veux. Nous achèterons des fleurs en chemin.

— Je ne me sens pas le courage de sortir, trancha-t-elle. Le cimetière ne ferait qu'accentuer mon mal-être.

Elle soupira tout en posant ses mains arthritiques sur ses genoux.

— Comment se passe la vie au ranch en ce moment ?

C'était l'ouverture qu'il attendait. Il tira une chaise à lui et s'assit.

— J'ai à t'annoncer une nouvelle pour le moins surprenante, commença-t-il. Il semble que tu aies un petit-fils.

Ses yeux s'écarquillèrent sous le coup de la surprise.

— Tu… ?

— Non, ce n'est pas le mien. C'est le fils de Justin. Angie était enceinte quand il est mort.

Son visage devint blême. L'espace d'un bref instant, elle parut vulnérable avant que ses traits ne redoublent de dureté.

— Comme c'est pratique, dit-elle d'un ton narquois. Mon

fils meurt et, quatre ans après, cette garce réapparaît avec un enfant qui pourrait être de n'importe qui. J'imagine qu'elle veut de l'argent.

Il ravala la réplique cinglante qu'il s'apprêtait à lui faire. Mon Dieu, cela allait être difficile, mais il fallait à tout prix qu'il garde son calme.

— Angie n'a rien demandé, dit-il posément. De même qu'elle n'a pas réapparu, c'est moi qui l'ai fait rechercher.

Il résuma en deux mots la suite de l'histoire.

— As-tu pensé à vérifier auprès du registre des naissances ? s'enquit-elle, méfiante.

— J'en ai une copie dans ma voiture. La date concorde et Justin est déclaré comme étant le père.

— Tu as fait faire un test ADN, bien sûr ?

— C'est inutile. Cet enfant ressemble trait pour trait à Justin. Tu comprendras mieux quand tu le verras.

Elle pressa une main sur son front, comme pour chasser les prémices d'une violente migraine.

— Pourquoi le rencontrer ? J'ai assez souffert, et la dernière chose dont j'ai besoin c'est d'un gosse illégitime qui vienne me rappeler sans cesse le souvenir de mon fils disparu ! Signe donc un chèque à cette femme et qu'elle disparaisse de notre vie avec son petit.

Il fit un immense effort pour ne pas se lever et quitter les lieux sans plus attendre. Il aimait sa mère. Mais pourquoi diable pouvait-elle se montrer aussi dure ? Il ne le comprendrait sans doute jamais.

— Lucas est ton petit-fils, que tu le veuilles ou non. Un petit garçon innocent qui n'a pas demandé à venir au monde et n'est pour rien dans tout ce gâchis. Si tu lui tournes le dos, maman, tu risques de le regretter pour le restant de tes jours.

La bouche de sa mère se tordit en un rictus plein d'amertume.

— Je vois qu'il t'a déjà embobiné. Et la mère ? Si j'ai bonne mémoire, c'était une jolie femme. T'a-t-elle envoûté comme elle avait l'avait fait avec ton frère ?

Il avait eu beau s'attendre à cette question, il la reçut néanmoins comme une claque.

— J'essaie juste de faire ce que je pense être le mieux pour le fils de Justin. Angie étant sa mère, je ne peux pas faire comme si elle n'existait pas.

— Ce qui veut dire ? demanda Meredith en le fixant de son regard perçant.

— Que sur *ma* proposition, tous les deux sont venus vivre au ranch.

Si cette nouvelle eut sur elle l'effet d'une bombe, elle retrouva très vite son masque austère.

— C'est inacceptable !

— Vraiment ? Pourtant, si Justin n'était pas mort prématurément, Angie serait sa femme et Lucas son fils. Que tu le veuilles ou non, ils font partie de notre famille.

— Pas à mes yeux, et je ne veux rien avoir à faire avec eux.

Il secoua la tête et laissa passer quelques secondes avant de lui assener l'argument qu'il savait persuasif.

— Considère-le plutôt sous cet angle, maman. Sans eux, notre famille se résume à deux personnes, toi et moi. Si je ne me remarie pas, c'en est terminé du nom des Cooper et de tout ce qui leur appartient.

— Ce n'est pas drôle, Jordan. Je voudrais que tu t'en ailles à présent.

— Comme tu voudras, dit-il en se levant. Réfléchis quand même à ce que je viens de dire. Je te téléphonerai dans la semaine.

Il avait atteint la porte lorsqu'elle l'appela. Il se tourna pour lui faire face.

— Thanksgiving est dans deux semaines, dit-elle. Tu viendras dîner avec moi, comme d'habitude, n'est-ce pas ?

Cela aussi, il l'avait prévu.

— Non, répondit-il froidement. Cette année, je fêterai Thanksgiving au ranch avec Angie et Lucas, mais tu es la bienvenue. Si tu choisis de rester ici, ce sera sans moi.

Elle le fixa et resta pour une fois sans voix.

— Penses-y. Tu me donneras ta réponse quand je t'appellerai.

Sa mère n'était pas méchante. Elle pouvait être généreuse ; aimante, même, lorsqu'elle le voulait. Mais elle se complaisait dans son malheur, refusait de guérir ses plaies. Lucas pouvait être la seule personne à la sortir de cet état, mais encore fallait-il qu'elle accepte de lui ouvrir son cœur.

Il ferait tout son possible pour que cela se produise et aujourd'hui il avait franchi la première étape. Restait à persuader Angie de rencontrer Meredith, ce qui s'avérerait sans doute une autre paire de manches, et bien plus ardue.

Lorsqu'il arriva dans son bureau, Angie était occupée à mettre les comptes à jour. Elle travaillait pour lui depuis une semaine à peine, mais elle lui était déjà devenue indispensable. Non seulement elle était efficace, mais par sa seule présence elle réchauffait cette pièce dénuée de la moindre chaleur.

De plus, et cela lui faisait immensément plaisir, tout doucement elle commençait à prendre ses marques. Avec son aide, elle s'était offert un break d'occasion, ce qui lui permettait d'aller et venir à sa guise en toute sécurité. Elle avait aussi inscrit Lucas dans une garderie afin qu'il se fasse des amis, et pour se ménager un peu de temps libre. Quant à lui, il avait compris que, pour être heureuse, elle avait besoin d'espace. Pour l'instant cet équilibre que tous deux savaient encore fragile semblait leur convenir.

Elle leva les yeux sur lui et esquissa un petit sourire lorsqu'il franchit la porte. Depuis la nuit où ils avaient fait l'amour, il était parvenu à ne pas la toucher. Hélas, tous ses sens étaient en ébullition et ses fantasmes étaient plus difficiles à contrôler ; à cet instant, par exemple, il s'imaginait titiller du bout de la langue le lobe velouté de son oreille, avant de descendre plus bas sur sa gorge, puis sur le col ouvert de son chemisier et…

— Tu as besoin de ton bureau, Jordan ? demanda-t-elle,

loin de deviner les images érotiques qui lui traversaient l'esprit. Je pourrais revenir finir plus tard.

Il revint péniblement sur terre. Son imagination débridée le rendait fou, s'il n'y prenait garde il risquait de sérieux ennuis. Mais la réalité, c'était qu'il désirait cette femme comme aucune autre. Il la voulait de nouveau dans ses bras et dans son lit. Plus que tout, il voulait que ce soit elle qui vienne à lui.

En attendant, il avait d'autres problèmes à régler.

Angie avait beau chercher à fixer son attention sur son ordinateur, la présence de Jordan l'en empêchait. Elle sentait son regard brûlant sur elle. S'imaginait-il en train de la déshabiller, maintenant qu'il la connaissait nue ? Repensait-il à ses hanches, à son sexe humide ?

Tout comme elle se souvenait de son sexe bandé qui la pénétrait ?

Elle se força à soutenir son regard d'un air dégagé.

— Y a-t-il quelque chose que je puisse faire pour toi, Jordan ?

En voyant le coin de sa bouche se relever en un sourire amusé, elle se rendit compte que ce qu'elle venait de dire portait à confusion.

— Il faudrait vraiment que je finisse de rentrer ces données avant le retour de Lucas ; aussi, à moins que tu…

— Tout cela peut attendre, décréta-t-il en allant s'asseoir à côté d'elle. J'ai besoin de te dire un mot.

— Quelque chose ne va pas ? demanda-t-elle, alarmée par la gravité de son visage.

— Je suis allé voir ma mère, aujourd'hui, répondit-il.

Un poids énorme lui comprima la poitrine. Et dire que la vie ici commençait à lui plaire et que le ranch devenait petit à petit comme une maison ! Voilà que maintenant elle pouvait se trouver à la merci de Meredith Cooper.

— Alors, tu lui as dit pour Lucas et pour moi.

— Elle était encore sous le choc quand je suis parti. Il va lui falloir un peu de temps pour se faire à cette idée.

— Si, toutefois, elle en a envie. J'imagine un peu ce qu'elle doit penser de moi, et surtout du fait que je vis maintenant chez elle.

— Là n'est pas le problème. Le problème est d'agir dans l'intérêt de Lucas.

— C'est ce que tu lui as dit ?

— En quelque sorte. Et j'ai été très clair sur le fait qu'il n'est pas question que tu te sépares de ton fils.

— Je vois.

Elle effleura du regard la photo des deux frères exhibant fièrement leur trophée de pêche. Jordan lui avait proposé de la mettre ailleurs, pourtant elle avait refusé, sachant à quel point il aimait à l'avoir sous les yeux.

— Je l'ai invitée à venir ici pour Thanksgiving, mais je n'aurai sa réponse que dans quelques jours. J'estime qu'il est temps qu'elle rencontre son petit-fils.

— Non !

Effrayée, elle avait réagi comme une lionne voulant protéger son lionceau d'un danger imminent.

— Que ta mère me déteste, reprit-elle, je peux l'accepter. Mais je ne la laisserai pas déverser son fiel sur mon fils.

— Ma mère s'enorgueillit de ses bonnes manières. Aussi, quoi qu'elle pense, elle ne fera pas de scène.

— Je ne prendrai pas ce risque. Ce jour-là, Lucas et moi irons chez ma cousine Raquel. Toi et ta mère aurez la maison pour vous tout seuls.

Elle vit un voile sombre passer dans le regard de Jordan.

— Ecoute-moi, Angie. Il y a des choses que tu dois savoir. Des choses dont j'aurais dû te parler plus tôt.

— Comme par exemple pourquoi tu nous as amenés ici ?

— Cela en fait partie, oui, admit-il en changeant de position sur sa chaise. Cette propriété, ainsi que tous nos biens, sont en fidéicommis, autrement dit transmis de génération en génération. Lorsque papa est mort maman a naturellement hérité de tout et c'était prévu que lorsqu'elle ne serait plus là, Justin et moi devenions ses héritiers.

— Tout ceci n'est qu'une question d'argent, alors ?

— Ecoute-moi bien, Angie. Je dois à la mémoire de mon frère de faire à sa place ce qu'il aurait fait. Si je fais déclarer Lucas héritier légal de Justin, sa part lui reviendra de plein droit.

Elle le fixa sans comprendre.

— Normalement, tout l'héritage doit te revenir. Pourquoi voudrais-tu changer cela ?

— Je te l'ai dit. Je le dois à la mémoire de mon frère. D'ailleurs, ajouta-t-il dans un haussement d'épaules, j'ai largement de quoi vivre. Ce n'est pas comme si j'avais des problèmes d'argent.

— Et ta mère ? se força-t-elle à demander.

— Ma mère pourrait effectivement rendre les choses difficiles, si elle le voulait. Je gagnerais devant un tribunal, mais je ne souhaite ni en arriver là, ni attendre des années qu'elle parte. Ce que je souhaite, c'est qu'elle reconnaisse Lucas comme son petit-fils et qu'elle le fasse figurer en tant que tel sur la liste des héritiers.

— C'est pour cela que tu l'as invitée à venir ici ?

— En partie, oui.

— Et tu espères que Lucas saura la séduire. C'est une responsabilité affreusement lourde pour un petit garçon.

— J'en ai bien conscience, mais ce n'est pas qu'une question d'argent. Je veux qu'elle fasse la connaissance de Lucas pour leur bien à tous les deux. Ma mère n'est pas si mauvaise, elle a juste eu le cœur brisé par une succession d'événements malheureux. Avoir de nouveau quelqu'un à aimer pourrait faire toute la différence.

Elle baissa les yeux sur ses mains posées sur la surface lisse du bureau.

— Elle pourrait aussi lui faire du mal, Jordan. Comment veux-tu que je prenne un tel risque ?

— Ma mère n'est pas un monstre. Pense plutôt au côté positif de la chose.

— Je ne sais pas… ta mère m'a toujours soupçonnée de courir après la fortune de Justin. Elle va croire que cette idée vient de moi et me détester encore plus.

Jordan couvrit sa main de la sienne, dans un geste d'une infinie douceur qui accéléra les battements de son cœur.

— Il ne s'agit que d'un dîner de Thanksgiving, dit-il d'un ton rassurant. Pour le reste, nous verrons plus tard.

— Ta mère me rend responsable de la mort de Justin et de la crise cardiaque qui a terrassé ton père. Comment veux-tu seulement que je la regarde dans les yeux ?

En guise de réponse il enroula ses doigts aux siens.

— Si c'est toujours ce qu'elle pense, ce sera l'occasion de la faire changer d'avis. D'ailleurs, toi aussi tu dois arrêter de culpabiliser. Ce n'est pas toi qui pilotais cet avion, Angie. Et tu n'es pour rien dans la mort de mon père. Je suis bien placé pour le savoir.

Bouleversée, elle le dévisagea, la gorge nouée. Jordan avait été le dernier à voir Justin vivant. Savait-il quelque chose qu'elle ignorait ?

Elle pourrait exiger des précisions ; mais si ce secret était si terrible, avait-elle vraiment envie de le connaître ?

Le bruit d'un Klaxon interrompit le fil de ses pensées. La navette de la garderie la prévenait de venir chercher son fils. Dans un murmure, elle s'excusa avant de se précipiter dehors. Lucas devait bouillir d'impatience de lui raconter ses activités, ses nouveaux amis, ses œuvres d'art, et elle se devait d'être totalement disponible pour lui.

Les plans de Jordan pouvaient bien attendre.

Par la fenêtre, Jordan regardait Angie se précipiter dans l'allée. Le vent faisait flotter ses longs cheveux noirs derrière elle tandis qu'elle courait vers son enfant, légère, les bras écartés pour le prendre dans ses bras. Elle était radieuse, et sa beauté venait aussi de l'intérieur.

Elle méritait d'entendre la vérité sur la mort de Justin. Un moment plus tôt, il était sur le point de se confier mais, heureusement, l'arrivée du bus scolaire l'en avait empêché. Tout lui avouer maintenant risquait de contrarier ses plans.

Il ne doutait pas un instant que sa mère se joindrait à eux pour ce repas de fête car, en dépit de ses protestations, la curiosité l'emporterait. Il lui incombait donc de faire en sorte que les choses se passent bien. C'était à lui de rétablir une confiance depuis bien longtemps ébranlée. Il le devait à toutes ces vies que ses paroles hâtives avaient détruites ; à Justin, à son père, à sa mère, à Lucas… Et à Angie.

— Tu pourras me montrer les photos de mon papa ce soir, oncle Jordan ?

Lucas demandait à les voir depuis le matin où Marta les avait mentionnées. Sans succès. Jordan était toujours trop occupé. Mais ce soir-là, il lui répondit par un grand sourire.

— Si ta maman est d'accord.

— Puis-je me joindre à vous ? demanda Angie.

— Quelle question ! Sans toi, je ne l'aurais même pas proposé.

— Très bien. Lucas, finis d'abord ton assiette.

Voir des photos de Justin en famille pourrait se révéler douloureux, mais elle se devait de pouvoir répondre aux questions que son fils ne manquerait pas de lui poser.

Le repas achevé, Jordan alluma un feu et tous trois prirent place sur le canapé, Lucas au milieu, le précieux album posé sur ses genoux. La place de chaque cliché avait été soigneusement pensée et sous chacun d'eux figurait un petit commentaire explicatif. Etait-ce là l'œuvre de Meredith ? se demanda-t-elle. Bien sûr. Comme chaque chose dans cette maison, l'album portait sa touche délicate.

Sur la première page figurait un couple de jeunes mariés.

— Ce sont tes grands-parents, Lucas, précisa Jordan.

— Ils sont morts ? demanda l'enfant, qui n'avait jamais connu son père et qui, depuis toujours, vivait avec le poids de son absence.

— Ton grand-père est mort. Mais ta grand-mère est vivante. Il se peut que tu la rencontres bientôt. Bien sûr, aujourd'hui, elle n'est plus aussi jeune que sur la photo.

Angie scruta la photo par-dessus l'épaule de Lucas. Jeune, Braxton Cooper ressemblait étonnamment à ses fils. Meredith était d'une beauté renversante, avec ses longs cheveux auburn et son visage digne d'une couverture de magazine. Ils semblaient si heureux ! Cela lui parut si étrange d'imaginer que des gens aussi distants et dédaigneux aient pu un jour être amoureux.

— Et ces bébés, c'est qui ? demanda Lucas après avoir tourné la page.

Les deux petits garçons qu'on avait installés sur un tapis en peau de mouton étaient identiques.

Jordan éclata d'un rire forcé.

— Celui qui a l'air renfrogné, c'est moi ; celui qui sourit, ton papa.

— Comment tu le sais ?

— Je le sais, c'est tout.

Suivirent d'autres pages, d'autres photographies représentant les deux petits garçons dans les bras de leur superbe mère, dans leur bain, ou encore jouant avec leur chien.

Certaines photos donnèrent à Angie une idée de l'aspect qu'aurait son fils à l'âge adulte. Elle jeta un coup d'œil furtif à Jordan. Pour lui aussi ce devait être éprouvant de regarder ces images et voir défiler, et revivre, ces années d'insouciance, quand son frère avait été là, avec lui. Elle savait que la relation entre frères jumeaux était si forte qu'elle allait au-delà de la séparation et même de la mort. Ce qui pouvait expliquer pourquoi Jordan était si déterminé à réaliser ce qu'il pensait être les souhaits de son frère.

L'entendre dire qu'il comptait faire de Lucas le légataire de Justin l'avait extrêmement touchée. Pourtant, elle ne pouvait s'empêcher de se demander quelles étaient ses véritables motivations. Agissait-il sous le coup de la générosité ? Ou bien de la culpabilité ?

— Et ça, c'est qui ? demanda Lucas après avoir tourné la dernière page de l'album.

Angie contempla ce dernier cliché qui représentait Jordan le jour de son mariage. La mariée était une beauté aux cheveux blonds et aux yeux myosotis. Sa robe, toute simple, avait le mérite de mettre ses jolies formes en valeur. Quant au diamant qu'elle portait à l'annulaire gauche, il aurait pu impressionner n'importe quelle starlette d'Hollywood.

— C'est ma femme, répondit Jordan. Ou plus exactement « c'était ».

— Elle est morte, comme mon papa ?

— Non. Elle est juste partie.

— Elle est belle, commenta Angie.

— Oui. En tout cas, c'est l'avis de son second époux.

Fascinée malgré elle, Angie se pencha un peu plus sur la photo. Si la bouche de Jordan souriait, ce n'était pas le cas de ses yeux. On aurait pu jurer qu'il connaissait déjà l'issue de son mariage.

Avait-il aimé sa femme ? se demanda-t-elle. Etait-il capable d'aimer toute une vie ?

Une fois, il avait laissé entendre qu'il s'était marié par devoir, pour perpétuer le nom des Cooper. Et aujourd'hui, pour parvenir à cette fin, il essayait une autre stratégie…

Elle voulait croire qu'il prenait vraiment les intérêts de Lucas à cœur. Mais comment réagirait-elle si elle avait la preuve qu'il les manipulait, son fils et elle ?

Aurait-elle le courage de partir ?

- 9 -

Raquel répondit à la seconde sonnerie.

— Qu'y a-t-il, *querida* ? Quelque chose ne va pas ?

— Non, non, tout va bien, répondit Angie. Enfin, je l'espère, ajouta-t-elle en s'adossant à son siège.

— Au son de ta voix, on ne dirait pas. Jordan te traite bien, au moins ?

Angie exhala un profond soupir. Jusqu'à quel point oserait-elle se confier à sa cousine ?

— Jordan est irréprochable. Il n'a même fait aucune tentative de rapprochement.

— Dommage. Alors, ce n'est pas étonnant que tu n'aies pas l'air en forme.

Angie ignora la remarque taquine de sa cousine, de même que le rouge qui lui montait aux joues.

— Ce n'est pas la raison de mon appel. En fait, je voulais te prévenir que Lucas et moi ne viendrons pas fêter Thanksgiving avec vous demain.

Le silence lui répondit à l'autre bout du fil.

— Je t'en prie, dis-moi que cet homme t'emmène à Hawaii !

— Dieu m'en préserve ! ironisa Angie. Non, Jordan a invité sa mère au ranch afin qu'elle fasse la connaissance de Lucas.

— Quoi ? Lady Dragon en personne va se déplacer pour rencontrer ton fils ?

— Raquel, tu es incorrigible ! Fais attention à ce que Lucas ne t'entende jamais l'appeler comme ça.

— Je te promets d'essayer. Mais quand même, après la façon dont cette femme t'a traitée…

— Je ne veux pas rester dans le ressentiment. Je veux oublier le passé. Elle est la grand-mère de Lucas, et, en tant que telle, je dois lui donner une chance.

— Et elle ? T'en donnera-t-elle une ? En tout cas, suis mon conseil, *chica*. Ne lui tourne jamais le dos. Elle serait bien capable de te poignarder.

— Je tâcherai de m'en souvenir, dit Angie avant de changer de sujet. Tu verrais un peu le chambardement ! On croirait le retour de la reine d'Angleterre à Buckingham Palace. Tout a été briqué et astiqué jusque dans les moindres recoins. Marta a même accepté que je nettoie l'escalier et que je balaie les feuilles mortes dans le patio à sa place.

— A propos de Marta, elle te traite toujours comme si tu avais l'intention de t'enfuir avec toute l'argenterie ?

— Au moins, je sais à quoi m'en tenir avec elle. Elle adorait Justin et je sais qu'elle me rend encore responsable de…

Sa voix se brisa et elle attendit quelques secondes avant de reprendre.

— J'ai l'impression qu'elle aime bien Lucas, et c'est tout ce qui m'importe.

— Vraiment ? Es-tu heureuse au moins, là-bas ?

— Lucas l'est et ça me suffit pour l'instant.

Elles raccrochèrent après s'être fait la promesse de se revoir très vite. Angie reposa son portable sur le bureau et se leva pour se dégourdir les jambes. De la fenêtre, elle aperçut Jordan qui remontait l'allée au volant de son pick-up. Il avait emmené Lucas remplir les mangeoires de foin et de sel. Le garçonnet flottait sur un petit nuage à l'idée d'effectuer le travail d'un vrai cow-boy.

Jordan descendit du pick-up et sortit Lucas de son siège auto. Le petit garçon portait une chemise à carreaux et un jean, ainsi que les santiags et le Stetson que Jordan lui avait offerts. Tandis qu'ils avançaient vers la porte, elle remarqua qu'il mimait la démarche de son oncle.

Son fils avait trouvé la figure paternelle qui lui avait tant manqué jusque-là. Mais Jordan n'était pas son père et, même s'il n'avait pas l'intention de lui faire de mal, il pouvait le blesser inconsciemment. Jordan ne connaissait rien aux enfants. Savait-il à quel point un petit garçon pouvait être fragile ?

Impatiente, elle se hâta vers l'escalier pour aller les accueillir. Lucas était rouge de froid et d'excitation. Un grand sourire fendait son petit minois tandis qu'il babillait, les yeux rivés sur son héros.

Son fils remarqua sa présence seulement quand elle fut à mi-escalier. Il lâcha la main de Jordan pour se ruer vers elle.

— Maman, maman ! J'ai aidé oncle Jordan à nourrir les vaches. Un veau m'a léché les doigts ; ça m'a fait des chatouilles !

— Eh bien !

Elle s'assit sur la première marche et prit son enfant sur ses genoux.

— Je crois bien que ton fils a attrapé le virus. Il s'y prend très bien avec le bétail.

— Ça ne me surprend pas du tout, affirma-t-elle en posant son regard sur Jordan.

Avec son visage rougi par le grand air, sa chemise en flanelle et son jean délavé, il avait l'air d'être dans son élément. Un frisson de désir la parcourut.

Comment pourrait-elle protéger son fils de Jordan si elle ne pouvait se protéger elle-même ?

Il pourrait très vite s'habituer à tout cela, songeait Jordan. La douceur d'un foyer, l'odeur de soupe chaude et de tourte qui lui parvenait de la cuisine et Angie qui le regardait, son petit garçon irradiant de bonheur sur ses genoux.

C'était un moment de joie, comme il en avait peu connu. Un moment magique qui lui donna l'impression fugace que le bonheur était à portée de main.

Il avait été fou de croire que sa vie serait à jamais ce qu'elle avait été, à savoir un parfait équilibre entre ses obligations familiales, ses affaires et le ranch. Car c'était sans compter sur la présence d'Angie et de Lucas sous son toit.

Tandis qu'il l'observait, il se surprit à vouloir posséder ce qu'il ne pourrait avoir. Pas seulement Angie, mais également tous ces détails intimes qu'ils ne partageraient jamais et qui faisaient le quotidien d'un couple. Il aurait aimé devenir son soutien, son confident ; mais pour cela, il lui faudrait faire preuve de la même ouverture d'esprit qu'il attendait d'elle. Et il en était bien incapable.

Demain sa mère viendrait dîner et il allait devoir faire en sorte que les choses se passent bien, sans éclats, entre gens civilisés.

Cette journée n'avait pas encore commencé que, déjà, il aspirait à ce qu'elle soit terminée.

Le temps maussade de cette journée de Thanksgiving collait parfaitement à l'humeur sombre d'Angie. Si elle avait pu choisir entre partager un repas avec Meredith Cooper ou traverser le parc pieds nus sous la neige, elle aurait volontiers choisi cette dernière option.

Elle se réjouissait que Marta ait accepté son aide. Toutes deux s'affairaient en cuisine, mettant la dernière touche au dîner de Thanksgiving, non seulement pour la famille, mais également pour les saisonniers qui ne pouvaient rentrer chez eux et dîneraient au ranch.

Elle sentit croître l'anxiété qui l'étreignait depuis le matin. Consternée, elle regarda les quatre couverts qui occupaient l'extrémité de la table de la salle à manger, regrettant que les employés ne soient pas invités à partager ce dîner de fête avec eux. Mais Meredith Cooper ne supporterait jamais une telle offense faite à son rang.

Lucas entra dans la cuisine, tout propre, soigneusement peigné et dans des vêtements choisis par Angie.

— Mmm... ça sent bon ! s'exclama-t-il. On mange bientôt ?

— Pas avant qu'oncle Jordan n'arrive avec ta grand-mère. Tu as pensé à nourrir ton chien ?

— Oui.

— Te souviens-tu de ce que je t'ai dit à propos des bonnes manières ? lui rappela-t-elle.

— Je dois dire « s'il vous plaît » et « merci », récita le petit garçon. Je ne dois pas parler la bouche pleine. Je ne dois pas manger avec les doigts. Dis, maman, le pain, je peux le manger avec les doigts ?

— Tant que tu ne joues pas avec. Continue.

— Je dois m'essuyer les mains et la bouche avec ma serviette et pas avec ma chemise.

Il s'interrompit, fronçant les sourcils de la même manière que son oncle.

— C'est tout ?

— Encore une chose. Lorsque les adultes parlent, tu ne dois pas les interrompre. Tu dois attendre qu'ils aient fini. D'accord ?

— D'accord.

Il tourna sur lui-même, attentif à un bruit qui provenait de l'allée.

— Ils arrivent, maman ! Ils arrivent !

Elle regarda son fils se ruer vers la porte d'entrée, puis se figer sur place lorsque Meredith Cooper franchit le seuil.

Elle était magnifique, comme toujours, bien que plus menue et plus petite que dans son souvenir.

Jordan, qui lui emboîtait le pas, referma la porte derrière lui. Il s'avança vers Lucas pour le prendre dans ses bras de façon à ce qu'il soit à la hauteur de son impressionnante grand-mère.

Angie eut la désagréable impression de voir son enfant face à un dangereux félin.

— Maman, dit Jordan, je te présente Lucas, ton petit-fils.

Lucas lui tendit sa main droite dans un geste très poli.

— Bonjour, dit-il timidement.

Les lèvres de Meredith esquissèrent un sourire crispé. Elle

prit la menotte du petit garçon entre ses doigts déformés par l'arthrite et la serra légèrement.

— Je suis heureuse de faire ta connaissance, Lucas, répondit-elle d'un ton qui démentait ses paroles.

— Je crois que le dîner est prêt, dit Jordan en reposant Lucas à terre. Veux-tu bien me donner ton manteau et ton sac ? ajouta-t-il.

Sans attendre de réponse, il fit glisser le manteau sur les épaules de sa mère et tendit le sac à Lucas. Puis tous deux allèrent disposer les affaires de Meredith dans un petit salon attenant.

Laissant Angie seule, face son ennemie.

Meredith se dirigea sans plus attendre dans la salle à manger.

— Bonjour, Angelina, dit-elle avec raideur. J'avoue que je ne m'attendais pas à vous revoir un jour ici.

— Moi non plus, rétorqua Angie, bien déterminée à se défendre. Mais lorsque Jordan nous a retrouvés, il a insisté pour que Lucas connaisse la famille de son père.

— Je comprends, répliqua Meredith tout en repliant les serviettes de table à sa manière. Jordan n'avait pas menti. Lucas est exactement comme il me l'avait décrit. Pourquoi ne pas nous avoir informés de son existence ?

— Je pense que vous savez très bien pourquoi.

— Bien sûr. Ma mémoire est aussi bonne que la vôtre.

— Lucas sait qui est son père, dit Angie. Il l'a vu en photo et nous l'évoquons souvent ensemble.

— Pourtant, il ne porte pas son nom, pointa Meredith.

— Compte tenu des circonstances, je n'ai pas jugé opportun de le faire.

Elle se garda bien d'ajouter que, en agissant ainsi, elle voulait surtout cacher l'existence de son fils aux Cooper.

— Et vous n'envisagez pas de changer cela ?

La brutalité de la question prit Angie de court. Jordan avait-il débattu de ce sujet avec sa mère ?

— Je préfère laisser Lucas libre de choisir lorsqu'il sera plus grand. Cette décision n'appartiendra qu'à lui.

— Je vois, dit Meredith avant de se taire.

Elle balaya la pièce de son regard perçant, s'attardant sur les toiles de maître puis sur le coffre précieux où étaient disposées des porcelaines.

— Je comprends que Jordan vous ait autorisée à vous installer ici, reprit-elle. Seulement, dites-moi, Angelina, après quoi courez-vous ? L'argent ?

Angie prit l'offense de plein fouet mais parvint à garder son calme.

— Je veux ce qu'il y a de mieux pour mon fils, rétorqua-t-elle d'un ton posé. Quant à l'argent, sachez que j'ai créé ma propre société et que je gagne suffisamment pour subvenir à mes besoins ainsi qu'à ceux de mon fils. Sachez également que je tiens la comptabilité du ranch pour payer la voiture que je conduis.

Elle marqua une pause et releva fièrement le menton, dans un geste de défi.

— Cela n'a jamais été une question d'argent, Meredith, ajouta-t-elle. J'aimais sincèrement Justin et je ferai tout pour protéger notre enfant. Quand finirez-vous par comprendre cela ?

Meredith se redressa sur ses talons aiguilles.

— Bien sûr, siffla-t-elle comme un serpent venimeux. Bien sûr.

En déboulant dans la pièce comme un jeune chien fou, Lucas mit un terme à cette joute verbale. Derrière suivait Jordan, un sourire crispé aux lèvres. Avait-il entendu tout ou partie de ce que les deux femmes s'étaient dit ?

— On peut manger maintenant ? demanda Lucas qui s'empressa de rajouter : s'il vous plaît.

— Pourquoi n'irais-tu pas dans la cuisine demander à Marta ? suggéra Jordan.

Le petit ne se fit pas prier et détala, laissant les adultes entre eux.

— Eh bien, maman, qu'en penses-tu ? demanda Jordan.

— Ne me bouscule pas, veux-tu. C'est trop tôt, j'ai besoin de temps.

Angie perçut dans sa voix une émotion contenue. Cette femme avait peut-être un cœur, après tout ! Mais Lucas venait d'entrer dans la pièce en courant, ce qui interrompit le flux de ses pensées.

— C'est prêt ! annonça-t-il, au comble de l'excitation. On peut manger !

Jordan observa tour à tour chacun des convives. Dans l'ensemble, le dîner s'était plutôt bien passé. Sa mère avait gardé pour elle ses commentaires désobligeants et Lucas avait réussi à ne pas salir ses vêtements propres.

Il s'était même souvenu de dire « s'il vous plaît » et « merci » la plupart du temps, ce qui était une belle performance pour un petit garçon de trois ans.

De plus, il avait l'impression que Meredith était disposée à accepter Lucas comme son petit-fils, et c'était le plus important. Les documents qu'il lui avait montrés dans la voiture ainsi que la ressemblance frappante du petit garçon avec Justin l'avaient convaincue qu'il n'y avait pas supercherie.

Un pas avait été fait dans la bonne direction.

Angie, en revanche, semblait plus réticente.

La conversation avait roulé principalement sur l'histoire du ranch et les célébrités qui l'avaient fréquenté. Mais derrière l'ambiance faussement légère de la discussion, on devinait la tension presque palpable qui régnait entre les deux femmes.

Jordan avait surpris une bonne partie de l'échange qui avait eu lieu entre elles un peu plus tôt. Il n'avait pu s'empêcher d'admirer la dignité qu'avait su garder Angie face à une femme comme sa mère, et aux flèches qu'elle lui avait décochées.

— Quelqu'un veut-il du café avec sa tarte ? demanda

Meredith qui avait tout naturellement repris son rôle de maîtresse de maison.

Une légère pression sur la sonnette disposée à côté de son assiette prévint Carlos qu'il était temps d'apporter le plateau en argent chargé de trois tasses en porcelaine fine.

Lucas commençait à s'assoupir dans sa chaise haute lorsque des grattements provenant de la porte qui donnait sur le patio se firent entendre.

— Je m'en occupe, s'empressa de dire Carlos qui avait fini de servir le café.

C'est lorsqu'il entendit le fracas que fit le plateau en tombant sur le carrelage que Jordan pensa, trop tard, qu'il aurait dû aller lui-même ouvrir à Rudy.

Langue pendante, griffes cliquetant sur le sol, le chien, qui avait considérablement grandi depuis son arrivée au ranch, fit une entrée tapageuse dans la pièce. D'ordinaire bien dressé, il s'était probablement rué dans la salle à manger parce que son jeune maître lui manquait. En conséquence, il fonça sur la table pour tenter de grimper sur les genoux de Lucas.

Pressentant le désastre, Angie eut à peine le temps d'agripper son fils, sur le point de basculer avec son rehausseur. Rudy battit l'air de ses pattes avant de tirer à lui la nappe en lin et avec elle l'ensemble des couverts, qui allèrent s'écraser au sol.

Meredith se mit à crier, plus de rage que de peur.

— Sortez-le ! Sortez-moi cette horrible bête de là !

Jordan réussit à saisir Rudy par son collier et à le maintenir loin de la table, mais le mal était fait.

— Je suis désolé, madame Cooper, s'excusa Carlos. J'ai juste entrouvert la porte mais il m'a filé entre les jambes. Je vais l'enfermer dans la grange.

Lucas se mit à pleurer. Angie le serra contre lui tandis que Meredith se levait, tremblante de colère.

— Je veux que cette monstrueuse créature ait quitté le domaine demain, à la première heure, ordonna-t-elle. Débarrassez-moi de ça de n'importe quelle façon que ce soit.

— Non ! hurla Lucas qui, à présent, sanglotait. Ne prenez pas Rudy, c'est *mon* chien. Il m'aime !

— Je ne veux pas le savoir, trancha Meredith, impitoyable. Nous tâcherons de t'en trouver un plus docile. Un gentil golden retriever comme celui qu'avait ton père.

— Non, je veux Rudy ! hurla Lucas de plus belle.

— Je vais sortir le chien, dit Jordan. Vous, Carlos, vous restez là et commencez à nettoyer. Ne t'inquiète pas, Lucas, je l'emmène juste dans la grange. Il y sera en sécurité et je lui apporterai de quoi manger.

Les paroles de Jordan réconfortèrent le petit garçon qui cessa de pleurer. Il enfouit son visage ruisselant de larmes contre l'épaule de sa mère.

— Il est très fatigué, dit Angie. Je monte le coucher.

— Et moi, alors ? dit Meredith en tamponnant de sa serviette son pantalon maculé de sauce. J'en ai assez pour ce soir. Je veux rentrer chez moi. Qui va me reconduire ?

— Moi, maman ; dès que j'aurai enfermé le chien.

Dire que quelques minutes plus tôt il se félicitait pour ce dîner presque parfait !

Il aurait bien dû se douter que ce serait mission impossible.

Lorsque Jordan revint, Marta et Carlos avaient fini de nettoyer tandis qu'Angie savourait le calme après la tempête, pelotonnée dans un angle du canapé, près de la cheminée.

— Comment va Lucas ? demanda-t-il en retirant sa veste en cuir.

— Il dort profondément. Il était épuisé, le pauvre chou ! Et ta mère ?

— Elle s'en remettra, répondit-il avant d'aller s'asseoir à côté d'elle. Nous avons eu une petite discussion, tous les deux.

— Vraiment ?

— Je lui ai clairement fait comprendre que Rudy faisait partie de la famille, tout comme toi. J'ai ajouté que si elle comptait passer du temps avec son petit-fils, il faudrait qu'elle l'accepte.

— Tu n'as pas été un peu dur ?

Il allongea ses longues jambes devant le feu avant de répondre :

— Je connais ma mère. Je sais qu'elle a bon cœur. Mais elle peut se montrer têtue, voire bornée.

Angie le considéra un instant en silence, un sourire amusé aux lèvres.

— Vous me surprenez, Jordan Cooper. Prendre la défense de Rudy comme vous l'avez fait… et la mienne par la même occasion ! Finalement, je vous aime bien.

— C'est plutôt bon signe, non ?

Son pouls s'accéléra. Elle voyait bien qu'il faisait tout son possible pour gagner sa confiance. Après tout ce qui s'était passé entre eux, oserait-elle risquer son cœur pour cet homme ?

— Je dirais même très bon signe.

Avant même qu'il ne se rapproche, elle sentit qu'il allait l'embrasser. Et aussitôt que les lèvres de Jordan touchèrent les siennes, une puissante envie de lui s'empara d'elle. Ce moment, elle l'avait attendu de tout son corps, de toute son âme.

Et maintenant il l'avait attirée contre lui, sa langue pénétrait sa bouche dans un baiser plein de fougue et de passion, ses mains fébriles, qu'il avait glissées sous son pull, déclenchaient en elle les spasmes d'un désir insatiable… Quand elle sentit le bout de ses doigts lui caresser ses tétons durcis, un profond gémissement de plaisir s'échappa de sa gorge.

Elle le désirait tellement que cela lui faisait presque mal ! Soudain, l'image de Lucas qui pouvait descendre à tout moment la figea, et elle s'écarta de lui.

Il posa sur elle un regard interrogateur avant de comprendre.

— Partie remise, alors ?

— Partie remise, répondit-elle en riant. Je vais voir s'il dort.

Pensive, elle marqua une pause avant de demander :

— Rien ne le rendrait plus heureux que de trouver son chien à sa place habituelle en se réveillant. Tu crois que…

— Bien sûr. Je vais le chercher et je le monte dans sa chambre.

Elle se dirigeait vers la porte lorsqu'elle se retourna vers lui.

— Jordan, attends…

Dans un geste aguicheur, elle remonta son pull sur sa poitrine.

— J'ai besoin d'aide, reprit-elle d'une voix enjôleuse.

— Tout ce que tu veux, dit-il en attachant son soutien-gorge.

S'attardant, il effleura ses seins à travers la dentelle fine du balconnet. Elle ferma les yeux et laissa échapper un feulement de plaisir lorsqu'il effleura sa nuque de ses lèvres sensuelles.

— Tu me poses un sérieux problème, Jordan Cooper, murmura-t-elle.

— Je l'espère bien. Mais maintenant, file. Nous finirons plus tard ce que nous avons commencé.

Il ramassa sa veste et s'éloigna en sifflant. Elle grimpa les marches de l'escalier quatre à quatre, le cœur battant la chamade. Avait-elle donc perdu tout bon sens pour se laisser aller encore à ce genre de petit jeu ?

Si la réponse était oui, pourquoi n'en éprouvait-elle aucun remords ? Etait-ce parce qu'il avait pris sa défense contre sa mère ?

Elle ne devait se faire aucune illusion. Visiblement, Jordan cherchait une partenaire et il savait se montrer persuasif. La question était de savoir si cela lui suffisait.

La porte de la chambre de Lucas était entrouverte, comme elle l'avait laissée. Elle se glissa furtivement à l'intérieur. Aussitôt, un détail attira son attention. Ses chaussures, qu'elle lui avait ôtées et qu'elle avait placées sur la descente de lit, n'étaient plus là. De même que son blouson, qu'elle disposait toujours sur le dossier d'une chaise.

Une onde de panique l'envahit. Retenant son souffle, elle souleva la couverture de son fils. Elle ne trouva dans son lit qu'un alignement soigneusement arrangé de coussins et de peluches.

Lucas était parti.

- 10 -

Angie dévala l'escalier, la peur au ventre.

— Il s'est enfui ! hurla-t-elle à Jordan revenu de la grange. Lucas s'est enfui !

Jordan parut ébranlé par la nouvelle.

— Je m'en doutais. Le chien aussi a disparu, et j'ai vu des traces de pas dans la neige. Je pars à leur recherche, ajouta-t-il en saisissant son blouson. Tu veux rester ici et attendre ?

— Non, je viens avec toi.

Elle fonça chercher un gros manteau en laine tandis qu'il se munissait d'une lampe torche. Il ne faisait aucun doute que Lucas, paniqué à l'idée de perdre son chien, avait préféré fuguer avec lui.

Dieu merci, les empreintes allaient leur être utiles, mais il fallait faire vite. La nuit allait tomber, de même que la température extérieure. Combien de temps un enfant pouvait-il errer dans la neige avant de risquer une hypothermie fatale ?

— De ce côté ! cria-t-il à Angie une fois qu'ils furent dehors. C'est de la grange que partent les traces de pas.

Elle baissa les yeux sur le sol. Les empreintes commençaient déjà à s'estomper. Depuis combien de temps étaient-ils partis ? Trop longtemps déjà, son enfant était en danger ! Son cœur se serra et elle se mit à prier en silence, accélérant le pas pour rester à la même hauteur que Jordan. Toutes les minutes ils s'arrêtaient pour appeler Lucas, puis tendaient l'oreille. Mais seuls leur répondaient les sifflements sinistres du vent entre les branches.

Jordan s'arrêta brutalement et jura entre ses dents.

— Qu'y a-t-il ? demanda-t-elle sans chercher à cacher l'angoisse qui l'étreignait.

En guise de réponse il dirigea le faisceau de la lampe sur des empreintes, plus petites que celles de Rudy.

— Des coyotes, répondit-il. On dirait même qu'il y en a deux. En général, ils se tiennent à l'écart des hommes, mais…

Il n'eut pas besoin de terminer sa phrase. Lucas était assez petit pour être considéré comme une proie de choix par un couple de coyotes affamés.

Angie sentit ses jambes vaciller sous elle et elle ne dut qu'à une volonté farouche de ne pas se laisser glisser sur le sol enneigé.

— Tu es plus rapide que moi, dit-elle. Pars devant, je suivrai tes traces.

Il caressa sa joue dans un geste qui se voulait réconfortant.

— Ne t'inquiète pas. Je le retrouverai.

— Va vite.

La seconde d'après il disparaissait sous les flocons tourbillonnants.

— Lucas !

Jordan criait son nom dans le vent, l'oreille aux aguets. Si seulement il avait pensé à prendre un fusil ! Lucas aurait pu entendre la détonation et se diriger vers elle.

Les traces devenaient plus brouillées, un peu comme si les forces des deux fugitifs commençaient à faiblir ; mais au moins témoignaient-elles du fait que Rudy était toujours là, avec son petit maître.

Et s'il arrivait trop tard ? supposa-t-il avec angoisse. S'il perdait ce précieux petit garçon, fils unique de son frère disparu ? Avec lui, il avait retrouvé sa propre enfance et sa joie de vivre. Il s'était même surpris à vouloir le voir grandir à ses côtés ; à être là pour l'aider et le guider.

Et Angie ? se demanda-t-il encore. La perte de Lucas la

détruirait. Elle ne se le pardonnerait jamais, tout comme elle ne se pardonnait pas la disparition de Justin. Et en supposant qu'elle survive à cet éventuel malheur, il la perdrait, elle aussi.

L'heure était venue de regarder les choses en face. Il ne pouvait plus imaginer sa vie sans eux.

— Lucas ! hurla-t-il dans la nuit, à demi aveuglé par la neige. Lucas !

Cette fois, le vent lui apporta une plainte sourde. Etait-ce un cri ? Non, un aboiement plutôt.

— Lucas ! Réponds-moi !

Il attendit, priant pour que lui réponde la petite voix de Lucas. Mais ce fut un nouvel aboiement qui lui parvint. Empli d'espoir et de crainte il se laissa guider par les jappements devenus plus forts et plus réguliers.

Alors qu'il approchait, deux silhouettes indistinctes se fondirent dans la nuit. Là, dans le faisceau de sa lampe torche, il vit Rudy. Oreilles dressées, poil hérissé, il montait la garde devant une forme tapie par terre.

— Tout va bien, mon vieux, dit-il au chien qui, babines retroussées, le menaçait de ses crocs acérés.

Puis l'animal sembla reconnaître sa voix. Il battit l'air de sa queue et vint vers lui, dévoilant la petite forme qu'il protégeait, recroquevillée au pied d'un buisson.

Lucas n'esquissa pas le moindre geste.

Le sang de Jordan se glaça dans ses veines. Il se laissa tomber à genoux et le prit dans ses bras. Il était froid, mais son petit corps qui paraissait inerte manifestait des signes de vie.

— Lucas !

Jordan le secoua d'abord doucement, puis plus fort.

— Lucas, réveille-toi !

Les paupières du petit garçon frémirent avant de s'ouvrir à demi.

— Fatigué..., dit-il dans un souffle.

Dieu merci, il était vivant !

Jordan retira son blouson et en enveloppa le petit corps transi de froid.

— Allez, fiston, je te ramène à la maison.

Les mots lui étaient venus naturellement, sans qu'il y réfléchisse.

Chargé de son précieux fardeau, talonné par Rudy, il refit en sens inverse le chemin qu'il venait de parcourir. Lorsque Angie les vit, elle poussa un cri d'effroi.

— Il va bien.

Elle ouvrit le manteau ample dont elle s'était enveloppée pour accueillir son enfant contre elle et lui communiquer sa chaleur. Spontanément, Jordan entoura de ses bras protecteurs les deux êtres qui comptaient le plus dans sa vie. Ils restèrent quelques secondes ainsi enlacés, remerciant en silence le ciel pour la petite vie blottie entre eux.

Poussés par les aboiements impatients de Rudy, ils se remirent en route. Angie peinait à marcher dans ses chaussons que, dans sa précipitation, elle n'avait pas pris la peine de changer.

— Tu es épuisée, dit Jordan. Laisse-moi le porter.

En guise de réponse, les bras d'Angie se resserrèrent un peu plus autour de son fils. Il comprit. Ce soir, elle avait vécu l'enfer.

Comment pouvait-on concevoir des enfants en sachant que le destin pouvait vous frapper durement à n'importe quel moment, sans prévenir ? se demanda-t-il. Comment pouvait-on avoir le courage d'aimer, quand le risque de souffrir était si élevé ?

Etait-ce cette peur sournoise, insidieuse qui, après la mort de Justin, l'avait empêché de réussir son mariage ? Etait-ce pour cette raison que, jusque-là, son cœur s'était fermé à l'amour ?

Ils atteignirent la maison, si fatigués qu'ils n'eurent pas le courage de parler. Angie se hâta vers l'étage, tandis qu'il remplissait la gamelle de Rudy d'une pâtée bien méritée.

Il prépara ensuite un grand bol de chocolat chaud qu'il accompagna de Chamallows puis monta le tout dans la chambre de Lucas. Angie l'avait plongé dans un bain chaud pour réchauffer son petit corps transi de froid.

Son visage sombre s'éclaira lorsqu'elle avisa le bol.

— Oh ! Merci ! Il va être ravi.

— Fais attention, il est brûlant. Comment va-t-il ?

— Mieux. Et je n'ai trouvé sur lui aucune trace d'engelures. J'espère qu'il va pouvoir dormir.

— Rudy est déjà sur sa carpette. Je te le dis, ce chien mérite une médaille. Il n'a pas lâché son maître d'une semelle durant ce sinistre épisode.

Elle lui adressa un sourire empreint de lassitude.

— Tu vois, je t'avais bien dit qu'il méritait de vivre. J'espère que ta mère en sera convaincue, maintenant.

— Si ce n'est pas le cas, je me charge de la faire changer d'avis, affirma-t-il.

Il gagna le salon et ajouta une bûche dans le feu. Puis il s'affala sur le canapé et attendit.

Il n'avait aucune raison de penser qu'Angie allait redescendre mais, si c'était le cas, il voulait être là pour elle.

Angie quitta la chambre de son fils à pas feutrés. Il avait eu du mal à s'endormir et ce n'est que lorsqu'elle l'avait senti apaisé, son fidèle compagnon à ses côtés, qu'elle s'était autorisée à le quitter.

Elle avait pris comme prétexte le bol vide et sa soucoupe pour retourner au rez-de-chaussée. Sans trop savoir pourquoi d'ailleurs, il y avait de fortes chances pour que Jordan soit allé se coucher. Si ce n'était pas le cas, elle avait vraiment à cœur de le remercier. Sans lui, elle n'aurait jamais retrouvé Lucas à temps.

Lorsqu'elle arriva dans le salon, le feu crépitait dans l'âtre ; une lampe était allumée sur une table en bout de canapé et, à la faveur de sa lumière tamisée, elle aperçut Jordan qui dormait profondément.

Un flot de tendresse réchauffa sa poitrine. Prise d'une impulsion soudaine, elle se pencha sur lui pour effleurer ses lèvres d'un baiser, mais s'arrêta au dernier moment. Il semblait exténué. En l'embrassant, elle prenait le risque de le réveiller.

Elle prit le plaid en laine qui se trouvait sur l'un des bras du canapé et elle l'en couvrit délicatement. Elle le remontait sur ses épaules lorsqu'il ouvrit les yeux.

— Comment va Lucas ? s'enquit-il d'une voix ensommeillée.

— Je crois bien qu'il va dormir jusqu'à demain matin sans se réveiller.

— Parfait, dit-il en se redressant.

Lorsqu'il darda sur elle son regard brûlant de désir, elle sentit un frisson délicieux au creux des reins. Elle avait eu beau chercher à se persuader que sa première nuit avec lui ne signifiait rien : cette fois, elle savait qu'elle risquait son cœur.

— Assieds-toi, Angie, dit-il comme s'il avait lu dans ses pensées. Tu as besoin de te reposer.

Il lui ménagea une place près de lui et avança un repose-pieds vers elle.

— C'est mieux ? demanda-t-il une fois qu'elle fut confortablement installée.

Elle lui répondit par un petit soupir détendu.

— Veux-tu que j'aille préparer du café ?

— Non, merci. Cela m'empêcherait de dormir.

Qu'avait-il cru déceler dans cette remarque ? se demanda-t-elle en le voyant hausser un sourcil interrogateur. Jordan ne la bousculerait jamais ; elle le savait. Il était beaucoup trop fier pour ça. Il attendait donc que la décision vienne d'elle.

Il se leva pour aller prendre ses pieds dans ses mains. C'est à ce moment seulement qu'elle réalisa qu'elle portait encore ses chaussons trempés.

D'un geste d'une infinie délicatesse, il les lui retira et secoua la tête.

— Pauvres pieds. Ils sont comme des blocs de glace. Attends ici. Je reviens.

Il quitta la pièce et revint quelques minutes plus tard muni d'un gant de toilette, d'une serviette et d'un pot au contenu mystérieux. Il se rassit et plaça les pieds d'Angie sur la serviette de toilette déployée sur ses genoux.

— Laisse-toi aller, lui conseilla-t-il.

Elle ferma les yeux et exhala un soupir de bien-être tandis qu'il frictionnait doucement ses pieds gelés. Quelqu'un avait-il jamais pris soin d'elle comme il le faisait ? Pour la première fois de sa vie, quelqu'un s'occupait d'elle, et c'était si bon et doux qu'elle sentait les larmes lui monter aux yeux.

— C'est le diable qui t'a appris à masser aussi divinement ? le taquina-t-elle.

— Tout à fait. En échange de mon âme.

— Je parie que tu fais ça à toutes les femmes.

— Seulement à celles qui ont les pieds gelés.

Il ouvrit ensuite le pot et enduisit les pieds d'Angie d'une crème satinée au parfum de santal.

Ses doigts forts effectuaient sur sa voûte plantaire et ses orteils des pressions expertes qui allumèrent en elle des étincelles de plaisir.

Elle laissa échapper une plainte sourde tandis que son pouls s'accélérait.

— Jordan Cooper, vous êtes déloyal, murmura-t-elle.

— Et encore, tu ne sais pas de quoi je suis capable…

Il la défia du regard sans cesser d'exercer sur elle cette douce torture.

— Je crois que j'aimerais…, murmura-t-elle, au comble du désir.

— Tu aimerais quoi ?

— Savoir de quoi tu es capable.

Il eut un rire de gorge avant de se lever et de la porter dans ses bras jusque dans sa chambre.

Elle aspirait à le voir la basculer sur le lit mais, au contraire, il la reposa délicatement au sol et l'embrassa tendrement.

— Angie, dis-moi ce que tu veux, lui chuchota-t-il à l'oreille d'une voix de velours.

D'une main fébrile, elle ouvrit la braguette de son pantalon et glissa ses doigts dans la fente de son caleçon.

— Ça, dit-elle en enserrant son sexe dur.

— Dis-le, commanda-t-il d'une voix rauque de désir.

— Je te veux, Jordan. Je veux te sentir en moi.

Il ne lui fallut que quelques secondes pour retirer ses vêtements et enfiler un préservatif. Puis il la déshabilla et, la soulevant, la pénétra puissamment. Le souffle court, elle enroula ses jambes autour de ses hanches et ses bras autour de sa nuque. Elle se mit à gémir de plaisir tandis qu'il s'enfonçait plus profondément en elle. Un tourbillon de volupté l'emporta loin, très loin. Elle aurait voulu bouger avec lui, mais tout ce qu'elle pouvait faire était de jouir du plaisir intense qu'il lui procurait.

— Jordan…, murmura-t-elle.

Comme s'il avait lu dans ses pensées il l'allongea délicatement sur le matelas, leurs corps toujours étroitement imbriqués.

— Je suis votre esclave, madame, lui murmura-t-il.

Au comble de l'excitation, elle s'arc-bouta et accéléra le rythme, s'abandonna totalement, surfant sur les vagues d'un plaisir indicible, frénétique.

— Toi aussi, tu es déloyale, murmura-t-il dans un dernier coup de reins qui le propulsa aux sommets de l'orgasme.

Elle le tint étroitement serré contre elle jusqu'à sentir son corps se détendre lentement entre ses bras.

« Si seulement nous pouvions rester ainsi, si proches et en paix, pensa-t-elle. Fermés au monde extérieur. »

Un rire la tira doucement de ses rêveries. Jordan se retira et s'allongea sur le dos.

— Seigneur, Angie ! Tu me tues !

— Je ferais bien d'y aller, dit-elle en s'asseyant.

— Non, s'il te plaît. Je sais bien que tu veux aller rejoindre Lucas, mais tu as le temps. Reste encore un peu.

Il se coucha sur le côté et l'attira tout contre lui. Ils restèrent ainsi un long moment, et elle s'apaisa, le souffle tiède de Jordan dans son cou.

Un avant-goût de paradis… Pourtant, pouvait-elle se permettre de croire qu'une telle plénitude allait durer avec Jordan ?

— Depuis combien de temps personne n'a pris soin de toi, Angie ? demanda-t-il.

Sa question la prit de court. Elle secoua la tête avant de commencer son récit.

— Mes parents sont morts alors que je n'avais que seize ans. Mais même lorsqu'ils étaient en vie, ils travaillaient tellement dur pour pouvoir s'en sortir que j'ai dû me débrouiller seule très jeune.

— Ta réponse est donc : « Depuis très longtemps. »

— Il y a eu Justin, bien sûr.

— Evidemment, dit-il, un brin sceptique.

Il l'attira plus étroitement contre lui, dans la courbe chaude de son corps.

— Il prenait soin de toi, Justin ? insista-t-il.

— Il était gentil mais c'est vrai que, souvent, les rôles étaient inversés. Il était doux et charmant, mais j'avais souvent l'impression de ne pas pouvoir compter sur lui.

Elle s'interrompit comme si elle venait juste de réaliser la portée de ses paroles.

— Je suis désolée, c'est affreux de dire ça. Ton frère était adorable et généreux.

— Ne t'excuse pas, ce n'est que la vérité. Moi-même, j'ai dû m'occuper de lui à plusieurs reprises. Ce que j'essaie de te dire, Angie, c'est que je sais à quel point tu es attachée à ton indépendance mais que, si tu le souhaites, je peux me charger financièrement de toi et de Lucas. J'y tiens beaucoup, Angie. Et même, pour être franc, j'en ai besoin.

— Mais tu as déjà tant fait pour nous, Jordan. Tu nous permets de vivre dans un endroit merveilleux, je n'ai pas à m'inquiéter de faire les courses et de cuisiner, j'ai une nouvelle voiture…

Elle s'interrompit net. Que venait-il de dire ?

— Tu as *besoin* de t'occuper de nous ? Mais pourquoi, Jordan ?

— Pourquoi devrais-je avoir une raison ? Lucas est le fils de mon frère et tu es sa mère. Si tu me le permettais, il y a tant d'autres choses que je pourrais faire pour vous. Vous offrir des voyages ; investir de l'argent dans ta société afin qu'elle se développe ; t'aider à acheter ta propre maison, même, si tu as envie d'en avoir une. Je pourrais t'ouvrir des portes, te présenter des gens influents...

— Arrête, le coupa-t-elle avec brusquerie. Tu n'as pas l'impression d'avoir oublié quelque chose ?

Il leva sur elle un regard voilé d'incompréhension.

— Justin serait toujours là s'il n'avait pas pris ce fichu avion pour venir fêter mon anniversaire avec moi. Puis je lui ai caché ma grossesse. Et comme si cela ne suffisait pas, après sa disparition, pendant des années j'ai tenu son fils, la chair de sa chair, à l'écart de sa propre famille.

Tremblante d'émotion elle se leva d'un bond et rassembla d'une main fébrile ses vêtements éparpillés sur le lit.

— Tu veux t'occuper de moi ? Mais pourquoi voudrais-tu une chose pareille, quand toi et ta mère avez toutes les raisons de me haïr ?

Elle inspira profondément pour refouler les larmes qui lui brouillaient la vue.

— Comme je me déteste parfois moi-même, ajouta-t-elle dans un souffle. Voilà pourquoi je ne peux rien accepter de toi, Jordan. Rien du tout.

Sans ajouter un mot, elle prit ses vêtements et se dirigea vers la porte.

Cette fois, il ne chercha pas à la retenir.

- 11 -

Une fois seul, Jordan frappa son oreiller à coups de poing rageurs. Il aurait aimé courir après elle, mais pour lui dire quoi, au juste ? Il ne pourrait la convaincre qu'elle n'était en rien responsable de la mort de Justin que s'il lui avouait sa propre responsabilité dans cette disparition.

Il n'aurait jamais dû la laisser s'aventurer sur un terrain aussi délicat. Ce qu'il désirait le plus au monde, c'était la garder près de lui dans ce lit et se perdre en elle toute la nuit. Au lieu de ça, ils se retrouvaient une fois de plus en désaccord.

Il lui avait affirmé s'être occupé de ce frère trop insouciant, et c'était vrai. Sauf qu'il avait omis de lui dire qu'il avait échoué. Parce que, au moment où Justin avait eu le plus besoin de lui, il n'avait pas su l'aider. Pis, il l'avait précipité dans la tombe.

Angie aurait-elle accepté de se retrouver dans son lit si elle avait su la vérité ? Quelle question ! Bien sûr que non.

Avec n'importe quelle autre femme, il aurait fui le conflit en rompant. Malheureusement, Angie n'était pas n'importe quelle femme. Elle et son fils étaient devenus une part vitale de son existence en réussissant l'exploit de faire renaître en lui des sentiments qu'il pensait enfouis à jamais.

Il ne voulait pas les perdre. Il ne voulait pas *la* perdre.

Angie pensait porter sur ses épaules l'entière responsabilité de la disparition de l'homme qu'elle aimait. Lui dire la vérité allégerait, certes, ce fardeau, mais ternirait à jamais l'image qu'elle avait de Justin, de même que la sienne.

La question n'était pas tant de savoir s'il devait le dire à

Angie que de décider quand et comment aborder le sujet. Cela faisait quatre longues années qu'il gardait son secret pour lui et, tôt ou tard, forcément, il se prendrait le retour de manivelle en pleine face.

Angie avait le droit de savoir ce qui avait provoqué ce crash aérien. Il le lui dirait, mais plus tard. Tant que le nom de Lucas n'apparaissait pas sur le testament des Cooper, il ne pouvait prendre le risque de voir Angie quitter le ranch, son fils sous le bras.

En attendant, il avait besoin de prendre du recul. Il songea à passer quelques jours dans son appartement en ville où il pourrait se mettre à jour dans ses dossiers et faire avancer les démarches concernant les dispositions testamentaires. Avec un peu de chance, sa mère accepterait peut-être de signer les papiers nécessaires.

Plus il y pensait, plus il se disait que s'éloigner un peu était une bonne idée.

Après la sortie fracassante que venait de lui faire Angie, elle accueillerait sans doute ce break avec un certain soulagement. De son côté, cette parenthèse lui permettrait de reprendre ses esprits et d'y voir plus clair.

Sa décision était prise. Il partirait demain, à la première heure.

De retour dans sa chambre, Angie laissa tomber ses vêtements sur une chaise et enfila sa chemise de nuit. Puis elle alla voir Lucas, qui dormait toujours paisiblement. Elle déposa un baiser léger sur son front, soulagée de constater qu'il n'avait pas de fièvre.

Elle loua le ciel en silence pour les miracles accomplis, pour Rudy et… pour Jordan.

Elle rougit violemment au souvenir de ce qu'elle venait de vivre dans son lit. *Attitude éhontée.* Il n'y avait pas d'autres mots pour qualifier cet abandon total, sans scrupules et sans pudeur dont elle avait fait preuve.

Tout s'était merveilleusement passé jusqu'à ce qu'il ouvre la bouche. Il voulait s'occuper d'elle. Certes. Mais comment devait-elle interpréter cette déclaration puisque, à aucun moment, il ne lui avait laissé entendre qu'il l'aimait ?

Il avait eu beau se moquer d'elle lorsqu'elle s'était elle-même désignée en terme de « favorite », qu'était-elle de plus à ses yeux ? Il avait voulu lui offrir un 4x4 après la première nuit passée avec elle, et à la deuxième proposait de la combler de cadeaux encore plus prestigieux. N'était-ce pas ainsi qu'on récompenserait des femmes qui resteraient ce qu'elles étaient, à savoir des maîtresses ?

Mais elle, que voulait-elle exactement ? se demanda-t-elle.

Elle voulait continuer à s'assumer seule, parfaire sa formation pour réussir professionnellement, épouser un homme qui aurait les mêmes valeurs qu'elle et donnerait à Lucas l'opportunité de grandir dans un foyer harmonieux, entouré de frères et de sœurs.

Plus longtemps elle vivrait de la charité que lui accorderait Jordan, moins elle aurait de chances de réaliser ses propres ambitions. Si elle cédait à sa volonté, si elle acceptait de dépendre de lui matériellement, il finirait par la mépriser puis jetterait son dévolu sur une autre femme.

Qu'adviendrait-il d'elle, alors ?

Et de son fils ?

Son esprit se brouilla. Epuisée de fatigue, elle regagna sa chambre et s'écroula dans son lit. Elle avait besoin de quitter le ranch une journée. Et de s'épancher auprès d'une amie compatissante. Demain, avec Lucas, elle irait rendre visite à sa cousine Raquel, dont la bienveillance était le remède parfait pour soigner son cœur mis à mal.

Elle sombra dans un sommeil profond, l'esprit encore en ébullition.

Lorsqu'elle se leva le lendemain matin, Angie avisa un mot glissé sous sa porte.

« Je suis parti en ville pour quelques jours. Tu as mon numéro de portable. Tu peux me joindre quand tu veux. J. »

C'était tout. Aucun détail. Aucune mention de la nuit précédente. Pas le moindre petit mot d'affection. C'était tellement typique de Jordan qu'elle en serra les dents de dépit.

Elle froissa le papier et le jeta dans la poubelle avant d'aller réveiller son fils. Heureusement qu'elle avait des projets ! L'espace de quelques heures au moins, elle ne penserait plus à lui.

Après le petit déjeuner, elle et Lucas prirent donc la direction de Santa Fe. Lorsqu'ils arrivèrent sur la Plaza vers 11 heures, ils découvrirent les vitrines des magasins décorées pour les fêtes de Noël. Lucas ouvrit de grands yeux émerveillés. L'année précédente, il était encore trop petit pour comprendre, mais cette année rien ne lui échappait.

Ils allèrent d'un magasin à un autre, s'exclamant devant l'abondance de jouets et de friandises. Angie ne dut qu'à la promesse d'aller manger un hamburger de voir son fils la suivre de bonne grâce.

Ils se dirigeaient vers la voiture lorsqu'elle entendit une voix nasillarde l'interpeller.

— Angie Montoya ! Ça alors, le monde est petit !

Elle se retourna sur un homme dégingandé qui lui souriait. Quelques secondes embarrassantes s'écoulèrent avant qu'elle se rappelle son nom. C'était Trevor Wilkins, qui l'avait déjà accaparée à la soirée donnée par Jordan.

— J'espérais bien te revoir, dit-il. La dernière fois que nous nous sommes rencontrés, il faut dire que j'avais quelques coups dans le nez. A ce propos, si je t'ai mise mal à l'aise, je te prie de m'excuser.

— Je t'en prie, dit Angie en lui souriant.

Car, s'il était exact qu'il avait été odieux, il était vrai aussi qu'elle l'avait oublié à la seconde où il avait disparu de son champ de vision.

— Alors, c'est ton fils, Lucas ? C'est vrai qu'il ressemble à son père.

— C'est ce que tout le monde dit, en effet. Et maintenant, si tu veux bien nous excuser, nous nous apprêtions à aller déjeuner au Burger Box.

Le visage de Trevor s'éclaira d'un large sourire.

— Vraiment ? Et pourquoi ne pas déjeuner ensemble ? J'ai réservé une table à La Fonda. J'adorerais vous y inviter.

— C'est très gentil à toi, mais je ne peux pas accepter.

— Donne-moi une seule bonne raison, insista-t-il.

— As-tu déjà mangé dans un restaurant de ce genre avec un petit garçon de trois ans ?

— Je sais ce que c'est, j'ai des neveux. Allez, accepte, ne t'inquiète pas pour ça.

Elle exhala un profond soupir. Trevor avait été l'un des meilleurs amis de Justin et elle ne voulait pas l'offenser.

— D'accord, finit-elle par dire. Mais je t'aurai prévenu.

Il était à peine midi mais, déjà, l'élégante salle à manger affichait presque complet. La table de Trevor était un peu à l'écart, heureusement près d'une sortie de secours. Dans le cas où Lucas se conduirait mal, ils auraient toujours la possibilité de battre rapidement en retraite.

— Je veux un hamburger, dit Lucas au serveur venu apporter les cartes.

— Ils en font de très bons ici, commenta Trevor, mais ils sont énormes.

— Dans ce cas, nous le partagerons, décida Angie.

Elle était assise face à la salle, Trevor de l'autre côté, dos aux autres tables. Il ne vit donc pas le couple qui venait d'entrer — l'homme grand et séduisant, la femme plus âgée, mais d'une rare élégance.

Elle se ratatina sur son siège tandis que Jordan et sa mère s'installaient à leur table.

Jordan avait repéré Angie à la seconde où ils étaient entrés dans le restaurant. Heureusement, sa mère ne les avait pas vus. Il l'avait emmenée ici, dans son restaurant préféré, dans l'espoir de plaider la cause d'Angie et de Lucas et elle lui avait paru être dans de bonnes dispositions. Aussi, voir Angie en compagnie d'un autre homme risquait d'éveiller en elle de vieux soupçons.

Il ouvrit la carte, faisant de son mieux pour ignorer Angie. Il n'avait aucune raison d'être contrarié. Après tout, elle était libre. Mais sortir avec Trevor Wilkins ? Il ne comprenait pas.

Non pas que celui-ci soit un mauvais bougre. Il avait hérité de l'agence immobilière de son père et tous deux étaient parfois en affaires. Peut-être était-ce d'un homme comme lui dont Angie avait besoin, honnête, stable, fiable, et surtout… ennuyeux.

Il se força à entretenir une conversation agréable avec sa mère. En la distrayant, peut-être ne verrait-elle pas ce qu'elle avait sous le nez.

Lucas fronça les sourcils devant son assiette.

— C'est n'est pas mon hamburger, râla-t-il. Il n'est pas dans une boîte Burger Box.

— C'est parce que celui-ci est spécial, expliqua patiemment Angie qui sentait venir la crise. Regarde, tu en as une moitié et moi j'ai l'autre. C'est délicieux. Goûte-le.

— Non, refusa Lucas en secouant la tête. Je n'aime pas.

— Comment peux-tu le savoir si tu ne goûtes pas ? dit Trevor avec sa logique d'adulte.

— D'habitude, j'ai un jouet dans ma boîte avec mon hamburger. Je veux mon jouet !

Les gens installés aux tables voisines commencèrent à leur jeter des regards réprobateurs.

— Lucas, ça suffit, prévint Angie. Un mot de plus et nous partons immédiatement.

Ce qui, au début, n'était qu'une plainte se transforma en hurlements aigus.

— Je veux un jouet ! *Je... veux... un JOUET !*

Lorsqu'ils furent la cible de tous les regards, elle prit son fils sous le bras et fila vers la porte de sortie.

— Et ensuite, que s'est-il passé, *querida* ? demanda Raquel en ajoutant un soupçon de crème à son café.

— Trevor m'a rejointe avec mon sac à main. Je me suis excusée et je suis partie.

— Donc, Jordan et sa mère vous ont vus.

— Tout le monde nous a vus ! Je n'ai jamais été aussi gênée de ma vie.

— Et en plus, tu étais avec Trevor, ricana Raquel. Avec toi, je n'ai plus besoin de regarder mes séries à l'eau de rose à la télé. Je les vis en direct.

— Ce n'est pas drôle, Raquel. La mère de Jordan va croire que Trevor et moi complotons contre sa famille. Quand je pense que je connais à peine ce type !

— Tu n'as pas l'intention de sortir avec lui ? Dommage, lui a l'air de bien t'aimer et, d'après ce que je sais, il a pas mal d'argent.

— Je m'en fiche. Et de toute façon, après la scène que Lucas a faite au restaurant, je serais étonnée qu'il m'appelle.

— Et Jordan ?

Le silence d'Angie était déjà en soi une réponse.

— Ne me dis pas que tu as recommencé ! Mais enfin, *chica*, tu te rends compte de ce que tu fais ?

Angie haussa les épaules, luttant contre les larmes.

— Je ne sais pas. En fait, je ne le comprends pas. C'est pour ça que je suis ici.

— Tu l'aimes ? demanda Raquel avec douceur.

— Je l'ignore. Jordan n'est pas un homme facile à aimer.

— Et lui, il t'aime ?

— Il ne me l'a jamais dit. Il m'a juste dit qu'il voulait s'occuper de moi et de Lucas. Que suis-je censée comprendre ? Qu'est-ce qui pousse un homme à dire des choses pareilles ?

Les sourcils de Raquel se froncèrent au-dessus de ses yeux sombres.

— La culpabilité, peut-être ?

— La culpabilité ? Tu veux dire en ce qui concerne la mort de Justin ? Mais il n'y est pour rien, tu le sais bien. Je suis seule responsable.

— C'est ce que tu as toujours affirmé. Mais que sais-tu au juste des circonstances exactes de cet accident ? Raconte-moi un peu ce dont tu te souviens.

Angie hésita un instant à faire remonter à la surface des souvenirs aussi douloureux.

— A cette époque, les jumeaux se parlaient à peine, se lança-t-elle ; mais pour Noël, leurs parents leur avaient offert un séjour au ski à Park City, dans l'Utah.

— Dans l'espoir de les voir se réconcilier, j'imagine, anticipa Raquel.

— Je suppose, oui. Toujours est-il que Jordan ne pouvait se libérer avant fin janvier. Mon anniversaire tombait le 23, et Justin m'avait promis d'être de retour pour le fêter avec moi. Les prévisions météo étaient bonnes pour toute la semaine, aussi avaient-ils prévu de prendre l'avion de Justin pour gagner du temps. Si seulement…

Elle avait si souvent joué le jeu des *si seulement*…

Si seulement ils avaient pris un vol régulier à Salt Lake City ; si seulement ils étaient partis plus tôt, ou plus tard ; si seulement elle n'avait pas autant insisté pour que Justin soit de retour ce jour-là ; si seulement…

— Arrête, *querida*, dit Raquel qui avait compris ce qui passait par la tête de sa cousine. Tu ne peux pas retourner en arrière et changer les choses. Poursuis ton récit.

— Il n'y a pas grand-chose à rajouter. La nuit du 22, Justin est parti seul prendre un taxi pour l'aéroport, il a décollé aux environs de minuit et l'avion s'est crashé quelques minutes plus tard. C'est tout ce que je sais.

— Les conditions climatiques étaient bonnes, l'avion neuf et Justin habilité à effectuer des vols de nuit, résuma Raquel. Il n'aurait pas dû y avoir de problème. Mais pourquoi est-il parti seul ? As-tu demandé à Jordan ?

— C'est un sujet que nous évitons d'aborder. Mais il est probable qu'ils avaient dû se disputer encore une fois, ou alors, Jordan voulait prolonger son séjour.

Sa tasse se mit à trembler entre ses mains.

— Je n'ai jamais voulu remettre ce sujet sur le tapis.

— Et le rapport d'accident ? insista Raquel. As-tu demandé à le voir ?

— Pourquoi l'aurais-je fait ? Justin était mort. Connaître les circonstances de cette mort ne me l'aurait pas rendu. Et puis aussitôt, sa famille n'a plus voulu entendre parler de moi.

Angie se leva et alla regarder par la fenêtre son fils qui s'ébattait joyeusement dans la neige avec son cousin Ramon. Dans quelques années il serait assez grand pour poser des questions sur la mort de son père. Raquel avait raison. Elle avait besoin d'en savoir plus.

— Je ne sais pas par quoi commencer. Le rapport doit être répertorié en Utah, pas ici, au Nouveau-Mexique. Et si par hasard je savais à qui m'adresser, pour quelle raison me donnerait-on accès à ce dossier ?

— A toi, on ne te le donnera peut-être pas. Mais à Victor…

— Tu as raison !

Angie avait oublié que le plus jeune frère de Raquel était officier de police ici, à Santa Fe. Il devait avoir autorité pour exiger ce genre de choses.

— Je vais l'appeler tout de suite, dit Raquel qui, sans perdre une seconde, composa son numéro de téléphone. Victor ? Ecoute, Angie est avec moi. Elle a besoin que tu lui fasses une petite faveur. J'espère que tu vas pouvoir l'aider. Je te la passe.

Victor mit fin à la discussion après avoir fait la promesse à Angie de la rappeler aussitôt qu'il aurait les renseignements requis.

Une heure plus tard, Angie était sur la route, Lucas endormi dans son siège auto. Elle avait beau se concentrer sur la route, son esprit était toujours en ébullition. Avait-elle bien fait de mettre le nez dans les circonstances de ce crash ? Elle voulait croire Raquel quand elle affirmait qu'elle devait savoir. Mais elle avait peur à la perspective de faire voler en éclats les barrières qu'elle avait érigées autour d'elle depuis quatre ans et qui la protégeaient d'autres souffrances.

Avait-elle vraiment envie de savoir ? Etait-elle assez forte pour affronter la vérité ?

Elle arriva enfin au ranch, épuisée. Pourtant, malgré sa fatigue, elle s'installa devant son ordinateur pour honorer une promesse faite à un client.

Quarante-cinq minutes plus tard, son téléphone sonna. Les battements de son cœur s'accélérèrent. Etait-ce Jordan ? Voulait-il lui donner une chance de lui expliquer ce qu'il avait vu au restaurant ?

Ce n'était pas lui, mais Trevor qui, visiblement, souhaitait donner suite à leur déjeuner désastreux.

— Je serais heureux de t'inviter à dîner un de ces soirs, dit-il. Cette fois, sans ton fils.

— Comme je te l'ai dit, Trevor, expliqua-t-elle dans un soupir, je n'ai qu'un homme dans ma vie, et c'est Lucas. Alors, si tu souhaites sortir avec moi sans lui, rendez-vous dans une quinzaine d'années.

Après ce coup de fil, plus rien. Dans le silence, son inquiétude semblait remplir la pièce. Pourtant, Jordan avait précisé sur son mot qu'il serait joignable. Evidemment, c'était avant qu'il ne la surprenne au restaurant en compagnie de Trevor.

Pourquoi ne l'appelait-il pas ? Elle avait tellement envie d'entendre sa voix ! Au fil des heures elle comprit qu'il ne se manifesterait pas. Certes, elle pourrait l'appeler, mais s'il n'était pas seul ? Elle n'avait vraiment pas envie de le savoir.

« Tu l'aimes ? »

La question de Raquel la hantait. Pour tout un tas de raisons, Jordan était le dernier homme qu'elle devrait aimer. Tout ce qu'elle savait c'était que le simple fait d'être séparée de lui la rendait malheureuse.

L'aimait-elle ?

Elle n'était pas en mesure de répondre à cette question.

De façon presque mécanique, elle fit manger son fils et le mit au lit. Ensuite, elle se pelotonna sur le canapé et regarda distraitement la télé jusqu'à s'assoupir. Alors seulement elle gagna sa chambre pour s'écrouler dans son lit et sombrer dans un sommeil profond.

La sonnerie du téléphone la réveilla en sursaut. Quelle heure pouvait-il bien être ? Le jour filtrait à travers les stores.

Elle trouva son téléphone à tâtons sur la table de nuit.

— Allô ? marmonna-t-elle d'une voix endormie.

— Angie, c'est Victor.

Son cœur s'arrêta de battre. Elle s'assit.

— Tu as trouvé quelque chose ?

— J'ai le rapport sous les yeux, répondit-il d'une voix crispée. L'avion a été sacrément détérioré, comme tu peux l'imaginer.

— Bien sûr, dit Angie, à qui cette image donnait la nausée.

— Un seul élément semble être la cause du crash. Selon le rapport du médecin légiste, le pilote avait dans le sang un taux d'alcoolémie deux fois supérieur à celui autorisé.

— Tu veux dire que Justin avait bu ? demanda-t-elle, le souffle court.

— C'est exact. Et il était tellement ivre qu'il n'aurait pas pu tenir debout. Encore moins piloter un avion.

- 12 -

Angie se recroquevilla sur elle-même pour ne pas s'effondrer.

Depuis quatre ans, non seulement elle s'accusait de la mort de Justin mais elle avait aussi laissé les autres l'accuser. Pourquoi personne ne lui avait dit la vérité ?

Justin était mort parce qu'il avait piloté son avion en pleine nuit, ivre mort.

Qui d'autre savait ? Jordan, certainement. Il était en Utah lorsque l'accident s'était produit. S'il n'avait rien dit, c'était sans doute pour épargner à ses parents la douleur de savoir dans quelles circonstances leur fils avait perdu la vie.

Et elle ? Lui avait-il caché la vérité pour qu'elle garde de Justin une image positive ? En parlant, pourtant, il savait qu'il l'aurait allégée d'un fardeau terriblement lourd.

Elle se leva et alla ouvrir la porte de la chambre de son fils. Il ne s'y trouvait pas. A l'odeur délicieuse qui montait de la cuisine, elle comprit qu'il devait déjà se régaler des pancakes préparés par Marta.

Justin, qui lui souriait depuis son cadre. Alors qu'elle contemplait ce visage tant aimé, une vague d'amertume la submergea.

Depuis sa disparition, elle avait occulté ses défauts pour ne garder de lui que ses qualités. Mais là, devant ce sourire plein d'assurance, elle revit la partie sombre qui était en lui. Certes, il était beau, séduisant, généreux et tendre. Mais il était aussi impulsif, irresponsable et inconscient.

« Comment as-tu pu ? Comment as-tu pu me faire ça à moi, à Lucas, à tous les gens qui t'aimaient ? »

Elle referma la porte derrière elle. Un jour il lui faudrait dire à Lucas la vérité sur un père qu'il idolâtrait. Un jour. Lorsqu'il serait en âge de comprendre.

La raison pour laquelle l'avion s'était écrasé dans les montagnes n'était qu'une pièce du puzzle. Restait à savoir pourquoi Justin avait bu, surtout en sachant qu'il devait prendre les commandes de son avion. Seul Jordan avait les réponses à ces questions.

Devait-elle le prendre de front et exiger de lui qu'il lui parle ? Pris de court, il risquait de se fermer ou de rester évasif. En revanche, attendre et l'observer sans lui dire qu'elle était au courant pourrait lui en apprendre plus sur les motivations qui l'avaient poussé à se taire durant toutes ces années.

L'aimait-elle ?

Cette question la hantait. Elle ne pouvait nier qu'elle avait des sentiments pour lui. Mais comment pourrait-elle aimer un homme qui avait gardé pour lui un si terrible secret ? Qui l'avait laissée s'accuser alors qu'il détenait la vérité.

En admettant qu'elle l'aime, comment pourrait-elle lui pardonner ?

Jordan revint au ranch le lundi après-midi, après trois jours d'absence.

Angie et Lucas regardaient la télé dans le salon lorsqu'il fit son apparition, les yeux rougis et les traits tirés, comme s'il manquait de sommeil.

Une femme était-elle à l'origine de cette mine défaite ? se demanda Angie avec une pointe de jalousie. A quoi bon savoir ? Jordan était libre de faire ce qu'il voulait ; elle n'avait aucun droit sur lui.

— Oncle Jordan !

Dans un cri de joie, Lucas se leva d'un bond et vint se jeter dans ses bras.

— Maman et moi on a appris à Rudy à faire le beau. Tu veux voir ? Je vais le chercher, il est dehors.

— Dans une minute, Lucas, dit Jordan en lui ébouriffant distraitement les cheveux.

Elle remarqua qu'il avait l'air préoccupé.

— Je lui ai rapporté un cadeau pour le récompenser de t'avoir sauvé.

Il tendit alors au petit garçon un paquet qui portait le sigle de la plus grande animalerie de la ville.

— Tu peux l'ouvrir pour lui, ajouta-t-il.

— Waouah ! s'exclama Lucas après avoir découvert un collier en cuir rouge très élégant auquel était attachée une plaque argentée.

— Il y a des chiffres écrits dessus. Je sais, je les ai appris à l'école. Qu'est-ce qu'il y a d'autre d'écrit ?

Jordan s'accroupit de façon à se mettre à la même hauteur que lui.

— C'est le nom de Rudy. Et les chiffres, c'est le numéro de téléphone du ranch. Comme ça, s'il se perd, la personne qui le trouvera pourra nous appeler.

— Rudy ne partira jamais. Il m'aime trop.

— Ça, c'est certain. Oh ! Attends, il y a autre chose. Regarde un peu dans ma poche.

Ravi par ce petit jeu, Lucas plongea la main dans la veste de Jordan. Ses yeux s'éclairèrent tandis qu'il en sortait une laisse du même beau cuir rouge que le collier.

— Maintenant, ton chien sera très chic, dit Jordan en se relevant.

— On peut aller lui mettre son collier maintenant ?

— Bien sûr. Mais d'abord, va mettre ton manteau.

— Il est ici, dit Lucas en s'habillant fébrilement.

Le regard de Jordan croisa celui d'Angie tandis qu'il sortait avec le petit garçon. « Nous devons parler », semblait-il dire.

En proie à l'anxiété, Angie se leva à son tour et se mit à ranger le salon avec frénésie, tapotant les coussins pour leur redonner du volume, replaçant le tapis du bout des pieds et rassemblant les tasses éparpillées sur la table basse pour les ramener dans la cuisine.

Une minute plus tard Jordan était de retour, seul.

— Carlos est avec lui, la rassura-t-il. Il fait beau, si nous allions faire un tour ?

Ils empruntèrent le même chemin qu'ils avaient pris avec les chevaux. Ils marchèrent un moment en silence, lui les mains dans les poches, elle le regard rivé au sol. Ce fut elle qui parla la première.

— Quoi que tu aies pu penser en me voyant avec Trevor, ce n'était pas ce que tu croyais. Nous nous sommes rencontrés par hasard à la Plaza et il a proposé de nous inviter à déjeuner. Après la scène que Lucas a faite, chacun est reparti de son côté. Il ne s'est rien passé depuis, à l'exception d'un coup de fil qui n'a mené nulle part.

— Tu ne me dois aucune explication, Angie. Tu es libre de voir qui tu veux.

Elle laissa échapper un petit rire nerveux.

— Quel fiasco ! Je n'y croyais pas quand je t'ai vu entrer dans ce restaurant avec ta mère.

— Malheureusement, elle n'a pas trouvé ça drôle.

— Ah, dit Angie qui fut prise d'un mauvais pressentiment. C'est pour ça que tu as l'air si sérieux ?

Il fit quelques pas avant de répondre.

— Je t'ai parlé de mon projet de déclarer Lucas comme l'héritier de Justin, dit-il.

— Bien sûr, je n'ai pas oublié.

— Ce week-end, pendant que j'étais en ville, j'ai demandé au notaire de faire le nécessaire pour effectuer le changement, persuadé que ma mère donnerait son accord et accepterait de signer. Malheureusement, depuis qu'elle t'a vue au restaurant en compagnie de Trevor…

— Oh ! Non ! Je ne peux pas croire…

— Ma mère est d'une nature méfiante et elle a toujours

cherché à protéger sa famille. Sa nouvelle théorie, c'est que toi et ton prétendu « petit ami » utilisez Lucas afin de mettre la main sur l'héritage de Justin.

— Mais c'est faux ! Tu le sais bien, puisque cette idée vient de toi. En ce qui me concerne, je ne voudrais pas un centime de la fortune de Justin. Quant à ce pauvre Trevor…

— Chut, Angie.

Il prit ses mains, les emprisonnant de ses doigts puissants.

— Tu n'as pas à essayer de me convaincre, lui assura-t-il. Tu es la femme la plus honnête que j'aie jamais connue. C'est d'ailleurs ce que j'ai dit à ma mère, mais elle est tellement bornée, et une fois qu'elle a quelque chose en tête…

— Mais ce n'est pas tout, poursuivit-il.

— Quoi ? demanda-t-elle le cœur battant.

Allait-il finalement lui dire la vérité sur les circonstances de la mort de Justin ?

— Ce matin, elle m'a posé un ultimatum. Elle ne signera le document testamentaire qu'à condition que tu acceptes de renoncer à tes droits sur Lucas et à le lui laisser l'adopter ; en échange d'une grosse somme d'argent, bien sûr.

Angie eut l'impression que le sang cessait de couler dans ses veines et qu'elle allait être engloutie dans des sables mouvants.

— Non ! hurla-t-elle.

Ce simple petit mot avait claqué comme une détonation.

— Je n'abandonnerai jamais mon petit garçon, même pour tout l'or du monde !

— C'est exactement ce que je lui ai répondu avant de partir.

— Pourquoi est-ce que tout doit toujours tourner autour de l'argent ? demanda-t-elle, tremblante d'indignation. Dis-le-moi, toi qui es si intelligent, Jordan !

— Ce n'est pas qu'une question d'argent, c'est aussi une question de famille. Mais que ma mère le veuille ou non, toi et Lucas faites désormais partie de ma vie. Je ferai tout ce qui est en mon pouvoir pour vous garder tous les deux à mes côtés.

Comme pour mieux l'assurer de ce qu'il venait de dire, il l'attira tout contre lui et l'embrassa passionnément.

Prise de court, elle résista quelques secondes mais très vite ses lèvres s'ouvrirent pour répondre à son baiser.

L'aimait-elle, cet homme impossible ? Qu'était-elle censée faire maintenant ?

Lorsqu'il s'écarta d'elle, elle vit dans son regard qu'il était toujours aussi tracassé. Quelle nouvelle allait-il encore lui annoncer ?

— J'ai réfléchi à la façon dont je pourrais protéger Lucas et faire valoir ses droits, dit-il. Il y a bien une chose que nous pourrions faire…

— Dis-moi.

Il prit une profonde inspiration pour se donner le courage de se lancer.

— Toi et moi, nous pourrions nous marier et j'adopterais Lucas. Il ne serait plus l'héritier de Justin mais il deviendrait le mien. Au final, cela reviendrait au même.

Elle le fixa, interloquée. Etait-ce là l'idée qu'il se faisait d'une demande en mariage ? Et qu'est-ce qui lui faisait penser qu'elle accepterait un tel arrangement ?

— J'aime à croire que Lucas serait content, dit-il encore face à une Angie toujours silencieuse.

— Mais tu ne m'aimes pas, répliqua-t-elle lorsqu'elle eut retrouvé sa voix. Je le sais.

— Je me préoccupe de toi, Angie. Et je veux ce qu'il y a de mieux pour Lucas et toi. N'est-ce pas suffisant ?

Au moins avait-il le mérite de ne pas mentir. Mais était-ce assez ? se demanda-t-elle. La réponse était non.

— Et ta mère ?

— Au début, elle sera contrariée, forcément ; mais je la connais, elle finira par s'habituer à cette idée. Quant à toi, pense un peu à la vie facile que tu auras. Tu pourras t'offrir tout ce que tu voudras : des vêtements, des voitures, des voyages…

— C'est ainsi que tu as acheté ta première épouse ?

Une fois le coup encaissé, il la fixa d'un regard dur.

— C'est ce qui s'appelle un coup bas, Angie.

— Ah oui ? Et ce n'est pas un coup bas de me dresser la liste des belles choses que ce mariage m'apporterait ? Et si je n'en avais rien à faire, de ces belles choses ? Justin m'aimait, lui !

Incapable de soutenir son regard plus longtemps, elle tourna sur elle-même et refit en courant le chemin qui menait à la maison.

Jordan la regarda fuir. *Le* fuir.

Bon sang ! Il avait pourtant cru bien faire en lui proposant de l'épouser. Mais, une fois de plus, il n'avait pas su utiliser les bons mots. Et si elle pensait de lui qu'il était le plus gros crétin du monde il ne pouvait s'en prendre qu'à lui-même.

Il savait ce qu'elle aurait aimé entendre. Elle aurait voulu l'entendre dire qu'il l'aimait ; mais c'étaient des mots qu'il se sentait incapable de prononcer. Si aimer voulait dire être avec elle, la chérir, la protéger, former avec elle et Lucas une famille, alors oui, il l'aimait.

Mais aussi longtemps qu'il garderait son secret, ces mots ne seraient qu'une vaste hypocrisie. Car un jour, lorsqu'elle saurait, elle les lui cracherait à la figure.

Il était le seul à connaître les circonstances de la mort de Justin, et tant qu'il se tairait la mémoire de son frère resterait intacte. S'il parlait, la vérité s'insinuerait comme un venin mortel dans sa famille. Personne n'en sortirait indemne, ni sa mère, ni Angie, et encore moins Lucas.

Sur le trajet du retour, il n'avait cessé de peser le pour et le contre avant de décider qu'il ne pouvait pas prendre un tel risque. Il n'avait donc d'autre choix que de garder ce secret enfoui en lui à jamais.

C'est à cette seule condition qu'il cesserait d'exister, sauf dans les profondeurs noires de son cœur.

Le dîner avait été pour Angie un véritable calvaire. Elle n'avait été soulagée que lorsqu'elle avait pu quitter la table pour aller baigner son fils.

— Rudy a aimé son nouveau collier et sa nouvelle laisse ? demanda-t-elle tandis qu'elle lui lavait les cheveux.

— Je crois bien que oui, répondit-il en renversant la tête en arrière. Il n'arrêtait pas de remuer la queue. Dis, maman, on pourra vivre ici pour toujours ?

Son cœur se serra. Depuis la confrontation qui l'avait opposée à Jordan elle n'avait cessé d'étudier les différentes options qui se présentaient à elle. Aucune n'était vraiment satisfaisante, mais après les derniers événements comment pourrait-elle envisager de rester ?

— Toujours, c'est long, mon cœur, finit-elle par répondre. Et parfois, il arrive que les choses doivent changer.

— Pourquoi ? demanda-t-il prêt à fondre en larmes. Je veux que ce soit ma maison pour toujours ici et qu'oncle Jordan soit mon nouveau papa.

L'émotion lui serra la gorge.

— Nous en reparlerons plus tard, trancha-t-elle en le sortant de la baignoire.

Il ne répondit pas mais elle comprit qu'elle n'était pas pour autant tirée d'affaire lorsque, habillé de son pyjama, Lucas s'agenouilla sur la descente de lit pour faire sa prière.

— S'il vous plaît, mon Dieu, bénissez ma maman, récita-t-il. Bénissez Rudy. Bénissez aussi oncle Jordan et faites qu'il soit bientôt mon papa. Amen.

Il adressa à sa mère un petit sourire entendu qui disait clairement que maintenant le bon Dieu allait prendre les choses en mains.

— Bonne nuit, maman.

— Bonne nuit, mon grand garçon, dit-elle, les larmes aux yeux.

Après avoir fait entrer Rudy qui attendait derrière la porte, elle se retira et alla sur le balcon. Elle n'avait qu'une seule envie, se retrouver seule. Elle s'appuya contre la rambarde pour contempler les cimes enneigées des monts Sangre de Cristo.

L'air frais lui emplit les poumons. Les yeux fermés, elle entendit dans le lointain le pépiement d'oiseaux que vint couvrir le hurlement sinistre d'un coyote.

Une larme roula sur sa joue. Elle avait bien essayé de ne pas s'attacher à cet endroit, mais elle n'y était pas parvenue. Lucas l'aimait, et elle aussi. Non seulement. Elle aimait Jordan.

Les choses auraient été tellement plus faciles si elle n'avait pas eu des sentiments pour lui ! Pour le bien de son fils, elle aurait été capable de se contenter d'un mariage arrangé. Mais l'amour lui ouvrait d'autres perspectives, et elle ne pourrait jamais supporter l'idée que Jordan ne l'épouse que par devoir.

D'un autre côté, comment pouvait-elle donner la priorité à ses sentiments lorsque le bonheur de son fils était en jeu ? Il voulait grandir ici sur ces terres, dans ce ranch, avec Jordan pour père. Et il était en son pouvoir de faire en sorte que cela se produise. Comment rester sourde aux prières de son enfant chéri ?

Un bruit de pas la fit sursauter mais elle n'eut pas le temps de se retourner. Déjà, Jordan l'enveloppait d'une couverture.

— L'air est glacial, dit-il. Je ne voudrais pas que tu prennes froid.

Touchée par une telle attention, elle resserra sur elle les pans de la laine moelleuse.

— Je ne t'en voudrais pas si tu étais en colère contre moi, dit-il. Je dois avouer que c'était peut-être beaucoup pour une seule journée.

Il la regarda prendre une profonde inspiration.

— J'ai réfléchi, Jordan. Lucas adore vivre ici et il s'est beaucoup attaché à toi. Il serait très malheureux si nous devions partir.

— Dois-je comprendre que tu as reconsidéré ma demande en mariage ? demanda-t-il d'un ton faussement dégagé.

— Je n'ai pas encore pris de décision, mais j'avoue que je suis curieuse de savoir comment tu envisages une telle union.

— Si tu veux savoir si j'attends de toi que tu partages mon lit, la réponse est oui. Et sans que tu t'éclipses au beau milieu de la nuit. Je veux te trouver à mon côté le matin en me réveillant. Tous les matins.

— Je vois.

— Autre chose.

Il se plaqua étroitement contre elle pour l'envelopper de ses bras.

— Je prends les sacrements du mariage très au sérieux. Je saurai me montrer fidèle et je serai toujours là pour vous aimer et vous protéger, toi et Lucas ; aussi longtemps que je vivrai.

Ces mots lui allèrent droit au cœur.

— Et si cela ne marchait pas ?

— Tu serais libre de partir. Je te demanderais juste de me permettre de rester en contact avec Lucas ; peut-être même d'envisager une garde partagée.

— Tout cela semble si froid, si rationnel.

— Toi et moi sommes des gens rationnels, Angie. Car tous les deux nous avons à cœur de rendre Lucas heureux.

— Et ta mère ?

— Elle a tout intérêt à ce que je continue à faire tourner le ranch. Sans mon soutien elle devrait le mettre en vente. Crois-moi, elle ne laissera jamais une telle chose se produire. En ce qui concerne sa relation avec toi, elle fera de son mieux, ne serait-ce que pour pouvoir continuer à voir son petit-fils.

Elle ferma les yeux et se laissa aller entre ses bras solides et rassurants. Supporterait-elle de vivre toute sa vie avec un homme qui ne l'aimait pas ?

— Nous avons le temps, Angie, dit-il comme s'il avait lu dans ses pensées. Prends tout le temps qu'il te faudra et ne me donne une réponse que lorsque tu seras certaine de ton choix.

Serait-elle un jour certaine ? Elle se tourna vers lui, suivant des yeux les ombres qui façonnaient son visage. Il était si semblable à Justin, et pourtant si différent !

Lui dirait-il un jour ce qui était vraiment arrivé à Justin ? Pourrait-elle s'engager auprès de lui sans savoir ?

Quand elle vit le désir brûler au fond de ses yeux, elle sentit son corps y répondre. Pourtant, comment aller à lui, alors qu'elle était en proie à des sentiments aussi contradictoires ?

S'éloigner de lui… voici ce dont elle avait besoin pour rassembler ses esprits. Elle s'écarta et fit un pas en arrière.

— Je comprends, Angie. Ce n'est pas le bon moment, mais je saurai être patient.

Une seule envie brûlait en elle : se blottir dans ses bras, être embrassée et rassurée. Pourtant, elle devait partir, réfléchir.

— Bonne nuit, Jordan.

Elle se débarrassa de la couverture avant de se hâter vers l'intérieur. Le travail la tiendrait occupée jusqu'à très tard.

Mais malgré cela, elle devrait s'estimer heureuse si elle parvenait à s'endormir.

- 13 -

Angie tournait et virait dans son lit, hantée par la proposition de Jordan.

« Mon Dieu, faites qu'oncle Jordan soit mon papa. Faites qu'on vive ici pour toujours. »

D'un mot, elle pouvait réaliser le rêve de son enfant. Il vivrait entre deux parents, dans un foyer stable. Tout ce que méritait le fils de Justin. Ne serait-ce pas ce que ce dernier aurait voulu ?

« Il était tellement ivre qu'il n'aurait pas pu tenir debout. Encore moins piloter un avion. »

Les mots terribles de Victor avaient certes écorné l'image de Justin, mais Justin l'avait aimée. Contrairement à Jordan qui ne lui apportait aucune certitude.

Comment faire confiance à un homme qui lui cachait quelque chose ? Comment passer le restant de ses jours à ses côtés ?

Elle n'arrivait toujours pas à trouver le sommeil. Chaque fois qu'elle fermait les yeux, elle voyait le visage de Justin se superposer à celui de Jordan. Puis leurs traits se mélangeaient, jusqu'à ne devenir qu'un seul et même visage.

Lorsque, bien plus tard, elle sombra d'un coup dans un sommeil agité, elle fit un rêve si précis qu'il en devenait presque réel.

Elle se trouvait à côté de Justin dans son avion. La nuit était claire et calme, pourtant l'appareil était terriblement secoué, comme pris dans des turbulences. Morte de peur, elle s'agrippa aux bras de son siège.

— Justin ! cria-t-elle. Que se passe-t-il ?

Il lui lança alors un regard mauvais.

— Rien, poupée. On s'amuse un peu, c'est tout. Et encore, tu n'as rien vu !

L'avion vira brutalement avant de piquer à la verticale, tout en tournoyant sur lui-même. Elle poussa un hurlement alors qu'elle se retrouvait sens dessus dessous, la tête à l'envers. De façon toute aussi brusque, Justin rétablit l'appareil. Une forte odeur de whisky emplissait la carlingue. Elle avait l'estomac au bord des lèvres.

— S'il te plaît, Justin, implora-t-elle. Je ne me sens pas bien. Atterris et rentrons à la maison.

Mais au lieu de la rassurer il éclata d'un rire diabolique qui la terrorisa un peu plus.

— Tu vas enfin me dire ce que tu as trafiqué avec mon frère ? C'était aussi bon qu'avec moi ? Mieux, peut-être ?

— Tu ne sais plus ce que…

Ses mots se perdirent dans un murmure tandis que l'avion reprenait de l'altitude à une vitesse vertigineuse, avant d'effectuer une série ininterrompue de loopings. Juste au moment où elle pensait que l'appareil allait s'écraser au sol, Justin mit les gaz et repartit en plein ciel.

— Justin, je t'en supplie, arrête ! Je vais avoir un bébé. Notre *bébé.*

Il lui lança un regard brumeux avant de recommencer à enchaîner sans fin une succession de loopings et de piqués. Elle hurla une dernière fois lorsqu'elle vit le sol se rapprocher à une vitesse folle.

— Mets la gomme, Justin ! Mets la gomme maintenant *!*

Il tira sur le levier à la dernière seconde. Miraculeusement, l'avion se stabilisa avant de reprendre de la hauteur.

Angie pria en silence. Maintenant que Justin savait pour le bébé, il allait renoncer à ce petit jeu pervers.

C'est alors qu'elle vit se dresser devant eux l'ombre de la montagne, énorme, massive. Elle n'eut même pas le temps de crier. Le monde explosa, mettant fin à cet horrible supplice.

Angie se réveilla en sueur. Le cœur battant dans sa poitrine comme un oiseau affolé, elle resta un long moment immobile. Ce n'était qu'un cauchemar. Elle était vivante, son fils aussi. Quant à Justin, il était mort quatre ans auparavant, seul.

Mais cet horrible cauchemar avait déclenché quelque chose en elle. Elle avait attendu trop longtemps. Il était temps qu'elle sache. Tout de suite.

D'un bond, elle se leva et enfila sa robe de chambre. Jordan pouvait bien refuser de lui parler, elle ne lui laisserait aucun répit jusqu'à ce qu'il lui livre son secret.

Avant de descendre, elle alla jeter un coup d'œil sur son fils endormi. Ce qu'elle s'apprêtait à faire, elle le faisait pour elle mais aussi pour lui.

Jordan ouvrit les yeux en bougonnant. Il vit le visage d'Angie penché sur lui.

— Qu'y a-t-il ? Lucas va bien ?

— Oui, ne t'inquiète pas. Je suis venue parce qu'il faut que nous parlions.

— Bon sang, il est… à peine 3 h 30, dit-il après avoir jeté un coup d'œil à son réveil. Tu n'aurais pas pu attendre une heure plus décente ?

Elle secoua la tête.

— J'ai déjà attendu trop longtemps.

Surpris par la gravité de son ton, il s'assit et se passa une main dans ses cheveux emmêlés.

— Je vais faire du café.

— Ce n'est pas la peine.

Elle s'assit au bord du lit et couvrit ses pieds de sa robe de chambre.

— J'ai fait un rêve, commença-t-elle. Un rêve affreux. J'étais avec Justin lorsque l'avion s'est crashé dans la montagne. Je veux savoir ce qu'il s'est passé. Dans les moindres détails. Sur-le-champ.

Un poids énorme lui comprima l'estomac.

— Cela fait quatre ans, Angie. Pourquoi vouloir remuer tout ça maintenant ?

— J'ai *besoin* de savoir. C'est une question de confiance. Mon cousin a vérifié le rapport d'accident et il s'avère que Justin était ivre lorsqu'il a embarqué. Que me caches-tu, Jordan ?

Le poids enfla, l'empêchant maintenant de respirer normalement.

— Quelle importance, Angie ? En tout cas, sache que je voulais vous épargner, à toi et à mes parents, des souffrances supplémentaires.

— Avais-tu l'intention de m'en parler ?

— Non.

— C'est donc si grave ?

— C'est du passé. Aucun de nous ne pourra rien y changer. Oublie tout ça, Angie, et retourne te coucher.

— Il n'en est pas question. Je ne quitterai pas cette pièce tant que tu ne m'auras pas tout dit.

Voilà. Le moment qu'il redoutait tant était venu. Il n'avait plus le choix. Il commença donc son récit, tout en sachant que lorsqu'il aurait fini, elle partirait sans un regard en arrière.

— Ce séjour s'est avéré une mauvaise idée dès le début. Lorsque nous n'étions pas sur les pistes, nous passions notre temps à nous disputer.

— A cause de moi, j'imagine ?

Il poussa un profond soupir, empli de lassitude.

— Justin agissait souvent sur un coup de tête. J'ai cru de mon devoir de l'empêcher de prendre ce que je pensais être une mauvaise décision.

— Evidemment, murmura Angie qui avait toujours su la position de Jordan quant aux fiançailles de son frère avec elle.

— Nous avions prévu de rentrer le matin de ton anniversaire, reprit-il. Mais la nuit précédente, nous avons eu une dispute plus violente que les autres. Je l'ai poussé à bout, il m'a insulté, me crachant à la figure que tu étais la seule à vraiment l'aimer et que nous pouvions tous aller au diable …

Il fit une pause, le temps de s'éclaircir la gorge.

— C'en était trop. J'ai perdu mon sang-froid et j'ai fait quelque chose que je regretterai toute ma vie.

L'angoisse qu'il éprouvait était si dense qu'elle en devenait presque palpable.

— Ce soir du nouvel an, lorsque je t'ai ramenée chez toi… eh bien, je lui ai dit, Angie. Je lui ai tout raconté.

Angie le fixa avec horreur. Les mots sortirent de sa bouche, entrecoupés.

— Comment… comment… as-tu pu ?

— Tu crois que je ne me suis jamais posé la question ? J'ai bien tenté de me convaincre que j'avais agi pour son bien, que cette révélation allait le pousser à rompre… Avec du recul, je me demande si je n'ai pas fait ça pour t'avoir tout à moi.

— Jordan…

— Ne dis rien. S'il te plaît. Veux-tu connaître la suite ?

— Je m'en passerais bien, murmura-t-elle, mais j'ai besoin de savoir. Continue, je t'écoute.

Il s'éclaircit de nouveau la gorge. Lorsqu'il se remit à parler, ses mots avaient le même poids terrible d'une confession arrachée sous la torture.

— Justin m'a frappé si violemment qu'il m'a envoyé au tapis. Quand j'ai pu me relever il n'était plus là. Persuadé qu'il était parti descendre quelques verres, je ne me suis pas lancé à sa recherche. Malheureusement ; parce que, si je l'avais fait, je ne serais pas en train de te raconter tout ça.

Il se passa une main nerveuse dans les cheveux.

— Plus tard, le barman de l'hôtel m'a raconté que Justin était ivre et qu'il avait pris un taxi en criant qu'il allait régler ses comptes avec une femme. Personne ne l'a vu décoller, mais des témoins ont entendu la déflagration lorsque l'avion s'est écrasé dans la montagne. Voilà, tu sais tout.

Revivre ce drame s'était révélé l'une des épreuves les plus difficiles et les plus douloureuses de sa vie. Il se mura dans un profond silence, le visage blême, les mains crispées sur le rebord du drap.

Angie, elle, était figée sur place, incapable d'esquisser le moindre geste, de prononcer le moindre mot. Elle était partagée entre l'envie de le prendre dans ses bras pour le bercer comme un enfant et le dégoût qu'il lui inspirait.

— Tu vois, à aucun moment tu n'as été responsable, Angie. Mon pire péché a été de te laisser t'accuser de cette tragédie.

— Nous avons tous les deux une part de responsabilité, dit-elle d'une voix blanche ; parce que cette nuit-là, dans ta voiture, je t'ai laissé faire avant de te repousser.

— Tu ne peux pas raisonner ainsi, Angie. Sinon, que dire de mes parents qui nous ont offert ce séjour au ski ? Du barman qui a continué à lui servir à boire alors qu'il était ivre ? Et du chauffeur de taxi qui l'a déposé à l'aéroport ?

— Ça suffit, trancha-t-elle. Je ne peux pas continuer ainsi, Jordan.

Il ne fit aucun geste pour la retenir lorsqu'elle se leva pour quitter la pièce. Raquel avait raison. Tout ce que Jordan avait fait pour Lucas et elle, même sa demande en mariage, il l'avait fait parce qu'il se sentait coupable.

Comme elle. Elle qui avait accepté de son plein gré de faire l'amour avec lui.

Elle ne pouvait plus rester ici.

Lucas allait être bouleversé, mais heureusement il avait Rudy, maintenant. Elle demanderait à Raquel de les héberger quelques jours, le temps qu'elle trouve un nouveau logement.

Jordan voudrait continuer à voir Lucas, tout comme Lucas voudrait continuer à voir son oncle. Désormais, elle devrait vivre avec ça. Chaque fois qu'elle le verrait, elle se rappellerait les raisons qui l'avaient poussée à quitter le ranch. Quant à ses bras, et aux mots murmurés lorsqu'il jouissait en elle, elle devrait vivre avec ce souvenir aussi.

Il faisait encore nuit mais elle était trop ébranlée pour dormir. Après avoir retiré sa chemise de nuit, elle enfila un jean et un pull et commença à faire ses valises.

Le jour venait à peine de se lever lorsque Jordan gagna la grange, une tasse de café fumant à la main. Rien ne trahissait la présence d'Angie mais c'était mieux ainsi. Après leur face-à-face, la croiser aurait été trop pénible.

Elle allait partir. Il le savait ; aussi, mieux valait qu'il ne soit pas là lorsqu'elle quitterait le ranch.

Lorsqu'il eut terminé son café, il sella la jument alezane et prit la direction des collines. S'il faisait encore frais à cette heure précoce du jour, d'ici peu le soleil réchaufferait la terre et égaierait cette journée.

Pourtant cette perspective réjouissante ne réchauffa pas son cœur malmené, car il réalisait tous les espoirs qu'il avait mis dans ce mariage. Dans son esprit, Angie, Lucas et lui formaient déjà une famille. Depuis quelque temps même, il était impatient de rentrer à la maison, d'entendre les cris de joie de Lucas lorsqu'il le voyait arriver. Il s'était réjoui à l'idée qu'Angie partagerait son lit tous les soirs, son corps souple et chaud contre le sien, sa belle chevelure déployée sur l'oreiller.

Aujourd'hui, tous les espoirs qu'il avait nourris étaient réduits à néant. Angie avait réagi exactement comme il s'y était attendu et elle allait le détester jusqu'à la fin de ses jours.

Pourtant, il se sentait plus léger. Enfin, il n'était plus prisonnier de ce terrible secret. Enfin, il se sentait libre.

Il fit une halte sur une crête et contempla le ranch blotti au fond de la vallée. Hormis les chevaux parqués dans le corral et la colonne de fumée qui s'élevait des baraquements, il n'y avait aucun signe d'activité.

Il brûlait d'aller trouver Angie et de lui dire…

Lui dire quoi ? Qu'il l'aimait ? Que sans elle il était malheureux ?

Il chevaucha encore une heure puis, n'ayant pas trouvé la paix qu'il espérait, il prit le chemin du retour.

Marta l'attendait pour le fusiller du regard.

— Ils sont partis après le petit déjeuner, gronda-t-elle. Ils ont emmené Rudy. Bon sang ! Mais qu'est-ce que tu lui as fait ?

— Elle ne te l'a pas dit ?

— Elle n'a pas dit un mot, et le petit était en larmes. Comment as-tu pu laisser partir une femme pareille ?

Il la fixa, surpris.

— Je croyais que tu ne l'aimais pas, toi non plus.

— Au début. Mais j'ai bien vu que c'était une bonne mère et aussi comment elle te rendait heureux. Tu es mon employeur mais je vais quand même te dire ce que je pense : tu as perdu la tête, mon pauvre Jordan.

Les mots de Marta lui firent l'effet d'une gifle retentissante.

— Crois bien que ce n'est pas moi qui l'ai voulu. Elle n'a rien dit du tout ?

— Juste qu'elle avait laissé une lettre pour toi dans ton bureau.

Quoi qu'elle ait écrit, songea-t-il, ce ne devait pas être réjouissant. Il déchira l'enveloppe sans se presser et lut :

« Cher Jordan,

» Quand tu liras cette lettre, je serai partie. Je suis désolée de prendre la voiture mais je te la rembourserai dès que je pourrai. »

Comme s'il se souciait de cette fichue voiture ! Luttant contre la tentation de froisser la feuille dans sa main, il poursuivit sa lecture.

« J'ai apprécié tout ce que tu as fait pour nous. Je te remercie de m'avoir éclairée sur les circonstances du crash. Emmener Lucas loin d'ici a été l'une des décisions les plus difficiles que j'aie jamais eu à prendre, mais toi et moi n'aurions jamais pu être heureux ensemble, en sachant ce que nous savons.

» Crois-moi, mieux vaut pour nous que je m'en aille. Je te

fais confiance, je sais que tu as les moyens de nous retrouver. Je n'ai pas le cœur de t'interdire de voir Lucas, aussi pourras-tu venir aussitôt que nous serons installés. Il sera tellement content ! Et s'il te plaît, n'attends rien de plus de moi. Je vais faire de mon mieux pour me reconstruire, sans toi.

» Cordialement,

Angie.»

Cordialement ! Il jura tout haut. Pas le moindre mot d'affection. Aucune allusion à ce qu'ils avaient été l'un pour l'autre.

D'un geste rageur il froissa la lettre et la jeta à la poubelle.

Un moment plus tard, il allait la récupérer, la lissait et la glissait dans son sous-main sur son bureau. Marta avait raison. Il n'aurait jamais dû la laisser partir. Il aurait dû la supplier à genoux, chercher à la soudoyer, la menacer même, bref, tout tenter pour la garder auprès de lui.

Il avait besoin d'elle. Il l'aimait.

Malheureusement, il l'avait compris trop tard.

- 14 -

Angie n'avait pas prévu de confier à sa cousine ce qu'elle avait appris sur la mort de Justin. Mais Raquel aurait fait parler un mort.

Toutes deux étaient assises dans la cuisine et savouraient un chocolat épicé tandis que leurs fils jouaient dehors avec Rudy.

— Mais comment peux-tu te reprocher la mort de Justin, *querida* ? dit Raquel. Comment peux-tu la reprocher à Jordan ? Aucun de vous deux n'a forcé Justin à boire ! De même que ce n'est pas vous qui l'avez traîné jusqu'à l'aéroport pour le faire embarquer dans son propre avion.

Angie secoua la tête, peu convaincue.

— Si je lui avais dit qu'il allait être père…

Raquel reposa sa tasse dans un bruit mat.

— Ecoute bien, Angie, et tant pis si ce que j'ai à te dire ne te plaît pas. J'ai toujours pensé que Justin était un enfant gâté. Il n'en faisait qu'à sa tête, et pourtant tu lui trouvais toujours des excuses. Et tu continues, alors qu'il n'est plus là.

— Il était si bouleversé d'apprendre que Jordan et moi l'avions trahi !

— Là, Jordan a eu tort. Il aurait dû garder cette histoire pour lui. Mais comment aurait-il pu prévoir ce qu'allait faire son frère ? Personne n'aurait pu savoir !

Angie refoula avec peine la boule d'émotion qui s'était formée dans sa gorge.

— Tu veux dire que je devrais pardonner à Jordan ?

— Lui pardonner ? Eh bien… ça dépend. Penses-tu qu'il a

gardé son secret par égoïsme, parce qu'il ne voulait pas porter le poids de cette responsabilité ?

— Non, répondit Angie sans hésiter. Jordan est le dernier homme au monde à fuir ses responsabilités. Je crois qu'il s'est tu juste pour épargner ses parents et pour préserver la mémoire de son frère.

— Crois-tu que, s'il l'avait dit à ses parents, ceux-ci l'auraient tenu pour responsable ?

— Bien sûr que non. A leurs yeux, j'étais la seule coupable.

— Exact. Donc, pour conclure, Jordan a supporté cet affreux fardeau tout seul pendant des années parce qu'il voulait que personne d'autre que lui n'endure la souffrance qu'il éprouvait. Lorsqu'il a accepté de te parler, au lieu de le réconforter, tu t'es éloignée de lui. Ne penses-tu pas qu'il a été assez puni comme cela ?

Cette fois, Angie ne put retenir ses larmes. Elle s'était trompée sur toute la ligne, se permettant même de juger Jordan. Comment pourrait-il lui pardonner un jour ?

— C'est trop tard, hoqueta-t-elle entre deux sanglots. Jordan est si fier ! Après tout ce que je lui ai dit…

— Tiens, *chica*, dit Raquel en tendant à Angie un mouchoir en papier. Pleure. Il faut bien que tu évacues tout ça.

Reconnaissante, Angie se tamponna les yeux.

— Le pire, c'est que je l'aime, Raquel. Je l'aime tant ! Mais il ne voudra jamais que je revienne vers lui.

— Maman ?

Angie leva les yeux et vit le petit visage triste de son fils passer par la porte entrebâillée de la cuisine.

— Ça va, maman ?

— Ça va, mon chéri. Retourne jouer.

Après un dernier coup d'œil inquiet à sa mère, Lucas alla retrouver son cousin et son chien.

Jordan gara sa voiture dans l'allée. Après l'heure riche en émotions qu'il venait de passer avec sa mère, une violente migraine lui martelait les tempes. La décision de tout lui raconter avait été difficile à prendre, mais il avait préféré le faire de lui-même plutôt que courir le risque qu'elle ne l'apprenne par quelqu'un d'autre.

Il lui avait épargné l'épisode de la voiture avec Angie, estimant que c'était une partie de l'histoire qui ne la regardait pas.

Meredith avait pris la nouvelle avec sa froideur habituelle. Mais derrière ce calme apparent, sa mère souffrait. Justin avait toujours été son préféré, et c'était à peine si elle l'avait caché.

— Comment a-t-il pu faire une chose pareille alors que nous l'aimions tous tant !

— Il n'avait aucune conscience de ce qu'il faisait, maman.

— Et pendant tout ce temps, tu savais.

— J'ai voulu t'épargner des souffrances inutiles. Ai-je eu tort ?

— Quelle importance, aujourd'hui ? Justin est mort. Et rien ne nous le ramènera.

Il s'était levé et, dans un rare geste d'affection, avait posé une main sur l'épaule frêle de sa mère. Quelle n'avait été sa surprise, sans parler de son émotion, quand elle avait à son tour effleuré sa main.

— Justin était comme votre père. C'est sans doute pour cette raison que je l'aimais autant. Toi, tu me ressembles ; tu gardes tout sous contrôle. Tu es quelqu'un de fiable sur qui j'ai toujours pu compter. Je suppose que tu l'as dit à Angelina, ajouta-t-elle après quelques secondes de silence.

— Oui. Elle l'a très mal pris. Mais au moins, maintenant, elle sait qu'elle n'est pour rien dans la mort de Justin. Il est temps que tu le saches aussi. Angie est une femme droite et loyale.

— Je le sais. Après l'avoir surprise à La Fonda avec cet homme, j'ai fait faire une enquête sur elle. Il en est ressorti que c'est une bonne mère, honnête et travailleuse. De mon côté, je me suis livrée à une petite séance d'introspection, et je me suis demandé pourquoi tu la défendrais aussi âprement si elle n'en valait pas la peine. Je ne reconnais pas souvent mes torts, mais je crains bien de l'avoir mal jugée. Aussi, je tiens à lui présenter personnellement des excuses auxquelles elle a droit.

— J'ai bien peur que ce soit difficile. Elle est partie. Elle a quitté le ranch avec Lucas et Rudy hier matin.

— Et tu n'as rien fait pour la retenir ?

— Angie n'était pas prisonnière au ranch. Elle était libre de partir quand elle l'aurait voulu.

Meredith lui avait lancé un regard qu'il ne lui avait pas vu depuis son enfance.

— Pour l'amour du ciel, qu'attends-tu pour les ramener ! Tu tiens vraiment à laisser échapper l'amour de ta vie et à finir comme moi, vieille enquiquineuse aigrie ?

Tandis qu'il avalait deux aspirines, il se dit que sa mère avait sans doute raison sur le fond. Mais ce qu'il avait fait était aux yeux d'Angie impardonnable. Dans ces conditions, quelles chances avait-il de la récupérer ?

Heureusement qu'elle ne lui interdisait pas de voir Lucas !

Il n'avait pas renoncé à faire du petit garçon l'héritier de Justin, et maintenant que Meredith était dans de bonnes dispositions les choses seraient plus faciles. A cela, il ajouterait une pension pour que Lucas puisse mener à bien des études supérieures.

Tout à ses réflexions, il déambulait dans la maison vide, devenue trop silencieuse. La présence d'Angie, de Lucas et même de Rudy lui manquait terriblement. Qu'allait-il devenir sans eux ?

La sonnerie du téléphone fixe le fit brutalement revenir sur terre.

— Allô ?

— Oncle Jordan ?

Son cœur s'emballa lorsqu'il entendit la voix de Lucas.

— Lucas ! Comment as-tu eu ce numéro ?

— Il est gravé sur le collier de Rudy, tu te rappelles ?

— Où es-tu ? Tu vas bien ?

— On est chez Raquel. Maman n'arrête pas de pleurer. Elle a dit à Raquel qu'elle t'aime. Je crois qu'elle voudrait bien revenir, et moi aussi.

Jordan inspira un grand coup avant de demander :

— C'est ta mère qui t'a dit de m'appeler ?

— Non.

— Où est-elle ?

— Dans la cuisine. Elle ne peut pas m'entendre.

Ne sachant quoi dire, il garda le silence.

— Tu peux venir nous chercher ?

— Je ne sais pas encore. Ecoute, Lucas, raccroche et ne dis rien à personne. Je vais voir ce que je peux faire.

— Promis ?

— Promis, dit-il avant de raccrocher.

Malgré les paroles rassurantes de Lucas, le doute persistait. Il ne pouvait tout de même pas débarquer en fanfare chez la cousine d'Angie, sans prévenir et comme si de rien n'était.

Et si ce que lui avait rapporté Lucas n'était que les fantasmes d'un petit garçon ?

Et si Angie ne souhaitait pas le revoir ?

Pourtant, malgré toutes ces interrogations, il se surprit à aller chercher ses clés et à se diriger vers sa voiture.

Angie était en train de passer en revue les annonces immobilières lorsque la sonnette de la porte d'entrée retentit.

— J'y vais ! cria Raquel en se précipitant pour ouvrir.

Angie entendit vaguement des voix étouffées. Probablement des représentants en train de démarcher à domicile, se dit-elle en entourant d'un cercle rouge deux annonces qui autorisaient les chiens.

Quelques minutes plus tard Raquel faisait son apparition dans la pièce, une lueur pétillante au fond des yeux.

— Qui était-ce ? demanda Angie.

— Rien d’important, *querida*. Pourquoi ? Tu pensais que c’était Jordan ?

Le seul fait d’entendre prononcer ce nom lui brisa le cœur.

— Cesse de me taquiner, Raquel. De toute façon, il ne sait même pas que nous sommes ici.

— Et si cela avait été Jordan ? Quelle aurait été ta réaction ?

Angie haussa les épaules, feignant l’indifférence.

— Quelle importance ?

— Cela en a si tu l’aimes, comme tu me l’as affirmé.

Angie leva les yeux de son journal pour fixer sa cousine.

— Veux-tu bien arrêter avec ça ? Je l’aime, c’est un fait. Et je sais que j’ai commis une erreur. Mais comme je te l’ai dit aussi, Jordan est trop fier. Je le supplierais à genoux qu’il ne me pardonnerait pas.

— Mais toi, tu lui as pardonné ?

Les yeux d’Angie se brouillèrent de larmes.

— Qu’essaies-tu de faire, Raquel ? Regarde, tu me fais pleurer. Bien sûr, que je lui ai pardonné. Mais c’est trop tard, alors, je t’en prie, laisse-moi seule.

Qu’est-ce qui n’allait pas ? Pourquoi Raquel continuait-elle à lui sourire alors qu’elle était en plein désarroi ?

Le craquement de la porte du patio qui s’ouvrait la fit sursauter. Elle vit Rudy agiter la queue et Lucas pousser un hurlement de joie.

— Oncle Jordan !

Il se précipita vers la haute silhouette qui venait de franchir le seuil.

— Tu es venu !

Bouleversée, Angie pressa ses deux mains sur ses joues en feu. Elle eut à peine conscience que Raquel entraînait gentiment Lucas et son chien hors de la pièce avant de refermer la porte.

— Angie…

Il se tenait derrière elle, ses deux mains posées sur ses épaules. Ce simple contact lui envoya des frissons dans tout le corps.

— Dis-le-moi, et je partirai.

Elle secoua la tête, refoulant la boule d'émotion qui s'était formée dans sa gorge et qui l'empêchait de parler.

— Je veux que tu restes, dit-elle dans un souffle.

Au comble de l'émotion, il la serra étroitement contre lui.

— Je suis désolée, murmura-t-elle contre son torse. Je n'avais pas le droit de te juger comme je l'ai fait.

— Et moi, je n'avais pas le droit de cacher un secret à la femme que j'aime. Cela ne se reproduira plus, je t'en fais la promesse.

Elle s'écarta légèrement de lui, son cœur battant la chamade.

— Ai-je bien entendu ?

— Je t'aime, Angelina Montoya, dit-il d'une voix rauque d'émotion. Et je ne quitterai pas cette maison tant que tu ne m'auras pas promis de rentrer avec moi, pour de bon, cette fois.

— Tu es bien sûr de le vouloir, Jordan ? De vouloir chambouler ta vie ? Parce que c'est ce qui t'attend avec nous.

Il éclata d'un rire joyeux qui lui alla droit au cœur.

— J'en suis sûr et je prends tout. Toi, Lucas, Rudy et tous les enfants que je pourrais te donner. Bien que je l'aie déjà fait, l'heure est venue de te demander en mariage, ajouta-t-il en resserrant son étreinte. J'attends votre réponse, mademoiselle.

— Oui, dit-elle, émue aux larmes. Cent fois, mille fois, oui.

Comme pour sceller ces promesses infinies de bonheur, ils se perdirent dans un long baiser, interrompu enfin par l'entrée des trois curieux qui jusque-là trépignaient d'impatience derrière la porte.

— On ne pouvait pas attendre plus longtemps, dit Raquel en serrant les deux amoureux entre ses bras.

Lucas tira sur le pantalon de Jordan.

— Je pourrai t'appeler papa, maintenant ?

Une famille était née.

Épilogue

Un an plus tard…

— Voici votre petite fille, madame Cooper.

L'infirmière tendit à Angie son adorable petit bébé, enveloppé dans une couverture. Elle en baissa alors un coin, dévoilant le visage rose et les cheveux noirs de son enfant.

— Elle te ressemble, commenta Jordan.

— Elle a de toi aussi. Regarde, cette petite fossette, là, sur la joue. C'est la même que la tienne.

— Je suis tellement fier de vous deux !

Il caressa les cheveux soyeux de sa fille puis se pencha pour embrasser tendrement sa femme.

— Tu veux la prendre ? Tu peux y aller, elle ne se cassera pas, tu sais.

— Je ne crains rien. Je l'ai déjà prise dans la salle d'accouchement.

Pour preuve de ce qu'il avançait, il glissa une main sous le bébé et le cala contre son épaule.

Leur première année de mariage avait été une période d'adaptation, mais l'amour profond qu'ils se portaient leur avait facilité les choses. Angie avait insisté pour continuer à travailler, mais elle comptait passer le plus clair de ces précieuses années à élever elle-même ses enfants.

Lucas était désormais l'héritier légal de Justin et il avait été adopté par Jordan. Un jour, il serait à la tête de la famille Cooper et, en tant que tel, un homme très riche. Mais pour l'heure, rien n'était plus important à ses yeux que d'avoir un papa et une maman qui l'aimaient, et qui s'aimaient.

— Où est-elle ? J'exige de voir ma petite-fille !

La porte de la chambre s'ouvrit à la volée sur Meredith, précédée de Lucas qui marchait en sautillant de joie. Devenir grand-mère l'avait transformée et, depuis, elle était aux anges.

— Au tour de son grand frère, maintenant, dit Jordan en s'asseyant à côté de Lucas pour qu'il puisse voir le nouveau-né et le toucher. Mon fils, je te présente ta petite sœur.

Lucas effleura la petite tête d'un doigt timide.

— Elle est douce, dit-il dans un sourire radieux. Comment elle s'appelle ?

— Elle s'appelle Selena, répondit Angie. Selena Meredith, comme ses deux grands-mères.

— Oh ! mon Dieu !

Meredith ne put retenir ses larmes. C'était un peu comme voir une statue de marbre se mettre à pleurer.

— Laisse-la-moi un peu, dit-elle en la prenant d'autorité des bras de son père. Mon petit ange, chantonna-t-elle. Il me tarde de t'emmener faire les magasins !

Soudain, quelque chose de léger, si léger que c'en était presque imperceptible, effleura la joue d'Angie. En tournant la tête, elle sentit une présence évanescente dans la pièce. Elle ne pouvait en être certaine, bien sûr, mais quelque chose lui soufflait que Justin était là et qu'il devait sourire au bonheur éclatant de sa famille.

TRACY WOLFF

Une délicieuse trahison

Traduction française de
EDOUARD DIAZ

PASSIONS

HARLEQUIN

Titre original :
CLAIMED

Ce roman a déjà été publié en 2016.

- 1 -

Isabella Moreno était en plein milieu de son cours lorsque la porte au fond de la salle s'ouvrit sur le président de l'Institut américain de gemmologie. Subitement, elle se figea et resta sans rien dire, les yeux grands ouverts. Oh ! ce n'était pas l'apparition de Harlan Peters qui lui avait fait perdre le fil. Une simple visite de son patron n'avait pas de quoi la rendre nerveuse, d'autant qu'il était très content de son travail. Non, ce qui avait déclenché cette vague de crainte dans son cœur et ce frisson d'excitation dans tout son corps, c'était l'homme grand et athlétique qui l'accompagnait.

Superbe : voilà le mot qui le décrivait le mieux.

Isa s'obligea néanmoins à poursuivre son exposé sur la taille et le polissage des saphirs. Hélas, ses étudiants de troisième cycle commencèrent à détourner les yeux pour voir ce qui l'avait tant troublée. Résultat : en une poignée de secondes, elle avait perdu l'attention de toute la partie féminine de son auditoire. Elle entendait déjà quelques filles qui pouffaient de rire dans la salle. Allons bon.

Bien sûr, elle avait reconnu ce bel homme à l'air mystérieux. N'importe qui dans l'industrie des pierres précieuses identifierait au premier coup d'œil Marc Durand, P-DG du deuxième exportateur de diamants et de joaillerie de tout le pays. Difficile de ne pas reconnaître ses cheveux de jais un brin trop longs, ses yeux d'un bleu lumineux et son visage d'ange déchu… Et, plus encore, de les ignorer.

Seulement, l'expression de ce visage, le froid dédain qui brillait dans ces yeux magnifiques, ce rictus moqueur au coin des lèvres étaient on ne peut plus troublants. A vrai dire, elle avait l'impression de se trouver face à un étranger. Alors même qu'elle connaissait cet homme. Et pas qu'un peu.

Non, décidément, Marc n'était plus le même. Celui qu'elle avait connu — et qu'elle avait aimé autrefois — la regardait avec tendresse. Avec amour. En tout cas, jusque vers la fin, lorsque tout s'était effondré. Pourtant, même à ce moment-là, il éprouvait encore certains sentiments pour elle. De la colère, de la souffrance et une terrible impression de trahison. Elle avait cru mourir en voyant défiler ces émotions sur son visage, alors qu'elle en était responsable.

Seulement, cette expression de mépris glacé le transformait en une autre personne. Une personne qu'elle ne reconnaissait pas et qu'elle n'avait certainement pas envie de connaître, loin de là.

Isa retint un soupir. Lorsqu'ils étaient ensemble, leur relation était pleine de chaleur. Une chaleur tellement brûlante qu'elle s'était souvent demandé si elle n'allait pas finir par la consumer. Finalement, elle avait eu sa réponse six mois, trois semaines et quatre jours plus tard.

Pour être honnête, elle ne lui en avait pas voulu pour la façon dont tout s'était terminé entre eux. Comment en aurait-elle été capable alors que chacun d'eux œuvrait à sa propre destruction ? Pour autant, était-ce uniquement sa faute à elle ?

Oh ! bien sûr, Marc aurait pu se montrer plus gentil avec elle. L'avoir jetée à la rue en pleine nuit à New York, sans rien d'autre que les vêtements qu'elle portait sur le dos, avait été un geste abominable. Cela dit, elle l'avait mérité. D'ailleurs, il lui arrivait encore de rester éveillée certaines nuits, à fixer le plafond tout en se demandant comment elle avait pu faire ce qu'elle avait fait. Trahir l'homme qu'elle aimait de toute son âme.

Hélas, tout le problème était là. Elle s'était retrouvée comme prise dans un étau entre deux hommes qu'elle aimait, qu'elle adorait, et pour qui elle aurait donné sa vie. Et, à cause de cela, elle avait tout gâché.

Isa sentit son cœur se serrer de nouveau. Son père avait volé Marc. Or, même si elle avait tout fait pour le convaincre de restituer les diamants en question, elle s'était bien gardée de le dénoncer auprès de Marc. Enfin, jusqu'à ce que son entreprise se retrouve au bord de la faillite. Ensuite, elle avait encore aggravé la situation en suppliant Marc de ne pas porter plainte. Pire : elle avait admis que leur rencontre à cette soirée de gala n'était pas un hasard. Et pour cause : elle était encore la complice de son père. Malgré tout, sa vie avait changé à l'instant où Marc avait posé ses extraordinaires yeux bleus sur elle…

Au prix d'un effort surhumain, Isabella chassa ces douloureux souvenirs. Perdre Marc avait failli la détruire, six ans plus tôt. Pas question de retomber dans le même état en le revoyant après si longtemps. Et surtout pas ici, devant ses étudiants, en plein milieu de son premier cours de la journée.

En levant la tête, elle s'aperçut que tous les regards dans la salle allaient de Marc à elle, y compris celui du président de l'Institut. Oh non… Les années avaient passé, mais le lien qui les unissait était encore palpable ! Vite, il fallait qu'elle trouve un moyen d'éviter tout incident et de ne pas laisser cette gêne atroce gagner toute la salle. Allez, il fallait reprendre son travail.

La seconde partie de son cours concernait les pierres les plus célèbres du monde et les gisements qui les avaient produites. Lorsqu'elle évoqua le vol du célèbre Œuf du rouge-gorge, l'un des diamants les plus prestigieux du monde, Isabella fit de son mieux pour ne pas tourner son regard vers Marc.

Mais cela ne dura qu'un temps. Impossible de s'en empêcher. La force magnétique de ses beaux yeux ne lui laissait pas d'autre choix. A la seconde où leurs regards plongèrent l'un dans l'autre, elle se figea. L'expression du regard de Marc était aussi dure que le diamant. Et pour cause : il savait très bien ce qu'il était advenu du précieux Œuf du rouge-gorge. Il avait mené sa petite enquête avant de la confondre dans leur chambre, chez lui, pendant cette fameuse nuit, des années plus tôt.

— Désolé pour cette interruption, docteur Moreno, s'excusa alors Harlan depuis le seuil. M. Durand a accepté de diriger un séminaire sur la production des diamants dans quelques semaines et je souhaitais lui montrer notre campus. Poursuivez votre cours, je vous en prie. C'est passionnant.

Isa hocha la tête, mais il était trop tard pour cela. Autour d'elle, un murmure excité courait déjà parmi les étudiants. Difficile de leur en vouloir. Ce n'était pas tous les jours que l'un des plus importants producteurs mondiaux de diamants « responsables » se donnait la peine de venir parler à un groupe d'étudiants de première année de master. Il n'empêche : c'était elle qui gérait ce cours. Elle devait absolument reprendre le contrôle, pour le bien de la classe et, surtout, par amour-propre : pas question de laisser Marc Durand garder l'initiative une seconde de plus.

Car il lui avait tout pris. Ou, pour être parfaitement honnête, elle lui avait tout donné et il avait piétiné tout cela. C'était ce qu'elle méritait et elle avait payé le prix des conséquences. Mais, ça, c'était six ans plus tôt. Depuis, elle était allée vivre à l'autre bout du pays et s'était bâti une vie nouvelle. Il n'était pas question de le laisser détruire sa seconde chance.

Du coup, pour ne pas laisser son trouble l'envahir, Isa poursuivit son exposé. Au bout d'un moment, le calme revint dans la salle, et Marc et Harlan ressortirent beaucoup plus discrètement qu'ils n'étaient entrés.

Isa secoua la tête. Si on lui avait demandé de quoi elle avait parlé durant les vingt dernières minutes de son cours, elle aurait été incapable de répondre. Son esprit était très loin, plongé dans un passé qu'elle regrettait amèrement, mais qu'elle était incapable de changer. Cet homme avait bouleversé sa vie à tout jamais. Pourtant, ses étudiants ne lui firent aucune remarque, signe qu'elle avait dû donner le change. Cela dit, ils avaient été tellement fascinés par l'apparition de Marc qu'ils n'avaient probablement rien écouté.

Cet interminable cours finit heureusement par prendre fin, et elle renvoya ses étudiants. Et, maintenant, que faire ? Habituellement, elle restait dans la salle de classe quelques minutes pour laisser les élèves lui poser des questions ou bavarder un instant avec elle. Mais, ce jour-là, elle ne se sentait pas la force de s'attarder une seconde de plus. De fait, une sourde angoisse lui serrait le cœur. Pas de doute : le moindre faux pas risquait de faire voler en éclats la paix intérieure pour laquelle elle avait tant lutté. La paix qu'elle avait enfin trouvée.

Le temps de ramasser ses livres et les devoirs que quelques étudiants avaient rendus ce jour-là, Isabella se dirigea tout droit vers la sortie. Sa voiture était garée à l'arrière du bâtiment, une chance. En empruntant la porte de service, elle aurait quitté le campus dans moins de cinq minutes. Alors, il n'y aurait plus qu'elle dans sa décapotable et l'océan infini sur la gauche de la spectaculaire route côtière qui allait jusque chez elle.

Hélas, elle n'arriva jamais à sa voiture, ni même à la porte de service qu'elle cherchait désespérément à atteindre. Car elle venait à peine de mettre un pied dans le couloir qu'elle sentit soudain une main se refermer sur son coude. Inutile de se retourner pour savoir qui l'avait arrêtée. Ce ne pouvait être que Marc. Aussitôt, Isabella eut l'impression que ses jambes flageolaient et que son pauvre cœur battait comme s'il allait exploser. Impossible de fuir. Allez, courage, l'heure de la confrontation avait sonné.

D'ailleurs, ce n'était pas vraiment une surprise. Dès l'instant où elle avait reconnu Marc au fond de la salle, elle avait su que ce moment était inévitable. Elle aurait simplement espéré pouvoir le retarder un peu, jusqu'à ce qu'elle se sente capable de penser à lui sans se sentir étouffer. C'était d'ailleurs ce qu'elle s'efforçait de faire depuis six ans. Hélas, elle n'y était jamais arrivée. Quelques jours de plus n'auraient probablement fait aucune différence, de toute manière.

En outre, si Marc comptait ruiner tout ce qu'elle avait essayé de se construire — une vie honnête sous une nouvelle identité —, il valait mieux qu'elle le sache tout de suite plutôt que d'être torturée par le doute.

Le temps de rassembler tout son courage, Isabella se composa un visage déterminé et se retourna très lentement face à lui. Et, si ses genoux tremblaient, cela ne regardait personne à part elle.

Marc se sentit trembler. Il n'en croyait pas ses yeux. Isabella était encore plus belle que dans son souvenir. Et probablement encore plus perfide.

Dire qu'il ne l'avait pas revue depuis six ans.

Oui, six années s'étaient écoulées depuis qu'il l'avait embrassée, serrée dans ses bras, depuis qu'il lui avait fait l'amour.

Qu'il l'avait chassée de son appartement. De sa vie.

Or il la désirait toujours à en mourir.

Drôle de constat, étant donné qu'il avait tout fait, durant des années, pour ne plus penser à elle. Bien sûr, il arrivait encore de temps à autre que son image resurgisse dans sa mémoire, que quelque chose vienne lui rappeler son parfum, le goût de sa bouche, la sensation de son corps voluptueux contre lui. Toutefois, avec le passage des années, ces épisodes étaient devenus plus rares, et sa réaction moins intense lorsqu'ils se reproduisaient. C'était, en tout cas, ce qu'il avait cru.

Pourtant, il lui avait suffi d'apercevoir la merveilleuse chevelure auburn d'Isabella à travers la vitre de la porte, ses doux yeux noisette, pour être instantanément embrasé par la passion brûlante, tumultueuse, qui avait été la marque de leur relation.

Marc se sentit frémir. A cet instant, il avait cessé de songer au président de l'université, au futur soigneusement planifié de la société Bijoux, la filiale de son groupe à laquelle il avait tant sacrifié au cours des années. Oublié, le séminaire pour lequel il avait été recruté par l'Institut de gemmologie depuis qu'il avait déplacé son QG sur la côte Ouest. A vrai dire, une seule idée hantait son esprit : entrer dans cette salle pour s'assurer qu'il n'avait pas été victime d'une hallucination.

Six ans plus tôt, il avait chassé de sa vie Isa Varin — qui se faisait désormais appeler Isabella Moreno —, et de la façon la plus cruelle qui soit. Regrettait-il de lui avoir demandé de partir ? Non. Après tout, elle l'avait abominablement trahi. Néanmoins, avec le temps, il en était venu à regretter la manière dont il avait procédé. Lorsqu'il avait recouvré ses esprits, il avait chargé son chauffeur de la retrouver et de lui rapporter ses affaires, y compris son sac à main, son téléphone portable et une coquette somme d'argent. Hélas, Isa s'était volatilisée. Il avait continué à la chercher durant des années, pour soulager sa conscience, tout simplement, et se prouver que rien de fâcheux ne lui était arrivé cette nuit-là. Hélas, il n'avait jamais réussi à la dénicher.

A présent, Marc comprenait pourquoi. Isa Varin, avec sa merveilleuse beauté, son charme envoûtant, avait cessé d'exister. A sa place, il y avait maintenant cette professeure en tailleur strict, à l'attitude et à la voix aussi lisses et tranchantes que les diamants que produisaient ses mines. Seule sa chevelure, sa merveilleuse chevelure auburn, était restée la même. La nouvelle Isabella avait une tresse bien serrée au lieu des boucles folles que préférait celle qu'il avait connue. Pourtant, il aurait instantanément reconnu cette couleur n'importe où.

Des grenats brillants traversés par les doux rayons de la pleine lune.

A quoi bon le nier ? Lorsque ses yeux avaient rencontré ceux d'Isa par-dessus les têtes de ses étudiants, Marc avait eu la sensation de recevoir un coup de poing en plein visage.

Elle seule avait le pouvoir de provoquer une telle réaction chez lui. Aussi forte, aussi immédiate.

Heureusement qu'il s'était débarrassé du président de l'Institut de gemmologie aussi vite que possible. Cela lui avait permis de revenir sur ses pas : il fallait intercepter Isa avant qu'elle puisse disparaître ! Malgré cela, il avait bien failli la manquer. Après tout, ce n'était guère étonnant. N'était-elle pas issue d'une longue lignée de voleurs de bijoux ? Si elle arrivait à lui filer entre les doigts, il ne la retrouverait pas de sitôt, c'était une certitude.

Et voilà qu'Isa était là, face à lui.

Tandis qu'il attendait qu'elle prenne la parole, Marc ne put s'empêcher de s'interroger. Que faisait-il ici, enfin ? Pourquoi avait-il tenu à lui parler ? Et, surtout, qu'attendait-il d'elle ? Pour être honnête, il n'en avait aucune idée. Tout ce qu'il savait, c'était qu'il avait besoin de la voir, de lui parler. Un besoin irrésistible.

— Bonjour, Marc, finit par dire Isabella.

Marc lui jeta un regard pénétrant. Elle avait un visage serein, une voix posée. Aussitôt, il ressentit une sorte de choc au fond de lui, une impression d'autant plus gênante qu'il ne parvenait pas à l'identifier. Mais à quoi bon y prêter de l'importance ? Il fallait qu'il se concentre sur elle, même si mille souvenirs intenses lui revenaient en mémoire.

Dire qu'il lui suffisait autrefois de plonger son regard dans les yeux noisette et ensorcelants d'Isa pour perdre toute volonté. Mais cette époque-là était révolue. Sa trahison avait détruit toute la confiance qu'il avait pu avoir en elle.

Il s'était montré faible, alors. Il avait cru en l'innocence qu'elle savait mettre dans un regard, une caresse, un simple soupir. Pas question de commettre deux fois la même erreur. Il allait enfin découvrir ce qu'elle faisait ici, à l'Institut de gemmologie, et puis il s'en irait.

Pourtant, il y avait tant d'émotions différentes dans ces beaux yeux qu'il lui était impossible de les identifier toutes.

Encore que. Le visage d'Isa pouvait demeurer parfaitement impassible, mais ses yeux ne savaient pas mentir. Elle était aussi bouleversée que lui par cette rencontre fortuite, c'était certain.

Marc reprit tranquillement son souffle. Voilà qui le soulageait un peu. Autrefois, Isa avait un pouvoir illimité sur lui parce qu'il lui faisait aveuglément confiance : son amour pour elle était si profond qu'il n'avait jamais songé qu'elle pourrait le trahir un jour.

Mais ces jours-là étaient depuis longtemps derrière eux. Elle pouvait faire semblant d'être une enseignante stricte et ennuyeuse, cela n'avait aucune importance. Lui connaissait la vraie Isa, et il ne ferait plus jamais la bêtise de baisser sa garde en sa présence.

Le temps de rassembler ses forces, Marc répondit d'un ton légèrement moqueur :

— Bonjour, Isabella. Quelle surprise de te retrouver ici !

— Oui, tu me connais. Je vais toujours là où se trouvent les pierres précieuses.

— Je suis bien placé pour le savoir, répliqua-t-il en tournant délibérément son regard vers le mur opposé.

On pouvait y voir, dans une vitrine, l'un des colliers d'opale les plus précieux jamais créés. Une vraie splendeur.

— Le président me dit que tu enseignes ici depuis trois ans, poursuivit-il. Et, pourtant, il n'y a jamais eu aucun vol. Tu baisses, on dirait.

Isa riposta à sa provocation d'une voix contrôlée :

— Je suis un membre de l'équipe enseignante de l'Institut. Assurer la sécurité de toutes les pierres précieuses sur ce campus fait partie de mes devoirs.

— Nous connaissons tous ton sens du devoir, et ta loyauté.

Soudain, elle sembla perdre la sérénité qu'elle affichait et il entrevit un éclair de colère dans ses beaux yeux noisette, mais cela ne dura qu'un instant.

— As-tu besoin d'autre chose, Marc ? s'enquit-elle en fixant sa main.

De fait, Marc n'avait toujours pas lâché son coude. Parce qu'il avait encore une chose à lui dire :

— J'ai pensé que nous pourrions bavarder un peu. Evoquer le bon vieux temps.

— Oui, mais il se trouve que ce temps-là n'était pas si formidable. Alors, si tu veux bien m'excuser…

Sur ces mots, Isa tenta de dégager son bras, mais il resserra son étreinte. Cette réponse méprisante avait fait monter une vague de rage en lui. Pas question de la laisser s'en tirer à si bon compte !

— Je ne t'excuse pas, dit-il en appuyant bien sur ses mots.

En tout cas, Marc pouvait être satisfait : ses paroles avaient porté, manifestement.

— Je suis désolée de l'entendre, mais j'ai un rendez-vous dans une demi-heure, et je ne veux pas être en retard, lança alors Isabella.

— Oui, j'ai souvent entendu dire que les receleurs n'aiment pas qu'on les fasse attendre.

Cette fois-ci, elle fit plus qu'être déstabilisée. Elle le repoussa fermement, une main contre son torse, tandis qu'elle dégageait son bras brutalement.

— Il y a six ans, j'ai supporté tes insinuations et tes accusations parce que je pensais les mériter. Mais beaucoup d'eau a coulé sous les ponts, depuis. Tout ça est derrière moi. J'ai une nouvelle vie.

— Et aussi un nouveau nom.

— Oui, reconnut-elle d'un ton prudent. J'avais besoin de prendre de la distance avec mon père.

— Ce n'est pas le souvenir que j'en ai.

Isabella avait toujours soutenu son père, même après que le vieil homme l'eut volé. Voilà bien une faute que Marc n'avait pas l'intention de lui pardonner.

— Cela ne me surprend pas du tout, déclara-t-elle.

— Que dois-je comprendre par là ?

— Exactement ce que j'ai dit, lâcha-t-elle d'une voix tranchante. Je ne sais pas faire semblant. Mais toi, Marc, tu as toujours préféré les apparences à la vérité, n'est-ce pas ?

Marc se sentit frémir. Pour être franc, il n'aurait pas cru que la fureur pourrait s'emparer de lui, mais Isa avait toujours su réveiller ses émotions. Il fallait s'y attendre. Sauf qu'autrefois c'étaient des émotions agréables.

Mais, ça, c'était le passé. Aimer Isa Varin avait été une bêtise monumentale — plus question de se laisser prendre.

— Ça, c'est l'hôpital qui se moque de la charité, mademoiselle Moreno.

Il avait insisté sur son nouveau nom et l'expression qu'il perçut dans ses yeux lui confirma qu'elle avait très bien saisi le sarcasme.

— Je crois qu'il est temps que je parte, annonça-t-elle.

Isa commença à le contourner, mais il se planta devant elle pour lui barrer la route. Qu'est-ce qui le poussait à agir ainsi ? Difficile à dire. Tout ce qu'il savait, c'était qu'il n'était pas prêt à la laisser s'en aller une nouvelle fois. Pas alors qu'il venait tout juste de la retrouver. Et surtout pas alors qu'elle avait l'air parfaitement calme et contrôlée, tandis que lui…

— Alors, on s'enfuit encore ? ironisa Marc. J'avoue que ça ne m'étonne pas. C'est de famille, on dirait.

Une lueur de souffrance traversa le regard d'Isa, mais elle disparut à la vitesse de l'éclair. Peut-être avait-il été un peu trop loin… Aussitôt, Marc se sentit un peu coupable. Et puis il entendit Isa déclarer :

— J'ignore ce que tu fais ici ou ce que tu espères y gagner, mais tu perds ton temps, Marc. Tu ferais mieux de t'écarter de mon chemin.

Au prix d'un effort surhumain, Marc tâcha de maîtriser ses nerfs. C'était un ultimatum, même si le ton restait poli, et il n'avait jamais été homme à céder devant une menace. Pourtant, à quoi bon le nier ? Le feu qui brillait dans le regard d'Isa l'excitait et embrasait ses sens comme rien n'avait pu le faire depuis six longues années. Cette réaction de son corps l'agaçait, mais il n'était pas question de la laisser deviner ce qu'il ressentait. Elle était là, devant lui, alors qu'il avait cru ne jamais la revoir. Et il n'était pas prêt à la laisser disparaître de sa vie pour six années supplémentaires. Pas alors qu'il se posait encore tant de questions auxquelles il n'avait jamais trouvé de réponses. Alors qu'il la désirait encore si fort que cela lui faisait un mal de chien.

Alors, Marc s'adossa nonchalamment au mur derrière lui et, sans la quitter du regard, posa la question qui allait changer sa vie :

— Sinon, que feras-tu ?

- 2 -

Isa dévisagea Marc d'un air incrédule. Lui avait-il réellement posé cette question ? Comme si ceci n'était qu'un jeu d'enfants et qu'il la défiait d'aller plus loin ? Malheureusement pour lui, elle avait définitivement renoncé à ces jeux puérils la nuit où elle avait été forcée de traverser la moitié de Manhattan à pied sous une pluie glacée sans même un manteau pour se protéger du froid mordant. Elle avait laissé derrière elle cette horrible nuit et s'était construit une nouvelle vie, une vie meilleure, sous une autre identité. Personne ne pourrait faire le lien entre elle et son père. Alors pas question de laisser Marc anéantir tous ses efforts.

— Je n'ai pas le temps pour ces petits jeux, rétorqua-t-elle. J'aimerais pouvoir te dire que ça a été un plaisir de te revoir, mais nous savons très bien que ce ne serait pas vrai. Bonne chance dans ta vie. Adieu.

Là-dessus, Isa tourna les talons et commença à s'éloigner. Cette fois-ci, elle ne fit que deux pas avant que la grande main de Marc attrape son poignet et la force à s'arrêter. Oh non, pas encore !

— Crois-tu vraiment que ça va être aussi facile ?

Elle sentit ses doigts virils effleurer délicatement l'intérieur de son poignet. C'était une caresse familière, une caresse qui lui rappelait le temps où ils étaient ensemble… Dire qu'elle avait eu l'impression de la ressentir encore à cet endroit précis durant des mois, des années, après leur rupture. Mais il y avait pire : en dépit de tout ce qui s'était passé entre eux, et même si Marc avait le pouvoir de ruiner sa vie une nouvelle fois, le cœur d'Isa se mit brusquement à battre la chamade, comme s'il allait bondir hors de sa poitrine. Pitié, pas ça !

Ah, ce qu'elle pouvait s'en vouloir d'être une proie aussi facile — et en vouloir à Marc d'être aussi diaboliquement séduisant.

Du coup, Isabella dégagea son bras avec force et tituba en arrière avant de pouvoir reprendre son équilibre. Bon sang… Etait-elle condamnée à se ridiculiser constamment devant cet homme ?

— J'ignore ce que tu veux dire, répondit-elle d'un ton glacé en s'obligeant à soutenir son regard.

— Je constate que tu mens toujours avec le même aplomb, lança Marc avec une lueur moqueuse au fond de ses magnifiques yeux bleus. Certaines choses restent les mêmes.

— Je ne t'ai jamais menti.

— Mais tu ne m'as pas non plus dit la vérité, ce qui aurait pu éviter à ma société et à moi-même beaucoup de soucis, sans compter une considérable perte de temps et d'argent.

A ces mots, Isa sentit son ancienne culpabilité se raviver. Elle s'efforça de la refouler, mais ce sentiment l'accompagnait depuis des années, alors pourquoi essayer ? Toutefois, pas question d'être tenue pour seule responsable de leur situation. Pas lorsque l'homme tendre qu'elle avait connu avait disparu sans laisser de traces.

— Peut-être, lâcha-t-elle d'un ton froid. Mais tu as l'air d'être parfaitement retombé sur tes pattes.

— Toi aussi, répliqua Marc en jetant un coup d'œil vers la salle qu'elle venait de quitter. Enseignante à l'Institut américain de gemmologie, l'un des leaders mondiaux de l'expertise des diamants « équitables ». Bravo ! C'est une belle réussite. Lorsque tu t'es volatilisée, j'ai cru que tu avais décidé de marcher sur les traces de ton père.

Isa cessa de respirer. Seigneur… Les mots de Marc avaient encore le pouvoir de la blesser, même après toutes ces années ! Quel cauchemar.

— Je ne suis pas une voleuse, murmura-t-elle.

Isabella vit le regard de Marc s'assombrir et, le temps d'une seconde, elle crut qu'il allait lui tendre les bras. Qu'il allait la toucher comme autrefois, avec cette tendresse qui lui donnait le sentiment d'être unique au monde. Cette idée la faisait trembler et, malgré ses paroles accusatrices, malgré tout ce qui les avait séparés, elle faillit se réfugier tout contre lui. Elle dut se faire violence pour ne pas se blottir dans ses bras comme elle l'avait fait tant de fois.

Mais soudain Marc toussota, et le sortilège fut brisé. Elle sentit tous les mauvais souvenirs resurgir, dissipant instantanément tout le reste. Un flot de larmes brûlait derrière ses paupières, mais pas question de les laisser couler. De se montrer faible devant lui. D'ailleurs, elle avait déjà versé toutes les larmes de son corps à cause de Marc. Leur relation appartenait au passé, elle y resterait.

Isa recula d'un pas et, cette fois-ci, Marc n'essaya pas de la retenir. Non, il se contenta de l'observer avec un sourire narquois. Par conséquent, c'était à elle de prendre l'initiative.

Le temps d'une grande inspiration, elle le regarda bien en face. L'heure était venue de lui dire toute la vérité.

— Ecoute, je sais que tu m'en veux et je le mérite. Je suis désolée, profondément désolée, pour tout le mal que mon père t'a fait. Mais il n'est plus de ce monde, et je ne peux rien faire pour réparer ses fautes. Alors peux-tu accepter mes excuses les plus sincères, et enterrer le passé ?

Marc ne bougea pas d'un millimètre, mais Isa eut l'impression distincte qu'il reculait comme si elle l'avait frappé. Allez, qu'attendait-il pour prendre la parole, même pour dire n'importe quoi ? Hélas, les secondes s'écoulèrent sans qu'il ne manifeste la moindre réaction. Ce qui la troubla terriblement. Sentir le regard perçant de Marc Durand sur soi, c'était être observé par un grand prédateur affamé. Isabella ne put s'empêcher de se souvenir que, la dernière fois où il l'avait fixée aussi longtemps, elle était nue, et elle le suppliait de lui faire de nouveau l'amour. Même si l'idée de se retrouver au lit avec lui ne l'effleurait pas un instant, elle se remémora tout le plaisir qu'elle avait connu entre ses bras. Un plaisir qu'elle n'avait jamais éprouvé ni avant ni après lui.

A cette pensée, les pointes de ses seins durcirent et elle se sentit rougir d'humiliation. Et pour cause. Marc la détestait. Sa présence lui faisait horreur. Alors que, de son côté, elle avait passé six ans à se construire une nouvelle vie. A essayer de l'oublier. Et, malgré cela, elle ne pouvait s'empêcher de se rappeler la sensation de ses bras autour d'elle. Marc était un amant fantastique — passionné, attentionné, délicat — et les mois qu'elle avait passés avec lui avaient été les plus merveilleux de toute sa vie.

Hélas, ils avaient été suivis par d'autres mois, les plus sombres et les plus douloureux de son existence. Elle ne devait pas l'oublier. Même si son corps regrettait encore celui de Marc, continuait à le désirer avec la même force, cela ne signifiait pas qu'elle devait se laisser emporter. Après tout, leur osmose sexuelle avait montré ses limites.

Isabella leva alors les yeux vers lui. Il n'avait toujours pas dit un mot. Mais qu'est-ce qu'il attendait, bon sang ? Le silence chargé de tension sexuelle entre eux devenait de plus en plus insupportable — en tout cas, pour elle.

— Je suis réellement en retard, déclara-t-elle en redressant les épaules. Je dois partir.

Isabella se mordit la lèvre. Elle avait la fâcheuse impression de lui demander sa permission, mais le lien qui avait resurgi entre eux était si fort qu'elle avait peur de ne pas pouvoir s'éloigner de lui à moins de trancher tout de suite dans le vif.

— Il y a un cocktail, ce soir, reprit soudain Marc. Dans la galerie des gemmes.

Isabella haussa un sourcil circonspect. Pourquoi ce brusque changement de sujet ?

— Oui, répondit-elle. Il a lieu chaque printemps. Tous les professeurs de l'Institut y sont invités.

— Allons-y ensemble.

Isa secoua la tête. Non, elle avait dû mal entendre. Marc ne lui avait quand même pas proposé d'être son cavalier à la soirée des professeurs ? Pourquoi le ferait-il, sinon pour l'humilier devant tous leurs collègues ?

Celui qu'elle connaissait, celui dont elle avait été éperdument amoureuse, n'aurait jamais fait une chose pareille. Seulement, elle n'avait pas revu cet homme-là depuis des années. De fait, celui qu'elle avait devant elle — dur, coléreux, inflexible — semblait capable de tout. Alors pas question d'avoir affaire à lui, de près ou de loin. Quoi qu'en dise son corps trop longtemps privé de caresses.

Isa prit une nouvelle grande inspiration et lâcha :

— Je ne peux pas.

— Pourquoi ?

— J'ai déjà un cavalier, s'entendit-elle préciser.

Ce n'était pas vraiment un mensonge, mais ce n'était pas non plus la stricte vérité. Quelques semaines auparavant, Gideon, l'un des professeurs de l'Institut, lui avait proposé d'aller avec lui au cocktail. Néanmoins, Gideon et elle étaient seulement amis, il ne serait sans doute pas trop déçu si elle annulait leur rendez-vous.

Mais il n'en était pas question. Ces quelques minutes de conversation dans ce couloir avaient été une épreuve pour ses nerfs. Isabella n'imaginait même pas ce qui pourrait arriver — pour elle et pour la nouvelle vie qu'elle s'était donné tant de mal à construire — si elle passait une soirée entière en compagnie de Marc. Si elle cédait à la brûlante attirance qui subsistait entre eux. Même si elle était assez folle pour le désirer encore, elle refusait de devenir sa victime.

— Qui est ce type ? grogna-t-il entre ses dents.

— Il s'appelle Gideon. Tu ne le connais pas. Mais je te verrai peut-être là-bas.

Isa se força à sourire et réussit même à lui adresser un petit salut amical avant de tourner les talons pour la troisième fois en vingt minutes. Cette fois-ci, Marc la laissa partir.

En poussant la porte de service pour ressortir dans le brillant soleil de ce début de printemps, elle avait presque réussi à se convaincre qu'elle s'en réjouissait.

— Qui a bien pu te contrarier de la sorte ?

Marc leva les yeux de l'écran de son ordinateur pour fusiller Nic du regard.

Comme à son habitude, son petit frère avait fait irruption dans son bureau sans se faire annoncer. En temps normal, cela ne le dérangeait pas du tout mais, à cet instant, quelques heures à peine après cette conversation avec Isa, il n'avait pas du tout envie de le voir. Nic était beaucoup trop perspicace — sans parler de son sens de l'humour un tout petit peu étrange. Le mélange pouvait parfois être détonnant. Marc retint un soupir. Il savait par expérience qu'il devait être en possession de toutes ses capacités pour l'affronter. Or il n'avait même pas envie d'essayer.

— Je ne sais pas de quoi tu parles, grogna-t-il.

— Bien sûr que si. Si tu voyais ta tête ! Tu as l'air d'un chien à qui on a volé son os. Des problèmes avec la nouvelle mine ?

— Pas plus que d'habitude. Heath m'assure que l'opération est rentable. Nous devrions dégager des bénéfices dès l'automne prochain.

— Tu vois ? s'exclama Nic. Qui a dit qu'on ne peut pas gagner d'argent dans le commerce équitable des diamants ?

— Des bandits avides sans aucune conscience sociale.

— C'était juste une question rhétorique, mais ta réponse est tout de même correcte, répliqua Nic en riant.

— C'est pour ça qu'on me paie grassement.

Marc se tourna de nouveau vers son ordinateur et s'efforça de se concentrer sur les bilans affichés à l'écran. D'ordinaire, travailler sur ces chiffres le stimulait mais, pour l'heure, les rapports de production de leurs mines ne réussissaient qu'à l'ennuyer. A quoi bon se voiler la face ? La vérité, c'était qu'il ne pouvait cesser de penser à Isa — et à l'homme qui allait l'escorter au cocktail des professeurs. Ce Gideon était-il seulement un ami ? Etait-il son amant ? Bon sang, cette idée le mettait littéralement hors de lui.

Soudain, Marc entendit son frère lui dire :

— Tu as de nouveau cette expression. Allez, dis-moi ce que tu as. Si nous ne perdons pas d'argent, et si nous ne sommes pas en conflit avec la concurrence, qu'est-ce qui te tracasse ?

— Rien, rétorqua Marc avec humeur.

— En tout cas, ce n'est pas l'impression que tu donnes, insista son frère en allant ouvrir le réfrigérateur.

— Comment ça ?

— Je veux dire que je vais continuer à te harceler jusqu'à ce que tu me racontes ce qui ne va pas. Alors autant me le dire tout de suite. Autrement, tu ne pourras pas retourner à tes chers rapports de production. Allez, explique-moi tout.

Marc fit mine de se concentrer sur l'écran de l'ordinateur, mais Nic ne comprit pas le message. Ou alors il l'ignora. Un long silence s'installa entre eux. En tournant la tête, Marc vit que Nic sirotait tranquillement son eau pétillante. Oh ! et puis tant pis. A quoi bon cacher la vérité plus longtemps ?

— J'ai revu Isa, aujourd'hui, soupira-t-il.

Nic reposa vivement ses pieds sur le sol.

— Isa Varin ? s'enquit celui-ci avec beaucoup d'intérêt.

— Aujourd'hui, elle s'appelle Isabella Moreno.

— Elle est donc mariée ? Pas étonnant que tu sois d'humeur massacrante.

— Elle n'est pas mariée ! objecta Marc d'un ton impatient. Et puis, même si elle l'était, ce ne serait pas mon affaire.

— Non, bien sûr que non, ironisa son frère. Tu viens seulement de passer ces six dernières années à sortir avec toutes les rousses que tu croisais dans le vain espoir de la remplacer.

— Je n'ai jamais…

Marc s'interrompit. Il aurait voulu pouvoir répliquer à son frère qu'il se trompait, qu'il n'avait jamais rien fait de la sorte. Mais en songeant aux quelques femmes avec qui il était sorti récemment, il dut se rendre à l'évidence : Nic avait vu juste.

A vrai dire, il ne s'en était jamais rendu compte, mais toutes les femmes qui avaient pu partager sa vie étaient rousses. Rousses, grandes, élancées, avec des sourires éblouissants. Il baissa la tête. Seigneur… Avait-il vraiment passé toutes ces années à essayer inconsciemment de remplacer Isa ? Cette idée ne lui avait jamais traversé l'esprit. Hélas, les faits parlaient d'eux-mêmes.

— Alors, si elle n'est pas mariée, pourquoi ce changement de nom ?

Marc haussa les épaules. C'était encore un mystère, mais il avait bien l'intention de le résoudre. Il se contenta néanmoins de répéter l'explication qu'elle lui avait donnée.

— Elle a dit qu'elle désirait commencer une nouvelle vie.

— Je n'en suis pas très étonné, déclara Nic.

Marc fronça les sourcils. Pas très étonné, ah bon ? Et pourquoi ça ?

— Que veux-tu dire par là ? marmonna-t-il.

— C'est évident, non ? Votre relation ne s'est pas très bien terminée. Je sais que tu l'as mise à la porte de chez toi et je sais aussi que c'était nécessaire, d'après toi.

— Effectivement, *c'était* nécessaire ! Crois-tu vraiment qu'il me restait d'autres solutions ? Nous avons évoqué ce sujet des centaines de fois depuis cette nuit-là, toi et moi. J'ai tout de même dépensé une fortune pour la faire rechercher par des détectives privés, ces dernières années. L'un d'eux aurait pu repérer ce changement de nom, non ?

— Pas si elle ne l'a pas fait légalement.

— C'était forcément un changement de nom légal. C'est le nom sous lequel elle a été recrutée par l'Institut.

— As-tu oublié qui était son père ? Avec ses contacts dans

le milieu, elle pourrait se fabriquer une nouvelle identité sans le moindre problème.

— Isa ne ferait pas ça.

Marc avait à peine prononcé ces mots qu'il commença à douter. La remarque de son frère était très juste. Après tout, Isa lui avait déjà menti autrefois. Retrouver la fille d'un grand voleur de bijoux à la tête d'une chaire au prestigieux Institut américain de gemmologie… Il y avait de quoi être surpris, même si elle était la meilleure dans son domaine. D'autant que ce travail lui donnait accès à quelques-unes des plus belles pierres précieuses du monde.

Qu'importe. Même si Isa n'était pas une voleuse, la réputation de son père aurait dû suffire à lui fermer les portes de l'Institut. A moins, naturellement, qu'elle n'ait fait exactement ce que son frère suggérait. Car, si elle avait suivi la procédure légale pour changer de nom, les détectives qu'il avait engagés l'auraient forcément retrouvée.

Au même instant, la voix de Nic arracha Marc à ses réflexions.

— Alors, comment va-t-elle ?

— Bien.

Elle allait même très bien. Elle était magnifique : en parfaite santé, heureuse, resplendissante. Tout du moins jusqu'au moment où elle l'avait aperçu. Brusquement, cette espèce de lumière intérieure avait paru s'éteindre en elle.

— Je m'en réjouis, répondit Nic. En dépit de cette sale histoire avec son père, et de tout ce qui s'est passé entre vous, j'ai toujours eu de la sympathie pour elle.

Marc hocha la tête. C'était aussi son cas. Il la trouvait même si sympathique qu'il lui avait proposé de devenir son épouse. Lui qui, avant de la rencontrer, était déterminé à ne jamais se marier ! Et pour cause : la relation de leurs parents, à Nic et à lui, n'avait pas été un brillant exemple de réussite.

— Alors ? Lui as-tu proposé de sortir avec toi ? insista son frère.

— Tu plaisantes ? Ce n'est pas toi qui viens de me rappeler que notre relation a tourné au désastre ?

— Ne te fâche pas, Marc, mais tu t'es conduit comme un idiot. Heureusement, Isa a un cœur d'or. Je suis sûr qu'elle te pardonnera, et…

— Ce n'est pas moi qui ai besoin d'être pardonné, dans cette affaire ! s'exclama Marc. Elle a failli ruiner tous nos projets pour Bijoux.

— *Son père* a failli ruiner tous nos plans. Pas elle.

Marc secoua la tête. Non, Isa était loin d'être innocente, dans cette sombre histoire !

— Elle était au courant de tout, fit-il remarquer.

— Oui, mais qu'était-elle censée faire ? rétorqua Nic. T'annoncer en sirotant tranquillement son thé que son papa était l'auteur du vol de diamants du siècle ? Qu'il menaçait de pousser ta société à la faillite ?

— Ça aurait été très aimable de sa part. Ça m'aurait évité d'avoir à l'apprendre par mon chef de la sécurité.

— Sois gentil avec elle. Elle avait vingt et un ans, elle était sûrement terrorisée.

— Te voilà bien magnanime, tout à coup, s'étonna Marc en fronçant les sourcils. Si je me souviens bien, tu étais le premier à réclamer sa tête lors de ces événements.

— La tête de son père, objecta Nic. J'étais d'avis qu'il devait payer pour ce qu'il avait fait, et c'est toi qui as refusé de porter plainte. En fait, tu as fait jouer toutes tes relations pour le sauver de la prison. Depuis cet énorme fiasco, tu as une dette envers un tas de gens, une dette que tu paies encore aujourd'hui.

Marc baissa la tête. Nic avait raison. Pourquoi s'était-il tant démené pour épargner la prison au vieil homme après ce qu'il avait fait ? Il s'était souvent posé la question. Mais chaque fois, il revoyait l'expression terrifiée dans les yeux d'Isa. Son merveilleux visage, si pâle…

En réalité, il n'avait pas eu d'autre choix.

Le temps de prendre une grande inspiration, Marc se leva et alla se planter devant l'immense baie vitrée de son bureau, face à l'océan Pacifique. Les vagues puissantes s'écrasaient sur la côte rocheuse dans des jaillissements d'écume blanche. Une splendeur. Il contempla ce spectacle apaisant un instant, en se laissant bercer par le flux et le reflux. Décidément, il avait bien fait de déménager le siège social de Bijoux à San Diego, six mois plus tôt. C'était la meilleure façon de se rapprocher de l'Institut, mais la proximité de l'océan était un très agréable bonus.

— Salvatore était un vieil homme malade, rappela alors Marc en soupirant. D'ailleurs, il est décédé moins d'un an après cette affaire. Il n'avait pas besoin de passer les derniers mois de sa vie derrière les barreaux d'une prison.

— Tu l'as fait pour Isa et aussi parce que, derrière ton masque de vieux grincheux, tu as un cœur d'or.

Ni une ni deux, Marc se retourna et lança en direction de son frère :

— Vieux grincheux ? A t'entendre, j'ai déjà cent ans !

— C'est toi qui l'as dit, pas moi, répondit Nic en se levant. Je dois y aller. J'ai une réunion dans cinq minutes avec l'équipe du marketing et je ne veux pas être en retard.

Marc hocha la tête. En qualité de P-DG de Bijoux, c'était lui qui se chargeait des contrats et de la gestion des mines. Mais son frère était le génie créatif de la famille. Son domaine, c'était le marketing, la communication et les ventes. Tout ce qui se rapportait à l'image publique de Bijoux. Et il le faisait brillamment, ce qui permettait à Marc de se concentrer sur son objectif principal : faire de l'entreprise familiale la plus importante société de production de diamants respectueuse de l'écologie et socialement responsable.

— Sérieusement, frérot, reprit alors Nic en se retournant une dernière fois sur le pas de la porte. La destinée t'offre une seconde chance. Ne la gâche pas.

— Je ne crois pas en la destinée, bougonna Marc. Et je n'ai aucune envie qu'elle m'offre une seconde chance avec Isa.

— En es-tu bien sûr ?

— Absolument certain.

Après ce qui s'était passé entre eux ? Lui laisser une seconde chance de ruiner sa société… et son cœur ? Jamais. Oh ! bien sûr, il la désirait toujours. Quel homme resterait insensible aux charmes d'Isa ? Dans le feu de la passion, elle était magnifique. Et follement sexy, surtout lorsqu'elle criait son nom en atteignant l'orgasme. Il n'avait jamais ressenti un tel plaisir avec une autre femme.

Mais, désormais, tout cela était terminé. Pour lui, la tendresse était devenue un sentiment étranger.

— Alors, oublie-la, conclut Nic. Le passé est mort. Elle et toi avez tourné la page. Veille à ce que cela reste ainsi.

— C'est bien mon intention.

Néanmoins, Marc ne pouvait s'empêcher de penser à elle, et à l'homme qui allait l'accompagner au cocktail de l'Institut. *Gideon*. En voilà, un nom ridicule. Et qui était ce type, d'ailleurs ?

Soudain, Marc revit Isa debout face à ses étudiants, heureuse de parler de son sujet favori, le regard brillant, les joues un peu rouges, ses longs cheveux auburn tressés, son corps superbe dissimulé et révélé à la fois par son pantalon de tailleur et son pull à col roulé.

Lorsqu'il avait fait sa connaissance, elle n'était que douceur et passion — pour la vie, pour les pierres précieuses, pour *lui*. Maintenant, elle était devenue un nœud de contradictions, d'élans et d'hésitations qui faisaient d'elle une femme encore plus fascinante. Une femme qu'il ne pouvait s'empêcher de désirer même si elle l'avait trahi.

Cette Isa n'avait manifesté aucun désir de renouer avec lui, cet après-midi. Seulement, il n'avait pas manqué de remarquer la façon dont elle le regardait, sa réaction lorsqu'il la touchait, comme si elle allait se blottir dans ses bras. La ramener dans son lit ne serait peut-être pas aussi difficile qu'autrefois, avec un peu de chance…

Cette idée fit sourire Marc. Il lui ferait l'amour jusqu'à l'épuisement, encore et encore. Et après cela, enfin, il réussirait peut-être à l'oublier.

- 3 -

Marc était là. Isa ne l'avait pas encore croisé, mais elle avait senti son regard rivé sur elle dès l'instant où elle était arrivée au cocktail des professeurs au bras de Gideon. Les choses s'étaient toujours passées comme ça entre eux. Elle ne pouvait s'empêcher de percevoir la présence de Marc, où qu'il soit.

— Puis-je t'offrir un verre ? murmura alors Gideon dans le creux de son oreille.

Oh ! elle savait qu'il ne faisait cela que pour se faire entendre malgré la musique et le brouhaha ambiant, mais la sensation de son souffle tiède contre sa joue la mit un peu mal à l'aise malgré elle.

Ce qui était stupide, bien sûr. Gideon était son ami et, en dehors du travail, leurs rapports se limitaient à aller voir un film ensemble de temps à autre. C'était comme ça depuis qu'ils avaient fait connaissance, trois ans auparavant. Jamais une seule fois il n'avait donné l'impression de vouloir aller plus loin. Ils étaient des copains, des complices, des confidents. Alors pourquoi se sentait-elle soudain gênée de le savoir près d'elle ?

Isabella frissonna en trouvant la réponse à sa propre question. C'était parce que Marc était là à l'observer. Et, même si elle ne l'avait pas encore aperçu dans cette foule, il n'appréciait certainement pas du tout de voir Gideon aussi près d'elle, son visage tout contre le sien, sa main délicatement posée dans le creux de son dos.

Elle refoula cette pensée sitôt qu'elle lui eut traversé l'esprit. Ils avaient rompu depuis six longues années, enfin ! Marc se moquait certainement de la voir au bras d'un autre, comme elle se moquait pas mal de savoir avec qui il était venu à cette soirée. Tout ce qu'elle pouvait ressentir n'était qu'une réminiscence pénible du passé. A l'époque, Marc était extrêmement possessif avec elle. Mais, bien sûr, elle l'était aussi avec lui.

— Isabel ? murmura alors Gideon. Tout va bien ? Je te sens nerveuse depuis que je suis venu te chercher, tout à l'heure.

Isa se mordit la lèvre. Il avait vu juste. Elle était dévorée par la nervosité, et pas seulement depuis la dernière demi-heure. Ce sentiment la tenaillait depuis sa rencontre avec Marc dans le couloir, plus tôt dans la journée. Et il était devenu mille fois plus fort à l'idée qu'il était là, quelque part, tout près d'elle.

— Je suis désolée, s'excusa-t-elle en s'efforçant de se composer un sourire radieux. J'étais perdue dans mes réflexions. Mais, à partir de maintenant, je les laisserai pour plus tard, je te le promets.

— Tu devrais te montrer plus prudente avec ce sourire, répliqua Gideon en riant. C'est une arme mortelle. Mais, plus sérieusement… Tu sais que, si tu as besoin de quoi que ce soit, tu peux compter sur moi, n'est-ce pas ?

— Oui, bien sûr. Mais je vais très bien, je t'assure.

Isa se pencha pour déposer un bref baiser sur sa joue, avant d'ajouter :

— Mon seul problème, c'est que j'ai soif.

— Comme d'habitude ? s'enquit-il en la guidant vers un groupe de collègues qu'ils connaissaient tous les deux.

— Ce sera parfait.

Gideon la laissa avec leurs amis et partit en direction du bar. Elle s'efforça de se détendre, de participer à la conversation très animée. Mais c'était impossible, pourquoi essayer de faire semblant ? Elle avait la sensation que le regard de Marc pesait sur ses épaules à chaque instant.

— As-tu aimé ce ballet auquel tu as assisté la semaine dernière ? s'enquit soudain Maribel, l'une des autres professeures de l'Institut. Je suis très triste de l'avoir manqué.

— Ton rendez-vous chez l'obstétricien était plus important

qu'un après-midi au théâtre, rappela Isa. Mais le ballet était vraiment merveilleux. L'Académie de danse de San Diego offre des spectacles de grande qualité.

— Je tiens beaucoup à assister à son prochain spectacle, même si je devrai engager une baby-sitter, déclara sa collègue en effleurant doucement l'arrondi de son ventre. Tiens-moi au courant, d'accord ?

— Oui, je te le promets. Comment va le bébé ?

— Le bébé se porte à merveille, mais moi j'ai l'impression d'être une baleine. J'ai peine à croire que je vais encore devoir supporter deux mois de cet état.

— Crois-moi, ces deux mois seront vite passés, lui assura son mari, Michael, en lui massant gentiment le dos.

— Tu verrais les choses autrement si tu portais un ballon de plage dans ton ventre, rétorqua Maribel.

Tout le groupe éclata de rire, y compris Michael, et Isa sentit qu'elle commençait enfin à se détendre, une chance. Oui, Marc était là, quelque part, mais rien ne les forçait à échanger davantage qu'un salut poli. Et ce n'était même pas une obligation.

Isa vit alors Gideon revenir avec sa boisson mais, presque au même instant, elle entendit la voix du doyen juste derrière elle :

— Bonsoir, tout le monde. J'aimerais vous présenter notre nouveau maître de conférences.

Il n'avait pas encore prononcé le nom de l'intéressé mais, déjà, Isa ne respirait plus. Si le doyen l'escortait personnellement, c'était que l'homme tout juste embauché devait certainement être… le P-DG du deuxième conglomérat de production de diamants du monde !

Marc.

Isabella se retourna lentement et sentit son cœur se serrer. Elle ne s'était pas trompée.

Comme pétrifiée, elle regarda ses collègues l'accueillir cordialement. Lui s'intégra parfaitement, bien sûr. Il se rappela tous leurs noms dès le premier échange et leur raconta une anecdote amusante qui les fit rire aux larmes. Il posa toutes les bonnes questions et offrit à chacun l'occasion de briller un peu.

Marc était parfait en société, impossible de le nier. Ce qui n'avait jamais été son cas à elle. Lorsqu'ils étaient ensemble, elle avait fait de son mieux pour qu'il soit fier d'elle. Elle avait déployé beaucoup d'efforts pour se montrer aussi charmante et à l'aise que lui dans les soirées mondaines où il l'entraînait. Mais la vérité était qu'elle était timide.

Oh ! elle adorait parler à ses étudiants et à ses amis, bien sûr, mais la conversation mondaine n'était pas son fort. Ces situations la stressaient tellement qu'elle ressentait des crises d'anxiété chaque fois qu'une sortie était prévue.

Isa ne l'avait jamais avoué à Marc, naturellement. Par peur qu'il ait honte d'elle ou qu'il la juge imparfaite. Alors qu'elle l'adorait. Alors qu'elle désirait désespérément devenir Mme Marc Durand. Et, pour cela, elle aurait tout accepté — tout, sauf de trahir son père.

Or, à cause de cette décision, elle avait tout perdu.

Tout à coup, elle se sentait nauséeuse. Gideon remarqua immédiatement son trouble. Il la prit aussitôt par la taille et l'attira contre lui.

— Tout va bien ? lui chuchota-t-il à l'oreille.

— J'ai besoin d'air, répondit-elle à voix basse.

— La terrasse est ouverte. Je vais sortir avec toi.

— Non, ça ira, assura-t-elle. Profite de ta soirée. Je serai de retour dans deux minutes.

— Tu es sûre ? s'enquit-il en fronçant les sourcils.

— Certaine.

Isabella le serra brièvement dans ses bras, puis elle s'excusa sous prétexte de se rendre aux toilettes des dames et se fraya un chemin jusqu'aux grandes portes-fenêtres au fond de la salle. Celles-ci donnaient accès à une terrasse surplombant le Pacifique. Avant même de les avoir franchies, Isa sentit sur son visage le souffle de l'océan. Que c'était bon. L'air était frais, un peu salé, exactement ce dont elle avait besoin pour remettre de l'ordre dans ses idées. Pour oublier Marc et le douloureux passé qu'elle n'avait aucun espoir de pouvoir changer.

Le temps de contourner un groupe de personnes, elle se dirigea tout droit vers le coin le plus sombre de la terrasse. Les mains agrippées à la rambarde de fer forgé, elle ferma les yeux et respira à pleins poumons l'air vif de l'océan. Elle se sentait déjà plus calme. Seulement, combien de temps Gideon allait-il encore attendre avant de sortir à sa recherche ?

Marc sentit son cœur s'emballer. Isa était fabuleuse. Dans son fourreau violet tout simple, elle était comme un phare au milieu d'un océan de robes de cocktail noires. Aussi sexy, aussi sensuelle que dans son souvenir. Et même davantage, car la maturité avait fait s'épanouir sa beauté naturelle.

Un épanouissement qui n'avait visiblement pas échappé à Gideon. Bon sang, ce crétin ne manquait pas une occasion de se rapprocher d'elle, de la toucher, de la serrer dans ses bras. Marc frémit. Devoir rester là sans rien faire pendant que ce clown flirtait avec Isa avait été particulièrement difficile. Il avait dû se faire violence pour ne pas aller lui mettre un coup de tête. Ce qui l'avait arrêté, c'était qu'Isa semblait adorer être cajolée par ce type.

Marc la vit enfin se frayer un chemin dans la foule et sortir sur la terrasse pour aller se planter dans le coin le plus sombre. Là, il la vit offrir son visage à la brise et prendre une profonde inspiration. Ce geste souleva sa merveilleuse poitrine et, brusquement, il eut l'envie insensée de saisir ses seins entre ses mains, de dévorer leurs pointes durcies jusqu'à ce qu'elle gémisse de plaisir.

Il adorait faire ça au temps où ils étaient ensemble.

Alors qu'il était planté là à l'observer, une image surgit dans l'esprit de Marc : Gideon en train de faire gémir Isa de la même façon. Aussitôt, une rage folle le saisit. Sa décision était prise : il fallait qu'il aille la rejoindre, et tout de suite.

Le temps de s'approcher d'elle, Marc s'entendit tout à coup lancer :

— Ce Gideon, que représente-t-il pour toi ?

Il s'arrêta brusquement et resta comme pétrifié. Bon sang, il ne comprenait pas lui-même ce qu'il venait de faire. Qu'importe : Isa venait de rouvrir les yeux pour le dévisager en pressant une main tremblante contre sa poitrine.

— Je suis désolé, s'excusa-t-il. Je n'avais pas l'intention de t'effrayer.

— Que fais-tu ici ?

— Je t'ai suivie, avoua-t-il en s'avançant d'un pas pour effleurer sa joue du dos de la main.

— Pourquoi ?

Marc ignora sa question, car il avait remarqué qu'elle respirait plus vite. Etait-ce de la nervosité ? Du désir ? Un peu des deux ? Mystère. De toute façon, ce n'était pas ça qu'il avait l'intention de savoir.

— Ce type, il représente quoi pour toi ? insista-t-il.

— Gideon ?

Marc se sentit frémir. Il n'aimait pas du tout la façon dont Isa prononçait ce nom, douce et familière. Ce qui le rendit encore plus furieux. Et déterminé à la reconquérir.

— Oui, lui-même.

— Il est mon cavalier à cette soirée… et aussi mon ami, répondit-elle d'une voix mal assurée.

Tandis qu'elle parlait, il fit courir ses doigts le long de son cou. Seulement, ce qu'il venait d'entendre ne le satisfaisait pas complètement.

— Et c'est tout ?

A vrai dire, il était aussi fasciné par ses lèvres pulpeuses. Bon sang, il allait devoir puiser dans ses réserves de volonté pour ne pas se pencher et l'embrasser à pleine bouche.

— Que veux-tu dire ? balbutia-t-elle aussitôt d'une voix essoufflée.

Marc plongea ses yeux au fond de ceux d'Isa. Elle le désirait, il en était sûr, à présent. En avoir la certitude embrasa immédiatement ses sens. Du coup, il se rapprocha encore, jusqu'à ce que leurs deux corps se touchent, et glissa ses deux mains autour du cou gracile d'Isa. Ce n'était pas une menace ou une tentative d'intimidation, mais simplement un élan qu'il aurait été incapable de réprimer même s'il l'avait voulu.

Et il ne le voulait pas. Isa était comme une brume mystérieuse où se perdait son esprit. Elle le hantait.

— Gideon est-il uniquement un ami ? insista-t-il en inclinant la tête jusqu'à ce que ses lèvres soient à peine à deux centimètres des siennes.

— Gi... deon ? parvint-elle à répéter.

Marc ne put s'empêcher de sourire. C'était tellement agréable de la voir si troublée...

— Le type qui t'a accompagnée à cette soirée, oui. Vous êtes ensemble ?

— Non, répondit-elle en frissonnant tout contre lui.

La voix d'Isa n'était qu'un murmure, mais elle avait dit non et c'était plus que suffisant pour lui. D'autant que ses joues s'étaient empourprées et qu'il sentait distinctement les pointes durcies de ses seins collées contre son torse.

— Alors, c'est parfait, dit Marc avant de poser sa bouche sur la sienne.

- 4 -

C'était un baiser de possession autant que de plaisir.

Marc savoura ce moment. Six longues années s'étaient écoulées depuis qu'il l'avait touchée, serrée dans ses bras, depuis qu'il avait goûté le nectar de sa bouche, mais, à cet instant, dans son esprit, Isa était encore à lui.

Lorsqu'il y posa les siennes, elle entrouvrit ses lèvres de surprise et il en profita pour explorer sa bouche avec gourmandise. Puis elle leva ses mains vers son torse. Allait-elle le repousser ? Au prix d'un effort douloureux, il se prépara à cette pénible séparation. Pourtant, au lieu de s'écarter de lui, Isa agrippa sa chemise pour l'attirer à elle. C'était le seul encouragement dont il avait besoin.

Marc prit alors son adorable visage entre ses mains et il l'embrassa comme s'il n'avait jamais cessé d'attendre cet instant depuis des années.

Il la *dévora* de baisers.

Il entendit alors Isa gémir, et ce doux son résonna dans tout son être, allumant un désir brûlant. Voilà six ans qu'il n'avait rien ressenti de tel, depuis la dernière fois où il avait serré cette femme dans ses bras.

Elle lui rendit son baiser avec une ardeur égale à la sienne, en cambrant les reins pour presser son corps voluptueux contre le sien. Elle planta même ses ongles dans sa peau, la griffant à travers la soie fine de sa chemise de smoking.

Marc se sentit frémir. Autrefois, il adorait ces picotements de douleur. Porter les marques de sa passion durant des heures, quelquefois durant des jours, l'excitait terriblement. Bon sang, dire qu'il éprouvait toujours le même sentiment ! Mais, pour le moment, il ne pouvait penser qu'à Isa, au tsunami qui les poussait dans les bras l'un de l'autre. Que faire, si ce n'est s'abandonner totalement à cet instant ? Aux bras d'Isa.

Comment aurait-il pu en être autrement ? Ce baiser, tout comme Isa elle-même, était un mystérieux mélange de douceur et de passion brûlante, poignant et désespéré, familier et exotique. Il la désirait, avait besoin d'elle, plus que de l'air qu'il respirait.

Lorsqu'elle écarta ses lèvres des siennes, Marc ressentit un terrible sentiment de perte. Toutefois, Isa resta là où elle était après avoir mis fin à leur baiser. Le front appuyé contre le sien, elle reprit son souffle et il en profita lui-même pour remplir ses poumons d'oxygène et donner à son corps la possibilité de se calmer.

Et puis il s'empara de nouveau de sa bouche.

Ce fut meilleur encore la deuxième fois.

Les lèvres d'Isa, gonflées par ses baisers, avaient une douceur exquise. Sa bouche, un goût merveilleux, un mélange de champagne et des mûres les plus sucrées de l'été. Et aussi d'océan. Frais, pur, sauvage. Pas de doute, il retrouvait son Isa.

Elle avait tant changé en six ans qu'il avait eu peur que cette saveur divine ne se soit aussi modifiée. Mais, maintenant qu'il était rassuré sur ce point, il l'embrassa encore. Et encore.

Marc s'aperçut alors qu'Isa ne protestait pas. Elle lui permit de l'embrasser, de la caresser, s'ouvrit à lui. Dire qu'il avait si longtemps cru que cela ne se reproduirait plus jamais ! Qu'ils ne seraient jamais plus ensemble et que, si elle le lui proposait, il n'aurait plus suffisamment confiance en elle pour accepter.

Seulement, il n'était pas question de confiance ou d'amour en ce moment. Il n'avait qu'à prendre tout ce qu'elle lui offrait et à réclamer davantage. C'était un besoin. Une osmose. Un passé qui brûlait encore entre eux, plus incandescent que jamais.

Marc ne put réprimer un frisson lorsque Isa mit fin à leur baiser. Cette fois-ci, elle ne demeura pas dans ses bras, blottie tout contre lui. Elle le repoussa presque brutalement et se tourna face à l'océan. Ses épaules étaient agitées d'un léger frémissement. Néanmoins, pas question d'envahir son espace. D'autant qu'il pouvait très bien se contenter de l'observer, fasciné, tandis qu'elle s'efforçait manifestement de reprendre le contrôle de ses émotions.

— Ne fais plus jamais ça, finit-elle par dire.

C'était un ordre, prononcé d'une voix qui tremblait encore. Parce qu'elle tentait de refouler son désir, peut-être ?

— Qu'est-ce que je ne dois plus faire ? demanda Marc.

Pour lui répondre, Isa dut se retourner face à lui. Dans cette pénombre, ses yeux semblaient immenses, troublés par la passion. Aussitôt il sentit une nouvelle vague de désir brûlant monter en lui.

— Ceci, par exemple ? murmura-t-il en s'approchant si près qu'il sentait les pointes de ses seins effleurer son torse chaque fois qu'elle respirait. Je ne dois plus te caresser ? T'embrasser ?

Joignant le geste à la parole, Marc déposa des baisers de sa tempe jusqu'au coin de ses lèvres. Bon sang, que c'était bon. La peau d'Isa était tiède, douce, comme du satin.

Soudain, il sentit les mains d'Isa remonter le long de son dos et elle glissa les doigts dans ses cheveux en poussant un gémissement et en cambrant son corps contre le sien. Marc dut faire un effort surhumain pour ne pas gémir à son tour ou lui faire l'amour immédiatement, là, debout contre la rambarde de fer de la terrasse.

— Dois-je cesser de te désirer ? murmura Marc, les mains sur ses hanches. A mon avis, il est beaucoup trop tard pour cela.

— Marc…

La voix d'Isa n'était plus qu'un souffle, un reproche et une prière à la fois. Seulement, lui venait de passer les six dernières années de sa vie à rêver de la caresser, de lui faire l'amour encore et encore, jusqu'à ce que son esprit et son corps soient rassasiés d'elle. Alors comment faire ce qu'elle lui demandait ? Il avait tellement envie d'elle !

— Laisse-moi t'aimer, susurra-t-il tout contre son oreille en attrapant la pointe d'un sein entre ses doigts. Je prendrai soin de toi, je te donnerai tant de plaisir…

Marc aurait voulu poursuivre, mais Isa le repoussa brusquement. Elle était beaucoup plus vigoureuse qu'elle ne le paraissait.

— Marc, non ! Arrête !

Il baissa la tête. Il détestait ces mots plus que tout, mais qu'importe. Le sentiment qu'ils exprimaient ne supportait pas la discussion lorsqu'ils étaient prononcés par une femme. Alors, il recula d'un pas et laissa retomber ses mains, abandonnant à regret les courbes sensuelles d'Isa.

— Je sais ce que tu essaies de faire, déclara celle-ci d'une voix tremblante.

— Vraiment ?

— Tu essaies de me mettre mal à l'aise sur mon lieu de travail. De ruiner tout ce que j'ai construit, mais sache que je ne te laisserai pas faire.

— Te mettre mal à l'aise ? Tu te sens mal à l'aise lorsque je t'embrasse ?

Marc frémit. Il n'aurait pas dû s'énerver, mais c'était plus fort que lui. A vrai dire, il se sentait presque insulté.

— Ne joue pas les machos avec moi. C'est exaspérant, répliqua-t-elle.

— Ce n'est pas mon genre de jouer les machos, protesta-t-il d'un ton dédaigneux.

— Tu n'as pas besoin de « jouer », rétorqua Isa. Tu fais ça naturellement. C'est dans ton ADN. Tu as besoin de contrôler les autres, et je refuse d'être ton jouet une seconde de plus. Ceci est une soirée entre collègues de travail et, contrairement à toi, je ne dispose pas d'une fortune et d'un conglomérat minier pour rebondir si je perds mon job pour mauvaise conduite. Cette carrière est tout ce que j'ai et je ne te laisserai pas la ruiner comme tu as ruiné…

Le reste de la phrase d'Isa mourut sur ses lèvres, et elle contourna vivement Marc pour tenter d'atteindre la porte.

Celui-ci la saisit alors par le coude. Pas question de la laisser partir sans aller jusqu'au bout de cette discussion.

— Comme j'ai ruiné notre relation ? suggéra-t-il d'une voix très douce. Dans mon souvenir, tu l'as fait toute seule.

— Je ne doute pas une seconde que ce soit le souvenir que tu en as gardé, riposta-t-elle en dégageant brusquement son bras. Et c'est justement pour ça que je sais que tu vas essayer de me créer des ennuis. Mais je ne le permettrai pas. Je ne veux plus jamais que tu poses tes mains sur moi. Retourne à ce que tu faisais avant de décider qu'il serait amusant de m'humilier. Non, encore mieux : va au diable.

Sur ces mots, Isa s'éloigna rapidement et disparut parmi les autres invités dans un tourbillon de soie violette et de Chanel N° 5. Mais, curieusement, c'était ça qui excitait le plus Marc.

Isa secoua la tête. Elle était devenue folle. Comment expliquer autrement ce qui venait de se passer sur cette terrasse ? Pourquoi était-elle tombée dans les bras de Marc ? Pourquoi l'avait-elle embrassé ? Avait-elle oublié la façon dont il l'avait chassée de sa vie ?

C'était une simple question d'attirance sexuelle, sûrement. Autrefois, lorsqu'ils étaient ensemble, ils ne pouvaient s'empêcher de se donner du plaisir l'un à l'autre. Seulement, cette attirance devrait reposer sur le respect mutuel et sur l'amour, non ? Pas sur une animosité hargneuse et une méfiance de tous les instants !

Et, pourtant, Isa lui avait permis de l'embrasser. De la toucher, de la caresser, même. C'était ridicule. Pire, c'était une sorte de suicide. Bon sang, ce qu'elle pouvait avoir honte. Honte de la réaction de son corps face à un homme qui l'avait fait tant souffrir. A qui elle avait fait elle-même tant de mal.

En traversant la foule pour rejoindre Gideon, Isa sentait

le regard de Marc rivé dans son dos. Inutile de se retourner pour savoir qu'il détaillait tout à loisir ses hanches, sa chute de reins, ses jambes. Elle percevait son regard comme un contact physique, comme si un choc électrique traversait tout son corps.

Isa tremblait de désir et de culpabilité. Que faire ? Dans l'intérêt de sa carrière, il aurait été préférable de rester à la soirée et de siroter du champagne en attendant d'aller bavarder un moment avec le doyen de l'Institut. Hélas, à quoi bon se mentir ? Elle n'avait pas la force de demeurer dans cette pièce une minute de plus. Elle devait s'échapper. Et tout de suite, avant de fondre en larmes devant tous ces gens. Ou de se jeter sur Marc et de le supplier de lui faire l'amour, là, au milieu de cette cohue.

Cette idée épouvanta tellement Isa qu'elle arriva près de Gideon en courant presque. C'est d'ailleurs ce qui la poussa à poser sa main sur son bras, à se rapprocher de lui au point que ses lèvres n'étaient plus qu'à quelques centimètres des siennes, afin de se faire entendre au-dessus du brouhaha des conversations. Elle s'excusa en prétextant qu'elle ne se sentait pas très bien et annonça qu'elle prendrait un taxi pour rentrer. Avec un peu de chance, sa pâleur et ses mains tremblantes rendraient crédible cette explication.

Gideon reposa aussitôt son verre sur la table la plus proche et s'écria :

— Ma pauvre Isa ! Rentrons tout de suite, dans ce cas. Je vais te raccompagner chez toi.

Là-dessus, il lui enlaça la taille pour qu'elle prenne appui sur lui, le temps de prendre congé de leurs collègues. Quel amour, décidément…

— Tu n'es pas obligé de partir avec moi, protesta alors nerveusement Isa. Ce n'est qu'une migraine. Je suis tout à fait capable de rentrer seule.

— Ne sois pas ridicule ! Je t'ai amenée ici et je te raccompagnerai chez toi. D'ailleurs, cette soirée devenait un peu trop mondaine à mon goût. En fait, je dirais que c'est toi qui m'as délivré, pas le contraire.

— Je crois que nous savons tous les deux que c'est faux, répondit-elle en déposant un baiser sur sa joue. Mais c'est gentil de le dire et de me ramener à la maison.

Isa regretta aussitôt ce qu'elle venait de faire. Mince, ce geste avait été une erreur. Elle ne pouvait pas voir Marc d'où elle était, mais c'était comme si elle sentait l'onde de choc de sa colère dans son dos.

Ni une ni deux, elle redressa les épaules. Allons, ce n'était pas le moment de paraître déstabilisée. Après tout, ce n'était pas son intention de se servir de Gideon pour rendre Marc jaloux. Comment aurait-elle pu deviner qu'il serait jaloux ? Mais elle ne put s'empêcher de se demander ce qu'il pensait de son comportement. D'abord, elle le laissait presque lui faire l'amour sur la terrasse et, l'instant suivant, elle se blottissait dans les bras de Gideon.

Enfin, qu'importe. Elle se moquait bien de ce que Marc pouvait penser !

En levant les yeux, Isa vit que Gideon la guidait vers la sortie, une main posée dans le creux de son dos. Elle avait déclaré à Marc que ce qui s'était passé sur cette terrasse ne se reproduirait plus, et c'était la vérité. Elle lui avait permis de la détruire une fois, et il n'était pas question que cela se reproduise, quelle que soit l'attirance qu'elle éprouvait pour lui. Et pour cause, elle n'était plus la jeune fille aveuglée par l'amour qu'elle était six ans plus tôt, cette écervelée disposée à courir tous les risques uniquement pour être avec lui !

Non. Ces quelques dernières années lui avaient servi de dure leçon. Elle avait dû se construire une nouvelle vie, une vie dont elle était fière et qui avait du sens pour elle. Une vie que Marc serait trop heureux d'anéantir comme il avait anéanti l'ancienne.

Pas de doute : Isa ne pouvait pas le laisser faire. Son travail et sa réputation étaient tout ce qu'elle avait.

- 5 -

Isa prit une grande inspiration. Le trajet du retour en voiture avec Gideon fut bref et agréable. Oh ! à vrai dire, il n'y avait jamais eu aucune tension dans leurs relations. Avec lui, tout était facile. Pas de feu couvant sous la cendre. Aucun passé douloureux. Pas d'amour ni de haine qui puissent affecter leurs rapports. Gideon et elle vivaient une amitié tranquille, bâtie sur des intérêts communs, des conversations animées et un sens de l'humour similaire.

Et elle ne lui en avait jamais été aussi reconnaissante qu'à cet instant, alors qu'il garait son véhicule devant la petite maison qu'elle avait achetée quand elle était venue s'installer ici, quatre ans plus tôt.

Gideon l'accompagna jusqu'à sa porte, mais ne s'attarda pas. Il ne demandait pas à entrer ou à recevoir un baiser d'adieu. Au lieu de ça, il la serra brièvement dans ses bras et l'embrassa sur le front.

— Remets-toi vite, murmura-t-il.

Et là-dessus il se retira. Et Isa se retrouva seule.

Enfin.

Le souvenir de Marc brûlait encore en elle, mais elle décida de l'ignorer. Elle quitta sa robe de cocktail pour un pantalon de yoga et un débardeur noir, puis se servit un verre de vin et s'installa sur le sofa pour regarder la télévision. Peut-être pourrait-elle oublier le désastre qu'avait été cette journée !

Hélas, Isa venait tout juste d'allumer son poste quand elle entendit frapper à la porte. Qui cela pouvait-il être ? Gideon était peut-être venu lui rapporter quelque chose qu'elle avait oublié dans sa voiture. Du coup, elle alla ouvrir avec un grand sourire aux lèvres.

— Alors ? lança-t-elle. Qu'est-ce que j'ai oublié, cette fois-ci ? Si tu veux entrer, je t'offre un verre de…

Alors qu'elle allait finir sa phrase, Isa s'interrompit brusquement en reconnaissant son visiteur, et ce n'était pas Gideon.

Mais Marc.

— Que fais-tu ici ? s'enquit Isa d'un ton sévère. Et comment as-tu su où j'habitais ?

— Je t'ai suivie.

— Tu m'as… *suivie ?* Ça t'arrive souvent de harceler les femmes ?

La seconde d'après, Isa voulut lui claquer la porte au nez, mais la main de Marc jaillit pour l'en empêcher.

— Je viens de passer ces six dernières années à te chercher.

Tout d'abord, Isa crut avoir mal entendu. Six ans plus tôt, les dernières paroles que Marc lui avait adressées avaient été bien différentes : « Si tu t'approches de nouveau de moi, je veillerai personnellement à ce que vous finissiez en prison, ton père et toi. »

Pourtant, à voir l'expression du visage de Marc — où on devinait un peu d'embarras et beaucoup d'irritation —, elle comprit qu'il n'avait pas eu l'intention de lui révéler la vérité aussi crûment. Mais, à présent qu'il l'avait fait, elle avait envie d'en savoir davantage.

— Pourquoi ? Pourquoi aurais-tu fait une chose pareille ?

— J'ai très mal agi, autrefois, en te faisant expulser par la sécurité de cette façon. A vrai dire, je l'ai regretté presque immédiatement. Je suis sorti dans la rue pour essayer de te retrouver et je me suis même rendu à ton appartement. Mais tu n'y es jamais retournée. J'ai eu peur qu'il te soit arrivé un accident à cause de moi.

Isa écarquilla les yeux. Eh bien ! C'était la dernière chose au monde qu'elle s'attendait à entendre dans la bouche de Marc Durand. Durant de longues secondes, elle ne put que le dévisager en silence en essayant d'assimiler le sens de ses paroles. Cela dit, pas question de les laisser l'influencer. Sans quoi, elle n'aurait plus la force de lui ordonner de disparaître définitivement de sa vie. Après tout, ce n'était que des mots. Par ailleurs, cet aveu venait six ans trop tard.

Et cependant elle sentit quelque chose s'évaporer en elle. Durant six longues années, elle avait porté un fardeau de trahison et de douleur, de regret et de colère. Et c'était Marc qui en était le responsable. Mais étrangement, avec seulement quelques mots, il l'avait soulagée de ce poids. Elle avait l'impression de respirer librement pour la première fois depuis une éternité. Incroyable !

— Je suis désolé, conclut-il alors.

Comme si cet aveu lui causait une véritable souffrance.

Isa sentit son cœur se serrer. Les hommes comme Marc ne s'excusaient pas souvent. Et à présent qu'il l'avait fait… Elle devait choisir. De deux choses l'une : elle pouvait l'envoyer au diable et lui claquer la porte au nez, ou alors accepter ses excuses.

Au bout de quelques secondes qui lui parurent interminables, Isa ouvrit la porte en grand et s'écarta pour le laisser entrer.

— Je viens de déboucher une bouteille de pinot noir, dit-elle en soupirant. Si ça te tente…

— Ça me tente énormément, répondit Marc d'une voix grave qui lui fit l'effet d'une caresse sensuelle.

Soudain, Isa se sentit nerveuse, comme si elle avait trop chaud malgré la climatisation.

— Ce vin n'est sûrement pas aussi prestigieux que ceux auxquels tu es habitué, mais je l'aime bien.

Marc accepta le verre qu'elle lui tendait et le vida lentement avant de le reposer sur le plan de travail derrière lui.

— Ah, je vois, fit-elle en fronçant les sourcils. Un autre ?

Pour toute réponse, il la fit subitement reculer jusqu'au placard avant de la maintenir prisonnière entre ses bras. Isa essaya de bouger : rien à faire. Le corps athlétique de Marc était désormais étroitement pressé contre le sien.

— Je ne suis pas venu ici pour ton vin, lâcha-t-il.

— Ça… me paraît évident, balbutia-t-elle.

— Je ne suis pas non plus venu pour m'excuser. Je suis heureux de l'avoir fait, mais ce n'était pas le but de ma visite.

— Marc, dit-elle alors d'une voix faible, je ne pense pas…

— Ne pense plus, la coupa-t-il en inclinant la tête jusqu'à ce qu'elle sente son souffle tiède caresser sa joue. Contente-toi de m'écouter. Je n'ai jamais eu l'intention de t'humilier sur ton lieu de travail.

— C'est pourtant l'impression que j'ai eue.

— Je sais, murmura-t-il en déposant un tendre baiser au bord de sa bouche. Et c'est ma faute. J'ai mal choisi le lieu et le moment. Ma seule excuse, c'est que même maintenant, après tout ce temps, tu me rends fou.

Isabella ne put s'empêcher de frissonner quand sa main virile vint se poser sur ses seins. A travers le mince tissu de son débardeur, Marc en effleura délicatement les pointes avec son pouce avant d'ajouter, tout contre ses lèvres :

— Auprès de toi, j'oublie tout.

Isa sentait son cœur battre la chamade, et sa gorge serrée lui permettait à peine de respirer. Néanmoins, elle trouva la force de lui poser la question qui lui brûlait les lèvres :

— As-tu aussi oublié qui je suis ?

— Je n'ai jamais pu t'oublier, Isa. Et, crois-moi, j'ai essayé.

Isa se mordit la lèvre. Les mots de Marc étaient durs, bien sûr, mais on sentait une telle honnêteté dans sa voix que cela acheva de balayer ses dernières défenses.

Elle aurait pu attribuer ce brusque revirement au vin qu'elle avait bu, à son sentiment de solitude ou à la surprise qu'elle avait eue en le revoyant après tant d'années. Hélas, la vérité était tout autre. Elle le désirait. Elle n'avait jamais cessé de le désirer. Si tout ce qu'elle pouvait espérer de Marc Durand était une seule nuit… ce serait au moins un adieu plus digne que le premier.

Du coup, elle ne se défendit pas lorsque Marc déposa mille baisers le long de sa gorge. Au contraire, elle glissa ses doigts dans ses cheveux noirs et soyeux, et renversa la tête en arrière pour s'offrir à sa caresse.

— Ton cœur bat très vite, chuchota-t-il tout contre sa peau.

— Ça fait si longtemps que…

Isabella s'interrompit avant de trop en dire, mais il n'était pas homme à la laisser s'en tirer aussi facilement.

— Depuis quand ? murmura-t-il en posant ses lèvres brûlantes sur ses seins.

Pouvait-elle lui avouer la vérité ? Bien sûr que non. Pas question de lui révéler à quel point elle l'avait aimé — ou depuis quand elle n'avait pas fait l'amour avec un homme.

— Depuis la dernière fois que tu m'as touchée. Notre osmose n'a jamais faibli.

Là-dessus, pour éviter qu'il continue à creuser un sujet douloureux, elle laissa glisser ses mains sur son torse.

Marc s'était débarrassé de sa veste et de sa cravate avant de se présenter à sa porte. Le seul obstacle entre ses doigts et sa peau bouillante était un mince tissu de soie bleu sombre, de la même teinte que ses yeux. Il était aussi puissamment bâti que dans son souvenir, peut-être davantage, et elle aurait menti en affirmant qu'elle n'avait pas envie de le voir nu, de sentir la fermeté de ses muscles sous ses lèvres.

Mais, au même moment, Isa sentit la raison reprendre le contrôle de son esprit. Impossible d'oublier la manière dont il l'avait rejetée. Pourrait-elle affronter une telle épreuve une seconde fois ? Non, elle ne le supporterait pas. Alors, au lieu de déboutonner sa chemise pour caresser ses pectoraux comme elle brûlait de le faire, elle s'obligea à reculer.

— Que sommes-nous en train de faire, Marc ?

— J'aurais pensé que c'était évident, Isa, répondit-il d'un ton moqueur en relevant la tête.

En voyant la lueur amusée qui dansait dans ses yeux, Isa se sentit rougir et se détourna.

— Je voulais dire… je ne sais pas ce que tu attends de moi.

— Oh que si, tu le sais, répliqua-t-il en se redressant pour plonger le regard au fond du sien.

Affronter son regard intense à un moment où elle se sentait tellement vulnérable était la chose la plus difficile qu'elle ait jamais eu à faire. Pourtant, elle ne se déroba pas. Elle avait le droit de savoir dans quoi elle s'engageait. Etant donné leur histoire, Marc pouvait chercher à la séduire pour se venger aussi bien que pour se réconcilier avec elle, ou encore pour une foule d'autres raisons.

Avant de se donner à lui, Isa avait besoin d'en avoir le cœur net.

Le problème était que Marc avait toujours été beaucoup plus habile qu'elle au jeu de la séduction. Plus expérimenté, plus capable de contrôler ses réponses, d'exprimer ses pensées et ses désirs. Et, ce soir, c'était le cas, encore une fois.

— Je te désire, Isa, finit-il par ajouter en lui caressant le dos. J'ai envie de couvrir tes seins de baisers, de suçoter leurs pointes pour vérifier si tu peux toujours atteindre l'orgasme de cette façon. J'ai envie de te plaquer contre ce mur, de sentir tes jambes sublimes serrées autour de ma taille pendant que j'entre lentement en toi. J'ai envie de te sentir autour de moi, de t'entendre crier mon nom.

— Marc ! gémit-elle. J'ai besoin…

— J'ai envie de sentir tes orgasmes à répétition. Jusqu'à ce que tu oublies tout, à part le plaisir que je te donne. Jusqu'à ce que…

Au même moment, Isa fit taire Marc en glissant ses doigts dans ses cheveux pour attirer sa bouche contre la sienne et l'embrasser passionnément. A cet instant, les deux seules choses qui comptaient pour elle étaient Marc et la sensation de leurs bouches l'une contre l'autre.

Ah, si ce moment pouvait durer, encore et encore.

— Oui, murmura-t-elle tout contre ses lèvres en tirant fiévreusement sur sa chemise pour la lui ôter.

Elle brûlait de sentir la douceur, la chaleur de sa peau contre la sienne.

Marc gémit tout bas lorsqu'elle griffa son torse viril. Les boutons volèrent dans tous les sens et il acheva de se débarrasser lui-même de sa chemise avant d'en faire autant avec elle et son petit débardeur.

— Tu es fabuleusement belle, murmura-t-il d'une voix rauque en prenant ses seins dans ses mains.

Isa ferma les yeux. C'était une impression familière et nouvelle à la fois. Chaque caresse augmentait l'intensité de son désir, embrasait son sang, comme si un torrent de feu circulait dans ses veines, un torrent qui la consumait tout entière. Il n'existait plus rien dans l'univers à part lui, son parfum masculin, le goût de sa peau.

Enfin, les caresses de Marc se firent plus précises, se concentrèrent sur les pointes durcies de ses seins, et elle s'entendit crier de plaisir, cramponnée à ses larges épaules, les reins cambrés pour s'offrir à la magie de ses mains, de ses lèvres, comme elle ne s'était jamais offerte à un autre homme.

La réponse de Marc ne se fit pas attendre. En rouvrant les yeux, Isabella le vit tomber à genoux devant elle avant de faire glisser son pantalon de yoga et sa culotte le long de ses jambes et de couvrir son ventre, ses seins, de baisers brûlants. Puis il posa sa bouche sur la pointe d'un sein et la suçota si fort qu'elle s'entendit crier. Sa bouche avide continua sa délicieuse torture, encore et encore, jusqu'à ce qu'elle se sente vaciller. Ah, si seulement elle pouvait retarder le moment d'atteindre l'extase, pour ne pas lui offrir cette victoire trop facilement. Ni voir ce moment se terminer trop vite.

Seigneur ! Cela faisait trop longtemps que Marc ne l'avait pas serrée dans ses bras, qu'il ne l'avait pas embrassée, qu'il ne lui avait pas fait l'amour. Et, si c'était là son unique chance de l'avoir de nouveau pour elle toute seule, elle allait prendre tout son temps pour vivre pleinement cet instant.

Lorsqu'il s'attaqua avec gourmandise à son second sein, Isabella avait les jambes qui tremblaient et elle s'accrocha désespérément à ses épaules, ondulant des hanches contre son torse musclé. Pas de doute : elle approchait inexorablement de l'instant de l'explosion.

Comme s'il avait deviné le combat qui se jouait au fond d'elle-même, Marc se détacha de son sein. Et, à sa grande honte, elle lâcha un gémissement de désespoir.

— Laisse-toi aller, Isa, dit-il alors. Je suis avec toi, mon cœur, je te le promets. Je suis avec toi.

Isabella laissa la bouche sensuelle de Marc s'emparer de nouveau de son sein et, aussitôt, ses dernières défenses s'évanouirent. Une plainte rauque monta du fond de sa gorge tandis que tout son corps était emporté dans un véritable tourbillon, toujours plus haut, dans un éther infini.

— Oui, mon cœur, l'encouragea Marc en intensifiant ses caresses alors qu'elle labourait son dos avec ses ongles.

Elle vacillait déjà au bord de l'orgasme lorsqu'il commença à mordiller délicatement la pointe de son sein. Tout en poussant un cri déchirant, elle plongea dans un abîme d'extase, son corps tout entier secoué de spasmes, encore et encore.

Alors, Marc serra Isabella très fort dans ses bras, utilisant sa bouche et ses mains pour prolonger son plaisir, jusqu'à ce qu'elle ne soit plus qu'une boule de sensations. Là, il lui murmura de doux mots d'amour à l'oreille.

A vrai dire, elle n'avait pas très bien compris ce qui s'était passé. Qu'est-ce qui avait pu transformer l'homme en colère qui s'était présenté chez elle tout à l'heure en l'amant tendre d'autrefois ? Cet amant qu'elle n'avait jamais oublié… Mais ce n'était pas le moment de tenter de le découvrir. Pas alors que tout son corps vibrait encore du plus fabuleux orgasme qu'elle ait ressenti depuis six ans, et que Marc la serrait si fort dans ses bras qu'elle sentait son cœur battre contre sa peau.

Pas alors qu'elle se sentait entière pour la première fois depuis que Marc l'avait chassée de sa vie, une nuit de pluie.

Méfiance. Peut-être ferait-elle bien de s'en souvenir : il l'avait tout de même jetée dehors sans rien d'autre que les vêtements qu'elle portait sur le dos. Et elle s'en souviendrait. Plus tard. Pour l'heure, elle était nue, vulnérable et comblée. Ah, si seulement ils pouvaient rester comme ça, serrés dans les bras l'un de l'autre.

Car Isabella ne désirait qu'une chose : l'aimer et être aimée de lui. Même si elle n'osait lui confier que son corps. Même si, en retour, il ne lui offrait que son corps, lui aussi. Son corps, mais également, bien sûr, de longs moments de plaisir.

Ce n'était pas suffisant, ça non. Mais, si c'était tout ce que Marc voulait lui offrir, elle allait l'accepter.

Six ans plus tôt, Isabella avait appris que le temps suivait son cours, que l'on s'en inquiète ou non. Elle allait donc profiter de l'instant présent, sans se soucier de ce que l'avenir leur réservait. Cette nuit était à elle. Marc était à elle.

Et demain serait un autre jour.

- 6 -

Marc poussa un long soupir. Isa lui avait affreusement manqué. Le goût de sa peau, la sensation de son corps tout contre le sien, le son de ses gémissements de plaisir étaient restés gravés dans son esprit. Et, même à cet instant où son propre corps palpitait de désir, il avait envie d'entendre de nouveau ces sons. Il avait du mal à l'admettre, après tout ce qui s'était passé entre eux, mais c'était pourtant la réalité. Une réalité qu'il s'était efforcé d'oublier durant six longues années.

Et qu'il désirait désespérément effacer de sa mémoire une bonne fois pour toutes — tout comme elle.

Marc se remit alors debout et la souleva dans ses bras, la serrant tout contre lui.

— Où est ta chambre ?

Isa leva vers lui ses beaux yeux voilés par la passion et, même s'il brûlait de se donner à elle, Marc ne put s'empêcher d'incliner la tête pour poser de nouveau sa bouche sur la sienne.

Elle répondit à son baiser comme elle le faisait toujours, avec douceur, avec passion, avec un merveilleux abandon. Il continua à l'embrasser en lui faisant traverser le couloir, puis en l'allongeant sur le grand lit recouvert d'une couette rouge extrêmement sexy et en se déshabillant fiévreusement lui-même. Ensuite, il s'étendit près d'elle sur le lit, et adora son corps comme il le faisait autrefois. Comme il avait rêvé de le faire pendant si longtemps — avec ses mains, avec sa bouche, avec tout son corps. En caressant, frôlant, goûtant chaque centimètre carré de sa douce peau parfumée.

Isa gémissait, ses mains crispées dans ses cheveux, son

corps tendu comme un arc sous le sien. Marc se sentait encore consumé par son propre désir, mais il avait besoin de la voir atteindre de nouveau l'orgasme, de se délecter du son de ses soupirs, de son parfum, du contact de sa peau, pendant qu'il lui donnait autant de plaisir que possible.

Marc dévora de baisers la peau de sa gorge et Isa fut prise d'un long frisson. Elle continuait de murmurer son nom tandis qu'elle lui griffait le dos encore plus fort.

Cette soudaine sensation de douleur libéra quelque chose en lui dont il ignorait jusqu'à l'existence. Un besoin primitif de la posséder. Impossible de contrôler son corps plus longtemps.

Il déposa une pluie de baisers sur les seins d'Isa, sur son ventre, sur sa féminité brûlante. Il désirait l'explorer tout entière, découvrir un à un tous les changements que six années d'absence avaient produits chez elle. Isa gémissait sous ses caresses. Mais, ce plaisir, c'était lui qui le lui donnait, et pas ce freluquet de professeur qui ne cessait pas de la cajoler au cocktail de l'Institut.

Lorsque Isa laissa glisser ses doigts sur ses pectoraux tout en couvrant ses épaules et son cou de baisers brûlants, Marc murmura son nom dans un râle pour la mettre en garde, mais elle ignora l'avertissement. Car elle détacha les lèvres de ses pectoraux pour descendre vers son ventre, et plus bas. Oh ! bon sang…

Soudain, Marc sentit qu'elle le prenait tout entier dans sa bouche. Et la sensation de plaisir fut si violente qu'il ne la laissa faire que quelques secondes avant de sentir qu'il était au bord de l'explosion. Brusquement, il se recula en gémissant.

— Qu'y a-t-il ? s'étonna Isa d'une voix troublée.

— Je veux être en toi au moment de l'orgasme.

Marc la regarda avec intensité. Pourquoi était-ce si important pour lui ? Sans doute parce que après leur longue séparation il tenait à ce que, au moment suprême, ils ne fassent plus qu'un.

Ignorant son geignement de protestation, il roula sur le côté, ramassa son pantalon sur le tapis, sortit son portefeuille et en tira une protection. Une seconde plus tard, il était de retour sur le lit et la recouvrait de son corps.

— Marc, je t'en supplie, ne me fais pas attendre ! supplia Isa en l'entourant de ses bras pour l'étreindre de toutes ses forces.

— Je suis avec toi, mon cœur, murmura-t-il en déposant mille baisers sur ses joues rosies par la passion.

Là-dessus, Marc entra lentement en elle. Que c'était bon. Isa haletait, gémissait, en se cambrant pour aller à la rencontre de cette douce invasion, les bras noués autour de ses épaules tandis que ses jambes serraient convulsivement ses hanches.

Isa était merveilleuse. Tiède, humide, ardente. *Sublime*.

Il entra en elle, encore et encore, en se délectant de sentir son corps se lever à la rencontre du sien.

D'entendre ses doux gémissements.

De voir ses beaux yeux sombres troublés par le désir tandis qu'elle approchait de la jouissance.

Lui aussi s'en rapprochait dangereusement, à tel point qu'il ne pouvait quasiment plus se contrôler. Mais il désirait — il avait *besoin* - qu'elle atteigne l'extase la première. Il désirait contempler son visage lorsque son orgasme exploserait. Il désirait sentir ses bras se resserrer autour de lui pour l'attirer encore plus profondément en elle.

Marc sentait la sueur ruisseler sur ses muscles, mais il continua ses doux assauts en accroissant encore le plaisir, la tension qui les électrisait. Isa gémissait, le suppliait de la libérer, de la laisser chavirer.

Seulement, il n'était pas encore prêt à laisser cet instant prendre fin. Cela faisait trop longtemps qu'il n'avait pas tenu Isa dans ses bras, qu'il ne lui avait pas fait l'amour. Il aurait voulu que chaque seconde dure une éternité.

Quand auraient-ils de nouveau une telle chance ? Peut-être jamais !

Sauf qu'Isa n'entendait pas permettre à Marc d'attendre davantage. Accrochée à lui avec ses bras, avec ses jambes, tout son corps, elle dévorait sa bouche, sa joue, son cou, de baisers brûlants.

Soudain, elle cria son nom et il sentit les contractions de son corps autour de lui. Alors il se laissa basculer à son tour, enfoncé en elle, tandis qu'une vague de plaisir inouï l'emportait avec la force d'un ouragan.

Comment allait-il pouvoir vivre sans elle, désormais ?

Marc se réveilla d'excellente humeur. C'était bien la première fois depuis des années. Six ans, pour être précis. Le corps comblé, l'esprit en paix. C'était un sentiment étrange, à tel point qu'il ouvrit brusquement les yeux. Là, il vit les cheveux de feu d'Isa étalés comme une couronne sur l'oreiller, et les détails de leur nuit passée resurgirent dans sa mémoire avec une excitante netteté. Il sentit aussitôt son corps réagir. Lui faire de nouveau l'amour, voir ses beaux yeux chavirer était fort tentant, c'était le moins qu'on puisse dire.

A quoi bon le nier ? Il désirait encore Isa, bien qu'ils aient fait l'amour à de multiples reprises la nuit précédente. Il la désirait avec une intensité voisine du désespoir. C'est pourquoi il fit exactement le contraire.

Marc délaissa le lit, ramassa son pantalon et quitta la chambre sans bruit pour se rendre dans la cuisine, la dernière pièce où il se souvenait d'avoir eu encore sa chemise sur le dos. Elle était effectivement là, chiffonnée, sur le sol, non loin de ses chaussures.

En se rhabillant, il s'efforça de ne pas penser à la nuit écoulée. A la délicieuse sensation du corps nu d'Isa de retour dans ses bras. Sans quoi, il allait courir de nouveau vers elle, c'était une certitude.

Marc poussa un soupir. Il n'avait jamais ressenti avec une autre femme ce qu'il ressentait lorsqu'il était avec Isa. Lorsqu'ils étaient ensemble — lorsqu'il l'aimait et qu'il avait confiance en elle —, faire l'amour était fabuleux. Il s'était perdu en elle jour après jour, nuit après nuit. Un homme comme lui, qui n'accordait pas facilement sa confiance aux gens, aurait probablement dû s'en sentir effrayé. Mais cela n'avait pas été le cas. Tout simplement parce qu'il était fou d'elle. Voilà pourquoi jamais il n'aurait imaginé qu'elle puisse le trahir !

Mais c'était pourtant ce qu'Isa avait fait et, désormais, ils étaient là, réunis de nouveau. Le seul problème, c'était qu'il ne savait pas ce que cela signifiait. Quel sens donner à ce moment de passion qu'ils avaient vécu ? Peu importe. Cette nuit, le sexe avait été fantastique. Brûlant, excitant.

Pourtant, ce n'était pas le souvenir de ce plaisir qui avait réveillé Marc alors que les premières lueurs de l'aurore coloraient l'océan, derrière la fenêtre. C'était plutôt le sentiment d'équilibre, de paix, qu'il ressentait dans son corps et dans son âme pour la première fois depuis une éternité.

Seulement, il fallait qu'Isa soit responsable de ce sentiment. Cela faisait moins de vingt-quatre heures qu'il était entré dans la salle où elle donnait son cours et ils étaient déjà au lit ensemble. Sans compter qu'il pensait à lui faire l'amour une nouvelle fois.

Et tout le problème était justement là. Parce qu'il n'était pas question de recommencer. D'oublier qu'elle l'avait trahi, six ans plus tôt. D'oublier qu'elle avait choisi de soutenir son père — un homme qui l'avait volé, qui avait détruit des années de travail et failli ruiner tout ce qu'il s'était bâti.

Marc secoua la tête. Autant être lucide : si Isa avait pu le faire une fois, au moment le plus intense de la plus merveilleuse relation qu'il ait jamais vécue, elle pouvait récidiver. Et, puisque c'était le cas, il devait s'éloigner d'elle au plus vite. Avant de se laisser aveugler par toutes ces petites choses qu'il avait adorées chez elle, autrefois.

Son sourire et son parfum enivrant.

Son sens de l'humour. Son intelligence brillante.

Son sourire ensommeillé, le matin, lorsqu'elle se blottissait dans ses bras pour lui réclamer un baiser.

Soudain, Marc sursauta en entendant la voix d'Isa derrière lui.

— Ah, tu es encore là. J'ai cru que tu étais déjà parti.

Sa voix était encore un peu rauque, comme si elle venait de se réveiller, mais, lorsqu'il se retourna, il vit que ses yeux étaient grands ouverts et attentifs.

— Pas encore, répondit-il, mais je dois m'en aller. J'ai du travail au bureau.

— Nous sommes samedi.

— J'en suis conscient. Mais, le samedi, je travaille aussi. Et c'est encore plus vrai depuis que j'ai accepté de diriger ce séminaire à l'Institut.

L'espace d'une seconde, Marc fut tenté de s'approcher d'elle, de déposer un baiser sur ses lèvres adorables. Mais, pour être honnête, il se sentait aussi gêné qu'elle l'était manifestement. A quoi bon le nier ? Il ne savait pas ce qu'il désirait faire. Et c'était un sentiment vraiment désagréable.

— Tu ne travaillais jamais le samedi, autrefois.

Marc fronça les sourcils. Cette remarque, exprimée d'un ton serein, ressemblait fort à une accusation, et il ne put s'empêcher de se sentir coupable, même s'il n'avait aucune raison pour cela. La seconde d'après, il s'entendit répliquer :

— Peut-être mais, il y a six ans, je me croyais en sécurité. Je pensais avoir assuré l'avenir de ma société et être enfin libre de respirer un peu, de prendre un jour de congé de temps à autre, même. Si tu te souviens bien, cette idée ne m'a pas réussi.

Marc serra les poings. Il n'avait même pas essayé de dissimuler sa colère. Comment osait-elle l'accuser de l'avoir abandonnée alors que c'était elle qui l'avait trahi ? Elle qui avait disparu durant six longues années ?

Il vit alors Isa tressaillir, mais son regard, toujours fixé sur lui, resta parfaitement serein lorsqu'elle répondit :

— Jusque quand comptes-tu me jeter ça au visage ?

— J'ai mentionné cet épisode deux fois en vingt-quatre heures, grogna-t-il en sentant grandir sa colère encore davantage. Et, avant ça, je n'avais plus parlé avec toi depuis six misérables années. Alors dis-moi, s'il te plaît, comment peux-tu penser que je te jette le passé au visage ?

— Je l'ignore, mais c'est l'impression que j'ai, précisa Isa en baissant les yeux d'un air gêné.

— C'est peut-être ta mauvaise conscience qui te travaille. Une partie de toi pense peut-être que tu mérites ce que tu crois que je suis en train de te faire.

— Peut-être, murmura-t-elle d'un ton découragé. Mais ça ne signifie pas que j'ai mal interprété la situation.

Tout à coup, Marc eut honte de lui-même. Allons, il n'était pas venu ici pour la couvrir de reproches, pour l'agresser chez elle ! Après un silence, il reprit d'un ton plus apaisé :

— Parle-moi, Isa. Dis-moi tout ce que tu as sur le cœur.

— Très bien, dit-elle d'une voix douce. C'est juste que je n'arrive pas à comprendre ce qui s'est passé entre nous cette nuit.

— Que veux-tu dire par là ? s'enquit-il comme si une main glacée lui serrait le cœur.

— Quelle était ton intention ? Etait-ce ta façon de te venger après toutes ces années ? D'essayer de me faire souffrir ?

Malgré sa nervosité, Isa avait prononcé ces mots d'une voix dénuée d'émotion, comme si c'était un détail sans importance, une éventualité qu'elle avait toujours envisagée.

Marc eut l'impression que cette remarque l'avait frappé en plein visage. Car, si la nuit précédente avait été la conséquence d'une multitude de causes — désir, confusion, jalousie, passion —, l'envie de vengeance n'en avait jamais fait partie. Ni quand il était sorti sur la terrasse pour lui parler, ni lorsqu'il avait décidé de la suivre jusque chez elle. Et moins encore lorsqu'il avait frappé à sa porte.

Non, cent fois non : il n'avait jamais songé à se venger. Il ne pensait qu'à elle. Rien qu'à elle.

Mais, à l'évidence, Isa avait une conception différente de la situation et elle n'avait pas cessé de réfléchir à ses motivations dès l'instant où elle lui avait ouvert sa porte. Et c'était dur à accepter. Pire encore, elle lui donnait l'impression qu'il s'était conduit comme un imbécile. Elle qui s'était déjà moquée de lui une fois ! Bref, hors de question de lui permettre de recommencer. Il n'était pas idiot à ce point-là.

Le temps de tempérer sa colère, Marc finit par lâcher au bout de quelques secondes :

— Plutôt qu'une vengeance, disons que c'était une manière de tourner la page. Notre relation s'était terminée si brusquement que j'avais toujours l'impression qu'il lui manquait quelque chose. Un point final. Ça me tracassait.

— Et maintenant ? s'enquit Isa d'un ton neutre.

— Maintenant ? Tout va bien.

Là-dessus, Marc ramassa ses clés. C'était un mensonge, bien entendu, mais Isa n'avait pas besoin de le savoir. Car ce serait vrai un jour. A vrai dire, il avait besoin que les choses se finissent comme ça pour pouvoir passer à autre chose. Elle avait parfaitement survécu à la façon cruelle dont il l'avait mise à la porte, six ans auparavant, et il avait enfin pu vivre un nouveau moment de passion avec elle, après toutes ces années. C'était suffisant. Plus que suffisant.

Ou, tout au moins, cela le deviendrait avec le temps.

Il avait une volonté de fer, non ? Alors il s'en tiendrait à sa décision, quoi qu'il lui en coûte. Il avait passé trop d'années de sa vie à penser à une femme qui ne lui rendrait jamais ses sentiments !

Alors autant que cette histoire s'arrête ici. Tout de suite. Isa était en sécurité, il avait même partagé une dernière nuit avec elle. C'était plus qu'assez. Il était temps pour lui de refermer ce chapitre de sa vie et de continuer à avancer sans se retourner. Et, pour commencer, il allait sortir de chez Isa.

— Merci pour cette nuit, dit alors Marc en déposant un baiser sur sa joue avant de se diriger vers la porte. C'était formidable.

Isa se contenta de hocher la tête en silence tandis qu'il ouvrait la porte, sortait sous le porche et dévalait les marches deux à deux. Etrangement, il ne l'entendit pas prononcer le moindre mot lorsqu'il s'engagea dans l'allée au bout de laquelle se trouvait sa voiture.

Marc serra le trousseau de clés dans sa main. Quelles paroles s'attendait-il à entendre ? Qu'attendait-il d'elle ? Aucune idée. Seulement, lorsque la porte se referma sans bruit derrière lui, il sut une chose : ce n'était certes pas ce silence. A vrai dire, il avait espéré davantage.

Cela avait toujours été le cas, d'ailleurs. Hélas, elle n'avait jamais été capable de le lui donner.

Ce qu'elle avait pu être bête !

Après avoir refermé — et verrouillé — la porte derrière Marc, Isa retourna aussitôt dans sa chambre. Une partie d'elle-même avait envie de se recoucher et de se cacher sous les couvertures, mais cela ne marcherait sans doute pas. En partie parce que ses problèmes seraient toujours là au réveil. Et, surtout, parce que les draps étaient encore imprégnés de l'odeur de Marc : elle n'était pas masochiste au point de s'y réfugier, tout de même ! Et surtout pas maintenant, alors que le souvenir de leur folle nuit brûlait encore dans sa mémoire.

Isa poussa un soupir. Elle avait su dès le départ que c'était une erreur. Après tout, Marc n'était pas homme à pardonner aussi facilement une trahison. Et cependant elle l'avait fait. Elle s'était donnée à lui, encore et encore, sans se soucier des conséquences ou de ce qui se passerait le lendemain. Sans se soucier de savoir s'il ne cherchait qu'à se servir d'elle. Durant un bref moment, elle s'était laissée aller à croire que les miracles étaient possibles, que tout pouvait redevenir comme autrefois, avant que son père ne gâche tout.

Tout à coup, elle se trouva incapable de contempler ce lit en désordre une seconde de plus. Il fallait qu'elle efface cette vision de son esprit, et vite. Du coup, avec une sorte d'énergie désespérée, elle arracha les draps, les couvertures et même le protège-matelas pour les porter dans sa minuscule buanderie.

Autant effacer le plus rapidement possible toute trace du passage de Marc et de l'énorme erreur qu'elle avait commise.

Après quoi, Isa concentra ses efforts sur elle-même. Effacer Marc de la mémoire de son corps risquait de s'avérer infiniment plus difficile. Après tout, les souvenirs de son beau visage, de ses caresses, du parfum de sa peau, étaient restés gravés dans son âme durant six longues années, n'attendant que l'occasion de resurgir au grand jour. Et, maintenant que c'était fait, elle s'interrogeait. Aurait-elle la force de les repousser — de le repousser, *lui ?*

Ni une ni deux, Isabella se débarrassa de sa chemise de nuit, qui s'était, elle aussi, imprégnée de l'odeur de Marc bien qu'ils se soient endormis nus, et l'abandonna sur les draps attendant d'être lavés. Puis, une fois en tenue d'Eve, elle regagna sa chambre pour prendre une douche.

En attendant que l'eau chaude commence à couler, elle jeta un coup d'œil dans le miroir de la salle de bains. Funeste erreur. Ce qu'elle vit l'horrifia.

Elle avait l'air... d'une folle. Ses cheveux étaient en désordre et sa peau arborait des marques rose vif aux endroits où le menton râpeux de Marc avait frotté contre sa peau. Elle avait la bouche enflée et le regard vague, un peu lointain, comme si elle sortait d'un rêve.

Oui, Isa portait les marques de cette nuit sur tout son corps. Comme si elle avait eu besoin de ces preuves pour se rappeler ce qu'il avait fait avec elle.

Pourtant, elle avait *besoin* d'oublier. D'enterrer ces souvenirs au plus profond de sa conscience pour ne pas les revivre chaque fois qu'elle entrerait dans sa chambre. Ou en le croisant dans les couloirs de l'Institut. Elle venait de passer six longues années à entendre le nom de Marc à tout bout de champ — après tout, son domaine d'expertise était la détection des diamants extraits dans des conditions inqualifiables, les fameux « diamants de sang », et sa société était le deuxième exportateur de diamants certifiés équitables du continent nord-américain. Son nom revenait donc souvent dans ses recherches, dans ses cours et dans les publications auxquelles elle contribuait.

Néanmoins, Isa avait réussi à ne pas trop y penser durant très longtemps. A faire la différence entre ce qui s'était passé entre eux sur le plan personnel et le chef d'entreprise qui avait été à l'origine de nombreux progrès dans le domaine de l'extraction des diamants. Hélas, à présent qu'elle avait de nouveau fait l'amour avec lui, elle allait devoir tout recommencer à zéro. Ne pas mentionner son nom dans ses recherches, faire comme s'il n'existait pas. Bien sûr, cela ne durerait pas toujours, mais cela allait certainement être nécessaire durant un certain temps. Jusqu'à ce qu'elle ait recouvré son équilibre. Jusqu'à ce que la souffrance se soit atténuée.

En attendant, elle allait faire semblant.

Isa entra alors sous la douche et se frictionna vigoureusement tout le corps pour essayer d'effacer toute trace de Marc sur sa peau. Elle avait passé des années à faire comme si cette année-là, à New York, n'avait jamais existé. Comme si elle avait enfin trouvé un lieu où elle était heureuse, où elle pouvait vivre en paix. Et voilà tout à coup qu'il réapparaissait dans sa vie pour tout chambouler. Pour détruire son bonheur. Et elle était censée l'accepter ?

Non. Pas cette fois-ci. Plus jamais. Marc était un homme trop dominateur, aux humeurs imprévisibles, elle ne serait jamais plus son jouet. Lorsqu'elle l'avait rencontré à ce gala, plusieurs années auparavant, elle se trouvait à un tournant de sa vie. Sa carrière de complice d'un voleur de diamants ne lui procurait plus la même excitation et elle était encore en train de se chercher au moment de leur rencontre.

Désormais, ce n'était plus le cas. Isa avait une vraie carrière. Des amis. Elle avait *une vie*. Elle avait travaillé trop dur pour qu'il puisse la ruiner à cause de ses erreurs passées.

Non. A partir de maintenant, lorsqu'elle croiserait Marc, elle l'ignorerait. Elle le saluerait de loin si nécessaire, mais pas davantage. Aucun contact entre eux. Aucune dispute — et, surtout, plus de sexe.

Impossible de faire autrement. Toute interaction avec lui risquait de l'exposer à des questions de la part de ses collègues. Des questions auxquelles elle ne pouvait pas répondre. Des questions qui feraient remonter un passé dont elle ne pouvait pas parler.

Et pour cause : une experte mondiale dans le domaine des diamants — une femme qu'on laissait entrer seule dans des chambres fortes partout dans le monde — ne pouvait pas être en même temps la fille du plus célèbre voleur de bijoux de tous les temps.

Du coup, puisque Isabella n'avait plus que son travail depuis que Marc l'avait chassée comme une malpropre, puisque ce travail l'avait sauvée quand le reste de son univers avait implosé, il n'était pas question de mettre sa carrière en danger à cause de lui. Ni maintenant ni jamais, malgré la troublante osmose entre eux, malgré cette extraordinaire attirance sexuelle qui les poussait l'un contre l'autre.

Certains projets sont destinés à ne jamais se réaliser. Et, à l'évidence, sa relation avec Marc appartenait à cette catégorie.

Désormais, Isa allait devoir s'en souvenir.

- 7 -

— Nous avons un problème.

Le temps de lever les yeux, Marc aperçut Nic qui se ruait dans son bureau sans frapper ni prendre le temps de le saluer. Allons bon, encore une catastrophe ?

— Que se passe-t-il ?

Pour toute réponse, son frère abattit violemment sa main sur la surface de sa table de travail, faisant trembler sa tasse de café près de son ordinateur portable. Marc s'empressa de la ramasser pour la poser sur une étagère derrière lui, mais sentit l'inquiétude lui serrer la gorge. Nic avait parfois la tête dans les nuages, certes, mais il n'avait pas l'habitude de perdre son sang-froid pour rien. Or, c'était bien de la panique qu'on lisait dans ses yeux.

Lorsqu'il se retourna vers son frère, Marc avait pris un air serein. Il sentait qu'il allait en avoir besoin.

— Dis-moi tout.

— Je viens de parler au téléphone avec une journaliste du *LA Times*. Cette femme a mené une enquête sur notre société et elle voulait entendre un commentaire de notre part avant la publication de son article.

— Une enquête ? répéta Marc en se levant pour contourner la table de travail. Pour quoi faire ? Nous supervisons directement chaque aspect de cette société, toi et moi. Rien ne se passe sans que nous ne soyons au courant.

— C'est exactement ce que je lui ai dit.

Marc fronça les sourcils. Où était le problème ? Tout cela ne promettait rien de bon…

— Et alors ? gronda-t-il. Quel est le sujet de son article ?

— D'après elle, nous extrayons des diamants dans des zones de conflit et nous leur attribuons une fausse certification avant de les écouler sur le marché pour augmenter nos recettes.

— C'est ridicule.

— Je sais que c'est ridicule ! C'est ce que je lui ai dit. Mais elle prétend avoir une source totalement digne de foi.

— Qui ?

— Elle a refusé de me le dire, répondit Nic d'un air frustré.

Marc secoua la tête. Tout cela ne l'étonnait guère.

— Naturellement qu'elle a refusé. Parce que toute son histoire est un tissu d'inepties. Je connais l'origine de chaque expédition de diamants. J'inspecte personnellement chacune de ces mines régulièrement. Le numéro d'identification de chaque diamant m'est communiqué directement, et les seules personnes qui ont accès à ces numéros sont les experts de notre société. Des gens que j'ai recrutés moi-même et en qui j'ai toute confiance. Tu le sais, non ?

— Je lui ai expliqué tout ça, reconnut Nic. Je l'ai même invitée à venir chez nous et à visiter nos nouveaux locaux afin qu'elle constate par elle-même la façon dont nous travaillons, chez Bijoux.

— Et qu'a-t-elle répondu ?

— Qu'elle a essayé de venir visiter nos installations, mais que notre service de relations publiques n'a pas donné suite à sa demande. Et maintenant c'est trop tard. L'article en question paraîtra vendredi et elle souhaite vivement une réaction de notre part là-dessus.

Marc fronça les sourcils. Vendredi ? Une minute…

— C'est dans six jours ! s'exclama-t-il.

— Je le sais. C'est pour ça que je panique.

— J'ai une autre solution, grogna alors Marc en décrochant le téléphone.

Le temps de composer un numéro en interne, il attendit que son correspondant décroche. Allez, plus vite !

— Hollister Banks, entendit-il au bout de quelques secondes.

— Hollister, c'est Marc. J'ai besoin de vous dans mon bureau immédiatement.

— Je viens tout de suite.

Ni une ni deux, Marc coupa la communication et composa aussitôt un autre numéro. Pas de temps à perdre.

— Lisa Brown, dit une voix de femme. Que puis-je faire pour vous ?

Lisa Brown dirigeait l'équipe des inspecteurs de diamants. Il lui donna les mêmes instructions qu'au chef de son service juridique.

— Mais, Marc, je viens tout juste de recevoir une nouvelle livraison et…

— Rangez tout ça dans le coffre et montez me voir.

Il devait avoir du mal à cacher son impatience, car elle ne protesta pas. Elle répondit qu'elle arrivait et raccrocha.

Il fallut à Lisa et à Hollister moins de trois minutes pour apparaître dans le bureau de Marc. Nic raconta de nouveau sa conversation avec la journaliste.

— Qui est la source ? demanda alors celui-ci à Lisa.

— Comment le saurais-je ? Je suis certaine, en tout cas, que personne de chez nous ne serait allé inventer une histoire pareille pour la communiquer à la presse.

— Cette journaliste était formelle. Il s'agit de quelqu'un de la maison. Une personne placée à un poste qui lui donne accès à des informations en interne, et qui peut prouver ses affirmations.

— Mais c'est impossible ! s'insurgea Lisa. Cette personne ment. Ce qu'elle raconte est tout bonnement ridicule. Marc et moi, nous sommes les seuls à intervenir dans le processus de certification des diamants que nous recevons. Tu nous imagines en train de falsifier ces documents pour augmenter les profits de la société ? Ça n'a aucun sens. Marc procède lui-même aux derniers contrôles. Si quelqu'un avait falsifié les documents d'origine, il s'en apercevrait.

Marc hocha la tête. Lisa avait raison sur tous les points. Mais il subsistait quand même une possibilité.

— Ce serait possible si j'étais moi-même derrière ces malversations, fit-il alors remarquer.

— Mais ce n'est pas vrai ! s'exclamèrent en chœur Nic et Lisa. C'est une idée absurde !

— Il n'empêche, ce sera probablement leur argument, principal, intervint aussitôt Hollister d'un air sombre.

Effectivement…

Marc baissa la tête. Difficile de ne pas être affecté par cette histoire. Pour lui, Bijoux n'était pas une simple machine à faire des profits. Son arrière-grand-père avait fondé la société presque cent ans auparavant et, depuis lors, Bijoux avait toujours été dirigée par un Durand. Il avait consacré sa vie à perpétuer cette tradition, à faire de sa société l'un des plus grands acteurs mondiaux du commerce des diamants. Il avait fait entrer l'entreprise dans le XXIe siècle et créé un modèle économique qui militait contre l'exploitation des populations vulnérables. Pour lui, s'opposer au commerce des « diamants de sang » était une question d'honneur. L'idée qu'on puisse l'accuser de ce qu'il haïssait le plus le mettait dans une colère noire !

— Faites ce que bon vous semble, mais cette histoire ne doit pas paraître dans la presse, répondit-il à Hollister. Nous avons travaillé trop dur pour accepter un nouveau revers, surtout de cette sorte. Le vol de bijoux dont nous avons été victimes, il y a quelques années de cela, a terni notre réputation et a failli causer notre faillite. Un nouveau scandale détruirait tout ce que Nic et moi avons travaillé à construire. Même si nous prouvons devant un tribunal que ces accusations sont fausses, notre nom en sortira sali. Et, même si nous obligeons le *LA Times* à publier une rétractation, cela ne servira à rien. Le mal sera fait. Et, ça, il n'en est pas question. Pas cette fois-ci. Et surtout pas concernant un sujet d'une telle importance.

Marc marqua une pause, les poings serrés, avant d'ajouter :

— Vous allez m'appeler le rédacteur en chef du *LA Times,* lui dire que cette histoire n'est qu'un tissu de mensonges et que, s'ils la publient, je leur ferai un procès qui durera des années et les mettra sur la paille.

— Je ferai de mon mieux, mais…

— Faites mieux que ça. Faites ce qu'il faudra pour réussir. S'ils croient pouvoir ruiner notre société en publiant les mensonges d'une source qu'ils refusent de nommer, ils sont encore plus idiots que je ne le pensais. Dites-leur que, s'ils ne me fournissent pas la preuve indiscutable de leurs allégations, je consacrerai le reste de ma vie à faire payer les responsables de cette ignominie. Et dites-leur bien que ce ne sont pas des paroles en l'air.

— Je vais leur transmettre le message, répondit Hollister. Mais, Marc, si vous vous trompez et que vous vous mettez à dos le plus grand journal de la côte Ouest…

Marc tendit aussitôt la main pour interrompre son collaborateur et répliqua :

— Je ne me trompe pas. Nous ne faisons pas le commerce des diamants de sang. Nous ne l'avons jamais fait et, si quelqu'un prétend le contraire, c'est un menteur.

— Nous devons faire plus que les menacer, lâcha alors Nic. Nous devons leur prouver qu'ils ont tort.

— Et comment exactement allons-nous nous y prendre ? intervint Lisa. Si nous ignorons qui leur fournit ces informations, et même en quoi elles consistent, comment pourrons-nous les contrer ?

Marc hocha la tête. Restait effectivement à savoir comment procéder. Ce qui risquait de ne pas être évident, loin de là.

— En engageant un expert, suggéra Hollister. En l'emmenant au Canada où sont situées nos mines et en lui permettant de les inspecter. Puis, à son retour, en lui donnant libre accès à toutes nos archives. Nous n'avons rien à cacher. A nous de le prouver.

— Oui, mais il nous faudra peut-être des semaines pour

recruter un expert de cette envergure, objecta Lisa. A peine douze personnes dans le monde ont l'expertise suffisante pour garantir nos diamants sans contestation possible. Et, même en payant le prix fort, il n'est pas certain que l'une de ces personnes soit disponible.

Marc vit alors son frère jeter un regard prudent dans sa direction. Puis il l'entendit déclarer :

— Il y en a une de disponible. Elle vit ici même, à San Diego, et enseigne à l'Institut de gemmologie. Elle est tout à fait qualifiée pour ce travail.

Marc fronça les sourcils. A vrai dire, il n'était pas vraiment surpris : dès l'instant où Hollister avait suggéré d'engager un expert, il avait su qu'ils en viendraient là. Mais cela ne rendait pas l'idée plus plaisante.

— On dirait que tu viens d'avaler un cafard, lança soudain son frère d'un ton ironique.

Marc fit une grimace. C'était bien pire que cela. Il ne l'appellerait pas. Pas question. Il ne *pouvait pas* l'appeler. Tout s'y opposait : leur passé et ce qui s'était passé entre eux la nuit précédente. Elle lui rirait au nez. Et, sinon… Sinon, elle ferait probablement tout pour achever de les couler.

Non, décidément, il ne pouvait pas placer l'avenir de la société entre ses mains. Hors de question.

C'est ce que Marc s'empressa d'expliquer à Nic, qui rétorqua d'un ton exaspéré :

— Ce n'était pas toi qui me disais que nous ne pouvions pas nous permettre de commettre la moindre erreur à ce sujet ? Isa est là et elle a l'expérience nécessaire. Si tu la rémunères correctement et que tu lui trouves un remplaçant pour ses cours, elle acceptera probablement. Et c'est la meilleure dans ce domaine.

— Vous devriez l'appeler, renchérit alors Hollister d'une voix douce.

— Oui, Me Hollister a absolument raison, insista Lisa. J'avais oublié qu'Isabella Moreno était ici, à San Diego. Je l'ai déjà rencontrée, et je l'ai trouvée très sympathique et compétente. Ce serait une bonne idée de faire appel à elle. Je peux aller lui parler moi-même, si vous le souhaitez.

Marc serra les poings. Pour être honnête, il était à deux doigts d'accepter, car c'était effectivement la meilleure solution. Mais c'était impossible. Isa prendrait cela comme une gifle en plein visage — une insulte pire encore que celle qu'il lui avait faite ce matin —, et il ne pouvait pas se le permettre. Pas question de prendre le risque de faire d'elle son ennemie alors qu'elle représentait peut-être le dernier rempart entre Bijoux et la ruine totale.

Il secoua la tête. S'il n'avait pas été aux abois, il aurait presque pu rire de cette situation absurde !

— Non, répondit-il finalement à Lisa. Je me chargerai personnellement de lui faire notre proposition.

Marc se passa une main dans les cheveux. En réalité, il n'était pas si sûr de réussir. Hélas, il n'avait pas vraiment le choix. Il était inenvisageable d'échouer. L'avenir de l'entreprise familiale était en jeu !

Voilà pourquoi il était prêt à tout pour convaincre Isa de s'occuper de l'avenir de Bijoux — et du sien.

- 8 -

Isa se passa une main sur le front. Voilà des heures qu'elle faisait le ménage dans sa maison en nettoyant frénétiquement tout ce que Marc avait pu toucher. C'était ridicule, évidemment, mais cela n'avait aucune importance. De fait, elle avait l'impression de le sentir dans chaque pièce.

Bon sang, pourquoi avait-il laissé ce parfum enivrant de miel et de pin partout ? Une petite voix essayait bien de lui chuchoter que c'était sur elle, et pas dans la maison, qu'il avait laissé ce parfum, mais elle faisait de son mieux pour ne pas l'écouter.

Elle avait déjà récuré toutes les pièces et astiquait maintenant le réfrigérateur lorsqu'elle entendit le carillon de l'entrée. Ah non, elle n'était pas d'humeur à parler à qui que ce soit ! Hélas, son visiteur se mit à marteler la porte à coups de poing et elle n'eut d'autre choix que d'aller ouvrir. Peut-être était-ce l'un de ses voisins qui avait besoin de…

La porte à peine ouverte, Isa se figea. Face à elle, il y avait le regard courroucé de Marc.

D'instinct, elle lui claqua la porte au nez et s'adossa au panneau. Surtout, ne pas paniquer.

Que faisait-il ici ?

Lorsqu'il était parti, dans la matinée, elle avait été certaine de ne jamais le revoir — sauf peut-être de loin, sur le campus. En tout cas, elle l'avait espéré.

Mais, apparemment, Marc n'avait pas compris le message.

Les coups finirent par recommencer. Mais, cette fois, Isa l'entendit dire de sa voix basse et pressante :

— Ouvre-moi, Isa !

Que faire ? L'ignorer ? Non, cela la ferait paraître encore plus ridicule. Pathétique, même.

Cette pensée acheva de la décider. Le temps d'essuyer ses paumes moites sur son jean, Isabella rouvrit la porte.

— Bonjour, Marc, lança-t-elle en plaquant sur son visage un sourire forcé. Désolée pour cette réaction, mais tu m'as surprise en plein…

Le reste de sa phrase mourut sur ses lèvres. Pourquoi fallait-il qu'elle se transforme en adolescente timorée chaque fois qu'il posait son regard sur elle ? C'était insupportable.

Heureusement, Marc devait se sentir d'humeur magnanime, car il ne lui fit aucune remarque à ce sujet. Et il n'essaya pas non plus de poser ses mains sur elle.

— Puis-je entrer ? demanda-t-il simplement.

Non. Elle venait de passer les deux dernières heures à éradiquer son parfum de la maison et il voulait y revenir ? Lui, son charisme fou et ses grandes mains dont il s'était servi pour la conduire jusqu'à l'orgasme, encore et encore ?

Non, il ne pouvait pas entrer. Il ne devait pas entrer.

Malheureusement, la conscience du danger ne suffit pas forcément à l'éviter. Résultat : au lieu de lui claquer de nouveau la porte au nez, Isa l'ouvrit en grand et s'écarta suffisamment pour que le grand corps de Marc n'effleure pas le sien en passant. C'était sans doute une erreur. Hélas, impossible de faire autrement !

— Oui, bien sûr, répondit-elle. Je suppose que tu viens récupérer tes chaussettes ?

Cette fois-ci, Marc parut réellement surpris.

— Mes chaussettes ?

— Des chaussettes d'excellente qualité, poursuivit-elle. Je les ai retrouvées sous mon lit en faisant le ménage.

— Oh ! heu… merci. Je ne m'en étais pas rendu compte. J'ai eu des sujets de réflexion plus importants, aujourd'hui.

Durant un instant vertigineux, Isabella sentit son cœur cesser de battre. Sans doute parlait-il d'elle. *D'eux*. Mais, très vite, elle se força à se raisonner. Autant voir la vérité en face : elle ne l'aimait pas. Et Marc ne pouvait pas l'aimer non plus. Pas après toutes ces choses horribles qu'ils s'étaient dites — six ans plus tôt et, une nouvelle fois, le matin même.

Forte de cette certitude, elle s'efforça de refouler ses derniers doutes et s'enquit froidement :

— Dans ce cas, que fais-tu ici ? Je n'ai pas vraiment le temps de m'asseoir pour bavarder. J'ai un rendez-vous dans deux heures et j'ai besoin de me préparer.

— Tu as un rendez-vous ?

Le ton de Marc était dénué d'émotion. Isa aurait pu prendre son expression pour de l'incrédulité si elle n'avait pas surpris la flamme de colère qui avait brillé un court instant au fond de ses yeux.

En réalité, elle était invitée à un simple cocktail organisé par l'un de ses anciens étudiants pour la présentation d'une prestigieuse collection de bijoux dans une galerie d'art de la ville. Mais il n'était pas question de l'avouer à Marc. Revivre l'humiliation qu'elle avait subie le matin, lorsque Marc l'avait quittée sans se retourner ? Jamais !

— Oui, en effet, lâcha-t-elle en affrontant son regard.

— Avec ce professeur d'hier ?

La voix de Marc n'était qu'un murmure rauque et ses yeux s'étaient assombris. Puis, tout à coup, Isa le vit faire plusieurs pas à l'intérieur de la maison, ce qui la força à reculer au fur et à mesure, jusqu'à ce que son dos se retrouve contre le mur. Marc baissa les yeux pour lui jeter un regard incandescent, son grand corps musclé tout près d'elle.

Isa se sentit frémir. Une partie d'elle-même brûlait de s'abandonner à lui, mais elle la fit taire aussitôt. Elle releva alors le front et le fusilla du regard.

— En quoi est-ce que ça te regarde ?

— Oh ! ça me regarde…, gronda Marc en posant sa main sur son cou.

Juste à l'endroit où sa bouche avait laissé une marque.

Ce n'était pas un geste de menace, mais une véritable caresse qui, malgré elle, embrasa tous ses sens.

— Ça me regarde parce que je suis celui qui t'a fait l'amour il y a quelques heures à peine, murmura Marc en caressant sa joue. Je suis celui qui t'a fait *crier* de plaisir.

A ces mots, Isa eut l'impression que ses jambes se dérobaient. Comment ne pas fondre en entendant ces paroles ? Le désir dévorant qu'elle entendait dans la voix de Marc était en train d'allumer un incendie dans tout son corps. Mais elle résista. Lui révéler l'effet dévastateur qu'il avait sur elle ? Ça non !

— Peut-être, parvint-elle à répondre. Mais tu es aussi celui qui parlait de tourner la page et qui a détalé de chez moi ce matin sans se retourner.

— Je ne détale jamais, assura-t-il en lui enlaçant la taille.

— Et moi, je ne supplie pas.

— Tu me suppliais cette nuit, dit-il en se rapprochant.

Seigneur, ses lèvres viriles frôlaient presque les siennes.

Aussitôt, Isa sentit ses forces l'abandonner. La seconde d'après, elle se laissa aller contre lui. La main de Marc se glissa dans ses cheveux. Si elle ne résistait pas, elle allait céder. Se donner de nouveau à lui. C'était ce que son corps désirait : ressentir encore ce plaisir insidieux qu'il faisait naître en elle rien qu'avec ses mains, ses lèvres, sa peau.

Mais, subitement, le souvenir de ce qu'elle avait ressenti lorsque Marc l'avait ignominieusement chassée de chez lui, autrefois, resurgit dans sa mémoire. Et elle se souvint aussi de l'humiliation qu'il lui avait infligée le matin même.

Non, sa décision était prise. Elle ne céderait pas. Elle résisterait à ce magnétisme sexuel ensorcelant qui émanait de lui. Elle posa fermement ses mains sur son torse pour le repousser et se libéra vivement de ses bras.

— Je suis certaine que d'autres t'ont supplié avant moi, lança Isa par-dessus son épaule tout en s'éloignant de lui.

Ce commentaire le mettrait-il en colère ? A vrai dire, elle comptait là-dessus. Seulement, après une seconde de silence boudeur, Marc renversa la tête en arrière et éclata de rire. Mince, voilà qui était assez inattendu. En partie parce que c'était la première fois qu'elle entendait rire Marc depuis qu'il était entré dans sa salle de cours. C'était un rire franc, grave, un peu rauque, un rire sincère et joyeux en dépit des circonstances.

— Touché, répliqua-t-il alors qu'elle se versait un verre d'eau fraîche et le buvait presque d'un trait.

Une fois son verre vide, lorsqu'elle sentit enfin qu'elle avait repris le contrôle de ses émotions, Isa se retourna face à lui. Il était temps de savoir pourquoi il était venu !

— Pourquoi es-tu ici, Marc ? Je croyais que nous nous étions déjà tout dit ce matin, avant ton départ.

— Je sais que j'ai été un peu dur avec toi, convint-il d'un ton embarrassé.

— Un peu dur ? s'insurgea-t-elle. Je dirais plutôt que tu as été très clair. Faire l'amour avec moi était ta façon de tourner la page. Après ça, tu en avais terminé avec moi et tu étais libre de reprendre ton existence normale. Alors que veux-tu réellement, Marc ?

Isa laissa Marc la dévisager durant quelques interminables secondes. La tension entre eux était devenue insupportable lorsqu'il répondit enfin :

— C'est *toi* que je veux.

A ces mots, elle sentit son cœur s'emballer. Non, elle ne pouvait pas se laisser prendre par ce genre de mensonges.

— Mauvaise réponse, rétorqua-t-elle d'une voix sarcastique, mais, hélas, mal assurée. J'ai été à toi. Deux fois, même. Et, chaque fois, tu m'as jetée à la rue.

— Je ne t'ai pas jetée à la rue, ce matin…

— Peut-être pas littéralement, parce que j'étais chez moi, riposta-t-elle. Mais le résultat était le même. Rassure-toi, ça ne me dérange pas. Tu as tourné la page, tu as eu ta vengeance, et ça m'est égal. Mais ça n'explique toujours pas ce que tu fais ici maintenant. Que veux-tu de moi ?

Marc considéra Isa un long moment en silence, comme s'il pesait ses mots aussi soigneusement qu'elle venait de le faire. Et puis finalement, alors qu'elle avait perdu tout espoir de l'entendre lui donner une explication quelconque, il déclara d'un ton douloureux :

— J'ai besoin de ton aide.

- 9 -

— Mon aide ? répéta Isa en le dévisageant d'un air incrédule.

— Oui.

Marc recula d'un pas, reprenant ses distances pour la première fois depuis qu'il était entré chez elle.

Inutile de se bercer d'illusions : il ne pouvait pas compter sur son aide. C'était bien normal, d'ailleurs. Pourquoi l'aiderait-elle après ce qu'il lui avait fait ?

Pour être honnête, il n'avait pas eu l'intention de se montrer aussi possessif avec elle, de céder à ce désir brûlant qui les jetait l'un vers l'autre dès qu'ils étaient ensemble. S'il était là, c'était parce qu'il avait besoin de son assistance professionnelle, pas pour la convaincre de faire de nouveau l'amour avec lui. En tout cas, c'était l'histoire qu'il s'efforçait de croire lui-même.

A présent qu'il lui avait laissé de l'espace pour respirer, Isa tourna les talons et sortit un second verre du placard derrière elle. Elle y déposa quelques glaçons, le remplit d'eau et le lui tendit.

— Et maintenant explique-toi.

Marc lui dit tout. Il lui parla de l'article du *LA Times,* des dégâts qu'il pourrait causer s'il était publié. Il lui expliqua qu'ils avaient besoin d'un expert pour certifier que tous leurs diamants provenaient de filières équitables.

— Il y a d'autres experts, dit Isa à la fin de son discours. Une bonne douzaine de personnes à qui tu aurais pu t'adresser. Certains vivent dans ce pays.

— C'est vrai, oui.

— Mais, au lieu de ça, c'est moi que tu as choisie. Parce

que tu croyais pouvoir te servir de notre passé pour maquiller les résultats de l'expertise ?

Marc fronça les sourcils. Ah non, pas ça. Isa avait le droit d'être en colère, mais pas de lui prêter ce genre d'intentions !

— Je n'ai aucun besoin de maquiller les résultats ! gronda-t-il. En enquêtant sur nos opérations, tu découvriras que nous ne commercialisons que des diamants issus de filières équitables. Je peux te garantir qu'il n'y a pas un seul diamant de sang dans tout notre stock.

— Voilà une affirmation bien péremptoire, déclara-t-elle. Comment peux-tu en être sûr ?

— Parce que je m'assure personnellement que chaque diamant entrant chez nous correspond aux caractéristiques géologiques du lieu d'où il est censé provenir.

— *Chaque* diamant ? répéta-t-elle d'un ton sceptique. Tu en commercialises environ dix mille par mois, je crois.

— Je dirais même davantage, renchérit Marc. Et, oui, je les examine tous, un par un.

— Comment peux-tu avoir le temps de le faire ? Tu as une société à diriger, il me semble.

— Je trouve le temps. Je sais que je dois passer pour un dingue, mais ça m'est égal. Ma société s'est retrouvée à deux doigts de la faillite parce que je n'étais plus assez attentif. Je te garantis que ça ne se reproduira plus.

Marc vit soudain Isa tressaillir. A cause de ce qu'il venait de dire ou du ton coléreux de sa voix ? Impossible à déterminer. Quoi qu'il en soit, il aurait dû s'abstenir de lui lancer cela au visage étant donné qu'il avait besoin de son aide. Seulement, elle avait mis en cause sa façon de travailler, tout de même ! Or, s'il était aussi prudent, c'était en grande partie à cause de ce qui s'était produit entre eux six ans auparavant.

Isa resta silencieuse, sans lui envoyer une de ses reparties cinglantes, comme elle aurait dû normalement le faire. Marc serra les poings. Ce mutisme ne le rassurait pas. Pas plus que cette sorte de regret qu'il lisait dans ses yeux. Peut-être repensait-elle à leur passé. Pourtant, il avait l'horrible pressentiment qu'elle s'apprêtait à refuser.

Et comme il s'y attendait, après ce long silence, elle répondit :

— Désolée. Je ne peux pas le faire.

— Tu veux dire que tu ne *veux* pas le faire.

— Non. Ce que je veux dire, c'est que je ne *peux pas.* Je suis surchargée de cours ce semestre, sans compter que je travaille également sur un projet personnel…

— Ça ne prendra pas longtemps, insista Marc. Deux jours au maximum pour nous rendre au Canada, puis deux autres jours à mon QG pour comparer la composition minérale de mes diamants et celle des mines canadiennes. Même si tu souhaites effectuer une vérification des numéros d'identification, des bordereaux d'expédition et de toute la documentation sur des échantillons aléatoires, ça ne devrait pas prendre beaucoup plus.

— Ça, c'est le scénario optimiste, fit remarquer Isa. Si je ne trouve aucune irrégularité.

— Tu n'en trouveras aucune, déclara-t-il d'un ton péremptoire.

Et pour cause : Marc connaissait par cœur sa société. Bijoux n'avait pas commercialisé de diamants de sang. C'était totalement impossible. Nic et lui avaient travaillé trop dur pour faire une bêtise pareille.

Pourtant, cela ne sembla pas convaincre Isa.

— Tu ne peux pas le garantir, répéta-t-elle.

— Bien sûr que si ! Ma société est honnête. Mes pierres proviennent exclusivement du Canada et d'Australie, chacune d'elles peut être tracée. Il n'y a aucune irrégularité.

— Tu ne te fournis jamais en Afrique ? Ou en Russie ?

— Non.

— Certaines mines, là-bas, certifient que leurs diamants sont conformes aux critères du processus de Kimberley, et pourtant…

— Isa, la plupart des mines avec lesquelles je traite, au Canada et en Australie, ont des actionnaires à qui elles doivent rendre des comptes. Les autres appartiennent à Bijoux et tiennent toutes une comptabilité rigoureuse — et transparente. Mes diamants sont aussi impeccables qu'il est possible de l'être. Tu peux me faire confiance là-dessus.

Marc entendit Isa marmonner une réponse indistincte, l'air visiblement peu convaincue. Bon sang, ce n'était pas la réaction qu'il voulait voir. Elle n'avait aucune raison de ne pas le croire. Il ne lui avait jamais menti. Il ne l'avait jamais trahie. Certes, il s'était conduit comme un imbécile en la faisant escorter hors de son immeuble, mais il n'avait jamais comploté derrière son dos. C'était *elle* qui avait fait tout cela.

Tiens, et s'il le lui rappelait ? A tout autre moment, il l'aurait fait. Seulement, à cet instant précis, il avait davantage besoin d'elle qu'elle de lui. Ce qui, à vrai dire, le mettait dans une colère noire. Lui qui s'était juré, des années auparavant, qu'il ne permettrait jamais plus à une femme d'avoir un tel pouvoir sur lui… Voilà qu'il était prêt à offrir ce pouvoir — et pas à n'importe quelle femme, mais précisément à celle qui avait failli le détruire.

Bref, inutile de se lancer dans une bataille qu'il ne pouvait pas gagner. Du coup, Marc ravala son amertume et grogna :

— Il s'agit d'une mission de courte durée, mais tu seras très généreusement rémunérée. Je me rends compte que je bouscule un peu ton emploi du temps, mais je suis prêt à doubler — et même à tripler — tes honoraires habituels.

Isa ouvrit des yeux effarés et recula légèrement avant de répliquer :

— Dois-je comprendre que tu me proposes un pot-de-vin pour que je certifie que tes diamants sont conformes ?

— *Un pot-de-vin ?* ne put-il s'empêcher de crier. Je t'ai déjà expliqué que je n'ai aucune raison de m'inquiéter. Je n'ai pas besoin de verser des pots-de-vin pour acheter des mensonges. Ma société est honnête.

— Dans ce cas, pourquoi ce bonus ? Mes honoraires

habituels sont suffisamment élevés pour faire tiquer la plupart des entreprises.

Marc se passa une main sur le visage. Bon sang, quand cette conversation infernale allait-elle finir ?

— Seigneur ! s'exclama-t-il de nouveau. Pourquoi es-tu aussi soupçonneuse ?

— Tu dois reconnaître que j'ai de bonnes raisons de l'être.

Il secoua la tête. C'était totalement faux. Il s'était toujours montré parfaitement honnête avec elle.

— Bijoux n'est pas n'importe quelle entreprise, objecta-t-il. Et le temps m'est compté. Cet article débile doit être publié vendredi prochain et, si je ne trouve pas le moyen de l'arrêter, ma société sera ruinée. Pourquoi est-ce que je ne pourrais pas t'offrir le double des honoraires habituels si ça peut t'inciter à accepter ce travail ?

Cette fois-ci, il n'avait fait aucun effort pour dissimuler sa colère. Voir Isa lui faire si peu confiance le mettait dans une rage folle et il avait besoin qu'elle le sache.

Le problème était qu'Isa ne semblait pas s'en soucier du tout. Marc la vit en effet froncer les sourcils avant de le dévisager quelques secondes d'un air désapprobateur. Là, elle déclara :

— Tu sais que ça ne fonctionnera pas, n'est-ce pas ?

— Bien sûr que si, rétorqua Marc. J'ai travaillé trop dur pour accepter de perdre ma société aujourd'hui.

— Je ne parlais pas de la certification, précisa Isa. Je voulais dire que nous ne pouvons pas travailler ensemble. Tu devrais trouver quelqu'un d'autre.

— Impossible. Pas dans des délais aussi brefs.

— As-tu passé quelques coups de fil ? As-tu vérifié ?

— Non.

— Alors comment sais-tu que personne d'autre n'est disponible ? Stephen Vardeaux a un bureau à New York. Et il y a aussi Byron…

Marc secoua la tête. Il se fichait éperdument de ces types !

— Je ne veux pas de quelqu'un d'autre, la coupa-t-il d'un ton impatient. C'est toi que je veux.

— Pourquoi ? s'enquit Isa d'un ton soupçonneux. Parce que tu penses que notre passé peut m'influencer et…

— Ça suffit ! gronda-t-il en laissant enfin éclater sa colère. Qu'est-ce que je t'ai fait pour que tu penses que je me servirais de toi de cette façon ? Pour que tu doutes ainsi de moi ?

Isa haussa les épaules avant de répondre :

— Oh ! presque rien. Tu m'as fait tomber amoureuse de toi, puis tu t'es débarrassé de moi comme d'une vieille chaussette.

— Ce n'est pas ce qui s'est passé, protesta-t-il.

— Je sais très bien ce qui s'est passé.

— Tu ne m'as jamais aimé, Isa.

— Ce n'est pas à toi de me dire ce que je ressentais, Marc.

Celui-ci prit une grande inspiration avant de lâcher d'une voix de moins en moins assurée :

— Tu ne m'as jamais aimé. Tu m'as trahi.

— Je ne t'ai pas trahi, contra-t-elle. J'étais piégée entre deux situations intenables.

— Etre avec moi était une situation intenable ?

— Ne me fais pas dire ce que je n'ai pas dit !

— Tu devrais peut-être réfléchir avant de parler.

Au lieu de riposter du tac au tac, Isa respira profondément avant de lancer d'un ton désabusé :

— Je t'avais dit que ça ne fonctionnerait pas. Je crois que tu devrais partir, maintenant.

Elle sortait déjà de la cuisine pour lui montrer la porte lorsque Marc la saisit par un bras et la fit pivoter face à lui. Pas question de s'exécuter !

— Je n'irai nulle part, dit-il.

— En tout cas, il n'est pas question que tu restes chez moi. Tu dois partir !

— Je partirai si tu viens avec moi.

— Je n'irai nulle part avec toi. Ni maintenant ni jamais !

Isa haletait presque, ses joues étaient devenues écarlates et les mèches de cheveux qui s'étaient échappées de son chignon rougeoyaient comme des flammes autour de son joli visage.

Marc sentit tout son corps frissonner. Ils étaient en train de se disputer et elle ne lui avait jamais paru aussi belle, aussi désirable. Une partie de lui-même avait envie de la secouer jusqu'à ce qu'elle retrouve son bon sens mais, surtout, il avait une terrible envie de la pousser contre le mur et de lui faire l'amour jusqu'à ce qu'elle ait oublié toutes ses objections.

Jusqu'à ce que le passé n'ait plus aucune importance.

Jusqu'à ce que plus rien ne compte, à part la passion qui brûlait entre eux.

Avant de comprendre ce qu'il faisait, Marc la serra tout contre lui. Isa poussa un cri de protestation et ses mains délicates remontèrent jusqu'à ses épaules. Pour se blottir contre lui ? Pour le repousser ? Impossible à dire. Et, à en juger par sa façon de cambrer les reins, de souder son corps au sien, elle non plus n'en était pas très sûre.

A présent, Isa respirait par saccades et les pointes durcies de ses seins voluptueux étaient collées contre son torse. Incapable de résister plus longtemps au désir qui le consumait, Marc inclina la tête pour s'emparer de sa bouche. Et elle faillit céder, avant de le repousser vigoureusement pour détacher son corps du sien. Elle fit plusieurs pas en arrière en le dévisageant d'un regard chaviré.

Il ne la suivit pas, il n'essaya pas de la reprendre dans ses bras, là où était sa vraie place. S'agissant de sexe — ou de leur intimité —, il ne pouvait pas décider à sa place. Même s'il la désirait à en mourir. Même s'il était convaincu qu'elle le désirait avec la même force.

C'est là qu'il entendit Isa ordonner d'une voix brisée :

— Sors de chez moi.

— Je ne peux pas. J'ai besoin…

Il avait failli dire : « J'ai besoin de toi. » Ce qui aurait été un désastre, à tous les niveaux. Il parvenait à peine à admettre lui-même à quel point il tenait encore à elle. Or il n'était pas question de le lui avouer.

— Trouve quelqu'un d'autre pour mentir à ta place, finit par reprendre Isa. Moi, je m'y refuse.

Marc sursauta. Ces mots durs dissipèrent instantanément la brume de désir qui avait enveloppé son cerveau à la seconde où il l'avait touchée. Bon sang, pourquoi s'était-il mis à divaguer ? Il avait un problème professionnel, et ce problème exigeait une solution.

Sauf que, la solution, il l'avait déjà trouvée. Sa solution, c'était *elle*. Pas seulement parce qu'elle était l'un des plus grands experts du monde dans son domaine, mais parce que, en dépit de tout, il avait confiance en elle. Non, elle ne ferait rien qui puisse lui nuire dans cette affaire. Certes, c'était là une révélation pour le moins étonnante après tout ce qui s'était passé entre eux, mais c'était la vérité, à coup sûr.

Car, cette fois-ci, c'était différent. Et, même si au début il avait refusé de l'admettre, à cet instant précis, face à son regard merveilleux, Marc fut certain d'une chose : Isa ne le trahirait pas. Pas dans cette affaire — et, avec un peu de chance, plus jamais.

Alors qu'Isa tentait de le repousser vers la porte, Marc resta donc immobile et se contenta d'indiquer, comme pour rappeler une évidence :

— Tu as une dette envers moi.

— Ce n'est pas juste, dit-elle en se figeant.

— Crois-tu que je m'en préoccupe, en ce moment ? L'avenir de ma société est menacé. Tu as une dette envers moi, je le répète. Et c'est ce service-là que j'exige de toi en retour.

Isa devint toute pâle et recula d'un pas, mais l'expression de ses yeux laissait penser qu'il avait presque gagné.

— Je ne peux pas tout laisser tomber, marmonna-t-elle. J'ai des choses de prévues…

A ces mots, Marc sentit sa patience atteindre brusquement ses limites. Pas question de la laisser rejoindre un autre homme. Pas après la nuit qu'ils avaient vécue ensemble. Et pas au moment où il était planté là, devant elle, en train de presque la supplier de l'aider.

— Annule ce que tu as prévu, gronda-t-il. Ou alors…

— Ou alors, quoi ? rétorqua-t-elle, relevant le menton dans une attitude de défi.

Marc comptait lui proposer de la conduire directement à l'aéroport après son rendez-vous mais, à l'évidence, Isa avait cru qu'il la menaçait. Cette idée acheva de le mettre en colère. Si c'était ce à quoi elle s'attendait de sa part, il n'allait pas la décevoir.

Le temps de prendre une grande inspiration, Marc déclara froidement :

— Si tu ne changes pas ton planning, je m'en chargerai. A ma façon. Je révélerai ta véritable identité à tes collègues, à la presse, à tous ceux qui voudront m'entendre. Et alors, il te resterait quoi ?

— Tu n'oserais pas ! répliqua Isa en écarquillant les yeux.

— Tu serais surprise de constater ce que je peux oser faire.

— Si tu fais ça, tu te priveras de ton témoignage d'expert.

— Peut-être mais, si j'ai bien compris, tu refuses de m'aider de toute façon. Alors dis-moi, Isa, qu'ai-je à y perdre ?

— Tu es un vrai salaud, tu le sais, ça ?

Marc se sentit frémir. Les beaux yeux d'Isa étincelaient de rage, mais ils brillaient aussi de larmes retenues. L'idée qu'il venait de pousser cette femme forte et fière au bord des larmes lui brisait le cœur. *Salaud.* Il méritait amplement ce nom-là. D'ailleurs, pour la première fois depuis qu'elle l'avait rendu furieux, il se demanda une chose : est-ce qu'il ne risquait pas de perdre bien davantage que ce qu'il pensait ?

— Ecoute, Isa…

— Je vais le faire, le coupa-t-elle en le contournant rapidement. Mais tu le savais déjà, n'est-ce pas ?

Marc poussa un soupir. Devait-il se sentir soulagé ou contrarié par cette capitulation ? Mystère. Son père lui avait appris très jeune à ne jamais renoncer avant d'avoir atteint ses objectifs, quel qu'en soit le prix. Mais il avait toujours tempéré cette ambition par de la prudence. Jusqu'à maintenant.

Une partie de lui-même aurait voulu dire à Isa d'oublier toute cette histoire. De faire semblant qu'il n'était jamais venu ici et qu'il ne l'avait pas menacée. Mais alors, qu'adviendrait-il de Bijoux ? Cet article les détruirait. Bijoux faisait travailler des milliers de gens dans le monde. Que deviendraient-ils s'il permettait au *LA Times* de leur porter ce coup dévastateur ?

Voilà l'idée qui arrêta Marc alors qu'Isa s'éloignait à grands pas dans le couloir.

— Où vas-tu ? s'enquit-il.

— Je vais faire mes bagages, avec ta permission.

Il la suivit des yeux en silence, avec l'impression de s'être engagé dans un champ de mines, avant de répondre :

— Merci.

— Oh ! ne me remercie pas encore. Tu penses peut-être avoir déjà gagné mais, si un seul de tes diamants a la mauvaise composition chimique, je te jetterai moi-même en pâture à la presse. Et au diable les conséquences.

Marc la vit aussitôt disparaître et il ne put s'empêcher de sourire malgré la menace très explicite qu'elle venait de lui lancer. La flamme brûlait de nouveau entre eux, et c'était tant mieux.

Car une chose était sûre. Malgré leur passé, malgré tous les obstacles qui les séparaient, il ne voulait pas être celui qui ferait pleurer Isa.

- 10 -

— Quelle mine allons-nous visiter d'abord ?

Isa lança un regard à Marc en attendant sa réponse. Le pilote du jet privé de la société Bijoux venait d'annoncer qu'ils allaient bientôt atterrir à Kugluktuk, dans le Grand Nord canadien. C'était la première fois qu'elle lui adressait la parole depuis qu'ils avaient décollé de San Diego, sept heures plus tôt.

— Aujourd'hui, nous nous rendrons à Ekaori, répondit-il. Demain, je t'emmènerai à Vine Lake et à Snow River.

Elle hocha la tête : c'était bien ce qu'elle pensait. Les mines d'Ekaori et de Vine Lake produisaient des diamants pour de nombreuses sociétés de joaillerie, à la différence de Snow River, propriété de la société Bijoux, qui l'exploitait pour son usage exclusif. Si des irrégularités avaient eu lieu, c'était probablement là qu'il fallait les chercher. Il est plus facile de monter une escroquerie — ou un hold-up — lorsqu'on contrôle la source d'approvisionnement.

En amorçant sa descente, l'appareil rencontra de fortes turbulences et Isa s'efforça de rester sereine. Allez, du calme. Elle s'était souvent rendue à Kugluktuk en avion pour visiter les mines et c'était presque toujours la même chose. Ils étaient à peine à une centaine de kilomètres du cercle polaire. Dans ces régions, la météo était toujours imprévisible, même en plein été.

Isa nota alors que Marc faisait de son mieux pour ignorer les secousses de l'avion, lui aussi. Il continuait à travailler imperturbablement sur son ordinateur portable, mais d'une main seulement. L'autre était crispée sur l'accoudoir de son siège.

Elle secoua la tête. Cette nervosité évidente ne la surprenait pas outre mesure. Marc aimait tout contrôler. Devoir placer sa vie entre les mains d'un autre que lui le mettait sûrement au supplice.

Soudain, sans réfléchir, oubliant toutes les bonnes raisons qu'elle avait de rester fâchée contre lui, Isa se pencha et plaça sa main sur la sienne. Puis elle l'étreignit doucement.

Marc était assis juste en face d'elle et, lorsqu'il releva les yeux à ce contact, leurs regards se croisèrent instantanément. Elle ne dit pas un mot. Lui non plus. Pourtant, elle le sentit progressivement se détendre.

— Nous allons bientôt atterrir, murmura-t-il, comme si c'était elle qui était nerveuse.

— Je ne suis pas inquiète, assura Isa.

C'était un énorme mensonge. A vrai dire, elle était folle d'inquiétude. Pas à cause des turbulences qui secouaient l'avion, mais parce qu'elle était là, face à Marc, parce qu'elle prenait un immense plaisir à sentir sa main virile sous la sienne. Parce que en dépit de ce qu'il avait fait — et de ce qu'elle avait fait, elle aussi — une partie d'elle-même le désirait encore. Le désirerait toujours.

A cette idée, Isa sentit une boule se former dans son estomac. Et pour cause. Accueillir Marc dans son lit la nuit précédente avait été stupide, mais cela le serait infiniment plus si elle recommençait cette nuit. Il n'avait aucune confiance en elle et il ne l'aimait pas — la preuve, cela ne le gênait pas du tout d'avoir recours au chantage contre elle lorsque la situation le demandait. Alors pourquoi son corps réagissait-il de la sorte lorsqu'il était près d'elle ? Pourquoi diable éprouvait-elle le désir de l'apaiser alors qu'il ne lui avait jamais offert le moindre réconfort ? Quelle idiote, franchement ! Allez, ce petit jeu avait assez duré.

Isa s'apprêtait à retirer sa main lorsque l'autre main de Marc vint se poser sur la sienne, emprisonnant ses doigts.

— Non, chuchota-t-il. S'il te plaît.

Leurs regards se rencontrèrent de nouveau. Il n'y avait plus aucune trace de nervosité dans celui de Marc. Ce qu'elle y lisait, à présent, lui coupa le souffle. Et fit fondre la glace qui emprisonnait son cœur. Aussitôt, Isa se sentit envahie par une chaleur bienfaisante, sensuelle.

Voilà qui aurait dû l'alerter, l'inciter à s'écarter de Marc. Lorsque leur relation s'était effondrée, autrefois — lorsqu'elle le suppliait de ne pas porter plainte contre son père —, elle avait cru mourir de honte. Le pire n'avait pas été de devoir rentrer à pied sous une pluie glacée. Non, ce qui avait failli la détruire, c'était l'idée qu'elle avait causé un mal irréparable à Marc.

Si elle le savait avec autant de certitude, c'était parce que Marc lui avait raconté son histoire. Elevé par des parents qui avaient toujours placé l'argent et le statut social au-dessus de ses besoins et de ceux de son frère, il n'accordait sa confiance qu'à un très petit nombre de personnes. Mais il avait confiance en elle, il croyait en elle. Hélas, elle avait détruit cette confiance en prenant le parti de son père, le voleur de bijoux, contre lui.

Isa se mordit la lèvre. Oh ! ce n'était pas l'épisode de sa vie dont elle était le plus fière, loin de là. Mais que pouvait-elle faire ? Son père était vieux et fragile. Il était mourant. Comment aurait-elle pu se retourner contre lui ? Le laisser passer sa dernière année en prison alors qu'il avait consacré sa vie à lui donner ce que l'existence offrait de meilleur ? A lui faire découvrir des lieux et des choses magnifiques ? Il lui avait enseigné que l'argent n'était pas important. Que ce qui comptait, c'était l'aventure. Les gens. D'ailleurs, même si elle avait rejeté la vie en dehors de la légalité qu'il menait quand elle avait rencontré Marc, il n'était pas question de mépriser son père. Il avait été un papa merveilleux et elle continuait de l'aimer.

Résultat : Isa avait pris parti contre Marc — ou, en tout cas, c'était ainsi qu'il analysait la situation. Elle l'avait supplié d'essayer de la comprendre, de l'aimer comme elle l'aimait, mais pour lui c'était impossible. Tout ce qu'il voyait, c'était sa trahison.

Elle tourna la tête. Au-delà du hublot, le sol se rapprochait. La verdure semblait s'étendre à perte de vue. La première fois qu'elle était venue à Kugluktuk, c'était aussi pendant l'été, et elle avait été surprise de constater l'absence totale de neige ou de glace. La neige aurait pourtant dû rester au sol toute l'année, sous de telles latitudes ! Mais ce n'était pas le cas. Si les montagnes, dans le lointain, étaient encore couvertes d'un manteau blanc, la plaine à leurs pieds était verdoyante et pleine de vie et elle le resterait jusqu'aux premiers jours de septembre, lorsque les températures chuteraient notablement.

L'avion finit par se poser sur le tarmac et ils sortirent de l'appareil. Isa frissonna. Eh bien, il ne faisait pas très chaud ici, même en plein mois de juillet. Il avait beau faire dix degrés, le vent furieux qui soufflait en rafales donnait l'impression qu'il faisait beaucoup plus froid.

Elle releva le col de sa veste en tremblant. Mince, ce qu'elle avait été bête de ne pas emporter son écharpe de laine ! C'était une grossière erreur, qu'elle n'aurait probablement pas commise si elle n'avait pas été furieuse contre Marc au moment de faire ses bagages.

Isa sentit soudain une douce chaleur effleurer sa peau et se retourna. Elle sursauta en se retrouvant nez à nez avec Marc.

— Tiens, dit-il en enroulant une écharpe de cachemire noire autour de son cou. Prends la mienne.

— Tout va bien, je t'assure. Je suis…

— Frigorifiée, la coupa-t-il. Tu es totalement gelée. Et, puisque c'est moi qui t'ai amenée ici, le moins que je puisse faire, c'est de veiller à ce que tu n'aies pas froid. Allez, viens.

Marc s'empara d'autorité de son sac de voyage et, son autre main posée dans le creux de son dos, la guida gentiment vers l'hélicoptère qui les attendait.

Isa se laissa faire. Elle aurait pourtant dû s'écarter ! Après tout, elle était toujours furieuse d'avoir été obligée de venir ici alors que son corps vibrait encore au souvenir de leur nuit d'ivresse. Non seulement Marc l'avait froidement quittée le matin en admettant presque qu'il lui avait fait l'amour dans le seul but de la chasser de son esprit, mais il l'avait ensuite soumise à un odieux chantage pour la contraindre à accomplir ce voyage avec lui.

Bref, elle aurait dû lui dire d'aller au diable et mettre autant de distance que possible entre eux. Ne pas accepter son écharpe et se sentir fondre au contact de ses mains musclées !

Du coup, Isa s'écarta et accéléra le pas. En faisant de son mieux pour ignorer la sensation de brûlure que la main de Marc avait laissée dans son dos.

Le trajet en hélicoptère fut bref et relativement agréable malgré le vent. Bien sûr, c'était parce que Marc avait droit à tout ce qui se faisait de meilleur, y compris un hélicoptère haut de gamme aussi confortable et luxueux qu'une limousine.

Ils arrivèrent à Ekaori par le nord. On apercevait de très loin l'immense cratère circulaire de la mine à ciel ouvert, comme un gigantesque tourbillon taillé dans le granit. Ils se posèrent sur l'héliport près du bâtiment principal. Marc descendit le premier et tendit la main à Isabella pour l'aider à descendre à son tour. Elle n'avait pas besoin d'aide, mais elle accepta tout de même sa main. Par pure politesse. Pas parce qu'elle avait envie de sentir la douce tiédeur de sa peau contre la sienne.

Le directeur de la mine avait visiblement été prévenu de leur arrivée ; il était planté près de la plate-forme pour les accueillir, un sourire rayonnant aux lèvres. Isa regarda la scène d'un œil étonné. Pour tout dire, elle était venue dans cette mine cinq fois, mais n'avait jamais vu Kevin Hartford d'aussi près. En tout cas, il n'était jamais venu l'accueillir en personne à sa descente d'hélicoptère. Cela dit, elle n'était jamais arrivée ici en compagnie du P-DG de la société…

Marc avait visiblement déjà informé Kevin du but de cette visite car, au bout de seulement quelques minutes, celui-ci les emmena directement dans le laboratoire où des techniciens gravaient au laser un numéro d'identification sur chaque diamant, ainsi que le sigle du laboratoire — un minuscule ours polaire. C'était la première d'une longue série de procédures qui permettaient de retracer le parcours de chaque pierre depuis la mine jusqu'à la vitrine du joaillier où elle était mise en vente.

Kevin remit également à Marc un volumineux dossier contenant les numéros de série de chaque diamant extrait de la mine d'Ekaori au cours des trois dernières années.

Isa jeta un coup d'œil au registre. C'était une très longue liste de numéros.

Ensuite, le directeur les conduisit dans l'atelier où des tonnes de roche broyée étaient d'abord triées par des machines, puis par des techniciens, selon leur contenu en kimberlite, l'élément à l'origine de la plupart des diamants. Une fois la kimberlite séparée de la roche brute commençait un second triage plus minutieux destiné à détecter les diamants eux-mêmes.

Isa préleva des échantillons de roche et de kimberlite afin d'analyser leur composition dès son retour à l'Institut. C'était probablement une précaution inutile. Après tout, elle et d'autres experts avaient déjà bien souvent analysé la composition chimique des roches de cette mine et de toutes celles des alentours. Mais il était essentiel, pour la survie de Bijoux, qu'elle suive la procédure à la lettre et c'était exactement ce qu'elle allait faire. A cause d'elle, Marc avait failli tout perdre, autrefois. Du coup, elle avait bien l'intention de s'acquitter de sa mission avec tout le soin nécessaire.

Même s'il n'était pas question de le reconnaître devant Marc — surtout depuis qu'il l'avait obligée à l'aider en la soumettant à un chantage —, Isa était sûre d'une chose : elle avait une dette envers lui. A charge pour elle de veiller à ce que son expertise de la provenance des diamants soit au-dessus de tout reproche.

Une fois la visite du laboratoire et des bureaux terminée, il était trop tard pour descendre à l'intérieur de la mine. Ce qui lui convenait très bien : elle était déjà venue dans cette mine de diamants, on pouvait dire qu'elle la connaissait bien. De plus, le travail sérieux de documentation et d'identification commençait vraiment quand les pierres extraites de la roche étaient triées et classées selon leur qualité, pour un usage industriel ou pour la joaillerie.

Isa regarda Marc. Il n'avait pas dit grand-chose pendant leur visite du laboratoire et était resté en retrait pendant qu'elle posait ses questions. Mais, de retour à bord de l'hélicoptère, il se tourna vers elle et déclara :

— Je sais que tu n'avais pas envie de venir ici, mais sache que j'apprécie énormément que tu aies accepté de m'accompagner. J'ai toujours su que tu étais la plus qualifiée pour cette mission. Merci d'avoir accepté de m'aider.

Isa hocha la tête. Il avait l'air parfaitement sincère et, même si une partie d'elle-même ne pouvait s'empêcher de s'interroger sur ses motivations, la douceur de la voix de Marc — et surtout celle de son regard — la troublait profondément.

— Je ne fais que mon travail, Marc, dit-elle simplement.

— Je sais. Mais, étant donné la manière dont je t'ai traînée ici de force, bien des gens penseraient que tu avais le droit de profiter de l'occasion pour te venger. Tu pourrais me détruire, si tu le désirais, et je le mériterais amplement.

Isa secoua la tête. Comment pouvait-il croire ça, enfin ?

— Je ne ferais jamais cela ! protesta-t-elle. Je ne mens pas, et surtout pas dans une situation comme celle-ci.

— Je sais, répéta-t-il en posant sa main sur la sienne. Ce que j'essaie de te dire maladroitement, c'est un grand merci. Je te suis très reconnaissant de m'avoir aidé.

Isa l'observa plusieurs secondes d'un air songeur. Ce Marc-là, humble, tolérant et prévenant, était celui dont elle était tombée amoureuse autrefois. Le Marc qui l'avait serrée dans ses bras, qui riait avec elle, qui faisait des projets d'avenir avec elle. Alors à quoi bon le nier ? Même si elle s'était juré le matin même qu'elle ne baisserait jamais plus sa garde devant lui, Isa sentait en ce moment sa volonté faiblir, ses belles résolutions s'évaporer.

Voilà pourquoi, à peine l'hélicoptère posé sur le parking de l'un des deux hôtels de Kugluktuk, elle rassembla précipitamment ses affaires et descendit pendant que Marc et le pilote s'entendaient sur les horaires du lendemain.

Isabella entra dans l'hôtel et alla tout droit au comptoir de la réception. Lorsque Marc arriva à son tour, elle avait déjà récupéré les clés de leurs deux chambres et lui tendit la sienne.

— Je suppose que nous nous reverrons demain matin, dit-elle avec un sourire un peu forcé.

Marc lui lança ce regard qui l'avait toujours privée de tous ses moyens, mi-étonné, mi amusé. Le temps d'une seconde, Isa en oublia de respirer. Après toutes ces années, en dépit de tout ce qui s'était passé entre eux, le charme de Marc était toujours aussi irrésistible, et elle recula d'un pas dans l'espoir de créer de la distance entre eux. Un espoir bien inutile, d'ailleurs.

— J'avais l'intention de t'inviter à dîner, déclara-t-il. Cet hôtel dispose d'un assez bon restaurant. Sinon, le Coppermine Café, sur le trottoir d'en face, sert un excellent poulet frit.

— A vrai dire, je me sens un peu fatiguée. Je n'ai pas très bien dormi, cette nuit…

Isa s'interrompit soudain au beau milieu de cette excuse banale en voyant un sourire coquin étirer les lèvres charnues de Marc. Il savait parfaitement qu'elle avait très peu dormi la nuit précédente, bien sûr, car c'était *lui* qui l'avait tenue éveillée toute la nuit en lui faisant l'amour encore et encore. Et même maintenant, plusieurs heures après et à des milliers de kilomètres de son petit cottage sur la plage, elle n'avait pas encore réussi à se débarrasser du parfum de sa peau.

— Ça ne nous prendrait pas très longtemps. Nous pourrions déposer nos bagages dans nos chambres et…

— Non !

Isa détourna vivement le regard. C'était presque un cri de panique, mais elle n'était pas stupide. Elle connaissait ses propres faiblesses. Si Marc continuait à lui sourire ainsi, s'il continuait à la toucher, elle finirait au lit avec lui malgré toutes ses bonnes résolutions, c'était une certitude. Or même si Marc était un amant fabuleux, même si elle adorait faire l'amour avec lui, elle ne pouvait pas se le permettre. Pas si elle désirait sortir de cette situation indemne.

Six ans plus tôt, elle aimait Marc à en mourir. Elle avait été placée dans la douloureuse situation d'avoir à choisir entre lui et son père, et elle avait pris la seule décision possible. Mais cela ne voulait pas dire qu'elle n'avait pas aimé Marc, qu'il ne lui avait pas affreusement manqué depuis qu'il l'avait effacée de sa vie sans l'ombre d'une hésitation.

Isa retint un soupir. La nuit précédente avait été pour lui une façon d'exorciser les vieux démons et de tourner la page une bonne fois pour toutes. Pas question de l'oublier. Les caresses de Marc, ses baisers de cette nuit, la façon dont il lui avait fait l'amour devaient lui suffire pour une vie entière.

Et elle s'en contenterait. C'était nécessaire. Elle paierait sa dette et puis elle s'en irait, la conscience tranquille et son cœur intact.

En tout cas, c'était le plan qu'elle devait suivre. Un plan qui déraillerait totalement si elle acceptait ce dîner avec lui. Car ce dîner serait probablement suivi d'un verre de vin dans sa chambre et d'une nouvelle nuit de passion dévastatrice. Naturellement, Marc l'avait seulement invitée à dîner, mais elle le connaissait. Elle connaissait cette lueur dans ses yeux, savait ce qu'il pensait et se doutait qu'à moins de s'enfuir tout de suite elle se retrouverait nue dans ses bras avant le matin.

— Je crois que je vais simplement commander une petite collation au service d'étage avant d'aller me coucher, reprit-elle. Je suis épuisée.

Isa sentit que cette réponse déplaisait à Marc, c'était évident, mais il ne pouvait pas faire grand-chose, une chance.

A part, peut-être, la rendre folle de désir avant qu'ils ne se séparent pour la nuit.

— D'accord, répondit-il. Je suppose que je vais devoir me contenter de prendre le petit déjeuner avec toi, demain matin.

Sur ces mots, Marc se pencha pour appeler l'ascenseur. Ce faisant, sa main l'effleura comme par accident.

Isa cessa de respirer. A l'endroit où Marc avait posé ses doigts, elle ressentait comme une brûlure, mais pas question de le laisser s'en rendre compte ! Elle n'était pas menteuse par nature mais, étant la fille du plus célèbre voleur de bijoux du monde, elle avait appris très tôt l'art de la dissimulation.

Faites semblant de croire, et vous croirez.

C'était la devise qui l'avait guidée quand Marc l'avait mise à la porte, six ans plus tôt. Pendant des semaines, des mois, elle s'était sentie si abattue que, certains jours, le simple fait de quitter son lit lui paraissait au-dessus de ses forces.

Hélas, son père était mourant et elle devait veiller sur lui, alors qu'elle était incapable de veiller sur elle-même. Voilà pourquoi elle plaquait un sourire sur ses lèvres et prétendait que tout allait bien alors que son monde s'écroulait.

Néanmoins, elle avait survécu. Elle s'était reconstruite. Et, en dépit de son sourire éblouissant et de son regard charmeur, Marc Durand n'allait pas avoir une nouvelle occasion de la faire souffrir. Il l'avait détruite autrefois — ou, plutôt, ils s'étaient détruits mutuellement.

Avant d'entrer dans l'ascenseur, Isa prit une grande inspiration. Cette fois, elle renoncerait au plaisir. Ce qui lui éviterait aussi de souffrir.

C'était un compromis plus que satisfaisant.

- 11 -

Marc était perplexe. Qu'est-ce qui pouvait bien se passer dans l'esprit d'Isa ? Mystère. Ce qu'il savait, en revanche, c'était que cela ne lui plaisait pas du tout. Tout en balayant du regard les installations de la Snow River Diamond Mine, propriété exclusive de la société Bijoux, il fit de son mieux pour ne pas montrer sa mauvaise humeur. Ce qui l'agaçait, ce n'était pas la mine ou les questions qu'Isa lui posait, mais sa façon de faire comme s'il n'existait pas. Après leur conversation de la veille, il avait espéré que les choses seraient différentes, entre eux.

Marc baissa la tête. Il faut dire que la journée précédente avait mal commencé. Il lui avait tout de même déclaré au saut du lit qu'il avait fait l'amour avec elle uniquement pour exorciser les fantômes de leur passé, non ? Et, ensuite, est-ce qu'il n'avait pas exercé un odieux chantage sur elle pour l'obliger à l'aider ? Bref, Isa était furieuse et elle avait le droit de l'être.

Une fois dans l'avion, elle s'était heureusement radoucie. Lorsqu'ils avaient traversé des turbulences, elle l'avait réconforté. Elle lui avait même souri. Par ailleurs, tout au long de cette journée, elle s'était comportée en grande professionnelle, déterminée à bien faire son travail. Même si cela l'obligeait à aider l'homme qui l'avait mise en colère.

Toute cette gentillesse n'avait hélas fait qu'aggraver le sentiment de culpabilité qu'éprouvait Marc : le moment était venu de tout mettre en œuvre pour se faire pardonner. Lorsqu'il lui avait fait des excuses, Isa avait semblé les accepter. Mais ensuite, lorsqu'il l'avait invitée à dîner pour faire la paix avec elle et poursuivre la discussion qu'ils avaient entamée plus tôt dans la journée, elle lui avait opposé un refus catégorique. Et, pour être honnête, ce rejet l'avait profondément blessé.

Ce qui était absurde, bien sûr. Il pouvait comprendre, à la rigueur, que ce refus ait piqué son amour-propre. Mais cette souffrance était incompréhensible. Parce qu'il n'aimait plus Isa. Il ne l'aimait plus depuis longtemps. Il avait fait tout ce qu'il fallait pour y parvenir.

Naturellement, il la désirait. Quel homme normalement constitué ne la désirerait pas ? Elle était ravissante, brillante, généreuse, avait un corps de rêve, un cœur d'or et un merveilleux sens de l'humour. Mais le simple fait de la désirer, de respecter son professionnalisme, ne voulait absolument pas dire qu'il était en train de retomber amoureux d'elle.

Elle lui rendait un immense service et y mettait tout son cœur. Mais pouvait-il pour autant de nouveau lui faire totalement confiance ? Non. D'ailleurs, il n'était certainement pas stupide au point de retomber amoureux d'elle, même si son corps la réclamait désespérément.

A cette idée, Marc sentit son cœur se serrer. Dire qu'elle avait même charmé ce vieux ronchon de Pete Jenkins, le directeur de la mine, moins d'une heure après avoir fait sa connaissance. Un sourire ou deux, quelques questions pertinentes, et ce vétéran de l'industrie du diamant lui mangeait dans la main.

Néanmoins, tout cela l'inquiétait un peu — après tout, Isa n'avait pas dû fournir beaucoup plus d'efforts pour le subjuguer, lui aussi, autrefois. Hélas, cette inquiétude n'était pas suffisante pour l'inciter à garder ses distances avec elle. En prenant congé du personnel de la mine, puis en s'éloignant vers l'hélicoptère qui devait les ramener jusqu'à l'aéroport où les attendait son avion, c'était bien elle qui l'avait royalement ignoré. Et pas le contraire.

Il avait failli se mettre à courir pour la rattraper, l'obliger à se retourner et à avoir une explication franche avec lui. Et tant pis si c'était devant tout le monde. Il l'aurait probablement fait — il avait même esquissé quelques pas dans sa direction — mais, au même moment, Pete l'avait rappelé pour lui demander son avis au sujet de la future extension de la mine. Le temps de dissimuler son impatience derrière un sourire aimable, il avait convenu avec lui que les diamants de surface seraient épuisés dans dix-huit mois : il faudrait réfléchir à de nouvelles galeries.

— Vous savez que mon premier souci est la sécurité des mineurs, avait fait remarquer Marc. Ce terrain est différent de celui d'Ekaori, il faudra particulièrement soigner l'étayage des galeries.

— Oui, j'en suis conscient, avait répondu Pete. C'est pour ça que je tenais à en parler avec vous. Je pensais bien que nous étions du même avis, mais autant vérifier.

— C'est vrai. C'est toujours utile.

Marc avait alors pris congé de Pete et s'était dirigé vers l'hélicoptère. Non, effectivement, il n'est jamais idiot de s'assurer que les deux parties en présence sont sur la même longueur d'onde. Surtout lorsque l'une d'elles est une rousse entêtée à l'esprit vif et au corps voluptueux.

Isa continua à l'ignorer durant tout le trajet en hélicoptère. Cette attitude l'agaçait, mais il ne lui fit aucune remarque à ce sujet. Le vol serait bref, sans compter qu'ils étaient assis dans la cabine près du pilote, sans aucune intimité. Il attendrait qu'ils soient dans l'avion. Là, ils seraient tranquilles, et il aurait tout le temps de découvrir pourquoi elle l'évitait alors qu'ils avaient semblé faire des progrès.

Marc se frotta nerveusement les mains. Il commencerait tout en douceur, avec subtilité. En lui posant des questions auxquelles elle serait forcée de répondre. Si ces questions concernaient les affaires, Isa ne pouvait pas vraiment refuser de lui parler. Après tout, c'était un voyage d'affaires.

Sauf que les plans les mieux réfléchis ne conduisent pas forcément à la réussite. Une fois assis à bord de l'avion, leurs bagages rangés et leurs ceintures bouclées, Marc se sentit bouillonner d'impatience. Et, lorsque Isa choisit le siège le plus éloigné du sien et refusa de lui jeter ne serait-ce qu'un regard, il décida que la coupe était pleine.

— C'est quoi, ton problème ? gronda-t-il en débouclant sa ceinture pour aller la rejoindre alors que l'avion décollait.

Isa le contempla d'un air effrayé.

— Qu'est-ce que tu fais ? protesta-t-elle. Tu es censé rester assis !

— Et toi, tu devrais cesser de me traiter comme si j'étais une sorte de monstre.

Au même instant, l'appareil prit son envol, et c'est seulement au prix d'un effort surhumain que Marc parvint à rester planté devant elle, raide comme la justice, les bras croisés, pour continuer à la fusiller du regard.

— Je suis sérieuse, Marc, insista Isa. Tu risques de te faire du mal…

— Moi aussi, je suis sérieux, Isa. Et je trouve assez ironique que tu t'inquiètes pour ma sécurité alors que tu as passé la journée à prétendre que je n'existais pas.

— Ce n'est pas vrai…, bredouilla-t-elle.

— C'est la stricte vérité, et je veux savoir pourquoi. Je sais que tu es en colère contre moi et tu en as parfaitement le droit. Mais ne m'ignore pas. Couvre-moi de reproches, insulte-moi s'il le faut mais, je t'en prie, cesse de m'ignorer.

L'espace d'un instant, Marc crut voir Isa hésiter. Peut-être était-elle troublée par sa réaction.

— Je ne suis pas en colère contre toi, finit-elle par dire.

— Vraiment ? répondit-il d'un ton dubitatif. C'est pourtant l'impression que j'ai.

Pendant ce temps, l'appareil continuait de s'élever dans les airs. Soudain, la voix du pilote résonna dans la cabine, leur rappelant qu'ils devaient rester assis, ceintures bouclées, jusqu'à ce qu'ils aient atteint leur altitude de croisière.

— Tu as entendu ? fit alors remarquer Isa. Tu dois retourner t'asseoir.

Marc se rapprocha encore et se pencha pour poser les

mains sur les accoudoirs de son siège, le visage tout près du sien, avant de murmurer :

— Isa, tu dois me parler.

— Marc, voyons !

Elle tendit une main pour la poser à plat sur son torse comme si elle se préparait à le repousser mais, à l'instant où ses doigts délicats se posèrent sur lui, Marc sentit une chaleur intense envahir tout son corps et il posa la main sur la sienne. Bon sang, il fallait qu'il oublie à quel point ce simple contact avait suffi à embraser ses sens.

L'ignorer aurait peut-être été plus facile s'il ne s'était pas aperçu qu'Isa avait cessé de respirer et que ses pupilles s'étaient totalement dilatées. Ses joues s'étaient empourprées, et la main qu'elle avait posée sur lui, au niveau de son cœur, s'était mise à trembler. Pas de doute : elle était aussi excitée que lui.

— Isa, chuchota alors Marc en entremêlant ses doigts aux siens. Parle-moi.

Isa détourna la tête pour contempler durant de longues secondes le ciel bleu au-delà du hublot. Même s'il était très tenté d'insister, Marc attendit qu'elle ait trouvé les mots justes. C'était toujours comme ça lorsqu'ils se disputaient : c'était lui qui exigeait des réponses et elle qui se repliait sur elle-même jusqu'à ce qu'elle ait trouvé la bonne réponse.

Cette fois-ci, cependant, la technique d'Isa ne sembla pas fonctionner. De fait, lorsqu'elle s'exprima, sa voix n'était qu'un souffle :

— Je ne veux pas.

— Tu ne veux pas quoi ? s'enquit Marc en se rapprochant encore alors qu'il aurait dû s'éloigner. Hier, je pensais que nous avions progressé, toi et moi. J'ai pensé que nous pourrions…

— Rester amis ? Après tout ce qui s'est passé entre nous, tu as pensé qu'il te suffirait de t'excuser pour que nous devenions les meilleurs amis du monde ?

La virulence d'Isa le fit reculer. Il l'avait peut-être mal comprise. Ce qu'il avait pris pour une montée de désir n'était peut-être rien d'autre qu'une manifestation de colère. Non, impossible. Il avait bien senti qu'elle cessait de respirer lorsqu'il la touchait et, pendant l'amour, elle répondait merveilleusement à ses caresses.

— Amis, ça me paraît difficile, reconnut-il après un instant de silence. Mais j'ai pensé que, peut-être…

Marc aurait voulu finir sa phrase, mais le pilote choisit ce moment précis pour leur annoncer qu'ils volaient désormais à leur altitude de croisière et qu'ils étaient libres d'aller s'installer sur les confortables sofas à l'arrière de la cabine.

Ni une ni deux, Isa jaillit de son siège comme un diable hors de sa boîte et faillit lui rentrer dedans.

Seulement, il n'était pas question de la laisser s'en tirer à si bon compte alors qu'il était si près d'obtenir les réponses dont il avait besoin. Sans compter que son désir pour elle commençait à le submerger.

— Où crois-tu aller comme ça ? grogna Marc en saisissant son poignet pour la faire pivoter face à lui.

— N'importe où, à condition que ce soit loin de toi.

— Il est un peu tard pour ça, non ? répliqua-t-il en s'avançant jusqu'à ce que les seins merveilleux d'Isa se retrouvent collés contre son torse, ses cuisses parfaitement galbées contre les siennes.

Isa se mit à reculer d'un pas chaque fois qu'il avançait dans l'étroit passage entre les sièges. Finalement, elle se retrouva coincée entre la cloison du fond de la cabine et lui.

— Pourquoi fais-tu ça ? gémit-elle d'une voix faible.

— Parce que je n'ai jamais cessé de te désirer, s'entendit-il proférer. Parce que je te désirerai toujours, je le sais.

— Ça ne suffit pas, murmura-t-elle en cambrant les reins pour se serrer davantage contre lui.

Marc sentait distinctement les pointes durcies des seins d'Isa à travers la mince barrière de leurs vêtements. Il inclina la tête pour approcher la bouche tout près de la sienne, jusqu'à ce qu'il sente son souffle caresser ses lèvres à chacune de ses respirations.

— Pour moi, ça suffit largement, affirma-t-il.

— Marc…

Cette fois, lorsque Isa prononça son nom, on croyait entendre une prière plutôt qu'une protestation.

— Je suis avec toi, Isa, chuchota-t-il. Je suis avec toi, ma chérie.

Et, sur ces mots, il s'empara de sa bouche et l'embrassa passionnément, avec le sentiment qu'il avait attendu ce baiser toute sa vie.

- 12 -

Isa n'aurait pas dû faire cela. Elle n'aurait pas dû laisser Marc l'embrasser. Hélas, lorsque sa bouche sensuelle se posa sur la sienne, elle cessa instantanément de s'en préoccuper. Ce qui s'était passé autrefois, ce qui pourrait se passer dans l'avenir n'avaient subitement aucune importance pour elle. Elle ne pensa plus à la souffrance qu'elle ressentirait lorsque l'avion se serait posé et qu'elle se retrouverait de nouveau seule. Tout ce qui comptait, c'était la sensation de la bouche de Marc sur la sienne. Du contact électrique de leurs corps l'un contre l'autre, ce contact qui lui procurait un sentiment de puissance infinie.

Sans presque en être consciente, Isabella leva les bras pour les nouer autour du cou de Marc et l'attirer tout contre elle, jusqu'à ce que leurs corps soient soudés l'un à l'autre. Bouche contre bouche, poitrine contre poitrine, sexe contre sexe.

C'était une sensation divine.

— Isa, ma chérie, murmura-t-il tout contre ses lèvres. Je veux…

— Oui, l'interrompit-elle d'une voix qui n'était qu'un souffle, tout en parcourant sa joue, sa gorge, de baisers brûlants. Tout ce que tu voudras, c'est oui.

C'était probablement le feu vert qu'il attendait, car, après un dernier baiser, Marc s'écarta d'elle. Isa gémit en signe de protestation, mais il se contenta de lui sourire d'un air coquin en l'agrippant fermement par les hanches pour la soulever.

— Marc…

C'était un gémissement, une prière, un appel désespéré

pour qu'il aille plus loin, tandis qu'elle serrait convulsivement ses jambes autour de sa taille, pressant sa féminité brûlante contre son sexe viril.

Isabella laissa Marc s'emparer de nouveau de sa bouche pour l'embrasser passionnément. Puis, tout en la portant serrée tout contre lui, il tourna les talons et se dirigea à grands pas vers la petite porte au fond de l'avion. En montant à bord, elle s'était justement demandé où elle conduisait. A présent, elle le savait. C'était une chambre, petite, mais avec un grand lit muni de draps de soie gris et d'une couette noire.

Sans trébucher une seule fois, Marc lui fit traverser la chambre à reculons sans cesser de l'embrasser. Ce qu'il était fort ! Sentir ses muscles durs tout contre elle était absolument magique.

Puis, ils arrivèrent au lit, où il la déposa sans crier gare, avec un sourire extrêmement malicieux.

Isa se mordit la lèvre. Non, elle devait éviter de lui céder, de succomber une nouvelle fois à son charme. Elle le savait ! Hélas, elle leva ses bras pour agripper le doux coton de son T-shirt. Oubliée, la prudence. Marc était là, avec elle, et il la désirait aussi désespérément qu'elle le désirait.

Le temps de l'attirer à elle, Isa roula de côté, l'entraînant avec elle, jusqu'à ce qu'elle soit assise à califourchon sur lui, ses cuisses chevauchant ses hanches.

— Maintenant, c'est mon tour, dit-elle d'une voix qui n'était plus qu'un souffle.

Marc se contenta de lui adresser ce sourire qui l'avait toujours tant troublée avant de répliquer :

— On dirait presque que tu t'attendais à me voir protester.

— Ce n'est pas ce que tu voulais faire ?

— Tu es assise sur moi, toute douce et brûlante de désir, répondit-il en glissant ses doigts entre ses cuisses pour effleurer son intimité. Pourquoi protesterais-je ?

Il s'apprêtait visiblement à en dire davantage, mais Isa se pencha et le fit taire d'un baiser qui la priva instantanément de toute pensée cohérente. A peine consciente de ce qu'elle faisait, elle se mit à tirer sur le tissu du T-shirt de Marc pour le lui ôter et sentir enfin la tiédeur de sa peau nue et ses muscles fermes sous ses doigts.

Avec un rire grave, il se souleva pour l'aider. Alors, elle explora avec délices tout son corps — ses larges épaules, ses pectoraux saillants, ses abdominaux parfaits —, avec les mains et bientôt avec les lèvres, en déposant mille baisers de son torse jusqu'à son ventre.

Isabella sentit Marc cesser de respirer lorsqu'elle arriva à sa taille, et il frissonna de tout son corps lorsqu'elle glissa les doigts sous la ceinture.

— Isa, ma chérie…

— Je suis avec toi, Marc, murmura-t-elle, comme un écho de ce qu'il lui avait dit plus tôt.

Après avoir débouclé sa ceinture et déboutonné son jean, Isa s'agenouilla sur le tapis près du lit et le débarrassa rapidement de ses chaussures, de son jean et de son caleçon, jusqu'à ce qu'il soit là, allongé devant elle, parfaitement nu.

En étouffant un juron, Marc tendit les bras dans sa direction, mais elle secoua doucement la tête et repoussa ses mains.

— C'est mon tour, répéta-t-elle.

Là, Isa le prit dans sa bouche.

Elle entendit alors Marc pousser un long gémissement rauque, presque douloureux, tandis qu'il enfouissait ses doigts dans sa longue chevelure, les reins cambrés pour aller à la rencontre de ses caresses. Elle savait ce qu'il désirait, ce que son corps la suppliait de lui accorder, mais elle n'était pas encore prête à le lui donner. Pas encore. Il avait passé une grande partie de leur dernière nuit ensemble à la tourmenter. Maintenant, c'était son tour.

Seulement, lorsqu'il prit son visage entre ses deux grandes mains et lui releva la tête pour plonger son regard sombre et chaviré de désir tout au fond du sien, Isa se sentit soudain privée de toute volonté. Marc leva alors sa bouche vers la sienne et l'embrassa.

Ce fut un baiser langoureux, interminable, passionné. Durant de longues secondes, Isa fut incapable de bouger, de penser, presque de respirer. Elle était totalement perdue, comme ensorcelée. Ah, si seulement cet instant pouvait ne jamais finir.

Subitement, Marc la souleva et la plaça sur le lit devant lui, et elle s'entendit gémir. Les caresses qu'elle lui avait prodiguées avaient embrasé son propre désir au-delà du point de non-retour. Elle avait désespérément besoin de le sentir en elle, mais Marc avait manifestement d'autres idées en tête. Car elle le vit se pencher et, avec une lenteur gourmande, poser sa bouche au centre de son intimité pour la dévorer de baisers brûlants.

Alors, Isa cessa de réfléchir. Les doigts glissés dans ses beaux cheveux noirs, elle tendit son dos comme un arc pour s'offrir aux caresses de la bouche magique de Marc. Ces mains viriles qui serraient ses hanches rendaient toute fuite impossible, ses lèvres et sa langue ne lui laissaient aucun répit, pas une seconde pour reprendre sa respiration. Il n'y avait plus que lui et le plaisir fabuleux qu'il lui prodiguait.

Il la conduisit jusqu'au bord de l'abîme à plusieurs reprises. Encore et encore, il refusa de la laisser basculer. Lorsqu'il s'écarta enfin d'elle pour enfiler une protection, Isa était déboussolée. Son esprit n'était plus qu'un magma informe. Elle était prête à le supplier, à lui promettre n'importe quoi pour qu'il fasse cesser cette délicieuse torture, et qu'il la libère.

Alors, Marc l'embrassa passionnément et entra en elle. Sa bouche sensuelle tout contre la sienne, il glissa une main entre leurs deux corps et se mit à la caresser. Il n'en fallut pas davantage pour provoquer l'explosion finale, comme un éclair éblouissant au centre de son être, une vague de plaisir inouï qui déferlait sur elle, encore et encore, dans un océan d'étoiles.

Isa poussa un soupir extatique. Marc était son guide, avec

ses mains, avec sa bouche, avec tout son corps. Il la faisait monter de plus en plus haut, dans un éther infini où il n'y avait plus qu'eux et ce qu'ils pourraient devenir s'ils se l'autorisaient.

Elle prononça son nom dans un souffle et le serra de toutes ses forces contre elle. Lorsque, d'un coup de reins puissant, Marc entra tout entier en elle une dernière fois, lorsqu'il l'embrassa avec encore plus de passion, elle n'eut d'autre choix que de s'abandonner à cet instant — à lui — et bascula une nouvelle fois dans un abîme de jouissance.

Cette fois-ci, Isa l'entraîna avec elle et ce fut pour elle l'instant le plus extraordinaire, le plus fabuleux de toute sa vie.

- 13 -

— Pour votre information, Marc, nous allons atterrir dans une vingtaine de minutes.

Marc sursauta. La voix du pilote venait de résonner dans la petite chambre de l'avion.

Près de lui, Isa remua un peu, mais ne se réveilla pas. En se redressant sur un coude, il la contempla durant un long moment, fasciné par tant de beauté. Ce qu'elle pouvait être belle lorsqu'elle dormait.

A vrai dire, elle l'était en toutes circonstances, avec sa peau d'une blancheur de lait, ses yeux sombres, sa somptueuse chevelure et son corps sensuel. Mais, pour une raison mystérieuse, elle était encore plus belle endormie.

Peut-être parce que c'était la première fois qu'il la voyait totalement détendue depuis le jour où il était entré dans sa salle de cours. L'unique fois où elle lui avait permis de voir la véritable Isa derrière Isabella, la femme à la tresse serrée, aux manières discrètes et au parcours professionnel impressionnant.

Ou peut-être était-ce la vulnérabilité qu'on devinait dans la courbe généreuse de sa lèvre inférieure. Ou l'éclat de rose de ses joues, d'ordinaire d'une pâleur d'ivoire.

Marc sentit son cœur se serrer devant une vision aussi enchanteresse. Plus question de perdre Isa, désormais. Il ne savait pas vraiment ce qu'il attendait d'elle ; à vrai dire, il n'était pas certain de ce qu'il éprouvait lui-même, mis à part le désir insatiable qu'elle éveillait en lui. Plus il lui faisait l'amour et plus il la désirait. A quoi bon le nier ? Il la désirait ardemment à cet instant même. La laisser partir ? Jamais !

C'était peut-être idiot de sa part de se montrer si optimiste. C'était même une vraie possibilité, après tout ce qu'elle lui avait fait — et ce qu'il lui avait fait en retour. Mais à cet instant, alors qu'il était allongé près d'elle, le passé ne lui semblait plus aussi important qu'auparavant. Rien ne comptait plus à part Isa et les sentiments qu'elle faisait naître en lui.

Au même moment, Marc entendit de nouveau la voix du commandant de bord lancer :

— Atterrissage dans quinze minutes, Marc. Vous devriez regagner vos sièges, tous les deux, si ce n'est déjà fait.

— Nous y serons dans cinq minutes, Justin, répondit Marc en se penchant pour appuyer sur le bouton du boîtier qui permettait de communiquer avec l'avant de l'appareil.

Ensuite, il réveilla Isa en la secouant gentiment par l'épaule jusqu'à ce qu'elle ouvre ses yeux noisette et lui lance un regard confus.

— Je suis désolé, mon cœur, murmura-t-il. Nous allons devoir nous rhabiller et regagner nos sièges. Nous atterrissons dans quinze minutes.

Elle cligna un peu des yeux puis écarta la masse de ses cheveux auburn de son visage et se redressa lentement en position assise dans le lit. Marc regarda le drap glisser de sa poitrine jusqu'à sa taille fine. Impossible de détacher les yeux d'un tel spectacle.

Elle avait l'air d'une déesse.

Une vision.

Le rêve le plus sexy qu'il ait jamais fait.

Avec ses yeux un peu gonflés de sommeil, ses lèvres pulpeuses, ses joues roses, Isa était la femme la plus désirable sur laquelle il ait jamais posé les yeux. Et il n'en regarderait *jamais* aucune autre. Sa longue chevelure cascadait sur ses épaules et jusque sur la douce courbe de ses seins généreux. Bon sang, il aurait eu tellement envie de se pencher pour poser sa bouche sur leurs pointes roses, de les goûter, de les mordiller pour l'entendre de nouveau gémir de plaisir.

Non, décidément, la tentation était trop forte !

Marc s'apprêtait à passer à l'action lorsque Isa posa fermement sa main sur son torse.

— Dans combien de temps devons-nous atterrir ?

Entendre sa voix un peu rauque le fit aussitôt frémir et raviva son désir encore davantage. Il se souvint de la sensation de sa bouche pulpeuse, de son corps magnifique sous le sien... Seulement, comme si elle avait deviné ses intentions, elle se recula vivement jusqu'au côté opposé du lit.

— Oh ! non ! le tança-t-elle. Je ne crois pas que nous ayons assez de temps pour un nouveau round.

Marc hocha la tête. Isa avait raison, bien sûr, mais sa libido ne voulait rien entendre. Il brûlait de sentir de nouveau sa peau, sa délicieuse douceur, contre lui.

Néanmoins, il devait avouer qu'une femme comblée en train de se rhabiller avec des gestes lents, langoureux, était le spectacle le plus sexy du monde. Bon sang, ce qu'il pouvait aimer la pâleur d'ivoire de sa peau, où apparaissaient encore par endroits les marques de ses baisers. Isa était à lui, et cette idée lui procurait une immense satisfaction.

Seulement, attention. Il adorait faire l'amour avec Isa, ça oui, mais songer à faire d'elle sa femme était une chose totalement différente. C'était une idée dangereuse. D'autant plus dangereuse qu'elle était follement séduisante.

— Tiens.

Marc sursauta quand la voix d'Isa le tira de ses réflexions. Il s'aperçut alors qu'elle lui tendait sa chemise. Elle lui jetait aussi un regard un peu étrange, mais le moment était mal choisi pour s'interroger là-dessus. Trop de pensées contradictoires se bousculaient déjà dans son esprit.

Ils achevèrent de s'habiller en silence mais, lorsque Isa ouvrit la porte pour regagner son siège en cabine, Marc ne put s'empêcher de l'enlacer par la taille et de l'attirer à lui. Que pouvait-il lui dire ? Qu'il l'aimait ? Non. Seulement, il ne pouvait pas non plus la quitter avec un : « Merci, mademoiselle, nous avons passé un bon moment. »

Alors il laissa son instinct parler pour lui et déposa une pluie de baisers sur sa gorge et sur sa joue. Isa se détendit et se blottit contre lui jusqu'à ce que la voix de Justin, depuis la cabine de pilotage, vienne briser la magie de l'instant.

Ils regagnèrent leurs places. Mais cette fois, lorsque Isa serra sa main dans la sienne, ce n'était pas à cause d'un trou d'air. Et, pour le moment, cela devrait lui suffire.

Une heure plus tard, Isa prit congé de Marc devant sa maison et vit sa voiture s'éloigner. Ses mains tremblaient et elle avait la gorge si serrée qu'elle parvenait à peine à respirer.

Qu'avait-elle fait ? Avait-elle perdu la tête ? Elle s'était conduite de façon stupide. C'était un véritable suicide émotionnel. Un monumental manque de réflexion.

Comment l'expliquer autrement ? Un peu plus de vingt-quatre heures plus tôt, elle avait quitté sa maison bien déterminée à ne jamais plus permettre à Marc de la toucher. Et pourtant elle était là, de retour chez elle aux premières heures de l'aube, le corps comblé d'amour et l'esprit hanté par l'image de Marc.

Une fois à l'intérieur, Isa ferma les yeux, et un flot d'images resurgit dans sa mémoire. Lui. Au-dessus d'elle, en dessous d'elle, à genoux, à ses pieds. Ses mains sur ses hanches, sur ses seins. Sa bouche en train d'effleurer son ventre, son sexe. De l'embrasser, la posséder, l'aimer…

Non ! Quelle que soit la nature de cette invraisemblable osmose qui les jetait l'un vers l'autre, elle refusait d'aller aussi loin. Ce n'était pas de l'amour. Pas pour Marc, et certainement pas pour elle. Elle ignorait encore le nom qu'on pouvait donner à ce sentiment, mais sûrement pas celui-là.

L'amour causait trop de mal — Isa l'avait appris à ses dépens six ans plus tôt. Elle avait aimé Marc et, tout ce que cela lui avait rapporté, c'était d'avoir le cœur brisé. Cette fois, elle se conduirait de façon plus intelligente. Cette fois, elle ne se permettrait pas de l'aimer. Pas de cette façon. Pas comme si son cœur, son âme dépendaient entièrement de lui.

Une petite voix dans son esprit lui chuchotait qu'il était déjà trop tard. Qu'elle était déjà allée trop loin pour revenir en arrière. Mais elle refusait de l'écouter. Pas maintenant, pas alors qu'elle croyait encore sentir les caresses de Marc sur sa peau, qu'elle était trop épuisée, trop vulnérable, pour réellement comprendre la réalité de la situation, et plus encore pour l'affronter.

Pour ne pas devenir folle, Isa décida d'une chose : elle allait cesser d'y penser. Du coup, elle monta dans sa chambre, déposa son sac de voyage à côté de la commode et s'abattit à plat ventre sur le lit.

Le visage enfoui dans la montagne d'oreillers, Isa parvenait à peine à respirer, mais elle n'avait pas l'énergie de tourner la tête. Il était 5 h 30 et elle donnait un cours à 8 heures. Seigneur… A cet instant, l'idée qu'elle devait être douchée, habillée et prête à partir à 7 heures précises était une véritable torture. Ces trois derniers jours, elle avait à peine dormi.

Et c'était Marc qui était le responsable. Pour sa nuit d'insomnie du samedi, dans sa chambre d'hôtel, passée à contempler le plafond, et aussi — ô combien ! — pour les deux merveilleuses nuits du vendredi et du dimanche. La sieste de moins de soixante minutes qu'elle s'était accordée après qu'ils eurent fait l'amour durant des heures ne pouvait pas compter comme une bonne nuit de sommeil.

Soudain, Isabella entendit son téléphone sonner dans sa poche. N'écoutant ni son bon sens, ni les protestations de ses muscles endoloris, elle le sortit pour afficher le message qu'elle venait de recevoir. C'était *lui,* naturellement. Qui d'autre aurait pu lui envoyer un texto à 5 h 30 du matin ? Et surtout ce matin très particulier.

Je tenais seulement à te remercier une nouvelle fois d'avoir fait ce voyage avec moi au Canada.

Pas plus ? Isa fixa l'écran durant quelques secondes, attendant qu'un second message s'affiche. Marc n'avait rien d'autre à lui dire ? Non, c'était inconcevable. Après avoir passé les six dernières heures de leur vol à faire exulter son corps, orgasme après orgasme, il se contentait de lui envoyer un message aussi insipide ?

Sérieusement, pourquoi même se donner la peine de prendre son téléphone ?

Isa attendit une minute supplémentaire, la gorge serrée, même si elle essayait de se convaincre que cela lui était égal. Elle se le répéta tant de fois qu'elle finit presque par le croire.

Après tout, qu'était censé lui dire Marc ? Si elle lui avait envoyé un message, elle non plus n'aurait pas su quoi écrire. Comment évoquer ce qui s'était passé entre eux, de toute façon ?

Et pour cause : la situation entre eux était beaucoup trop floue. D'autant que leur relation, ou ce qui en tenait lieu, avait sombré six ans plus tôt.

Isabella venait de reposer son portable sur le lit, près d'elle, pour enfouir de nouveau son visage dans les oreillers quand, tout à coup, ce satané appareil annonça trois autres messages enchaînés. Tous de Marc, bien sûr.

Je t'attends au siège de Bijoux à midi aujourd'hui.

A supposer bien sûr que notre marché tienne toujours.

Et, au fait, j'ai passé un agréable moment. J'espère que toi aussi.

Un agréable moment ? Il avait passé *un agréable moment ?* Que diable était-elle censée comprendre ? Une promenade dans un parc ou une sortie au cinéma avec des amis étaient d'agréables moments. Une nuit de sexe incandescent, fabuleux, inoubliable, ne pouvait pas être appelée un agréable moment ! Jamais de la vie.

Isa poussa un profond soupir. Certes, elle ne savait pas quel nom donner à ce qu'ils avaient vécu, mais elle avait au moins une certitude : le terme d'« agréable moment » ne convenait pas du tout.

Marc aurait dû le savoir. Surtout s'il comptait revivre cette expérience incandescente, fabuleuse, inoubliable, dans un avenir proche. Ce qu'il espérait manifestement, à en juger par le baiser enflammé qu'il lui avait donné avant de la quitter.

Pendant une seconde, Isabella fut tentée de lui répondre par un message aussi banal, insipide et décevant que ceux qu'il venait de lui envoyer. Certes, elle pouvait lui dire qu'elle aussi avait passé un agréable moment. Peut-être aussi mentionner qu'elle avait beaucoup apprécié les sept orgasmes qu'il lui avait procurés et conclure en assurant qu'elle serait ravie de le croiser un de ces jours dans les couloirs de l'Institut. Voilà qui attirerait sûrement son attention.

Mais, au bout du compte, elle n'en fit rien : en vérité, ce n'était pas dans sa nature de se livrer à de tels jeux avec lui. Elle n'avait jamais été tentée de manipuler les hommes comme des marionnettes. Et c'est justement pour cette raison que Marc et elle s'étaient si bien entendus lorsqu'ils étaient en couple. Marc ne s'était jamais intéressé à ces artifices, lui non plus. Il s'était toujours montré franc et direct. Au moins jusqu'à présent. Jusqu'à ce texto, dans lequel il lui souhaitait d'avoir passé un agréable moment.

Comme si c'était possible.

Isa se rongea nerveusement un ongle. En se laissant tomber sur ce lit, elle avait espéré fermer les yeux une petite heure avant de se rendre à son travail. Mais, à présent, elle était trop stressée pour songer à dormir. Bon sang, est-ce qu'elle n'avait pas commis une erreur monumentale en passant non pas seulement une, mais *deux* nuits dans les bras de Marc ?

Du coup, au lieu de faire une sieste, de répondre aux messages de Marc ou même d'essayer de se détendre après ces trente-six heures épuisantes, physiquement et mentalement, Isa s'obligea à se lever et à se rendre dans la salle de bains pour une douche rapide.

Après s'être séché les cheveux et appliqué une touche de mascara et de rouge à lèvres, Isa alla s'asseoir dans la cuisine devant son ordinateur et une tasse de café. Elle passa en revue toutes les informations en sa possession concernant les diamants du Canada — y compris la composition des impuretés dans la roche des différentes mines — puis se mit au travail.

Outre le numéro de série et le sigle de la mine, la nature des impuretés était le moyen le plus sûr pour un gemmologue de déterminer la réelle provenance d'un diamant. Les diamants africains contenaient certains sulfures, alors que les impuretés des diamants russes étaient surtout composées de nitrates. En revanche, les diamants canadiens ne contenaient ni l'un ni l'autre. Ils étaient généralement d'une plus grande pureté que ceux du reste du monde.

C'était d'ailleurs un excellent atout pour les propriétaires des mines canadiennes, car leurs diamants, grâce à leur exceptionnelle pureté, avaient une plus grande valeur. C'était également une manne pour Bijoux et toutes les autres sociétés possédant des mines au Canada… et un casse-tête pour les gemmologues qui s'efforçaient de prouver formellement qu'un diamant provenait de l'une de ces mines. Ce qui ne signifiait pas, bien sûr, que c'était impossible. Seulement, il fallait sortir des méthodes d'identification ordinaires de la plupart des diamants.

La première étape consistait à vérifier les numéros d'identification d'un large échantillon des diamants contenus dans la chambre forte de Bijoux, et à s'assurer qu'ils correspondaient exactement à ceux qui avaient été extraits des mines canadiennes. Isabella avait justement en sa possession le classeur contenant les documents officiels de production des mines, ainsi qu'une clé USB où était répertorié le numéro de série de chacune des pierres. Elle brancha la clé sur son ordinateur et lança un programme qui lui permettrait de comparer facilement les numéros fournis par la mine et ceux des diamants contenus dans la chambre forte de Bijoux.

Ensuite, Isa étudia toute la documentation concernant les sites d'extraction et la composition exacte de la roche dans chaque site, en tenant compte de la profondeur des découvertes. Le lendemain, au laboratoire, elle comparerait les échantillons de roche qu'elle avait rapportés, puis elle étudierait la composition des diamants de Bijoux pour déterminer la probabilité qu'ils proviennent de ces mines.

Ces deux étapes étaient cruciales. Pour autant, ni l'une ni l'autre ne fournirait la preuve incontestable que Marc et elle cherchaient. La certification de l'origine des diamants était une affaire compliquée, car la composition chimique des pierres était quasiment la même d'un bout à l'autre de la planète, sans compter que le commerce des diamants avait toujours attiré des opérateurs peu scrupuleux.

Pourtant, Isabella avait un dernier espoir, un indice qui ne pouvait être ni imité ni effacé et qui échappait souvent à l'attention des trafiquants de diamants de sang : certains isotopes d'hydrogène que les eaux de ruissellement avaient déposés à la surface des pierres avant leur extraction.

Si la présence de ces isotopes ne suffisait pas à prouver qu'un diamant provenait d'une certaine région, la composition chimique de chacun des isotopes était une preuve irréfutable. La composition chimique de la pluie étant différente partout sur la planète, les isotopes qu'elle déposait sur les diamants étaient spécifiques à chaque région. C'était là-dessus qu'Isabella comptait pour prouver les allégations de Marc. Ou pour les infirmer.

Pourvu qu'elle n'ait pas à le faire.

Pourquoi ? Oh ! pas parce qu'ils avaient été amants, ni à cause de leur passé. Mais parce que, malgré la façon dont leur histoire s'était terminée, elle avait toujours pensé que Bijoux était l'un des opérateurs les plus honnêtes sur le marché des diamants. Dans une industrie à la fois très dangereuse et en grande partie dominée par des sociétés peu regardantes sur l'origine des pierres, Marc avait toujours fait figure de chevalier blanc. C'était vrai, en tout cas, depuis que lui et son frère Nic avaient pris le contrôle de la société. Depuis le début, les deux frères l'avaient gérée différemment de la plupart des autres acteurs du marché.

Les deux hommes avaient en commun une forte conscience sociale et un profond respect de l'environnement. Ils tenaient à ce que les mines de la société Bijoux soient les plus sûres du monde, pour la nature et pour leurs travailleurs. Durant des années, elle-même avait cité l'entreprise dans ses cours comme un exemple à suivre dans un domaine d'activité où les bons élèves étaient rares.

Découvrir maintenant que les frères Durand avaient renoncé à leurs convictions — dans le simple but d'augmenter leur fortune déjà confortable — détruirait définitivement ce qui lui restait d'idéalisme.

Isa passa plus d'une heure à examiner toutes les informations en sa possession, et celles qu'elle put se procurer concernant les mines avec lesquelles Bijoux travaillait.

Elle examina des isotopes d'hydrogène jusqu'à ce que sa vue se brouille, mémorisa des centaines de types de composition chimique des sols dans les mines où Bijoux s'était fournie au cours des dix-huit derniers mois. Et elle pria de toutes ses forces pour que, lorsqu'elle examinerait le contenu de la chambre forte, tout corresponde exactement.

Dans le cas contraire, elle ne détruirait pas seulement la société de Marc. Car, même si elle faisait de son mieux pour ne pas y penser, elle avait très, très peur que cela ne détruise aussi son cœur.

- 14 -

— Isa a-t-elle trouvé quelque chose ?

Sans lever les yeux de son ordinateur, Marc répondit à la question que son frère venait de lancer en entrant dans son bureau, lundi après-midi.

— Elle n'est ici que depuis trois heures. Laisse-lui le temps de faire son travail.

— Malheureusement, il y a urgence. L'article du *LA Times* doit paraître dans seulement quelques jours et nous devons absolument démentir cette histoire avant qu'elle ne soit sous presse.

— Crois-moi, Nic, je le désire autant que toi. Seulement, nous ne pouvons pas bousculer Isa pour qu'elle aille plus vite. Elle travaille déjà depuis de longues heures dans la chambre forte. Nous ne sommes rentrés du Canada que ce matin et la pauvre doit être épuisée. Mais elle est ici, et elle fait de son mieux pour découvrir la vérité.

Son frère s'arrêta brusquement de faire les cent pas dans la pièce et lui jeta un regard perçant.

— Tiens, tiens ! dit-il. Depuis quand défends-tu Isa Moreno ?

— Depuis que… Oh ! d'ailleurs, quelle importance ? grogna Marc. Nous devrions plutôt nous préoccuper de démasquer le traître qui a passé cette fausse information au *LA Times*.

— Je m'y emploie, crois-moi. Mais il m'arrive parfois d'avoir à me préoccuper de deux soucis à la fois. Alors, dis-moi tout, grand frère. Qu'y a-t-il entre toi et Isa ?

— Il n'y a rien entre nous ! s'exclama Marc.

Celui-ci sentit son estomac se nouer. Attention, la conversation prenait un tour qui ne lui plaisait pas. Dire qu'il commençait à peine à assimiler le fait qu'Isa et lui étaient de nouveau amants. Inutile que quelqu'un d'extérieur vienne fourrer son nez dans leur relation en ce moment. Et surtout pas son petit malin de jeune frère.

— En es-tu vraiment certain ? Parce que tu m'as l'air bien susceptible, pour un type sans aucune histoire de cœur. Mais, bien sûr, c'est peut-être justement ça qui te manque, et c'est pour ça que tu es aussi susceptible, ces derniers temps.

— Je ne suis pas susceptible ! s'écria Marc. Et, si j'ai l'air nerveux, c'est parce que j'attends, tout comme toi, les résultats du travail d'Isa dans la chambre forte. Je déteste attendre. Et, plus que tout, je déteste ce silence.

— Là-dessus, nous sommes d'accord, grand frère, répondit Nic en s'installant confortablement dans l'un des fauteuils face à sa table de travail. Mais, à mon avis, tu t'inquiètes trop.

— Je suis le P-DG de cette société. S'inquiéter fait partie de mon travail.

Marc jeta un coup d'œil à la pendule pour la énième fois. Il s'efforçait d'afficher une attitude sereine devant son frère mais, en son for intérieur, il luttait pour ne pas paniquer. Certes, c'était idiot de se mettre dans des états pareils. Aucune de ses pierres ne provenait d'une zone de conflit, elles venaient toutes des mines de diamants canadiennes, respectueuses de l'environnement et offrant de généreux salaires à leurs ouvriers. Mais cela ne l'empêchait pas d'être anxieux. Car il y avait un traître parmi eux, celui qui avait glissé cette histoire au *LA Times*. Et, si cette personne pouvait inventer une histoire mêlant la société Bijoux au trafic des diamants de sang, qu'est-ce qui l'empêcherait de produire quelques diamants frauduleux pour prouver ses allégations ?

A vrai dire, cette seule idée le rendait malade. Du coup, Marc se mit à son tour à faire nerveusement les cent pas dans le bureau.

— Tout se passera bien, assura alors Nic, comme s'il

cherchait à se persuader lui-même. Est-ce qu'on ne dit pas « Pas de nouvelles, bonnes nouvelles » ?

— Oui, c'est ce qu'on dit, convint Marc d'un air sombre. Lisa est dans la chambre forte et je suis sûr qu'elle viendra nous avertir à la seconde où Isa aura trouvé la preuve que cet article est un mensonge. Ou qu'il dit la vérité.

— Elle ne trouvera rien qui confirme ces allégations, parce qu'il n'y a rien à trouver, déclara Nic d'un ton convaincu. Alors, pourquoi t'inquiètes-tu ?

— Pour rien, répondit Marc en continuant à marcher de long en large dans la pièce.

Au même instant, un bruit le fit se retourner. Lisa, justement. Elle venait de pousser la porte du bureau.

— Alors ? s'enquit-elle. Du nouveau ?

— Pourquoi nous posez-vous cette question ? s'étonna Marc. C'est vous qui êtes restée enfermée dans la chambre forte avec notre expert depuis trois heures.

— A vrai dire, je l'ai quittée il y a deux heures. J'avais une réunion et, de toute façon, elle était visiblement absorbée dans son propre petit monde.

Marc écarquilla les yeux. Non, pas possible, il avait dû mal entendre…

— Une réunion ? Vous avez laissé Isa toute seule dans la chambre forte parce que vous deviez vous rendre à *une réunion ?*

— J'ai laissé le docteur Moreno seule dans la chambre forte, en effet, reconnut Lisa d'un ton hésitant. Ça pose un problème ? C'est le protocole standard avec les experts de l'Institut de gemmologie. Ce sont tous des personnes de confiance. Et, d'ailleurs, que pourrait-elle faire ? Il y a cinquante caméras dans cette salle. Si elle avait l'intention de commettre un vol, et je suis sûre que ce n'est pas le cas, cela lui serait impossible.

Marc hocha la tête. Lisa disait vrai. La chambre forte était protégée par les meilleurs dispositifs de sécurité au monde. Et Isa ne l'avait jamais volé. Son père, certainement. Mais pas elle. Même pas six ans plus tôt, lorsqu'ils étaient ensemble, ni depuis lors.

Néanmoins, il ne put s'empêcher d'échanger un regard gêné avec Nic. Son frère avait toujours été le plus fidèle défenseur d'Isa, mais lui-même semblait un peu inquiet à l'idée qu'Isa soit restée seule là-bas. Sans un mot, Marc se dirigea vers la porte.

— Que se passe-t-il ? s'écria Lisa. Où allez-vous ?

— Ne vous en faites pas pour lui, lâcha Nic alors que Marc se dirigeait vers la sortie. Toute cette affaire le tracasse énormément.

— Nous sommes tous angoissés. Ce n'est pas seulement votre réputation qui est en jeu, c'est celle de chacun de nous, chez Bijoux. Je sais que tous nos diamants sont sans reproche, et l'idée qu'un imbécile quelconque ose répandre des mensonges sur nous me rend folle. Surtout qu'il est trop lâche pour nous accuser ouvertement et préfère répandre son poison dans l'ombre pour nous discréditer.

Marc n'entendit pas la réponse de Nic à cette tirade car il était déjà près des ascenseurs. Allons, Isa était une fille honnête, elle ne le volerait jamais, elle ne l'avait jamais fait. D'ailleurs, elle disposait d'un accès permanent aux pierres précieuses de l'Institut. Cependant, une petite voix dans son esprit lui chuchotait de se dépêcher. Il avait hâte d'être avec elle dans cette chambre forte. Pas parce qu'il pensait vraiment qu'elle pourrait le voler, mais parce qu'il désirait lui éviter la tentation de le faire.

La plupart des voleurs de bijoux étaient comme des toxicomanes ; ils étaient incapables de s'arrêter même après avoir amassé des fortunes. Le père d'Isa avait été comme ça. Malgré ses millions et le cancer qui le rongeait, il avait été incapable de résister à l'idée d'un dernier gros coup. Du coup, il avait volé sans aucun remords le fiancé de sa fille. D'ailleurs, il avait même fait d'Isa sa complice, autrefois, non ?

Marc se passa une main sur le visage. Lorsqu'elle l'avait supplié de ne pas envoyer son père en prison, Isa lui avait confié qu'elle avait trouvé cette vie excitante et qu'elle n'y avait renoncé que parce que son cœur battait plus fort encore lorsqu'elle était avec lui.

Six années étaient passées, et il la croyait. Isa avait laissé cette vie derrière elle. Mais qu'adviendrait-il si la tentation était trop forte ?

A un moment indéterminé au cours de ces derniers jours — probablement le jour où Isa avait accepté de l'aider malgré la façon détestable dont il s'était conduit avec elle —, Marc lui avait pardonné. Non, il ne lui en voulait plus d'avoir pris le parti de son père alors que lui et sa société étaient au bord de la ruine. Cet homme était son père, après tout, et il avait besoin d'elle. Elle avait d'abord pensé à lui, et c'était normal. Il comprenait sa décision. Pour autant, il ne devait pas lui faire totalement confiance. Il lui avait pardonné, oui. Mais pour le reste… il lui faudrait encore un peu de temps.

Si elle faisait *ça,* si elle le volait après tout ce qui s'était passé entre eux, cette fois, il ne pourrait jamais le lui pardonner. Il n'était même pas sûr de pouvoir encore la regarder en face. C'était une certitude.

En entrant dans la cabine d'ascenseur, Marc poussa un long soupir. Autant voir le bon côté des choses : cette situation allait lui donner l'occasion de voir qui était vraiment Isa avant de s'engager davantage avec elle. Seulement, il ne parvenait pas à s'en réjouir. Pour être honnête, il était terrifié. Pas parce qu'il s'inquiétait de la disparition de quelques pierres, mais parce qu'il craignait de perdre Isa. Il l'avait déjà perdue une fois. Pas question de revivre cette épreuve, même s'il s'était menti à lui-même au sujet des sentiments qu'il éprouvait pour elle lorsqu'ils étaient ensemble au Canada.

Quelques instants plus tard, les portes de la cabine finirent par s'ouvrir avec une lenteur désespérante au dernier étage de l'immeuble, où était située la chambre forte principale. Marc jaillit littéralement de la cabine et faillit entrer en collision avec Victor, l'un de leurs meilleurs techniciens, qui venait d'être promu au poste de manager.

Celui-ci lui sourit et lui adressa un salut amical. Trop pressé, Marc ne répondit que par un vague hochement de tête avant de s'éloigner à grands pas.

Au détour du couloir, il arriva face à la porte massive de la salle sécurisée. Les voyants lumineux clignotaient, indiquant que la pièce était occupée, mais que la plupart des systèmes d'alarme étaient encore opérationnels. Devait-il s'en réjouir ou s'en inquiéter ? Impossible à dire.

Du coup, Marc n'en pensa rien. Il garda l'esprit neutre, ouvert, en passant son badge dans le lecteur de cartes puis en laissant le scanner lire ses empreintes digitales. Ensuite, il composa son code personnel et attendit que la lourde porte d'acier pivote lentement sur ses gonds.

Il se rua aussitôt à l'intérieur et, dans sa hâte, faillit trébucher sur la petite table de travail qu'Isa s'était improvisée pour y poser son ordinateur portable, un microscope et un petit plateau de diamants. A l'évidence, elle examinait l'une des pierres au microscope lorsqu'il avait fait irruption comme un fou.

— Tout va bien ? s'enquit-elle en reposant la pierre sur le plateau avant de lever les yeux vers lui.

— Oui, bien sûr, marmonna-t-il. Tout va très bien.

Qu'aurait-il pu répondre d'autre ? « J'ai eu très peur parce que j'ai cru que tu allais me voler ? » Ou bien : « Je ne suis toujours pas tranquille parce que tu es restée seule dans la chambre forte pendant deux heures et je me demande si tu ne t'es pas rempli les poches ? » Aucune de ces réponses n'aurait été bien reçue.

Le temps de se passer la main dans les cheveux, il répondit :

— Je voulais seulement voir si tu avais progressé, si tu avais trouvé une preuve, dans un sens ou dans l'autre.

— Je sais que ce doit être éprouvant pour tes nerfs, surtout avec la menace de cet article suspendue au-dessus de ta tête, reprit doucement Isa. Hélas, il est impossible d'obtenir des résultats sérieux en un après-midi, dans une chambre forte de cette taille et avec une telle quantité de diamants. Avec un peu de chance, je te communiquerai le résultat de mes observations ce mercredi. Mais ce sera plus certainement jeudi. Et seulement à condition que j'y travaille à plein temps pendant que ma remplaçante assure mes cours à l'Institut.

Cette éventualité ne semblait pas du tout gêner Isa, mais Marc se sentit tout à coup submergé par une immense vague de culpabilité. A quoi bon se voiler la face ? Il avait honte d'avoir pu penser, ne serait-ce qu'un instant, qu'elle était une voleuse. Honte à l'idée qu'elle faisait tout pour l'aider alors qu'il pensait ces choses horribles à son sujet. Cela lui semblait être une injustice. D'autant plus que c'était *lui* qui l'avait quasiment suppliée d'accepter cette mission. Mais, bien sûr, c'était avant de savoir qu'elle resterait seule dans la chambre forte.

Bref, il fallait à tout prix qu'il dissipe le silence gêné qui venait de s'installer entre eux. Après s'être éclairci la gorge, Marc finit par donc par demander :

— As-tu besoin de quelque chose ? Puis-je t'être d'une aide quelconque ?

— Pas maintenant, répliqua Isa en souriant. Demain, j'aurai besoin d'accéder à tes laboratoires mais, pour le moment, j'ai encore du travail ici. Ne te gêne pas pour moi si tu as d'autres choses à faire. Comme, par exemple, diriger une société.

— En fait, j'avais pensé m'attarder ici un petit moment, si ça ne te dérange pas. Au cas où quelque chose se présenterait. Tu rends un énorme service à Bijoux et je ne voudrais surtout pas que tu doives attendre s'il te faut quoi que ce soit.

— Je crois que j'ai tout ce qu'il me faut, ici. Actuellement, je vérifie des numéros d'identification et je pense que ce travail m'occupera durant le reste de la journée. Je n'aurai rien à te signaler à moins de trouver une pierre suspecte.

Marc vit alors Isa poser sa main sur son épaule et la serrer doucement, probablement pour le rassurer, avant de conclure :

— C'est très *gentil* à toi de vouloir m'aider, mais pour le moment je n'ai rien pour t'occuper.

Il baissa la tête. La façon dont elle avait insisté sur le mot « gentil » ne lui plaisait pas beaucoup. Ce qui suffit à raviver ses soupçons. Du coup, il alla chercher une chaise au fond de la chambre forte et la rapporta pour la placer à quelques pas de sa table de travail.

— Ça ne fait rien, dit Marc en sortant son téléphone pour se donner une contenance. De toute façon, j'ai libéré tout mon après-midi. Je suis à ton service.

— Tu as sérieusement l'intention de rester là tout l'après-midi ? rétorqua Isa avec un regard étrange.

— Tout l'après-midi, en effet.

Même s'il se sentait coupable d'entretenir de tels soupçons, Marc ne bougea pas. D'abord parce que Isa semblait avoir hâte de se débarrasser de lui, et ensuite parce qu'à cet instant précis elle examinait les plus petits diamants de la chambre forte, les plus faciles à subtiliser et à écouler. Bon sang, il n'aimait pas du tout cette situation. Et, même s'il n'était pas assez stupide pour le lui avouer, il n'était pas non plus naïf au point de la laisser seule ici, comme un enfant sans surveillance dans un magasin de bonbons.

Isa lui lança alors un regard indéfinissable en retournant s'asseoir à sa petite table pour se remettre au travail. Néanmoins, il fit semblant de ne pas le remarquer. Ce qui valait tout de même mieux que de lui montrer combien elle le rendait nerveux… à tous les niveaux.

- 15 -

Isa observa discrètement Marc du coin de l'œil en vérifiant le dernier diamant de son plateau avant de le replacer dans un tiroir doublé de velours bleu. Pourquoi était-il aussi bizarre ?

Il ne regardait pas dans sa direction, ne faisait pas du tout attention à elle. A vrai dire, elle n'y voyait aucun inconvénient — après tout, c'était le P-DG de Bijoux et il avait sûrement beaucoup de travail, surtout depuis que la réputation de sa société était menacée. Seulement, son apparente indifférence la mettait mal à l'aise. C'était comme si elle n'était pas suffisamment importante pour qu'il remarque son existence. Marc n'avait fait aucun effort pour la toucher depuis qu'il était entré dans la chambre forte. Comme si ce qui s'était passé entre eux ce week-end n'avait jamais eu lieu. Comme s'il essayait d'oublier qu'il lui avait fait l'amour.

Sans doute parce que leur histoire se limitait au sexe, hélas.

Isa replaça le tiroir à sa place dans l'une des innombrables étroites ouvertures alignées en rangs serrés sur tout le mur. La chambre forte de Bijoux était organisée selon la taille des diamants, leur couleur et leur clarté. Pour continuer sa vérification des petites pierres de moindre valeur, elle tira le deuxième tiroir en partant du haut et le rapporta jusqu'à sa table de travail improvisée.

Marc n'avait toujours pas dit un mot. Il tapotait fiévreusement l'écran de son smartphone comme si la survie de toute l'humanité dépendait de la rapidité de ses doigts. Isa sentit son irritation revenir au galop. Elle n'avait pas besoin qu'il fasse constamment attention à elle, certes, mais elle aurait apprécié un sourire, un mot gentil, un signe qu'ils avaient passé tout le week-end ensemble, à travailler et à faire l'amour.

C'est peut-être pour ça qu'elle posa le tiroir sur sa petite table plus brutalement que prévu.

Le claquement sec résonna dans le silence de la pièce et, pour la première fois depuis qu'il s'était assis sur cette chaise près d'elle, Marc leva les yeux vers elle.

— Tout va bien ? s'enquit-il en fronçant les sourcils.

— Oui, tout va bien. C'est très *agréable* de travailler dans cette pièce, marmonna-t-elle.

Isa retint un soupir. Cette façon de lui rappeler son texto était digne d'une gamine, mais elle commençait à ne plus pouvoir se passer de Marc. Hélas, c'était sa faute à elle si elle avait laissé ce sentiment renaître dans son cœur. Mais cela n'y changeait rien. Si tout ce qu'il désirait était une ou deux nuits avec elle, il aurait dû le dire. Il ne s'était pas gêné pour le lui annoncer le samedi matin lorsqu'il avait quitté son lit, n'est-ce pas ? Alors pourquoi ne le lui avait-il pas répété ce matin, en la déposant chez elle ? Il aurait pu dire quelque chose du genre : « J'ai passé un agréable moment mais, étant donné la nature de ton travail chez Bijoux, je crois qu'il est préférable que nos relations restent désormais limitées au cadre professionnel. »

Bien sûr, elle lui en aurait voulu. Mais, au cours de l'heure qui venait de s'écouler, elle était parvenue au même résultat. Du coup, cela n'aurait fait aucune différence. Marc n'avait rien gagné à jouer à ces petits jeux. Restait à savoir à quoi il jouait, et quel but il espérait atteindre de cette façon.

Sans un mot, Isa se concentra de nouveau sur son travail. Elle ouvrit le tiroir et en sortit une sélection de diamants d'un quart de carat. Avec celles du tiroir qu'elle avait examiné précédemment, c'étaient les pierres les plus modestes de la salle sécurisée. Si tout le contenu du tiroir devait représenter une valeur de plusieurs centaines de milliers de dollars, chaque diamant ne valait qu'une centaine de dollars à peine.

— Puis-je te poser une question ? demanda soudain Marc.

— Bien sûr. C'est tellement *agréable* de discuter avec toi.

Isa le vit froncer les sourcils et sentit que son sarcasme commençait à l'agacer. Tant pis.

— Pourquoi est-ce que tu te concentres uniquement sur les petites pierres ? Tu devrais plutôt vérifier les plus grosses, non ? Si quelqu'un chez Bijoux s'amuse à trafiquer les numéros de série et les certificats d'origine, il serait plus profitable pour lui de le faire avec un gros diamant qu'avec un petit.

— On pourrait le penser, mais mon expérience et celle de mes collègues prouvent exactement le contraire. Les gros diamants attirent l'attention et il est difficile de prolonger l'escroquerie très longtemps. Les pierres de plus de un carat font l'objet de nombreux contrôles, alors que personne ne fait attention à celles-ci, ni les experts, ni les joailliers, ni les consommateurs. Après tout, qui se donnerait la peine de falsifier les documents d'un diamant de moins de cent dollars, qui ne lui rapporterait que deux dollars de bénéfice ?

— Quelqu'un qui falsifie l'origine de milliers de pierres ? suggéra-t-il.

Isa hocha la tête. Marc voyait parfaitement où elle voulait en venir.

— Oui. Ou plus probablement des centaines de milliers de pierres. Dans ce cas, les profits deviennent beaucoup plus intéressants.

— Oui, j'imagine. Si on est prêt à vendre son âme pour de l'argent.

A ces mots, Marc prit un air dégoûté qui la fit éclater de rire.

— Tu sembles avoir oublié que l'avidité est la principale caractéristique de l'espèce humaine. Sans parler des modalités de fonctionnement du marché des diamants.

Soudain, Isa le vit esquisser un sourire. Le premier de l'après-midi. Enfin ! Là-dessus, il répondit :

— J'aimerais pouvoir les oublier. C'est donc pour ça que tu accordes une attention particulière aux petits diamants. Parce qu'il est plus facile d'y glisser quelques pierres frauduleuses que parmi les diamants de plus grande valeur.

— Naturellement, répliqua-t-elle en lui lançant un regard curieux. Pourquoi passerais-je autant de temps avec ces pierres alors que tout le côté droit de la chambre forte abrite des diamants fabuleux ? Au demeurant, je les examinerai plus tard, eux aussi. Mais pas avant d'en avoir terminé avec ceux-ci.

— Prends tout ton temps, approuva Marc en lui faisant de nouveau un sourire. Je tiens à ce que nous soyons tous les deux totalement satisfaits de la validité des certificats d'origine de mes pierres.

Isa acquiesça prudemment. Seulement, face au sourire éblouissant de Marc, elle eut soudain l'impression d'être Alice tombant dans le terrier du Lapin blanc. Car, cette fois, lorsqu'elle se remit au travail, Marc ne l'ignorait plus. Au contraire, il relevait souvent les yeux vers elle pour lui sourire. Ou lui proposer de remplacer la bouteille d'eau vide oubliée sur le coin de sa table. Eh bien ! On aurait dit que ce n'était pas le même homme que celui avec lequel elle venait de passer la dernière heure. Pourquoi se comportait-il aussi bizarrement ? Tout cela était très étrange. D'autant qu'il n'avait pas évoqué la suite — ou l'absence de suite — qu'il comptait donner à leur relation.

Bref, elle n'était toujours pas certaine de ce qu'il pensait. Après tout, qui irait perdre son temps avec une relation « agréable » lorsqu'on pouvait prétendre au spectaculaire ?

Néanmoins, Isa se garda bien de lui faire la moindre remarque à ce propos. D'ailleurs, Marc n'aborda pas le sujet de tout l'après-midi, lui non plus.

Pour cela, il fallut attendre que la nuit tombe et que tous les employés de la société rentrent chez eux.

Elle achevait d'examiner un tiroir de diamants d'un demi-carat en espérant avoir le temps d'en vérifier un autre avant de conclure sa journée de travail. Mais, alors qu'elle replaçait la dernière pierre sur le plateau, la main de Marc vint se poser sur la sienne. Elle s'aperçut alors qu'il avait rangé son téléphone et qu'il se tenait debout près d'elle, la dominant de toute sa taille.

— Je vais remettre moi-même cette sélection à sa place, déclara-t-il. Et si tu commençais à ranger tes affaires ?

Isa jeta un coup d'œil à sa montre. Mince, il était déjà 21 heures ! Vite, il fallait qu'elle se dépêche…

— A vrai dire, je comptais vérifier un dernier lot avant de rentrer à la maison. Ça ne sera pas très long…

— Peut-être, la coupa-t-il, mais tu as l'air totalement épuisée. Tu auras tout le temps de t'en occuper demain.

Elle faillit protester — le temps lui était compté et il lui restait énormément de travail à faire —, mais elle n'était pas la seule à avoir l'air épuisé. Marc cachait bien sa fatigue, mais ses traits tirés indiquaient qu'il ressentait lui aussi les effets de trois nuits sans sommeil. Par conséquent, inutile d'insister.

— D'accord, capitula-t-elle.

Il ne lui fallut que deux minutes pour ranger son ordinateur et rassembler le reste de ses affaires. Ensuite, ils quittèrent la pièce ensemble. Marc s'assura que tous les systèmes d'alarme de la chambre forte étaient activés.

Isa et lui étaient sortis de l'immeuble et étaient presque arrivés à la voiture de la jeune femme garée sur le parking lorsqu'il reprit la parole :

— Que dirais-tu d'un dîner à emporter ?

— A emporter ? répéta-t-elle d'un air hébété.

— Oui, j'ai pensé que nous pourrions passer chercher quelque chose chez un traiteur et dîner chez toi, expliqua-t-il, d'un ton visiblement amusé.

— Chez moi ?

Marc lui lança aussitôt un regard un peu étrange. Devant la surprise qu'elle avait manifestée, son sourire mourut lentement sur ses lèvres.

— Sauf, bien sûr, si tu préfères ne pas dîner avec moi.

Isa secoua la tête. Marc repensait certainement à la soirée

du samedi, au cours de laquelle elle avait obstinément repoussé toutes ses avances. Du coup, elle s'empressa de le rassurer :

— Non, non, pas du tout. Ce serait très agréable de ne pas avoir à préparer un repas.

Cette fois-ci, elle avait laissé échapper ce mot sans aucune intention particulière. Mais, bien sûr, Marc ne manqua pas de le relever.

— D'où te vient cette soudaine obsession pour le mot « agréable », aujourd'hui ?

Isa sentit son visage s'empourprer et baissa la tête, tant pour éviter sa question que pour réfléchir à une réponse qui ne la ferait pas passer pour une folle. Seulement, Marc n'allait certainement pas la laisser s'en tirer à si bon compte. De fait, il lui releva le menton et l'obligea à le regarder droit dans les yeux. Elle ne dit pas un mot, et lui non plus. Naturellement, elle céda la première. Les choses s'étaient toujours passées comme ça avec lui ; comment avait-elle pu l'oublier ? Marc remarquait toujours le plus petit détail chez elle. Lorsqu'il lui posait des questions gênantes, il lui laissait tranquillement le temps de répondre, sans jamais avoir l'air ennuyé ou anxieux. Il attendait patiemment qu'elle trouve le courage de dire ce qu'elle avait à dire.

— C'est seulement…

Isa s'interrompit en secouant lentement la tête.

— Est-ce qu'on pourrait laisser tomber ce sujet pour l'instant ?

— Aucune chance, répondit Marc en la couvant de ce regard qui la faisait littéralement fondre.

— Oui, c'est bien ce que je pensais, dit-elle en soupirant. Eh bien, tu te souviens peut-être du message que tu m'as envoyé ce matin ? Tu me disais que tu avais passé un agréable moment.

— Et quel mal y a-t-il à ça ?

Isa sentit sa gêne s'évanouir instantanément pour laisser place à une franche irritation. Ce n'était pas la réponse qu'elle espérait, loin de là !

— Je ne sais pas, Marc. On n'a qu'à recommencer. Tu me ramèneras chez moi, tu me feras passionnément l'amour et, ensuite, au moment de te raccompagner jusqu'à la porte, je te déclarerai que j'ai passé *un agréable moment*.

Marc demeura silencieux durant quelques secondes en la dévisageant comme si elle était devenue folle. Et c'était peut-être vrai. A ce stade, elle n'était plus sûre de rien. Tout ce qu'elle savait, c'était qu'elle ne voulait pas qu'il retire sa main de sa joue, qu'il cesse de la toucher. Ni maintenant ni jamais. Et c'était un énorme problème, dans la mesure où elle s'était promis depuis le début de ne pas retomber amoureuse de lui.

Et puis, au bout de quelques instants, Isa entendit Marc déclarer, en la serrant tendrement dans ses bras :

— Sérieusement, mon cœur ! J'étais à moitié endormi et pas très cohérent. C'est pour ça que tu m'en as voulu toute la journée ? Tu ne crois pas que tu devrais te montrer plus indulgente avec moi ? Je ne suis qu'un homme.

Isa baissa la tête. Lorsqu'il l'exprimait de cette façon, son argument paraissait parfaitement raisonnable. Il n'empêche : avant de s'engager davantage avec lui, elle avait besoin de savoir.

— Alors, tu n'essayais pas de te débarrasser de moi ? De reprendre tes distances ?

Marc pencha la tête pour déposer mille baisers sur son front, ses joues, sa bouche, avant de lâcher :

— Ai-je l'air de chercher à m'éloigner de toi ?

— Non, reconnut-elle d'un ton hésitant.

— Dans ce cas, le problème est réglé. Et, puisque c'est le cas, dis-moi ce que tu aimerais manger pour dîner et je ferai un détour par le traiteur en allant chez toi. A supposer, bien sûr, que je sois invité.

Isa regardait Marc lui sourire : une lueur espiègle brillait dans ses yeux. Mais elle y lisait aussi de l'incertitude. Comme si ce qui se passait entre eux l'étonnait et l'inquiétait autant qu'elle. Comme s'il avait autant à perdre qu'elle-même.

Cette idée lui coupa le souffle et elle scruta son visage.

Peut-être y trouverait-elle des signes suggérant qu'il éprouvait les mêmes sentiments qu'elle. Elle les trouva dans le plissement du coin de ses yeux, dans la douceur de son sourire, dans le léger tremblement de sa main sur son bras.

Bizarrement, cette nouvelle certitude qu'elle n'était pas seule lui rendit tout son optimisme. Autrefois, elle avait aimé Marc Durand de tout son cœur, de tout son être. Elle avait cru mourir en le perdant. Voilà pourquoi elle s'était juré de ne jamais plus commettre la même erreur. Et, pourtant, elle était là, en train de suivre exactement le même chemin en ignorant ses appréhensions. C'était très préoccupant mais, lorsqu'il la contemplait de cette façon, c'était aussi un bonheur infini.

Après avoir esquissé un sourire à son tour, Isa indiqua :

— Tu sais, il y a un restaurant grec tout près de chez moi, qui sert aussi des plats à emporter. C'est un endroit minuscule, mais la cuisine est fabuleuse.

— Va pour un dîner grec. Envoie-moi l'adresse par texto et je le trouverai.

Là-dessus, Marc lui donna un dernier tendre baiser et lui ouvrit sa portière.

— Sois prudente sur la route.

— Marc, tu ne changeras jamais.

— Tu aimais bien l'ancien Marc.

Isa hocha la tête. Il avait raison. Elle l'avait aimé. Jusqu'à ce qu'il la jette à la rue sans même lui laisser le temps de prendre la clé de son appartement. Malgré elle, le souvenir de cette nuit-là resurgit dans sa mémoire et, avec lui, un douloureux malaise. Bon sang, pourquoi pensait-elle à ça ? Ce n'était pas le moment !

Pas alors que Marc la dévisageait avec une telle tendresse dans les yeux.

Pas alors qu'elle se sentait littéralement fondre face à ce regard.

Du coup, Isa se contenta d'une demi-vérité. Elle noua ses bras autour de son cou et posa les lèvres sur sa joue.

— Je l’aime encore énormément.

Cette fois, c’était Marc qui avait cessé de respirer. Lui dont le cœur s’était mis à battre plus vite. Elle le sentait.

— Vas-y, dit-il en posant un dernier baiser gourmand sur sa bouche. Avant que je ne décide de te faire l’amour ici même, dans ce parking, sous le regard de mes agents de sécurité.

Isa se mordit la lèvre. Même si elle était tentée, il y avait du vrai dans cet avertissement de Marc. Malgré tout, elle remonta dans sa voiture, et il referma sa portière. Pas question de songer à l’avenir. Pour la première fois de sa vie d’adulte, elle n’avait aucune envie de réfléchir aux conséquences de ses actes. Elle n’aurait qu’à rester prudente.

Pourvu que ce soit suffisant.

- 16 -

Deux jours plus tard, Isa était heureuse : le rêve se poursuivait.

C'était merveilleux et angoissant, grisant et terrifiant tout à la fois. D'autant plus que Marc paraissait éprouver exactement les mêmes sentiments qu'elle.

La veille au soir, il avait invité Nic à venir dîner avec eux. Elle avait ri aux larmes avec lui. La menace de cet article du *LA Times* planait toujours au-dessus de leurs têtes, mais c'était un optimiste de nature, même si elle l'avait oublié durant toutes ces années. Comme elle avait refoulé l'image de Marc et des jours qu'ils avaient vécus ensemble parce que ces souvenirs étaient trop douloureux.

Maintenant qu'elle se les rappelait, Isabella se remémorait leurs conversations et leurs éclats de rire. Les mille façons dont Marc savait la faire s'esclaffer. Et les mille et une façons qu'elle connaissait pour le détendre, même après une journée stressante.

A cet instant précis, en montant à son bureau, elle était incapable d'effacer le sourire qui étirait ses lèvres. Et pour cause : tout allait merveilleusement bien.

A un détail près : elle était épuisée, vidée de toute énergie. Rien d'étonnant après avoir mené à bien un processus de certification en cinq jours au lieu de dix en temps normal. Mais tout cela n'avait aucune importance, puisqu'elle apportait de bonnes nouvelles à Marc. C'était un résultat qu'il connaissait déjà, bien entendu, mais Nic et lui seraient soulagés d'apprendre qu'elle était parvenue à la même conclusion. Et qu'aucun de leurs employés ne les avait trahis.

Isa leva alors les yeux et aperçut Thomas, l'assistant de Marc, qui lui indiqua la porte du bureau.

— Entrez directement. Voilà deux heures qu'il attend votre arrivée avec impatience.

Aucun doute là-dessus. Marc était comme ça. C'était dans sa nature de s'inquiéter. Elle lui avait déclaré qu'elle pensait avoir terminé son travail vers 16 heures mais, dès 16 h 01, il lui avait envoyé un texto pour lui demander si elle avait les résultats.

Isa l'avait fait patienter deux heures de plus afin de poursuivre ses tests sur les isotopes, juste au cas où. Elle tenait à ce que ce processus de certification soit au-dessus de tout reproche. Marc devait retrouver sa sérénité, savoir que l'article du *LA Times* n'était qu'un tissu de mensonges.

Après le naufrage de leur relation, six ans auparavant, elle lui devait bien ça. Et elle désirait qu'il soit heureux Il le méritait.

Marc, Nic et Hollister, l'un des avocats chargés de l'affaire, étaient assis autour de la table de travail lorsque Isabella entra dans le vaste bureau. Malgré leurs sourires, elle sentit la vive tension qui régnait dans la pièce.

Tous les regards étaient rivés sur elle. Après s'être s'efforcée de leur rendre leur sourire, elle s'approcha de Marc et lui tendit le classeur contenant les documents qu'elle avait rassemblés — et paraphés. Tous certifiaient que la société Bijoux commercialisait uniquement des diamants provenant de mines respectueuses du processus de Kimberley. Oh ! elle comptait bien lui envoyer des copies électroniques des mêmes documents mais, à cet instant précis, le fait de lui remettre ce classeur avait un caractère plus officiel. Plus réel. Dans ce domaine, elle était de la vieille école.

Marc devait avoir eu la même impression car, lorsqu'il ouvrit le classeur et posa son regard sur la première page, un grand sourire s'épanouit sur ses lèvres.

— Nous avons la certification ?

— Vous l'avez absolument, déclara Isa.

— Je le savais ! s'écria Nic en se levant d'un bond. Je savais que la source de cette journaliste avait menti.

Celui-ci accorda une seconde à Marc pour examiner les documents qu'elle avait apportés puis lui arracha le classeur des mains et se dirigea à grands pas vers la porte.

— Où vas-tu ? grogna Marc.

— Je vais faire une copie de ce dossier puis je me rendrai au siège du *LA Times* et j'obligerai cette satanée journaliste à avaler toutes les pages une par une. Et j'espère bien qu'elle s'en étouffera.

— Il est de mon devoir de vous informer que ce serait une action illégale, lança Hollister.

L'avocat avait beau dire, il souriait d'une oreille à l'autre.

Isa s'apprêtait justement à s'asseoir dans le fauteuil que Nic venait de libérer lorsque Marc la prit dans ses bras, avant de la faire tournoyer en l'air autour de lui en riant aux éclats.

— Heu… je crois que je vais vous laisser fêter l'événement entre vous, intervint alors Hollister. Envoyez-moi une copie du rapport lorsque Nic vous l'aura rapporté. Je veillerai à ce qu'il soit livré par un coursier et remis en mains propres au rédacteur en chef du *LA Times* avant la fin de la journée.

— Mais Nic ne s'en charge pas déjà ? s'enquit Isa lorsque Marc la reposa sur le sol. Il m'avait bien l'air d'un directeur de la communication sur le point de commencer sa campagne.

— Oh ! il portera le message, lui aussi, soyez tranquille, répondit Hollister. Mais je tiens à ce que tout soit fait dans les formes. Je veux m'assurer que personne ne puisse prétendre ne pas avoir été informé de cette certification, ou de nos commentaires à ce sujet.

Là-dessus, l'avocat sortit du bureau, les laissant seuls face à face, en train de sourire comme des idiots. Isa essaya bien de prendre un air plus sérieux : rien à faire, elle était aux anges !

— J'ai envie de fêter ça, déclara subitement Marc en s'emparant de sa main pour la porter à ses lèvres. Je veux t'emmener dans un endroit très chic et romantique à souhait.

Il déposa alors une pluie de baisers sur ses doigts, puis il retourna sa main et ses lèvres brûlantes effleurèrent sa paume et son poignet. Un frisson d'excitation parcourut le corps d'Isa tout entier et elle se blottit contre lui. Pour lui faire sentir qu'elle ne respirait plus, pour lui faire voir que ses mains s'étaient mises à trembler.

Une flamme de désir s'alluma au fond des beaux yeux de Marc, puis il s'empara de sa bouche et l'embrassa passionnément tandis qu'un incendie dévorant semblait ravager leurs deux corps.

— Attends une seconde, murmura-t-il lorsqu'il arracha enfin sa bouche à la sienne.

Joignant le geste à la parole, Marc ramassa une petite télécommande posée sur son bureau et actionna les volets électriques des fenêtres : de quoi éviter les regards curieux ! Il se dirigeait vers la porte pour la fermer et la verrouiller lorsque Lisa apparut sur le seuil, toute pâle et visiblement bouleversée. Seigneur, qu'était-il arrivé ?

— Je dois vous parler ! dit-elle d'une voix paniquée sans même avoir été invitée à entrer.

— Que se passe-t-il ? s'enquit Marc en la guidant jusqu'à un fauteuil. Vous vous sentez bien ?

— Moi, oui, répondit Lisa en posant la tablette électronique qu'elle avait apportée sur le coin de la table de travail. Mais je ne peux pas dire la même chose de la chambre forte.

Isa sentit son cœur se serrer et une chape de plomb s'abattre sur ses épaules.

— Que voulez-vous dire ?

Lisa afficha un tableau sur son écran et pointa son doigt vers les chiffres, en gémissant :

— Je veux dire qu'il nous manque plusieurs diamants de deux carats et plus dans la catégorie des plus purs.

Elle éclata en sanglots, avant d'ajouter :

— Nous avons été cambriolés !

Marc se passa une main dans les cheveux. Surtout, rester calme. Pas question d'élever la voix.

— C'est impossible

— C'est ce que j'ai pensé lorsque je suis entrée dans la chambre forte ce matin ! s'écria aussitôt Lisa. Mais ces diamants ont disparu. J'ai vérifié les registres plusieurs fois, vérifié qu'ils n'avaient pas été rangés dans un autre tiroir, bien que cela ne se soit *jamais* produit. J'ai même visionné les enregistrements des caméras de sécurité et je n'ai vu aucun signe d'intrusion. Personne n'est entré dans cette salle ces trois derniers jours, mis à part les personnes autorisées.

— Trois jours ? C'est la dernière fois que vous avez vu les diamants en question ?

— Je les ai vus samedi. Je venais de les ranger dans la chambre forte lorsque vous m'avez convoquée dans votre bureau. Je n'ai pas vérifié depuis ; je n'avais aucune raison de le faire, jusqu'à aujourd'hui. Personne ne les a touchés, à part Isa.

Marc serra les poings de toutes ses forces. Pas question de laisser ses soupçons ou la colère qui l'envahissait l'empêcher de réfléchir. Non, c'était impossible. Isa ne lui ferait pas une chose pareille pour la seconde fois, pas alors que leur relation semblait prête à s'épanouir de nouveau. Pas alors qu'il lui avait presque pardonné ce qu'elle avait fait autrefois.

Certes, il doutait encore d'elle. Sans quoi, il n'aurait pas tenu à lui tenir compagnie dans la chambre forte pendant qu'elle travaillait. Seulement, ils avaient dépassé tout cela. Elle ne pouvait pas avoir envie de le voler. Et, dans le cas contraire, il n'aurait pas été assez stupide pour ne pas s'en apercevoir. Il avait pris ses précautions. Il avait bien veillé à ce qu'elle ne soit pas exposée à la tentation pendant qu'elle travaillait, non ?

Dans *sa* chambre-forte.

Marc reprit lentement son souffle. Allons, inutile de tirer des conclusions hâtives ou de laisser ses soupçons l'aveugler. S'il avait une bonne chose à faire, c'était d'appeler la sécurité pour se faire envoyer tous les enregistrements vidéo des cinq derniers jours. Hélas, il s'aperçut qu'il ne pouvait plus du tout regarder Isa en face. C'était plus fort que lui.

— Comment puis-je t'être utile ? l'entendit-il justement demander.

Marc ne répondit pas. Il ne faisait pas confiance à sa voix, ou aux paroles qui jailliraient de sa bouche.

Au lieu de ça, il décrocha le téléphone, appela son chef de la sécurité et lui demanda de venir le rejoindre dans la salle sécurisée dans cinq minutes. Puis il ramassa son smartphone et la tablette que Lisa avait apportée, et fila tout droit vers les ascenseurs.

Comme si la machine avait compris la colère folle qui l'avait saisi, les portes de l'ascenseur s'ouvrirent presque instantanément. Marc entra dans la cabine et attendit que Lisa entre à son tour. Mais, lorsque Isa fit mine de les suivre, il l'arrêta.

— Non. Reste là.

Elle se figea, les yeux écarquillés, et devint toute pâle.

Ce fut la dernière image d'elle qu'il emporta lorsque les portes se refermèrent sans bruit.

Avant même d'avoir atteint l'étage de la chambre forte, Marc visionna la vidéo du samedi sur la tablette puis se plia aux procédures complexes de l'ouverture de la porte blindée. Il ne leva les yeux qu'à l'arrivée de Bob, son chef de la sécurité.

— Sept diamants de grande valeur ont disparu, lui expliqua-t-il. Je veux que vous découvriez comment cela s'est produit.

Avant de pénétrer dans la pièce sécurisée, Marc se fit communiquer l'identité de toutes les personnes qui y étaient entrées au cours des trois derniers jours. Lisa avait dit vrai. Aucun d'eux ne pouvait être soupçonné. A l'exception de la femme qui avait partagé son lit ces trois dernières nuits.

Marc refoula fermement cette pensée en même temps que la rage qui menaçait de l'étouffer. Allez, au travail.

— Je veux que les enregistrements de toutes les caméras de cette chambre forte soient passés au crible, gronda-t-il en s'adressant à Bob. Je veux savoir ce qui s'est passé à chaque seconde de ces trois derniers jours, dans cette pièce et dans toutes les autres à cet étage. Dans les toilettes au bout du couloir et dans les deux ascenseurs qui conduisent à ce niveau. Et je veux le savoir dans quatre heures au plus tard. Mettez tous les agents qu'il faudra sur l'affaire.

Marc observa une pause, la mâchoire serrée. S'il ne se retenait pas, il allait se mettre à rugir comme un ours blessé. Là-dessus, il conclut :

— Je veux savoir où sont passés mes diamants. Je veux savoir comment ils ont pu quitter cette salle. Je veux savoir où ils sont, maintenant !

— Oui, Marc.

Marc regarda le chef de la sécurité. Bob était aussi pâle qu'Isa juste avant que les portes ne se referment sur elle, mais tant pis pour lui. C'était son travail de veiller à ce qu'une chose pareille ne se produise pas. Et, puisque cela s'était malheureusement produit, c'était à lui de trouver un moyen de corriger la situation.

Sauf qu'il était injuste de reprocher à Bob ce qui s'était passé. C'était lui, Marc, qui, en toute connaissance de cause, avait laissé entrer une ex-voleuse de diamants dans sa chambre forte. Qui lui avait fait confiance malgré leur histoire passée — et malgré ses propres doutes. Non, le responsable, ce n'était pas Bob. C'était *lui*. C'était lui qui s'était fié à Isa. Qui lui avait ouvert toutes les portes de Bijoux parce qu'il avait retrouvé sa foi en elle.

Parce qu'il voulait croire en elle, même si elle était la fille d'un voleur, même si elle l'avait déjà trahi une fois.

Marc secoua la tête. Quelle horreur ! Six ans plus tard, il n'avait toujours pas appris la leçon. Il était encore un pauvre naïf ensorcelé par une chevelure auburn, un doux sourire et des yeux charmeurs. Ensorcelé par Isa.

Il était encore pire que ça. Il était un parfait crétin. Un idiot qui méritait ce qui lui arrivait. Il n'avait rien compris la première fois, il n'avait pas été assez malin pour éviter de répéter les mêmes erreurs. Et le destin s'était chargé de lui donner une dernière leçon.

Mais, cette fois, il avait compris. Pas question d'oublier ce qui venait de se passer. Isa ne le bernerait plus jamais de la sorte.

Marc donna des ordres aux autres agents de sécurité qui venaient de faire leur entrée pour qu'on procède à un inventaire minutieux de tous les tiroirs. La disparition de ces diamants devrait être passée par pertes et profits. Hors de question d'informer la compagnie d'assurances de ce vol. Il deviendrait la risée de toute la ville. Et ses primes d'assurance s'envoleraient.

Si rien d'autre ne manquait à part ces sept pierres, ce n'était pas une tragédie. C'étaient de jolies pierres, mais elles n'avaient rien de spectaculaire. Leur perte n'aurait aucun effet sur le bilan de l'année.

Près de trois cent mille dollars dans une joaillerie. Cent mille tout au plus chez un receleur. Cent mille dollars. C'était la valeur qu'Isa accordait à leur amour ? Si elle était restée à ses côtés, elle aurait eu bien davantage. Il aurait partagé avec elle tout ce qu'il possédait. Dire qu'il avait été à deux doigts de l'aimer de nouveau, de lui offrir tout ce dont elle pouvait avoir rêvé.

Mais au lieu de l'aimer en retour, au lieu de lui ouvrir son cœur, Isa lui avait fait *ça*. Elle l'avait poignardé dans le dos tout en continuant à faire l'amour avec lui.

Marc serra les poings. Cette idée lui donnait la nausée. Mais ce n'était pas le moment de flancher. Il devait se ressaisir, accepter la douleur de cette nouvelle trahison d'Isa. Autant l'affronter tout de suite plutôt que de la refouler dans son subconscient et la laisser l'empoisonner.

Le temps de terminer ce qu'il avait à faire dans la chambre forte, Marc donna les ordres nécessaires pour lancer l'enquête. Il connaissait la procédure par cœur, grâce à Isa et son père, d'ailleurs. Et pour cause : il avait tout appris sur la question lors du vol dont la société avait été victime, six ans plus tôt.

Marc ne retourna dans son bureau que près de trois heures

plus tard, trois heures passées à visionner les enregistrements des caméras, à informer son frère qu'ils avaient une nouvelle fois subi un vol. Trois heures durant lesquelles il avait remâché sa colère, l'avait laissée enfler en lui à mesure que la vérité s'imposait dans son esprit. Au cours de ces quatre derniers jours, les seules personnes à être entrées dans cette chambre forte l'avaient déjà fait des centaines de fois par le passé. Toutes travaillaient pour la société depuis au moins cinq ans. Toutes à l'exception, bien sûr, de la femme qui essayait de le prendre pour un imbécile une seconde fois.

Qu'allait-il trouver dans son bureau ? Mystère. Il ignorait si Isa s'était enfuie ou si elle avait été assez stupide pour rester là à l'attendre. Et le simple fait qu'il en soit encore à se demander laquelle des deux possibilités avait sa préférence en disait long.

Lorsque Marc poussa la porte de son bureau, Isa était pelotonnée sur son sofa, les yeux grands ouverts, ses jambes ramenées sous elle. Celle-ci se leva d'un bond en le voyant et traversa la pièce presque en courant pour venir vers lui.

— Tu as découvert ce qui s'est passé ? La sécurité sait-elle où les diamants se trouvent ? Ou comment ils ont été emportés hors de l'immeuble ? Ou…

— Je vais te poser la question une seule fois, Isa, l'interrompit-il. Ensuite, je ne te la poserai plus jamais. As-tu pris ces diamants ?

— Non, Marc. Non, bien sûr que non ! s'écria-t-elle aussitôt. Je ne te ferais jamais une chose pareille. Je ne *nous* ferais jamais cela.

Marc la dévisagea en silence durant de longues secondes, scrutant son visage, cherchant un signe de sa sincérité. Puis il hocha la tête.

— Tu vas devoir partir.

Isa sembla accuser le coup, puis bafouilla difficilement :

— M'en aller ? Mais…

— Tu dois partir immédiatement. Je demanderai à la comptabilité de te faire un chèque pour le travail que tu as accompli. Ensuite, tu vas rassembler tes affaires et quitter l'immeuble. Définitivement.

— Tu ne dis pas ça sérieusement.

— Oh que si ! Je suis très sérieux, Isa. Tu n'imagines pas à quel point.

— Vraiment ? s'exclama-t-elle. Six années plus tard, nous sommes revenus au même point ?

Marc prit une grande inspiration. Surtout, ne pas s'énerver. Même si Isa reparlait de cet épisode pénible.

— Ne joue pas les offensées, gronda-t-il. Après tout, c'est toi qui nous y as ramenés.

— Non, Marc. Cette fois-ci, c'est toi qui as tort. Parce que je n'ai pas volé ces diamants.

— Assez parlé ! cria-t-il. Arrête de me mentir. Je peux tout supporter sauf ça. Je peux admettre l'idée que tu m'aies volé, mais je ne supporte pas que tu me regardes droit dans les yeux et que tu me mentes.

— Mais je ne…

— Dehors ! hurla-t-il. Sors d'ici avant que je ne te fasse escorter hors de l'immeuble par la sécurité. Va-t-en, c'est tout !

Aussitôt, Marc vit de grosses larmes perler dans les yeux d'Isa. Puis il l'entendit murmurer d'une toute petite voix :

— Marc, je t'en prie…

— Fiche le camp d'ici, Isa ! répéta-t-il d'un ton furieux. Ou, cette fois, je te jure que j'appellerai la police.

Sur ces mots, Marc alla jusqu'au bar dans un coin du bureau et se versa une dose généreuse de scotch, qu'il avala d'un trait. Ensuite, il recommença l'opération une seconde fois.

Lorsqu'il se retourna, prêt à affronter de nouveau Isa, il découvrit qu'elle l'avait enfin écouté. Elle était partie, et il était seul.

Encore une fois.

- 17 -

Isa écrasa une larme sur sa joue. Elle ne savait plus quoi faire, où aller. Son pauvre cœur était réduit en miettes. Encore une fois.

Après s'être enfuie du bureau de Marc, avec ses derniers mots qui résonnaient encore dans son esprit, elle avait couru dans des couloirs, dévalé des escaliers et était sortie dans le petit parc de l'immeuble, au bord de l'océan.

Et à présent elle était là, face à l'immensité du Pacifique, à se demander comment elle avait pu se retrouver exactement dans la même situation que six ans auparavant. Après ce qu'elle et Marc avaient vécu, comment pouvaient-ils revivre le même cauchemar ?

Isa secoua la tête. Elle ferait mieux de s'en aller, retourner au parking, monter dans sa voiture et laisser toute cette histoire derrière elle.

Oui, cette fois, elle avait intérêt à partir sans regret. Pour toujours.

Marc s'était retourné contre elle une fois de plus, et cette pensée revenait en boucle dans son esprit. A chacun de ses pas sur le sable, chaque fois qu'une vague déferlait sur la plage. A quoi bon le nier ? L'idée qu'il n'avait plus aucune confiance en elle lui déchirait le cœur.

Il la prenait pour une voleuse. Malgré tout ce qui s'était passé entre eux six ans plus tôt — et ces derniers jours —, il pensait qu'elle n'avait pas hésité à le trahir. Qu'elle l'avait volé.

Comme si c'était possible. Comme si elle était capable de lui faire une pareille injure.

Isa retint un soupir douloureux. Oh ! bien sûr, il n'y avait rien d'étonnant à ce qu'il pense ça d'elle. Après tout, il n'avait jamais hésité à la blesser. Il n'avait eu aucun problème à lui tourner le dos six ans plus tôt, et pas davantage maintenant — et ce, malgré tous les mots doux qu'il lui avait chuchotés à l'oreille ces derniers jours, ces dernières nuits.

Le seul souvenir de ces instants hors du temps lui donna l'impression que tout son corps allait se désintégrer. Elle souffrait comme une écorchée vive. Son cœur allait éclater, aucun doute là-dessus.

Perdue dans ces tristes pensées, Isabella marchait le long de la plage, juste à la limite des vagues infinies.

Elle marcha longtemps.

Et, tout en marchant, elle s'en voulait pour toutes les erreurs qu'elle avait commises, pour l'espoir qu'elle s'était permis de ressentir alors même qu'elle savait que c'était idiot et dangereux… et douloureux, aussi. Horriblement douloureux.

Elle savait tout cela en agissant comme elle l'avait fait ! Quelle idée de faire confiance à Marc après tout ce qui s'était passé entre eux six ans plus tôt ! Pire encore : elle avait su dès le début qu'il ne pourrait jamais avoir réellement confiance en *elle*.

Et tout le problème était là, n'est-ce pas ? Quoi qu'elle fasse, quelle qu'ait été sa volonté de se construire une nouvelle vie, quel qu'ait été son désir de l'aider, Marc ne la verrait jamais telle qu'elle était vraiment.

Isa étouffa un sanglot qui montait dans sa gorge. C'était une vérité difficile à admettre, et d'autant plus douloureuse qu'elle ne lui avait jamais rien volé. Ni à l'époque ni maintenant.

Après le décès de sa mère, son père l'avait élevée seul et elle avait adoré cette vie faite de risques et d'aventures plus que tout au monde. A l'exception de son papa… et, plus tard, de Marc.

Isa sentit soudain un souvenir envahir sa mémoire. Leur rencontre. Marc avait fait sa connaissance à une grande soirée mondaine, et elle était tombée follement amoureuse de lui à l'instant où il lui avait tendu une coupe de champagne accompagnée d'un sourire et d'un mot d'esprit. Et puis il lui avait fait ce fameux regard qui la faisait encore fondre aujourd'hui. Oui, elle se rappelait encore ce qu'il lui avait dit — elle se le rappellerait probablement jusqu'à son dernier jour. Elle avait su à cette seconde qu'elle vivait l'un de ces moments qui changent une vie pour toujours.

Isa avait plongé son regard au fond des yeux de Marc, bleus comme le saphir, où dansait une lueur d'amusement et de désir. Là, elle avait su instantanément qu'elle voulait mieux le connaître. *Tout* savoir de lui.

Alors elle avait oublié le groupe d'amies avec qui elle bavardait, oublié le fabuleux rubis Poinsettia que son père convoitait et qui avait motivé leur présence à cette soirée. Ce soir-là, elle désirait Marc bien plus que tous les rubis du monde. Plus que l'idée de faire plaisir à son père. Plus que la vie qui était alors la sienne. Et, durant les six mois qu'avait duré leur relation, elle avait continué à le désirer plus que tout.

Pour lui, Isabella avait changé de vie du jour au lendemain. Son ancienne existence lui manquait un peu, bien sûr. L'aventure, l'excitation du danger, les palaces, les lieux de villégiature huppés où son père exerçait ses activités… Bref, tout ce qui avait constitué sa vie d'avant. Mais, ce qu'elle désirait le plus, c'était ce qu'elle lisait dans les yeux de Marc. Ce qu'elle ressentait dans ses bras.

Son père n'avait pas compris — il n'avait jamais rien désiré davantage que l'ivresse du prochain gros coup. Durant des semaines, il avait même pensé qu'elle s'était rapprochée de Marc pour détecter ses faiblesses. Pour l'aider à s'introduire dans la chambre forte de Bijoux, qui, à cette époque-là, abritait deux des diamants les plus parfaits jamais découverts : le Midnight Sun, un diamant russe de quarante carats sans aucun défaut, d'une valeur de plusieurs dizaines de millions de dollars, et le Hope's Fire, un diamant de vingt-sept carats dont la valeur devait autant à son histoire mouvementée et violente qu'à sa qualité.

Marc, qui avait passé les premières années de sa carrière à sortir Bijoux du commerce des diamants de conflits, s'apprêtait à les vendre tous deux aux enchères. Dans ce but, il avait organisé un grand gala qu'Isa l'avait aidé à préparer, et dont les bénéfices iraient à une œuvre caritative qui aidait les enfants dans les zones d'extraction des diamants de sang.

Son père s'était montré très excité par cette nouvelle. Il était convaincu qu'elle se servait de Marc pour l'aider à mettre la main sur ces pierres fabuleuses. En découvrant que ce n'était pas le cas, qu'elle était avec Marc parce qu'elle l'aimait, parce qu'elle désirait passer le reste de sa vie auprès de lui — une vie honnête —, il avait été furieux. Il l'avait accusée de se détourner de lui.

Isa, pour sa part, n'avait pas pu le nier. Parce que c'était un peu vrai. Elle s'était détournée non pas de son père, mais certainement de la vie qu'il lui avait fait vivre. La vie pour laquelle il l'avait élevée et qu'il lui avait appris à aimer.

Elle aurait dû deviner ce qui allait se passer, ce qu'il comptait faire. Sous bien des aspects, son père était un enfant, plus excité par l'aventure que par les babioles qu'il subtilisait. Et, une fois qu'il avait décidé de se lancer dans une opération, rien ne pouvait plus l'arrêter.

Ce qu'Isa n'avait pas prévu, ce qu'elle avait été trop naïve pour comprendre à l'époque, c'était qu'en tombant amoureuse de Marc elle le désignait automatiquement comme une cible. En lui donnant son amour, sa *loyauté,* elle avait attiré l'attention de son père sur lui et sur ses diamants.

Lorsque les deux célèbres joyaux avaient disparu, et que la société de Marc — et Marc lui-même — s'était retrouvée au bord de la faillite, Isa avait su sans l'ombre d'un doute qui les avait volés. Elle accompagnait son père partout depuis l'âge de neuf ans, elle reconnaissait au premier coup d'œil la marque d'un cambriolage signé Salvatore !

C'est à ce moment-là qu'elle avait commis sa seconde erreur. Car elle n'avait pas informé Marc de ce qu'elle savait. Elle n'était pas allée lui expliquer qui elle était et qui était son père. Et elle ne lui avait pas non plus proposé de l'aider à récupérer les pierres. Au lieu de ça, elle était allée voir son père et avait essayé de le convaincre de les rendre. Celui-ci avait refusé, bien entendu. Pour lui, c'était une question d'honneur. Marc Durand lui avait volé un trésor et il entendait bien lui rendre la pareille.

Même après cette entrevue, Isa avait continué de se taire. Comment aurait-elle pu dire la vérité alors que cela aurait conduit son père à aller mourir en prison ? Sans compter que cette révélation lui aurait valu le mépris, la haine et le dégoût de Marc. A l'époque, elle n'en avait pas eu la force. Elle n'avait pas eu le courage d'anéantir tous ses rêves, tous ses espoirs de bonheur, de les effacer d'un trait de plume. Même si, en protégeant ses propres rêves, elle détruisait ceux de Marc.

Elle aurait peut-être continué à vivre dans le mensonge si la situation de Marc n'était pas devenue aussi catastrophique. De fait, au cours des semaines qui avaient suivi, Isa avait vu la vie de Marc se transformer en un véritable cauchemar. Convaincue que toute l'affaire était un coup monté en interne, la compagnie d'assurances refusait de payer, l'accusait de fraude et d'une foule d'autres choses, arguait qu'il avait inventé cette histoire pour récupérer de l'argent et se faire de la publicité à moindres frais.

Marc lui parlait très peu de ses soucis, mais elle avait très bien compris sa situation. Comment aurait-elle pu ne pas remarquer qu'il avait l'air de plus en plus perdu et angoissé, jour après jour ? Hélas, quand la police avait commencé à enquêter sur lui et sur Nic à la demande de l'assurance, Isabella avait su qu'elle ne pouvait pas continuer à se taire plus longtemps.

Elle avait de nouveau supplié son père de rendre les diamants volés et il avait accepté. Il était même allé les replacer personnellement dans la chambre forte de Bijoux, en organisant ce qui était certainement l'opération la plus compliquée de sa carrière.

La compagnie d'assurances, la police, le conseil d'administration de Bijoux n'y avaient rien compris — et n'avaient jamais trouvé la clé de cette énigme. Seul Marc savait, parce qu'elle lui avait tout avoué.

Et il l'avait récompensée en la jetant à la rue sans l'ombre d'une hésitation.

Isa n'avait pas été surprise. Elle avait deviné ce qui se produirait avant même de lui avoir parlé — après tout, elle lui avait menti durant des semaines alors qu'il traversait un enfer. Alors que la société qui était toute sa vie menaçait de sombrer. Néanmoins, une partie d'elle-même avait espéré qu'il lui pardonnerait. Comment aurait-il pu en être autrement alors qu'elle l'aimait d'un amour si absolu, si total ?

Et, désormais, Marc la rejetait pour la seconde fois. Malgré tous les efforts qu'elle avait faits pour se construire une nouvelle vie, une vie honnête. En errant dans les rues sous la pluie, cette nuit-là, six ans plus tôt, Isabella s'était promis de transformer son existence, de devenir quelqu'un de meilleur, quelqu'un qu'on ne pourrait plus jamais accuser d'un crime ou chasser du jour au lendemain, comme Marc venait de le faire.

Et elle avait réussi. Après la mort de son père, Isa avait rompu tous ses liens avec son ancienne vie ; elle avait changé d'amis, d'appartement, et même de nom. Elle s'était bâti une nouvelle existence, dans laquelle elle pouvait utiliser ses connaissances pour aider les autres, pour enseigner au lieu de nuire.

Elle l'avait fait pour elle-même, parce qu'elle désirait se racheter. Et à cet instant, alors qu'elle marchait sur cette plage déserte sous les feux du soleil couchant, Isa comprit une chose. Si elle avait fait tout ça, c'était aussi pour impressionner Marc. Elle n'avait jamais cherché à le revoir, ne lui avait jamais donné de nouvelles de la personne qu'elle était devenue. Mais, tout au fond d'elle-même, elle avait toujours pensé que, s'il la retrouvait, il accepterait la nouvelle Isa et oublierait la souffrance, la trahison, les blessures du passé.

Inutile de se mentir : Isa n'avait jamais osé admettre ces espoirs secrets jusqu'à cette seconde précise. Et, à présent qu'elle l'avait fait, toute la souffrance qu'elle s'était juré d'oublier était devenue encore plus insupportable. Voilà tout ce qu'elle avait récolté.

Parce que Marc ne croyait pas à son nouveau personnage.

Il ne croyait pas qu'elle avait changé, même un peu.

Isa ressentait à cette idée une douleur si vive qu'elle avait envie de pleurer, de crier face à l'immensité indifférente de l'océan. Pourquoi fallait-il que sa vie ne soit qu'une succession de souffrances ?

Elle continua à marcher, tête baissée, tandis que les ténèbres descendaient lentement sur l'horizon. Le vent s'était levé. Des mèches de cheveux fouettaient son visage et son fin chemisier la protégeait à peine de la fraîcheur de la brise du soir. Elle avait froid, mais elle marchait toujours. Et, dans chaque vague qui montait à l'assaut du rivage, c'était l'image de Marc qu'elle voyait.

Ses yeux étincelants de colère.

Son visage très pâle.

Sa mâchoire crispée.

Ses poings serrés.

Il bouillonnait de rage. Il se sentait trahi, et leur passé les séparait comme un champ de ruines.

Isabella secoua la tête. Elle l'avait toujours su. Pourquoi avait-elle accepté cette mission, même pour lui rendre service ? C'était pourtant une très mauvaise idée ! Et elle avait quand même dit oui. Mais c'était bien normal. Comment aurait-elle pu refuser quelque chose à Marc alors qu'il avait besoin d'elle ? Alors qu'elle l'avait aimé de tout son cœur, de toute son âme, malgré la fin horrible de leur relation ?

Alors qu'elle l'aimait encore, même si cela lui coûtait de l'admettre ?

Car c'était justement parce qu'elle l'aimait que sa souffrance était aussi intolérable.

Les souvenirs des erreurs qu'elle ne pouvait pas réparer étaient amers mais, ce qui lui avait réellement déchiré le cœur, c'était l'expression du visage de Marc lorsqu'il lui avait demandé si elle l'avait volé une nouvelle fois. Lorsqu'il lui avait ordonné d'une voix blanche, le regard glacé, de sortir de son bureau. Sortir de l'immeuble.

Sortir de sa vie.

Soudain, Isa se sentit incapable de respirer et ses yeux se remplirent de larmes. Elle tenta de se dire que c'était à cause du vent de l'océan.

Mais elle ne le crut pas une seconde.

Isa pleurait très rarement. Elle aurait pu compter sur les doigts d'une main les occasions où elle avait versé des larmes durant sa vie d'adulte, mais ici, en cet instant, elle ressentait tout le poids de sa défaite, du terrible naufrage de tous ses rêves.

Impossible de ne pas pleurer.

Combien de temps était-elle restée ainsi, à fixer l'océan ? Aucune idée.

Sans doute assez longtemps pour que la marée montante vienne recouvrir ses orteils, ses pieds, puis monte jusqu'à ses mollets.

Assez longtemps pour que les étoiles brillent dans le velours noir du ciel nocturne. Pour que ses larmes aient séché sur ses joues, pour que son cœur se déchire et que le poids de la réalité pèse sur ses épaules comme un fardeau insupportable.

Marc ne croirait plus jamais en elle. Même si on lui donnait la preuve qu'elle n'avait pas volé ces diamants, il ne lui ferait plus jamais confiance. Quoi qu'elle fasse, quels qu'aient été ses efforts pour changer de vie, pour le convaincre qu'elle n'était plus la même personne qu'autrefois, il continuerait à voir ce qu'il voulait voir, à croire ce qu'il avait toujours cru. Rien de plus.

Isa étouffa un sanglot. C'était une vérité cruelle, qui acheva de balayer ses derniers espoirs. Mais c'était aussi le déclic dont elle avait besoin pour se remettre en marche, pour regagner l'immeuble de Bijoux — et sa voiture.

Et, si elle marchait en versant toutes les larmes de son corps, cela ne regardait personne à part elle.

- 18 -

Marc fit travailler son personnel jusque tard dans la nuit afin de tenter de découvrir ce qu'il était advenu des diamants. Ou, plus exactement, de trouver la preuve qu'Isa les avait volés. Pas parce qu'il désirait porter plainte, mais parce qu'il avait besoin de savoir.

C'était un besoin vital. Il avait *besoin* de se prouver qu'il ne s'était pas trompé. Que l'expression qu'il avait lue sur son visage, dans ses yeux, avait été aussi fausse, aussi hypocrite, que les mots tendres qu'elle lui avait murmurés lorsqu'ils faisaient l'amour.

Mais si, au contraire, cette expression était sincère…

Marc chassa précipitamment cette pensée de son esprit. Non. Pas question de s'engager sur ce terrain-là. De penser, ne serait-ce qu'une seconde, qu'il avait pu commettre une erreur. Parce que, s'il admettait cette idée maintenant, il ne pourrait plus jamais l'évacuer de son esprit. Et il avait tellement envie de croire Isa innocente qu'il avait peur de finir par s'en convaincre lui-même, même si ce n'était pas vrai.

Pire : il se convaincrait lui-même que le vol de ces diamants n'avait aucune importance.

De fait, il ne s'agissait pas de diamants très précieux et sa société ne subirait qu'une perte négligeable. A l'exception, bien sûr, du temps et des efforts mis en œuvre pour essayer de découvrir comment le vol avait été perpétré.

Marc soupira. Il avait visionné personnellement tous les enregistrements. Chargé Nic, Lisa et ses collaborateurs les plus dignes de confiance de les étudier, eux aussi. Scruté chaque seconde où Isa s'était trouvée dans la chambre forte, chaque tiroir qu'elle ouvrait, chaque diamant qui passait entre ses mains. Et il n'avait rien vu d'anormal. Il n'avait pas trouvé à quel moment — ni comment — elle avait perpétré son forfait.

Or, il avait besoin de savoir *comment,* parce qu'il ne saurait jamais *pourquoi.* Isa et lui avaient passé ces trois dernières nuits à faire l'amour, et cela avait été fabuleux. Ils avaient ri ensemble avec une facilité déconcertante. Comme si ces six années sans elle n'avaient jamais existé. Comme si cette terrible dernière soirée à New York n'était qu'un cauchemar, et pas la triste et désolante réalité qui, durant des années, l'avait si souvent réveillé en sursaut au milieu de la nuit.

Marc se passa une main dans les cheveux. L'idée qu'il allait devoir retourner à sa solitude, qu'il ne serrerait plus jamais Isa dans ses bras, le rendait fou.

Comment avait-elle pu lui faire ça ?

Pourquoi avait-elle fait ça ?

Comment avait-elle pu préférer l'argent qu'elle empocherait en vendant ces diamants à un receleur aux sentiments qu'ils éprouvaient l'un pour l'autre ?

C'était peut-être ça, le cœur du problème. Peut-être avait-il seulement imaginé qu'elle éprouvait des sentiments pour lui, et pas seulement du désir. En devinant qu'il était en train de retomber amoureux d'elle, Isa n'avait peut-être cherché qu'à se servir de lui. Et à se venger de l'affront qu'il lui avait fait en la jetant hors de chez lui six ans plus tôt.

Marc fronça les sourcils. C'était une hypothèse plausible. A condition d'oublier l'énergie infatigable qu'elle avait déployée ces quelques derniers jours pour l'aider à discréditer ce ridicule article du *LA Times.* Ou la sensation divine de ses bras parfumés autour de lui après qu'ils avaient fait l'amour.

Mais, si tout ce qui comptait pour elle était l'excitation des sens, pourquoi l'avait-elle enlacé avec une telle tendresse ? Pourquoi avait-elle semblé aussi éblouie que lui lorsqu'ils faisaient l'amour ? Pourquoi s'était-elle donnée à lui avec un tel abandon ?

Bon sang, c'était une vraie torture de se poser ces questions. A quoi bon le nier ? Il ne comprenait pas. Et il n'avait jamais autant souffert depuis six longues années.

Furieux contre lui-même et toute cette situation, Marc se retourna vers son ordinateur pour visionner les enregistrements des caméras de sécurité pour la troisième fois de la soirée. Et il étudia de nouveau chaque seconde où Isa s'était trouvée dans la chambre forte.

Chaque petite seconde.

Les vidéos étaient en grande partie sans intérêt. Il ne se passait rien. Isa examinait simplement les diamants sous le microscope et vérifiait plusieurs fois les numéros de série. Mais, lorsqu'elle se déplaçait, lorsqu'elle traversait la chambre forte pour retirer un tiroir ou en remettre un à sa place, ou, de toute évidence, seulement pour se dégourdir les jambes, il scrutait chaque image avec une attention passionnée.

C'était parce qu'il cherchait la preuve du vol. Marc ne voulait qu'une chose : savoir à quel moment elle avait glissé les diamants dans sa poche et comment elle les avait sortis de la salle sécurisée, puis de l'immeuble. Mais la triste réalité était que, malgré tout ce qui les séparait, il adorait regarder Isa, tout simplement.

Il adorait sa démarche féline.

Le balancement de ses hanches à chacun de ses pas.

Ses longues boucles auburn cascadant sur ses épaules, caressant ses seins.

Et tout cela ne l'aidait pas à se concentrer pour trouver la preuve qu'il cherchait, loin de là. Et encore moins à oublier la sensation du corps merveilleux d'Isa dans ses bras, lorsqu'il entrait lentement en elle.

Marc se repassa la vidéo : allez, cette fois, pas question de se laisser distraire par le souvenir de sa beauté, de son délicieux parfum, du goût de sa peau.

Hélas, il étudiait l'enregistrement depuis moins d'une minute lorsqu'on frappa à la porte de son bureau. Il éteignit l'écran précipitamment. Comme s'il s'en voulait d'avoir passé son temps à rêvasser devant ces images qui lui rappelaient Isa.

Après avoir repoussé son fauteuil, il se leva pour aller ouvrir la porte. Tiens, c'était Bob, son chef de la sécurité, planté sur le seuil. Une minute… Il avait l'air très paniqué. Oh non, quoi encore ?

Marc sentit sa gorge se serrer, mais lui fit aussitôt signe d'entrer.

— Qu'y a-t-il ?

— Nous avons un problème avec la vidéo.

— Quel problème ? gronda Marc.

— Sept minutes de l'enregistrement ont été effacées.

— Sur quelle caméra ?

— Toutes, répondit Bob d'un air gêné. A l'intérieur de la chambre forte et aussi à l'extérieur.

Marc secoua la tête. Pas possible, on lui faisait une blague !

— Toutes ?

— J'en ai bien peur, reconnut Bob en pâlissant. Tout semble indiquer que les modifications ont été effectuées après le vol.

— Et où était l'équipe de sécurité à ce moment-là ? répliqua Marc en le fusillant du regard. Il y a des gens payés vingt-quatre heures sur vingt-quatre, dont la seule mission est de surveiller ces écrans.

— C'est ce que je m'efforce d'éclaircir. Il est possible que le voleur ait alimenté le réseau des caméras avec des images extérieures. A ce stade, nous n'avons aucune autre explication logique.

Marc se passa une main sur le visage. Décidément, cette journée était un véritable cauchemar !

— Si je comprends bien, quelqu'un a piraté mon système de sécurité et pris le contrôle de toutes les caméras, à l'intérieur et à l'extérieur de la chambre forte ? C'est ça que vous essayez de me dire ?

— Dans les grandes lignes, oui.

— Et personne ne s'en est aperçu.

— Ce n'est pas totalement vrai. Nous avons détecté l'intrusion.

— Seulement après le vol ! rappela Marc d'un ton sec. Et vous dites que cela s'est produit lundi ?

— Oui.

— Comment ont-ils fait pour s'introduire dans notre réseau ?

— Nous nous efforçons encore de le découvrir.

Marc serra les poings. Surtout, ne pas s'énerver. Bob ne faisait que son travail…

— Eh bien, redoublez d'efforts ! Et mettez aussi Geoffrey et Max sur l'affaire. J'exige une réponse dès ce soir.

— Je comprends que vous soyez furieux, Marc, mais nous faisons de notre mieux. L'habileté de ces pirates est impressionnante. Je m'étonne même qu'un de mes gars ait remarqué…

— Ce qui m'impressionnerait, moi, ce serait que vous trouviez la faille qu'ils ont exploitée et que vous la corrigiez, le coupa Marc. Jusque-là, je considérerai que tout le monde a bâclé son travail. Moi y compris.

Là-dessus, Bob resta sans rien dire. Marc ne pouvait pas lui en vouloir : encore une fois, son chef de la sécurité faisait son maximum. Il n'empêche : le fait qu'un voleur ait réussi à pirater son réseau informatique le mettait dans une colère folle. Dire qu'il employait deux des plus grands experts mondiaux en sécurité des réseaux, et le premier bricoleur venu avait réussi à pénétrer son système hyper-sécurisé ?

« Fou de rage » était une formule trop faible pour décrire ce qu'il ressentait.

Marc passa les quelques heures suivantes à harceler ses employés, qui, tout comme lui, cherchaient la faille qui avait permis cette intrusion. Il avait besoin de savoir comment cela avait été possible, et vite. Hélas, minuit venait de sonner et personne n'avait encore rien trouvé. Peu à peu, un doute germa dans l'esprit de Marc et dans celui de ses deux experts en informatique.

Normalement, les hackers ne se donnent pas la peine de dissimuler la façon dont ils se sont introduits dans un système. Après tout, ils ont déjà obtenu ce qu'ils voulaient et ils sont repartis. Pourquoi se soucieraient-ils que leur victime referme la faille après leur départ ? Seulement, cette personne avait très bien couvert ses traces… Aussitôt, Marc ne put s'empêcher de se poser une question : est-ce que c'était la première fois que ça se produisait ou seulement la première fois que quelqu'un s'en apercevait ? La personne en question les pillait peut-être depuis un certain temps, en s'emparant juste de une ou deux pierres sans grande importance de loin en loin, afin d'échapper aux systèmes de surveillance.

De fait, ils ne procédaient à l'inventaire complet du contenu de la chambre forte que deux fois par an. Par conséquent, si ce manège ne durait pas depuis très longtemps, s'ils l'avaient détecté uniquement à cause de l'audit en cours…

Marc baissa la tête. Il n'avait plus d'autre choix que d'envisager une possibilité qui repassait en boucle dans son cerveau depuis des heures. Autant admettre la vérité : il avait commis une énorme erreur.

A cette idée, il sentit un nœud lui serrer l'estomac et son cœur battre à tout rompre. Parce que si ce vol avait été commis par quelqu'un de la maison, comme lui et ses experts commençaient à le penser, alors Isa ne pouvait pas en être l'auteur.

Bon sang… Dire qu'il l'avait accusée, insultée, alors qu'elle était innocente !

Marc crispa les poings. Cette idée le rendait malade. Il la revoyait après leur confrontation, choquée, blessée… totalement dévastée. Comme si son univers s'était effondré à cause de lui… une nouvelle fois.

Et c'était lui qui avait causé toute cette souffrance. Exactement comme six ans plus tôt. Il s'était laissé dominer par sa colère, son orgueil, ses soupçons.

Le temps d'étouffer un juron, Marc s'écarta de la table de la salle de conférences, pièce qu'ils avaient utilisée comme un QG de crise.

Il sentit sur lui les regards de Nic, Bob, Geoffrey — et de tous les autres participants à cette réunion. C'est là qu'il prit conscience d'une chose : il les avait énormément maltraités, bousculés, depuis que le vol avait été découvert. Il était temps de se racheter.

— Rentrez tous chez vous, grommela-t-il. Voilà des jours que nous travaillons quasiment sans arrêt. Reposez-vous un peu. Nous reprendrons cette discussion demain matin.

— Quelle magnanimité ! ironisa Nic en venant le rejoindre. Je ne te reconnais plus.

— Le mal est fait, non ? répondit Marc avec un haussement d'épaules fataliste. Je veux que deux agents de sécurité supplémentaires soient postés à l'étage de la chambre forte. Même si notre système comporte une faille, elle résistera bien jusqu'à demain matin. Allez tous prendre un peu de repos. Je veux que tout le monde soit sur le pont à 7 heures.

Puis, avant que quiconque n'ait le temps de dire un mot, Marc tourna les talons et sortit de la salle à grands pas. Il avait une affaire très importante à régler. Il aurait déjà dû le faire depuis des jours, et même des années.

- 19 -

Isa se réveilla en sursaut au son de coups violents frappés à sa porte. Elle chercha son téléphone à tâtons — au cas où elle devrait appeler la police — tout en jetant un coup d'œil au réveil sur la table de nuit : 1 heure du matin. Qui pouvait venir cogner à sa porte à une heure pareille ?

Le temps d'enfiler sa robe de chambre posée sur une chaise près du lit, elle alla précautionneusement jusqu'à la porte. Avant d'ouvrir, elle jeta un coup d'œil prudent par la fenêtre en façade. Là, elle crut défaillir. Son visiteur nocturne... c'était Marc. Il était resplendissant, comme toujours, alors qu'elle-même devait avoir l'air hagarde et épuisée. Quelle injustice.

Leurs regards se rencontrèrent à travers la vitre et, le temps d'une seconde, Isa se laissa fasciner par l'expression qu'elle lisait dans les yeux de Marc. Mais, rapidement, son instinct de conservation reprit le dessus et elle se détourna, reculant précipitamment de deux pas. Ce n'était pas le moment de flancher ! D'autant qu'elle n'avait pas envie de lui parler, ni même de le voir. Et surtout pas maintenant, alors que ses blessures étaient encore à vif. Que le simple fait de respirer était une souffrance.

Marc avait dû deviner ses intentions, car il frappa de plus belle. Là, elle entendit sa voix :

— Ouvre-moi, Isa. S'il te plaît. Je voudrais seulement te parler.

Isa secoua la tête, même s'il ne pouvait pas la voir, et recula encore de quelques pas. Elle ne voulait pas le voir, *ne pouvait pas* le voir. C'était trop douloureux. S'il n'avait pas confiance en elle, c'était par sa faute à elle. Vu la façon dont elle l'avait traité, six ans auparavant, ce n'était que justice. Mais cela ne rendait pas sa souffrance plus supportable.

— Isa, je t'en prie ! Je voudrais seulement te parler !

Seulement, elle n'en avait pas du tout envie. Impossible de supporter d'autres accusations, d'affronter son regard méprisant. Ou pire, rempli de reproches, comme si elle lui avait arraché le cœur. Elle était innocente, elle n'avait pas volé ces diamants, mais cela ne l'empêchait pas de se sentir coupable. Parce qu'elle se savait responsable de tous les malheurs qui l'avaient secoué, lui et sa société, six ans plus tôt.

— Isa, s'il te plaît ! répéta alors Marc d'une voix brisée. Je suis désolé ! Je suis sincèrement désolé ! Laisse-moi entrer.

Isa se mordit la lèvre. Entendre cette détresse dans sa voix était atroce. Pour autant, ce n'était pas le moment de succomber à ce sentiment et de capituler sans combat. Du coup, elle s'éclaircit la voix et répondit :

— Rentre chez toi, Marc. Ça vaut mieux pour nous deux.

— Isa, je t'en prie ! Tu as parfaitement le droit de me détester, d'être furieuse contre moi. Mais, je t'en supplie, ne me repousse pas.

Comment répondre à ça ? Marc n'était plus du tout le même homme que celui qu'elle avait eu devant elle lors de leur dernière rencontre ?

A cet instant, Isa sentit son cœur se déchirer de nouveau. Cela faisait tellement mal de percevoir cette souffrance dans la voix de Marc, de l'entendre la supplier alors que c'était elle qui lui avait fait tant de peine. Elle qui avait détruit la confiance aveugle qu'il avait en elle autrefois. Alors, si elle avait les moyens de l'aider…

Avant même de comprendre ce qu'elle faisait, elle ôta la chaîne de sécurité et ouvrit la porte à Marc. Au seul homme qu'elle ait jamais aimé.

Au seul homme qu'elle ait fait souffrir.

— Je suis désolé, murmura Marc une fois face à elle. Je suis terriblement désolé.

Isa s'écarta pour le laisser entrer puis répondit d'un ton rassurant :

— Tout va bien. Je suppose que vous avez démasqué votre voleur ?

— Non, reconnut-il. Pas encore.

— Je ne comprends pas, dit-elle, fronçant les sourcils. Si tu ne connais pas encore l'identité du voleur, pourquoi es-tu ici ?

— Parce que je sais que ce n'est pas toi. Parce que je suis un imbécile qui a laissé les souffrances du passé l'aveugler, au point de ne pas comprendre la femme que tu es, la femme que tu es devenue aujourd'hui.

Isa dévisagea Marc d'un air hébété. Elle entendait ses paroles, mais n'en comprenait pas le sens. Pourquoi ? Parce que c'était à des années-lumière de ce qu'elle s'attendait à entendre, tout simplement. Jamais Marc ne lui avait parlé de cette façon.

— Comment sais-tu que ce n'est pas moi ? parvint-elle à demander.

— Parce que je te connais.

— Tu me connaissais il y a trois jours aussi, et ça n'a pas semblé faire de différence pour toi.

— Il y a trois jours, j'ai été aveugle, je me suis comporté comme un crétin entêté, trop occupé à dissimuler mes blessures pour réfléchir correctement.

Isa sentit son cœur se serrer. Marc semblait vraiment sincère. C'était d'autant plus émouvant.

— Réfléchir à quoi ? réussit-elle à répliquer.

— A tout. L'idée que tu aies pu songer à voler Bijoux est totalement absurde. Et, si tu l'avais fait, j'aime à croire que tu aurais eu le bon goût de ne pas te contenter de quelques diamants ordinaires qui n'intéressent personne.

Isa secoua la tête. Non, elle ne pouvait pas croire ce que Marc était en train de lui dire…

— Tu plaisantes ? C'est pour ça que tu es ici ? Parce que

le voleur est un petit joueur ? Du coup, ça ne pouvait donc pas être moi ?

— Non, protesta-t-il en s'approchant pour la serrer contre lui. Je suis ici parce que je sais que je me suis trompé. Parce que je sais que tu ne songerais jamais à me voler, à me faire du mal de cette façon.

Isa aurait dû se libérer de cette étreinte, s'écarter de Marc. Hélas, elle en était incapable. Son corps se délectait de ce contact, de sa douce chaleur, tandis qu'il poursuivait :

— Je suis ici parce que j'ai besoin de te dire combien je suis désolé de t'avoir blessée comme je l'ai fait, il y a six ans et aussi mercredi dernier. Je me suis conduit comme un imbécile. J'ai fait passer mes intérêts avant les tiens, et c'est une faute inexcusable.

— Tu n'es pas chargé de protéger mes intérêts…

— C'est faux, la coupa-t-il. Je t'aime, Isa. Je t'aime au-delà des mots, je t'aime plus que tu ne pourrais le croire. Et c'est totalement mon rôle de te protéger, de prendre soin de toi, de te faire comprendre combien tu es précieuse à mes yeux.

Marc marqua une pause et secoua la tête d'un air triste, avant de conclure :

— Et j'ai lamentablement échoué.

Isa sentit les larmes lui monter aux yeux. Elle aussi avait sa part de responsabilité dans cette histoire !

— Moi aussi, j'ai fait des choses horribles ! s'écria-t-elle.

— Non, ce n'est pas vrai. Tu étais jeune, tu étais déchirée entre deux hommes qui ne te méritaient ni l'un ni l'autre. Je suis désolé, Isa. Terriblement désolé.

A ces mots, Marc la serra encore plus fort contre lui et inclina la tête pour poser son front contre le sien, en murmurant :

— Je ne te mérite pas. Je ne mérite pas que tu me pardonnes et moins encore que tu m'aimes. Mais c'est ce que je désire, Isa. C'est ce que je désire plus que tout.

Isa eut un sourire ému. Ces mots doux la comblaient. Comme si un rayon de soleil venait de réchauffer son cœur.

Elle entoura Marc de ses bras pour se blottir contre lui en sanglotant.

— Ne pleure pas, mon amour, murmura-t-il en la serrant très fort contre lui. Je t'en prie, ne pleure pas. Je saurai me faire pardonner si tu m'en donnes l'occasion. Je…

A cet instant, Isa l'embrassa, avec toute la passion, tout l'amour, toute la peur et tout le pardon qu'elle avait gardés enfermés en elle. Elle l'embrassa, encore et encore.

Et il lui rendit ses baisers.

Des minutes, des heures, des jours semblèrent s'écouler avant qu'ils n'éprouvent le besoin de reprendre leur souffle.

Isa avait encore les bras noués autour du cou de Marc, le regard plongé dans le sien, quand elle l'entendit murmurer :

— Je suis désolé. Je suis sincèrement désolé.

— Moi aussi.

— Tu n'as rien à…

— Si, le coupa-t-elle en déposant mille baisers sur sa joue un peu râpeuse à cause de la barbe naissante. Tu n'es pas le seul à avoir commis des erreurs. Je t'ai fait du mal autrefois et tu as pensé que j'aurais pu recommencer, c'est tout à fait normal.

— Mais tu ne l'as pas fait, insista Marc. Et, même si nous ne retrouvons jamais le voleur…

— Oh ! nous le retrouverons, déclara-t-elle d'un ton sans réplique. Pas question de laisser un minable voler l'homme que j'aime.

Isa vit soudain le visage de Marc s'illuminer d'un sourire.

— Tu as l'air d'une tigresse, lança-t-il gaiement tout en l'attirant plus près de lui.

— Je me sens comme une tigresse, répondit-elle en le prenant par la main pour l'entraîner en direction de la chambre.

— Vraiment ? fit-il mine de s'étonner en lui adressant ce regard qui la rendait absolument folle.

— Oui, vraiment. Et, dès le lever du jour, nous allons retourner chez Bijoux et tâcher de découvrir qui a osé te faire ça. Qui a osé *nous* faire ça. Ensemble.

— Ensemble, répéta Marc en inclinant la tête pour embrasser à son tour ses lèvres, sa joue, son front, ses yeux. J'adore cette idée.

— Moi aussi, avoua Isa en se blottissant contre lui. Je t'aime, Marc. Je t'aime de tout mon cœur.

— Moi aussi, je t'aime. Je t'ai toujours aimée et je t'aimerai toujours.

Isa laissa ces mots pénétrer jusqu'au fond de son âme. Instantanément, les dernières traces du froid qui s'y nichait depuis cette nuit à Manhattan se dissipèrent. En faisant entrer Marc dans sa chambre, elle ne put s'empêcher de penser que ces épreuves n'avaient pas été vaines. Pour en arriver là, à cet instant précis, elle aurait surmonté des millions d'épreuves.

Parce que Marc en valait la peine.

Parce que la vie qu'ils allaient construire ensemble en valait la peine.

Retrouvez en février 2021,
dans votre collection

PASSIONS

Les amants interdits, de Ryan Reese - N°904

Après que son fiancé l'a quittée sans aucune explication à quelques semaines de leur mariage, Annabel n'a plus qu'une idée en tête : récupérer l'argent durement investi par sa famille dans la réception. Pour cela, elle engage Roarke Perry, un avocat réputé pour sa ténacité. Avec son aide, elle en est certaine, elle obtiendra gain de cause. Ce qu'elle n'avait pas prévu cependant, c'est que le désir s'immiscerait dans leur relation…

La flamme retrouvée, de Joanne Rock

Dix ans après leur rupture, Miranda fait appel à Kai Maddox pour assurer la sécurité informatique de la banque qu'elle dirige. Alors qu'elle pensait avoir tourné la page sur leur histoire, il lui est impossible de nier l'attirance qu'elle éprouve toujours pour cet homme avec qui elle a vécu la plus intense des passions. Une situation qui rend l'idée de travailler avec Kai aussi angoissante que tentante…

Les secrets du play-boy, de Naima Simone - N°905

Pour faire décoller sa carrière de journaliste, Sophie a trouvé le sujet idéal : le scandale qui a éclaboussé l'entreprise Black Crescent depuis la fuite de son P-DG, accusé de malversations financières. Et qui de mieux que le nouveau patron de la firme, Joshua Lowell, pour lui donner le scoop qu'elle recherche ? Déterminée, Sophie est prête à tout pour décrocher un entretien avec Joshua, aussi inaccessible et arrogant soit-il.

Un plan (presque) parfait, de Sheri WhiteFeather

Mary et sa sœur ont un plan pour venger la mort de leur mère, célèbre compositrice de chansons : Mary doit séduire Brandon Talbot, le fils de celui qui a trahi sa mère et l'a menée à la dépression, pour ensuite l'abandonner de la façon la plus humiliante qui soit. Un plan qui semble parfait, à un détail près : à la fois élégant et entreprenant, Brandon est loin de laisser Mary totalement indifférente…

Une grossesse inattendue, de Jules Bennett - N°906

SÉRIE : LIAISONS SCANDALEUSES TOME 1

Enceinte ? Silvia manque de défaillir. Comme si elle ne regrettait déjà pas assez d'avoir mélangé travail et intimité, voilà qu'elle attend un enfant de Nick Campbell. Nick, qui l'avait engagée pour qu'elle rénove son hôtel des monts Great Smoky, et dans les bras duquel elle s'est abandonnée le temps d'une seule nuit. Comment réagira-t-il en apprenant cette sidérante nouvelle ?

Un chef si charmant, de Kimberley Troutte

Après avoir été trahie par son associé, Michele a désespérément besoin de reprendre confiance en elle. Elle décide donc de participer à un concours de cuisine organisé par Jeff Harper, qui cherche un chef de talent pour son restaurant. Or, Michele a bien du mal à se concentrer sur ses recettes alors que le regard intransigeant de Jeff la déstabilise au plus haut point…

Aime-moi encore une fois, d'Yvonne Lindsay - N°907

Le jour où elle apprend que son ex-mari, amnésique depuis un accident de voiture, souhaite revenir vivre avec elle, Olivia est bouleversée. Car, par-delà la peur que cette situation provoque en elle, elle ne peut s'empêcher de nourrir un espoir fou : reconquérir Xander… Pour y parvenir, elle devra lui cacher leur séparation. Oui, c'est décidé : ils vont recommencer à zéro… même si pour cela elle devra mentir à l'homme qu'elle a toujours aimé.

Tendres mensonges, de Michelle Celmer

Tandis qu'elle regarde s'approcher Nathan, Ana est soudain partagée entre une immense angoisse et une furieuse envie de se jeter dans ses bras. Même si elle brûle de lui dire à quel point il lui a manqué durant leur séparation, elle sait qu'il lui faudra feindre l'indifférence. Car Nathan ne doit rien savoir des sentiments qu'elle éprouve pour lui, tout comme il ne doit absolument pas se douter du secret qu'elle lui cache depuis maintenant plusieurs mois…

Pour te retenir, de Rachel Bailey - N°908

Quand Liam a embauché Jenna pour qu'elle s'occupe de son bébé, il était loin d'imaginer que leur relation évoluerait si vite. Or, il a suffi d'une nuit de passion pour qu'il perde la raison. Sans qu'il s'en rende compte, Jenna leur est devenue indispensable, à lui et à son enfant. Aussi, le jour où elle lui annonce qu'elle doit partir, il est furieux. Furieux et désemparé : peut-il se résoudre à la laisser disparaître de sa vie ?

La fiancée du Texas, de Sara Orwig

Treize ans se sont écoulés depuis la nuit où Jake l'a trahie. Au moment même où ils devaient s'enfuir tous les deux, son amour de jeunesse a disparu de sa vie. Aussi, quand Madison le voit arriver chez elle, est-elle résolue à ignorer les battements précipités de son cœur pour mieux le tenir à distance. Car, même si Jake veut aujourd'hui réconcilier leurs familles ennemies, elle ne doit pas oublier qu'il a brisé ses illusions alors qu'elle lui offrait son cœur...